ABRAHAM B. JEHOSCHUA
DIE MANIS

Abraham B. Jehoschua

DIE MANIS

Roman

Aus dem Hebräischen von
Ruth Achlama

Piper
München Zürich

Die Originalausgabe erschien 1990 unter dem Titel
»Mar Mani« bei Hakibbutz Hameuhad in Tel Aviv.

ISBN 3-492-03520-5
2. Auflage, 6.–7. Tausend 1993
© 1990 by A.B. Jehoschua
Deutsche Ausgabe:
© R. Piper GmbH & Co. KG, München 1993
Gesetzt aus der Sabon-Antiqua
Gesamtherstellung: Clausen & Bosse, Leck
Printed in Germany

Die Reihenfolge der Gespräche

DIE GESPRÄCHSPARTNER

HAGAR SCHILO, Studentin (* 1962)
JAEL SCHILO (geb. Kramer), Landarbeiterin (* 1936)
EGON BRUNNER, Feldwebel (* 1921)
ANDREA SAUCHON (geb. Kurtmeier), ehemalige
Krankenschwester (1870–1944)
STEPHEN IVOR HURWITZ, Lieutenant (1896–1973)
MICHAEL WOODHOUSE, Lieutenant General (1877–1941)
EFRAIM SCHAPIRO, Arzt (1870–1944)
SCHOLEM SCHAPIRO, Mühlenbesitzer (1848–1918)
AWRAHAM MANI, Kaufmann (1799–1861)
FLORA HADDAJA (geb. Molcho), Hausfrau (1800–1863)
CHANANJA-SCHABTAI HADDAJA, Rabbiner (1766?–1848)

ERSTES GESPRÄCH

Masch'abe Sade,
Freitag, den 31. Dezember 1982, 19 Uhr

Gesprächspartner

HAGAR SCHILO. Geboren 1962 in Masch'abe Sade, einem 1949 gegründeten Kibbuz, rund dreißig Kilometer südlich von Beer Scheva. Die Eltern, Roni und Jael Schilo, waren 1956 im Rahmen ihres Militärdienstes in der »Kämpfenden Pionierjugend« (*Nachal*) in den Kibbuz gekommen. Der Vater, Roni, fiel am sechsten Tag des Sechs-Tage-Kriegs als Reservist bei den Kämpfen um die Golanhöhen. Da Hagar damals fünf Jahre alt war, mag ihre Behauptung, einige deutliche Erinnerungen an ihren Vater zu haben, stimmen.

Hagar besuchte die Bezirksoberschule im nahegelegenen Kibbuz Revivim. Beim Schulabschluß fehlten ihr zwei Reifeprüfungen, in Englisch und Geschichte, zu denen sie nicht erschienen war. Im August 1980 trat sie ihren Wehrdienst an, den sie als Soldatenbetreuerin im Unteroffiziersrang auf dem Hauptstützpunkt der Fallschirmjäger bei Bet Lid leistete. Wegen der großen Entfernung des Stützpunkts vom Kibbuz verbrachte sie ihre Kurzurlaube unter der Woche meist in Tel Aviv, wo sie bei ihrer Großmutter väterlicherseits, Naomi, übernachtete. Hagar hing sehr an ihr und liebte es, ihr Geschichten aus der Kindheit ihres Vaters zu entlocken. Die Großmutter, die ihre quicklebendige Enkelin gern um sich hatte, versuchte immer wieder, sie zu überreden, sich nach dem Wehrdienst an der Universität Tel Aviv einzuschreiben. Und tatsächlich gelang es Hagar am Ende ihrer Militärzeit, deren letzte Monate wegen des im Juni 1982 ausgebrochenen Libanonkriegs ziemlich bewegt verliefen, die nötige Zustimmung der Kibbuzversammlung zu erwirken, die schon deshalb relativ bereitwillig erteilt wurde, weil die Studiengebühren für sie als Tochter eines gefallenen Soldaten vom Verteidigungsministerium übernommen wurden. Damit war die Mutter überstimmt, die gemeint hatte, die Tochter solle vor

Studienantritt mindestens ein Jahr lang im Kibbuz arbeiten. Hagar wollte sich für den Fachbereich Film an der Fakultät der Künste einschreiben, wurde aber wegen ihres unvollständigen Abiturs nicht als Studentin zugelassen, sondern zu einem einjährigen vorakademischen Förderkurs eingeteilt, der darauf zielte, daß fehlende Fachprüfungen nachgeholt werden konnten und das Niveau der Studienanwärter in hebräischer Stilistik, Englisch und Mathematik gehoben wurde.

Anfang Dezember gab Großmutter Naomi den inständigen Bitten ihres Sohnes, Hagars Onkel, Ben-Zion Schilo nach, ihn in Marseille zu besuchen, wo er eine leitende Funktion am dortigen israelischen Konsulat innehatte. Ihr Besuch sollte ihn ein wenig für seinen im Sommer geplanten Heimaturlaub entschädigen, der wegen der vermehrten Presse- und Informationsarbeit zur Rechtfertigung der »Operation Frieden für Galiläa« auf Geheiß des Außenministeriums gestrichen worden war. Obwohl sie ihre geliebte Enkelin ungern länger allein ließ, mochte sie ihren einzigen Sohn nicht enttäuschen, der zu ihrem großen Kummer mit seinen vierzig Jahren immer noch ledig war. Überzeugt, in seiner Nähe dem Eheglück vielleicht doch ein wenig auf die Sprünge helfen zu können, verlängerte sie ihren Aufenthalt sogar, um bei den Neujahrsempfängen des Konsulats zugegen zu sein.

Hagar, ein kleines und anmutiges Geschöpf, hatte das kastanienbraune Haar ihres verstorbenen Vaters. Sie genoß die Aussicht, die schöne große Wohnung der Großmutter demnächst allein zur Verfügung zu haben. Anfangs hatte sie beabsichtigt, eine Freundin aus dem Förderkurs einzuladen, eine dynamische junge Frau namens Iris, die ihren Vater im Jom-Kippur-Krieg verloren hatte und sich überraschend gut mit sämtlichen Zuschüssen und Vergünstigungen des Verteidigungsministeriums für Hinterbliebene auskannte. Aber letzten Endes sagte Iris ab, und das erwies sich für Hagar als Segen, denn Anfang Dezember hatte sie eine Beziehung zu einem Magisterstudenten namens Efraim Mani angeknüpft, der in ihrem Kurs hebräische Stilistik unterrichtete. Das Verhältnis verlief vom ersten Augenblick an stürmisch, mit wiederholten Rendezvous in der großmütterlichen Wohnung, bevor Efraim Mani am 9. Dezember wieder zum Reservedienst in den westlichen Libanon einberufen wurde, der trotz des zwischen Jerusalem und Beirut unterzeichneten »Friedensvertrags« keineswegs ruhig war.

JAEL SCHILO (geb. Kramer). Geboren 1936 in Kiriat Motzkin bei Haifa. Als höchst aktives Mitglied der sozialistischen Jugendbewegung »Machanot Haolim«, in der sie früh Führungsaufgaben übernahm, unterbrach sie die Schule 1952 für ein praktisches Ausbildungsjahr im Kibbuz Ein Harod, ohne die Reifeprüfung später nachzuholen. 1954 schloß sie sich dem Nachal-Siedlungskern »Re'im« an, der zur Ausbildung in den Kibbuz Rosch Hanikra nahe der libanesischen Grenze kam. Der aus Haifaer Vorstädten rekrutierten Gruppe wurden einige Genossen aus Tel Aviv und Rischon Lezion angegliedert, darunter auch Jaels künftiger Ehemann, Roni Schilo, ein Absolvent des Tel Aviver *Tichon-Chadasch*. Erste Freundschaftsbande zwischen den beiden entspannen sich schon in Rosch Hanikra. Nachdem Roni einen Fortgeschrittenenlehrgang im Rahmen der Nachal-Fallschirmjägereinheit absolviert und im Sommer 1956 an mehreren Vergeltungsaktionen sowie natürlich am Sinai-Feldzug teilgenommen hatte, übersiedelten die beiden mit den übrigen Mitgliedern der Ausbildungsgruppe in den Kibbuz Masch'abe Sade. Das Leben in diesem südlichen Kibbuz gefiel ihnen so gut, daß sie nach ihrer Wehrentlassung beschlossen, ihm beizutreten. 1958 heirateten sie. Beide arbeiteten in der Landwirtschaft, Roni bei den Feldfrüchten, Jael in den Obstplantagen. Nach einer Griechenlandreise mit der Geographischen Gesellschaft Israels im Sommer 1962 wurde als erstes eine Tochter geboren, die sie, da sie sich in der Wüste angesiedelt hatten, Hagar nannten. Vier Jahre später, 1966, kam ein Sohn, der jedoch nach einer Woche an akuter Hepatitis starb, ausgelöst durch eine elterliche Blutgruppendivergenz, deren Problematik man im Krankenhaus von Beer Scheva nicht erkannt hatte. Nach ärztlicher Beratung war man guter Hoffnung, beim nächsten Mal besser vorbereitet zu sein, doch dazu kam es nicht mehr, da Roni am Ende des Sechs-Tage-Kriegs bei den Gefechten an der Straße Kuneitra-Damaskus auf den Golanhöhen fiel.

Trotz aller elterlicher Bitten, vor allem von Ronis Seite, den Kibbuz zu verlassen und in die Stadt zurückzukehren, blieb Jael mit ihrer fünfjährigen Tochter in Masch'abe Sade, ja, sie verwurzelte sich sogar noch tiefer, obwohl sie sehr wohl wußte, daß ihre Aussichten auf Wiederheirat in diesem entlegenen, mitgliederschwachen Kibbuz sich von Jahr zu Jahr verringerten. Sie arbeitete weiter in den Obstplantagen, wo sie schließlich mit der Entwicklung neuer Methoden zur Verbesserung des Avokadoertrags betraut wurde. Als der Kibbuzvorsitzende während des Jom-Kippur-Kriegs für längere Zeit zum Reservedienst eingezogen wurde, wählte man Jael zur Stellvertreterin, und sie waltete dieses Amtes zur allgemeinen Zufriedenheit, wenngleich einige Mitglieder sie ideologisch für zu streng hielten. Die Beziehung zu ihrer Tochter Hagar war tief, hin und wieder jedoch von heftigen Krisen geschüttelt, die ihre Freunde veranlaßten, sie mehrfach zur Teilnahme an speziellen Lehrgängen der Kibbuzbewegung über Erziehungsfragen und Psychologie zu ermuntern. Diese sporadischen allgemeinverständlichen Psychologieseminare sagten ihr derart zu, daß sie gelegentlich sogar zu besonderen Gastvorlesungen an der Universität nach Beer Scheva fuhr. 1980 ließ sie sich trotz ihrer fast vierundvierzig Jahre dazu bewegen, an einem Ledigentreff der Kibbuzbewegung teilzunehmen, schwor sich danach jedoch, so etwas nie wieder zu tun.

Jael fürchtete, die innigen Beziehungen, die ihre Tochter während des Militärdienstes zu ihrer Mitte der siebziger Jahre verwitweten Großmutter Naomi unterhielt, könnten Hagar letzten Endes zum Austritt aus dem Kibbuz verleiten. Deshalb widersetzte sie sich auch dem sofortigen Studienantritt nach der Wehrentlassung und trat für mindestens ein Jahr reguläre Arbeit im Kibbuz ein. Als Hagar ihren Studienwunsch den Mitgliedern zur Genehmigung vorlegte, agierte Jael hinter den Kulissen sogar insgeheim dagegen. Doch die liberale Einstellung, die Anfang der achtziger Jahre in den Kibbuzim hinsichtlich der »Selbstverwirklichung« ihrer wehrentlassenen Söhne und Töchter vorherrschte, um überstürzte Austrittsentscheidungen zu verhindern, sowie die Tatsache, daß Hagars Studiengebühren im Rahmen der Kriegswaisenfürsorge vom Verteidigungsministerium übernommen würden, veranlaßten die Generalversammlung des Kibbuz, gegen Jael zu entscheiden. Hagars Einzug bei der Großmutter erleichterte die telefonische Verbindung zwischen Mutter und Tochter, die regelmäßig mindestens zweimal pro Woche miteinander sprachen, obwohl die Mitglieder von Masch'abe Sade 1982 noch keine Privatanschlüsse besaßen.

Jaels Part in dem folgenden Gespräch fehlt.

»Aber selbst wenn ich verschwunden war, Ima, so war es doch nicht lange. Du hättest dir wirklich keine Sorgen machen müssen...«

»Aber ich *habe* ja angerufen, Ima, ganz gewiß hab ich das, Mittwoch abend, aus Jerusalem...«

»Sicher, Mittwoch war ich noch in Jerusalem, gestern auch...«

»Ja, gestern auch, Ima, und heute morgen auch, aber ich hatte Nachricht hinterlassen...«

»Wieso hat man dir nichts ausgerichtet?«

»O Gott im Himmel, Ima, sag bloß, es ist schon wieder eine Nachricht von mir verlorengegangen!«

»Was weiß ich... wer eben den Hörer abgenommen hat...«

»Irgendein deutscher Volontär...«

»Aber was hätt ich denn machen sollen, Ima? Ist ja nicht meine Schuld, daß im Kibbuz nach dem Abendessen kein normaler Mensch mehr den Hörer im Speisesaal abnehmen mag, weil niemand darauf erpicht ist, hinterher durch die Kälte von Haus zu Haus zu rennen, um den Gewünschten zu suchen. Versuch *du* mal, spät abends den Kibbuz zu erreichen und aus weiter Ferne Englisch mit einem Volontär zu quatschen, der so weggetreten ist, daß er schon keinen Bleistift mehr halten kann – dann begreifst du vielleicht, daß es nicht besonders klug von dir war, derart rabiat gegen Privatanschlüsse zu Felde zu ziehen, als würde damit der Sozialismus stehen und fallen. In anderen Kibbuzim gehören Telefone längst zum selbstverständlichen Lebensstandard...«

»Ich hab bisher noch keinen Kibbuz wirtschaftlich daran zugrunde gehen sehen, Ima... Das ist reine Phantasie...«

»Aber ich *war* nicht verschwunden, Ima... Ich war lediglich die letzten drei Tage nicht in Tel Aviv...«

»Mit ihm? Nicht die Bohne, er steckt noch immer in seinem Reservedienst im Libanon. Ich bin ja in seinem Auftrag nach Jerusalem zu seinem Vater gefahren und hab dann bis heute morgen dort festgesessen.«

»Hab mich dort festgesetzt...«

»Aber das ist nun mal die Geschichte, Ima... Das ist genau die Geschichte...«

»Nein, der Schneefall hat in Jerusalem Mittwoch nachmittag eingesetzt, aber gestern war alles wieder getaut...«

»Nein, diese alte Jacke hat *er* mir gegeben, sein Vater, dieser Señor Mani...«

»So nenne ich ihn eben bei mir, *Señor Mani*... weiß nicht, warum...«

»Aber das ist genau der Kern der Geschichte, und nur deswegen bin ich heute nach Hause gefahren, obwohl es völlig verrückt von mir ist, hier bei dir rumzuhocken statt mich in Tel Aviv einzuigeln und für die Klausur zu büffeln...«

»Hab ich dir doch erzählt, ich hab am Sonntag eine Englischklausur, und es wäre höchst unangenehm, noch mal durchzurasseln...«

»Nein, die Bücher und Hefte sind in Savtas Wohnung in Tel Aviv. Ich bin am Dienstag ohne irgend etwas mitzunehmen nach Jerusalem gefahren, jedenfalls ganz sicher ohne Bücher. Ich dachte ja, es ist bloß für ein paar Stunden, um Effi den Gefallen zu tun, und dann fühlte ich mich plötzlich verpflichtet, dort zu bleiben, und so sind drei Tage daraus geworden...«

»Nein, nicht über Tel Aviv… Ich bin direkt aus Jerusalem hergekommen, hab mich wirklich in allerletzter Minute umentschlossen. Ich stand in der Schlange nach Tel Aviv auf dem Busbahnhof in Jerusalem, er war schon halb leer, und da sah ich an einem der nächsten Abfahrtssteige so einen älteren Rotschopf, ein bekanntes Gesicht von hier irgendwo, aus Revivim, glaub ich, und da hat mich solches Heimweh gepackt, daß ich Lust hatte, alles stehen und liegen zu lassen und wieder hier bei uns, in unserer geliebten Einöde, zu sein, bei dir zu hocken und dir alles zu erzählen, Ima, konnt's einfach nicht mehr für mich behalten, wie immer, wie damals, hast du mir doch immer erzählt, wenn was passiert war, weißt du noch? Schon in der Krippe oder hinterher in der Schule, wenn ein Kind gefallen oder eine Zeichnung zerrissen war, bin ich übersprudelnd von Geschichten auf der Stelle rausgestürzt, dich zu suchen und dir entgegenzurufen: *Hör bloß, Ima! Stell dir vor, was passiert ist!*«

»Stimmt, hahaha, die haben mich nie zu fassen gekriegt, weil ich mich immer ranzumachen wußte… wie hast du noch gesagt?«

»Ja, genau, richtig…«

»Ja, an *stets verfügbare Ersatzväter*, die bereit waren, meinen Willen zu tun, vielleicht – und diese Theorie von mir sagt dir vermutlich zu – vielleicht vor lauter Scham, daß unser Abba und nicht sie selber gefallen waren, und deshalb halfen sie mir immer alle aus der Patsche, reichten mich von einem zum andern weiter, vom Speisesaal zur Wäscherei, vom Hühnerhaus zum Kuhstall, vom Pferdestall über die Kleefelder zu den Obstplantagen und dort zwischen den Bäumen zu dir, Ima, worauf ich dir um den Hals fiel und dir alles berichtete. Und genau so war's auch heute nachmittag plötzlich in Jerusalem, Ima, eingezwängt zwischen den Leitstreben dieses trostlosen Busbahnhofs, unter diesen trübsinnigen, winterlichen Jerusalemern, und da ruckte der Bus nach Beer Scheva an, und dieser Rothaarige aus Revivim fixierte mich immer noch durchs Fenster, hat sich vielleicht auch den Kopf zerbrochen, wer ich bin, und dann konnte ich auf einmal nicht mehr, war so von Heimweh nach dir überströmt, daß ich über die Leitstreben und geradewegs auf das eiserne Trittbrett gesprungen bin, ja förmlich hineingesogen wurde, aber morgen früh muß ich gleich nach Tel Aviv zurück und mich ans Büffeln machen, Ima, sonst bin ich wirklich wieder verloren, also, laß dir jemanden einfallen, der mich mitnimmt, und wenn du jemand weißt, sag's gleich, und wenn nicht, streng deine grauen Zellen an...«

»Gut...«

»Nein, Moment, mal langsam, nicht jetzt sofort...«

»Aber wo brennt's denn, mir ist so kalt innerlich, ich muß mich erst mal ein bißchen aufwärmen...«

»Nein, mit heißem Wasser ist's jetzt nicht getan...«

»Was mich betrifft, Ima, sei nicht böse, aber ich würd lieber auf diesen ganzen Schabbatabendkram verzichten...«

»Ich bin überhaupt nicht hungrig, was sich hier im Kühlschrank findet, reicht völlig...«

»Nicht schlimm, was eben da ist, ich hab wirklich keinen Hunger.«

»Wenn du so'n Hunger hast und gehen mußt, dann geh halt... Ich bleib hier im Zimmer. Tut mir leid, Ima, aber ich bring nicht die Geduld auf, heute abend im Speisesaal zu hokken und alle anzulächeln... Und dann noch diese Neujahrsfeier... Dieser ganze künstliche Zinnober. Außerdem habe ich nicht die geringste Absicht zu tanzen...«

»Gut, okay. Dann geh halt. Was kann man machen? Geh. Was soll's.«

»Geh...«

»Geh. Ich bedaure schon, daß ich in den Kibbuz zurückgekehrt bin, statt direkt nach Hause, ich meine, nach Tel Aviv zu fahren...«

»Weil ich heute abend nicht in den Kibbuz, sondern nach Hause, zu dir, gekommen bin, Ima, um dir zu erzählen, was dort in Jerusalem vorgefallen ist...«

»Nichts Mysteriöses... Sei nicht immer so hart...«

»Also gut, in Ordnung, vielleicht schon ein bißchen was Mysteriöses... Vielleicht hast du überhaupt recht, und *my-*

steriös ist genau das richtige Wort... Und wenn schon? Was soll daran falsch sein? Nehmen wir mal an, jemand macht die Tür zu einem fremden Haus auf und sieht etwas Grauenhaftes vor sich, was ihn so erschreckt, daß seine Seele, ja, seine Seele, Ima, förmlich reingesogen wird... Aber das Mysteriöse, Ima, liegt nicht in dem Grauenhaften selber, denn um wirklich zu erschrecken, muß etwas völlig offenbar, nicht mysteriös sein. Mysteriös ist nur die *Begegnung*, die wie ein Zufall erscheint, es tatsächlich aber gar nicht ist, und das ist genau, was passiert ist, was ich in Jerusalem erlebt habe, obwohl ich weiß, daß du mir nicht glauben wirst...«

»Deshalb, Ima, weil du's nicht glaubst... Sie haben dich dein Leben lang drauf trainiert, an nichts Mysteriöses zu glauben, und gewiß wirst du nicht an *mein* Mysterium glauben. Zum Schluß fegst du bloß alles vom Tisch und sagst, das sei nichts als Halluzination gewesen... Weiß ich doch...«

»Aber es geht nicht kurz, Ima... Ich kann's nicht kurz machen...«

»Denn kurz erzählt, würde es sich wirklich wie eine Halluzination anhören...«

»Weißt du, eigentlich ist das alles unwichtig... Lassen wir's, egal... Geh zum Abendessen, und ich werd mich hier duschen... Vielleicht ist diese ganze Geschichte wirklich nicht wichtig, Ima... Ich geb's schon auf, hab mich geirrt. Bloß tu mir einen Gefallen und finde im Speisesaal raus, wer morgen früh als erster Richtung Norden fährt und ob er Platz für mich hat...«

»Nein, mir ist plötzlich die Lust vergangen, diese Geschichte zu erzählen. Vielleicht hast du auch wirklich recht, und alles ist reine Halluzination...«

»Stimmt, du hast noch nichts gesagt, aber ich weiß nun mal immer, was du zum Schluß sagen wirst...«

»Verzeihung...«

»Gut, Verzeihung, Ima...«

»Ich hab Verzeihung gesagt...«

»Nein, du hast jetzt garantiert den Kopf nicht frei für so eine Geschichte...«

»Bist du sicher?«

»Aber vielleicht ist es wirklich schade, wenn du den Schabbatabend im Speisesaal versäumst, wo du so dran hängst...«

»Bist du sicher?«

»Also, Ima, wenn du wirklich verzichtest, dann tu's auch nicht halbherzig. Laß uns hier in aller Ruhe sitzen. Wir ziehen erst mal alle Vorhänge zu, damit kein Licht nach draußen dringt, und erlaub mir, bitte, ein einziges Mal, auch die Tür abzuschließen... Wo ist der Schlüssel?«

»Bitte, einmal, ich fleh dich an, Ima, wir schließen die Welt ringsum aus, damit keiner weiß, daß wir hier sitzen, und uns womöglich stört, und wenn wir dann noch Wasser aufsetzen... Und den Heizofen wieder einschalten... Aber wo ist denn der Schlüssel?«

»Später, ich hab doch gesagt, später... Ich brenn doch zu sehr drauf, dir die Geschichte zu erzählen, um jetzt duschen zu gehen... Später... hinterher... Warum drängst du mich denn jetzt so mit der Dusche...«

»Dann ist die Bluse eben etwas verschwitzt... Auch kein Unglück...«

»Hundertprozentig...«

»Nein, Ima, keinerlei Veränderung...«

»Vielleicht manchmal eine leichte Übelkeit...«

»Nein, keine Veränderung...«

»Keinerlei Anzeichen...«

»Hoffst du immer noch?«

»Aber warum sollte es? Ich hab dir doch gesagt, Ima, vom ersten Augenblick an hab ich *gewußt*, daß es absolut wahr ist, ein Code, der schon in mich eingeschrieben ist...«

»Es... dieses Geschöpf... jener Fötus, dieses Baby... wie du willst...«

»Rechne's doch selbst nach: zum letzten Mal hab ich sie am 19. November gekriegt, jetzt ist sie schon mehr als zwei Wochen überfällig... *das sind die Fakten*...«

»Aber was soll jetzt schon ein Arzt in mir rumfummeln, was kann er denn groß sagen? Außerdem war ich in Jerusalem schon beim Arzt...«

»Ein Internist…«

»Ich erzähl's dir gleich…«

»Aber ja doch…«

»Gleich, Ima, warum hast du denn keine Geduld…«

»Er hat gesagt… nun warte doch…«

»Nein, nur eine Routineuntersuchung…«

»Gleich…«

»Mach dir nichts vor, nichts von wegen Hirngespinst, das ist völlig real… es *ist* eine Schwangerschaft. Die haben dir in deinen Psychologiekursen eine derartige Gehirnwäsche verpaßt, daß du jetzt schon alles nur noch für seelisch bedingt hältst…«

»Vorerst warte ich in Ruhe ab… Ich hab dir ja gesagt, daß ich noch Zeit hab, mich zu entscheiden…«

»Erst mal, bis Effi aus dem Reservedienst zurück ist…«

»In zehn Tagen, obwohl es nicht nur von ihm abhängt…«

»Ist ja noch Zeit… Zeit genug…«

»Ob er nun gerne Vater wird oder nicht, steht schon nicht mehr in meiner Macht, Ima… Aber wenn ich will, kann ich das Kind natürlich auch ohne ihn zur Welt bringen…«

»Weil das Verteidigungsministerium, hab ich dir erzählt, uns in solchen Fällen beisteht, selbst wenn das Baby offiziell keinen Vater hat… Du wirst dich wundern, aber da weht nun offenbar gerade ein liberaler Wind…«

»Ich meine, in dieser Hinsicht wenigstens, vielleicht vor lauter Schuldgefühl… Was weiß ich…«

»Iris hat mir das gesagt, Iris weiß Bescheid, sie hat dort alle Einzelheiten geklärt…«

»Sie weiß alles, Ima, die hat sich zu einer echten Expertin in diesen Dingen entwickelt. Alle Augenblicke geht sie hin, bekniet den zuständigen Beamten und holt Informationen über weitere Rechte aus ihm raus. Kriegswaisen haben haufenweise Vorrechte, von denen wir noch nie was gehört haben…«

»Ich weiß, das bringt dich in Rage, aber was willst du denn – ich hab ja nicht mit diesem Thema angefangen…«

»Scheußlich? Du übertreibst. Was soll so scheußlich daran sein?«

»Bisher hab ich schließlich weder was beantragt noch was genommen… Was regst du dich denn so auf…«

»Ich hab dir doch gesagt, das kommt alles in meiner Geschichte vor, aber du läßt mich ja nicht zu Wort kommen…«

»Nein, ja, als hättest du plötzlich Schiß vor meiner Geschichte, wolltest sie vor lauter Angst nicht hören. Deshalb hältst du mich wohl dauernd hin, schon seit jenem Morgen vor einem Monat, als ich dich angerufen hab, um dir zu berichten, daß ich mit ihm geschlafen habe, das heißt, daß ich überhaupt mit jemand geschlafen habe… ich meine, daß ich's endlich getan hab… Als hätte deine Sicherheit mir gegenüber einen Knacks gekriegt und du seist, was weiß ich, ein bißchen ins Schleudern geraten, so ohne Halt, als seien dir die Zügel nun endgültig entglitten…«

»Ja, Zügel… Du hast mich immer so sanft an der Leine gehabt…«

»Sanft, unsichtbar…«

»Egal…«

»Natürlich…«

»Reg dich nicht wieder auf, ich bin ja nun wirklich nicht gekommen, um dich auf die Palme zu bringen…«

»In Ordnung, sagen wir, du bist nicht über die Tatsache an sich erschrocken, Ima, sondern nur darüber, daß ich dir's gleich am nächsten Morgen brühwarm erzählen mußte – na und? Und wenn ich nun darauf bestanden habe, daß sie dich aus den Obstplantagen ans Telefon rufen, damit du die Botschaft empfängst?! Seither, Ima, macht es mich manchmal regelrecht verrückt zu sehen, wie das, was dich früher vielleicht mal an meinen Geschichten amüsiert hat, jetzt bedrohlich geworden ist, so daß ich mich langsam frage, warum ich dir dauernd alles aufhalsen, dir alles erzählen muß, was mir in den Sinn kommt, alles, was ich erlebe, ohne etwas zu verbergen, als müßten wir immer noch jener Dame, dieser lächerlichen Psychologin gehorchen, die uns das Verteidigungsministerium damals, als Abba gefallen war, geschickt hat, damit sie sich gewissermaßen um uns kümmert, und die dir gesagt hat, du solltest mich ermuntern, immerzu zu reden, dauernd zu plappern, um alles rauszuholen, wie drückte sie sich doch aus: *damit sich in verborgenen Gedanken kein Eiter ansammelt*, hahaha... Und seitdem, Ima, hab ich doch wahrlich Angst vor Eiter im Gehirn, und deshalb läuft mein Mundwerk non-stop, und du mußt dir alles anhören... Wer sollte es denn auch sonst tun...«

»Er? Wart ab, das werden wir noch sehen... wer weiß? Was weiß ich denn schon über ihn... Und jetzt, nach dem Besuch in Jerusalem, erscheint's mir noch weniger...«

»Aber das hab ich doch erzählt, oder etwa nicht...«

»Also gut, dann eben noch mal... aber ich mein, ich hätt's erzählt...«

»Muß ich doch erzählt haben, daß zwei Wochen nach Semesterbeginn plötzlich zwei Stunden von ihm abgesagt wurden, und ich hab dir schon ganz zu Anfang von ihm erzählt, als du nach den Dozenten gefragt hast, daß er mir gleich im ersten Augenblick, als er den Seminarraum betrat, sehr gut gefallen hat. Wie er so dastand, kaum älter als wir, krausköpfig und enthusiastisch und sogar ein wenig rührend bei seinen Bemühungen, uns davon zu überzeugen, daß wir seine Stilistikkurse tatsächlich brauchten, denn ein paar Studenten waren empört und beleidigt wegen dieser Pflichtstunden, als seien wir förderungsbedürftige Slumkids... Und als dann die zwei Stunden abgeblasen wurden, bin ich im Fakultätssekretariat nachfragen gegangen, was los sei, ob er krank sei, denn ich wollte ihn gern besuchen, aber man sagte mir, es sei nur seine Großmutter in Jerusalem gestorben und er sei hingefahren, um die Trauerwoche dort bei seinem Vater zu verbringen. Und da... aber es ist wirklich unmöglich, daß ich dir das nicht erzählt habe...«

»Kurz gesagt, ich hab mir die Anschrift seines Vaters geben lassen und bin am selben Tag nach Jerusalem gefahren, um ihm gewissermaßen einen Beileidsbesuch abzustatten, was weiß ich, sozusagen im Namen der Klasse, obwohl das an der Universität nicht direkt eine Klasse ist, und du kannst dir vorstellen, daß er verblüfft war, als er die Tür aufmachte und eine Studentin vor sich sah, die gerade eben seit vier Wochen in seinem Unterricht saß, ja, deren Namen er noch kaum im Gedächtnis hatte, und die nun doch ganz allein extra angereist war, um ihm zu kondolieren, und das zum Tod seiner Savta. Aber nachdem er sich von seiner Verwirrung etwas erholt hatte, kapierte er gleich, was Sache war, nämlich daß dieser Kondolenzbesuch nicht direkt ein Kondolenzbesuch, sondern eher ein kleines Zeichen war, und da er mit derart klaren Signalen von weiblicher Seite nicht gerade verwöhnt zu sein schien...«

»Weil er nun nicht gerade einer von diesen blendend aussehenden Typen oder so was ist... bloß innerlich ein netter Kerl. Und so hat er gleich an der ausgelegten Lunte Feuer gefangen, und nachdem ich ein Weilchen leicht verlegen neben seinem Vater gesessen hatte, der wirklich tief zu trauern schien, nicht wie die meisten Erwachsenen, die sich, wenn ihre Eltern sterben, soviel leichter und beschwingter fühlen, ist er an diesem Abend mit mir nach Tel Aviv zurückgefahren, und kaum saßen wir im Bus, haben wir angefangen zu reden. Erst hat er mich über mich selber, meine Pläne, den Kibbuz und das Leben im Negev ausgefragt, und als er merkte, daß ich bereitwillig auf jedes Thema einging, hat er auch offen von sich erzählt, zunächst von der verstorbenen Großmutter, die er wirklich lieb gehabt hat, und dann, daß er sich um seinen Vater Sorgen mache, wobei es mir richtig gefiel, daß er sich Sorgen machte, was jetzt aus ihm werden sollte, denn der Vater muß eine starke Bindung an seine Mutter, diese Großmutter, gehabt haben, offenbar hat er sich seit seiner Kindheit nie von ihr getrennt, und sie hat ihn gegen Ende des Kriegs auch gerettet.«

»Sie haben damals in Griechenland gelebt, stell dir vor, und zwar auf dieser Insel da, Kreta...«

»Ehrlich?«

»Natürlich weiß ich noch von dieser Reise mit Abba... bevor ich geboren war...«

»Nein, Effis Eltern haben sich schon vor langer Zeit getrennt, gleich nach seiner Bar Mizwa. Da ist er mit seiner Mutter nach Tel Aviv übersiedelt, wo sie wieder geheiratet hat. Er hat auch eine jüngere Stiefschwester, aber die sitzen alle schon seit Jahren in England, halb abgewandert offenbar, und er wohnt allein... Ja, all das hat er noch auf derselben Fahrt erzählt, aber vor allem hat er immer wieder von seinem bevorstehenden Reservedienst im Libanon angefangen... Ich hab schon seinen Horror davor gespürt und auch seine Wut darüber, daß ihn die Universität nicht davon losgekriegt hat...«

»Nein, er ist nur ein einfacher Reservist, allerhöchstens Unteroffizier, Sanitäter... Und so, Ima, entstand bereits während der Busfahrt von Jerusalem nach Tel Aviv diese Nähe zwischen uns – von Minute zu Minute gefiel er mir besser, und mir wurde klar, daß ich mich wieder mal verliebte, aber diesmal richtig und sozusagen überlegt, und als wir auf dem Busbahnhof in Tel Aviv ankamen, wußte ich, wenn ich jetzt nicht gleich etwas finde, um ihn festzuhalten und mitzulotsen, dann sind alle bisher investierten Bemühungen von wegen Jerusalem hin und zurück umsonst, denn schon allein wegen dieses Reservediensts würden wir uns einen ganzen Monat aus den Augen verlieren, und danach bliebe bloß noch knapp ein Monat bis zum Ende des Semesters, was gleichzeitig das Ende seines Kurses bedeutet, und er hat auch keine weitere Großmutter mehr, die in naher Zukunft sterben könnte, so daß man es mit einem neuen Beileidsbesuch versuchen könnte. Deshalb bat ich ihn, obwohl es noch gar nicht spät war, mich nach Hause, das heißt in Savtas Wohnung, zu begleiten, und vielleicht hat gerade dieser Unterschied zwischen seiner vor einigen Tagen im Alter von achtundsechzig Jahren verstorbenen Großmutter und unserer fünfundsiebzigjährigen Savta Naomi, von der ich ihm erzählt hatte, daß sie Anfang der Woche wie eine junge Dame allein nach Frankreich geflogen war, ihn dazu bewegt, mit in ihre Wohnung hinaufzugehen. Ich dachte ja, höchstens werden wir ein bißchen knutschen und schmusen, aber dann haben wir uns auf einmal umschlungen, und er war so sanft und nachgiebig und hat sich aus irgendeinem Grund auch ganz schnell ausgezogen, und alles ist so natürlich und fast schmerzlos verlaufen, daß ich mich mal wieder gefragt hab, Ima, warum habe ich eigentlich so lange damit gewartet? Wovor hab ich bloß Angst gehabt?

Oder besaß er womöglich besondere Anziehungskraft, obwohl er, vielleicht wirst du ihn ja mal zu sehen kriegen, wirklich nicht gerade ausnehmend schön ist, das heißt einfach ein schlanker Krauskopf mit Brille, ohne Glanz und Gloria. Und deswegen hab ich dich gleich am nächsten Morgen, sobald er weg war, eilig angerufen, um's dir zu berichten...«

»Warum?«

»Ganz einfach, Ima, damit du dich freust... Was hast du denn gedacht?«

»Ja, Ima, nur damit du dich freust, obwohl ich wußte, daß du von den Obstplantagen zwei Kilometer hin und wieder zurück laufen müßtest, um es am Telefon zu hören, aber ich dachte, es würde sich lohnen, denn ich spürte ja, daß du dir insgeheim schon erhebliche Sorgen wegen meiner hartnäckigen Jungfräulichkeit machtest...«

»Hab ich gedacht...«

»Was heißt, du hast nichts gewußt? Stell dich doch nicht naiv, Ima...«

»Denn wenn was gewesen wäre, hättest du's ja sofort erfahren... Ich hab dir doch gesagt, daß ich immer alles erzähle...«

»Ja, *alles*, bisher...«

»Nein. Ehe er in den Libanon abgefahren ist, waren's noch viermal... Insgesamt fünf...«

»Er hat sich nicht selbst drum gekümmert, hat wohl gedacht, ich paß auf, und ich – hab dir ja schon gesagt, daß ich mit der ganzen Rechnerei irgendwie durcheinandergeraten bin, und außerdem glaubte ich, wenn man sofort mit heißem Wasser spült...«

»Natürlich... natürlich... Du weißt doch immer haargenau, was in meinem Unterbewußtsein vor sich geht...«

»Ja, immer bei mir, ist ja am bequemsten, in Savtas Wohnung, und wenn du nun schon alles haarscharf wissen mußt – also in ihrem Zimmer, das heißt tatsächlich... halt dich fest... in Savtas Doppelbett...«

»Was ist denn dabei?«

»Vertrauensbruch? Wem gegenüber?«

»Überhaupt nicht... Ich bin sicher, Savta würde es mit Vergnügen hören...«

»Irgendwas hat uns beide gerade dahin gezogen... rein in ihr Bett...«

»Nein, bloß so. Ich dachte, es würd dich interessieren...«

»Ich weiß... in psychologischer Hinsicht eventuell... Vielleicht hast du irgendeine Erklärung dafür...«

»Aber wenn's mir nichts ausmacht, dir alles zu erzählen, Ima, was macht's dir dann aus, dir alles anzuhören?«

»Bist du noch normal? Wem könnt ich's denn sonst noch erzählen? Nur dir, Ima, dir einzig und allein. Ich hab doch eigentlich keinen Menschen außer dir auf der ganzen weiten Welt...«

»Inwiefern denn?«

»Was ist egal?«

»Aber sag doch, was ist egal?«

»Für mich Kaffee... Aber was ist denn egal? Sag's doch...«

»Ich finde nicht, daß ich deshalb ein Dummkopf bin...«

»Nein.«

»Nein.«

»Fängst du schon wieder davon an? Was mußt du mich unter die Dusche hetzen? Später... Als wolltest du mich die ganze Zeit zum Schweigen bringen...«

»Vor der Geschichte?«

»Was gibt's denn da zu fürchten? Ich habe in Jerusalem nichts Böses getan, Ima, nur Gutes...«

»Denn hier fängt meine Geschichte erst an. Alles, was ich bis jetzt erzählt habe, ist fast schon Historie. Effi ist vor zwei Wochen in den Libanon abgefahren, und bis Anfang dieser Woche habe ich nichts mehr von ihm gehört...«

»Nein, bevor er weg ist, konnte ich ihm nichts mehr sagen...«

»Weil ich selbst noch nicht recht wußte, daß es wirklich *passiert* war...«

»Sicher. Aber diese Woche, am Sonntag, hat er plötzlich spätabends angerufen, von so einer mobilen Telefonstelle, die sie dort an seinen Sperrposten vor Beirut gebracht hatten, und während ich noch zögerte, ob und wie ich ihm erklären sollte, was uns passiert war, bat er mich um Kontakthilfe wegen seines Vaters, den er am Telefon einfach nicht erreichen konnte. Ich möchte ihm doch bitte mitteilen, daß er mit der Grabsteinenthüllung am Ende des ersten Trauermonats nicht auf ihn warten solle, denn beim Militär sei man auf keinen Fall bereit, ihn dafür zu beurlauben. Ich hab ihm natürlich versprochen, mit seinem Vater in Jerusalem zu sprechen und war auch glücklich, daß er sich als erstes so natürlich an mich gewandt hatte, als stünde ich ihm jetzt am allernächsten, aber als ich nach Jerusalem zu telefonieren begann, war's wirklich eigenartig – entweder nahm keiner den Hörer ab, oder es kam das Besetztzeichen. Obwohl ich's den ganzen Abend über hartnäckig versucht habe, bin ich auch nicht durchgekommen. Am nächsten Tag, Montag, hatte ich haufenweise Kurse an der Uni und hab's deshalb nur drei- oder viermal probiert, aber Montag abend hat Effi wieder aus dem Libanon angerufen und gefragt, ob ich seinen Vater erreicht hätte und was mit ihm sei, worauf ich ihm sagte, es müsse wohl was mit der Leitung nicht in Ordnung sein, und da, Ima, hat er mich förmlich bestürmt, in so einem ängstlich flehenden Ton, hat mich bekniet, nicht lockerzulassen, bis ich seinen Vater an der Strippe hätte, denn er mache sich ernsthaft Sorgen um ihn…«

»Nein, ich hab ihm nichts erzählt, wie sollte ich denn? Ich hab doch gemerkt, daß er schon wegen seinem Vater ordentlich unter Druck war, und dort im Libanon stand er in Wind und Regen, und dann hat er mir auch noch erzählt, er habe seine Brille verloren und könne nichts lesen… Deshalb hab ich mir gesagt, warum soll ich ihn noch mehr unter Druck setzen und ihn ausgerechnet jetzt mit der Nachricht überrumpeln, daß er selbst bald Vater wird? Lassen wir ihn vorerst damit in Ruhe… Und so habe ich am Montag abend gleich wieder mit der Telefoniererei angefangen, aber diesmal gründlich, pausenlos, bis Mitternacht, hab nicht lockergelassen, doch das Telefon in Jerusalem schwieg sich beharrlich aus, entweder keine Antwort oder besetzt. Am Dienstag morgen bin ich extra früh aufgestanden und gleich wieder an den Apparat gestürzt, aber vergebens, und da hab ich die Störungsstelle angerufen, um zu erfahren, ob vielleicht eine Störung gemeldet sei, aber sie sagten mir, es läge nichts vor und soweit sie wüßten, sei die Leitung in Ordnung, aber ich sollte doch mal die Auskunft anrufen, vielleicht hätte man einfach die Nummer geändert, ohne es dem Fernsprechteilnehmer mitzuteilen, auch das sei schon vorgekommen, und ich hab also sofort die Auskunft angeläutet, aber die Nummer war nicht geändert. Und nun, weißt du, Ima, hat mich erst recht der Ehrgeiz gepackt, diesen Vater dranzukriegen, den ich von meinem kurzen Besuch in Jerusalem vor einem Monat noch ganz klar in Erinnerung hatte, wie er in seinem Wohnzimmer auf dem Sofa saß, ein stattlicher, sympathisch aussehender Sepharde, wegen der Trauer unrasiert und ohne Schuhe, neben sich zwei kleine alte Sephardinnen – wie aus einem griechischen oder italienischen Film –, die gekommen waren, um ihm Trost zuzusprechen, und so habe ich in jeder Pause von der Universität aus angerufen, bin gegen Mittag sogar mitten aus der Stunde rausgelaufen, um wirklich nonstop zu wählen, denn ich sag dir, mittlerweile war das Ganze eine Frage meiner Ehre geworden ...«

»Nein, er hatte mir keinen anderen Anhaltspunkt gegeben, nichts. Ich wußte vage, daß sein Vater was mit dem Gericht zu tun hat, als Richter oder Staatsanwalt, hatte aber keine Ahnung, wo und an welchem, und als ich auf gut Glück eine der Nummern des Obersten Gerichtshofs versuchte, kannte ihn dort keiner. So hab ich also den ganzen Morgen wie irrsinnig angerufen, als könnte ich schon gar nicht mehr aufhören, als übermittle Effi mir durch den winzigen Samen, den er in mich gelegt hatte, seine ängstliche Sorge, und dabei sah ich die ganze Zeit in Gedanken auch diese Wohnung in Jerusalem, die ein bißchen wie ein altmodischer Eisenbahnwaggon wirkt, drei Zimmer durch einen langen Gang verbunden, und stellte mir vor, wie mein Telefongeklingel durch den Flur von Zimmer zu Zimmer hallt, bis ich um zwei Uhr nachmittags einfach nicht mehr konnte und beschlossen hab, die Englischstunde sausen zu lassen und persönlich nach Jerusalem raufzugondeln, um nachzusehen, was da nun wirklich vor sich ging. Warum nicht? Was ist das heutzutage schon, von der Küste nach Jerusalem rauf – höchstens eine Stunde. Deshalb bin ich nach Hause gefahren, um die Bücher und Hefte loszuwerden und mich umzuziehen, und ein Glück, daß ich im letzten Moment noch die dicke Strickjacke mitgenommen hab, denn selbst in Tel Aviv spürte man schon diese nahende Kältewelle in der Luft. Ich wollte dich ja eigentlich noch anrufen, Ima, um dir ausrichten zu lassen, daß ich mal schnell nach Jerusalem rauffahr, damit du dir keine Sorgen machst, falls ich vielleicht erst abends spät zurückkomm, aber ich wußte ja, daß das Sekretariat schon geschlossen war und im Speisesaal um drei Uhr nachmittags nur noch Katzen das Telefon hüten, also hab ich drauf verzichtet, und im allerletzten Moment, bevor ich aus dem Haus gegangen bin, hab ich irgendwie in weiser Voraussicht noch die Zahnbürste und einen Slip zum Wechseln in die Tasche gestopft. Und dann bin ich nach Jerusalem gefahren.«

»Weiß nicht... einfach so, das heißt...«

»Ja, ja, ich weiß, man hat euch beigebracht, es gäbe kein *einfach so* im Leben. Aber gerat mal trotzdem nicht in Ex- stase, Reserveslips schlepp ich nun bereits zwei Wochen in der Tasche mit rum, falls ich doch plötzlich meine Tage kriege, aber warum die Zahnbürste? Was hat das zu bedeu- ten? Das mußt *du* erklären, du hast schließlich in deinen Kib- buzkursen was über psychologische Symbole gelernt, du kannst sie interpretieren, und sag bloß nicht, ich hätt unbe- wußt vorgehabt, in Jerusalem zu übernachten, denn dann hätte ich wohl besser auch einen Pyjama einpacken sollen, nicht bloß die Zahnbürste, hab ich aber nicht, Tatsache, also entweder ist mein Unterbewußtsein ein bißchen minderbe- mittelt... oder es hat wiederum auch noch ein eigenes Unter- bewußtsein, das es durcheinanderbringt...«

»Nimm mich doch nicht so ernst...«

»Nein, das fällt einem langsam auf den Wecker, du machst ja direkt schon eine neue Religion daraus...«

»Gut, gut. Unwichtig … egal … Der Punkt ist, Ima, ich hab mich am Dienstag aufgemacht und bin nach Jerusalem gefahren, und als ich in Tel Aviv um siebzehn Uhr losfuhr, war es noch ganz hell, bei meiner Ankunft in Jerusalem aber war es stockdunkel und neblig ringsum, und geregnet hat's auch, zwar fein, aber irgendwie eisig, und diesmal hab ich mich wegen der Dunkelheit auch vertan und bin eine Station zu früh ausgestiegen, statt im Viertel Emek Refa'im in dem vorher, Talbiye heißt es, aber ich hab's kein bißchen bedauert, denn ich kam mir wie in einer europäischen Stadt vor, auf einem großen, weiten Platz, umstanden von wunderschönen Steinhäusern, die im Schein der Straßenlaternen ganz prächtig und verwunschen wirkten, mit solchen Veranden und säulengetragenen Balkonen und Innenhöfen voller Zypressen … Mensch, das war schon was …«

»Ja, genau, woher weißt du das? Aber nicht bloß der Präsident, Ima, auch der Ministerpräsident und der Außenminister, alle wohnen sie nicht weit von diesem schönen, weiten Platz, und ich wär überhaupt dran vorbeigelaufen, ohne es zu merken, wenn nicht dieser Polizist in seinem Wachhäuschen gewesen wäre, den ich nach dem Weg gefragt hab und gleich auch noch danach, was er denn da bewache, und da hat er mir das Präsidentenpalais gezeigt, hat mich sogar ein wenig durchs Tor lugen lassen, damit ich besser sehen konnte, und da hatte ich plötzlich dieses wunderbare Gefühl, Ima, als wär ich in das wahre Herz der Stadt vorgedrungen …«

»Nein, ich war noch nie zuvor dort, du irrst dich … Soweit ich zurückdenken kann, hat man mich immer in einer Horde von Kindern oder Soldatinnen nach Jerusalem geschleppt, immer zu irgendeiner Zeremonie oder Exkursion, in ein Museum oder zu archäologischen Ausgrabungen, um mitten in der größten Hitze, bei Chamsin natürlich, einem nervenden Fremdenführer über die Stadtmauern nachzulaufen, und wenn wir schon mal in Jerusalem übernachtet haben, dann doch immer in irgendeiner Jugendherberge am Stadtrand, entweder in der Nähe des Militärfriedhofes beim Herzl-Berg oder in diesem grausigen Wald bei Jad Waschem, niemals wirklich in der Stadt drinnen, in ihrem eigentlichen Herzen. Und so, dank der Hilfe dieses Polizisten, der den Präsidenten bewachte, brauchte ich nicht zur Bushaltestelle zurückzugehen, sondern nahm einen Abkürzungsweg nach Emek Refa'im, über ein leeres Feld hinter dem Jerusalem-Theater und durch ein kleines Wäldchen bis zu der Straße, in der Effis Vater wohnt, die ich diesmal in Gegenrichtung betrat...«

»Das heißt, von der falschen Seite her...«

»Du wirst sie nicht kennen, es ist die Straße des 29. November... Am Ende des Abhangs dort, hinter dem alten Leprakrankenhaus, kennst du nicht, eine lange, schmale Straße...«

»Die Deutsche Kolonie?«

»Ich glaub nicht, daß es so heißt, Ima. Auf dem Stadtplan steht eindeutig Emek Refa'im – Geistertal, und schon damals, als ich die Adresse, die man mir im Sekretariat gegeben hatte, auf dem Plan suchte und sah, daß diese Gegend so heißt, hab ich gedacht, nur ein Jerusalemer kann ungerührt in einem Viertel mit so einem grausligen Namen wohnen, die Tel Aviver wären längst auf die Barrikaden gegangen. Und der Nebel waberte immer noch um mich, und weil ich die Straße vom Ende her entlanglief, brauchte ich lange, bis ich das Haus wiedererkannte, und als ich schließlich ins Treppenhaus trat, war ich so durchnäßt und durchgefroren, mit schlammigen Schuhen, daß ich mich erst mal in einem Winkel ausruhen mußte, und da, Ima, dort in diesem dunklen Treppenhaus, kam mir auf einmal... hörst du? Hörst du mir zu?«

»Dieses sonderbare Gefühl, das mir von da an in den Tagen, in denen ich in Jerusalem rumgelaufen bin, immer mal wieder gekommen ist, als stände ich, Ima, nicht einfach so mit mir allein da... sondern... was weiß ich... als hätte man mich auf die erste Seite eines Buchs gepackt...«

»Ein Buch eben... irgendwie... Roman oder Erzählung, oder wenn du willst sogar ein Film, jedenfalls so, als wären von überall Augen auf mich gerichtet, womöglich sogar meine eigenen, musterten mich von der Seite... verfolgten mich gewissermaßen, aber nicht in der Wirklichkeit, das heißt, nur im Buch... Als ob ich... das heißt, als würde man auf der ersten Seite einer Erzählung über mich schreiben, in der es etwa heißt... ungefähr... sagen wir... so ein altes Buch, das folgendermaßen beginnt: ›Eines Winternachmittags verließ eine Studentin, Halbwaise, im Auftrag ihres Freundes die großmütterliche Wohnung in der Küstenmetropole Richtung Hauptstadt, um festzustellen, was seinem Vater geschehen sein mochte, zu dem die Verbindung abgerissen war...‹ So was, was anfangs noch einfach und harmlos klingt, aber dann immer verwickelter wird. Dann sieht man sie an einem kalten Winterabend in das Treppenhaus eines ziemlich einfachen, aber anständigen Etagenhauses treten, und ein paar Sekunden später geht ihr das Licht aus, und die Kamera, die sie von draußen aus verfolgt hat, spürt ihr tastend ins Innere des Hauses nach, findet sie vor einer verschlossenen grünlichen Tür stehen, an der nur ein einziges Wort prangt, *Mani*. So fängt sie an, diese Erzählung oder Filmstory, oder was immer es ist, Ima, ein leises Anklopfen, ein kurzes Klingeln, noch ein Klingelton und noch ein weiterer, aber der Mann dort drinnen weigert sich einfach beharrlich, die Tür zu öffnen, doch unsere junge Heldin wird ihn zum Schluß zwingen aufzumachen, wird in die Wohnung eindringen und ihm auf diese Weise, Ima, das Leben retten...«

»Wart einen Moment... Hör zu...«

»Moment...«

»Moment...«

»Moment mal. Ja, es kam keine Reaktion, aber vielleicht, Ima, konnte ich, gerade weil ich mich schon auf der Treppe in einer Geschichte und nicht im wirklichen Leben gefühlt hatte, stur weitermachen in dem Gedanken, er verstecke sich tatsächlich drinnen in der Wohnung, und ebenso wie er vorher das Telefon nicht beantworten wollte, wolle er jetzt nicht auf das Klingeln an der Tür reagieren, und deswegen beschloß ich auch, nicht lockerzulassen, und nachdem ich wohl an die zehn Minuten auf alle möglichen Weisen geklingelt und geklopft hatte, tat ich so, als ginge ich weg, schlich mich aber sofort ganz leise im Dunkeln wieder rauf und wartete atemlos, fast an die Tür geschmiegt, wie man es in Krimis sieht, bis ich leise Schrittgeräusche hörte und spürte, daß er näher kam und stehenblieb, so daß uns nur noch die Tür trennte. Und da habe ich mit freundlicher, sanfter Stimme, um ihn nicht zu verängstigen, gesagt: ›Ich bin's, Señor Mani, ich bin gekommen, Ihnen eine wichtige Botschaft von ihrem Sohn, von Effi, zu überbringen‹ – und da blieb ihm schon keine andere Wahl mehr, als nachzugeben und aufzumachen…«

»Wart mal, Moment, hör zu…«

»Warte doch…«

»Wieso das denn, Ima, er ist erst in deinem Alter, vielleicht sogar ein wenig jünger als du, so Mitte vierzig. Wenn er wollte, könnte er richtig gut aussehen, aber als er an jenem Abend die Tür aufmachte, sah er beängstigend aus, wie ein verzagtes Tier, das aus der Tiefe seines Tunnelbaus hervorschnellt – mit seinem Trauerbart, der ihm in dem einen Monat gewachsen war, in einem alten, etwas abgerissenen Bademantel, mit geröteten Augen und zerzaustem Haar, strumpfsockig stand er da, die Wohnung hinter ihm völlig dunkel, aber glühend heiß, und er wirkte verblüfft und bestürzt, daß ich ihn doch dazu gebracht hatte, die Tür aufzumachen, weshalb er sie mir nun mit feindseliger Haltung versperrte, und ich merkte, daß ich gar nicht erst zu versuchen brauchte, mich bei ihm in Erinnerung zu bringen, ihm zu erzählen, daß ich schon vor einigen Wochen zu einem Beileidsbesuch hier bei ihm gewesen sei, denn er war derart in sich selbst versunken, daß das, was vor einem Monat geschehen war, ihm vielleicht schon hundert oder zweihundert Jahre zurückzuliegen schien. Deshalb beeilte ich mich nur, abermals den Namen seines Sohns und dessen Auftrag zu erwähnen, bevor er mir die Tür endgültig vor der Nase zuknallen würde, und er hat sich meine Mitteilung angehört, ohne etwas zu sagen, hat nur geistesabwesend den Kopf geschüttelt und wollte die Tür schon wieder schließen, doch wie es das Glück wollte, hat das Telefon, Ima, hinter ihm zu klingeln angefangen, als sei ein Teil meiner Seele in Tel Aviv zurückgeblieben und helfe mir jetzt durch hartnäckiges Weiteranrufen, und er hat sich nach beiden Seiten umgeguckt, tat so, als wolle er die Sache sozusagen ignorieren, oder als hoffe er, wenigstens *ich* würde ihn vielleicht alleinlassen, bevor er ans Telefon ging, aber als er sah, daß ich wie angenagelt auf dem Fleck verharrte und keine Anstalten machte, den Rückzug anzutreten, und auch das Telefon nicht lockerließ, drehte er sich um und ging ins Wohnzimmer, um den Hörer abzuheben, und da, Mutter, vielleicht auch kraft dieses Buches, in dem ich jetzt eine Rolle spielte, und wegen der Sicherheit, die mir die Kamera und der Regisseur samt dem Team verliehen, die jede meiner Regungen verfolgten und mich notfalls sicher auch vor ihm schützen würden, beschloß ich, mich nicht mit diesem Kopfschütteln zufriedenzugeben, schlüpfte vielmehr ungebeten hinein, denn ich wußte, daß ich herausfinden mußte, was hier nun *wirklich* vor sich ging...«

»Weil ich sicher war, daß da was sein mußte, wenn er mich so stur an der Tür abblockte, wo ich doch im Auftrag seines Sohns extra aus Tel Aviv hergekommen war und nun völlig durchnäßt und verfroren auf der Treppe stand...«

»Oh, schönen guten Morgen... wußte ich's doch, Ima...«

»Ja, guten Morgen, wußte ich doch, daß du darauf anspielen würdest. Also, bitteschön, sag's lieber laut und deutlich... Ich warte schon eine volle Viertelstunde auf diesen Satz, und wenn du ihn sagen mußt, dann nur zu...«

»Ja, ja, sag's nur, genau, ja, ja, ich weiß. *Unsere Hagar ist wieder mal auf einen Vater aus... Wie gewöhnlich macht sie sich an einen älteren Mann ran, um eine Vaterfigur zu finden...* Dieses Lied kenn ich schon auswendig... Jedesmal, wenn ich dir beim Militär von einem etwas älteren Offizier erzählt habe, der mir auch nur ein bißchen gefallen hat, hast du gleich dieses traurige Lächeln aufgesetzt...«

»Ja, ja, aber das, zum Teufel, ist doch, was du mir am liebsten sagen möchtest, gib's ruhig zu, das paßt schließlich haargenau zu den abgedroschenen, banalen, todlangweiligen Thesen dieser *Waisenpsychologie*, die sie dir eingetrichtert haben...«

»Du meinst, es gibt keine spezielle Psychologie für Waisen?«

»Wieso?«

»Dann wird man sie bald erfinden…«

»Nein, ich weiß schon…«

»Aber einen Moment, hör zu…«

»Aber das möchtest du sagen, weiß ich doch, dann sag's halt…«

»Sag's doch… Was ist denn dabei?«

»Ich bin nicht aufgebracht…«

»Weil die Wahrheit eventuell anders aussieht, und vielleicht denkst du mal nach, Ima, vielleicht versuchst du einmal, in eine gänzlich andere Richtung zu denken, dahin, daß ich nämlich die ganze Zeit gar keine Vaterfigur für mich suche, wie du immer meinst, sondern, sagen wir mal, zum Beispiel, einen Mann für dich…«

»Ja, einfach einen Mann für dich… einen richtigen Mann, der dich vielleicht ein bißchen aus dieser Dürre hier ringsum befreien kann, die dich austrocknet, ohne daß du's merkst, und trotz der Liebenswürdigkeit und Herzlichkeit all der guten Freunde und Freundinnen, die schon… ja… die schon … trotz der großen Anerkennung… wie sagt man… die deiner eben auch so ein bißchen müde sind und sich Sorgen machen, wie du ihnen hier allein in der Wüste altern wirst, zumal du dich auch noch darauf versteifst, weiter auf dem Feld zu arbeiten, wo es nicht mal den Schatten einer Chance gibt, daß du jemals auf jemand Annehmbaren, jemand Lebendigen stößt, dem du dich annähern, den du lieben könntest, denn schließlich werde auch ich… werde auch ich eines Tages von hier weggehen… Und deshalb ist es wohl kaum meinetwegen, daß ich mich manchmal ein bißchen, sagen wir… sagen wir ruhig *ranmache*… wenn ich das wirklich tue… sondern eher…«

»Ja, ich bin fertig…«

»Genau, um dich zu verheiraten…«

»Findest du lachhaft? Wundert mich nicht. Was ist denn dabei? Es wird Zeit, daß du endlich aufhörst, dich stur zu stellen…«

»Was ist dasselbe?«

»Wieso dasselbe?«

»Vielleicht...«

»Richtig...«

»Stimmt... Und wenn's schon dasselbe ist... vielleicht im Ergebnis, aber nicht vom Grund her...«

»Nein, mach nicht mehr Licht an... Es ist hell genug...«

»Mag sein, und wenn schon? Aber diesmal in Jerusalem habe ich mich wirklich nicht an ihn rangemacht, Ima, ich hatte ein Recht einzudringen...«

»Ein Recht durch das in mich Eingeschriebene, Ima, obwohl du's dauernd abtun willst, durch diese winzige Kaulquappe, die in mir herumschwimmt und die ganze Zeit Zellen von mir verschlingt, um einen neuen Menschen zu schaffen, mit dem Recht des Blutes, dieses krümelige Etwas, das – ungeachtet der ganzen Welt, die es verleugnen mag – im nächsten Sommer aus mir hervorbersten und euch alle anplärren wird. Kraft der Natur habe ich mich schon einer neuen Familie verbunden, Ima, egal ob Effi sich zu seiner Vaterschaft bekennen will oder nicht, und deshalb, Ima, hatte ich nicht nur das Recht, sondern sogar die Pflicht, diese Wohnung ungebeten zu betreten, eine Pflicht, die der winzige zukünftige Señor Mani mir auferlegt hatte, denn er wollte gern seine Vorfahren kennenlernen, ein bißchen in ihre Welt eindringen, und vorerst, bis er sich selber vertreten kann, vertrete ich ihn ja. Hörst du?«

»Und tatsächlich verstand ich blitzartig, warum es mich so hineingezogen hatte, und sag mir nicht gleich, das sei nur eine Halluzination gewesen, denn ich weiß, Ima, und schreie es aus voller Seele heraus: *Nein. Es ist keine Halluzination, war auf gar keinen Fall Halluzination*, ich teile dir von vornherein mit, daß ich das, was du sagen willst, nicht annehme, denn ich habe mit einem Blick das versteckte Grauen glasklar erfaßt, das auch eine völlig ausreichende Erklärung für alles andere lieferte: sein merkwürdiges Verhalten, Effis Sorge, seinen Auftrag an mich, meine hartnäckige Telefoniererei und die ausbleibende Antwort darauf, der feindselige Empfang und das Bemühen des Vaters, mich wieder in Kälte und Nebel hinauszustoßen, obwohl ich in einer Mission des guten Willens gekommen war, denn ich, Ima, hör gut zu, habe diesen Mann, Effis Vater, diesen Señor Mani schlicht und einfach davon abgehalten, Hand an sich zu legen...«

»Nein, das bilde ich mir nicht ein...«

»Ja, genau das... Hör gut zu, denn das ist die *Wahrheit*, und das passiert nicht nur in Büchern, sondern auch im Leben... Das heißt, hör zu, bloß, weil ich an jenem Dienstag abend nach Jerusalem gefahren und dann nicht von der Tür gewichen bin, habe ich diesen Mann daran gehindert, sich umzubringen... Ja, sich einfach umzubringen... Denn genau das hatte er vor, das war mir damals völlig klar und ist es mir noch heute... Alle Anzeichen deuteten darauf hin... Und wenn ich nicht gekommen wäre... wenn ich mir das jetzt überlege... und... und...«

»Nein...«

»Nein...«

»Schon gut...«

»Schon gut...«

»Nein, ich weine und zittere, wenn ich daran denke, was dann passiert ist, ich weine, weil ich weiß, daß du mir nicht glauben kannst...«

»Weil du's nicht glauben willst... einfach nicht willst... Man hat dich darauf abgerichtet, nicht zu glauben...«

»Laß mich...«

»Nein...«

»In Ordnung... gut... ich bin fertig...«

»Gut...«

»Gut...«

»Denn als er da im Wohnzimmer stand, widerwillig den Hörer hielt und am Telefon jemandem zuzuhören versuchte, dem er nicht zuhören wollte, drang ich in die Wohnung ein, wobei mich die drinnen herrschende Hitze förmlich aus der Kälte draußen hineinsog, so daß ich nicht – wie es die Höflichkeit vielleicht verlangt hätte – im Wohnzimmer stehenblieb, sondern weiter den Flur hinunterging, und da sah ich durch eine offene Tür das Schlafzimmer der verstorbenen Großmutter, das stockdunkel war, bis auf das Mondlicht, das durch ein kleines Fenster fiel und ein unbeschreibliches Szenario offenbarte – ein grauenhaftes Schauspiel... Ich kann jetzt noch kaum darüber sprechen...«

»Weil da so eine Art Galgen bereitstand...«

»Ja, ein Galgen...«

»Du hast genau richtig gehört... Das heißt, erstens herrschte ein fürchterliches, geradezu hysterisches Durcheinander dort im Zimmer, das Bett völlig zerwühlt, aber richtig, als hätte jemand darin getobt, die Kissen wild durcheinandergeschmissen, die Laken zerrissen, Bücher auf dem Fußboden und der Tisch voll Papier, zerknüllter Bögen, aber die Hauptsache, Ima, der Laden, der Rolladen vor dem großen Fenster – hermetisch zu, ohne die kleinste Ritze, und der Kasten oben offen, ohne Verschalung, dahinter roher, unverputzter Beton und nacktes Holz, und in dem Kasten drinnen, Ima, an der eisernen Querstange hing der Gurt, der Rolladengurt, wie dieser hier, aber breiter und stärker, aus gelblichem Hanf mit zwei rötlichen Längsstreifen, baumelte da frei in der Luft, am unteren Ende war eine große Schlaufe fix und fertig, wie eine Schlinge für den Hals... Du lachst mich aus...«

»Nein, das ist noch nicht alles... Darunter stand nämlich schon ein kleiner Schemel bereit, den man besteigt, um ihn unter den Füßen wegzukicken... Alles war fertig vorbereitet, wirklich, ohne jeden Zweifel... So klar... Und falls es doch noch irgendwelche Zweifel gab: sein Verhalten verriet ihn augenblicklich, denn sobald er mich hineinkommen und an ihm vorbei in das bewußte Zimmer schlüpfen sah, wurde er von wilder Panik ergriffen, unterbrach das Telefongespräch mitten im Satz, ließ den Hörer fallen und kam angelaufen, um mich aufzuhalten, mich rauszuschmeißen oder mir wenigstens die Tür vor der Nase zuzuknallen, damit ich nicht reinging und etwas sah, und an der furchtbaren Angst, die ihn befallen hatte, begleitet von Schrecken, Verwirrung und vielleicht auch Scham, merkte ich, daß er erkannte, daß ich alles erfaßt, alles begriffen hatte... Hörst du, Ima?«

»Ja, nein, ich war schon mitten in dem dunklen Zimmer und stand wie erstarrt, hypnotisiert von diesem Galgen, und da hat er mich im Finstern von hinten gepackt und hat angefangen, mit mir zu ringen, um mich da rauszukriegen...«

»Nichts, kein einziges Wort... Das ist es ja gerade, wenn Worte gefallen wären, hätte vielleicht alles anders ausgesehen... Aber nun war ich schon tief erschrocken, nicht nur wegen der furchtbaren Wut, die ihn erfaßt hatte, sondern auch, weil ich spürte, daß er unter dem Bademantel nackt war, doch ich wußte, daß ich mich ihm mit aller Kraft widersetzen mußte, wenn ich ihn retten wollte, und deshalb, Ima, habe ich gegen ihn angekämpft, hab sogar versucht, den Rolladengurt zu fassen zu kriegen, um ihn festzuhalten und dadurch irgendwie in seinem Wesen aufzuheben, aber er ließ nicht locker, zerrte mich gewaltsam aus dem Zimmer, wollte mich schon auf die Wohnungstür zudrängen, und ich wußte, ich muß mich irgendwo draufsetzen oder sogar -legen, damit ich besser gegen ihn anringen kann, denn sonst bin ich umgehend aus der Tür, aus der Wohnung, aus der ganzen Sache raus... Deshalb tat ich auf einmal so, es war ein Trick, als würde ich in seinen Händen ohnmächtig, worauf er mich erschrocken einen Augenblick losließ, und da warf ich mich eiligst in einen kleinen Sessel, der an der Wohnzimmertür stand, immer noch ohne ein Wort seiner- oder meinerseits, so perplex waren wir beide von diesem jähen, unerwarteten Kampf, und erst dann, als er mich ganz zusammengesunken und in mich gekehrt wie einen Frosch dahocken sah, gab er's plötzlich auf, ging in das bewußte Zimmer und machte die Tür hinter sich zu...«

»Das war's.«

»Was weiß ich, hat wohl gewartet, daß ich von allein abhaue...«

»Ich bin in diesem Sessel sitzen geblieben, Ima... Ohne mich zu rühren...«

»Hab ausgeharrt...«

»Hab nicht genau geguckt...«

»Ein paar Stunden...«

»Ja, mehrere Stunden...«

»Kein bißchen lächerlich, Ima...«

»Ich weiß, was du denkst…«

»Sag's ruhig, ich bin ganz Ohr…«

»Ja.«

»Ja.«

»Ja.«

»Natürlich, jedes Wort…«

»Ja, ich verstehe…«

»Das ist deine Auslegung, Ima, aber ich hab 'ne andere…«

»Hab ich dir bereits gesagt…«

»Weil ich wußte, daß allein schon meine Anwesenheit ihn von dieser grauenhaften Tat abhalten würde, obwohl er sich theoretisch auch hinter verschlossener Tür hätte umbringen können, ohne daß ich imstande gewesen wäre, es zu verhindern, ja womöglich wäre ich sogar noch in Mordverdacht geraten…«

»Warte… ich weiß, du glaubst es nicht… aber…«

»Gleich wirst du's hören… Nichts von wegen Halluzination…«

»Ich bin nicht vom Fleck gewichen, ganz aufgeweicht in der Gluthitze dieser Wohnung, in die offenbar schon tagelang kein frischer Lufthauch mehr gedrungen war, habe den Telefonhörer angestarrt, der immer noch auf dem Tisch lag, neben einer kleinen Pferdestatue und einer Reihe kleiner Tonkrüge, und begriff schließlich, warum dieses Telefon in den letzten zwei Tagen derart oft das Besetztzeichen von sich gegeben hatte, der Hörer lag ja einfach so neben diesem Pferdchen, das eher wie ein Maultier aussah…«

»Ich hab mich nicht gerührt…«

»Nein, Ima, dort am selben Fleck, ohne einen Mucks…«

»Ich weiß nicht… Als sei ich dort versteinert. Als sei meine ganze Lebenskraft verpufft… Als habe der Schriftsteller, der mich schreibt, oder der Regisseur, der mich filmt, den Stift beziehungsweise die Kamera beiseitegelegt und sei zu Besorgungen oder zum Abendessen aus dem Haus gegangen oder auch nur zu einem Spaziergang an der kalten Luft, um von dort eine Idee mitzubringen, wie er mich wieder hinauskomplimentieren könnte…«

»Aber was willst du denn?«

»Wieso verrückt?«

»Das meinst du ja wohl nicht im Ernst...«

»Nein, ich hab gewartet...«

»Was weiß ich, hab gewartet, bis er aus dem Zimmer rauskam, denn ich wußte bloß eins – daß ich ihn so nicht sich selber überlassen durfte... Daß es einfach unmoralisch wäre, jetzt aufzustehen und wegzulaufen...«

»Ja, unmoralisch...«

»Genau, Ima, das war alles, hab mich nicht vom Fleck gerührt... Hab nichts angefaßt... Hab nicht mal den Hörer wieder aufgelegt. Anfangs hat er ein bißchen gepfiffen, dann ist er verstummt. Auch die Tür ist ein wenig offen geblieben, und von Zeit zu Zeit hörte man Stimmen von Menschen, die draußen auf und ab gingen, und das Treppenhauslicht leuchtete auf und erlosch... Aber zum Schluß hat sich tiefe Stille ausgebreitet, so daß ich manchmal Laute aus anderen Wohnungen hören konnte, die Rundfunk- oder Fernsehnachrichten... Doch vor allem den Wind, der die ganze Zeit draußen weiterwütete.«

»Nein, ich hab mich nicht gerührt und nichts angefaßt... Als hätte ich mir innerlich selbst diese Lähmung auferlegt, Ima, die allein es mir erlaubte, in dieser fremden Wohnung zu bleiben, in die ich mit Gewalt eingedrungen war. Ich hab mich wahrhaftig gezwungen, die Arme verschränkt zu halten, denn ich wollte nicht den leichtesten Fingerabdruck hinterlassen, für den Fall, daß er sich doch noch aufhängen sollte, damit man mir hinterher nicht mit allen möglichen Vorwürfen und Beschuldigungen kommen würde...«

»Beschuldigungen...«

»Weiß nicht, Ima, man würde vielleicht welche erfinden... Weil ich's nicht verhindert oder ihn womöglich noch dazu ermuntert hätte...«

»Weiß nicht, weiß nicht, weiß nicht, was soll dieses Kreuzverhör jetzt, ich weiß nur, daß ich dort auf jenem Sessel in der Wohnzimmerecke ausgeharrt habe, und obwohl ich nach einiger Zeit Hunger und Durst verspürte, denn ich hatte seit dem Mittag eigentlich nichts mehr gegessen oder getrunken, bin ich trotzdem nicht aufgestanden, hab mich nicht gerührt. Neben mir stand ein Körbchen mit Bonbons, aber nicht mal einen einzigen habe ich davon stibitzt. Nicht mal die Strickjacke hab ich abgelegt, obwohl ich schon vor Hitze glühte, starrte bloß unverwandt auf die schwarze Mattscheibe des Fernsehers mir gegenüber oder las immer wieder dieselben Zeilen in einem Buch, das aufgeschlagen schräg vor mir lag, hab nicht gewagt, es gerade zu rücken, irgendwas über Altjerusalemer Wohnviertel, bis ich im Lauf der verrinnenden Stunden und in der Stille, die im ganzen Haus herrschte, langsam das Gefühl bekam, eine unsichtbare Hand sei bereits dabei, mich zu umwickeln und einzubalsamieren, wobei ich auf dem Sessel einzunicken begann, als sei dies mein endgültiger Platz für alle Zeiten, ja, ich war sogar bereit, mich mit dem Gedanken abzufinden, daß dieser Señor Mani dort schon am Rolladengurt in der Luft baumelte, saß einfach wie versteinert da und wartete, bis der Schriftsteller oder Regisseur zurückkommen würde, doch dann, gegen Mitternacht ungefähr, als ich schon völlig benebelt war, sah ich ihn aus jenem Zimmer kommen, aber nun schon ganz anders, nicht mehr in diesem etwas abgerissenen Bademantel, sondern richtig angezogen, in Hose und Pullover, und auch gekämmt – er wirkte also nicht mehr wie diese trübsinnige, kranke, wilde Kreatur, die sich ihren Galgen zimmert, sondern wie ein Mann, der erwacht ist und sich aufgerafft hat. Er schien weder überrascht noch verärgert, mich dort vorzufinden, blickte mich vielmehr mit einem leicht verlegenen Lächeln an, schloß erst mal die offene Wohnungstür, legte den Telefonhörer wieder auf die Gabel und fragte mich höflich, wie ich heiße und was ich eigentlich von ihm wolle...«

»Offenbar hatte er am Anfang nicht zugehört...«

»Nein, Ima, warte, wart mal, nein, keine Halluzination...«

»Wart doch mal ab, Ima, warte... Was hast du's denn so eilig...«

»Nicht bis in die letzten Einzelheiten, aber trotzdem... Schließlich sind auch die Einzelheiten wichtig...«

»Aber warte doch mal, in Gottes Namen, warte...«

»Hab ich nur so gesagt...«

»Nein, die übrigen Tage in kürzerer Fassung...«

»Nein, nein, kein Wort über das vorherige Ringen zwischen uns, als hätten wir uns nicht mal mit dem kleinen Finger berührt... Ich wiederholte also, was Effi mir aufgetragen hatte, und diesmal hat er's auch kapiert, schien gar nicht übermäßig enttäuscht, daß Effi keinen Urlaub für die Grabsteinenthüllung bekommen würde, fragte mich aber noch nach weiteren Einzelheiten über ihn aus, als müßte ich mehr über seinen Sohn wissen als er selber, und da habe ich ihm auch von der Brille erzählt, die dort beim Reservedienst im Libanon in die Brüche gegangen war, worauf er besorgt dreinschaute und meinte, er würde vielleicht eine andere für ihn finden. Dann lud er mich ganz natürlich, als ob nichts geschehen sei, ein, ihm in dasselbe Zimmer zu folgen, aus dem er mich vorher so wütend hinausbefördert hatte, es war jetzt aufgeräumt, sah jedenfalls normaler aus, das Bett abgezogen, die Decken ordentlich zusammengefaltet, die Papiere zu einem Stapel aufgeschichtet, und vor allem – der Rolladen war nun hochgezogen, der Kasten oben verschlossen, und der baumelnde Gurt mit der Schlinge war ganz verschwunden, saß wieder an seinem angestammten Platz, während man durch das große Fenster die Bäume im Sturm schwanken sah. Señor Mani stöberte nun Schubladen durch, bis er zwei oder drei Brillen gefunden hatte, überlegte ein wenig, ob sie Effi oder jemand anderem gehörten, und fragte sogar mich, ob ich entscheiden könne, welche Effis Brille ähnlich sei. Schließlich verstaute er sie alle in ein Stoffsäckchen und sagte: ›Nehmen Sie sie und schicken Sie sie ihm in den Libanon, vielleicht helfen die ihm vorerst, bis er auf Urlaub kommt.‹ Jetzt schien es mir plötzlich, als wolle er mich nicht mehr so eiligst loswerden, denn er sah mir lange und forschend in die Augen und fragte dann unvermittelt: ›Woher kenne ich Sie eigentlich? Woher könnte ich Sie denn in Erinnerung haben?‹ Und als ich ihn mit einem leichten Lächeln daran erinnerte, daß ich erst vor einem Monat, während der Trauerwoche, bei ihm in der

Wohnung gewesen war, schien er sich mit dieser Antwort nicht begnügen zu wollen, hatte diesen Besuch wohl auch nicht mehr im Gedächtnis, sondern suchte hartnäckig nach einer vorherigen Bekanntschaft, versuchte mich neugierig auszuforschen, ob ich nicht einmal in Jerusalem gewohnt hätte, und begann sich auch ein wenig nach der Familie zu erkundigen, von allen Ecken und Enden, nach dir und Abba und nach euren Eltern, woher sie stammten und ob nicht doch Jerusalemer darunter gewesen seien. Es war wirklich sonderbar, Ima, diese Familienforschung, die er derart ausdauernd mitten in der Nacht betrieb, als gäbe es keine Uhr, als ständen wir überhaupt außerhalb der Zeit, und da ich ihm nicht viel über unsere Familiengeschichte zu berichten wußte und auch sehr müde war, ist es mir zum Schluß, aber erst ganz am Schluß, Ima, rausgerutscht... das heißt... wieder mal... Was kann man machen?«

»Genau, ja, daß unser Abba auch im Krieg gefallen ist...«

»Wußte ich, daß du das sagen würdest, aber diesmal wollte ich's wirklich nicht erzählen... Ich hatt's mir doch schon selber geschworen, nicht überall damit hausieren zu gehen...«

»Leicht gesagt... sehr leicht gesagt...«

»Natürlich, du weißt alles im voraus...«

»Nein...«

»Nein, nein, aber es ärgert mich wirklich langsam, daß du immer so sicher bist, du wüßtest schon im voraus, was ich sagen und tun würde, aber warte, wart mal, ich hab noch eine große Überraschung für dich heute abend...«

»Wart's ab... gedulde dich...«

»Ja, eine Überraschung.«

»Und dann? Dann floß natürlich, wie immer, Ima, das Mitleid in Strömen...«

»Wieso das denn? Vielleicht früher mal, aber jetzt längst nicht mehr, ich leide sogar darunter, wenn die Leute mich gewissermaßen gleich unter ihre Fittiche nehmen, er auch, allerdings sehr feinfühlig, aber doch schon besorgt, wie ich zu dieser Stunde und bei solchem Wetter von Jerusalem zur Küstenebene runterkommen solle, zumal er davon überzeugt war, daß es bald zu schneien anfangen würde, und deswegen hat *er* vorgeschlagen, ich sollte bei ihm übernachten, morgens würde er mich schon an die Busstation oder zum Bahnhof fahren. Ich wußte, daß er recht hatte, aber ich zögerte mit meiner Antwort, damit er nicht nur mich, sondern auch sich selbst überzeugen konnte. Und dann richtete er eben das Zimmer, auf dessen Schwelle er derart wild mit mir gerungen hatte, wollte gewissermaßen beweisen, daß der verschwundene Galgen nie existiert hatte... Noch bevor ich mich ganz entschieden hatte, bezog er mir schon ohne Umschweife das Bett der Großmutter...«

»Nein, Effi hat kein Zimmer in dieser Wohnung. Es war wirklich das Zimmer der verstorbenen Großmutter, das sah man auf den ersten Blick.«

»Woran du willst, an allem, an den Möbeln, an den Bildern, die an den Wänden hingen, an der komischen alten Puppe – einer türkischen Tänzerin mit glänzenden Pluderhosen und einem Turban auf dem Kopf –, an den Kleidern und Morgenröcken, die noch immer im Kleiderschrank hingen. Außerdem waren die Laken, mit denen er das Bett bezog, vom vielen Waschen ausgebleicht, und das Nachthemd, das er aus einer Schublade zog, war auch so ein altertümliches Stück – aus dickem Flanell, übersät mit roten Blumen, denen man ansah, daß sie handgestickt waren, denn keine glich der anderen, und auf einmal, Ima, überlief mich ein eigenartiger Schauder, nicht so wegen der Großmutter und ihrem Nachthemd, sondern weil mir schien, er sei direkt froh, mich dort über Nacht unterzubringen, bloß damit er mal wieder jemand dieses Hemd tragen sah...«

»Bist du verrückt geworden?«

»Wieso das denn? Wie kommst du bloß darauf, Ima? Erst nachdem ich ins Bett geklettert war und mich bis oben hin zugedeckt hatte, ist er ins Zimmer gekommen, um den Laden runterzulassen und mich zu fragen, ob das Nachthemd passe, und da merkte ich, daß er mich freudig anblickte, sein Gesicht leuchtete förmlich, und mit Leichtigkeit, mit einer Hand, ließ er den Laden runtergleiten, vielleicht um schlicht und einfach zu beweisen, daß es gar kein Galgen gewesen war, nur ein verklemmter Rolladen...«

»Aber es war keine Halluzination...«

»Weil ich es gesehen habe...«

»Weil ich es gesehen und erfaßt habe...«

»Aber warte doch, warum hast du keine Geduld...«

»Was ist denn? Wir haben ja den ganzen Abend...«

»Du wolltest doch auf die Neujahrsfete verzichten...«

»Warum bist du dann so nervös?«

»Wegen dieser Geschichte?«

»Und wenn schon? Was ist denn dabei?«

»Ja, genau, Ima, war mir egal... Warum nicht? Wenn Effi so ohne weiteres in das Bett unserer Savta springen konnte, warum sollte ich dann nicht in das seiner Großmutter schlüpfen...«

»Vielleicht? Und wenn schon? Was dann? Es war ja schon einen Monat her, was sollte da noch davon zurückgeblieben sein? Der Tod ist schließlich keine ansteckende oder besudelnde Krankheit, wie das Leben... Komisch, solltest *du*, Ima, etwa anfangen, an Gespenster zu glauben?«

»Kein einziges Mal, völlig natürlich, du weißt ja, daß ich immer gern in den Betten der Großen geschlafen habe, womöglich immer noch wegen der verhaßten Erinnerung an die Gemeinschaftsunterbringung im Kinderhaus... Deswegen bin ich dort auch in dieses weiche Bett geplumpst und zunächst mit Leichtigkeit eingepennt, völlig problemlos, obwohl er noch ein Weilchen unruhig in der Wohnung herumgeistert ist und auch der Wind draußen heftiger geworden war. Aber nach ein oder zwei Stunden bin ich wieder aufgewacht, Ima, nicht nur völlig durcheinander, sondern vor allem mit einem wahren Heißhunger, der sich einfach nicht unterdrücken ließ, als finge *der da* in mir schon an, mein Bauchfell anzuknabbern. Ich mußte unbedingt aufstehen, um mir sofort was Eßbares zu suchen, und so bin ich den Flur entlanggetappt, hab mich durch diesen dunklen Eisenbahnwagen getastet, an seiner geschlossenen Zimmertür vorbei in die Küche, wo ich allerdings kein Licht einschaltete, ja nicht mal den Kühlschrank aufmachte, aber doch einen Laib Brot fand, von dem ich mir ein paar Scheiben absäbelte. Ich beträufelte sie mit Öl, streute Salz und ein paar rumstehende Gewürze darüber, und so hab ich vielleicht einen halben Laib hinuntergeschlungen, bis ich wirklich satt war, aber als ich den Gang zurückschlich, sah ich die Tür ein wenig aufgehen, als habe er dort auf mich gewartet. Ich hielt eine Sekunde inne, Ima, und da hörte ich ihn verschlafen leise meinen Namen rufen, als gehörte ich schon zur Familie – er wollte wissen, ob es bereits schneie, doch dann, ich weiß nicht, hab ich derartige Angst vor ihm gekriegt…«

»Ich weiß nicht, daß er vielleicht wieder aufstehen könnte, um mit mir zu ringen. Ich konnte ihm nicht antworten, bin bloß ins Bett gekrochen und hab mich lange drin rumgewälzt, bis ich erneut Schlaf fand. Und morgens um halb acht, als er ins Zimmer kam, um mich zu wecken, wirkte er schon recht ungeduldig, sehr vornehm gekleidet, in schwarzem Anzug mit schwarzer Krawatte, denn er ist wirklich Richter, Friedensrichter, und ich habe ihn auch zu Gericht sitzen sehen…«

»Sofort, sofort, immer der Reihe nach, auch dazu komme ich gleich…«

»Langsam, langsam, Ima. Und da, als er mich geweckt hatte, sowohl durch das Licht, das er ins Zimmer strömen ließ, als auch durch eine leichte Berührung an der Schulter, hat er als erstes zu mir gesagt: ›Verzeihung, ich bin schuld, daß Sie nachts hungrig waren, habe gestern vergessen, Ihnen was anzubieten.‹«

»Davon? Kein einziges Wort, Ima… Um Himmels willen, noch kein Sterbenswörtchen…«

»Weil ich nicht wollte, daß er das Vertrauen in mich verliert, daß er womöglich denkt, ich sei nicht wegen Effis Auftrag nach Jerusalem gefahren, sondern in der geheimen Absicht, etwas von ihm zu erpressen…«

»Was weiß ich… Irgendeine Zusicherung hinsichtlich des Babys… oder Geld…«

»Weiß ich, was er hätte denken können? Für einen Arzt

vielleicht oder im Gegenteil für eine Abtreibung… Deswegen hab ich mich gehütet, was zu sagen, hab mich dauernd selbst davor gewarnt. Auch als ich ihn so ruhig und diszipliniert dastehen und mir eine Scheibe Schwarzbrot mit weißem Ziegenkäse bestreichen sah, den Blick aufs Fenster gerichtet, um zu sehen, ob die Regentropfen in Schneeflocken übergingen, habe ich keinen Augenblick vergessen, daß dieser Mann, wie ein trübsinniges Tier, versucht hatte, sich selbst zu vernichten…«

»Nein, nur ganz andeutungsweise… Damit er sich vor mir in acht nahm… Hab nur in scheinbarer Absichtslosigkeit dahingesagt: ›Ich sehe, Sie haben diesen gerissenen Rolladengurt mit der Schlinge wieder heilgekriegt.‹ Denn er sollte auf jeden Fall wissen, daß ich *alles* gesehen und auch verstanden hatte…«

»Nein, er hat nichts entgegnet, nur schweigend den Kopf gewiegt… Und hinterher hat er ein bißchen vor sich hingelächelt und mich zum Aufbruch angetrieben. Da schien es mir auf einmal, Ima, als sei seine höfliche Freundlichkeit nur eine Verlockung, um sicherzustellen, daß ich mich wirklich aus Jerusalem davonmachte und nicht etwa vorhatte, ihm noch weiter nachzuspionieren. Deshalb schützte er offenbar irgendeine dringende Angelegenheit vor, die er in der Nähe der Zentralstation zu erledigen hätte, so daß er mich mitnehmen und direkt an der Station absetzen könnte. Im ersten Augenblick dachte ich auch wirklich, das war's wohl, ich muß endlich nach Tel Aviv zurück, hab wegen dieses sonderbaren Abenteuers schon genug Kursstunden versäumt, aber unterwegs in seinem Auto, als wir durch das furchtbare Verkehrsgewühl schlichen, habe ich ihn in dem tiefen Schweigen, das zwischen uns herrschte, von der Seite beobachtet – sah einen düsteren sephardischen Herrn, offenbar mutterseelenallein, mit einem schwachen Geruch wie von altem Wein – und dachte mir auf einmal, Ima, das ist doch überhaupt der einzige Großvater, den dieses in meiner Körperflüssigkeit herumschwimmende Etwas haben wird, warum ihn also nicht ein bißchen besser kennenlernen? Deswegen habe ich ihn dazu verleitet, von sich zu sprechen, hab sogar das Buch über die alten Jerusalemer Viertel erwähnt, das dort schräg neben der Pferdefigur gelegen und von dem ich eine Seite überflogen hatte, und da ist er gleich hellwach geworden und hat mir von diesem Buch erzählt, das er mit großem Genuß lese, auch von diesem Viertel, Kerem Awraham, zu dem er jetzt unterwegs sei, um zu dem alten Haus zu gelangen, dessen Wohnungen er vermietet habe. Er hatte es vom Großvater seines Vaters geerbt, einem seinerzeit, vor neunzig Jahren, berühmten Jerusalemer Frauenarzt, und dort in jenem Haus, hieß es, habe es auch eine Art Geburtsklinik gegeben, die Jerusalemer Frauen, Jüdinnen wie Araberinnen, zur Entbindung aufsuchten, und als er diese Worte sagte, ist mir irgendwie das Herz aufgegangen, Ima, ich wurde ganz rot vor Aufregung, und obwohl wir am Kongreßzentrum im Stau festhingen, ringsum alles grau und dieser nervende Nieselregen auf den Scheiben, empfand ich das wunderbar Schicksalhafte an dieser ganzen Begegnung mit ihm, daß er jetzt mit mir an einen Ort fuhr, an dem Frauen vor hundert Jahren niedergekommen waren, und deswegen war es das Natürlichste der Welt, ihn dorthin begleiten zu wollen, um diesen Ort in Augenschein zu nehmen. Er war ein bißchen verlegen und überrascht von meiner Bitte, sagte, es gebe dort gar nichts zu sehen, heute sei das einfach ein Haus mit ein paar kleinen Wohnungen, deren Bewohnern er die Mietverträge verlängern wolle, denn daher stamme das Geld, das er Effi jeden Monat als Studienbeihilfe schicke. Aber ich versteifte mich auf einmal, bestürmte ihn geradezu, wenn nicht das Haus selber, sei vielleicht wenigstens das Viertel sehenswert, worauf er mich wieder zu überzeugen versuchte, daß es dort nichts zu sehen gebe, außer lauter schwarzgekleideten Ultraorthodoxen eben, die jetzt das ganze Viertel bevölkerten, doch ich beharrte, Ima, plötzlich war es mir wichtig, und ihm blieb keine Wahl, er konnte mich ja nicht einfach aus dem Auto werfen, und deswegen hielt er nicht an der Zentralstation, sondern fuhr in jenes enge Viertel weiter, das tatsächlich vor schwarzgewandeten Religiösen wimmelte, gleichwohl schien es von buntem Leben erfüllt.

Wir parkten vor einem alten, aber keineswegs kleinen, zwei-
stöckigen Haus mit rotem Ziegeldach, und er wurde auf einmal sehr verlegen und sagte: ›Das ist das Haus, sehen Sie, es
gibt nichts daran zu sehen.‹ Danach bat er mich taktvoll,
draußen auf ihn zu warten, nicht mit hineinzukommen, denn
das seien so fromme Menschen, die nicht begreifen würden,
wer und was ich sei und wie ich zu ihm gehöre … Da mußte
ich innerlich lachen, Ima – als ob *er* schon wüßte, wer ich bin.
Aber natürlich willigte ich ein, draußen zu bleiben, und er
sagte, es könne eine Weile dauern, und wenn es mir zu lang-
weilig würde, könne ich mit dem Bus zur Zentralstation fahren, worauf er wieder vor dem Schnee warnte, der bald fallen
und womöglich die Ausfallstraße nach Tel Aviv abschneiden
werde. Danach gab er mir zum Abschied die Hand, bat um
Entschuldigung für all die Unannehmlichkeiten, die mir aus
der unterbrochenen Telefonverbindung erwachsen seien,
und verschwand hinter dem großen Eisentor des bewußten
Hauses. Ich drehte ein paar Runden, versuchte mir vorzustellen, wie das alles vor hundert Jahren ausgesehen haben
mochte, sicher war's damals genauso von Ödland umgeben
wie's hier bei uns heute ist, und dabei mußte ich wieder an das
Baby denken – wenn's erst mal geboren war, würde ihm dieses Haus ja mitgehören und dadurch eigentlich auch mir ein
bißchen, wo wir doch im Kibbuz nicht mal eine Hütte unser
eigen nennen können, und hier nun ein ganzer Bau mit rotem
Dach. Ringsum hasteten Fromme an mir vorbei, mit diesen
durchsichtigen Plastikhüllen um die Hüte, die geschlossenen
schwarzen Regenschirme wie Gewehre geschultert, und die
Regentropfen wurden auf einmal schwer und lang, schmierig
irgendwie, aber ich wußte, daß es immer noch kein Schnee
war, obwohl ich noch nie Schnee gesehen hatte. Und so
kehrte ich um und bin nun doch in das Haus reingegangen, in
das enge, dämmrige Treppenhaus, in dem Kinderwagen ans
Geländer angeschlossen waren, auf der einen Seite ein paar
Briefkästen ohne Deckel, bin in den zweiten Stock hinaufgestiegen, auf einen Flur, der früher mal ein Balkon gewesen
sein mußte – in dem ursprünglichen Gebäude, das man teil-

weise abgerissen und dann neu errichtet hatte, um es einem anderen Zweck zuzuführen. Ich passierte Türen, von denen ich nicht wußte, ob sie in Wohnungen oder Abstellräume führten, wobei mir einen Moment der sonderbare Gedanke kam, mein Señor Mani könnte hier einfach in ein Kämmerchen geschlüpft sein, um endlich ungestört seinen Selbstmord zu verüben, doch es zog mich weiter den Gang entlang zu einer Hintertreppe, die in einen kleinen gepflasterten Hof hinabführte, umgeben von engen Wohnungen und Zimmern. Auf einem freien Fleckchen versuchte doch wahrlich irgendeine gute, erdverbundene Seele, mitten im Stein etwas zum Wachsen zu bringen, ja, es war wirklich ein rührender Anblick, Ima, wie diese Städter dort Paprika und Tomaten in alten Waschzubern und Nachttöpfen ziehen wollten. Nun fühlte ich mich schon von allen Seiten beobachtet, Fenster öffneten sich, Köpfe lugten heraus, und zum Schluß trat eine junge schwangere Frau auf den Hof, die behutsam zu erfahren suchte, wen ich denn suche, und als ich ihr sagte, ich wartete bloß auf den Hausbesitzer, war sie plötzlich sehr bestürzt, denn sie meinte, ich wollte hier wohl eine Wohnung mieten, und begann mir sofort zu erklären, ich müsse mich geirrt haben, hier sei keine Wohnung frei, wobei man deutlich merkte, Ima, daß sie angesichts der Idee, eine wie ich könnte dort einziehen, ganz entsetzt war, was mich derart ärgerte, daß ich sagte, vielleicht würde ja bald etwas frei, worauf sie prompt entgegnete: ›Nein, niemals, es gibt hier eine lange Anwärterliste, und keiner der Mieter möchte ausziehen.‹ Da begriff ich auf einmal, Ima, daß meine Anwesenheit ihr wirklich zu schaffen machte, daß sie noch nicht mal den Gedanken ertragen konnte, ich interessierte mich womöglich für eine Wohnung an diesem Ort, und ich sah auch, daß sie weiteren Nachbarinnen signalisierte, sie möchten kommen, um mich davon zu überzeugen, daß hier nie eine Wohnung frei werden würde, und auf einmal hatte ich so eine Wut auf sie alle, daß ich sagte: ›Ich warte hier auf Señor Mani, ich bin mit ihm hergekommen‹, worauf es hieß: ›Aber der Herr Richter ist doch schon gegangen.‹ Als ich daraufhin auf die Straße eilte, sah ich, daß das Auto tatsächlich weg war.

Dann hat er sich also wenigstens nicht umgebracht, dachte ich mir, ist bloß vor mir geflüchtet. Und nun weiß ich echt nicht mehr, Ima, was mich bewegt hat, ihm weiter nachzustellen…«

»Zum Russischen Areal, wo die Gerichte sind…«

»Schon wieder…«

»Ich höre… hast du keine originellere Idee zur Abwechslung?«

»Gut, nehmen wir mal an, du hättest recht, Ima, und ich wär tatsächlich immer noch dauernd hinter einem Vater her, wie sie's dir beigebracht haben – psychologische Denktechnik fürs einfache Gemüt –, immer bloß auf der Suche nach irgendwelchen kleinen, oberflächlichen, simplen, dummen unterbewußten Motiven, die sich sofort aufdecken und auseinandernehmen lassen. Und dann? Warum dann ausgerechnet er? Warum dieser Señor Mani? Ich könnte doch tausendmal am Tag einen Vater kapern, wenn ich nur wollte, von morgens bis abends warten sie ja an allen Ecken, diese älteren Männer, die – das kann ich dir sagen, Ima – gar nicht mal immer mit einem jungen Mädchen ins Bett hüpfen wollen, vielleicht kaum noch dazu fähig sind, sondern sich gern mit Streicheln und Küßchen begnügen, wenn sie einem nur Schutz und Wärme spenden dürfen. Warum also bis nach Jerusalem raufgondeln, um so einen zu angeln, und dann noch ausgerechnet diesen trübsinnigen Mani? Was sollte der denn anderen voraushaben? Tut mir leid, Ima, du wirst dich um eine andere Theorie bemühen müssen…«

»Verblüffend! Du redest jetzt davon? Wo du die ganze Zeit behauptet hast, das sei alles nur meine Einbildung…«

»Aber was hat das denn mit unserem Abba zu tun? Jetzt begreif ich nicht…«

»Ich kapier gar nichts…«

»Rein nichts mehr…«

»Jetzt machst du mir angst…«

»In Ordnung, aber später, später… Ich fleh dich an, laß mir Zeit, eh du anfängst, mich mit deinen Interpretationen zu bombardieren…«

»Okay…«

»Okay…«

»Okay, später, wir können über alles reden, den ganzen Abend, die ganze Nacht durch, soviel du willst, aber erst, nachdem wir diese Geschichte fertig haben, zuerst die ganze Story, in voller Länge, bis ans Ende, denn ich bin immer noch dort, Ima, in diesem Kerem Awraham…«

»Stimmt genau…«

»Ja, wenn man vom Schneller-Lager, diesem Armeestützpunkt aus, runtergeht. Weißt du, was das ursprünglich mal war?«

»Nein, davor…«

»Nein, ein deutsches Waisenhaus…«

»Genau, links, links davon, und anstatt nun an jenem Morgen von dort geradewegs den Bus zur Zentralstation zu nehmen und schleunigst zurückzukehren nach Tel Aviv und an die Uni, hab ich genau die umgekehrte Richtung eingeschlagen, die Gegenrichtung…«

»Entgegen dem, was ich eigentlich hätte tun sollen, nämlich schleunigst wieder in die Ebene runterzufahren, in die Uni zu gehen und mich auf die Klausuren vorzubereiten. Statt dessen fuhr ich wieder in die Jerusalemer Innenstadt rein, zum Russischen Areal, und irrte dort in Kälte und Regen zwischen den alten Gerichtsgebäuden herum, durch die langen düsteren Korridore, vorbei an geschäftigen Menschen mit ihren schwarzen Roben, die sich als sehr freundlich und zuvorkommend erwiesen, als es darum ging, mir den Weg zu diesem Señor Mani zu weisen, der inzwischen schon in seinem Friedens-Gerichtssaal Platz genommen hatte, einem kleinen Kämmerlein, das mir anfangs lächerlich vorkam, weil ich gar nicht wußte, daß es so kleine Gerichtssäle gibt – etwa so groß wie dieses Zimmer hier, mit drei, vier Bänken vor einem erhöhten, wuchtigen schwarzen Katheder, und dort oben, den Rücken einem großen steinernen Bogenfenster mit tiefer Nische zugewandt, thronte er in seinem schwarzen Talar und richtete. Als er mich einfach so mit gesenktem Kopf in den Saal schlüpfen, die feuchten Mäntel ein bißchen zur Seite schieben und hinter dem Angeklagten und seinem Anwalt auf die letzte Bank rutschen sah, geriet er total aus dem Konzept, wurde rot, nahm sofort seine kleine Lesebrille ab und blickte beunruhigt um sich, um festzustellen, ob die anderen mein Hereinkommen bemerkt hatten: aber schnell hatte er sich wieder gefangen und ignorierte mich nun den ganzen Morgen über völlig, während er seine Verhandlungen energisch und – was ich bei ihm gar nicht vermutet hätte – auch mit einer Art strengem Humor führte, besonders gegenüber den auftretenden Anwälten, die er zurechtwies und anpfiff. Nur wenn der Angeklagte zu einer Aussage aufstand, war er bereit, etwas geduldiger zuzuhören, wobei er die Augen schloß und unverwandt an seinem kurzen Trauerbart zog und drehte, an den er sich offenbar immer noch nicht ganz gewöhnt hatte ...«

»Ja, ich hab ein paar Stunden dagehockt, bis zum Mittag ...«

»Das kann sehr interessant sein, Ima, und es liegt auch dauernd so eine Spannung in der Luft, wenn die Leute vor dem Richter ihre Personalien angeben und der Staatsanwalt die Anklage verliest und die Angeklagten erwidern, ob sie sich schuldig oder nicht schuldig bekennen, aber es gibt auch kleine Wortgefechte mit den Anwälten über alle möglichen feinen Einzelheiten und Paragraphenabsätze, die mir gar nichts sagten, und sie traten auch dauernd ans Katheder, um ihre Dokumente vorzulegen, bis er zum Schluß einmal in Rage geriet und die Verhandlung unterbrach.«

»Ich weiß nicht, was mich dort ausharren ließ ... Aber ich hatte wieder so ein Gefühl, als versänke ich, Ima, als könnte ich mich nicht vom Fleck rühren. Natürlich war auch das Wetter draußen ziemlich beschissen, man sah durchs Fenster, daß der Regen nicht etwa aufhörte, sondern sogar noch stärker und der Himmel grauer und niedriger wurde, und außerdem hat sich keiner an meiner Anwesenheit gestört, denn es ist wohl niemand auf die Idee gekommen, daß ich dasaß, um den Richter unter Beobachtung zu halten, der nun hellwach und dynamisch wirkte, ohne jede Selbstmordneigung, so daß ich langsam schon dachte, was du wohl immer noch denkst, daß nämlich alles, was abends dort in seiner Wohnung gewesen war, tatsächlich nur ein Hirngespinst, eine Halluzination gewesen sein könnte...«

»Warte... wart's ab...«

»Nein, er gab keinerlei Signal... Nicht mal einen Blick – als hätte er mich noch nie gesehen, bis zum Mittag. Ich hockte immer auf demselben Fleck, wie versteinert in mich gekehrt. Als er mal für längere Zeit in seinem Büro verschwunden blieb und sogar die Anwälte schon die Geduld verloren und mit ihren Klienten hinaustrotteten, ich also ganz allein in dem kleinen Raum saß und bloß noch in den Regen starrte, der nun in Hagel überging und Eiskörnchen gegen die Scheiben prallen ließ, dachte ich mir, ja, zum Teufel, Hagar, wieso und warum bist du denn bloß hier hängengeblieben? Während dort in der Tel Aviver Uni quirliges Leben herrscht? Aber da, Ima, begannen die Glocken der nahen russischen Kirche zu läuten, erfüllten den Raum mit ihrem dröhnenden Klang, überwältigten mich mit solch urtümlicher Feierlichkeit, daß ich wieder dieses merkwürdige Gefühl bekam, Ima, das ich schon vorher bei ihm im Treppenhaus gehabt hatte, ich hab's dir ja erzählt...«

»Ja, genau, daß mich die ganze Zeit jemand von der Seite beobachtet und mich *schreibt* oder *filmt*...«

»Ja, genau, dieses eigenartige Empfinden...«

»Da gibt's nichts zu belächeln...«

»Wieso Größenwahn, nicht die Bohne, im Gegenteil, ich halte das alles ganz und gar nicht etwa nur für meine persönliche Geschichte, sondern auch für die anderer Menschen und denke deswegen, daß es eben nicht darum geht, mich mit meiner eigenen kleinen Privatrechnung in mein Eckchen zurückzuziehen, sondern vielmehr um Geduld, damit zum Schluß alle, auch Effi, auch das Baby, sich die Dinge zusammenreimen und etwas begreifen können...«

»Warte... warte... Was hast du's denn heute abend bloß so eilig...«

»Sei unbesorgt, es ist nichts passiert... Als ich dann doch schließlich aufstand und in sein Büro lugte, um zu sehen, was

mit ihm war, dort aber alles still war – das Zimmer aufgeräumt, Mantel und Tasche verschwunden, er also wieder geflüchtet war, mein Señor Mani –, gab ich auch diesmal nicht
auf, Ima, sondern trat schnell auf den dämmrigen Gang hinaus und begann ihn zu suchen, fragte erneut die Leute in ihren
schwarzen Roben nach ihm, bis ich ihn in seinem dicken
Mantel, die Robe zusammengefaltet über dem Arm, an dem
großen Tor stehen und vertraut mit einem jungen Staatsanwalt plaudern sah, der zuvor eine Anklage bei ihm vertreten
hatte. Er wartete wohl, bis es zu hageln aufhörte. Ich zögerte
zuerst, ob ich auf ihn zugehen sollte, aber nun hatte *er* mich
entdeckt, sprach mich mit solcher Warmherzigkeit an, ergriff
meine Hand, nannte mich beim Vornamen und fragte: ›Nun,
wie war's?‹ Was ich empfunden hätte. Und ob's mir gefallen
hätte. Ja, er stellte mich sogar dem jungen Staatsanwalt als
Freundin seines Sohns Efraim vor, und da, Ima, ich weiß
nicht, was mir dort passiert ist, traten mir plötzlich Tränen in
die Augen... Vielleicht, weil er meinen Namen gesagt hatte
oder weil er so freundlich gewesen war, jedenfalls hätte ich
ihn umarmen, mich an seinen großen, haarigen Mantel
schmiegen mögen, Ima, und wenn's wirklich einen Moment
gegeben hat... einen einzigen... in all den Tagen, in dem mir
womöglich... zugegeben... in dem mir vielleicht der angenehme Gedanke durch den Kopf gegangen sein mag, daß er
vielleicht... irgendwie...«

»Ich meine... dieses tiefe Verlustgefühl lindern könnte, das
ich vielleicht doch immerzu mit mir herumschleppe...«

»Ja, wie... wie eine Art Vater... aber es war nur für einen
Moment, nicht länger, glaub mir's...«

»Eben nicht, das ist ja genau, was mich durcheinanderge-
bracht hat, Ima. Ich hatte nämlich das Gefühl, er sende ebenfalls dauernd verborgene Notsignale, als wispere er insgeheim: *Ja, du hast recht, was du gestern gesehen hast, war kein
Irrtum, sondern eine Möglichkeit, geh nicht weg.* Während er
mich gleichzeitig offenbar die ganze Zeit loswerden wollte.
Er erbot sich wiederum, mich an die Zentralstation zu fahren,
um diesmal gewissermaßen sicher zu sein, daß ich nun wirk-

lich aus Jerusalem verschwand, spannte also seinen Schirm auf, geleitete mich hinaus und hielt mir wie ein Gentleman den Wagenschlag auf. Unterwegs hielt er, wohl um mich für diesen Schnellpostabgang zu entschädigen, in einer Gasse des Ben-Jehuda-Markts an und führte mich in eines dieser einfachen kleinen Marktlokale, es heißt *Rachmu*, Ima, *Rachmu – Habt Erbarmen!*, er führte mich also in dieses Lokal, um mich mit diesem besonderen Jerusalemer Hummus zu verwöhnen, in den ein hartgekochtes Ei reingeschnitten wird, war unterdessen weiterhin freundlich und sanft, verlosch aber gelegentlich sozusagen, als ginge in seinem Innern das Licht aus und er versinke eine Zeitlang in einen finsteren Abgrund, bis es wieder aufleuchtete und er mich erneut, allerdings ohne wirkliches Interesse, nach Effi fragte, als müsse ich seinen Sohn besser kennen als er, und dann gab es da einen Moment in dem ganzen winterlichen Lärm und Gewühl, in dem mich das Verlangen überkam, ihm zu erzählen, was ihn in ein paar Monaten erwartete, aus diesem kleinen Bauch, den er eben mit seinem Hummus fütterte, aber ich beherrschte mich und sagte kein Wort. Nachdem wir das Lokal verlassen hatten, fuhr er mich bis vor die Zentralstation, begnügte sich aber auch damit noch nicht, sondern stieg aus, ging mir einen Fahrschein kaufen und begleitete mich wie ein dummes kleines Gör bis an den Abfahrtssteig, um mich in die richtige Schlange einzureihen, und verabschiedete sich immer noch nicht, sondern wartete geduldig, bis ich in den Bus kletterte, ja, er blieb dort stehen, bis der Bus anfuhr, und es war angenehm, daß er sich so um mich sorgte und ich mich ein bißchen führen lassen konnte, zumal ich nun wirklich nach Hause zurückkehren und diese Verfolgung durch Kälte und Regen aufgeben wollte, aber es war auch ein wenig erniedrigend, wie er da mit gründlicher List sicherzustellen suchte, daß ich Jerusalem verließ, als sei ich irgendeine Verrückte, die in sein Territorium eingedrungen war... Und nicht eine Abgesandte, die sich arglos und in guter Absicht zu ihm auf den Weg gemacht hatte...«

»Warte...«

»Nein, einen Moment, warte, Ima...«

»Ja, wirklich, vor zwei Tagen, am Mittwoch nachmittag bin ich aus Jerusalem weg…«

»Ja, ich bin wirklich abgefahren… Draußen wütete der Sturm, und die Leute im Bus um mich rum sagten die ganze Zeit: ›Zum Schluß wird's noch schneien… Es muß einfach schneien…‹ Und ich dachte mir schon, das wär's, fertig, egal, was geht's mich an, vielleicht war wirklich alles nur Halluzination, und ich muß ja nach Hause zurück, kann eh nicht mein Leben lang hinter ihm herrennen. Der Bus brauste schon die gewundene Bergstraße von Jerusalem hinunter, und alles ringsum triefte vor Feuchtigkeit und Nebel, und als wir das Steilstück zum Kastell wieder rauffuhren, gerieten wir wahrlich in eine Wolke, so daß man gar nichts mehr sah, und dann, auf der nächsten Abwärtsstrecke, merkte ich plötzlich, daß der Bus, statt geradeaus weiter die Hauptroute nach Tel Aviv zu fahren, nach rechts abbog. Vor lauter Eifer, mich loszuwerden, hatte Señor Mani mich also irrtümlich an die Schlange zum Bummelbus gebracht, und nun klapperten wir im Nebel die Ortssträßchen von Kiriat Anavim, Ma'ale Chamischa und Abu Ghosch ab, alles ringsum tropfte, voll Wasser und sattem Grün, und von Zeit zu Zeit zerriß eine Felsnase den Nebel und ragte ins Fenster, und dieser eisige Regen peitschte um uns her, und ich dachte mir, wenn das schon hier, auf halbem Weg vom Gebirge runter, so ist, dann muß in Jerusalem ja Schnee fallen, jenes Schneegestöber, vor dem Señor Mani gewarnt hatte, aber das er auch sehnsüchtig zu erwarten schien, vielleicht um seine waggonförmige Wohnung abschotten zu können, die Lichter zu löschen, die Heizung hochzudrehen, sich nackt auszuziehen und dann wieder den Rolladenkasten über dem großen Bett der Großmutter aufzumachen, den starken Gurt aus seinem Gehäuse zu holen, ihn erneut zur Schlinge zu binden und den Schemel beiseite zu stoßen, um sich zu vernichten…«

»Ja, Ima, ich konnte mich noch immer nicht von diesem Gedanken lösen, der mich dort auf den gewundenen Bergsträßchen bei Jerusalem plötzlich abermals zu peinigen begann, und als der Bus endlich durch den Moschaw Schoresch hindurch wieder auf die Hauptstraße zurückkehrte und über die sanften Kurven der bewaldeten Hügel bei Scha'ar Haggai hinabglitt und ich wußte, daß er in ein paar Minuten wie im Flug auf die Ebene zusausen würde, ergriff mich plötzlich so ein Widerstandsgeist, Ima, der mich veranlaßte, von meinem Sitz aufzustehen...«

»Ja, verzweifelter Widerstand dagegen, daß man mich letzten Endes gegen meinen Willen aus Jerusalem hinausexpediert hatte, und so sprang ich auf und ging – halb aus eigener Kraft, halb getrieben – nach vorn zum Fahrer und sagte: ›Entschuldigen Sie bitte, es tut mir leid, aber könnten Sie mich bitte am Scha'ar Haggai absetzen? Ich bin nämlich schwanger, und Ihre Geschwindigkeit ist nicht gut für mich und mein Baby...‹«

»Ja, auch fürs Baby. Ich weiß nicht, wie mir das plötzlich rausgerutscht ist...«

»Ja, so... Was ist denn dabei?«

»Was hab ich denn gesagt?«

»Nein, er war sehr nett, hat sofort die Geschwindigkeit ein wenig gedrosselt und mir vorgeschlagen, mich weiter nach vorn zu setzen, wo es weniger schaukelt, aber als er sah, daß ich nicht nachgab, hat er mir meinen Willen gelassen und genau am Scha'ar Haggai, an der Tankstelle, angehalten, die Tür aufgemacht und gesagt: ›Passen Sie nur auf, daß Sie hier nicht ausrutschen.‹ Als der Bus dann im Nebel und Regen verschwand und ringsum so ein Schweigen herrschte, habe ich wieder einmal, ohne jedes Zögern, Ima, die *Gegenrichtung*, die umgekehrte Richtung, eingeschlagen, keine Ahnung, was mich dazu getrieben hat, und als ich dann auf diese zerfallenen Gebäude zuging, weißt du, am Anfang vom Scha'ar Haggai...«

»Ja, von denen es heißt, dort sei mal eine große arabische Karawanserei gewesen, an der früher die Reisenden nach Jerusalem anhielten, um ihre Pferde ausruhen zu lassen, egal, alles war still, und da sah ich plötzlich, daß man schon auf mich wartete... Das heißt, dieser Schriftsteller oder der Regisseur mit seiner großen schwarzen Kamera. Ich hatte wohl vergessen, daß wir uns dort verabredet hatten, aber sie saßen schon da und warteten auf den Steinterrassen unter den triefenden Bäumen, den Kopf in den Händen geborgen, wie du jetzt – guck mich bloß nicht so an, Ima, ich kann dir versichern, daß ich nicht den Verstand verloren habe... Sch... sch... Es hat geklopft... Rühr dich nicht...«

»Nein, mach keinen Mucks... Wer könnte das sein?«

»Egal, unwichtig... Dann machst du eben einmal nicht auf... Was ist dabei?«

»Nein, steh nicht auf...«

»Willst du, daß ich hier aufhöre?«

»Was ist?«

»Nein... nein... beruhig dich... Ich versuch einfach die ganze Zeit, dir dieses neue, nie gekannte Gefühl zu erklären, daß ich nicht allein, sondern Teil einer viel größeren Geschichte bin, über die man bis jetzt noch nichts wissen kann, weil sie erst beginnt, von der ich aber, wenn ich Geduld habe, vielleicht etwas erfahren werde. Auf diese Weise konnte ich mich einfach beruhigen, Ima, ja, ich begann sogar langsam Gefallen an dieser einsamen Karawansereiruine zu finden, die, obwohl jeder sie von der Hauptstraße aus sieht, doch kaum jemand von innen kennt, und während ich nun das Wasser von allen Seiten strömen hörte, begann ich mir diese Reisenden vorzustellen, die von Jaffa nach Jerusalem hinaufzogen und, so heißt es, vor hundert Jahren hier über Nacht Halt gemacht haben, und auf einmal, Ima, fühlte ich mich innerlich tief entspannt...«

»Ja, eine Atempause vom Leben und vom Rumrennen, von Uni, Klausuren und anderen Schmerzen. So konnte ich einfach, in dieser alten Karawanserei verborgen, dasitzen, die in beiden Richtungen vorbeigleitenden Autos verfolgen und beobachten, wie am schweren, schwarzen Himmel des Ajalontals die Sonne immer aufs neue um ihr Leben kämpft, und wieder sagte ich mir in Gedanken, selbst wenn das wirklich alles nur Einbildung gewesen sein sollte, wär's doch besser, sich endgültig beruhigende Gewißheit darüber zu verschaffen, denn schließlich kann dieser trübsinnige Señor Mani, wenn er keine Dummheiten macht, bald Großvater werden. Deshalb verließ ich am Ende die Karawanserei, streckte den Daumen Richtung Gebirge aus und war eine halbe Stunde später wieder in Jerusalem, wo echter Schnee sich bemühte, die Straßen der Stadt zu bleichen...«

»Ja, wirklicher Schnee, am Mittwoch nachmittag, haben sie das im Radio nicht gesagt?«

»Wunderbar...«

»Natürlich hab ich dran gedacht, daß du fast noch nie im Schnee gewesen bist. Deshalb wollte ich doch auf keinen Fall lockerlassen, damit ich wenigstens einen klitzekleinen Vorsprung vor dir hätte, Ima...«

»Er war echt, hatte aber gerade erst angefangen, und es war noch nicht klar, ob er sich auf den Bürgersteigen würde halten können, doch jedenfalls lag etwas Feierliches, Vornehmes in diesem leisen Flaumgeriesel ringsum, als sei ich tatsächlich in Europa gelandet, und deshalb bin ich, um dieses angenehme europäische Gefühl noch zu verstärken, sofort zu diesem großen Platz, dem Salame-Platz, nicht weit vom Präsidentenpalais entfernt, gefahren und bin zwischen den Gebäuden, die ich schon vom Vortag kannte, umhergeschlendert, um zu sehen, wie sich der Schnee darauf sammelte, hab mir jetzt auch endlich das Haus des Ministerpräsidenten angeguckt, und da stand so ein kleines Zelt, mit Spruchbändern gegen den Libanonkrieg behängt, und drinnen hatte ein demonstrierendes Paar, in eine große bunte Wolldecke gehüllt, vor der Kälte Schutz gesucht. Gegenüber stand ein verlassener Tisch, offenbar von einer Gegendemonstration, auf dem ein zerrissenes Plakat lag. Dann bin ich weitergegangen, immer auf der Suche nach liegengebliebenem Schnee, auf den ich treten konnte, hab im stillen gebetet, er möge sich wenigstens die Nacht über halten und nicht umsonst dahinschmelzen, fand aber noch nicht den Mut, *dorthin* zu gehen, denn wie sollte ich meine Rückkehr rechtfertigen, ohne mich selbst zu erniedrigen, denn erniedrigen wollte ich mich nun keineswegs mehr vor ihm, um ihm keinen Grund zu liefern, mich davonzujagen, selbst wenn er es mit seinem sephardischen

Feingefühl tat, aber zum Schluß zog es mich doch zum Jerusalem-Theater hinunter, das auch diesmal stockdunkel war, und nachdem ich die großen, leeren Parkplätze unterhalb des Theaters überquert hatte, ging ich in dieses freie Feld neben dem Lepra-Krankenhaus hinab, auf dem ich zu meiner Freude entdeckte, daß der Schnee, der auf Gehwegen und Straßen schon schmolz, hier auf der Erde hängenblieb und sich zwischen den Felsen sammelte, so daß man sogar einen großen Schneeball formen und nach den Kindern, die dort umhertollten, zurückwerfen konnte. Schließlich hatte ich jene lange Straße erreicht, ging aber erst an seinem Haus vorbei und betrat das nächste, um vor Schnee und Kälte Schutz zu suchen und mich ein bißchen aufzuwärmen, denn ich war bis auf die Knochen durchgefroren, und die Strickjacke war völlig durchgeweicht, weshalb ich plötzlich fürchtete, ich könnte mit meinen Spielchen dieses Etwas in mir erkälten, ihm seine Lebensformel stören, so daß ich, wenn ich nicht schnellstens einen warmen Ort aufsuchte, mich wirklich an ihm versündigte...«

»Wußte ich, daß du das sagen würdest...«

»Gut, gut, eine Ausrede...«

»Richtig, ich geb's zu, eben doch eine Erniedrigung... Obwohl ich in diesem Moment wirklich nicht auf mich selbst bedacht war, sondern auf den da drinnen und sein Wohl, aber nehmen wir's mal an...«

»Gut, gut, egal, dann bin ich eben raufgegangen, um mich zu erniedrigen, hab an der Tür geklingelt, worauf wieder keiner aufmachte, aber diesmal, hab ich mir gesagt, werde ich mich nicht mehr versteifen, Halluzination oder nicht, ich hab genug von ihm, und bin auf die Straße runtergegangen, um die Bushaltestelle zu suchen, hab unten sogar sein Auto wiedererkannt, an der Robe, die noch auf dem Rücksitz lag, hab mir aber immer noch gesagt, Ima, was schert's mich, wenn er sich umbringen will, kann ich ihn nie und nimmer davon abhalten, schließlich werd ich ja nicht jeden Abend aus Tel Aviv oder Masch'abe raufkommen, um ihn zu retten, und so bin ich weitergegangen, über diese Straße hinaus, bis ich auf das nette kleine Zentrum von Emek Refa'im stieß, wo ich ein kleines Café betrat, um etwas zu essen und mich aufzuwärmen, und da hab ich an dich gedacht, daß du dir vielleicht schon Sorgen machst, und hab als erstes im Kibbuz angerufen und diesem deutschen Volontär die bewußte Nachricht hinterlassen, die du dann nicht gekriegt hast, und danach hab ich mich ans Fenster gesetzt, hab was gegessen und getrunken und noch ein bißchen abgewartet, einfach um zu sehen, ob der Schnee liegenblieb oder nicht, denn er hatte immer noch zu kämpfen zwischen den Autoreifen auf der Fahrbahn und den trappelnden Füßen der Leute auf den Gehsteigen. Señor Mani mußte mich wohl mit seinem übersteigerten Schneefieber angesteckt haben, obwohl ich dessen Gründe nicht kannte. Schließlich war es neun Uhr, im Fernsehen kamen die Nachrichten, beginnend mit ein paar Aufnahmen von dem Schneegestöber in Jerusalems Straßen, und die Cafégäste guckten mit tiefem Interesse zu, in dem Glauben, selbst wenn der Schnee noch in der Nacht schmelzen sollte, bliebe er doch wenigstens im Fernsehen erhalten. Es war immer noch früh genug, in Ehren nach Tel Aviv zurückzukehren, Ima, und so stand ich auf und zahlte, in der Absicht, Jerusalem zu verlassen, beschloß aber, noch einmal kurz anzuläuten, bloß um festzustellen, ob er sich schon erhängt hatte oder noch zögerte, doch es war wieder dieselbe Geschichte, keiner nahm den Hörer ab, worauf ich mir sagte, er kann unmöglich wieder mit diesen scheußlichen Spielen angefangen haben, es sei denn, er ist schon tot, und da habe ich mir innerlich mit bitterem Auflachen gesagt: ›Dann ist also auch der zweite Großvater gefallen, und wenn der winzige Mani erst auf die Welt kommt, wird er nur von Frauen umringt sein...‹«

»Weil Effi auch nicht da sein wird...«

»Deshalb...«

»Weil ich mir keine Illusionen mache...«

»Darum... So hab ich's im Gefühl...«

»Ich weiß gar nichts, aber ich mach mir keine Illusionen über ihn...«

»Ich hab dir doch gesagt, es war noch keine Zeit, es ihm zu erzählen, aber ich bin sicher, daß ihm das mit dem Baby nicht gefallen wird.«

»Weil er offenbar andere Pläne hat... im Ausland studieren, da braucht er nicht gerade ein Baby am Bändel, und überhaupt kann man ja gar nicht wissen, ob wir wirklich verliebt sind oder nur so...«

»Nein, ich bitte dich, Ima, nicht jetzt... das hat doch Zeit... Wir kommen schon noch auf ihn zurück, aber erst mal diese Geschichte... Wart's ab... Als ich nämlich das Café verlassen hatte, ging ich noch einmal in seine Straße, bin einen Moment ins Treppenhaus getreten, nur um zu sehen, ob mich wieder dieses feierliche Gefühl, ich sei nicht allein und jemand lenke mich, überströmen würde, aber damit war's nichts, kein Mensch wartete auf mich, kein Schriftsteller und kein Regisseur und kein Kameramann, rein gar niemand, als hätten sie mir ihren Schutz bereits entzogen und ich trüge von nun an für jede Regung und Tat die alleinige Verantwortung. Da überkam mich irgendwie Verzweiflung, Ima, und wohl auch Erschöpfung von meiner ersten Begegnung mit dem Schnee, der regelrecht ermüdend, ja sogar einschläfernd wirken kann, wenn man nicht dran gewöhnt ist, und ich hab mir gesagt, genug, es wird Zeit, endgültig von diesem Señor Mani zu lassen, und bin dort im Dunkeln die Treppen zu seiner Wohnung hinaufgestiegen, hab weder angeklopft noch geklingelt, sondern hab mich einfach im Finstern vor die Tür gesetzt, um mich vor dem Weggehen ein wenig aufzuwärmen, hab mich dabei auch ein bißchen über mich selbst geärgert, weil ich mich irgendwie von *allen* in diese Ecke dort an der Tür hatte drängen lassen...«

»Von allen... allen...«

»Von allen... *euch allesamt*, von jedem, der mich loswerden will...«

»Egal, egal, später...«

»Warte... wart's ab...«

»Egal... einfach so... Doch da, Ima, ging das Treppenhauslicht an, und ich sah so eine nette, mollige, ältere Frau raufkommen, die sich als Señor Manis Nachbarin zur Linken entpuppte, und als sie mich da so verlassen vor der Tür kauern sah, fragte sie mich ohne Umschweife, als kenne sie mich bereits und wisse auch, daß ich hierher *gehöre*: Na, was ist los? Haben Sie wieder mal den Schlüssel verloren?«

»Ja, anscheinend hat sie mich mit jemand anderem verwechselt, oder sie hatte mich vielleicht morgens mit ihm aus der Wohnung kommen sehen. Und so hauchte ich ihr ein leises ›Ja‹ zur Antwort, ganz tonlos, simpel und passiv, was sie aber motivierte, in ihre Wohnung zu gehen und den Reserveschlüssel zu holen, den er bei ihr offenbar für den Fall deponiert, daß Effi seinen mal vergessen hat, und so befand ich mich plötzlich in dieser peinlichen Situation, Ima, mit dem Wohnungsschlüssel in der Hand...«

»Nein, ja, ich hab schon versucht abzuwarten, bis sie wieder reinging, um mich unbemerkt aus dem Staub zu machen, aber sie blieb wartend in ihrem Eingang stehen, um zu sehen, ob ich die Tür auch wirklich aufkriegte, so hatte ich keine Wahl, Ima, also schloß ich ganz leise auf, öffnete die Tür einen Spalt breit und lächelte ihr dankbar zu, in der Hoffnung, sie werde sich nun befriedigt zurückziehen, doch sie blieb unverwandt im Dunkeln stehen und verfolgte mich mit tiefem Interesse, so daß ich wirklich hineingehen und die Tür hinter mir schließen mußte...«

»Nein, ich hatte nicht reingehen wollen...«

»Aber sicher, Ima, was hast du denn gedacht... Bloß lautlos ein Weilchen an der Tür stehenbleiben und gleich wieder hinausschlüpfen, ohne daß jemand – so es denn wirklich jemanden dort gab – mich bemerkte. Doch wieder fand ich die Wohnung wie gehabt vor, glühend heiß, dunkel und völlig still, und da dachte ich mir, ist das denn möglich? Wieder dieselbe Geschichte? Gehe ich nicht etwa zu weit zurück? Wird diese *Gegenrichtung* nicht langsam gefährlich? Denn diesmal hatte ich das klare Empfinden, daß alles aus war, meinte nur, es sei wenigstens anständig und kultiviert von ihm gewesen, sich im Finstern und nicht im Licht baumeln zu lassen...«

»Aber nein, um Gottes willen, warum sollte ich dich ängstigen wollen, Ima? Wozu? Ich gebe nur meine Gedanken wieder, hatte ja noch gar nichts gesehen. Obwohl ich die Wohnung schon kannte, gewöhnten sich meine Augen nur mühsam an die Dunkelheit ringsum, bis ich ein paar vertraute Gegenstände ausmachen konnte, wie das Telefon im Wohnzimmer und die kleine Pferdestatue daneben und die Reihe kleiner griechischer Krüge auf dem Bord und schließlich auch die geschlossene Tür des großmütterlichen Zimmers. Ich weiß noch, Ima, daß ich mir gesagt habe, das wär's, Hagar, wenn du willst, kannst du nun schon den berühmten großen Schrei ausstoßen, diesen angstvollen, markerschütternden Aufschrei, den zu hören die Menschen extra ins Kino laufen, bloß mußt du bedenken, daß dies hier kein Film ist, nicht mal ein Buch oder eine Erzählung, und es wird dich auch keiner hören, niemand wird mit dir zittern, so daß du den Schrei ganz für dich allein behältst, er dich nur selber erschreckt, warum also erst damit anfangen? Wenn du nun schon mal da bist und man dich hat reingehen sehen, so daß man dich am Ende noch darüber verhören wird, was da geschehen ist, solltest du wenigstens zu antworten wissen. Geh deshalb lieber nachsehen, was wirklich vorgefallen ist. So bin ich langsam den Gang entlanggetappt, hab aber immer noch kein Licht angeschaltet, Ima, denn nicht das Grauen hat mich angezogen, sondern nur dessen Schatten, obwohl ich viele Menschen kenne, die sich vor dem Schatten mehr fürchten als vor dem, was ihn wirft, und als ich dann die Tür aufmachte, sah ich auf einen Blick, daß das Zimmer, das ich morgens ordentlich aufgeräumt verlassen hatte, erneut...«

»Nein, hör mal, hör zu, du mußt einfach...«

»Nein, du mußt, denn es kann doch nicht angehen, daß du die ganze Zeit sagst, ›alles nur Einbildung‹, und dich jetzt um diese Geschichte herumdrückst, die mich so überschwemmt, daß ich kaum mehr Luft bekomme, Ima, denn es war schon wieder, als habe ein hysterischer Orkan in diesem Zimmer gewütet, als sei ein Wahnsinniger über das Bett hergefallen, habe die Laken zerrissen und ringsum alte Kleider verstreut und alte Bilder und Papiere dazwischengeworfen. Und wieder, Ima, wie in einem hartnäckigen, zwanghaften Alptraum, stand bereits der kleine Galgen bereit, mit allem Drum und Dran, wie gehabt – der Laden fest heruntergelassen, ohne eine einzige Ritze, der Kasten darüber sperrangelweit offen, ohne Verschalung, so daß man die Eisenwelle sah, an der der aus seinem Gehäuse gezogene Rolladengurt baumelte, am Ende wieder fix und fertig mit einer Schlinge versehen, ja, sogar der Trittschemel stand an Ort und Stelle, alles haargenau wie am Vorabend, als Kulisse für dasselbe Stück, als wolle er sich jeden Abend versuchen, überreden, gewöhnen, sich für den eigenen Tod trainieren, bis der Grund dafür echt, einleuchtend und überzeugend genug war, um ihn, Mani, zu besiegen, und da, Ima, habe ich zum erstenmal richtig Mitleid mit ihm empfunden und ihm auch helfen wollen. Anstatt mich also aus seiner Intimsphäre, in die ich wirklich, wie du sagst, unerlaubt eingedrungen war, davonzumachen, wollte ich nun erst recht tiefer in sie eintauchen, weiter zurück in diese Gegenrichtung gleiten, die mich die ganze Zeit wie ein mächtiger Magnet anzog, und so tastete ich mich den Korridor entlang zurück ins Innere der Wohnung vor, bis in das kleine Badezimmer neben der Küche, denn ich dachte, wenn das schon alles genau wie am vorigen Abend abläuft, wäscht er sich jetzt sicher im Rahmen seiner Selbstmordübungen…«

»Gut, daß du jetzt auch mal ein bißchen lachst…«

»Ja, Ima, denn es muß wirklich urkomisch gewesen sein, wie ich schlafwandlerisch durch die fremde dunkle Wohnung tappte, um ihn aufzustöbern und ihn aus diesen Selbstmordgedanken, die sich seiner bemächtigt hatten, herauszulotsen. Vielleicht hätte ich sogar die Badezimmertür aufgebrochen, aber sie stand schon offen und dahinter noch eine, die auf einen kleinen rückwärtigen Balkon, den ich morgens gar nicht beachtet hatte, hinausging, und durch die Öffnung sah man deutlich die große Silhouette des Jerusalem-Theaters neben dem Präsidentenpalais, und dort, auf diesem kleinen Balkon, auf dem Besen und Eimer nebst allem möglichen überflüssigen Gerümpel aufbewahrt wurden, stand mein Selbstmörder, Señor Mani, der in seinem großen dicken Mantel auf den ersten Blick eher einer Kugel oder einem Schrank als einem Menschen glich, und rauchte seelenruhig eine Zigarette an der frischen Luft unter dem plötzlich aufgeklarten Himmel, an dem man nun sogar schon Sterne erkennen konnte, derart in sich selbst versunken, daß er mein Eintreten offensichtlich gar nicht bemerkt hatte, und während ich noch nicht recht wußte, wie ich ihm schonend und vorsichtig beibringen sollte, daß ich da war, wandte er sich plötzlich zu mir um, und nun, Ima, kriegte er auf einmal einen furchtbaren Schreck, die Zigarette fiel ihm aus dem Mundwinkel, und er stieß einen sonderbaren Schmerzensschrei aus, als habe auch er mit irgendeinem Buch oder Film zu tun und der Regisseur habe ihm einen wahrhaften Schrei abverlangt, doch sofort erkannte er mich auch, gewann die Fassung wieder, ja, brach sogar in Gelächter aus und versuchte zu scherzen, als er sagte: ›Gott im Himmel, Sie schon wieder? Unglaublich! Sie sind abermals zurückgekehrt?! Sie sind wirklich ein besonderes Früchtchen, so was von stur. Nun sagen Sie mir bloß mal: Wie zum Teufel sind Sie denn *jetzt* in die Wohnung reingekommen? Hatten Sie hier auch noch den Schlüssel entwendet?‹«

»Ja, aber kein bißchen verärgert, Ima, vielmehr gut gelaunt, als sei er insgeheim froh, daß ich zu seiner Rettung gekommen war. Ich stammelte was von der Nachbarin, die mich fast gezwungen habe reinzugehen, worauf er sofort erwiderte: ›Ja, diese Frau Schapira, die ist immer besorgt…‹ Es schwang ein wenig Unwillen mit, als nähme sich diese Dame gewisse Freiheiten bei ihm heraus, die ihm selbst nicht ganz geheuer waren. Doch dann begann er gelassen – noch immer auf diesem kleinen Balkon – vom Schnee zu sprechen, als wolle er sich und mich tunlichst überzeugen, ich sei nur deswegen nach Jerusalem zurückgekehrt, ja, er war sogar be-

reit, vor diesem Hintergrund meine Sturheit zu rechtfertigen, denn es war schon ersichtlich, daß der bisher gefallene
Schnee nicht bis zum Morgen durchhalten würde, der Himmel hatte aufgeklart, und die Luft fühlte sich kalt an, war
aber nicht kalt genug, um den Schnee vorm Schmelzen zu
bewahren. Als ich ihn sich so verlegen drehen und wenden
sah, Ima, fühlte ich mich selber ganz schwach. Anstatt ihm
die furchtbare Wahrheit an den Kopf zu schleudern, daß
ich eben gerade alles gesehen und verstanden hatte, fing ich
nun – ich weiß selbst nicht, warum – ebenfalls an rumzu-
stottern und erfand irgendwas von wegen ich sei aber nicht
allein wegen des Schnees zurückgekommen, sondern auch,
um morgen früh bei der Grabsteinenthüllung sozusagen
Effis Platz einzunehmen, weil das Militär ihn doch nicht be-
urlaubt habe…«

»Ja, so habe ich gesagt, denn ich wollte um keinen Preis,
daß er auf die Idee kam, daß ich ihm den ganzen Tag nach-
lief, um seinen Selbstmord zu verhindern. Anfangs wirkte er
baß erstaunt ob meiner Erklärung, als sei ihm die am nächsten Morgen bevorstehende Gedenkfeier völlig entfallen,
und wenn er sich tatsächlich in dieser Nacht sterben sah,
wär's ja wohl auch kaum vorstellbar, wie ein Toter für einen
anderen eine Feier halten sollte. Aber langsam schien ihm
mein Gedanke zuzusagen. Vielleicht wollte er gern glauben,
dies sei der Grund für meinen neuerlichen frechen Einbruch
in seine Wohnung. Jedenfalls neigte er dort in der Balkon-
ecke in dankbarer Trauer den Kopf und fügte nur noch mit
komischem Lächeln hinzu, es sei nur schade, daß ich eine
Frau und kein Mann sei, denn es fehlte ihm noch ein paar
Männer für den Minjan, und ohne dieses Zehnerquorum
könne er ja nicht Kaddisch sagen…«

»Eben…«

»Ja, wirklich eigenartig… Ich hab auch gedacht, Kaddisch
sei das Allerpersönlichste, etwas, was jeder beten kann,
wann er möchte, aber so ist es nun mal. Er hat mir auch zu
erklären versucht, warum, doch plötzlich, während er noch
redete und ich auf das freie, über und über mit weißen

Schneeflocken getüpfelte Feld neben dem Leprakrankenhaus hinausguckte, lag auf einmal etwas in seinen Worten, Ima, was mich so erschütterte, daß mich die Tränen würgten, bis ich losschluchzte, weiß selbst nicht, warum, dort auf diesem kleinen Hinterbalkon zwischen Eimern, Besen und Wäscheklammern...«

»Ja, richtiges heftiges Schluchzen. Obwohl ich wußte, wie ich mich damit vor ihm erniedrigte, konnte ich nicht aufhören, und auch er hatte offenbar auf diesen Tränenausbruch gewartet, stand einfach da und lauschte, rauchte in aller Ruhe noch eine Zigarette, ohne ein Wort zu sagen, als wolle er mich doch ein wenig dafür bestrafen, daß ich ihm den ganzen Tag so hartnäckig und unverfroren nachgestellt, mir einfach die Freiheit genommen hatte, mich derart in sein Leben einzumischen...«

»Aber nein, Ima, er hatte nicht recht...«

»Nein, er hat genauso wenig recht gehabt wie du's jetzt hast, denn was ihr als Freiheit oder gar Frechheit betrachtet und wertet, war für mich reine *Pflicht*, Ima, eine Pflicht, die sich aus mir hervorspann wie das feine Netz einer Spinne...«

»Die Spinne, die in meinem Innern verpuppt ist...«

»Die sich in ein Kind verwandelnde Lebensformel...«

»So hat man uns in der Schule die Entwicklung eines Embryos erklärt...«

»Ich sag's dir doch... Ich erinnere mich sehr gut... In der Schule in Revivim hat's sogar so eine Schautafel mit Bildern gegeben...«

»Dann hast du's wohl vergessen, oder man hat's euch anders erklärt...«

»Mach dir keine Sorgen...«

»Mir geht's bestens...«

»Wieder Halluzination? Du machst dir heute abend aber das Leben leicht, wenn du alles, was ich erzähle, als Halluzination abtust...«

»Warum mußt du was suchen, was nicht vorhanden ist...«

»Es steht auch nichts zwischen den Zeilen, außer, was du dazudichtest...«

»Vielleicht zwischen den Baumzeilen in deiner Avokadopflanzung, aber nicht zwischen den Zeilen meiner Geschichte...«

»Ich wollte dir doch nicht weh tun... Um Himmels willen, Ima...«

»Entschuldige... entschuldige...«

»Ich bin mir sehr wohl bewußt, was ich getan habe...«

»... mir völlig egal, weil ich genau weiß, daß meine Absichten lauter sind...«

»Was?!«

»Was hast du gesagt?«

»Nein, wieso das denn? Du bringst mich um...«

»Keinesfalls... Wie kommst du denn darauf?«

»Aha, *der* Gedanke macht dir die ganze Zeit zu schaffen...«

»Warum hast du's denn nicht gleich gesagt?«

»Du kannst dich beruhigen... Das wär mir noch nicht mal im Traum eingefallen...«

»Wahnsinn...«

»Obwohl übrigens, ganz am Rand, nur nebenbei bemerkt, Abba Manis Charme stärker und echter ist als der seines Sohns...«

»Das läßt sich nicht so leicht erklären... Wenn du die beiden kennenlernst, wirst du vielleicht verstehen, was ich meine...«

»Nein, nur andeutungsweise. Als wir auf den Flur traten und an der Zimmertür der Großmutter vorbeikamen, habe ich schlicht und einfach zu ihm gesagt: ›Ich hab gesehen, daß der Rolladen dort im Zimmer wieder kaputtgegangen ist und wie ein Henkerstrick aussieht.‹ Da hat er laut losgelacht, ist rot geworden und hat erwidert: ›Stimmt, und auch das Zimmer ist heillos durcheinander, weil ich die ganze Zeit etwas suche. Deshalb werden Sie diese Nacht auch nicht mehr in dem Bett von Effis Großmutter schlafen, sondern im Wohnzimmer auf dem Couchbett, auf dem Effi schläft, wenn er auf

Besuch kommt.‹ So gingen wir an dem chaotischen Zimmer ohne ein weiteres Wort vorbei, und er führte mich ins Wohnzimmer, zog das Bett unter der Couch hervor, holte mir wieder das alte bestickte Nachthemd sowie verschlissene Laken, von denen ich nicht wußte, ob sie wirklich meine oder die von jemand anders waren, und brachte mich so in sachlichem Schweigen und ohne jeden Unmut für eine weitere Nacht bei sich unter.«

»Nein, schon ohne viele Worte. Als hätten wir einen vorläufigen Bund geschlossen, oder vielleicht doch keinen richtigen Bund, sondern nur einen Waffenstillstand. Jedenfalls hat er nicht mehr mit mir gerungen, hat mir vielmehr das Zimmer überlassen, nachdem er den Telefonstöpsel aus der Wand gezogen und mich gewarnt hatte, am nächsten Morgen müßte sehr früh aufgestanden werden, worauf ich ihn beruhigte: ›Machen Sie sich keine Sorgen, ich bin eine Kibbuznikit aus dem Negev, und wir dort sind die Landesmeister im Frühaufstehen.‹ Da hat er lächelnd die Tür hinter sich zugemacht und mich allein gelassen. Jetzt hatte ich also schon fast einen Privatbereich in dieser Wohnung. Ich schaltete die Lampen aus und sah, daß die Nacht weiter aufklarte und sich beruhigte. Dann legte ich das Kissen im Bett ans Fußende, überlegte, ob ich etwas lesen sollte, war aber zu müde und stellte daher lieber den Fernseher an, erst ohne Ton, bis das aktuelle Interview vorüber war, dann ganz leise, weil ich den Film sehen wollte – ich weiß nicht, ob du ihn gesehen hast –, der gut anfing und dann zum Schluß völlig abfiel…«

»Von Anfang an? Warum? Warum? Er fing doch ganz gut an…«

»Nein, ich wollte ihn nicht mit noch einer Bitte belästigen, wußte auch nicht, ob warmes Wasser da war, und hatte keine Lust, darauf zu warten. Außerdem war mir klar, daß ich am nächsten Tag, gleich vom Friedhof aus, zurück nach Tel Aviv fahren würde, und dort in Savtas Wohnung konnte ich ja ausgiebig baden und mir auch die Haare waschen, denn dieses Nomadenleben fiel mir langsam auf den Wecker…«

»Gleich… gleich… ich wasch mich schon noch…«

»Wenn's schon kochend heiß ist, schalt erstmal den Boiler ab...«

»Gleich... gleich... das hat doch Zeit. Und so, Ima, hab ich dort eben die zweite Nacht gepennt, und um fünf Uhr morgens stand er auch schon, von Kopf bis Fuß in Schwarz, an meinem Bett – schwarzer Anzug, schwarze Krawatte, schwarzer Bart, nur die Augen von Schlaflosigkeit gerötet –, und ich begriff gar nicht, was ihn eigentlich so früh am Morgen auf den Friedhof trieb, als warte die Großmutter tatsächlich auf ihn. Das Frühstück für mich stand schon fix und fertig in der Küche: ein Laib Schwarzbrot, Oliven, verschiedene Schafs- und Ziegenkäse. Doch er selber wirkte irgendwie besorgt und bekümmert und sagte auf einmal in ernstem, warnenden Ton: ›Wenn man Sie fragt, wer Sie seien, sagen Sie die Wahrheit, das heißt, daß Sie Effis Freundin sind und eigentlich mit ihm zusammen hatten kommen wollen, aber dann habe man ihm beim Militär im letzten Moment den Urlaub versagt...‹«

»Ja, das war so sonderbar und verblüffend, diese Wendung von ihm, *sagen Sie die Wahrheit*, als wollte oder könnte ich was anderes sagen, irgendwas erfinden, das ihn in Verdacht brächte...«

»Was weiß ich... Ich sei womöglich seine neue junge Geliebte, mit der er's auf dem Friedhof treiben wolle...«

»Nein, ich habe gar nichts geantwortet, hab kaum richtig begriffen, war so perplex, daß ich bloß genickt hab. Überhaupt schlief ich noch halb, und es fingen auch diese neuen Schmerzen an, dieses Ziehen in Bauch und Schenkeln...«

»Nein... ja, Schmerzen wie bei der Periode, aber anders, stärker. Als wir dann, so gegen sechs vielleicht, das Haus verließen – es war sehr kalt, aber schon trocken, der Himmel war klar, und man sah nur noch vereinzelt Schneereste auf Autos und Gartenzäunen –, begriff ich, warum er so früh aufgestanden war, denn es warteten dort draußen schon zwei große Taxis, um hinter uns herzufahren und all die einzusammeln, die ihn auf den Friedhof begleiten wollten... zur feierlichen Grabsteinenthüllung...«

»Nein, ich habe ihn hinterher gefragt, es waren keine Verwandten…«

»Ja, obwohl er einer alten Jerusalemer Familie angehört, die früher mal nach Kreta und dann zurück gewandert ist, hat er nicht viel Verwandtschaft in Jerusalem. So hat er hauptsächlich alte Frauen mitgenommen, meist Witwen, die mit dieser Großmutter befreundet gewesen waren und nun, soweit das Wetter es erlaubte, was es tat, der Zeremonie beiwohnen wollten und dazu bereit waren, in aller Herrgottsfrühe aufzustehen – kleine, stille Weiblein, ganz in Schwarz gekleidet, wie man sie manchmal in griechischen Filmen sieht, standen in ihren Mänteln wie einsame Raben an Straßenecken, wo Señor Mani sie erspähte, um ihnen dann respektvoll und mitfühlend in seine Taxis zu helfen. Zweimal fand sich auch ein alter, eingemummelter Ehemann dabei, den Señor Mani – wegen seines Minjans – besonders freudig begrüßte, ihn dankbar umarmte, und alle priesen sie ihr Glück, daß es aufgehört hatte zu schneien. Nach langem Zickzackkurs durch die erwachenden Jerusalemer Straßen hatte er die Taxis mit alten Leutchen gefüllt und in seinem Wagen den Rabbiner und den Steinmetz mitgenommen sowie einen jungen Mann, den Rechtsanwalt, der am Tag zuvor bei ihm im Gericht aufgetreten war, aber zu seinem Kummer fehlten ihm immer noch zwei Männer für die erforderlichen zehn, und obwohl der Rabbiner und der Steinmetz ihm versicherten, dort auf dem Friedhof würde sich schon noch jemand finden, ließ er sich nicht beruhigen. ›Sie vergessen, daß es ein alter Friedhof ist, auf dem schon an die vierzig Jahre nicht mehr beigesetzt wird‹, sagte er zu dem Rabbiner…«

»Auch mir scheint es seltsam, daß er keine zehn Männer für die Gedenkfeier hatte zusammenbringen können, als habe er gar keine Freunde, so daß er Taxifahrer mitschleppen mußte. Ob er derart vereinsamt war oder einfach nicht gern Menschen damit behelligen wollte, in aller Frühe, noch vor der Arbeit, so weit durch Ost-Jerusalem, an der Stadtmauer entlang, bis draußen hinter die Altstadt zu fahren…«

»Nein, nicht auf den Ölberg, sondern unterhalb davon. Und man fährt nicht über den Skopusberg dorthin, Ima, sondern durch den Ostteil der Stadt, erst an der Stadtmauer entlang, dann ein Stück steil abwärts auf der Strecke nach Jericho, bis zu einer Brücke über ein hübsches Tal oder Wadi voller Olivenbäume, dahinter dann scharf abbiegen, direkt auf eine schöne große Kirche zu, deren Fassade mit buntem Mosaik geschmückt ist...«

»Er hat mir gesagt, wie sie heißt, aber ich hab's vergessen... Darüber, weiter oben am Hang, steht noch eine Kirche, mit lauter Türmchen und kleinen goldenen Kuppeln, die wie Blumen oder Zwiebeln aussehen, und man muß eine furchtbar enge, von Steinmauern eingefaßte Steilgasse hochfahren, kaum breiter als der Pfad hier zwischen den Häusern – man meint, sie hinge in der Luft, diese Gasse, Ima, so was habe ich überhaupt noch nie gesehen, und die Wagen kriegten förmlich Angst, nahmen aber gleichzeitig Schwung und warnten einander mit lautem Gehupe, bis wir uns mühsam zu diesem alten Friedhof durchgezwängt hatten...«

»Nein, ich sag dir doch, es ist nicht auf dem Ölberg, sondern unterhalb davon, viel weiter unten, ein Meer alter Gräber auf einem nackten, rosig glühenden Hang mit phantastischem Ausblick – die gesamte Altstadt mit den wuchtigen Moscheen auf ihrem weiten Areal und den Kirchtürmen und die Ausgrabungen in der Davidsstadt und dahinter die hellen Hochhäuser des jüdischen Jerusalem. Es war ein glasklarer Tag, Ima, und die Sonne stieg hinter uns hoch. Es war so ein alter Friedhof, ohne Pfade, ohne Blumen, ohne einen einzigen Baum, völlig kahl, voll geborstener Grabsteine, ein faszinierender Ort...«

»Nein, du bist nie da gewesen...«

»Nein, kann nicht sein, du irrst dich. Ich glaub nicht, daß du je da gewesen bist...«

»Nein, das ist kein Ausflugs- und Touristenort, wirkt ein bißchen außerirdisch. Ich nehm dich mal mit hin, dann wirst du selber merken, daß du noch nie da warst, aber der Ort ist wirklich hinreißend...«

»Ja... hinreißend... wenn du ihn siehst, wirst du's begreifen. Sogar dieser junge Rechtsanwalt, der in Jerusalem geboren ist und die Stadt gut kennt, war gleich hellbegeistert und dankbar, daß Señor Mani ihn für den Minjan mobilisiert hatte. So setzte sich unsere kleine Kolonne langsam in Bewegung, der Steinmetz an der Spitze, um uns an die richtige Stelle zu führen, denn es gibt dort keine Wegbezeichnungen und kein gar nichts, während der Rabbiner den Hang raufstürzte, um weitere Männer zu suchen. Señor Mani, der junge Anwalt und ich halfen den kleinen alten Damen, geleiteten sie fürsorglich zwischen den geborstenen Grabplatten hindurch, auf denen hier und da noch Schneereste lagen, damit sie uns nicht etwa ausrutschten und böse zu Fall kamen...«

»Für mich war das ein besonderes Erlebnis, Ima, bloß wurde dieser Schmerz in meinem Unterleib und den Leisten immer stärker.«

»Moment, Moment... Warte... das ist ja gerade die Geschichte...«

»Nein... ja, wie Menstruationsschmerzen, aber nicht genau. Hör zu, schließlich gelangten wir zu dem neuen Grabstein, die alten Frauen umringten ihn gleich aufgeregt und lasen die Inschrift, eine hat ein bißchen vor sich hingeschluchzt, und während der Rabbiner noch nach den zwei fehlenden Männern suchte, machte der Steinmetz sich an der Grabeinfassung zu schaffen, strich den Kies glatt, bürstete ein wenig Zement ab, nicht auf dem Grabstein der Großmutter, sondern auf einem alten daneben, den er in Señor Manis Auftrag gehoben, gereinigt und sogar mit einem neuen Sockel versehen hatte. Señor Mani und der Anwalt prüften beide vorgebeugt die Sache aus unmittelbarer Nähe und der Steinmetz erklärte ihnen etwas. Auch ich trat näher, aber man konnte die Inschrift kaum entziffern, und selbst die Daten waren schwer zu errechnen, da sie in hebräischen Buchstaben angegeben waren. Nur der Name war völlig deutlich, in großen Lettern: Mani, *Josef Mani*. Jetzt erzählte Señor Mani dem Anwalt, der vor lauter Wißbegier schon fast flach auf der Grabplatte lag, wie er diesen Stein hier gefunden hatte und wie er die Inschrift zu restaurieren gedenke, aber als ich ihn fragte: ›Ist das Ihr Vater?‹, hat er höchst überrascht aufgelacht und gesagt: ›Wie kommen Sie denn darauf? Sehen Sie nicht, wie alt dieser Stein ist? Schauen Sie doch hin, er stammt aus dem 19. Jahrhundert. Das ist vermutlich der Großvater meines Großvaters…‹ Und als er das sagte, schien es mir für einen Augenblick, als sei seines Großvaters Großvater versteinert und zu dieser rosigen, auf der einen Seite abgerundeten Platte geworden…«

»Nein, ich glaube, es waren keine weiteren Gräber seiner Familie mehr dort, sonst hätte er sie mir bestimmt gezeigt. Es muß wohl das einzige gewesen sein, das er gefunden hat. Trotzdem hatte ich so ein Gefühl, Ima – ich stand etwas abseits, weil ich mich nicht wirklich unter sie mischen wollte –, als nähme ich tatsächlich an so einer Feier teil, wie man sie im Film auf privaten Familienfriedhöfen sieht, diese schwarzgekleideten alten Frauen in der Runde, Señor Mani, elegant, in schwarzem Anzug und Hut, mit dem Gebetbuch, aus dem er jetzt las, und ich dachte mir, was ein Irrsinn, daß ich gestern gemeint habe, er wolle sich umbringen, wo er hier, einzig und einzigartig, im Kreis all dieser Leute steht, die zu seinen Ehren erschienen sind. Ja, selbst die zwei Arbeiter, die der Rabbiner aufgetrieben hatte und die mir auf den ersten Blick wie Araber aussahen, hatten bereits die ihnen ausgehändigten Käppchen auf dem Kopf und hielten die schmalen Gebetbücher, die der Rabbiner an alle verteilt hatte, in den Händen und wiegten sich im Gebet. Ich wahrte ein wenig Abstand, gehörte aber irgendwie schon zur Familie, die eigentlich keine Familie, sondern nur der *Code einer Familie* ist, und auf einmal, ohne einen Blick nach hinten zu werfen, spürte ich vage, daß *sie* wieder da waren, dieser Schriftsteller oder Regisseur und der Kameramann oder weiß der Teufel wer, von denen ich schon geglaubt hatte, sie würden mich hinfort in Ruhe lassen, aber da verfolgten sie mich von weitem, von oben herab, nahmen mich wieder unter ihre Fittiche, und der Rabbiner sang schmetternd das *Aschkawa*-Gebet nach orientalischem Ritus, und endlich begann Señor Mani auch sein

Kaddisch zu sagen, las es mit vor Erregung leicht erstickter Stimme, und auf einmal, ohne jede Vorwarnung, brach er in jämmerliches Weinen aus, das auch die alten Frauen losschluchzen ließ, eine fing an, den Vornamen der Großmutter zu rufen und etwas zu schreien, einfach loszuschreien, nicht, weil sie wirklich so großen Schmerz empfand, sondern weil sie es für ihre Pflicht hielt, die allgemeine Trauer anzufachen, während der Rabbiner weiter unbeirrt seine Gebete intonierte. Und ich, Ima, stand leicht amüsiert abseits, fasziniert von diesen archaischen Sepharden, fasziniert nicht aus mir selbst, sondern von diesem kleinen Etwas aus, das die ganze Zeit in mir zog, so daß mir langsam der Kopf schwirrte und schmerzte und ich das Gefühl hatte, als bekäme ich nicht einfach bloß meine Periode, sondern als geschehe etwas wirklich Ernstes, als dränge dort etwas krampfhaft hinaus. Vor lauter Nachlauferei hinter Señor Mani, damit er sich ja nicht umbrachte, von all diesen Erschütterungen stand dieser *winzige codierte* Señor Mani womöglich im Begriff, wie ein Fisch aufs Trockene zu glitschen, und da, Ima, fürchtete ich, ich könnte ihn hier plötzlich im Freien, vor aller Augen *verlieren*, deshalb ließ ich mich augenblicklich auf eine Grabplatte nieder, um ihn aufzuhalten oder das Geschehen wenigstens zu vertuschen...«

»Nein, Moment... bitte... ich fleh dich an...«

»Nein, hör zu... Ich bitt dich...«

»Später... später.«

»Nein, es war kein Blut, es war nicht dieses klebrige Gefühl. Nein, es war gar nicht wie was Flüssiges, eher wie federleichte, wimmelnde Füße, überall zwischen den Beinen, an den Schenkeln...«

»Ja, wie Füße – vorhin habe ich Spinne gesagt, und du bist zurückgeschreckt, aber das hab ich irgendwie gemeint... Findest du das wirklich so widerwärtig und abstoßend, wenn ich von Spinne rede, Ima? Wem soll ich denn sonst alles, was ich empfinde, sagen, wenn nicht dir...«

»Schon gut... unwichtig...«

»Nein, nichts Fremdes, Widerliches, im Gegenteil, wie

etwas Angenehmes, Geliebtes, das mir verbunden ist und nun verlorengeht, ich weiß nicht...«

»Phantasie... alles Phantasie... vielleicht... Aber was weißt du denn, wenn du nie eine Fehlgeburt gehabt hast...«

»Ich war jedenfalls zu Tode erschrocken, Ima... Hab stocksteif dagesessen, fest entschlossen, keinen Mucks von mir zu geben... Und als dann die Zeremonie zu Ende war und alle sich zum Gehen anschickten, noch respektvoll kleine Steinchen aufs Grab legten, und ich sah, daß Señor Mani sich meiner erinnerte und – gewissermaßen tief befriedigt über sein Totengebet – zu mir trat, teilte ich ihm umgehend mit, ich wolle dableiben, um den herrlichen Rundblick noch zu genießen. Von hier aus würde ich den Weg nach Tel Aviv schon selber finden. Er schien meine Panik überhaupt nicht zu bemerken, und da auch der Steinmetz blieb, um seiner Arbeit nachzugehen, hatte er keine Bedenken, mich allein zu lassen, hat sich vielmehr ganz natürlich von mir verabschiedet, vielleicht weil er dachte, ich würde ohnehin wie ein Jo-Jo zu ihm zurückkehren, er ging also fort, sammelte sein Damenkränzchen wieder ein und führte es zu den Taxis...«

»Warte... wart's ab...«

»Ja, allein... Aber es war ja Morgen, und dort ist es völlig ruhig und sicher, und oben auf dem Ölbergfriedhof, unterhalb des Hotels, wimmelt es ständig von Juden und Touristen, und ich mußte doch wenigstens abwarten, bis die Krämpfe nachließen, mußte alles in meinen Kräften Stehende tun, um zu retten, und nicht zu töten...«

»Gewiß habe ich nicht alles unter Kontrolle, was sich dort abspielt, aber ich mußte wenigstens verantwortungsvoll handeln, Ima... Und nach einer halben Stunde oder so hatte sich wirklich alles langsam beruhigt, nur diese Gliederschwere ist geblieben. Nun merkte ich, daß ich ganz allein war, denn der Steinmetz war den Abhang runtergegangen und meinen Blikken entschwunden, und da dachte ich, es sei vielleicht besser und richtiger, mich in entgegengesetzter Richtung auf den Weg zu machen, also nicht diese irrsinnig steile Gasse zwischen den Kirchenmauern hinunterzugehen, sondern lieber

Richtung Hotel zu den Menschen hinaufzuklettern … Auch für *ihn* schien es nur sicherer, auf- und nicht abzusteigen …«

»Ja, genau, das Intercontinental … mit den schön geschwungenen Bögen … Von unten, über die sonnenbeschienenen weißen Gräberflächen hinweg, wirkt es ganz nah, viel näher, als es in Wirklichkeit ist. Erst als ich zwischen den Gräbern des alten sephardischen Friedhofs zu dem aschkenasischen hinaufzusteigen begann, wobei mir all die Namen und Inschriften im Kopf bunt durcheinanderschwirrten, merkte ich, daß es ein längerer, steiler Anstieg war als vermutet, und da auch diese Krämpfe wieder einsetzten, mußte ich einfach eine Ruhepause einlegen. Zwischen den Steinen verborgen entdeckte ich noch richtige Schneefleckchen. Ich fürchtete, jeden Augenblick würden Blutungen einsetzen, wobei mir die bevorstehende Fehlgeburt nun schon gefährlicher für *mich* als für *ihn* erschien, so daß ich erschrocken meine Schritte beschleunigte, Ima, um mit letzter Kraft zur Straße zu gelangen – geradewegs zu einem Kamel und einem Pony, beide mit Decken und Glöckchen geschmückt und von deutschen Touristen und kindlichen Souvenirverkäufern umringt. Ich fühlte mich derart erschöpft und muß auch entsprechend klapprig ausgesehen haben, denn die Leute dort haben mich richtiggehend angestarrt, und kaum war ich auf ein wartendes Taxi zugegangen, sprang der Fahrer heraus, um mir den Schlag aufzuhalten, und ehe ich noch richtig saß, hatte er schon den Motor angelassen. Erst da sah ich, daß es ein arabisches Taxi war, aber jetzt mochte ich auch nicht mehr aussteigen …«

»Nein, ich dachte, vielleicht, weil ich allein war, und deshalb sagte ich ihm gleich ein einziges Wort auf englisch, ›hospital‹, worauf er sofort zustimmend nickte, als habe er tatsächlich auf dieses Wort gewartet, und beruhigend ›okay, okay‹ sagte und derart wild losraste, daß ich meinte, die Fehlgeburt gleich hier im Fond des Taxis zu haben, doch nach nur zwei Minuten Fahrt bog er in den Innenhof dieser großen, wuchtigen Kirche ein, du weißt schon, gegenüber vom Skopusberg, ich wußte gar nicht, daß das …«

»Ja, genau, Augusta Viktoria, woher weißt du das? Ich sehe,

du kennst dich wirklich aus ... Aber das ist gar nicht, wie man meint, eine Kirche, sondern ein Krankenhaus ...«

»Richtig, richtig, dieser niedrigere, gedrungene Turm mit den dunklen Mauern, nicht der schmale, hohe ...«

»Ja, eben, hast du gewußt, daß das nicht nur eine Kirche, sondern hauptsächlich ein Krankenhaus ist?«

»Ja, ein Krankenhaus, und man kommt da in einen riesigen Innenhof mit Bäumen und Steinbänken und Blumenrabatten und einem Springbrunnen, umstanden von den Krankenhausgebäuden, die so aussehen wie die in den Fernsehfilmen, die die Briten über ihr Empire in Indien oder Ägypten drehen, mit langen, stillen Korridoren und großzügigen hohen Räumen, in denen jeder Schritt und jede Bewegung widerhallen. Und der Taxifahrer, der vor Hilfsbereitschaft geradezu überfloß, wollte mir versichern, daß wir trotz der kurzen Fahrt am richtigen Ort angelangt seien, weshalb er ein ums andere Mal *hospital, hospital* sagte und mir auch eigens aus dem Wagen half und mich behutsam zur Aufnahme dort geleitete ...«

»Was hätte ich denn sagen sollen? ›Was fällt Ihnen ein, fahren Sie mich schnellstens hier weg, ich will euer arabisches Krankenhaus nicht?‹«

»Nein, sag doch, was hast du denn gemeint? Sollte ich ihm etwa glattweg ins Gesicht sagen: ›Rühren Sie mich nicht an, ihr seid ja doch alles bloß Dreckskerle?‹«

»Nein, aber was willst du denn sagen?«

»Nein, ich weiß, daß du nichts sagst, aber das klingt langsam so durch. Ich hab immer das Gefühl, wenn ich dir nur irgendwas von mir erzähle, was sich ein klein wenig seltsam anhört, kommt's dir gleich total geistesgestört vor ...«

»Warte ... warte ...«

»Ja, Ima, zum Schluß hab ich ein bißchen dort gelegen ...«

»Warte ... wart's ab ...«

»Nein, nur bis zum Abend ...«

»Ich war keineswegs verrückt geworden, noch immer hatte ich diese Krämpfe, fühlte mich erschöpft, und dieses Wimmeln und Trappeln wollte nicht aufhören. Du begreifst nicht, wie fertig ich war, auch wegen dem frühen Aufstehen am

Morgen. Sobald ich also nur die Betten in dem Zimmer sah, in das er mich führte – es war gar nicht die Notaufnahme, sondern irrtümlich irgendein leerer Raum auf einer Station –, wollte ich nichts als da reinplumpsen, zumal dort so eine tiefe Stille unter der hohen Decke und den tiefen Bogenfenstern herrschte, daß ich mich nicht nur wieder in diese Roman- oder Filmhandlung versetzt fühlte, die mich seit meiner Ankunft in Jerusalem begleitete, sondern auch meinte, es sei längst alles vorbei, und jetzt würde ich nur wieder *vorgeführt oder gelesen*, was mir plötzlich höchst treffend schien und mit allem zusammenpaßte, was sich seither ereignet hatte. So zog ich die Schuhe aus und legte mich in eins der Betten, und der Taxifahrer mit dem bunten Käppchen auf dem Kopf fand wohl Gefallen daran, mich zu umsorgen, denn er schob mir ein Kissen unter den Kopf, holte eine Decke heraus, deckte mich damit zu und ging dann eine Schwester holen...«

»Was ist denn dabei?«

»Warum Irrsinn? Es war gerade angenehm, auf einmal so ruhig unter der warmen Decke zu liegen, neben diesem riesigen Bogenfenster mit Ausblick auf die judäische Wüste, gewissermaßen außerhalb der Welt, und es dauerte einige Zeit, bis der Taxifahrer eine Schwester aufgetrieben hatte, die offensichtlich gleich auf den ersten Blick erkannte, daß ich Israelin und nicht irgendeine Touristin war, und sofort war da ein gewisser Unwille, so was Trübes in der Miene. Ich begann rumzustammeln, ganz irre wegen diesem Taxifahrer, der immer noch nicht weg war, sondern stur stehenblieb, eine völlige Witzfigur, und aufmerksam lauschte, ohne jede Scheu, und es ist wirklich schrecklich, daß man so viele Jahre Englisch lernt und zum Schluß, wenn man was ganz Simples wie Schwangerschaft oder Fehlgeburt oder Blutung sagen will, findet man partout nicht die passenden Vokabeln. Außerdem mischte sich jetzt auch noch der Fahrer ein, fing wohl an, was auf arabisch zu erklären, worauf sie erst recht wütend wurde, weil er mich eigenmächtig hergebracht hatte, statt mich geradewegs ins Hadassa zu kutschieren.«

»Ja, genau, ich sah, daß sie nicht die geringste Absicht

hatte, mich zu untersuchen, sondern mich bloß überreden wollte, aus dem Bett zu klettern und mit dem Taxi weiterzufahren, und da sie genauso holprig Englisch sprach wie ich, deutete sie wieder und wieder mit ausladenden Gesten auf den Fahrer und wiederholte das Wort ›Hadassa‹, worauf auch er, leicht erschrocken über seine eigene Voreiligkeit, verzweifelt herumzufuchteln begann und mich immer wieder enthusiastisch drängte: ›Hadassa, Jewish hospital‹. Aber ich, Ima, hatte nun einfach keinerlei Lust mehr, mich vom Fleck zu bewegen, mich überhaupt zu regen, denn ich war nicht nur erschöpft von diesem ganzen Friedhofsabenteuer, sondern fürchtete nach wie vor, gleich würden die Blutungen einsetzen, und wenn ich die eindämmen und mein Baby behalten wollte, müßte ich dort liegenbleiben, weshalb ich nun einfach ablehnend den Kopf schüttelte und mich wie ein Embryo unter der Decke zusammenrollte, die ich krampfhaft festhielt, damit sie sie mir nicht wegzogen...«

»Ja, sogar mit Gewalt... was ist? Außerdem hat mich ihr ganzes Verhalten gekränkt. Warum nicht? Wenn ich nun schon bei ihnen gelandet war, konnten sie mich wenigstens aufnehmen und mal nachsehen, was mir fehlte... Wovor haben sie denn Angst? Sollen sie einen ruhig auch mal behandeln im Austausch für all die Pflege, die wir denen in unseren Krankenhäusern angedeihen lassen...«

»Aber welche Schwierigkeiten denn, Ima?«

»Inwiefern? Unsinn...«

»Nein... Warum sollten sie mich für geistesgestört gehalten haben? Du brauchst sie nicht noch zu verteidigen, die wollten bloß nicht... Als sie dann merkte, daß ich stur liegenblieb, rauschte sie wütend hinaus, gefolgt von dem Fahrer, der sich gemaßregelt fühlte. Vielleicht wollte sie jemanden holen, doch unterdessen verging eine Stunde, ohne daß ich zu bluten anfing. Mir war kalt, aber ich versank trotzdem in eine Art süßen Halbschlummer, machte ab und zu mal ein Auge halb auf, blinzelte auf die judäische Wüste, in das trockene Licht aus dem Osten, und dachte mir, so langsam beruhigt sich alles, eigentlich könnte ich mal auf die Toilette gehen und nachschauen, was genau passiert ist, womöglich gibt es irgendein Zeichen. Auf dem Gang sah ich den Fahrer kauern, der trübsinnig auf weiß Gott was wartete, vielleicht darauf, mich zur Hadassa zu fahren, oder auf sein Geld, und so bin ich wieder reingegangen und hab's ihm geholt, damit er zufrieden war, denn er hatte ja keine Schuld. ›Sie sind gar nicht schuld‹, hab ich zu ihm gesagt und ihm dabei freundschaftlich auf das bunte Käppchen getippt, und er hat's genau verstanden, hat sogar höflich salutiert, worauf ich auf die Toilette gegangen bin, die zwar uralt, aber hinreißend großzügig und hell und auch blitzsauber war, die Messinghähne funkelten nur so über den Klosettschüsseln und den riesigen Waschbecken. Ich habe dann meinen Slip untersucht, da war tatsächlich kein Blut, dafür aber ein beängstigender Fleck, Ima – schwärzlich mit was innen drin, als sei da etwas Zerquetschtes hingeschmiert, vielleicht ein Teil von *ihm*, Ima. Ich war ganz verzweifelt und begann innerlich zu weinen, während ich den Slip in eine Zeitung wickelte, die dort rumlag, und da ich keinen Reserveschlüpfer mehr hatte, zog ich den Rock so wieder an. Dann ging ich aufs Zimmer zurück – der Fahrer war inzwischen aus dem Flur verschwunden, nur das Echo seiner Schritte war noch zu hören –, legte mich niedergeschlagen wieder ins Bett, döste vor mich hin, bis die Schwester mich mit harter Hand weckte. Sie hatte jetzt einen jungen, hellhäutigen Arzt dabei, der ein wenig Hebräisch konnte und mich sachlich auszufragen begann. Ich hab ihm alles erzählt, hab die Zeitung ausgebreitet und ihm den Fleck gezeigt. Er hat ihn sich schweigend angeguckt, ist dann noch damit ans Fenster getreten, um ihn bei Licht zu betrachten, und ich hab ihm unterdessen all meine Empfindungen geschildert. Er hat zugehört, ohne mich aber anzufassen oder etwas zu notieren, hat sich nur alles angehört und ab und zu mal, halb verärgert, halb belustigt, eingeworfen: ›Wer sagt Ihnen denn, daß Sie schwanger sind? Woher wollen Sie das wissen?‹ Ich konnte noch soviel erklären, von wegen der ausgebliebenen Periode, den Daten, meinen Empfindungen – er blieb hartnäckig, allerdings nicht so extrem wie du, Ima, er hat nicht gesagt *reine Halluzination*, aber er hat schon die ganze Zeit zugesehen, daß ich ihm nicht zu nahe kam. Obwohl ich nichts dagegen gehabt hätte, mich von ihm untersuchen zu lassen, hat er nicht mal meine Hand genommen, um mir den Puls zu fühlen, als sei ihm völlig klar, daß ich, als Israelin, nur in ein Ost-Jerusalemer Krankenhaus gekommen sein konnte, um irgendeine Provokation zu veranstalten, auch wenn er sich vorerst noch nicht im klaren war, was für eine. Jedenfalls beschloß er, mich zu meiden wie das Feuer, und als ich ihn erneut nach dem Fleck fragte, ob er ihn für gefährlich hielte, merkte ich, daß er ihn geringschätzig abtat. ›Das ist gar nichts‹, sagte er, ›es ist bloß…‹ Ich spürte, daß er ›Dreck‹ sagen wollte, sich aber im letzten Augenblick zurückhielt und ›*botz*‹, ›Matsch‹ sagte. Vor lauter Freude, daß er dieses Wort auf hebräisch kannte, wiederholte er es gleich noch ein paarmal.«

»Ja, das ist alles… Er wickelte meine Unterhose also wieder in die Zeitung, um sie zur Untersuchung ins Labor mitzunehmen, dann schwang er seine Hand in die Luft, machte eine fahrige Bewegung Richtung Westen und schnappte ziemlich grob: Warum gehen Sie nicht wieder dort rüber? ›Gehen Sie zu Ihrer Mutter, zu Ihrem Vater, gehen Sie zur Krankenkasse, ihr da drüben habt doch die *Krankenkasse*.‹ Er betonte dieses Wort mit einem so eigenartigen Haß, Ima, als sei das ganze Problem mit Israel die Krankenkasse, ja, nicht einmal die Institution selber, sondern das Wort dafür. Danach wurde er etwas freundlicher und hat gemeint, wenn ich mich noch ein, zwei Stunden bei ihnen ausruhen wolle, dürfe ich das tun… Während er und die Schwester hinausgingen, sagte er etwas auf arabisch zu ihr, und nach einer Weile kam sie mit dem Mittagessen und einem Ersatzslip wieder…«

»Weiß nicht. Aber warum sollte ich mich beeilen? Außerdem wollte ich *ihm* auch noch etwas Ruhe lassen, und ich hatte das Bett so schön angewärmt, und dort vor dem Bogenfenster stand die Wüste der judäischen Berge, einfach so, mit dem herrlichen blauen Fleck des Toten Meeres, und ich wußte, daß ich nie im Leben wieder so einen Aussichtspunkt erwischen würde…«

»Ja, Ima, gerade die Wüste… wieder mal die Wüste… Ich liebe die Wüste schon immer und werde sie immer lieben, das kannst du mir glauben. Bloß kommt hier, Ima, noch dieser phantastische blaue Fleck mittendrin dazu…«

»Aber da lag ich doch gemütlich, Ima, unter der warmen Decke, ließ meine Augen in die Wüste eintauchen wie zu Hause, nur war da eben noch dieses Blau, von dem wir immer geträumt haben, und dann auf einmal zog eine Riesenherde schwarzer Ziegen von unten den Hang herauf, schier endlos – der Hirte selber schon darin abhanden gekommen –, strömte regelrecht bis an mein Fenster und verschwand darunter, als sei sie tatsächlich unters Krankenhaus geraten…«

»So gegen fünf, sechs, als es dunkel wurde, kamen nacheinander ein paar Patientinnen herein, die wohl von einem Ausgang zurückkehrten, alles ältere Araberinnen, und da bin ich gleich in meine Schuhe geschlüpft und geflüchtet, schnell auf die Straße hinaus, die von einer schummrigen Laterne erleuchtet war, und in der Ferne am dunklen Horizont, Ima, sah man die zerklüfteten, verschwommenen Silhouetten der arabischen und der jüdischen Stadt, beide ineinander verworren, und rings um das Krankenhaus reihten sich Obst- und Lebensmittelkarren, und ich bemerkte, daß die Männer mich neugierig anblickten und mich gestikulierend darauf aufmerksam zu machen suchten, daß man aus einem Ambulanzwagen, der das Krankenhauspersonal nach Hause fuhr, nach mir rief. Es war tatsächlich die Schwester, die sich am Tag um mich gekümmert hatte. Nun, nach Dienstschluß, saß sie in ihrer Zivilkleidung elegant zurechtgemacht da und lud mich zum Mitfahren ein, als bereue sie es ein bißchen, daß sie mich nicht hatte aufnehmen wollen, oder fürchte sogar, es könne mich hier jemand behelligen. ›To Jerusalem‹, rief sie mir einladend zu, als befänden wir uns hier nicht in Jerusalem, sondern außerhalb, auf dem Weg dorthin, und als sei dies der einzige Ort der Welt für mich, an den ich gelangen könne, ohne jede Alternative, und tatsächlich, in jenem Moment dort auf dem Bergkamm, wo die beiden Städte in derselben Dämmerung brodelten, Ima, schien Tel Aviv überhaupt irgendwo hinter den dunklen Bergen zu liegen, wirkte geradezu unwirklich, und so fuhr ich nun also in Gegenrichtung durch Jerusalem, gemeinsam mit den Leuten vom Krankenhaus, die ihre Schicht beendet hatten, und es war eine absolut wundervolle Fahrt, Ima, durch Gegenden, in denen du noch nie gewesen bist, quer durch arabische Wohnviertel und Dörfer mitten im Stadtgebiet, ja, manchmal auch durch öde Wadis, in denen sich noch kleine Schneereste gehalten hatten, und weiter durch finstere Straßen voller Pfützen und Schlaglöcher, die urplötzlich in ein buntes, quicklebendiges Ortszentrum mündeten, wo Erwachsene und Kinder mit ihren Einkaufstaschen und Esel durcheinanderliefen. Das alles wirkte richtig hübsch und behaglich, als fühlten sie sich wohl miteinander und hätten sich vielleicht sogar ein bißchen an uns gewöhnt, und der Fahrer, der im Schrittempo fuhr, um sich einen Weg durch die engen Gassen zu bahnen, streckte ab und zu den Kopf aus dem Fenster, um mit Passanten zu reden und zu scherzen. Jeden seiner Fahrgäste brachte er bis direkt vor die Haustür, so daß wir einen großen Bogen fuhren, bis am Jaffator die letzte Krankenschwester ausstieg, aber als ich ebenfalls aussteigen wollte, bedeutete der Fahrer mir, er sei bereit, mich auch weiter in die jüdische Stadt hineinzufahren, und fragte nach der Adresse, um mir zu zeigen, daß er Jerusalem von allen Ecken und Enden kannte, doch um ihn nicht doch in eine lange Sucherei zu verwickeln, sagte ich: ›Egal, irgendwo beim Jerusalem-Theater, wo's Ihnen paßt‹, und plötzlich hatte ich zum ersten Mal in diesen drei Tagen das Gefühl, nicht mehr *gegen* den Strom zu schwimmen. Jetzt fuhren wir durch Straßen, die ich vom Morgen her still und leer in Erinnerung hatte, während sie nun ebenfalls von quirligem Leben erfüllt waren, und obwohl kein einziges Fleckchen Schnee mehr übriggeblieben war, schien allein die Erinnerung daran die Menschen mit besonderer Genugtuung zu erfüllen, Ima, als hätten sie einen Kampf mit der Natur bestanden. Da war ich wieder am Jerusalem-Theater, zu genau derselben Uhrzeit wie zuvor, halb sieben, aber diesmal war das Theater hell erleuchtet, Menschen warteten im Foyer, und ich, Ima, bin – ohne überhaupt nachzudenken, völlig natürlich, als täte ich es jeden Abend – über das Feld hinter dem Parkplatz, neben diesem Leprakrankenhaus, hinuntergelaufen, als ginge ich nach Hause, als hätte mich dieser Tag in eine waschechte Jerusalemerin verwandelt, eine alteingesessene Sephardin mit arabischem Einschlag. Dabei hatte ich seinen Selbstmord längst vergessen, wollte einfach nur Schalom sagen und sichergehen, daß mein abrupter Abschied heute morgen ihn nicht gekränkt hatte. Erst als ich seine Straße erreichte, merkte ich, daß in der ganzen Gegend der Strom ausgefallen war – alles dunkel, die Straßenlaternen, die Häuser. Ich stieg also im Finstern die Treppen hinauf und klopfte an seine Tür, doch wie üblich, Ima, kam keiner, wobei ich allerdings dachte: Er ist es einfach noch nicht gewöhnt aufzumachen. Deshalb zog ich den Schlüssel der Nachbarin, den ich noch immer bei mir hatte, heraus und schloß auf, und diesmal war die Wohnung nicht glühend heiß und auch nicht dunkel, denn überall flackerten kleine Kerzen, und tief aus dem Badezimmer sah ich ihn bleich und erschrocken auf mich zukommen, im Pyjama, ein großes Rasiermesser in der Hand, und sein Gesicht, Ima, war schon nackt, ohne Bart, aber auch zerschnitten, der Hals troff vor Blut...«

»Ja, bluttriefend...«

»Zum Teufel damit! Es war keine Halluzination... Sobald er sah, daß nur ich es war, die da hereinkam, grinste er wie ein ertappter Lausbub, leicht verlegen, vielleicht auch ein bißchen spöttisch – glaub ich zwar nicht, aber es wär mir auch egal, wenn da ein Anflug von Spott drin gelegen hätte –, und sagte zu mir: ›Ich hab mir wirklich schon langsam Sorgen gemacht, junge Dame, wo Sie so lange bleiben...‹ Und da war ich plötzlich so atemlos glücklich über diesen neuen Ton, Ima, der soviel freier und ungezwungener klang, und vor allem über dieses reizende ›junge Dame‹, daß ich völlig betört den Korridor entlangging, fest seine Hand ergriff und mit ruhiger Bestimmtheit sagte: ›Ich bitte Sie, tun Sie das nie wieder.‹ Er war zutiefst überrascht, Ima, völlig perplex, als er sich nun mit der Hand über Gesicht und Hals fuhr und all das Blut darauf sah, und mit einem Schlag, Ima, war die Wut, die ich die ganze Zeit auf ihn gehabt hatte, wie weggeblasen, als hätte ich jetzt endlich die Wahrheit erfaßt – daß er nämlich gar keine Kontrolle über diesen Drang besitzt, der ihn allabendlich zu dem Versuch treibt, sich selbst zu vernichten, denn er hat ja keinerlei Grund dazu, Ima, meint bloß irrig, es gäbe einen, und dieser vermeintliche Grund kommt womöglich gar nicht aus seinem Innern, sondern von jemand anderem, von sonstwoher...«

»Vielleicht hat die verstorbene Großmutter irgendwas in diesem Zimmer zurückgelassen, das ihn nun verfolgt und dem er nachgibt, ohne zu merken, daß es gar nicht seins ist...«

»Nein, hör zu, Ima, ich fleh dich an, feg nicht gleich alles wieder vom Tisch, was ich sage, als wär es null und nichtig, hör zu...«

»Ja, woanders, von jemand anderem... Sch... sch... rühr dich nicht...«

»Nein, warte... rühr dich nicht...«

»Nein, mach die Tür nicht auf... nicht jetzt...«

»Sag später, wir hätten schon geschlafen... Das darfst du...«

»Du brauchst nicht zu lügen... aber es ist ja nun auch keine automatische Bustür, die sich allzeit für jeden im Kibbuz öffnen muß...«

»Sch... sch...«

»Was soll daran nicht nett sein?«

»Sch... sch...«

»Ah, Gott sei Dank, sie sind weg... Wer könnte das gewesen sein?«

»Dann mach ich eben das Licht aus... Also, hörst du?«

»Ja, so was Mysteriöses, genau, das habe ich dort gespürt, und statt nun angespannt wie eine Sprungfeder zu reagieren, wie du's sicher getan hättest, hat mich nun gerade große Ruhe durchströmt...«

»Quatsch, Ima, sein Trauerbart hat ihm nur als Vorwand gedient...«

»Als Vorwand, sich immer weiter zu schneiden...«

»Ich weiß … ich weiß …«

»Ich hab's gesehen … ich weiß es …«

»Du glaubst es nicht, Ima, weil du's nicht glauben willst, weil deine Weisheit die große starke Weisheit des Kollektivs ist, die in dieser Wüste zusätzliche Sicherheit und Kraft verleiht, dabei aber vor dem kleinsten Tröpfchen Mysterium ganz erbärmlich erschrickt, weshalb du es auch überall erbarmungslos ausrotten mußt mit der eisernen Logik des hellen Tageslichts … Aber ich schrecke nicht davor zurück, Ima, bin auch nicht vor diesem Señor Mani mit seinen vermeintlichen oder wahren Selbstmordversuchen erschrocken, sondern habe lieber schnell ein Handtuch gesucht, um es auf die Schnittwunden zu drücken und das Blut zu stoppen, und unterdessen haben wir uns erst mal in die Küche gesetzt, wo ich noch mehr kleine Kerzen angezündet habe, und haben Milch getrunken, weil man wegen des Stromausfalls kein Wasser heiß machen konnte, und nun haben wir uns endlich mal von Angesicht zu Angesicht unterhalten, Ima, wobei ich plötzlich merkte, daß wir in den vergangenen drei Tagen eine Art geheimen Bund geschlossen hatten, weder schriftlich noch klar, aber fest genug, um Señor Mani anzuvertrauen, was mir auf dem Friedhof passiert und wie ich im Augusta-Viktoria-Krankenhaus gelandet war. Er hörte mir gespannt zu, und ich sah, daß er auch bei dem Gedanken eines Samens in mir nicht erschrak, selbst wenn es sich um den Samen seines Sohnes handelte. Deshalb hat er auch nicht alles so eilfertig wie du zu einer psychischen Täuschung erklärt, denn für ihn ist die Psychologie nur Gleichnis, nicht etwas, was stärker als die Wirklichkeit selber wäre. So saß er da, tupfte das Blut von seinem Hals, breitete ab und zu das Handtuch vor sich aus, um das Blut zu betrachten, und begann gleichzeitig Freundschaft mit mir zu schließen, erzählte mir sogar ein bißchen über Augusta Viktoria, über den deutschen Kaiser und wie und warum man dieses Gebäude errichtet hatte, und als ich ihm dann schilderte, wie der arabische Ambulanzwagen mich mitgenommen hatte und wie wir durch Dörfer oder Wohnviertel gekommen waren, von denen ich gar nicht gewußt hatte, daß es so was in Jerusalem gibt, bedauerte er sehr, daß ich nach Tel Aviv zurückwollte, bevor ich das echte Jerusalem, das heißt, das Jerusalem seiner Vorfahren, gesehen hätte, wo er doch gerade freitags auf den Basar in der Altstadt gehe, da am Freitag niemand gerichtet werde... Und das hat mir so gut gefallen, Ima, daß er nicht den Glauben an meine Fähigkeit aufgegeben hatte, letzten Endes doch noch aus Jerusalem wegzukommen und zur Küstenebene oder in die Wüste zurückzukehren, ohne zwanghaft Abend für Abend in seine Wohnung eindringen zu müssen, daß ich ihm gleich entgegnet habe: ›Ich würde morgen vormittag vor meiner Abfahrt schrecklich gern einen kleinen Rundgang mit Ihnen machen, denn ebenso wie Sie am Freitag nicht richten, studieren wir freitags auch nicht an der Universität...‹«

»Nichts Besonderes. Wir warteten darauf, daß das Licht wieder anging, was aber erst nach elf Uhr nachts geschah, und bis dahin gab es weder Fernsehen noch Radio, weder Heizung noch warmes Wasser zum Waschen, so daß uns nichts anderes übrigblieb, als – in Decken eingemummelt – in Dunkelheit und Kälte zu hocken, wie in einer Geisterstadt, und bei Kerzenschein ein wenig Zeitung zu lesen. Ab und zu versuchte ich, ihn zum Erzählen von seiner Kindheit in Kreta, wo er geboren ist, zu bringen, und er hat mir ein paar Familienfotos gezeigt, auch von Effi als Kind. Zum Schluß hat er mich dann wieder in das Bett der Großmutter gesteckt, in dem ich schon die erste Nacht geschlafen hatte...«

»Nein, das Zimmer war jetzt ganz normal und aufgeräumt. Seitdem er auf den Gedanken mit dem Rasiermesser verfallen war, hielt er es offenbar nicht mehr für nötig, den Galgen zu installieren...«

»Ich lach nicht, Ima... nicht *ein* Mal habe ich während dieser ganzen Expedition gelacht, ich bin auch jetzt fürchterlich ernst, kann mich nur mit Mühe enthalten, jetzt in den Speisesaal zu rennen und ihn anzurufen, um zu sehen, ob er tot oder lebendig ist... Sch... sch... Da streicht doch tatsächlich jemand vorm Fenster rum... unmöglich... Vielleicht sucht man überhaupt mich und nicht dich...«

»Als ich vor dem Speisesaal aus dem Bus gestiegen bin, haben mich ein paar Leute gesehen…«

»Welches Licht?«

»Ach ja, natürlich, erst so gegen Mitternacht. Ich hab mich lange im Bett rumgewälzt, konnte schlecht einschlafen, da ich ja eigentlich den ganzen Tag gelegen hatte, und dabei tanzten mir dauernd diese herrlichen Wüstenszenen mit dem bläulichen Fleck des Toten Meeres und der grasenden Herde schwarzer Ziegen im Kopf herum. Mitten in der Nacht hat dann das Telefon geklingelt, das Señor Mani diesmal abzunehmen geruhte, und obwohl ich ja nur die eine Seite hören konnte, wußte ich gleich, daß es Effi war, mein armer Geliebter, der dort an der Straßensperre vor Beirut festsaß, wo endlich eine mobile Fernsprecheinheit installiert worden war. Sein Vater unterhielt sich mit ihm, erzählte ihm ein bißchen von der morgendlichen Grabsteinenthüllung, erwähnte mich aber mit keinem Wort, nicht, daß ich gekommen war, die Nachricht überbracht hatte, geblieben beziehungsweise zurückgekommen war und mit teilgenommen hatte – als fürchte er, zugeben zu müssen, daß ich mich bei ihm, jenseits der Wand, befand, als hätte er Angst, man könnte meinen, er hätte sich mit seinem Sohn verwechselt, und da war ich entsetzt, Ima, nicht über ihn, sondern über mich selbst, wohin mich dieses schreckliche Verlangen nach einem Vater treibt…«

»Ja… ja…«

»Zugestanden… ich geb's ja zu…«

»Ja, ja…«

»Vielleicht hast du recht, vielleicht doch nur eine Halluzination, reines Hirngespinst… Bist du nun zufrieden? Beruhigt dich das jetzt?«

»Wegen mir? Meinetwegen? Du machst dir offenbar wirklich Sorgen um meinen Geisteszustand…«

»Ja… ja… Gib zu, daß du dir Sorgen machst…«

»Nein, ich weine nicht, weine wirklich nicht…«

»Nur so…«

»Liebste Ima… Ima…«

»Morgens? Nichts weiter. Ich konnte schon nicht mehr

von meiner Zusage zurück, mit ihm auf den Basar zu gehen, und das war ermüdend. Er hat solche alten, praktischen Klamotten angezogen, keine Krawatte, einfach einen Pullover und ein altes Jackett, wodurch er allen Glanz und Charme einbüßte, und ist mit seinen Einkaufstaschen in den Basargassen alle möglichen Lebensmittel einkaufen gegangen, um ein paar Schekel zu sparen. Dann hat er mich an die Klagemauer geführt, als ob ich die noch nie gesehen hätte, und anschließend wollte er irgendwelche arabischen Bekannten in Silwan besuchen, von denen er unterwegs dauernd in einer Weise sprach, der sich schwer entnehmen ließ, wie er wirklich über sie dachte: Hassen sie uns? Mögen sie uns? Wollen sie uns loswerden, oder sind sie uns verbunden? Verhalten sie sich im Grunde ruhig, oder führen sie Böses im Schilde? Ich begriff nicht, was das alles sollte, und ich hatte dieses Jerusalem langsam satt, und dieser triste Geruch ihres nahenden Schabbat ließ mich fürchten, die Frommen könnten die Buszentrale vorzeitig schließen, so daß ich wirklich in der Stadt hängenbliebe. Deshalb begann ich, als ich sah, daß er von einem Gäßchen ins andere schlenderte, ihn behutsam zu erinnern: ›Vergessen Sie nicht meinen Bus, ich muß unbedingt nach Hause fahren‹, bis er schließlich auf mich hörte und mich wieder an die Station brachte, wo ich mich in die Schlange nach Tel Aviv einreihte, aus der ich dann im letzten Moment zum Bus nach Beer Scheva rübergesprungen bin, um bei dir, meiner einen, meiner einzigen Mutter, zu sein und zu sagen: ›Da bin ich, Ima, stell dir vor, was passiert ist‹, obwohl ich ja wußte, was du sagen würdest: ›Wieder die alte Geschichte von Hagar auf der Suche nach einem Vater.‹ Du hast ja recht, Ima, hast wieder mal recht, was soll man machen, ich weiß ja, aber ich weiß auch, daß es jenseits deiner Psychologie etwas Tieferes, vielleicht Wunderbares gibt. Du hast doch auch all die Jahre nicht wieder geheiratet, treu diesem Mann, dessen Foto hier im Dunkeln leuchtet, friedlicher als das Bord, auf dem es steht, unbeweglich, unverändert, unser unmöglicher, unser toter Held, der wirklicher ist als wir alle, auf einer einzigen Fotografie, die uns begleitet wie eine endgültige Prüfung. Gleich einem Geist starrt er gemeinsam mit mir ins Dunkel, und das ist keineswegs eine Halluzination, vielleicht ist er auch jetzt in mir, schwankt, wer weiß, auf dem schmalen Pfad zwischen Leben und Tod…«

Biographische Nachträge

HAGAR SCHILO. Hagar kehrte am nächsten Morgen nach Tel Aviv zurück, konnte sich jedoch nicht recht auf die Vorbereitung für die Englischklausur konzentrieren, denn am Samstag abend bekam sie ihre Periode, die mit heftigen Schmerzen und starken Blutungen einsetzte. Hagar wollte lieber eine »kleine Fehlgeburt« als einfach eine verspätete Menstruation darin sehen. Jedenfalls fand sie ihre gute Laune wieder, als Efraim Mani nach beendetem Reservedienst die Verbindung wieder aufnahm. Sie erwähnte vage ihren Besuch in Jerusalem, doch er schien nicht erpicht, mehr darüber zu erfahren, zu sehr war er noch von den schlimmen Erlebnissen seines Dienstes im Libanon erfüllt, und außerdem ärgerte es ihn, zu Hause bereits einen neuen Einberufungsbefehl vorzufinden. Von der »Schwangerschaft« erzählte sie ihm nichts, um ihn nicht abzuschrecken, doch innerhalb weniger Wochen gelang es ihr, wirklich schwanger zu werden – wenn auch weniger begeistert –, als müsse sie verwirklichen, was sie seinem Vater erzählt hatte.

Als Efraim von Hagars Schwangerschaft erfuhr, reagierte er ärgerlich und bestürzt und wollte die Beziehung zu ihr abbrechen. Später beschloß er jedoch auf den Ratschlag seines Vaters hin, der sie für ein höchst sonderbares Mädchen hielt, die Vaterschaft anzuerkennen.

Das Baby, das im Herbst 1983 gesund und munter zur Welt kam, wurde trotz der Einwände von Hagars Mutter nach dem gefallenen Vater Roni genannt. Hagar hatte noch ihren vorakademischen Förderkurs erfolgreich abgeschlossen, doch nun mußte sie ihre Immatrikulation für das Filmstudium rückgängig machen, denn es hatte sich gezeigt, daß ihre Großmutter Naomi trotz ihrer Jugendlichkeit der Pflege eines Babys bei sich zu Hause auf die Dauer nicht gewachsen war. Noch dazu hatte Hagar einen gesegneten Schlaf, und die Großmutter mußte jedesmal, wenn der Kleine nachts schrie, aufstehen und sich um ihn kümmern, was sie bald an den Rand eines Zusammenbruchs brachte. Hagar blieb also nichts anderes übrig, als mit dem Kind in den Kibbuz zurückzukehren, zumal sich auch Iris' ermutigende Auskünfte über die Großzügigkeit des Verteidigungsministeriums als übertrieben erwiesen hatten. Die zuständige Hinterbliebenenabteilung war doch nicht liberal genug, für ein uneheliches Kind volle Bezüge zu leisten. Hagar konnte, nach endlosen Behördengängen, lediglich eine Erhöhung ihrer Kriegswaisenrente erwirken.

Efraim Mani, der sich mit einigem Recht von ihr hintergangen fühlte, weigerte sich beharrlich, Hagar zu heiraten. Er fand sich lediglich zu einer formellen (aber wie er sagte, nicht emotionalen) Anerkennung seiner Vaterschaft sowie einer Unterhaltszahlung in Höhe eines Drittels seines offiziellen Einkommens bereit (1987 waren das vierhundert Schekel). Efraims Vater, Gawriel Mani oder *Señor Mani*, wie Hagar ihn noch immer bei sich nannte, fühlte sich indessen sehr zu seinem »illegitimen Enkel« hingezogen und fuhr gelegentlich in den Negev hinunter, um ihn zu sehen und mit ihm zu spielen. Nachdem Efraim zu Studienzwecken nach London gereist war, wurden diese Besuche häufiger und auch das Band, das sich zwischen dem Großvater väterlicherseits und der Großmutter mütterlicherseits geknüpft hatte, festigte sich zusehends.

Hagar, die sich in den ersten Jahren etwas einsam und verlassen im Kibbuz gefühlt hatte, konnte ihr Studium wieder aufnehmen, als der Junge sechs Jahre alt war. 1988 schrieb sie sich für die Fächer Jüdische Geschichte und Pädagogik an der Universität Beer Scheva ein, wo sie dank des 1982 an der Tel Aviver Universität absolvierten vorakademischen Förderkurses trotz mangelhafter Reifeprüfung ohne weiteres aufgenommen wurde. Obwohl sie heute bereits auf die Achtundzwanzig zugeht, ist sie noch immer unverheiratet. Gleichwohl verschließt sie sich beharrlich dem Drängen ihrer Mutter und ihrer Freundinnen, sich in Therapie oder wenigstens psychologische Beratung zu begeben.

JAEL SCHILO. Auch wenn sie sich ihre Erleichterung am Telefon nicht anmerken lassen wollte, war Jael doch hocherfreut, als sie vierundzwanzig Stunden nach dem Besuch ihrer Tochter erfuhr, daß diese nicht in anderen Umständen war. Es sollte jedoch nur wenige Wochen dauern, bis Hagar, die ihre Beziehung mit Efraim Mani aufrechterhielt, tatsächlich schwanger wurde. Diesmal war sie weniger offenherzig als zuvor, und als Jael die Lage schließlich gewahr wurde, war an Abbruch nicht mehr zu denken.

Jael war zutiefst gegen diese Schwangerschaft, die ihr völlig überflüssig und der Zukunft ihrer Tochter hinderlich erschien. Außerdem betrachtete sie die Sache aus irgendeinem Grund als eine persönliche Provokation. Auch Efraim Manis Weigerung, ihre Tochter zu heiraten, wertete sie als demütigende Kränkung, obwohl sie dank ihrer progressiven ideologischen Erziehung nicht leugnen konnte, daß dies sein gutes Recht war. Zunächst hoffte sie noch auf eine natürliche Fehlgeburt, die aber nicht stattfand. Nachdem das Kind Anfang Oktober 1983 zur Welt gekommen war, freute sich Jael insgeheim, daß Hagar nicht mit ihm in den Kibbuz zurückzukehren, sondern ihr Universitätsstudium – wenigstens auf Teilzeitbasis – fortzuführen gedachte. Als sich nach einigen Wochen jedoch herausstellte, daß es der Großmutter mit ihren fünfundsiebzig Jahren bei all ihrer geistigen Beweglichkeit schwerfiel, mit einem Säugling im Haus zurechtzukommen, mußte Hagar ihr Studium eben doch an den Nagel hängen und wieder in den Negev ziehen. Sobald Jael jedoch ihre Tochter mit dem Kind im Kibbuz aus dem Lieferwagen, der Avokadokisten nach Tel Aviv gebracht hatte, klettern sah, vollzog sich in ihr ein Gesinnungswandel – als habe sie einen tieferen Grund für die Existenz dieses Kindes entdeckt –, und von nun an nahm sie sich seiner an und bemühte sich nach Kräften, Hagar zu unterstützen.

Der junge Vater, Efraim Mani, fuhr ab und zu in den Negev, um das Kind zu sehen, seine Haltung seinem Sohn und Hagar gegenüber war jedoch so distanziert, daß seine seltenen Besuche allerseits als bedrückend empfunden wurden. Im Vorfrühling 1984, als Efraim wieder einmal Reservedienst im Libanon leistete, kam sein Vater, der Friedensrichter Gawriel Mani, an seiner Statt, um seinen Enkel zu besuchen, den er seit der Beschneidungsfeier nicht mehr gesehen hatte.

Dieser Besuch erwies sich wahrlich als besonderes und denkwürdiges Ereignis, nicht nur wegen der mit Bedacht gewählten Geschenke, die der Großvater für Mutter und Kind mitgebracht hatte, sondern vor allem wegen der Wärme, die er beiden Frauen entgegenbrachte und wegen seines Interesses an allem ringsum. Als Gawriel Mani beispielsweise hörte, daß Ben Gurions Grab im Kibbuz Sde Boker nur zwanzig Kilometer von Masch'abe Sade entfernt lag, wollte er die Gelegenheit wahrnehmen und es gern aufsuchen, worauf Jael sich bereitfand, ihn zu begleiten.

Die gemeinsame Fahrt nach Sde Boker und der Besuch des dortigen Forschungsinstituts und der Grabstätte dauerten länger als erwartet, und als die beiden gegen Abend in den Kibbuz zurückkehrten, entdeckte Hagar einen besonderen Glanz auf den Zügen ihrer Mutter. Kaum war Manis Wagen verschwunden, fragte sie auch schon baß erstaunt: ›Was ist denn mit dir los?‹ Worauf die Mutter, einigermaßen verwirrt, zugeben mußte, daß dieser Mann ihr gefiel, obwohl er aus einer ihr fremden, unbekannten Welt stammte.

Zwei Wochen später war er wieder da, wie immer schwarz gekleidet, eine schmale rote Krawatte um den Hemdkragen. Diesmal bat er Jael, ihn nach Mitzpe Ramon zu begleiten, wo er das Negev-Informationszentrum besichtigen und den Ausblick auf den berühmten Machtesch, den »Krater«, genießen wollte.

Dieser – noch länger dauernde – Ausflug brachte die beiden einander wieder ein Stück näher, so daß Jael ihn auf dem Rückweg sogar, als handle es sich um einen Scherz, zu fragen wagte, ob er sich während Hagars Besuch im Dezember 1982 leise mit Selbstmordgedanken getragen habe. Er wirkte nicht überrascht, schien die Frage fast erwartet zu haben, reagierte aber mit vagen Ausflüchten, als sei gar nicht von ihm selbst die Rede. Dementgegen erzählte er, er habe während jener drei Tage etwas Seltsames an Hagars Verhalten bemerkt, was aber vielleicht darauf zurückzuführen sei, daß sie zum ersten Mal allein in Jerusalem war. Zurück im Kibbuz, hatte er es so eilig, nach Jerusalem weiterzufahren, daß er nicht einmal mehr für eine Tasse Kaffee bleiben wollte.

Trotzdem brach er die Beziehungen keineswegs ab. Nachdem sein Sohn Efraim nach London gegangen war, um dort zu promovieren, übernahm er gewissermaßen dessen Vertretung und erschien regelmäßig alle paar Wochen an einem Schabbat oder Werktag, stets dunkel gekleidet und sehr höflich, ging mit seinem Enkel auf den kahlen, gelblichen Hügeln um den Kibbuz herum spazieren, setzte sich dann mit den beiden Frauen auf den Rasen vor ihrem Haus und erzählte ein wenig von seinen Vorfahren oder von den Prozessen, die er leitete, während der Kleine zwischen ihnen herumtollte.

Die Unterhaltung entwickelte sich nie zu einer politischen oder ideologischen Diskussion, da Señor Mani auf diesen Gebieten entweder keine klaren Anschauungen besaß oder sie, soweit vorhanden, lieber für sich behielt. Allerdings hörte er sich gern die Meinungen anderer an.

Trotz seiner großen Herzlichkeit und seines »aufmerksamen Richterohrs« begriff Jael, daß diese Besuche keine schnellen romantischen Entwicklungen zeitigen würden und sie Geduld würde haben müssen. Jedenfalls schreckte ihn die Ödnis ringsum keineswegs ab, ganz im Gegenteil: er unternahm mit Jael zahlreiche Ausflüge in die Umgebung und schien seine Augen gern an der kargen Landschaft zu weiden.

Nach einiger Zeit fanden die beiden Frauen heraus, daß er bei seinen Fahrten von Jerusalem nach Beer Scheva die Straße über Hebron durch die West-Bank nahm. Jael warnte ihn vor dieser Strecke über die Dörfer des südlichen Hebron-Gebirges, aber Señor Mani behauptete, die Route erscheine ihm sicher und die Dörfler wirkten friedlich, so daß kein Grund bestehe, nicht den kürzesten Weg in den Negev zu wählen. Einmal habe er sich sogar an einer Tankstelle ein wenig mit den Einheimischen unterhalten, die ihm ein Pferd verkaufen wollten, erzählte er.

Im Frühherbst 1987 traf jedoch im Dorf Jatir, rund zwanzig Kilometer südlich von Hebron, ein großer Stein seinen Wagen. An jenem Abend gestand er Jael, er wäre tatsächlich besser beraten, diese Strecke nicht mehr zu fahren, obwohl sie ihn aus irgendeinem Grund immer noch anziehe.

ZWEITES GESPRÄCH

Heraklion, Kreta
Dienstag, den 1. August 1944, 16 – 19 Uhr

Die Gesprächspartner

EGON BRUNNER, zweiundzwanzig Jahre. Geboren 1921 auf einem Landgut bei Flensburg als Sohn des Werner Sauchon und der Mariette Brunner.

Admiral Werner Sauchon (* 1861), einer der hochdekorierten deutschen Offiziere des Ersten Weltkriegs (er zeichnete sich vor allem in der großen Seeschlacht am Skagerrak 1916 aus), und seine Ehefrau Andrea verloren 1916 an der Westfront ihren einzigen Sohn Egon in den Schützengräben von Verdun. Anfangs dachten sie daran, das Baby einer Verwandten zu adoptieren, doch der besagte Junge starb kurz nach der Geburt, so daß ihre Hoffnungen zunichte wurden. In ihrer Verzweiflung beschlossen die beiden – nach langen Erwägungen, aber in gegenseitigem Einvernehmen –, ein junges, verwaistes Dienstmädchen namens Mariette Brunner, deren Familie lange Jahre auf dem Sauchonschen Gut gedient hatte, sollte dem Admiral insgeheim ein Kind austragen, das gewisse Beziehungen zur Mutter unterhalten und als uneheliches Kind ihren Namen tragen, aber »als Adoptionsanwärter« im Sauchonschen Hause aufwachsen und, so es sich wohlverhielt, mit einundzwanzig Jahren als Erbe eingesetzt werden sollte.

Als Egon ein Jahr alt war, verließ seine Mutter Mariette das Gut und zog nach Hamburg, wo sie kurze Zeit später Werner Reimann, den Leiter einer Arbeiterbühne, ehelichte, dem sie ein weiteres Kind gebar. Egon wuchs auf dem väterlichen Gut auf und durfte seinen Vater und dessen Frau einfach mit Großvater und Großmutter oder gelegentlich auch zärtlich mit Großpapa und Großmama anreden. Seine Ausbildung erhielt er sowohl bei eigens aufs Gut bestellten Privatlehrern als auch in der nahen Dorfschule. Betreut wurde er in erster Linie von seiner »Großmutter«, die ihm viel Zeit widmete und ihm so weit wie möglich die gleiche hervorragende Erziehung angedeihen ließ, die der geliebte, im Feld gefallene Sohn Egon genossen hatte. Egon war ein schmaler, mittelgroßer, leicht kurzsichtiger Blondschopf, der in der Schule eine deutliche Neigung zu den humanistischen Fächern zeigte. Anfangs verbrachte er die Schulferien regelmäßig bei seiner Mutter und dem Stiefvater in Hamburg, aber als der Stiefvater 1935 – in dem Jahr, in dem auch der alte Admiral Sauchon starb – in Hamburg aus politischen Gründen mit den nationalsozialistischen Polizeibehörden in Konflikt geriet und die Familie Reimann daher lieber in eine ländliche Gegend Südbayerns übersiedelte, besuchte er seine Mutter erheblich seltener.

1940, im Alter von neunzehn Jahren, wurde Egon zur Wehrmacht eingezogen, und zwar auf Wunsch der Großmutter, gemäß der Familientradition, zur Marine. Wegen seiner Kurzsichtigkeit schickte man ihn zu einem Sanitäterlehrgang in den Flottenstützpunkt am Hamburger Hafen. Nach Beendigung des Lehrgangs Anfang 1941 kam er jedoch nicht auf ein Kriegsschiff, sondern – da im März 1941 angesichts der bereits in vollem Gang befindlichen Geheimpläne für den Rußlandfeldzug Truppenumgruppierungen stattfanden – zusammen mit anderen Marinesoldaten und -offizieren von relativ beschränkter Einsatzfähigkeit zur Infanterie. Im April 1941 wurde Egon, auf erneute Intervention seiner Großmutter, der in der Nähe von Nürnberg stationierten 5. Gebirgsjägerdivision als Sanitäter zugeteilt und im Mai zum Fallschirmjägerregiment 3 abkommandiert, das zu diesem Zeitpunkt für die Operationen auf dem Balkan große Verstärkungen erfuhr. Am 16. Mai flog Egon mit seiner Einheit nach Athen, und am Dienstag, den 20. Mai, sprang er nachmittags in der zweiten Welle mit General Students Spezialeinsatztruppe über Kreta ab. Obwohl Egons Einheit, die schwerste Verluste erlitten hatte, wenige Wochen nach der Besetzung der Insel nach Deutschland zurückverlegt wurde, blieb er selber mit der Besatzungstruppe am Ort. In den lakonischen Postkarten an seine Großmutter versprach er anfangs, die Gründe für sein Ausscheiden aus der besagten Eliteeinheit bei einer persönlichen Begegnung zu erklären, doch dann verzichtete er im April 1942 auf seinen ersten Heimaturlaub zugunsten eines Kameraden, der heiraten wollte, und der zweite Urlaub im Dezember 1943 wurde infolge der schweren Niederlage von Stalingrad im letzten Augenblick gestrichen. Erst im April 1944, seinem dritten Urlaub, flog er mit einem Truppentransporter nach Saloniki und schloß sich dort einem Konvoi Richtung Norden an. Als dieser jedoch, von griechischen Partisanen angegriffen, kehrtmachen mußte, beschloß Egon, auch auf diesen Heimaturlaub zu verzichten, und fuhr auf einem griechischen Schiff nach Kreta zurück. Seine wenigen Briefe erreichten nie ihr Ziel, weil die Militärzensur Kreta von 1942 an bereits mit ähnlich verschärften Bestimmungen wie die Ostfront belegte, so daß viele Feldpostbriefe nicht weitergeleitet wurden. Indes erhielt Egon die Briefe seiner Großmutter ungehindert, gelegentlich auch ein Schreiben seiner Mutter. Außerdem erreichten ihn, auf dem Weg über das Hauptquartier der Marine, die gewünschten Ausgaben der Ilias und der Odyssee sowie ein Werk über die Geschichte des antiken Griechenlands. Ende Juli 1944 erfuhr er, daß seine Großmutter Andrea ihn voraussichtlich besuchen werde, und tatsächlich traf sie am frühen Nachmittag des 1. August mit einem leichten Flugzeug direkt aus Athen auf dem Heraklioner Flugplatz ein.

ANDREA SAUCHON. Geboren 1870 in Lübeck als Tochter eines evangelischen Pastors namens Kurtmeier. 1894 hatte sie die Hamburger Schwesternschule absolviert und nahm die Arbeit in einem Militärlazarett auf. Dort lernte sie den Marineoffizier Werner Sauchon kennen, der seine bei Seeübungen verwundeten Untergebenen regelmäßig zu besuchen pflegte. Nach ihrer Eheschließung 1896 zogen sie in eine Offizierswohnung der Kaiserlichen Kriegsmarine, und Ende desselben Jahres kam ihr Sohn Egon zur Welt. Als Werner die militärische Stufenleiter weiter erklomm, übersiedelten sie auf den Familienlandsitz im Herzogtum Schleswig, auf dem sie ihren einzigen Sohn großzogen. Bei Ausbruch des Ersten Weltkriegs wurde der Sohn zu den Fahnen gerufen und nach kurzer Grundausbildung an die Westfront abkommandiert, wo er im Alter von kaum zwanzig Jahren fiel. Sein Tod traf Andrea zunächst stärker als ihren Mann, der in den Kriegsjahren mit seiner glänzenden, von höchsten militärischen Ehren gekrönten Laufbahn beschäftigt war. Als Werner Sauchon jedoch nach der Niederlage und der Unterzeichnung des Versailler Vertrags den Dienst quittierte, begann auch er den Verlust in vollem Umfang zu spüren. Bald suchten die trauernden Eltern Trost für den Verlust des geliebten Sohns und fanden ihn schließlich in Egon, dessen Zeugung 1921 in völligem gegenseitigen Einverständnis und großem Vertrauen zwischen den Ehepartnern erfolgte. Der Admiral beharrte darauf, daß der Sohn nicht seinen Namen, sondern den seiner Mutter tragen und diesen auch mindestens bis zum einundzwanzigsten Lebensjahr beibehalten sollte, um seiner geliebten Gattin selbst den geringsten Kummer zu ersparen. Obwohl Andrea bei der Geburt des zweiten Egon schon einundfünfzig Jahre zählte, wandte sie sich unverzüglich, wie eine junge Mutter, seiner Pflege und Erziehung zu, wobei sie auch dafür Sorge trug, daß das Kind den Kontakt zu seiner leiblichen Mutter aufrechterhielt, als diese das Gut ein Jahr später klaglos verließ. Andrea selbst begnügte sich mit dem Titel »Großmutter«.

Die nationalsozialistische Machtübernahme verfolgten die Eheleute Sauchon mit gedämpft erwartungsvoller Sympathie, da sie glaubten, Deutschlands Lage werde sich bessern, sobald Recht und Ordnung erst wiederhergestellt wären. Nach dem Tod ihres Mannes 1935 übernahm Andrea die alleinige Erziehungsverantwortung für den Jungen. Als er zur Marine eingezogen worden war, unterhielt sie festen Kontakt zu seiner Einheit und erhielt vom Standortkommandeur regelmäßig Bericht über sein Fortkommen. Sobald sie hörte, daß in Vorbereitung des Rußlandfeldzugs eine Anzahl Marineangehörige anderen Wehrmachtsteilen überstellt werden sollte, setzte sie sich dafür ein, daß Egon in diese Gruppe aufgenommen und einer anerkannten Elitekampfeinheit zugeteilt werden würde. Und tatsächlich kam Egon im Mai 1941 zu den Fallschirmjägern. Daraufhin verlor Andrea, die in der Luftwaffe weniger gute Beziehungen als in der Marine besaß, einige Zeit die Verbindung zu ihrem Enkel, was ihr großen Kummer bereitete, der dann allerdings in heftige Begeisterung umschlug, als sie hörte, daß Egon bei dem kühnen, gefeierten Luftlandeunternehmen zur Eroberung Kretas im Mai 1941 dabeigewesen war. Seine Teilnahme an diesem Gefecht erschien ihr als eine Art späte Entschädigung für den Tod ihres leiblichen Sohnes Egon in den Schützengräben von Verdun, und sie wartete nun sehnsüchtig auf die Heimkehr ihres adoptierten Helden. Doch Egon kehrte nicht mit der 5. Gebirgsjägerdivision nach Deutschland zurück, sondern blieb mit der Besatzungstruppe auf Kreta, und seine vom Winter 1942 an eintreffenden Postkarten waren so knapp, daß der Eindruck entstand, als wolle er etwas verbergen. Also hoffte Andrea auf seinen ersten Heimaturlaub. Als sie dreimal vergeblich gewartet hatte, spürte sie innerlich, daß Egon sich ihr zu entziehen suchte. Daher schrieb sie ihm häufig und schickte ihm auf seinen Wunsch auch Homers Werke sowie ein Buch über die Geschichte des antiken Griechenlands. Es schien ihr höchst merkwürdig, daß Egon nicht zu seiner Fallschirmjägereinheit zurückkehrte, um im Osten weiterzukämpfen, sondern mit den weit weniger ehrenvollen Besatzungstruppen auf Kreta verblieb. Als sich die deutschen Niederlagen an allen Fronten mehrten und die Alliierten bereits in der Normandie gelandet waren, fürchtete sie zutiefst, ihn womöglich nie wiederzusehen, und ließ dabei all ihre Beziehungen in Befehlskreisen spielen, um zu erreichen, daß Egon nach Deutschland zurückberufen würde, um an dem bevorstehenden Entscheidungskampf um den Heimatboden teilzunehmen. Tatsächlich konnte Andrea Sauchon bei einem Angehörigen der Obersten Heeresleitung in Berlin einen Heimberufungsbefehl erwirken, der jedoch auf dem Weg nach Kreta irgendwo im Labyrinth der Militärbürokratie hängenblieb. Aber sie gab nicht auf, organisierte vielmehr resolut eine Gruppe von Kriegerwitwen, ehemaligen Gattinnen hoher Marineoffiziere, die im Ersten Weltkrieg an der Seite ihres Mannes gekämpft hatten, und forderte im Verband mit ihnen das Oberkommando auf, ihnen einen Besuch Athens und seiner Sehenswürdigkeiten zu ermöglichen, »bevor es an den Feind zurückfalle.« Dank ihrer Umsicht und Hartnäckigkeit und vor allem kraft ihres in jenen Kreisen berühmten Namens machte sich das Grüppchen ältlicher Witwen tatsächlich auf den Weg durch halb Europa nach Griechenland und absolvierte eine höchst gelungene Besichtigungsreise durch Athen und Umgebung. Eine Photographie von der Gruppe zwischen den Säulen der Akropolis erschien auf der Titelseite der *Frankfurter Zeitung*. Aber Andrea hatte es nicht auf Athen, sondern auf Kreta abgesehen, wo sie den Heimberufungsbefehl eigenhändig Egons direktem Vorgesetzten zu übergeben gedachte. Als die übrigen Damen nach Deutschland zurückreisten, blieb sie daher in Athen und vermochte den Ortskommandanten zu überreden, sie in einem leichten Flugzeug nach Heraklion fliegen zu lassen. Vierundzwanzig Stunden vor ihrem Start erging ein Funkspruch an die Inselkommandantur, der das Eintreffen der ehrbaren alten Dame ankündigte. Sie selbst wartete natürlich höchst erregt auf dieses erste Wiedersehen nach drei Jahren mit ihrem »Enkel«, der noch nichts von dem Befehl in ihrer Tasche wußte.

Ihr Part in dem folgenden Gespräch fehlt.

»Obwohl ich ja weiß, daß du müde bist – wie könntest du's auch nicht sein, liebe Großmutter, selbst wenn Stahl durch deine Adern flösse, und ganz gewiß fließt er dort, wofür deine bewundernswerte Tour durch halb Europa nur einen weiteren schlagenden Beweis gegen alle Zweifler bietet –, erlaube mir, meinem Vorsatz treu zu bleiben und, noch bevor ich den Mund aufmache, um alle bereits gestellten und noch zu stellenden Fragen, die du aus der Ferne mitgebracht hast, detailliert zu beantworten, darauf zu beharren, dich gleich jetzt, hier vom Fleck weg, liebste Großmutter, galant zu entführen, ja, noch in deinem famosen Reisekostüm, mit den derben Schuhen an den Füßen, die ich schon im ersten Moment, als du aus dem Flugzeug stiegst, mit Freuden registriert habe, deine festen Wanderstiefel aus dem Sachsenwald! Wie klug von dir, sie anzuziehen, ganz die Gattin eines erfahrenen Militärs, du fabelhafte Großmama, am liebsten würde ich dir vor Freude um den Hals fallen, aber wir werden von allen Seiten beobachtet, müssen also Haltung bewahren, und so erlaube mir bitte, dich stehenden Fußes, noch im ersten Begeisterungstaumel unseres wunderbaren, unglaublichen, schicksalhaften – ja wirklich schicksalhaften – Wiedersehens hier und jetzt dort auf diesen Hügel da vor dir zu geleiten…«

»Nein, nein, das ist kein Berg, Großmutter. Du stammst aus der Norddeutschen Tiefebene und siehst immer noch jeden Hügel als Berg an, aber es ist nur ein kleiner Buckel, glaub mir, Berge sehen anders aus, und auf dieser Insel gibt es auch echte…«

»Ganz langsam und gemächlich wollen wir auf diese runde Kuppe zuwandern, die sich dort klar vor uns erhebt…«

»Genau.«

»Richtig.«

»Ja, denn die Sicht ist heute herrlich, Großmutter, und ich weiß nicht, ob du diese enorme Weite schon voll und ganz zu würdigen weißt, die sich heute vor uns auftut, als habe man zu deinen Ehren die Fenster der Welt geputzt, die Insel in klarem Wein gebadet und die Wolken in feinster Seife gewaschen. Denn was du in unserem modrigen Norden siehst, ist nur die Hälfte der möglichen Welt, und hier siehst du die verborgene Hälfte und vielleicht noch mehr als das. Schon seit heute früh freuen sich hier alle über das großartige Wetter: ›Da, zu Ehren deiner Großmutter Sauchon klart der Himmel auf‹, hieß es…«

»Alle wissen es, alle sind begeistert über deinen Besuch, und Kommandant Max Schmeling hat sogar vor, heute abend ein kleines Festessen zu deinen Ehren zu veranstalten… Zu Ehren des guten, alten, kleinen Deutschland…«

»Gewiß erwartet er dich, aber vorerst – bitte, Großmutter,

wir dürfen nicht einen Augenblick dieser schönsten und besten Zeit des Tages versäumen, unser bedächtiger Spaziergang wird uns zu fünf Stationen, fünf Aussichtspunkten führen, von wo aus sich meine Geschichte in der richtigen, geordneten Reihenfolge erzählen läßt. Ordnung verleiht doch Sicherheit und Ziel zugleich, das ist immer dein Motto gewesen, was ich von ganzem Herzen unterschreibe, und demzufolge haben wir nicht viel Zeit, nur wenige Stunden, dürfen uns also nicht in leichtem Geplauder oder Kindheitserinnerungen ergehen, sondern müssen geradewegs auf das Ziel und auf die drängenden Fragen zusteuern, denn es stimmt schon, Großmutter, ich habe drei Jahre geschwiegen, kaum je geschrieben, habe gezaudert, diese Insel zu verlassen, aus Angst, womöglich nie mehr wiederzukehren, sogar auf meine Urlaube habe ich verzichtet, trotz des Schmerzes, den ich dir und vielleicht auch Mutter damit zugefügt habe, aber wer weiß, womöglich hab ich dich insgeheim an diesen Ort locken wollen, den wir bald, sehr bald, alle werden verlassen müssen und trotz unserer anfänglichen Begeisterung nicht wirklich zu verstehen gesucht haben. Und nun ist's mir tatsächlich gelungen, du bist da, und seit dem unvergeßlichen Augenblick, in dem der ebenso verblüffende wie wohltuende Funkspruch von deinem Kommen eintraf, habe ich nichts anderes mehr im Kopf gehabt, als deinen Besuch vorzubereiten, ja ich habe sogar – kannst du's glauben? – meinen Text ausgefeilt und auswendig gelernt... hahaha... Die ganze Nacht bin ich nicht eingeschlafen...«

»Nicht weiter schlimm, Schlaf fehlt einem hier nicht. Im ersten Winter haben wir so unendlich viel geschlafen, daß ich bis heute davon zehren kann...«

»Hab ich zugenommen? Vielleicht... ja... Bis vor kurzem war's hier ja ganz ruhig und gemütlich, die Einheimischen waren nett zu uns, die Briten sind abgezogen und haben sich in ihrer großen nordafrikanischen Wüste eingebuddelt, die Russen waren am Zusammenbrechen, kein Mensch wollte eindringen und unsere Ruhe stören... Und auch die frische Luft hat Appetit gemacht...«

»Ja, Großmutter, erst hat Stalingrad uns hier ein bißchen aufgerüttelt, danach der Einfall in Italien und jetzt die Landung an diesem französischen Strand – wie heißt er noch?«

»Genau, und so wachen auch wir langsam auf, selbst an einem derart ruhigen, entlegenen Ort. Also dann, machen wir uns auf den Weg?«

»Nein, es ist unerläßlich, bitte, Großmutter, vertrau mir, nicht, um vor irgendwas auszuweichen – ich bin ja bereit, dir sämtliche Fragen zu beantworten, und zwar mit unserer furchtbaren alten Ehrlichkeit. Du kennst doch deinen Enkel: würde er sich auf einen solchen Ausflug versteifen, wenn er glaubte, auch im einfachen Gespräch auf den Grund der Dinge zu gelangen, ohne den Rundblick von oben? Das Panorama, das sich dir bieten wird, ist nämlich keine bloße Landschaft – sie gehört zu den Helden meiner Geschichte, und wir müssen uns schleunigst auf den Weg machen, damit uns dort oben nicht die Dunkelheit einholt – nicht etwa, weil wir uns im Finstern fürchten würden, sondern weil es letzthin allerlei feindliche Elemente gibt und bereits Befehl ergangen ist, im Dunkeln nur noch in Fünfergruppen auszugehen, und wir, Großmutter, können – wie immer man es dreht und wendet – bei aller Liebe nicht für Fünfe zählen … hahaha …«

»Ja, hier wird's ein bißchen früher dunkel. Hast du vergessen, wie weit südlich du bist, Großmutter? Dies ist schließlich immer noch der südlichste Punkt des Reiches, und hier am fünfunddreißigsten Breitengrad ist die Dämmerung kurz, nicht mehr dieses endlos schmachtende kupferfarbene Verlöschen des Lichts wie im Schleswiger Marsch- und Weideland, nach dem ich mich anfangs schier verzehrt habe vor Heimweh – wie hab ich mich oft gesehnt nach unserer schönen Jagdhütte …«

»Abgebrannt?«

»Und die kleine Brücke? Nein, sag's nicht … Ich will's gar nicht wissen …«

»Aber warum hat man sie denn sprengen müssen … egal … bauen wir wieder auf …«

»Natürlich glaub ich's … Wieso denn nicht … Genug,

komm, Großmutter, machen wir uns auf den Weg. Alles ist vorbereitet, der Pfad ist gut und sanft, steigt in bequemen Serpentinen an. Heute früh bin ich ihn noch einmal abgelaufen, um ihn mit deinen Augen zu sehen und nach deinen Kräften zu beurteilen, ja, ich habe sogar eine Schaufel mitgenommen und rauhe Übergänge ausgeglichen, ein paar Dornen aus dem Weg geräumt, drei Extrastufen in den Boden gehauen und die Stationen festgelegt, an denen wir uns ausruhen wollen. Nach einer Stunde Fußmarsch, Großmutter, erreichen wir den Gipfel, und an der alten türkischen Festung dort steht eine Bank, auf der du – geschützt vor den Winden, falls welche wehen sollten, was aber nicht der Fall sein wird – verhältnismäßig komfortabel sitzen und den Sonnenuntergang beobachten kannst... Hier im Rucksack liegt schon ein Feldstecher für dich bereit, die Sicht ist heute, wie gesagt, ausgezeichnet, einen solchen klaren Tag läßt man ja nicht ungenützt verstreichen, und stell dir mal vor, Großvater Sauchon könnte jetzt hier an deiner Stelle stehen – würde er nicht trotz seiner dreiundachtzig Jahre augenblicklich aufspringen und im Handumdrehen diesen Hügel da bezwingen? Hätte er sich einen solchen strategischen Rundblick über die Wiege unseres Europas entgehen lassen? Sieh es so, Großmutter, und sag dir: ›Und wenn ich nur für Großvater hinaufklettere und Ausschau halte, damit er durch meine Augen sehen kann...‹«

»Danke... danke... allerbeste Großmutter...«

»Ja, Europa... die junge Maid, natürlich... gepaart mit Zeus...«

»Langsam, langsam, ich weiß, selbstverständlich, hab mir sogar schon ein Seil um die Taille gelegt und eine Schlinge hineingeknotet, damit du dich unbesorgt festhalten kannst, denn nur so fühle ich dich gegen den leichtesten Fehltritt gesichert. Irgendwann wird man noch über dich schreiben – falls jemand übrigbleibt, der über uns schreiben möchte –, wie Frau Andrea Sauchon, die Witwe des großen Seekriegshelden, im Alter von vierundsiebzig Jahren am südlichsten Punkt des Großreichs, das, wie ich befürchte, wohl keine tausend Jahre, aber vielleicht noch tausend Tage bestehen wird, von denen allerdings jeder schmerzlicher als der vorangegangene werden dürfte, eines Tages leichtfüßig die Anhöhe über dem Flugplatz erklomm, um die Bucht von Heraklion zu überblicken...«

»Sonnenbrille? Gewiß...«

»Ich hab eine Feldflasche...«

»Ja, sie ist geladen...«

»Nicht nötig...«

»Gut, nehmen wir halt diesen Mantel mit, aber ich trag ihn dir...«

»Nein, das ist nicht verrückt, du wirst sehen...«

»Die Lage am Ort ist im letzten Monat erheblich ernster geworden, alle hören sie hier BBC, daß man bald meint, die Erde unter den Füßen englisch senden zu hören. Aber die Briten kommen nicht näher, warum sollten sie auch? Die warten, bis wir von allein abhauen...«

»Noch mehr Blut vergießen, Großmutter? Warum? Es ist hier doch schon genug Blut geflossen. Vor drei Jahren haben viertausend deutsche Soldaten auf dieser Insel ihr Leben gelassen, und jetzt forderst du weiteres Blut? Nein...«

»Aber wie denn verteidigen, Großmutter, wir sind ihnen doch völlig ausgeliefert, als wären wir nackt auf einem Balkon. Jedes kleine Fischerboot, das du dort ankern siehst, spioniert uns bereits nach, jedes Kind, das scheinbar harmlos vor dem Hauptquartier spielt, ist schon zum Geheimagenten avanciert.«

»Ja...«

»Jedes Boot... egal...«

»Auch das kleine dort, warum nicht, alles möglich...«

»Vielleicht... Die Einheimischen sind nämlich inzwischen dabei, sich ein einwandfreies Führungszeugnis zu erwerben, die Ruhe, die sie uns hier drei Jahre gelassen haben, wieder wettzumachen. Jede unserer Bewegungen wird schon im Ansatz von den Engländern auf Zypern registriert, und deshalb, Großmutter, wie du dort, dort drüben siehst...«

»Da, dort... sie schieben dein kleines Flugzeug von der Rollbahn und tarnen es mit Zweigen, aber vergeblich, die kleinen Fischerboote signalisieren einander bereits, und in einem Stündchen weiß der Feind auf Zypern schon, daß eine wichtige Persönlichkeit auf Kreta eingetroffen ist, wird allerdings auch höchst verwirrt sein, wenn er deren Beschreibung erhält... haha. ›Welche militärische Bedeutung hat wohl diese Großmutter?‹ werden sich im britischen Stab die Brigadiere und Colonels verwundert fragen, ›und welche Reaktion wäre hier angemessen?‹«

»Nein, ich übertreibe nicht, und ich staune immer noch, daß man dich hergebracht hat. Viele Menschen haben ihr Leben aufs Spiel gesetzt, um dich das ganze brennende Reich hinunterzufliegen. Das ist doch ein weiterer Beweis für die Macht der Legende um unseren Großpapa, die nun, da es Nacht wird, um so heller leuchtet. Womöglich, wer weiß, Großmutter, hat da jemand im Generalstab gemeint, wenn man dich die Front entlangflöge, würde dir vielleicht ein alter Angriffsplan von Großpapa Sauchon wieder einfallen, irgendeine geheime Kriegslist, die er vor dreißig Jahren ausgeheckt hat und die nun etwas gegen die von allen Seiten über uns hereinbrechende Niederlage ausrichten könnte.«

»Nein, den Jungen hier sagt der Name nichts, aber Kommandant Schmeling war er gleich parat, als die Nachricht von deiner Ankunft eintraf, ja er schmolz förmlich vor Wonne und brüllte mich an, warum ich denn die ganze Zeit geschwiegen hätte?«

»Kein Wort...«

»Wollte ich nicht... Seit unserer Landung hier auf der Insel habe ich nicht mal andeutungsweise den ehrenvollen Familiennamen im Munde geführt, der mir vielleicht...«

»Keinerlei Beschwerden, Großmutter... weißt du...«

»Ich fürchtete einfach, irgendwelche militärischen Erwartungen zu wecken, die uns zum Schluß Enttäuschung oder Unehre einbringen würden... Seit ich aus dem Luftlandeeinsatzkommando raus bin und zur Besatzungstruppe gehöre... ist doch sowieso... Aber da, sieh mal nach rechts, dahin, Großmutter, schau! Dort, bis zum Horizont, das Meer...«

»Stell dich hierhin...«

»Lehn dich an mich…«

»Da, genau… ein Stück Horizont, das bald wie ein rotes Herz erglühen wird, und aus eben diesem Herz, Großmutter, hinter der Sonne, sind wir vor drei Jahren angeschwirrt, ihre Strahlen vor uns herschiebend, um die Briten zu blenden, die sich gerade auf ihren gewohnten Nachmittagstee freuten. Ja, durch diese rosige Öffnung sind auf einmal fünfzig längst schon legendäre Flugzeuge vorgestoßen, und der Australier, der hier hockte und auf den Sonnenuntergang wartete, sah sie wie stumme, glänzende Punkte näher kommen und hat vielleicht die Gläser seines Feldstechers geputzt, ohne zu begreifen, warum sie nicht sauberer wurden, denn wer, außer einem Kamikazepilot, hätte sich eine solch grandiose Aktion vorstellen können?«

»Ja, Großmutter, auch wir, das heißt, die wenigen unter uns, die überhaupt denken konnten oder wollten, nicht diese jungen Rudelwölfe, für die das Universum seit Sechsunddreißig zum Schulhof geworden war, in dem sie den Erdball wie ein Leder herumkicken, und die auch, wenn man sie über Kalkutta abspringen lassen würde, um das dortige englische Hauptquartier zu besetzen, diesem Befehl mit dem gleichen sicheren Vertrauen gehorchen würden, mit dem sie in Holland oder Polen eingefallen sind. Aber wir, also die wenigen, die fähig und bereit waren, ein bißchen nachzudenken, hockten betroffen mit unseren Stahlhelmen da, blickten entsetzt auf den Wasserstreifen, der unaufhörlich unter uns entlangsauste, und fragten uns, was unser böser Geist auf dieser sonderbaren fernen Insel anderes zu suchen hat, als einfach unsere besten Soldaten auf dem ihm entstammenden Altar des Größenwahns zu opfern und damit nicht nur die ganze Welt, sondern auch Deutschland selbst in Angst und Schrecken zu versetzen, und da habe ich plötzlich das Zittern gekriegt, Großmutter, habe am ganzen Leib gebebt vor Schmerz über mein bald verwirktes Leben, mußte auf einmal, ja, Großmutter, an Onkel Egon denken, habe ihn richtig beneidet, daß er den Tod schon hinter sich hatte…«

»Ja, ich habe auch an ihn gedacht, Großmutter, und war so

heftig aufgewühlt bei dem Gedanken an das neuerliche Leid, das dich bereits erwartete, daß die auf meinem Rücken festgeschnallte Bahre mitzubeben begann und unser Regimentskommandeur, Oberst Friedrich Stanzler – ein wunderbarer, hochverehrter Mann, der mir gegenübersaß, den Stahlhelm noch in der Hand, die Glatze von einem durch die runde Luke fallenden Sonnenstrahl beschienen – dieses Beben offenbar bemerkte und mir, mitfühlend lächelnd, die Hand auflegte und zu mir sagte: »Sanitäter Brunner, Sie sehen ja wie ein komischer Vogel aus, wie jener Ikarus, der von Kreta fortfliegen wollte, aber Sie müssen bedenken, Brunner, daß Ihre Schwingen aus Eisen sind, also nicht in der Sonne schmelzen...« Und da, Großmutter, ist mir die Sage wieder eingefallen, und meine Augen füllten sich mit Tränen der Dankbarkeit gegenüber unserem gebildeten Regimentskommandanten, der wenige Minuten später tödlich verletzt werden sollte, mich aber kurz zuvor noch an die Sage von Dädalus und seinem Sohn erinnert hat, und dann ist mir auch wieder der alte Hauslehrer in den Sinn gekommen, den du für mich engagiert hattest...«

»Koch... genau, Großmutter, Gustav Koch... der Altphilologe mit seinen klassischen Sagen...«

»Richtig. Richtig.«

»Natürlich erinnere ich mich an ihn...«

»Nein, ich war nicht zu jung, um etwas zu verstehen. Er hat doch gefordert, die rostige Eisenkette der deutschen Geschichte in dieses Meer da vor dir zu werfen, ›denn hier‹, hat er immer wieder gesagt, ›ist der wahre, warme blaue Mutterschoß des deutschen Wesens... Paß besser auf, Egon!‹ hat er mich angeschrien, wenn ich mal wieder die Namen und Handlungen dieser Sagen durcheinanderbrachte. ›Das sind deine Vorfahren, dort ist unser armes Europa geboren, ja, nach Griechenland hätten die germanischen Stämme vor fünfzehnhundert Jahren wandern müssen, statt in diesem verfluchten Rom stehenzubleiben... ach... ach...‹«

»Erinnerst du dich nicht, so hat er manchmal geflucht...«

»Onkel Egon hat er auch unterrichtet? Fabelhaft...«

»Stimmt. Und dann auf einmal, Großmutter – in dem schlingernden, dröhnenden, an Höhe verlierenden Flugzeug, schwer bepackt mit Fallschirm, Tornister, Bahre und Gewehr, den Stahlhelm auf dem Kopf und die Brille, die ich in meiner Torheit nicht tief in der Tasche verstauen wollte, an einem Schnürsenkel um den Hals gehängt – ist das Grauen mit einem Schlag von mir abgefallen, wie nie gewesen, ja, ich geriet sogar in eine Hochstimmung, Großmutter, als hätte ich endlich den wahren Grund des Krieges erfaßt, sei zu einem echten Glied in Kochs rostiger Eisenkette geworden, die in herrlichem Schwung über die Alpen ausgeworfen worden war, um von der Luft aus unsere legendären Vorfahren zu überfallen und auf diese Weise den Moder der schwarzen Wälder und den Dunst der hunnischen Sümpfe in die warmen Wellen zu tauchen, auf daß die teutonischen Träume, die uns quälen, endlich ihre Sinngebung im glatten weißen Marmor der hellenischen Skulpturen fänden... Und als dann das rote Licht aufblinkte und das Klingelzeichen ertönte und der Feldwebel losbellte, worauf alle Rudelwölfe aufsprangen, ihre Schmeißer luden und mit lautem Aufschrei einer nach dem andern breitbeinig durch die Luke verschwanden, brüllte nun auch ich aus vollem Hals, stieß Studienrat Kochs mächtigen Schrei aus und wurde gleich den anderen in diesen leeren Raum dort vor dir gesogen...«

»Genau...«

»Eben. Von dort oben bis da unten...«

»Sofort, nur paß auf, denn die Stufe hier ist ein bißchen hoch für dich, gib mir die Hand...«

»An dem Olivenbaum da ist die erste Station. Jetzt besieh dir alles ringsum genau und stell dir vor, wie ich mit lautem Schrei aus der Luke des glühenden Flugzeugs springe und sofort von meinem ureigenen Luftzug entführt werde, der allein auf mich gewartet zu haben scheint, mir erst mal ungestüm die Brille fortreißt, dann einen weißen Schirm gewissermaßen aus mir heraus entfaltet, kraftvoll meine wie der einsame große Flügel eines komischen Vogels von mir abstehende Bahre ergreift und mich sturmgeschwind über die Küstenlinie, die du dort siehst, hinwegträgt, inmitten der Überraschungs- und Schmerzensschreie meiner Kameraden, den zwischen Himmel und Erde abgeschossenen Rudelwölfen, um mich schließlich seitlich über jene Anhöhe dort auf die weißen Häuser zuschweben zu lassen, die über die Hügel verstreut stehen, diese da, Großmutter, die aussehen wie die Zuckerwürfel, die Großpapa gern im Bett vor dem Einschlafen gelutscht hat, dorthin... da... und mich am Ende kraftvoll in die Krone eines Olivenbaums schleudert, umringt von Ziegen, die mich mit stummem Gleichmut empfangen...«

»Dort... dort, Großmutter... die schwarzen Punkte da drüben...«

»Genau... dort, an ebendieser Stelle steht, so wahr ich lebe, nun schon drei Jahre lang eine Ziegenherde, Tag und Nacht, sommers wie winters, sich zwischen den Büschen, die sie abweidet, aus sich selbst heraus erneuernd...«

»Ja, noch in der Luft sind sehr viele umgekommen... Die Seelen haben ihren Weg abgekürzt, sich noch droben vom Leib geschieden und sind zum Himmel aufgestiegen... Innerhalb von zwei Minuten war fast meine gesamte Kompanie ausgelöscht, Großmutter...«

»Du wirst dich wundern, Großmutter, zwei verdammte Australier mit einem Maschinengewehr haben ganze Arbeit geleistet, und von wo aus, Großmutter? Na rat mal?«

»Trotzdem, sieh dich um und rate... Du bist schließlich die Witwe eines begnadeten Strategen...«

»Trotzdem, rate mal...«

»Nein, Großmutter, paß auf, von dem Fleck, auf dem du jetzt stehst... Da, genau dort neben diesem Felsblock war ihre Stellung. Wenn wir hier ein bißchen in der Erde graben, finden wir noch drei Jahre alte Patronenhülsen. Und jetzt begreifst du, warum ich dich unbedingt auf diese Anhöhe bringen wollte, damit du die Geschichte von Anfang an verstehst.«

»Aber warum hätte man euch denn von Verlusten berichten, die Volksfreude trüben und das österreichische Genie mit einem Makel behaften sollen... Du mußt nur wissen, Großmutter, sehr viele sind bei diesem Unternehmen umgekommen, erst Monate später haben wir herausgefunden, wie schrecklich die Verluste waren. Motorsegler zerschellten mit sämtlichen Insassen auf dem Boden, zig Soldaten ertranken im Meer, Fallschirme öffneten sich nicht oder verbrannten oder verhedderten sich ineinander. Ich selber bin nur durch ein Wunder gerettet worden, vielleicht dank der Bahre, Großmutter, die vom Luftstrom erfaßt wurde und mich weit ab von den anderen hinter jene Anhöhe trieb, und hätten sich die Schnüre meines Fallschirms nicht in jener Baumkrone verfangen, wäre womöglich auch ich, halb ohnmächtig, voller Prellungen und vor allem ohne Brille, irgendeinem Engländer oder Australier nachgerannt, der bereit gewesen wäre, mir eine Kugel zu verpassen, aber statt dessen blieb ich im Geäst hängen, sah die Welt rund und weich, umringt von bärtigen schwarzen Ziegen, deren Hirte Reißaus genommen hatte, und die nun, leise mit ihren Glöckchen bimmelnd, zu mir aufblickten, und ich, Großmutter, ach, ach, da ich im Leben noch keine solchen schwarzen Ziegen gesehen hatte, fürchtete mich nun weniger vor englischen Kugeln oder griechischen Messern als ausgerechnet vor diesen Biestern, denn woher sollte ich wissen, daß sie nicht den Baum hinaufklettern und mich ein bißchen anknabbern würden?«

»Nein, nicht zutraulich, einfach dumme Viecher ohne jede Neugier, denn auch, als es mir schließlich gelang, die Riemen und Schnüre mit meinem Sanitätermesser zu kappen und mich aus dem Geäst zu befreien, so daß ich mitten zwischen ihnen landete, schenkten sie mir keinerlei Beachtung, sondern weideten einfach weiter, als sei ich nichts als ein Stein, der von oben herabgepoltert war, und tatsächlich lag ich wie ein Stein da auf dem Boden, Großmutter, regte mich nicht, ich hatte Schmerzen, meine Hand war verletzt, und vor allem sah ich wieder alles verschwommen, wie in der Quinta, als du immer noch unbeirrt daran festhieltst, ich bräuchte keine Brille…«

»Nein, ich habe nicht das Bewußtsein verloren, war nur verdattert durch die lautlose Stille um mich her, die mich zwangsläufig zu der verzweifelten Annahme führte, der Angriff sei fehlgeschlagen und alle seien schon tot oder gefangen.«

»Ja, das habe ich gedacht, Großmutter. In der anbrechenden Abenddämmerung, von einer seltsamen Ruhe befallen, hatte ich mich völlig mit der Tatsache abgefunden, daß der Führer seine besten Söhne ausgesandt hatte, auf den Felsen dieser Insel zu verbluten, nur um Europa warnend vor Augen zu führen, daß sein Arm bis an dessen Ursprung reichte. Aber da ich mich gut an die zehn Gebote erinnerte, die man uns in Athen vor dem Start in den Kampf mitgegeben hatte, besonders an das sechste, das Baron Friedrich von Heidte uns höchstpersönlich immer wieder einschärfte, *Du sollst dich niemals ergeben. Tod oder Sieg allein seien dir Ehrenzeichen,* habe ich mir schnell die Hand verbunden, habe die Bahre in eine Mulde plaziert, die ich mir als kleinen Unterstand zurechtmachte, und habe mich vorerst, bis sich jemand fand, der gegen mich kämpfen wollte und meines Todes würdig wäre, dort zwischen den weidenden Ziegen niedergelegt und angefangen, dem Zirpen der Grillen zu lauschen, das mich seither, schon drei Jahre, Großmutter, Tag und Nacht begleitet, ohne daß ich sagen könnte, ob es mich nun abstößt oder anzieht...«

»Ja, hör doch, wie mit einem Riesenfächer auf und ab über die ganze Insel gewedelt klingt dieses Gezirpe, das auf wundersame Weise die Stille noch verstärkt.«

»Sie sind auch hier, ja, überall, zwischen den Blättern auf den Zweigen, man sieht sie gar nicht, aber wenn du deinen Kopf hier zwischen die Äste steckst, kannst du sie ihr Lied sägen hören...«

»Genau...«

»Unverändert... ein eintöniges Zirpen, das die Stille in dürre Späne zersägt, und vielleicht hat mich das auch hypnotisiert, Großmutter, hat mich vom Geschütz- und Explosionslärm aus der Richtung des Heraklioner Flughafens abgelenkt, der, wie sich später herausstellte, keineswegs in jener Totenstille befangen war, die mir die ganze Welt einzuhüllen schien...«

»Später… in Haft, als ich wieder und wieder mein Verhalten an jenem Tag überdachte…«

»Ja, es ist etwas vorgefallen… sofort…«

»Ich wollte dir keinen Kummer bereiten…«

»Ja, das war ein Grund für mein Schweigen…«

»Aber… Moment… es ist schließlich *meine* Geschichte, Großmutter, dies ist der Kern der Geschichte, die ich dir erzählen und veranschaulichen möchte, während wir diesen Pfad hinaufsteigen, den du, wenn du nicht zu müde bist, weitergehen mußt, nicht nur um mit eigenen Augen zu sehen, wo der Flugplatz, der erst einige Tage später in blutigen Kämpfen durch neue Seelandetruppen erobert wurde, endet, sondern auch an welchem Punkt der Privatmarsch des Sanitäters Egon Brunner begann, der für einige Zeit aus der Historie aus- und unwissentlich in die Frühgeschichte einstieg, hinein in den Schwall des Grillengezirpes, das die ganze dunkler und immer dunkler werdende Nacht nicht abebbte, weg von jenem Olivenbaum, unter dem ich meinen weißen Schirm begraben, und von der Ziegenherde, die ich sämtlich mit meiner Schmeißer abgeknallt hatte, damit mir die Tiere nicht etwa nachliefen und mit ihrem Gebimmel unnötige Aufmerksamkeit auf mich lenkten, denn ich war, getreu dem sechsten Gebot, wirklich felsenfest entschlossen, nicht in Gefangenschaft zu geraten, sondern zu fliehen oder zu kämpfen, aber nur um etwas, für das es sich zu sterben lohnte. Und so wandte ich mich gen Süden, Großmutter, da, schau dir jetzt mal gut diese beiden hübschen Hügelchen an, die die Australier, wie uns die Griechen erzählten, als »Charlies« bezeichneten, was bei denen ein Kosewort für weibliche Brüste ist, während wir sie in »Friedrich der Große« und »Friedrich der Kleine« umbenannten, weil uns gleich auffiel, daß sie nicht gleich groß waren. Und nun, Großmutter, stell dir mal Egon den Zweiten in der Nacht des 20. Mai 1941 vor, wie er da, kurzsichtig, in voller Ausrüstung, einen großen Tornister mit Verbandsmaterial und eiserner Ration für drei Tage und auch noch die Bahre auf dem Buckel – damit er, falls er verwundet oder getötet werden sollte, sich gewissermaßen auch noch selber abtransportieren konnte –, dort durch die mondlose Nacht südwärts marschiert, umgeben von Brandgeruch und unter einem Himmel, wie ich ihn in der Heimat noch nie gesehen hatte, erstrahlend vom Glanz namenloser Sterne. Ich passierte Weingärten, in denen ich mir saure Trauben pflückte, kletterte hier und da über Mäuerchen, vorsichtig dunklen, verrammelten Hütten ausweichend, hielt mich stets abseits der Straßen, auf denen man gelegentlich ein Auto vorbeisausen hörte, immer gen Süden, um vielleicht einen Helden aus Kochs griechischen Sagen aufzutreiben, der des Kampfes würdig wäre...«

»Langsam, langsam, ich fleh dich an, Großmutter, bitte, gib mir Zeit, laß mich diese Geschichte auf meine Weise und in meinem Tempo erzählen, und vor allem vertrau meiner Führung. Morgen heißt es Abschied nehmen, und wer weiß, wann wir uns wiedersehen, wenn überhaupt noch einmal, und glaub mir, Großmutter, dies ist die kürzeste und knappste aller möglichen Versionen der Geschichte, ich habe mir sogar die Hauptpunkte, Station für Station, auf der Handfläche notiert, bitte, hab Geduld mit mir, denn jetzt, da wir weiter ansteigen, wird dir doch auch die Richtung meines Marsches klar, den manche stur als feige Flucht oder zumindest als panischen Irrlauf betitelt haben, während ich darin nun gerade ein tiefes nächtliches Eindringen in jenen lichten Schoß erblicke, von dem Koch so glänzend fabuliert hat, denn jetzt weiß ich – wenn man uns eines Tages wegen dieses furchtbaren Krieges, den wir mit klarem Vorbedacht entfesselt haben, zur Rechenschaft ziehen, uns nach dem Blut, dem Feuer und dem Leid befragen wird, werden wir zu antworten wissen und nicht wieder beschämt herumstottern, wie am Ende jenes elenden Kriegs, als man uns vorwarf, wir seien nur in Frankreich einmarschiert, um unser Blut mit dem der Franzosen und Engländer zu mischen, ohne zu begreifen, daß wir im innersten Herzen auch damals, wie heute, unwissentlich danach strebten, hierher nach Süden, ins antike Hellas zu gelangen, auf eine Insel wie dieses Kreta, das wirklich wunderbar und nach meiner bescheidenen Meinung auch Ziel unseres wahren Sehnens ist, welches sich wiederum schlicht folgendermaßen definieren ließe – *ein für allemal, sei es am Anfang oder am Ende, aus der Geschichte auszusteigen* –, und wenn die Franzosen uns damals im Ersten Weltkrieg nicht hartnäckig an der Grenze aufgehalten hätten, wären wir vielleicht, ohne jeglichen Schaden anzurichten, einfach bei ihnen durchgezogen... nur so als Touristen, denn wir Deutsche sind doch in tiefster Seele nichts als begeisterte Reisende, die manchmal gezwungen sind, die bereisten Länder zu erobern, damit man uns nicht hindert, sie gründlich zu durchstreifen.«

»Nein, ich scherze nicht... gewiß nicht jetzt...«

»Mag sein. Vielleicht ist es bloß eine Halluzination, aber vielleicht auch nicht, laß mich erst mal meinen Gedankengang zu Ende führen, ehe du über mich urteilst... Wir wollen nur noch diese Erhebung überwinden, halt dich gut an mir fest, denn der Pfad wird immer schmaler...«

»Ich weiche nicht aus...«

»Sofort...«

»Nur noch ein paar Schritte, da, dort wartet ein Stuhl auf dich... Und das ist die zweite Station, Großmutter...«

»Heute früh habe ich ihn hinaufgeschafft, extra für dich.«

»Warum nicht? Hast du das etwa nicht verdient?«

»Natürlich hole ich ihn wieder runter, aber jetzt setz dich, bitte, nimm diesen Feldstecher, stell ihn dir richtig ein und guck dort auf das weite Tal... Ja, dorthin, auf das kleine Gehölz, den Hügel dahinter... ja...«

»Rechts vom Dorf, Großmutter, wo die Anhöhe ein wenig dunkler wird...«

»Genau...«

»Keine Felsen, sondern eine antike Ruine...«

»Ja. Genau. Also, das ist das alte Knossos, Großmutter. Das berühmte Knossos...«

»Was, du erinnerst dich nicht? Dort ist doch das legendäre Labyrinth... Der Palast des Königs Minos... ›*Zeus zeugte Minos zuerst, den Hüter von Kreta*...«

»Homer.«

»Aus den Büchern, die du mir geschickt hast. Übrigens nochmals vielen Dank für deine Mühe...«

»Natürlich hab ich sie gelesen...«

»Ich weiß, man sieht nicht viel... Aber ich wollte, daß du wenigstens die Richtung weißt, hätte dich ja so gern zu einem Rundgang an diesen wunderbaren Ort mitgenommen, dessen Kenner und Schutzpatron ich in den letzten zwei Jahren geworden bin, aber Schmeling hat es strikt verboten. Er möchte dich unter keinen Umständen einer eventuellen Überraschung seitens der Partisanen aussetzen und ließ sich partout nicht umstimmen. Du hast keine Ahnung, wie sehr er um dein Wohl besorgt ist, beinah hätte er mir nicht einmal erlaubt, dich auf diese Anhöhe hier hinaufzuführen. Und er war erst beruhigt, als er diese fünf Quasigefangenen, ehemalige italienische Soldaten, die dort unten sitzen, am Fuß der Anhöhe postiert hatte, um unsere kleine Exkursion aus der Ferne im Auge zu behalten.«

»Ja, extra. Warum auch nicht? Was sollen sie sonst schon machen? Als wir noch siegreich waren, wollten sie nicht kämpfen, und jetzt, da wir verlieren, fliehen wollen sie auch nicht. Aber genug damit, da, Großmutter, von hier aus kannst du meine Route in jener Nacht genau verfolgen. Südwärts! Doch um Himmels willen nicht, um vom Schlachtfeld auszureißen, sondern nur auf einen kurzen Abschied, bis lebende Wölfe eintreffen würden, die tot in ihren Gräben liegenden abzulösen. Bis dahin wollte ich, der ich wirklich bei meinem Großvater-Vater geschworen hatte, nicht in Gefangenschaft zu fallen, so wie ich war, Großmutter – verbeult, zerkratzt und geschlagen und vor allem, nicht zu vergessen, stark kurzsichtig – tief in die Berge vorstoßen, um einen begrenzten Gefechtsstand zu finden, der für mich geeignet wäre, bis ich eine neue Brille auftrieb. So tappte ich ohne Ortskenntnis durch die Dunkelheit – gelenkt wohl durch den Geist des alten Koch, der vielleicht ›seinen Schrei‹ gehört hatte, als ich aus dem Flugzeug absprang –, kletterte über Zäune, marschierte durch Obstgärten, inmitten des hartnäckigen Grillengezirpes, nur fünf Kilometer weit, die mir damals wie dreißig vorkamen. Und auf einmal, völlig unvorbereitet, war ich in den Ruinen dieses wunderbaren, labyrinthartigen Palastes gelandet, den ich, obwohl er vor dreitausendfünfhundert Jahren erbaut worden ist, Großmutter, trotz meiner Kurzsichtigkeit sofort in seiner ungeheuren Bedeutung erfaßte, und schon verlor ich mich auch, taumelnd vor Begeisterung, in seinen Mauern, kletterte die geborstenen Marmorstufen von einem Saal zum anderen hinauf und wieder hinunter, durchmaß die von roten Säulen unterteilten Räume im schwachen Sternenschein, welcher in den Ecken mannshohe Tongefäße erkennen ließ, deren herrliche Bemalung sogar im Dunkeln zu ahnen war. Und die Wände, Großmutter, trugen Bilder von schlankwüchsigen Mädchen und Jünglingen, die in langer Reihe hinter einem wunderschönen roten Stier einherschritten, dessen zwei mächtige, eine Art ›V‹ bildende Hörner ich inzwischen auch als Nachbildung hoch auf einem Dach entdeckt habe. Und da, Großmutter, während ich noch träumerisch durch das stille Dunkel streifte, fühlte ich mich auf einmal dem Führer, unserem Hitler, unglaublich nahe, denn obwohl ich noch nicht wußte, wohin ich geraten war, erriet ich bereits das geheime Ziel dieser blutigen Expedition, auf die man uns aus der Ferne geschickt hatte. Nicht die Engländer suchte er auf Kreta, auch nicht die Absprungbasis für ein leichtes Übersetzen an den Suezkanal – das waren nur Vorwände gegenüber seinen Generälen, um sie zu bewegen, die Streitkräfte bis hierher zu führen. Nein, Großmutter, auch der Führer gehorchte nur Studienrat Gustav Kochs Ruf, die Urquelle zu suchen, die ich erreicht hatte, ich, Großmama, Sanitäter Egon Brunner, der erste deutsche Pfeil, der von dem großen Bogen abgeschossen worden war, der einzige Eroberer in jener Nacht, und deshalb dachte ich, Großmutter, dies ist der Ort, der es wert ist, für ihn zu kämpfen und zu sterben, getreu dem sechsten Gebot...«

»Nein, nicht um die Ruinen kämpfen, Großmutter, sondern um das, was man aus ihnen erwecken könnte, den neuen Menschen, über den wir soviel gesprochen und nachgedacht haben an jenen langen Winterabenden 1939, als ich mich auf die Abiturprüfung in deutscher Geschichte vorbereitete und du, Großmutter, schon mit Sicherheit wußtest, daß ein Weltkrieg unumgänglich sein würde, und besorgt warst, man könnte wieder, wie damals im Ersten, uns allein beschuldigen, worauf wir womöglich ohne Erklärung und Rechtfertigung dastünden, bis die Früchte des Sieges in unseren Händen verfaulten... Und deshalb dachte ich, vielleicht würde sich gerade hier, auf dieser Insel, jene Rechtfertigung und Erklärung finden lassen, die meine Großmutter sucht, und über diesen Gedanken grübele ich nun schon drei Jahre nach...«

»Ich schwör's...«

»Aber warum soll ich verschwunden gewesen sein? Ich war nicht verschwunden... Wieso denn?«

»Ich war doch einfach nur *abgeschnitten*... Und die Brille war weggeflogen... Und das ganze Kampfbild war für mich verzerrt, ich hatte Nord und Süd durcheinandergekriegt...«

»Wie kannst du so was sagen, Großmutter? Du, die du dafür warst, mich Kurzsichtigen in eine Einheit von Wölfen und Tigern zu stecken...«

»Aber nein! Wenn es wirklich Fahnenflucht gewesen wäre, hätte man mich doch sofort abgeurteilt und erschossen... Du kannst doch nicht härter mit mir ins Gericht gehen als die Kommandantur der 5. Gebirgsjägerdivision. Du willst immer noch nicht begreifen, daß ich nur durch ein Wunder gerettet worden bin und nur rein zufällig noch vor dir stehe. Vom militärischen Standpunkt aus betrachtet, wäre es weit natürlicher gewesen, mit den dreizehnhundert Rudelwölfen zu sterben, die in den ersten vierundzwanzig Stunden auf diesem dreieckigen Stück Boden da vor dir vernichtet wurden...«

»Ja, dreizehnhundert, ich kenne diese Zahl sehr gut, und bald wirst du erfahren, warum...«

»Bald... wenn du mich die Geschichte zu Ende erzählen läßt. Manchmal scheint mir, dir wäre wohler gewesen, wenn ich zu den Toten gezählt hätte...«

»Weil du dann endlich einen wirklich gemeinsamen Zug mit dem wahren Egon gefunden hättest...«

»Ich meine...«

»Egal…«

»Entschuldige, Großmutter… Entschuldigung…«

»Verzeih…«

»Weil ich weiß, daß du dich tief im Innern nie mit meinem Vorhandensein abgefunden hast…«

»Manchmal kommt es mir einfach so vor…«

»Dann habe ich mich geirrt, und ich bitte noch einmal um Verzeihung, Großmutter… Verzeih, ich bitte tausendmal um Entschuldigung, nur verdirb uns dieses Treffen nicht…«

»Was? Warum? Im Gegenteil, Großmutter, ganz im Gegenteil, ich habe nie Egons Ehre verletzen wollen, im Gegenteil, habe sie vielmehr reicher machen wollen. Und wer, wenn nicht ich, hat mit dir, Großmutter, schon von Kindesbeinen an so an dem Schmerz und der Schmach über die ungerechte Beschuldigung mitgelitten, die Deutschland nach jenem verfluchten, unerklärlichen Krieg angehängt wurde und die in meinem Geist noch schwerer wog als die Schollen französischer Erde, die sein kreuzgeschmücktes Grab bedecken…«

»Gewiß erinnere ich mich an diesen Besuch… Und auch an die Feindseligkeit der französischen Bewohner jenes Dorfes Maricourt, als sie Großpapa in seiner weißen Uniform dastehen und am Grab seines Sohns salutieren sahen.«

»Ich erinnere mich… Warum nicht? Wie alt war ich denn damals?«

»Älter nicht? Wirklich?«

»Siehst du. Aber ich erinnere mich *wirklich*, damals noch immer in der Treuherzigkeit des kleinen Jungen befangen, der träumte, zu gegebener Zeit möge auch an seinem Grab ein Weißuniformierter salutieren, und deswegen habe ich Egons Heldentod keinen Augenblick vergessen, sondern im Gegenteil versucht, seine Bedeutung zu vertiefen.«

»Nicht die Müdigkeit, Großmutter, sondern die Einsamkeit war das verblüffend Neue für mich. Schließlich hatte ich von meiner Einberufung bis zu jener Nacht keine einzige Minute für mich gehabt, war dauernd von Rudelwölfen umgeben, marschierte immer und überall in der Kolonne unter Aufsicht, eilte von Befehl zu Befehl, von Obrigkeit zu Obrigkeit, Tag und Nacht, bis anderer Leute Träume in meine übergriffen... Und nun fand ich mich auf einmal – völlig unvorbereitet – mutterseelenallein in einer gänzlich fremden Landschaft, ohne einen einzigen deutschen Menschen neben mir und, was das Grauenhafteste war, Großmutter, ohne einen Vorgesetzten, der mir Befehle erteilte. Deshalb mußte ich mir zuallererst einen Vorgesetzten suchen, und da es keine andere Option gab, ernannte ich mich selbst, was sich als höchst wirkungsvoll entpuppte, denn die Autorität über mich war sofort wiederhergestellt, kraft derer ich mir prompt befahl, einen strategischen Standplatz hinter den antiken Pithoi einzurichten, der mich sowohl versteckte als auch Ausschau halten ließ, aber da meine Kampftauglichkeit mangels Brille sehr eingeschränkt war, klappte ich die Bahre auf, legte mich auf den Rücken, aß die erste eiserne Ration zu den Klängen des Grillenkonzerts, die Augen fasziniert auf das sternenübersäte Firmament gerichtet, das ich so nicht kannte und das sich auch dir bald in seinem ganzen Glanz offenbaren wird, Großmutter, und so fiel ich am Ende des ersten Kampftages, in der Nacht vom 20. auf den 21. Mai 1941, in tiefen, fast prähistorischen Schlaf, aus dem mich am Morgen das Schnauben eines Maultiers weckte, das von zwei griechischen Zivilisten in den Palast geführt worden war, und augenblicklich, ohne erst viel nachzudenken, schnellte ich aus meinem Winkel hervor und nahm die beiden gefangen.«

»Ja, ich mußte sie gefangennehmen, und gleich wirst du auch verstehen, warum, aber laß uns, wenn du schon genügend neue Kräfte gesammelt hast, vielleicht zur nächsten Station weitergehen, und von hier an kann ich dir versprechen, daß der Weg noch leichter und angenehmer sein wird. Wir umrunden die Anhöhe zur Westseite hin, um einen Blick auf die Stadt hinunterzuwerfen... Also, darf ich bitten...«

»Nein, bis zur Dunkelheit ist es noch lange hin. Wir sind um drei Uhr losgegangen und werden um Punkt sieben zurück sein, rechtzeitig zu dem Abendessen, das Max Schmeling für dich gibt, und noch vor Einbruch der Dunkelheit...«

»Das macht nichts… Morgen schicke ich einen italienischen Gefangenen, ihn zu holen…«

»Das ist in Ordnung… völlig in Ordnung…«

»Nein, ich werd's nicht vergessen, aber wirklich, Großmutter, statt dich um diesen armseligen Stuhl zu sorgen, heb lieber mal den Blick und sieh dir dieses herrliche Panorama an, das sich Stück um Stück vor dir entfaltet – in der für diesen Ort so typischen Klarheit, die mir das Herz zuweilen geradezu schmerzlich weitet. Und lausche vielleicht auch den Versen, die ich auswendig gelernt habe, Großmutter: ›Kreta ist ein Land mitten in dem weinfarbenen Meer, ein schönes und fettes, rings umflossen. Darauf sind Menschen viele, unendliche, und neunzig Städte, und die Sprache der einen diese, der anderen jene, gemischt… Und unter den Städten darauf ist Knossos, die große Stadt, wo Minos als König geherrscht hat, der sich in jedem neunten Jahre vertraut mit dem großen Zeus besprach…‹ Und so weiter, und so fort… haha… ha…«

»Vielleicht…«

»Möglich…«

»Einfach so… hatte Lust darauf… Aber hier, halt dich ruhig noch mal an der Schlinge bei mir fest und hör das Tuten des griechischen Schiffs, das eben in den Hafen einläuft. Wenn ich nachts im Schlaf die Schiffe tuten höre, meine ich manchmal, es sei mir trotz allem gelungen, auf eins von Vaters Kriegsschiffen zu gelangen…«

»Das heißt, Großvater-Vater… ich meine Großpapa…«

»Vielleicht hast du recht, daß ich die Geschichte absichtlich in die Länge ziehe, denn womöglich ist an jenem Morgen tatsächlich das erste Samenkorn für mein *Verschwinden*, wie du es nennst, oder jene *Verstrickung*, wie Schmeling sagt, oder, richtiger, jene *Gefangennahme*, wie ich es ausdrücken würde, gelegt worden, denn als ich diese beiden griechischen Zivilisten, deren Identität ich damals nicht einmal in meinen wildesten Phantasien erraten konnte, eintreten sah…«

»Gleich… gleich…«

»Nein, das hebe ich mir als Überraschung auf… damit du Lust hast, weiter mitzukommen.«

»Gleich... gleich... Also zwei Zivilisten führten ein Maultier, beladen mit zwei, drei großen Säcken, die sie für härtere Zeiten verstecken wollten, denn sie, Großmutter, hegten keinerlei Zweifel, daß wir Deutsche den Kampf gewinnen würden, der damals noch keinesfalls entschieden war, und da sie den Ort wie ihre Westentasche kannten, merkten sie sofort an der veränderten Stellung der antiken Gefäße, daß sich schon jemand dort verborgen hielt, und erstarrten auf der Stelle, doch ehe sie die Engländer alarmieren konnten, die ich aufgrund der Stille jenes Morgens für die fraglosen Sieger hielt, wollte ich ihnen zuvorkommen, lieber Häscher als Gefangener sein, sprang daher aus meinem Unterstand, die Schmeißer nach bester Kurzsicht auf sie gerichtet, und forderte auf englisch, daß sie sich ergeben sollten.«

»›Hands up!‹ Das hatten sie uns noch in Athen gelehrt, jedem Engländer zuzurufen, der mit uns reden wollte...«

»Umbringen?«

»Aber warum, Großmutter? Sie waren nur Zivilisten, und im Mai 1941 wurde uns noch nicht empfohlen, Zivilisten umzubringen, weil man noch nicht wissen konnte, daß gerade sie unsere erbittertsten Feinde werden würden...«

»Zwei, Vater und Sohn. Und gerade der Sohn, der nur wenige Jahre älter war als ich und wie einer von uns aussah, stark und blond, mit sympathischem Gesicht sogar, erschrak zutiefst angesichts der auf ihn gerichteten Schmeißer, während der Vater Kaltblütigkeit bewahrte, vielleicht weil er schon wie ein Gespenst aus einem der Gräber des Palastes wirkte, in einem staubigen schwarzen Anzug, die gestreifte Krawatte wie einen Strick um den Hals gelegt, der Schädel kahl und auf der Nase eine Brille, die eigentlich ein weiterer Grund für meinen hastigen Überfall war...«

»Gewiß... aber als ich sie ihm abnahm und mir selber aufsetzte, war es doch verlorene Liebesmüh. Die Welt, die vorher groß und verschwommen gewesen war, wurde plötzlich klein und fern, als betrachtete ich sie durch ein Fernrohr, aber trotzdem gab ich ihm die Brille nicht zurück, sondern beschlagnahmte sie und steckte sie zur weiteren Prüfung in die Tasche, doch an dem leichten Lächeln, das ihm übers Gesicht huschte, merkte ich, daß er sofort begriffen hatte, daß der schwarze Skorpion, der sie hier überfiel, nichts als ein unglücklicher, verirrter deutscher Fallschirmjäger war, der seine Brille verloren hatte, was ihm derart menschlich vorkam, daß er, ohne meine Fragen abzuwarten, in einfachem, aber verständlichem Deutsch ein höfliches Gespräch eröffnete, indem er sich als einen der Fremdenführer dieses verfallenen Palastes vorstellte, der einfach bei Tagesanbruch herbeigeeilt sei, um nachzusehen, ob der Krieg nicht etwa auch seine Ruinen zerstört habe, worauf er hinzufügte, er sei bereit, mich mit nach Hause zu nehmen, um mir eine passendere Brille zu suchen, und als er sah, daß ich zögerte, da ich eine Falle befürchtete...«

»Genau...«

»Haargenau... schlug er sofort, in demselben gelassenen Tonfall, vor, den Jüngeren nach einer Brille auszusenden, während er als Geisel hierbliebe, und ein derart faires, vernünftiges Angebot ließ sich schon nicht mehr zurückweisen, Großmutter, und genau da, an diesem Punkt, begann meine sonderbare Verbindung zu diesen Menschen.«

»Gleich... gleich...«

»Nein, sind nicht mehr da... Aber warte... wart mal ab...«

»Nein, du irrst. Es war keine Falle, Großmutter, und nicht sie sind schuld daran, daß ich erst nach beendeter Schlacht aufs Schlachtfeld zurückgekehrt bin. Ich glaubte doch immer noch, das Gebiet wimmle von Engländern, und obwohl ich entschlossen war, zu kämpfen und nicht in Gefangenschaft zu geraten, konnte ich schließlich nicht ohne Brille kämpfen, oder? Deshalb ging ich, wie gesagt, ohne weiteres auf das Angebot dieses deutschsprachigen Gespensts ein, meine Geisel zu werden, ergriff aber auch weitgehende Sicherheitsvorkehrungen, befahl ihm nämlich, in einen der niedriger gelegenen Palasträume hinabzugehen, wo ich ihn an Händen und Füßen sorgfältig mit Mullbinden aus meinem Sanitätertornister fesselte, und da er schlank und leicht war, half ich ihm, sich in eines der mannshohen Vorratsgefäße zu zwängen, so daß ich ihn notfalls mit einem Schuß erledigen konnte, und den Jüngeren, der kreidebleich und angstgelähmt zuschaute, wie sein Vater so schnell und effizient gebunden wurde, schickte ich die versprochene Brille holen, allerdings nicht, bevor er auf meinen Befehl auch das Maultier in einen der angrenzenden Räume herabgeführt und dort als eine Art zusätzliches Pfand festgebunden hatte...«

»Ja, schon, Großmutter, ich dachte in Begriffen von ehrenhafter Niederlage... Aber für jemanden, der eben gerade, zum erstenmal im Leben, mit dem Feind im besetzten Land in Berührung gekommen war, habe ich mich, wie du siehst, doch ganz tüchtig angestellt, und obwohl ich seitdem viele Menschen auf dieser Insel festgenommen und gefesselt habe, erinnere ich mich, daß mir ein wenig die Hände zitterten, als ich dieses runzlige Gespenst fesselte, das mich nun gerade sanft anlächelte, als verstehe und billige es mein Vorgehen...«

»Die Brille war absolut notwendig, Großmutter, denn ich bin nun mal, entgegen deiner festen Meinung, seit der Quinta kurzsichtig...«

»Ich wiederhole noch einmal, liebe Großmutter Andrea, so geduldig wie möglich: Ich habe den Gefechtslärm nicht gehört. Deswegen habe ich dich doch auf diese Anhöhe hinaufgeführt, damit du mit eigenen Augen siehst, wie weit das einsame Tal, in dem ich gelandet war, von dem Ort, an dem sich die eigentlichen Kämpfe abspielten, entfernt lag. Dort an der Küste und am Stadtrand von Heraklion, den du jetzt da unten siehst...«

»Vielleicht habe ich es auch nicht geglaubt...«

»Vielleicht konnte ich es nicht glauben. Vergiß nicht, während der ersten Gefechtstage hing dieses ganze geniale Unternehmen noch am seidenen Faden...«

»Vielleicht wollte ich es auch nicht glauben... Womöglich hast du da ein bißchen recht, Großmutter...«

»Stimmt. Zugegeben. Manchmal verfalle ich in verfrühten Defätismus, nur um nicht überrumpelt zu werden von der Verzweiflung. Gebe ich zu...«

»Aber siehst du, wenn ich mich bemühe, nett zu sein und ein wenig Mitschuld einzugestehen, machst du mich gleich *allein* verantwortlich... wie immer...«

»Schon wieder? Von vornherein, Großmutter? Bin ich etwa schon schuldig geboren? Was hat es dann für einen Sinn, dir meine Geschichte weiterzuerzählen...«

»Nein, genug! Hören wir also auf... Laß uns hier wieder hinuntergehen... Ist ja zwecklos, was zu erklären... Wir lassen's und fertig!«

»Gewiß. Ja. Ich bin verärgert, weil du nicht wirklich zuhören möchtest, Großmutter, weil du bereits den Stab über mich gebrochen und entschieden hast, ich hätte versucht, mich vor dem Krieg zu drücken, aber ich wollte ihm nicht ausweichen, sondern ihn verstehen, und schon als ich, ganz auf mich allein gestellt, aus dem Bauch des Flugzeugs in die Welt hinabsprang, dabei das Sausen der Kugeln und die Schreie der Sterbenden hörte, wußte ich, daß *Umkommen* leicht, *Verstehen* jedoch schwer war, und beschloß, den schweren Weg zu wählen, weshalb ich dann, sobald ich mich aus dem Dickicht des Baums befreit hatte, gen Süden aufbrach, Großmutter – der Einsamkeit entgegen, der Kraft der reinen Vernunft in meinem Innern vertrauend, daß sie mir richtige Befehle erteilen werde, zumindest mit der gleichen Genauigkeit und Verantwortung wie der Generalstab, und der Imperativ der Einsamkeit war so kolossal, Großmutter, daß ich sogar zuerst umkehrte und die Ziegenherde tötete, damit mir die Tiere nicht nachliefen und mich mit den menschlichen Zügen ihrer dummen Gesichter ablenkten. Und so, Großmutter, völlig einsam, geriet ich mitten in der Nacht in die Ruinen einer antiken Zivilisation, die mich in tiefster Seele faszinierte und erregte, ohne daß ich jedoch wußte, wie man sich in sie einbinden könnte, und deshalb war es nur natürlich, Großmutter, daß ich in dem Moment, in dem ich diesen griechischen Fremdenführer zu fassen bekam, soviel wie möglich aus ihm herausholen wollte, und er ging auch gleich großzügig darauf ein, trotz der entwürdigenden Situation, die ich ihm aufgezwungen hatte, begann nicht wie ein haßerfüllter, unterlegener Feind mit mir zu sprechen, sondern eher wie mit einem künftig vielleicht befreundeten Intellektuellen, tastete sich verbindlich in seinem langsamen, einfachen Deutsch vor, das er, wie er sagte, bei seiner Tätigkeit als Fremdenführer gelernt hatte. Immerhin war er ja, was man im Gedächtnis behalten sollte, schon in dem Augenblick, als er den Himmel voller deutscher Fallschirme sah, unseres Sieges sicher gewesen und hatte auch angenommen, unter den Fallschirmjägern würden sich wohl einige kulturliebende Humanisten befinden, die nach Beendigung der Kämpfe gern einer Führung durch das berühmte Labyrinth beiwohnen würden, nur hatte er kaum damit gerechnet, schon am ersten Morgen, an Händen und Füßen gefesselt, dem ersten Humanisten gegenüberzustehen ...«

»Ich natürlich.«

»Zuerst nur, um die Zeit zu vertreiben, bis der Sohn mit der Brille zurückkehrte. Aber nach und nach verfiel ich dem Zauber seiner Geschichte, die er großartig zu erzählen wußte, den kahlen Kopf aus dem antiken Krug emporgereckt wie das Haupt einer weisen Schlange, und mit der Begabung eines wahren Redners, Großmutter. Obwohl sein Deutsch sich auf den Grundwortschatz beschränkte, verquickte er nun die Geschichte der Ausgräber und die der Ausgegrabenen, die des Engländers Sir Arthur Evans und seiner Archäologen, die Anfang des Jahrhunderts hier mit den Grabungen begannen, und die von König Minos und seinem Hof vor dreitausendfünfhundert Jahren, als seien sie alle eine große Runde. Ja, seine Worte beeindruckten mich so ungeheuer, daß schon damals der Gedanke in mir reifte, falls uns dieser Krieg gelänge, ginge wenigstens ein Teil von Studienrat Kochs Traum in Erfüllung, denn es würden Deutsche aus allen Gauen des Reiches in die Ruinen dieses Labyrinths strömen, die Quellen studieren und die Macht einer anderen alten Kultur erkennen, uns über den Kummer und die Enttäuschung hinwegzutrösten, die uns unsere eigene Kultur zuweilen bereitet, da wir sie manchmal mit solchem Überernst umklammern, daß sie sich unter unseren Händen in einen Drachen verwandelt, und deshalb, stell dir nur vor, Großmutter, habe ich schon damals angefangen...«

»Richtig, als die Kämpfe noch ringsum tobten...«

»Zugegeben... Ich geb's ja zu... Machte mir bereits erste Notizen und war derart mitgerissen, daß ich mich nicht länger enthalten konnte, ihm vielmehr bei einsetzender Abenddämmerung, als der Jüngere noch immer nicht zurückgekehrt war, ich also meine Geisel bald wegen der nichterfüllten Bedingung würde töten müssen, die Fesseln löste und ihn aus der Amphore herausklettern ließ, wobei ich ihm aber vorsichtshalber seine Brille nicht wiedergab, damit er nicht etwa fliehen konnte, und so, kurzsichtig wie ich, führte er mich von Raum zu Raum, von Wandbild zu Wandbild, zeigte mir alles in Wirklichkeit, was er mir vorher mit Worten geschildert hatte, denn schon damals war ich fest entschlossen, alles aus ihm herauszuholen, was er über jene antike Kultur wußte, die mich, je länger er darüber sprach, nur um so brennender interessierte...«

»Weil sie keine Schuld und deshalb auch keine Angst in sich trug, Großmutter...«

»So hat er's mir erklärt...«

»Zum Beispiel, Großmutter, selbst was die Äußerlichkeiten anbetrifft, etwa, daß man keine Anzeichen einer Befestigung um den Palast herum gefunden hat... Das allein legt doch schon hundertfaches Zeugnis dafür ab, daß die Einwohner nicht nur friedfertigen, sondern auch sicheren Herzens waren. Auch die Wandbilder, diese farbigen Fresken, strahlen Glück und Gelassenheit aus, ja sogar der große Stier war allseits beliebt, so daß die jungen Leute auf seinem Rücken Sprungwettbewerbe abhielten, und außer einem Bild von einer Doppelaxt hat sich kein einziger Rest von Kriegsgerät gefunden...«

»Nein, das ist die Ansicht wichtiger Gelehrter, die dieser Fremdenführer nur zitierte...«

»Was?«

»Was sagst du?«

»Du verblüffst mich, Großmutter...«

»Gleich werd ich's erklären... wie scharfsinnig von dir...«

»Sofort... sofort...«

»Jüdische Gelehrte... wie seltsam...«

»Sofort... gleich wirst du alles verstehen... Trotzdem, herzlichen Glückwunsch, kluge Großmutter, obwohl der historischen Genauigkeit halber gesagt werden muß, daß es seinerzeit noch keine Juden auf der Welt gegeben hat.«

»Keinen einzigen...«

»Ganz einfach, sie hatten sich noch nicht erfunden...«

»Ja, Großmutter, sie sind also gar nicht so alt, wie sie meinen...«

»Ich verstehe... ich verstehe...«

»Er sagte mir an jenem Abend dasselbe, als er mir die Umgebung und die sie seinerzeit bewohnenden Völker beschrieb... Und deshalb...«

»Natürlich hat er einen Namen...«

»Mani...«

»Ja, leicht und simpel...«

»Ohne jeden Zusatz... einfach Mani...«

»Ich halte das nicht unbedingt für eine Kurzform... aber...«

»Vielleicht von Manie...«

»Josef...«

»Umbringen, Großmutter?«

»Warte... wart ab... Du hast es so eilig...«

»Aber er hat die Bedingung ja erfüllt, sein Sohn wollte nur die Dunkelheit abwarten, um unbemerkt aus der Stadt zu schlüpfen, weil die Leute dort immer noch meinten, die Engländer schlügen unseren Angriff erfolgreich zurück und könnten seinen Vater durch einen zu enthusiastischen Überfall auf mich gefährden, deshalb hat er gewartet. Aber kaum waren die ersten Sterne heraus, raschelte es leise im Dorngestrüpp, und ehe ich noch meine Schmeißer heben konnte, stand auch schon eine kleine, zarte junge Frau neben mir, Großmutter, ungefähr in meinem Alter, die Gattin des Sohns und die Schwiegertochter meines Gespenstes, die als erstes hervorgekommen war, um zu sehen, ob die Luft rein war. Sie führte einen Topf warmes Essen und eine Kanne Kaffee mit sich, weil sie sich vielleicht schon im stillen gedacht hatte, die fünf Brillen, die sie im Haus zusammengelesen und in ein Handtuch gewickelt hatte, könnten meine Brillengier womöglich noch immer nicht befriedigen, und tatsächlich waren es alles nur Lesebrillen alter Leute, wohl von den Großeltern der Manis, mehr wie deine, Großmutter, die – als ich sie wie ein Kind nacheinander aufprobierte – mir die Sicht nur noch mehr verschwimmen ließen...«

»Gewiß. Als erstes. Ich vergaß ja nicht, wo ich mich befand. Und Vater Mani übersetzte mir sofort bereitwillig die Neuigkeiten, die seine Schwiegertochter und der Sohn zögernd preisgaben, denn der blonde junge Mann, der unbeholfen und konfus wirkte, hatte sich nun ebenfalls ein Herz gefaßt und war angstschlotternd aus seinem Versteck hervorgetappt, an einer Hand seinen etwa dreijährigen Sohn hinter sich herzerrend, in der anderen einen kleinen Hafersack für das Maultier und um die Schultern eine Art verschlissenen Armeemantel, den er sofort für seinen Vater auszog.«

»Sie hatten tatsächlich die ganze Familie bei mir versammelt, vielleicht weil sie den Tod nahe fühlten...«

»Sofort... sofort... Denn dieser junge Mann konnte sich wieder nicht beherrschen, er fiel seinem Vater um den Hals, küßte ihn, brach ohne jede Scham vor mir in ein sonderbar abgehacktes Schluchzen aus, es war wie die stürmische Seelenwanderung eines Schwachsinnigen, so daß sowohl seine Frau als auch sein Vater ihn packen und fest umarmen mußten, um ihm ein wenig von der Angst und Verzweiflung zu nehmen, deren Würgegriff er nicht mehr entkommen war, seit er zugesehen hatte, wie ich seinen Vater fesselte und ihn zur Aufbewahrung in eine Amphore steckte. Ich, Großmutter, wußte zu diesem Zeitpunkt noch nicht, daß das für mich nur der erste Vorgeschmack jenes süßsauren Gerichts namens Schrecken der Eroberer sein sollte, das wir seither bis zum Erbrechen fressen. Gemeint sind die Angst und der Schrecken, die jeder von uns selbst dann verbreitet, wenn er nur harmlos, in die hehrsten und humansten Gedanken versunken, spazierengeht, die erstarrten Blicke, die jedem Mucks jedes unserer Soldaten auch dann folgen, wenn der Betreffende sich selbst schon langsam abscheulich vorkommt. Das begann für mich an jenem Sommerabend, als ich – mit entsicherter Maschinenpistole, aber noch ohne meine Brille – einer Bürgersfamilie gegenüberstand, die mich mit allerlei Versprechungen zu beschwichtigen suchte, und sei es nur, um mich vor einer jäh aufflammenden Verzweiflung zu bewahren, die meinen Finger am Abzug mitergreifen könnte, denn ich hatte bereits mein treues Festhalten an unserem sechsten Gebot verkündet. Und obwohl, im nachhinein betrachtet, die Lage der deutschen Streitkräfte an jenem Abend in diesem Frontabschnitt bei Heraklion noch höchst prekär war, stand Vater Mani als schimmerndes Gespenst im Dunkeln vor mir und verhieß mir großzügig einen baldigen deutschen Sieg. Obgleich er mir eingestand, daß seine Angehörigen englische Verstärkungen über die nahe Straße hatten hasten sehen, war er völlig sicher, daß die Engländer den Schock des deutschen Offensivschlags letzten Endes nicht verkraften würden. Die Engländer, erklärte er mir immer wieder mit Gewißheit und leicht antibritischem Sarkasmus, sind nur dann tüchtig, wenn sie außerhalb Europas, in Asien oder Afrika, kämpfen, denn da verleiht ihre Kultur ihnen Kühnheit, wie die Barbarei den Barbaren. Er kenne sie sehr gut – und gegen wahre Europäer, noch dazu solche mit Luftüberlegenheit, befänden sie sich auf sehr viel unsichererem Boden. Doch obwohl mich diese Worte, die sich später als völlig richtig erweisen sollten, sehr ermutigten, befand ich mich noch immer in derselben hilflosen Lage. Schließlich wäre es recht absurd gewesen, etwa die junge Frau zu bitten, mich an der Hand zu nehmen und wie einen ausgerissenen Schuljungen wieder meiner Kampfeinheit zuzuführen.«

»Habe ich ›ausgerissen‹ gesagt?«

»Ich meinte ›aufsässig‹...«

»Vielleicht...«

»Und selbst wenn's ein Versprecher war, Großmutter, ein Körnchen Wahrheit mag schon dransein, es ist wohl auch ein bißchen Flucht dabei gewesen, aber darüber braucht man nicht groß Tränen zu vergießen, denn ich hatte Glück im Unglück…«

»Erstens stehe ich hier quicklebendig vor dir, und zweitens habe ich während dieser drei Jahre eine Verteidigungsschrift für den Tag des furchtbaren Gerichts, der unserem armen Deutschland bald bevorsteht, verfaßt, denn im Vergleich dazu, liebe Großmutter, wird sich der Versailler Urteilsspruch wie ein Kinderspiel ausnehmen.«

»Gleich. Eine Überraschung… Alles zu seiner Zeit…«

»Sagen wir mal, du hast wieder recht, Großmutter, ich habe mich tatsächlich ein bißchen zu sehr mit dieser Familie verstrickt, sie vielleicht zu privat und persönlich erobert, und sie hat aus Gründen, die ich damals noch nicht erkennen konnte, mit mir kollaboriert, sei es aus Furcht vor dem bewaffneten feindlichen Soldaten, der ihnen brillenlos vom Himmel heruntergefallen war, sei es aus Mitleid mit einem seinerseits verängstigten einsamen Soldaten, der sich nach langen Monaten ohne Urlaub nach familiärer Wärme sehnte, zerbissen und zerkratzt von den Rudelwölfen…«

»Ich verstehe nicht, Großmutter.«

»Aber wie denn?«

»Umbringen? Schon wieder…«

»Und das kleine Kind?«

»Wie hätte ich das tun…?«

»Vielleicht…«

»Vielleicht…«

»Mag sein, vielleicht, und wiederum nur mit aller Vorsicht, Großmutter, und im Interesse unseres Dialogs bin ich bereit, zuzugeben, daß ich, aus mangelnder Erfahrung im Umgang mit Einwohnern von Besatzungsgebieten, leichtsinnig gehandelt habe, statt dessen von Anfang an diese ›sentimentale‹ Beziehung hätte abbrechen, sie im Keim ersticken müssen, ja ich hätte mich mit einer Tasse Kaffee aus der Kanne der jungen Frau begnügen, dann sofort das konfiszierte Maultier besteigen und mich ein für allemal aus diesem zerstörten Labyrinth befreien und geradewegs blindlings in die Nacht hinausgaloppieren sollen, bis entweder der tödliche Schuß des Australiers in der Dunkelheit aufgegellt wäre oder aber der ersehnte deutsche Kommandoruf. Nur fürchtete dieser Bürger Mani, vielleicht zu Recht, ich könnte es mit der Angst bekommen und kehrtmachen, um sie allesamt umzubringen, wie ich die Ziegenherde abgeknallt hatte, und deshalb, meine kluge, vernünftige Großmutter, wird es dich kaum wundern, wenn ich dir erzähle, daß das vor Erschöpfung bereits taumelnde Gespenst sich unaufgefordert erneut als Geisel zur Verfügung stellte und – nachdem es ein wenig von dem Essen, das seine fürsorgliche Schwiegertochter mitgebracht hatte, gegessen, Sohn und Enkel geküßt und mir sogar eine kleine Touristenbroschüre in deutscher Sprache über die Altertümer von Knossos ausgehändigt hatte – sich neben seinem Krug niederlegte, sich also gefangen gab und damit deiner Version zufolge auch mich gefangen setzte. Und ehe ich mich's noch versah, hatte der alte Mann seinem Sohn und seiner Schwiegertochter bereits bedeutet, ihn mit dem warmen alten Wintermantel zuzudecken und sich alsdann schnellstens davonzumachen, und schon waren sie auch in einem der Vorräume des verfallenen Palastes verschwunden, der im Dunkeln plötzlich zum antiken Labyrinth geworden war.«

»Vorgeblich immer noch zu demselben Zweck, Großmutter, das heißt, um eine passende Brille für mich zu suchen. Und so begann die zweite Runde, angefangen mit einer Kerze, die der Mann aus der Tasche zog und, ohne erst meine Erlaubnis einzuholen, entzündete, damit ich deutlich sah, daß er sich getreulich an die Bedingungen der Gefangenschaft hielt, und es in der Dunkelheit nicht etwa zu einem unnötigen Mißverständnis kam...«

»Ja, Großmutter, ein finsterer, starrer Typ, aber tüchtig und schnellentschlossen, so daß ich langsam den Verdacht hegte, er könnte ein wenig deutsches Blut in den Adern haben. Und so versuchte er geschickt, mit jener stillen, verschlagenen Unterwürfigkeit, die unter Besatzung lebenden Zivilisten zur zweiten Natur wird, mich dahin zu dirigieren, daß wir beide die Nacht mitsamt ihren Abenteuern heil überstehen sollten, und er begnügte sich nicht allein mit der brennenden Kerze, sondern – stell dir bloß vor, Großmutter – schlug mir auch vor, ihn abermals mit meinem Verbandszeug zu fesseln, damit wir beide in wechselseitigem Vertrauen ein wenig in Ruhe schlafen könnten, wobei schon damals dieser Gedanke in mir aufkeimte, der mir nunmehr seit drei Jahren nicht mehr aus dem Kopf geht, daß die ganze Affäre mit meiner verlorenen Brille Mani lediglich als Vorwand diente, ein jähes verborgenes Verlangen zu befriedigen, vor seinem Tod gefangen oder als Geisel genommen zu werden, an Händen und Füßen gefesselt und gebunden, vielleicht um dadurch eine alte Schuld zu sühnen oder aber sie nun gerade mir aufzubürden, damit ich mit seiner Familie Erbarmen haben möge…«

»Ja, Großmutter, jetzt kommt die Überraschung…«

»Aber warte… warte… Er ist von allein gestorben, ohne daß ich ihn angerührt hätte, aus eigenen Kräften und offenbar auch ohne den leisesten Seufzer, an jenem gnadenvollen Herzstillstand, den wir aus Büchern und Theaterstücken kennen, aber im Leben vergeblich suchen. So, in einem Winkel dieses antiken Raums, in jener von Grillen zersägten Frühlingsnacht, während der flackernde Kerzenschein sein zerknittertes Pergamentgesicht erleuchtete, wandte er sich auf einmal höflich an mich, ob ich noch weitere Fragen an ihn hätte oder ob er sich in den Schlaf verabschieden dürfe. Ich kann mich bis heute an die Verblüffung erinnern, die mich angesichts dieser unterwürfigen Anfrage eines Mannes, der mein Vater hätte sein können, befiel, wobei ich damals in meiner Harmlosigkeit dachte, er übertreibe ein wenig mit seiner Ergebenheit, denn zu diesem Zeitpunkt wußte ich noch nicht, daß er so nur sein entgültiges Hinscheiden ankündigte und dem Tod die Erlaubnis gab, sich ihm zu nähern, jenem Tod, der vielleicht schon in seinem Innern aufblinkte wie das bebende Scheinwerferlicht einer Lokomotive hinter einer fernen Kurve, doch in mir stieg gerade wegen dieser unterwürfigen Ausdrucksweise jähe Schroffheit auf, weswegen ich ihm nicht einmal Antwort gab, sondern mich in einen Winkel verzog, um meine eiserne Ration zu verzehren, während er das Gesicht abwandte und sich in seinem Mantel zusammenrollte, um sich auf den Abstieg in den Hades vorzubereiten, und bald darauf war er auch schon ein gutes Stück auf dem Weg dorthin, gekrümmt wie ein Embryo, gebunden und eingehüllt, während ich mich erneut auf einen kleinen Rundgang durch die Altertümer machte, dabei neue, bisher unbeachtete Winkel entdeckte und mich sogar ein wenig verirrte, bis ich meinen Gefangenen wiederfand, der – was mir höchst eigenartig vorkam – seelenruhig zu schlafen schien, in völliger Gewißheit, daß ich ihm nichts zuleide tun würde, und deshalb trat ich an ihn heran, Großmutter, weckte ihn mit einem leichten Stoß des Laufs meiner Schmeißer und fragte ihn, welche Götter diese alte Kultur gehabt habe, worauf er unter großen Mühen erwachte, schließlich tatsächlich wieder aus dem tiefen Brunnen emporstieg, seine wie zwei Glühwürmchen flimmernden Augen aufschlug und mir entschieden mitteilte, diese prähistorische Kultur habe keinen Gott besessen, weshalb sie ihm so gut gefalle. ›Woher wissen Sie denn, ob es Götter gegeben hat oder nicht‹, fragte ich ihn weiter, ›Sie haben mir doch selbst gesagt, es seien hier nur stumme Funde und keinerlei schriftliche Zeugnisse erhalten, die man entziffern könnte.‹ Doch er ließ sich nicht ins Bockshorn jagen, sondern antwortete prompt: ›Das ist doch gerade der Beweis – hätten diese Menschen damals an Götter geglaubt, wären sie gezwungen gewesen, darüber zu schreiben, damit wenigstens die Schrift ihren Glauben stütze.‹«

»Genau...«

»Und diese Anwort, Großmutter, hat mir derart gefallen, daß ich sie seither nicht vergessen habe, und da wurde ich wohl auch endlich etwas weicher ihm gegenüber und fragte ihn, ob er hier in Knossos geboren sei, worauf er zum ersten Mal verlegen und unsicher wirkte, als er mir erzählte, die Engländer hätten ihn vor vielen Jahren nach Kreta verbannt, aus einem kleinasiatischen Wüstenstädtchen, dessen Name mir gewiß nichts sagen würde... Und das war eigentlich der letzte Satz aus seinem Munde, denn als ich von ihm abließ, rollte er sich schnell wieder zusammen, zog den Kopf unter den Mantel, und im Lauf dieser Nacht, während ich schlafend in meiner Ecke lag, gab er seinen Geist auf …«

»Gleich … gleich …«

»Sofort, aber der Reihe nach …«

»Weil ich darauf bestehe, Großmutter … Denn von hier aus können wir schon mühelos bis zum Stadtkern von Heraklion blicken, und dort steht der Stuhl, den wir heute morgen hinaufgebracht haben, parat für die dritte Station. Da werden wir, nach englischer Sitte, eine Rast einlegen … Werden uns aus meiner Feldflasche den Five-o'clock-tea genehmigen und den passenden englischen Kuchen dazu essen …«

»Letzthin habe ich festgestellt, daß diese trockenen englischen Kuchen etwas Beruhigendes an sich haben, ein Krümel ist phlegmatischer als der andere …«

»Gleich wirst du's merken … Und da fühlte ich mich also, noch vor dem ersten Tageslicht, wieder gänzlich einsam, Großmutter. Zuerst dachte ich, als ich ihn so vollkommen reglos daliegen sah, er sei geflohen und habe den Mantel als Attrappe liegengelassen, aber als ich nähertrat, sah ich sofort, daß sein Geist tatsächlich entschwunden war und auf dem Boden nur noch ein lebloser Körper lag, tot, gemäß all den Kriterien, die man uns im Sanitäterlehrgang beigebracht hatte, und als erstes beeilte ich mich nun, ihm Hände und Füße loszubinden, ihn aus seiner Embryonalstellung zu befreien, ihm ein natürlicheres Aussehen zu verleihen, um auch den leisesten Verdacht auszuräumen, es könne hier womöglich eine Untat begangen worden sein, denn Anno 1941, Großmutter, betrachteten wir Untaten noch immer als dreckige Lumpen, die man besser verbirgt, nicht als Fahnen, die man in aller Öffentlichkeit hißt …«

»Du weißt …«

»Du weißt …«

»Du weißt genau, was ich meine …«

»Egal, streiten wir uns jetzt nicht darüber, und vergiß nicht, Großmutter, daß dies eigentlich der erste echte Tote war, dem ich in völliger Einsamkeit und Intimität gegenüberstand, denn selbst als du mir im Alter von dreizehn Jahren erlaubtest, von Großpapa Abschied zu nehmen, hast du ihm damals schnell das Gesicht zugedeckt – obwohl ich, weißt du noch, gebettelt und gefleht habe, ihn küssen zu dürfen –, weil du, Großmutter, vielleicht auch zu Recht, meintest, ich sei noch zu jung für den Tod, doch im Mai 1941 war ich, wie alle meine Altersgenossen, schon recht alt für den Tod, und in jenem Morgengrauen lag nun der erste wirkliche Tote unversehrt und natürlich vor mir, ein Fremder zwar, aber zu meiner privaten Verfügung, mit dem ich tun und lassen konnte, was ich wollte. Über drei Jahre sind seit jenem Morgen vergangen, Großmutter, in denen ich viele Tote gesehen und auch manchen zu Tode gebracht habe, aber irgendwie ist das Gespenst dieses einen Mani dort immer noch in mir lebendig, hat gewissermaßen all die anderen Toten nachgezogen und in sich aufgesogen, und als er so zwischen den hohen Pithoi dalag, weckte er eine mir altbekannte Trauer, die mich veranlaßte, aufzustehen und das Weite zu suchen. Ich mochte nicht einmal an den Kummer und das Entsetzen der jungen Manis denken, selbst wenn sie eine richtige Brille für mich gefunden haben sollten, und deswegen klappte ich die Bahre zusammen, schnallte mich wieder in meinen Sanitätertornister und deckte den Toten mit seinem gelblichen Mantel zu, allerdings erst, nachdem ich seine Sachen durchsucht und ein paar weiße Kerzen und ein Dokument – offenbar eine Art Identitätskarte in griechischen Buchstaben mit einem alten Bild des Verstorbenen – an mich genommen und in die Tasche gesteckt hatte, damit ich etwas vorzuweisen hätte, falls man einmal eine Erklärung für seinen Tod von mir fordern sollte, woran du wieder einmal siehst, Großmutter, wie naiv ich damals war, daß ich dachte, ein deutscher Soldat im Europa des Jahres 1941 könnte je für den Tod irgendeines Zivilisten in besetztem Gebiet zur Rechenschaft gezogen werden, und dann auch noch im Falle eines natürlichen Todes. – Ich ging in den Raum, in dem das Maultier stand, und durchsuchte die dort abgelegten Säcke, die Konservendosen, Mehl, Reis und alle möglichen Gewürze enthielten, während das Maultier still an seinem Fleck verharrte, den Hafersack noch um den Hals gehängt und von seinen Dunghäufchen umgeben. Anfangs erwog ich, es abzuknallen wie die Ziegenherde zuvor, aber dann kam ich auf einen besseren Gedanken, nahm es am Halfter, ohne den Futtersack abzunehmen, und zerrte es, halbblind, hinter mir her, in der Hoffnung, es werde mich mit seinem tierischen Instinkt führen, wie ein Bauer einen kundig durch seine Felder führt, und so geschah es auch. Als ich die ersten Zikaden zirpen hörte, brach ich in Knossos auf, gebeugt und fast hinter dem großen, haarigen Bauch des Maultiers verborgen, wandte mich zurück nach Norden, verließ die antiken Ruinen so kurzsichtig, wie ich sie betreten hatte, tappte durch den milchbreidicken Morgendunst, und auf diese Weise, Großmutter, überquerte ich auf gewundenen Schlängelwegen – der Nase des Maultiers, nicht meiner eigenen folgend – die Frontlinie zwischen englischen Stellungen und griechischen Häusern, bis ich wieder, wie im Schoß einer Geliebten, zwischen den beiden Charlie-Hügeln landete, wo ich sogleich zwei Männer in unverkennbarem Sächsisch miteinander sprechen hörte. Es waren nur zwei geschwätzige Wachposten vom 4. Regiment, das einen Tag nach uns abgesprungen war, die da gemütlich unter einem Baum saßen, ganz in ein philosophisches Gespräch im Stile Goethe–Eckermann vertieft, so daß ich mich leise an sie heranschleichen konnte, ohne daß sie aufgesprungen und über mich hergefallen wären. Sie waren baß erstaunt, noch einen Soldaten des im übrigen fast völlig aufgeriebenen 3. Regiments vor sich zu sehen, und wollten mich sofort in ihre Reihen aufnehmen, rieten mir dann aber, mich der Ordnung halber doch bei dem verbliebenen Rest meines Regiments zu melden, das jetzt in einem Weingarten lag, Großmutter. Und dann, als ich vorsichtig zwischen den Verwundeten und Toten herumtappte, sah ich, was während des Tages, den ich in der Prähistorie verbracht hatte, in der Historie geschehen war und wie glücklich ich mich preisen konnte, aber noch hütete ich mich, denen, die mich erkannten, etwas von der antiken Kultur jenseits des Hügels zu verraten. Ohne mich erst zu melden, setzte ich die Bahre ab, legte endlich einen echten Verwundeten darauf, nahm den Tornister ab, holte das Verbandsmaterial heraus und begann unverzüglich als Sanitäter unter Sanitätern zu arbeiten, die Hände blutverschmiert, pausenlos damit beschäftigt, zu füttern und zu waschen, zu schneiden und zu verbinden, die Toten in Säcke zu stecken und die Verwundeten zu beruhigen. Dabei sagte ich kein Wort, und es fragte mich auch niemand, woher ich denn plötzlich aufgetaucht sei, so daß ich mich den Überresten meines Regiments als Gleicher unter Gleichen wieder anschließen konnte, doch als ich gegen Abend einen verwundeten Offizier in die Bauernhütte trug, in die wir die Sterbenden verbrachten, entdeckte ich in der Dämmerung eine auf Steinen erhöhte Bahre und darauf, im Lumpenhaufen der zerfetzten, blutgetränkten Uniform, meinen sterbenden Regimentskommandanten, Oberst Friedrich Stanzler, der mich vor dem Absprung scherzhaft Ikarus genannt hatte, und da konnte ich nicht mehr an mich halten, ja wäre ich in dieser Dämmerstunde nicht an seine Bahre getreten, hättest du dich niemals herbemühen müssen, um mich zu suchen, Großmutter, denn ich wäre längst ein weißschimmerndes Skelett bei Stalingrad, und du hättest eine hübsche Todesurkunde bekommen, die nun mucksmäuschenstill, und nicht schwatzhaft wie ich, neben der ersten an der Wand hängen würde, aber ich ging nicht nur zu Stanzler hinüber, sondern kniete buchstäblich bei dem verehrten Befehlshaber nieder, der mich trotz seiner Todesumwölkung auch erkannte, aber schon nicht mehr sprechen, nur noch zuhören konnte, die Augen geschlossen und auf den Lippen ein mit Blut nachgezeichnetes Lächeln. Und da ich wußte, daß er im Sterben lag und niemals mehr das Labyrinth von Knossos und das ›V‹ der Minotaurushörner, die Pithoi und die Doppelaxt sehen und auch nichts von den Wandbildern erfahren würde, auf denen junge Männer und Mädchen hinter dem ruhigen Stier einherziehen, begann ich, ihm fieberhaft alles zu erzählen, damit ihn, in den Klauen der Geschichte gefangen, die tröstende Nähe der Vorgeschichte erfreuen möge, und er lauschte mir auch tatsächlich, Großmutter, mit geschlossenen Augen, und je länger sein Schweigen andauerte, desto weiter wurde ich von meinem Redefluß fortgetragen, bis er schließlich die Augen aufschlug, den Blick auf seinen schweigend dabeistehenden Adjutanten richtete, mit ausholender Geste eine Art krummes Hakenkreuz in meine Richtung beschrieb und dann röchelnd seine Seele auszuhauchen begann. Doch kaum war ich aufgestanden, um dem Tod die Ehre zu erweisen, eilte der Adjutant aus der Hütte, kehrte mit zwei Sanitätern, deren Hände blutverschmiert waren, zurück, und während Oberst Stanzler noch seinen Geist aufgab, befahl der Adjutant, mich zu entwaffnen, mir die Regimentsabzeichen abzureißen und mich festzunehmen, unter der irrsinnigen Behauptung, Stanzler habe mich durch seine Handbewegung vor dem Tod wegen vorsätzlichen, drückebergerischen Verlassens des Schlachtfelds verurteilt...«

»Genau. So hat es angefangen.«

»Ja, allein der Adjutant...«

»Kein Wort... nur eine Geste. Und am nächsten Tag, als die Eroberung Heraklions vollzogen war, führten sie mich – gedemütigt und verachtet und verstört, ohne jede Möglichkeit, ein einziges Wort zu meiner Verteidigung zu sagen – mit den englischen und griechischen Gefangenen in jenes städtische Museum, das die Barbaren von der Stabskompanie in ein Gefängnis verwandelt hatten. – Dort siehst du's vor dir, Großmutter, das Gebäude mit den Säulen und den grünlichen Schindeln. Der Stuhl, auf dem du sitzt, ist im richtigen Winkel für dich aufgestellt, damit du es sehen kannst...«

»Nein, Großmutter, guck auf das dritte Fenster von rechts im zweiten Stock, denn durch dieses Fenster habe ich während des langen Sommers und kurzen Herbstes 1941 die Welt betrachtet, während ich in meinen Gedanken kreiste.«

»Dann habe ich also richtig geraten...«

»Aber wann hast du's denn erfahren?«

»Wußte ich's doch... Hab ich's doch gewußt...«

»Ich wußte, daß du einen Weg finden würdest, von meiner Haft zu erfahren...«

»Weil ich dachte, sobald du hörst, daß ich nicht an der russischen Front kämpfe, würdest du dich fragen, warum...«

»Nein, ich habe nichts zu verbergen versucht, wollte dir aber auch nicht schreiben, da ich wußte, daß meine Briefe von Fremden gelesen werden und somit ein Makel auf den dir heiligen Namen der Familie fallen könnte. Doch warum sollte ich leugnen, Großmutter, daß ich die ganze Zeit sehnsüchtig wenigstens auf ein Wort des Trostes gewartet habe?«

»Trost habe ich gesagt, nicht Zustimmung...«

»Weil keiner sich einmischen wollte... Alle ließen die Finger davon... Und da ein prominenter Offizier das Urteil angeblich auf dem Sterbelager verkündet hatte, galt es als absolut unantastbar. Indes flog dieser verfluchte Adjutant, der das Ganze in seiner krankhaften Phantasie erfunden hatte, einige Tage später in einem Flugzeug voller Särge nach Berlin, um das Regiment bei den Beisetzungen zu vertreten, und dort verschwand er dann sang- und klanglos in der Generaladjutantur, während ich nicht nur mit einem endgültigen, geheiligten, sondern auch noch völlig vagen Urteil hängenblieb. Jede Woche richtete ich ein Bittschreiben an den Gefängniskommandanten, er möge doch wenigstens eine Begründung nebst Strafmaß verhängen, aber keiner wollte die Verantwortung übernehmen...«

»Ich geriet eben einfach völlig in Vergessenheit, Großmutter.«

»Genau... aber...«

»Richtig. Richtig... fein gesagt. Du verstehst die Mentalität der Stabsoffiziere, aber bevor wir weitermachen – hier ist erstmal der versprochene englische Tee, siedend heiß, wie er sein muß, nach allen Regeln der Kunst von einem schottischen Gefangenen aufgebrüht, mit Milch...«

»Sehr süß... und dazu auch der passende Kuchen...«

»Letzthin üben wir uns hier in fadem englischen Essen in Vorbereitung auf unser nächstes Zusammentreffen mit ihnen...«

»Wer weiß, Großmutter, wo diese Begegnung stattfinden wird... Vielleicht im Gefangenenlager...«

»Keinerlei Angst, nur klare Einsicht...«

»Nein, Großmutter, nein und nochmals nein. Kein Mensch

hat die Absicht, sein Blut noch einmal für diese Insel zu vergießen, es ist schon genug Blut wie Wasser geflossen. Möchtest du den Kuchen nicht?«

»Aber es ist wirklich ein leichter, beruhigender Kuchen...«

»Egal... Gib ihn mir dann eben zurück, vielleicht möchtest du ihn später doch noch. Aber guck dir wenigstens gut dieses Fenster an und denk an mich, Großmutter, wie ich ungezählte Stunden dahinter stehe und auf diesen Hügelrücken hinausschaue, auf dem wir uns jetzt befinden...«

»Dasselbe Zimmer und dasselbe Fenster. Vom 23. Mai bis zum 9. Dezember. Achtundzwanzig Wochen. Schau dorthin. Das ist das Fenster, hinter dem ich viele Nächte hindurch auf und ab gegangen bin, anfangs elend und gebrochen. Dasselbe Fenster, aus dem ich mich manchmal am liebsten hinausgestürzt hätte, wenn ich General Student mit seinen Stabsoffizieren anrücken sah, um beim Hissen oder Einholen der Flagge anwesend zu sein, zu salutieren und den Resten meines Regiments Orden anzuheften. Durch dieses Fenster sah ich die Adjutanten sich im Meer vergnügen, in das ich noch keinen Fuß gesetzt hatte, obwohl mich so danach verlangte... Und durch dieses Fenster klang eines Morgens der Gesang der englischen Gefangenen herauf, die nach Deutschland in die Lager verbracht werden sollten, worauf ich mich vor Neid und Sehnsucht schier verzehrte. Und als eines Nachts im Juni die 11. Sturmdivision Befehl erhielt, von der Insel auszufliegen, ich also sah, daß alle beschlossen hatten, mich schlichtweg zu vergessen, konnte ich mich nicht mehr enthalten, in der nächtlichen Stille zu den in voller Ausrüstung auf der Straße aufmarschierten Soldaten hinüberzuschreien...«

»Ja, ich habe geschrien. Es war ein echter Aufschrei.«

»Weil ich mir sagte, es kann doch nicht sein, daß ich in aller Augen derart überflüssig bin. Aber keiner achtete auf mich, sie wußten gar nicht, wer ich war. Meine Kameraden vom Regiment der Rudelwölfe waren längst tot, die Adjutanten zu den Beerdigungen ausgeschwirrt, und die Kommandantur wechselte ständig. Deutsche Einheiten flogen ab, italienische Einheiten landeten. Die Gefängniswärter nannten mich den *entsprungenen Fallschirmspringer,* und ich konnte mich wieder nicht beherrschen, Großmutter, dachte sogar schon daran, zu verraten, *wer* ich war...«

»Das heißt, wer *ihr* seid... Vielleicht würde mir wenigstens der Name Sauchon einiges Gehör verschaffen. Aber dann, am 22. Juni, überrumpelte uns alle die verblüffende Nachricht vom Unternehmen Barbarossa, und mit einemmal, allerliebste Großmutter, schlug meine Stimmung um und ich wurde ganz ruhig...«

»Nein, im Gegenteil, denn schon damals begriff ich, welch furchtbarer, grauenhafter Fehler begangen worden war.«

»Nein, Großmutter, nein...«

»Nein, Großmutter, nein... An jenem Samstag hat der alte Kaiser Barbarossa das Schicksal des Reiches besiegelt. Denn anstatt weiter südwärts zu ziehen, um unsere alte Barbarei durch Eintauchen in eine noch ältere Kultur zu reinigen, statt uns wieder in diesen blauen Mutterschoß des Mittelmeers zu schmiegen und uns allmählich aus unserer Geschichte herauszuschälen, haben wir uns in unserer Torheit ostwärts gewendet – wozu nur? Wozu, Großmutter? Angeblich, um Lebensraum zu finden, aber in Wirklichkeit nur, um uns mit anderen Barbaren zu treffen – um was zu beweisen? Wieder unsere Überlegenheit? Als wüßten wir nicht darum... Als seien wir uns ihrer nicht sicher... Da nun begriff ich, daß es Student und seinen Generalskollegen gelungen war, unseren Führer, den armen Hitler, zum Narren zu halten, der unterdessen soweit den Verstand verloren hatte, daß er vergaß, was der gründliche Studienrat Gustav Koch uns alle gelehrt hatte. Und da erkannte ich meine wahre Berufung, Großmutter – für den nahenden Tag des Gerichts das Schlupfloch zu bezeichnen. Mit einem Schlag hatte ich meine innere Ruhe wiedergefunden, denn ich erkannte, daß etwas Größeres und Wichtigeres als der verfluchte Adjutant und Friedrich Stanzlers sterbende Hand mich ins Gefängnis geworfen hatte...«

»Und wenn wir's nur flüsternd und nur unter uns sagen, Großmutter, und Gott weiß, ohne einen Anflug von Hochmut: *das Schicksal, das Schicksal selber,* oder sagen wir, ein

Rest davon, ein fortlaufender Schatten der berühmten Sagen, deren Handlung sich hier zugetragen hat. Von da an bis zu meiner Entlassung im Dezember habe ich mich, durch dieses Fenster, auf das du da blickst, Großmutter, immer stärker mit dieser wunderbaren Insel verbunden, habe ihre Laute, ihre Gerüche, ihre Lichtschattierungen bei Tag und bei Nacht kennengelernt, erst in jenem langen, in immer tieferem, klarerem Blau erstrahlenden Sommer, und dann im Herbst, als die Gefängnisleitung endlich eine passende Brille für mich gefunden hatte, so daß ich von nun an auch Einzelheiten freudig in mich aufnehmen konnte, die mir vorher entgangen waren – die Hügel von Chaios und die Konturen der fernen Berge. Und diese ganze Zeit über klammerte ich mich in Gedanken immer wieder an jene mir so zauberhaft und geheimnisvoll erscheinenden ersten achtundvierzig Stunden, in denen ich mich frei auf der Insel bewegt hatte – die Erinnerung an den wunderbaren Absprung am ersten Tag, das Entschweben in den Olivenbaum und die schlafwandlerische nächtliche Wanderung nach Knossos, die von roten Säulen und großen Gefäßen unterteilten Säle des zerstörten Labyrinths, daran, wie bei Sonnenaufgang das Maultier hereintrottete, geführt von jenen zwei Griechen, die ich sofort gefangennahm, und an das Geiselgespenst, das, gefesselt in der Amphore stehend, begeistert über die griechische Frühkultur referierte. Und ich dachte auch an seine Familie, an das Schluchzen des Sohnes, dieses kräftigen, blondhaarigen Mannes, der seinen kleinen Sohn hinter sich herzog, und sogar die Gestalt der jungen Frau beschäftigte mich immer wieder, wie sie lautlos in der Dunkelheit auf mich zuschwebte und mir mit schüchterner Geste ein weiches Handtuch hinhielt, in das fünf uralte Groß-väter- und Großmütterbrillen gewickelt waren. Und während ich so Tag und Nacht in Gedanken ständig wieder auf sie zurückkam, mir Einzelheit auf Einzelheit zusammen-reimte, stieg langsam der sonderbare, peinigende Verdacht in mir auf, sie seien gar keine Griechen, seien irgendwie anders, und da, Großmutter, erfüllte mich ungeheure Verwunde-rung…«

»Das heißt, Großmutter… Juden… eine Art Juden…«

»Denn ich begann, Mosaiksteinchen zusammenzusetzen…«

»Stimmt. Aber trotzdem…«

»Stimmt, ich hatte nie Juden zu Gesicht bekommen… Ja, du hast dich sogar geweigert, überhaupt von ihnen zu sprechen, aber trotzdem denken wir doch alle immer ein bißchen an sie…«

»Also manchmal…«

»Ich weiß nicht, der Gedanke begann an mir zu nagen, gewisser Widerwille keimte in mir auf…«

»Die Juden könnten mich womöglich doch hinters Licht geführt und vom Krieg abgelenkt haben…«

»Nein, keinerlei Kopfbedeckung…«

»Nein, nein, nicht mal Reste kleiner Zöpfchen hinter den Ohren… Schließlich kenne ich ja auch die Bilder aus dem Lexikon und hätte mich sofort in acht genommen… Nein, Großmutter, es waren völlig normale Menschen, aber wenn du deinen Tee ausgetrunken hast, laß uns aufstehen und zu unserer nächsten Station weitersteigen… Damit uns die Dunkelheit nicht doch in Schwierigkeiten bringt…«

»Nein, Großmutter, ich laß nicht locker, und du darfst auch nicht aufgeben… An solch einen schönen Ort kommst du nicht wieder, und in der Dunkelheit, die sich in Deutschland bald über uns alle senken wird, bewahrst du dann den Anblick dieses lieblich strömenden Lichts auf dem Meer im Herzen und kannst dich mit dem Wissen trösten, daß dieses Licht über drei Jahre lang völlig unter unserer Herrschaft gestanden hat.«

»Nein, es ist nicht mehr weit, das schwör ich… hundert, zweihundert Meter, das ist alles, und immer noch eine mäßige, gemächliche Steigung. Ich möchte unbedingt, daß wir auch gemeinsam nach Osten schauen.«

»Ja, meiner Geschichte wegen, nur ihretwegen. Wärst du vor einigen Monaten angereist, hätte ich dich nicht auf diese Anhöhe bemüht, sondern du wärst, eine Windschutzbrille auf der Nase, in den Beiwagen meines Motorrads geklettert, um die Insel kreuz und quer mit mir abzuklappern, und ich hätte nicht lockergelassen, bis du die Berge und Buchten, die Klöster und Tempel gesehen hättest, aber du hast deine Ankunft unnötig hinausgezögert, und nun entgleitet die Insel schon langsam unseren Händen, so daß bald nur noch die Flagge hoch oben auf dem Gebäude der Militärregierung uns gehören wird, und deshalb, bitte, Großmutter, greif nach der Schlinge an meinem Gürtel, und ich zieh dich vorsichtig nach oben...«

»Langsam... langsam...«

»Ich versprech's... sofort...«

»Alles. Ich werde nicht ausweichen...«

»Das ist wahr.«

»Nein. Es ist wichtig. Hör zu. Also, ich begann mir die Dinge zusammenzureimen... Aber du hast es ja auch gespürt, warum sonst hätte meine Geschichte dich veranlaßt, von *jüdischer Idee... jüdischen Gelehrten...* zu sprechen?«

»Genau, genau so ging es mir, mitten in der Nacht bin ich plötzlich aus dem Schlaf hochgefahren und hab mir gesagt, das sind doch sicher Juden... und irgendwie erfaßte mich große Trauer bei diesem Gedanken...«

»Aber vielleicht ist Trauer nicht das richtige Wort, vielleicht sollte ich besser Bitterkeit oder Enttäuschung sagen... Wirklich? Sogar hier? Selbst auf dieser wunderbaren, besonderen Insel? Zwischen Sonne und Meer? In den Ruinen einer frühgeschichtlichen Kultur? Wollen sie uns wieder mal zuvorkommen? Und wie sind sie überhaupt hierhergelangt?«

»Das war doch einfach eine Frage der Logik, Großmutter, warum sollten zwei Griechen am ersten Kriegstag in aller Frühe aufstehen und ein Maultier säckeweise mit Mehl, Zucker, Konserven und Gewürzen beladen, wenn nicht, um sich ein Versteck einzurichten? Und warum sollten Griechen es so eilig haben, sich eine Zuflucht für längere Zeit zu suchen, wenn sie nicht eigentlich Juden waren, die nicht nur wußten, daß wir hier siegen würden, sondern auch, was sie nach diesem Sieg von uns zu erwarten hatten...?«

»Sicher keine große Liebe, Großmutter...«

»Ja, sogar bis hierher waren Gerüchte aus Osteuropa über die gründliche Sonderbehandlung, die man dort praktizierte, vorgedrungen, und ich erinnerte mich auch an die panische Angst, die die beiden gleich bei meinem Anblick befiel, und ihre hastige Kollaboration mit mir, eingeschlossen diese prompte, unerklärliche Bereitschaft des Vaters, sich mir als Geisel zur Verfügung zu stellen, und wie er dann gefesselt in dem riesigen Krug stand und enthusiastisch über die schuld- und angstfreie alte Hochkultur referierte, wobei er Geschichte und Frühgeschichte so schwungvoll miteinander verquickte... Außerdem hat er ja selber zugegeben, daß er nicht in Kreta geboren war, sondern in einem barbarischen Städtchen in Asien, dessen Name er nicht preisgeben wollte, und vielleicht hat dieses Geheimnis, das er beharrlich für sich behielt, ihn schließlich auch umgebracht...«

»Sofort... sofort... ich habe noch eine kleine Überraschung für dich...«

»So schlug ich mich mit dem peinigenden Gedanken herum, daß es womöglich Juden waren, die mich in solche Schwierigkeiten gebracht hatten, was meine Lage letzten Endes noch prekärer machen konnte, und so faßte ich den Entschluß, nicht eher von dieser Insel zu weichen, bis ich die Wahrheit erfahren und notfalls die nötigen Schritte eingeleitet haben würde. Als Ende November schließlich Major Max Schmeling mit seinen Polizeitruppen eintraf, um die Stümperarbeit des Militärs durch traditionelle, gründliche Polizeimaßnahmen zu ersetzen, ging er als erstes daran, das Gefängnis aus diesem lächerlichen Museum in ein größeres, abgeschlossenes Gebäude mit vielen Kellerräumen zu verlegen, wobei man auf jene alte Weinkellerei stieß, die du da rechts siehst, dort am Ende des Platzes...«

»Ja, ja... mit den winzigen Fenstern...«

»Genau. Bis vor einigen Jahren war es eine große, geschäftige Weinkellerei gewesen, die dann mit Schmelings Eintreffen zum Zentralgefängnis umfunktioniert wurde, aber du wirst dich wundern, Großmutter, die Preß- und Lagerfunktionen wurden beibehalten, nur der Rohstoff ist jetzt ein anderer. Und da nun, Großmutter, in der Häftlingsreihe auf dem Weg vom Museum in die Weinkellerei, hat er mich entdeckt – einsam und vergessen, ein echter deutscher Soldat, Fallschirmspringer –, und als er hörte, daß ich ohne Prozeß verurteilt worden war und eine unbestimmte Strafe verbüßte, nahm er mich sofort beiseite und begann mich auszufragen, und sobald er die Situation erfaßt hatte, entschied er auf eigene Verantwortung, mich sofort freizusetzen und dort hinzuschicken, wo ich hätte sein sollen, nämlich an die Ostfront, zur 6. Armee, die seit Einsetzen der Winterfröste Soldaten vertilgte wie ein hungriges Feuer trockenes Reisig. Doch ich, Großmutter – hier muß ich wieder ein Geständnis ablegen –, habe ihn gebeten, mein völliges *Verwaistsein* zu berücksichtigen und mir deshalb zu erlauben, hierzubleiben...«

»Nein, nur im militärischen Sinn, das heißt, ich erklärte ihm, daß mein Verband ausgelöscht, die 3. Division aufgelöst und Oberst Friedrich Stanzler gefallen sei, ja, man mir sogar die Regimentsabzeichen abgerissen habe, und so flehte ich ihn an, ehe er mich in den Osten schicke, um die Toten zu suchen, solle er mich lieber einer normalen, lebenden Einheit angliedern, und um meine Rückkehr in den aktiven Dienst möglichst zu beschleunigen, sei es doch das einfachste, mich in seine Polizeitruppe aufzunehmen. Auf einer so großartigen Insel müßten schließlich auch die Polizisten großartig sein...«

»Ja, Großmutter, ich habe mich selbst für den Polizeidienst vorgeschlagen.«

»Aber wieso denn Treuebruch? Du übertreibst, Großmutter!«

»Warum soll ich unseren guten Namen besudelt haben? Wie kannst du so etwas sagen? Und überhaupt, wer hat denn hier von diesem Namen gewußt...?«

»Kämpft die Polizei nicht auch, auf ihre Weise?«

»Für die Wahrheit, zumindest... ja, auf ihre Weise...«

»Nein, auch das ist Kampf... du wirst das gleich begreifen...«

»Vielleicht besaß Schmeling nicht die Befugnis, mich seiner

Truppe einzuverleiben, aber er hat sie ohne zu zögern ausgeübt, mit der Sicherheit des Geheimpolizeioffiziers, der für einige Zeit aus der Kälte gekommen ist, aber bald dorthin zurückkehren wird.«

»Ich weiß nicht. Vielleicht gefiel ich ihm, Großmutter, womöglich gerade wegen meiner verworrenen Geschichte. Vielleicht dachte er, mein Hang zu abstraktem Denken werde auch der Polizei von Nutzen sein oder wenigstens das kulturelle Niveau der Polizisten heben. Aber mir scheint, Großmutter, er hat nur das getan, was jeder vernünftige Befehlshaber getan hätte, der einen ausgebildeten Sanitäter vor sich sieht – nämlich ihn umgehend, mitsamt seiner medizinischen Ausrüstung, zu übernehmen. Und so geschah es auch. Sogleich fanden sich Bahre und Sanitätstornister im Lagerraum des Museums wieder, säuberlich mit meinem Namen, meiner Wehrnummer sowie Datum und Grund meiner Inhaftierung versehen. Und in diesem Tornister, liebe Großmutter, den ich niemals wiederzusehen geglaubt hatte, entdeckte ich, außer einer verschimmelten eisernen Ration vom Mai, auch die vergessene Identitätskarte, die ich dem alten Mani vor Sonnenaufgang aus der Manteltasche gezogen hatte. Und weißt du, Großmutter, ich habe inzwischen schon unzählige Kennkarten und Geburtsurkunden auf dieser Insel überprüft, bin direkt ein Experte auf diesem Gebiet geworden, weswegen Schmeling mich scherzhaft *Identitäts- und Geburtsfeldwebel* nennt, aber kein Ausweis hat mir soviel freudige Genugtuung bereitet wie dieser erste, den ich in die Hand bekommen hatte, denn ich sah auf der Stelle, Großmutter, wie scharfsinnig und zutreffend der Verdacht gewesen war, der mich gepeinigt hatte.«

»Nein, auf diesen Kennkarten ist nicht vermerkt, ob jemand Jude ist oder nicht, aber es standen Anschrift, Geburtsort und Geburtsdatum darin, und so entdeckte ich den Namen jenes barbarischen kleinasiatischen Städtchens, in dem dieser Herr Mani geboren war...«

»Rate mal...«

»Trotzdem, Großmutter, es ist nicht schwer...«

»Aber du kennst den Namen sehr gut, und bevor du dich den Gott-ist-tot-Verkündern angeschlossen hast, hast du ihn ab und zu sogar gesungen...«

»Plötzlich stellst du dich dumm, Großmutter... weißt von nichts und kannst dich nicht erinnern...«

»Bagdad? Wieso Bagdad? Mit welchem Lied solltest du denn Bagdad besungen haben?«

»Nein...«

»Es ist doch ganz einfach, Großmutter... Na, was ist?«

»Aber Jerusalem natürlich, Großmutter! Schlicht und einfach Jerusalem.«

»Gewiß weiß ich das. Er mußte nicht unbedingt Jude sein... Richtig, er hätte auch als Araber, Grieche, Türke, Engländer oder sonstwer in Jerusalem geboren sein können, aber diese, das wußte ich, waren nicht unsere wahren Feinde, nur Hindernisse, die es aus dem Weg zu räumen galt, während die Juden den Kerngrund unserer Bewegung bilden, den Punkt, der stets hinter jedem Ziel in diesem Kriege schwebt. Wie konnte ich mir dann also erlauben, ruhig sitzen zu bleiben, da ich mich doch schon durch die Berührung mit ihnen infiziert hatte? Solange wir uns noch nicht von der Insel davongemacht hatten, mußte ich sie aufstöbern, denn wie sollten wir uns, nach Studienrat Gustav Kochs Verlangen, im Urschoß unserer Ahnen reinigen, wenn sich selbst dort schon *verfluchte Juden* darin tummelten und auf ihre unverfrorene Art selbst hier, in unserem Mythos, Partnerschaft verlangten?«

»Ich? Ich, Großmutter?«

»Vielleicht gerade ihr...«

»Ja, ihr dort in der Heimat, ihr wart die wahren Verrückten, berauscht von der auf Moskau zustürmenden Wehrmacht... Nein, ich war kein bißchen verrückt... Ich wollte und will nach wie vor Deutschland retten...«

»Ich mach langsamer... Halt dich gut an mir fest...«

»Nein, Großmutter, jetzt gibt es kein Umkehren, das wäre zu schade, deprimierend defätistisch... Der Pfad ist angenehm, die Luft weich, du hast schon ein gutes Stück Weg zurückgelegt, und vor allem erwarten uns noch phantastische Ausblicke...«

»Jerusalem?«

»Von hier?«

»Nein... hahaha, nein, das nicht... haha...«

»Nein, zwischen der Insel Kreta und Palästina liegt zwar nur ein glattes Stück Meer, das die Menschen der Antike mühelos überquerten, aber Jerusalem kann man von hier trotzdem nicht sehen, nicht mal mit deinen scharfen Augen... Nein, liebe Großmutter Andrea, ich bin bescheidener, halte mich bloß an meine sich langsam entfaltende Geschichte... möchte dir im Panorama dieser rosigen Stunde nur das frühere Haus der Familie Mani zeigen, jenes Haus, bei dem ich schon wenige Tage nach meiner Haftentlassung leicht und frei vorfuhr – auf einem Militärmotorrad, genau wie das, das ich mir damals von meinem ersparten Geld nicht kaufen durfte, obwohl ich dich unter Tränen darum angefleht habe...«

»Jung? Wieder mal zu jung? Stimmt, vielleicht... aber eigenartig, wie meine Jugend dann mit einemmal verflogen ist. Offenbar haben wir sie im Rekrutenlager unbemerkt mit unserer Zivilkleidung in den Seesack gestopft, und dort ist sie verblassend dahingeschwunden. Jünglinge gibt es hier nicht mehr, nur noch Soldaten, durch Stahlhelm und Kampfausrüstung auf Leben und Tod gleichaltrig gemacht... Aber da, schau gut hin... Gen Osten, Großmutter, ostwärts... zwischen den Weingärten, und selbst, wenn du's nicht siehst, glaub mir, dort liegt ihr Haus versteckt, an der Straße von Knossos nach Heraklion... Das war das erste Haus, das ich 1941 als Besatzungssoldat betreten habe, Großmutter. Seither bin ich ungebeten in vielen Häusern gewesen, habe Schränke und Betten umgeworfen, Schubladen aufgebrochen, Matratzen mit dem Seitengewehr in Siebe verwandelt und habe eines dabei gelernt – wenn ich nicht überschnappen will, muß ich mich vor überflüssigen Höflichkeitsfloskeln hüten, das heißt, ich muß schon die Schuld an der eingeschlagenen Tür auf die Überfallenen schieben, darf weder um Er-

laubnis noch Verzeihung bitten, muß vielmehr sofort forschen Schritts durch die Zimmer trampeln, zunehmend von
wilder Wut über die bloße Existenz von Schränken, Schubladen, Alkoven oder sogar Trennwänden erfüllt, als müsse
das eroberte Haus eine glatte, offene Fläche sein, die man in
einem Schwung passieren kann. Aber an jenem Winterabend mit seinem sanften, duftenden Nieselschleier war ich
noch ein naiver, unerfahrener Soldat, Großmutter, klopfte
höflich an die Tür, trat mir sogar die schlammigen Stiefel ab
und stammelte ›Verzeihung‹, als die junge Frau öffnete,
mich aber gar nicht erkannte – nicht nur wegen des Halb-
dämmers im Haus oder weil ich die Fallschirmjägerkluft mit
der Polizeiuniform vertauscht hatte und keinen Stahlhelm,
dafür aber eine Brille trug, sondern auch, weil sie mich in
jener Nacht im Mai bei unserer ersten Begegnung gar nicht
als menschliches Wesen mit Seele und Verstand betrachtet
hatte, eher als eine Art Soldatendrachen, der aus den Ruinen
des Labyrinths über die Familie hergefallen war und den Vater leblos zurückgelassen hatte. Aber ihr Mann, der junge
Mani, der meine Stimme gehört hatte, kam sofort ins Zimmer gestürzt, an der Hand abermals seinen Kleinen mitzer-
rend, wie ein großes Känguruh, dem die Tasche gerissen
war, und gleich auf den ersten Blick hat er mich erkannt,
Großmutter, und wieder brandete mir seine grauenhafte
Angst entgegen, als sähe er das Gespenst seines Vaters, auf
meinen Rücken gebunden, ihm die Identitätskarte entgegen-
strecken. In dem Moment war ich nahe dran, ihn zu erschie-
ßen, Großmutter, genau wie ich die Ziegenherde abgeknallt
hatte, denn damals, 1941, glaubte ich immer noch naiv,
Angst sei der beste Beweis für Schuld, wußte nicht, daß es
eine saubere, von Sünde und Schuld reine Angst gibt, aber
ich beherrschte mich, wandte mich ohne jede Wut oder Drohung an ihn, blickte ihm gerade in die Augen und sagte langsam in dem leichtesten, einfachsten Deutsch, das sich denken ließ: ›*Sie sind also Jude, mein Herr …*‹«

»Ja, Großmutter, ohne irgendwelche Katz-und-Maus-
Tricks, denn erstens fehlte mir für ausgeklügelte Verhöre der

Tummelplatz einer gemeinsamen Sprache, und zweitens hatte ich mich für eine simple Schocktaktik entschieden, um ihm und seiner jungen Frau zu zeigen, daß ich bereits die absolute Wahrheit ermittelt hatte, obwohl ich noch unentschlossen war, was ich damit anfangen wollte. Und da, Großmutter, richtete dieser Zivilist sich auf, schaute verzweifelt zu seiner Frau hinüber, um zu sehen, ob sie ebenfalls verstanden hatte, was hier gesagt worden war, blickte mir dann klar und gerade in die Augen und gab mir eine Antwort, von der ich niemals erfahren werde, ob sie ihm eben spontan eingefallen war oder ob er sie schon lange parat gehabt hatte – vielleicht von dem Augenblick an, in dem er seinen Vater tot bei den großen Pithoi liegen gesehen hatte. Er stammelte nämlich folgendes, Großmutter, in eben diesen Worten: *Ja, ich bin Jude gewesen, aber jetzt bin ich's nicht mehr ... Ich habe es annulliert ...*«

»Ich weiß, Großmutter ... einen Moment ... ich weiß ...«

»Ich weiß, Großmutter ... Moment mal ... in Gottes Namen ... einen Moment ... hör doch zu ...«

»Ja, Großmutter, ja, er hat es sogar noch einmal wiederholt in seinem schwachen, rudimentären Deutsch, das er in den sechs Monaten der Besatzung erworben hatte, die, vom sprachlichen Standpunkt betrachtet, nur ein paar Unterrichtstagen an der Berliner Berlitz-Schule entsprachen. Im ersten Augenblick, muß ich sagen, verschlug es mir die Sprache, so verblüfft war ich über diese überraschende Antwort, und ich verharrte nur, wie du, in erbitterter Feindseligkeit auf der Stelle, aber dann fiel mir wieder ein, was du mich selber gelehrt hattest, Großmutter, wenn wir *seinen* Reden im Rundfunk lauschten, daß nämlich nur Narren vor absurden Dingen erschrecken, während die Klugen allem Absurden eine gute Lehre abzugewinnen wissen, und deshalb habe ich ihn bloß angelächelt, habe die Identitätskarte seines toten Vaters aus der Tasche gezogen, sie aufgeschlagen und den Finger genau auf das richtige griechische Wort gelegt, wonach ich ihn, immer noch in verbindlichem Tonfall und leichtem Deutsch, mit der Frage traktierte: ›*Und was ist mit Jerusalem, mein Herr, haben Sie das auch annulliert?*‹ Angesichts der Kennkarte in meiner Hand geriet er nun vollends durcheinander, stapfte, das Kind auf dem Arm, schwerfällig auf mich zu, schnappte mir unerlaubterweise den Ausweis einfach weg, als könne er nun, da sein Vater auf dieses Kleinformat zusammengeschrumpft war, es endlich wagen, ihn gewaltsam aus meinen Klauen zu befreien, warf seiner Frau erneut einen verzweifelten Blick zu und wandte sich dann an mich, suchte gestenreich nach den passenden deutschen Worten und wiederholte schließlich dasselbe Motiv: › *Wir waren in Jerusalem ... aber wir sind's nicht mehr*‹ ... Und da, Großmutter – hörst du mir zu? – stieg regelrechte Freude, ja sogar Glück in mir auf...«

»Ja, ja... so sehr, daß ich diesem Bürger in dankbarer Zustimmung zunickte, einen kleinen Rundgang – gewissermaßen einen leisen Durchsuchungsreigen – durchs Zimmer machte, danach Haltung annahm, die ganze Familie grüßte und sofort das Haus verließ...«

»Ein einfacher militärischer Gruß, wie er von seiten eines höflichen Polizisten gegenüber bisher unbescholtenen Bürgern üblich ist...«

»Glücklich aus zweifachem Grund, Großmutter, zum einen, weil meine intellektuelle Diagnose tatsächlich messerscharf gewesen war, und zum zweiten, weil das Übel sich schon von selber behoben hatte, so daß der blaue Mutterschoß, in den wir zurückkehrten, rein und unverdorben vor uns lag...«

»Das hab ich mir gedacht, Großmutter, daß du mir das am Schluß an den Kopf werfen würdest, schon seit einer halben Stunde bin ich drauf gefaßt...«

»Aber du hast doch gewußt, daß ich nicht so bin...«

»Weil ich nicht blöd bin, Großmutter – bin ich nicht und war ich nie, weder in deinen noch in anderer Augen...«

»Na, dann untersuchen wir vielleicht mal ein bißchen, wieso ich so geworden bin, falls überhaupt, aber ich bin es gar nicht...«

»Hör doch zu, Großmutter, in Gottes Namen, hör mir doch zu...«

»Ich höre...«

»Gut... ich höre...«

»Gut, sprich weiter...«

»Ich bin ganz Ohr...«

»Ja...«

»Ja...«

»Ja...«

»Ja...«

»Darf man jetzt was sagen?«

»Gleich...«

»In Ordnung...«

»Ich höre...«

»Also nun hör du mir mal gut zu, Großmutter. Nein, Moment, ich habe dich aussprechen lassen, und jetzt laß es mich bitte auch und sag mir: Ist es nicht lächerlich und verkommen, in dieser biologistischen oder zoologischen Terminologie über Menschen und ganze Nationen zu sprechen? Das ist doch sogar für uns Deutsche erniedrigend... Als seien wir alle verschiedene Hunde- oder Affenarten. Nein, Großmutter, ich bitte dich, das war nicht die Absicht unseres Dämons, denn das Wort ›Rasse‹ war nur Metapher für ein anderes, ehrbareres Wort, nämlich die *Natur*, die die Hauptsache ist, und was ist nun diese Natur, wenn nicht Charakter – der menschliche und nationale Charakter, den man aufdecken muß und auch verändern kann... Der Führer hat doch selbst von *der Gefahr des Juden in jedem von uns* gesprochen...«

»Das hat er gesagt, ich schwör's dir... Hat er... Im HJ-Heim in Flensburg gab's welche, die jedes Wort von ihm auswendig wußten...«

»Gewiß... gewiß... Deswegen war ich ja auch so froh über die Antwort des Bürgers Mani junior, denn ich dachte mir, wenn dieses hartnäckige, verfluchte jüdische Wesen sich einfach annullieren kann, dürfen doch auch wir hoffen...«

»Wiederum aus zwei Gründen, Großmutter, erstens, weil wir dann nicht jedem einzelnen Juden nachrennen müssen, um ihn zu vernichten, denn er wird sich selber annullieren und vernichten, und zweitens, weil wir uns dann zu gegebener Zeit gleichfalls ein wenig annullieren können...«

»Nehmen wir an, es kommt wieder so ein Tag des Gerichts, Großmutter, und man will uns erneut die Schuld begleichen lassen, wie damals im Ersten Weltkrieg, als man dir so weh getan hat, dann können auch wir jedem, der zu hören bereit ist, sagen: ›*Wir waren Deutsche, sind aber damit fertig... haben es annulliert...*‹«

»Aber mal langsam, Großmutter, halt ein, du regst dich unnötig auf, bist wütend auf mich und überhäufst mich ständig mit schrecklichen Beschimpfungen, als wollte ich dir absichtlich weh tun. Ich bin weder blöd noch übergeschnappt... allerdings kommen mir zugegebenermaßen manchmal sonderbare Ideen, aber die Wirklichkeit ist allemal großzügig genug, sie zu verwirklichen.«

»Nein, ich treibe keinen Ulk mit dir, Gott bewahre, im Gegenteil, ich erzähle dir nur der Reihe nach meine Geschichte, die dir zum Schluß womöglich noch Vergnügen bereiten wird... oder eher Freude... Warte, ich hab noch eine Überraschung für dich...«

»Sofort... sofort... aber gehen wir erst mal weiter, nur ein paar Meter, bis zu dem großen weißen Kasten, der da vor uns zwischen den Bäumen steht... dort, siehst du?«

»Ja... dort... der weiße Kasten... der nichts anderes ist als? Nun, rat mal, Großmutter...«

»Trotzdem, was kommt dir in den Sinn...«

»Ein Briefkasten? Hahaha, ein origineller Gedanke... Nein, Großmutter... Wer würde bis hier heraufklettern, um einen Brief einzuwerfen? Nein, es ist etwas anderes...«

»Aber da, schau doch, Großmutter, es ist einfach ein winziges Kirchlein, gewissermaßen im Taschenformat, mit einer Glasscheibe und dahinter ein noch winzigerer Altar und ein Schälchen Öl zum Gedenken an die Toten und daneben ein Püppchen in Gestalt der Muttergottes, im Schoß das Erlöserkindlein in Stecknadelgröße. Die Griechen stellen solche entzückenden Kirchlein allenthalben an den Wegesrändern auf, damit Wanderer und Passanten, deren Seele durch Sonne, Meer oder Himmel in Sturm und Staunen gerät, nicht etwa zum heidnischen Glauben ihrer antiken Vorfahren zurückkehren und womöglich wieder anfangen, Bäume und Steine anzubeten, sondern der Religion ihrer Väter und Vorväter treu bleiben, aber sieh nicht mich an, Großmutter, sondern den Himmel, denn jetzt beginnt seine größte Stunde, da, schau, wie er für dich errötet...«

»Wenn du wieder müde bist, setzen wir uns ein bißchen auf diese Bank hier, die für Gläubige gedacht ist. Vielleicht möchtest du ein wenig beten?«

»Aber du bist doch hier allein... kein Mensch wird dich sehen... Und es ist dieselbe Maria wie in der lutherischen Kirche bei unserem Gut, selbst wenn sie so winzig ist...«

»Dann eben nicht, auch egal... Wenn du möchtest – ich habe die Befugnis, dieses Püppchen da zu konfiszieren, mitsamt dem Christkind, und es dir als Beute zu schenken, damit du sie beide als Andenken an unseren gemeinsamen Ausflug und an die herrliche Aussicht hier – und auch ein bißchen an mich – aufbewahren kannst, denn wer weiß...«

»Weil ich sage, Großmutter: Wer weiß, wann ich wieder nach Hause komme...«

»Was?«

»Wieso das denn?«

»Wieso bist du so sicher?«

»Aber wie denn? Wer denn?«

»Unsinn, wer sollte meine Verlegung nach Deutschland angeordnet haben? Wer weiß denn überhaupt, daß ich auf dieser entlegenen Insel stecke...«

»Aber was meinst du *dann*, so sag's doch...«

»Im Ernst, Großmutter, du hast dich eingemischt? Wirklich? Hast wieder mal deine Finger im Spiel gehabt?«

»Aber was weißt du denn, wenn du noch nicht einmal begriffen hast, was passiert ist? Ich muß hierbleiben, muß sie erst noch suchen... Ach, verflixt noch mal, warum bist du wieder so vorgeprescht, ohne mich zu fragen...«

»Entschuldige... entschuldige...«

»Die beiden da, die Mutter und das Kind...«

»Mit Juden amüsieren? Amüsieren? Im Gegenteil, du wirst gleich sehen... Ganz im Gegenteil...«

»Aber nein, nicht zu ihrem, sondern zu unserem Wohl, Großmutter... zum Wohle Deutschlands... Die Juden hier und überall sonst sind nur Versuchstiere, an denen wir das ausprobieren, was wir an uns selber noch nicht zu prüfen wagen... Sie mögen ja selber solche Versuche, nehmen mal diese, mal jene Gestalt an, hüpfen von einem Reagenzglas ins andere. Ich habe in den letzten drei Jahren viel gelernt, mich richtig reingekniet, und auch, wenn du meinem Gedankengang nicht folgen magst, kannst du mich nicht der Oberflächlichkeit bezichtigen, Großmutter. Du erinnerst dich doch, wie viele Klassenarbeiten ich in der Schule verpatzt habe, weil ich mich weigerte, oberflächliche Antworten auf die oberflächlichen Fragen der Lehrer zu liefern? Obwohl der Gedanke mir gefiel, mich sogar mit Glück erfüllte, wirst du doch wohl nicht glauben, ich hätte mich so ohne weiteres naiv mitreißen lassen, hätte mich von der Pflicht entbunden, wiederholt und gründlich zu prüfen, ob das verblüffende Eingeständnis dieses Bürgers wahr, ja, überhaupt plausibel ist. Tatsächlich konnte ich mich gar nicht beherrschen, Großmutter, sondern bin noch in derselben Nacht – am Ende meiner Nachtwache im Gefängnis, glühend vor neuen Fragen – nicht etwa ins Bett, sondern aufs Motorrad gestiegen und im Morgengrauen zu jenem Haus bei Knossos gerast, habe laut an die Tür gepocht und bin – als keine Antwort kommen wollte – ohne erst abzuwarten durchs Fenster eingedrungen, habe mich auch nicht mit dem ersten Zimmer begnügt, sondern bin auch ins zweite, ihr Schlafzimmer, gegangen und habe mit der Taschenlampe in den Deckenhaufen hineingeleuchtet, unter dem diese *annullierten Juden* lagen, habe sie aus ihrem letzten Schlaf gerüttelt und sie stehend einem erneuten Verhör unterzogen – zitternd in der Morgenkühle, die Frau sanft, mit zerzaustem Haar, in einem rotbestickten Flanellnachthemd, der Mann in demselben schweren Armeemantel, in den sich sein verstorbener Vater gehüllt hatte. Und sofort erkannte ich an seinem gütigen Blick, daß er von meinem plötzlichen Erscheinen nicht überrascht war, als habe er sich schon gedacht, daß ich sein Eingeständnis nicht in einer

Nacht würde verdauen können, sondern es ihm nun wieder entgegenspeien müsse...«

»Ich dachte daran, ihr Haus nach irgendeinem klaren jüdischen Zeichen, das sie bei Nacht benutzen mochten, zu durchsuchen, irgendein Zeichen, das seine Behauptung widerlegt und zu Fall gebracht hätte, obwohl ich keine Ahnung hatte, wie ein jüdisches Zeichen aussehen oder wo ich es finden könnte, denn damals im Winter, Ende 1941, war ich – ich sagte es schon – noch naiv, Großmutter, hatte noch nicht begriffen, was mir vom Frühling 1942 an völlig klar wurde – daß es nämlich kein jüdisches Zeichen gibt, ohne das es nicht auch ginge...«

»Daß die Identität der Juden allein in ihrem Kopf bestehen kann, Großmutter, und es daher die Hoffnung gibt, sie könnte dort auch annulliert werden...«

»Aber darum geht es ja gerade... das ist der springende Punkt, meine kluge, scharfsinnige Großmama, den ich dir zu erklären versuche, damit du verstehst, wie schwierig, tiefgreifend und beinah absurd der Krieg ist, den der Führer ihnen erklärt hat...«

»Nein, Major Schmeling habe ich nie etwas davon erzählt...«

»Weil ich wußte, daß dieser Gedanke zu kompliziert für ihn sein würde. Wer ist er denn schon, dieser Schmeling? Ein in die Jahre gekommener Polizeioffizier alter Schule, der seine Kenntnisse über Juden nur aus der Tagespresse, bellenden Reden und Wandschmierereien bezieht, die er gezwungenermaßen wörtlich nimmt, so daß er die Welt wieder mal wie den Berliner Zoo begreift, in dem man von Käfig zu Käfig gehen und die Tiere vergleichen kann, bis man den Herrenaffen herausgefunden hat... Nein, den will ich nicht mit einem Gedanken belästigen, den ich selbst noch nicht recht zu Ende gedacht habe...«

»Ob das der Kern der Sache ist? Nein... noch nicht... Außerdem ist dieser Mani vor acht Wochen auf den Meeresgrund abgesunken... Aber trotzdem...«

»Sofort... sofort... Gleich wirst du's verstehen...«

»Gewiß, Großmutter. Schließlich hätte ich mir ja das, was du dauernd wiederholst, sagen können: Er führt dich hinters Licht, dieser verfluchte Jude, versucht nur seinem Schicksal zu entrinnen. Aber ich wußte, das ist leichtfertiges Geschwätz, die simple Antwort jener Ungeduldigen, die statt zu denken lieber ihre Schmeißer vor den Bauch halten und um sich ballern. Vielleicht gerade, weil ich lautlos vom Himmel auf diese Insel herabgeschwebt war, fühlte ich mich verpflichtet, mich erst einmal umzuhören, nicht zum Wohl dieses Bürgers Mani, sondern unseretwegen, zum Wohle Deutschlands und der Deutschen, zu klären, ob man womöglich an den Anfangspunkt zurückkehren und wieder nur *Mensch, ein neuer Mensch* sein könnte, der die Hülle der Geschichte, die wie häßliche Schuppen an uns klebt, annulliert hat, um aus den dunklen, muffigen Räumen voll modriger Bücher, verblaßter Ölgemälde und grotesker Statuen wieder an diese hell erleuchtete Pforte zu treten, die du hier in all ihrem Glanz vor dir siehst, Großmutter, umgeben vom Lärm des Grillenchors, der uns wohl unser eigenes Wort kaum noch verstehen lassen wird, wenn wir jetzt nicht aufstehen und unseren Weg fortsetzen... Komm, Großmutter, gehen wir weiter...«

»Nein, nicht mehr lange... Ich schwör's dir... Ich fleh dich an...«

»Nein, es ist noch ein bißchen Zeit bis zum Anbruch der Dämmerung... Und wir sind nicht mehr weit vom Gipfel entfernt... Und selbst wenn meine Geschichte dich immer noch ärgert, werden dich die herrliche Landschaft, die glasklare Luft und das weite Meer gewiß für den Kummer entschädigen, den ich dir bereite...«

»Genau... genau... Jetzt verstehst du mich, Großmutter...«

»Danke, Großmutter, danke...«

»Ich weiß...«

»Natürlich bekommst du das Recht auf Erwiderung...«

»Das versprech ich... Solange du möchtest... Den ganzen Abend werde ich dir zuhören...«

»Ja, genau, das habe ich mir auch gesagt: Selbst wenn er

meint, dich hinters Licht führen zu können, wirst du ihn zwingen, sein Wort zu halten. Und deswegen galt mein erstes Interesse der Sicherstellung, daß er sich nicht in die Berge davonmachte, ja, es vergingen kaum mal ein, zwei Tage, in denen ich ihm keinen Überraschungsbesuch abgestattet hätte, um nachzusehen, ob er an seiner Annullierung auch festhielt...«

»Zuerst nur bei ihm zu Hause, Großmutter, wir sprechen ja noch vom Winter und Frühling 1942, als ich auf der untersten Sprosse der Rangleiter stand, ein einfacher Nachtwächter in dem großen, trockengelegten Weinkeller, den Schmeling in ein Gefängnis verwandelt hatte. Sobald meine Schicht beendet war, im ersten Morgengrauen, wenn mir der Kopf noch von den Schreien der gefolterten Verdächtigen dröhnte, schwang ich mich auf mein Motorrad und raste von Heraklion nach Knossos – die Straßen leergefegt wegen der Ausgangssperre, die die Einwohner seinerzeit noch absolut respektierten – zu meinen geheimen Privatverdächtigen, die inzwischen, seit sie begriffen hatten, daß ich nicht von ihnen abzulassen gedachte, die Eingangstür unverschlossen ließen, damit ich, ohne sie erst zu stören, geradewegs in ihr Schlafzimmer treten und mit der Taschenlampe in die beiden Deckenhügel hineinleuchten konnte, auf der Suche nach einem jüdischen Zeichen, denn obwohl ich dessen Namen, Form oder Wesen nicht kannte, glaubte ich damals immer noch, es müsse – so es vorhanden war – nachts zwischen dem Bettzeug hervorspringen, um *die Annullierung zu annullieren*...«

»Nein, Großmutter. Anfang des Sommers 1942 hatte ich Schmeling nämlich endlich überreden können, den Palast des Minos unter unseren Polizeischutz zu stellen und dort sogar einen kleinen Wachposten einzurichten, und wann immer Polizeioffiziere aus allen Teilen des Reichs in offener oder geheimer Mission zu uns auf Besuch kamen, um mit eigenen Händen die Ränder der neuen deutschen Landkarte zu befühlen und sich ihrer Ausmaße zu erfreuen, beförderte mich Schmeling zum Feldwebel und ordnete mich den hohen Gästen als Begleitschutz bei, und dann, Großmutter, pflegte ich sie zuerst auf diesen Hügel hier hinaufzuführen, genau wie jetzt dich, und ihnen den Ablauf der legendären Luftlandung und der großartigen Kämpfe zu schildern, um sie dann, nachdem ich ihre Begeisterung geweckt und ihr Vertrauen gewonnen hatte, zu überreden, mir nach Knossos zu folgen und sich das alte Labyrinth anzusehen, wobei ich darauf hinzuwirken suchte, daß sie es nicht nur als eine bunt gestrichene Ruine – die Marotte eines exzentrischen britischen Archäologen –, sondern auch als mögliches Ziel betrachteten, ein hehres europäisches Zukunftsziel für von Schuld und Angst befreite europäische Seelen. Und dort, am Vorplatz neben dem Eingang zu der historischen Stätte, unweit des Denkmals für Sir Arthur Evans, fand ich manchmal auch meinen jungen Bürger Mani, den Ex-Juden, den Ehemaligen, der sich annulliert hatte, in seinem kleinen Laden stehen, das Kind wie gewohnt bei sich, inmitten der Arzneifläschchen, Gewürzgläschen und Reiseandenken – Minotaurusstatuetten, Miniaturpithoi, kleine V-förmige Stierhörner –, und da er noch vom Vater her die Konzession besaß, Eintrittskarten für die Stätte zu verkaufen, erwarb ich bei ihm Karten zum halben Preis für meine Besuchergruppen. Hin und wieder traf ich aber auch nur seine zarte junge Frau an, während Mani selber die Ausgrabungen durchstreifte, um – ebenfalls in der Nachfolge seines Vaters – als Gelegenheitsfremdenführer griechischen Touristen zu dienen, die in den Jahren 1942/43 noch immer wie gewohnt aus den Großstädten, Athen oder Saloniki, zur Erholung auf die Insel kamen und uns Deutschen freundlich zulächelten, als seien wir genauso Touristen wie sie und unsere umgehängten Waffen seien nur für die Jagd in den Bergen bestimmt. So brauchte ich nachts nicht mehr auf ihn aufzupassen, da ich ihn ja tagsüber im Auge hatte, diesen ehemaligen Juden, der, wie ich mir einzureden versuchte, wieder nur Mensch, ein einfacher Mensch, geworden war, umherwandelnd in einer glücklichen antiken Zivilisation, die – noch nicht von dem Übel des sich selbst erfindenden Juden befallen – ohne Schuld und Angst gelebt hatte, geborgen in einem unbefestigten Tempel ohne Schutzmauern, dessen

Marmorstufen sich in rötliche Hallen ergossen, an den Wänden Gemälde junger Männer und Mädchen, die glücklich einem ruhigen Stier nachschritten, ja, da begegnete ich ihm zuweilen, neben den mannshohen Vorratsgefäßen, genau an dem Ort, an dem sein Vater gefesselt verstorben war, und sogleich erfüllte mich die vertrauensvolle Hoffnung, daß der Mensch sich selber umkehren könne, und auch er blieb stehen und lächelte mich ruhig an, und wenn das alles, wie du meinst, Großmutter, nur Verstellung war, hat er seine Rolle perfekt gespielt, zog etwa ganz selbstverständlich das Kind, das er auch dorthin mitschleppte, zu sich heran, damit es den schwarz uniformierten oder zivil gekleideten Offizieren mit ihren blinkenden Schaftstiefeln nicht in die Quere kam, die sich unter meiner Führung einen Vortrag über eine alte Zivilisation ohne Schuld und Furcht anhörten und dabei geheimnisvoll vor sich hinlächelten... diese diplomierten Drachen, diese Herrenmörder, diese genialen Vernichter... der Abschaum und das Grauen der deutschen Spezies...«

»Ja, ja...«

»Du weißt doch, du weißt es sehr gut, Großmutter...«

»Doch, du weißt es... du weißt... Wir wissen es alle, auch die, die meinen, sie wüßten es nicht...«

»Ja doch!«

»Ja, ja, ja! Sei doch nicht naiv!«

»Hab mich schon beruhigt.«

»In Ordnung.«

»Bin schon ganz ruhig.«

»Gut, entschuldige...«

»Sofort... sofort... Da ist ja schon unsere letzte Station, Großmutter, wir sind endlich bei dem alten türkischen Fort angelangt, das noch aus dem letzten Jahrhundert steht... Komm und schau dir auch an, warum man es gerade hier hingesetzt hat, was sich hier dem Auge bietet... Meer, Meer und nochmals Meer. Hier haben vor hundert Jahren die Türken gesessen und nach Seeräubern Ausschau gehalten... Komm, setz dich, Großmutter... Bitte, nimm Platz... Es tut mir leid, daß ich so geschrien habe...«

»Wen kann ich denn beschuldigen, ich bin ja selber Teil davon, obwohl ich bei meinem Eintreffen auf dieser Insel den faszinierenden, mitreißenden Glauben gewann, daß sich hier vielleicht vor der Nation wie vor dem einzelnen ein neues Tor auftut, daß dieser annullierte Mani nur Metapher und Beispiel, Teil einer ganzen Weltanschauung war, die ich, wie ich im Herbst 1943 schließlich erkannte, einer ernsteren Prüfung unterziehen mußte...«

»Sofort... sofort...«

»Italien fiel, und die Italiener verwandelten sich von halben Verbündeten in halbe Gefangene, die es zu entwaffnen und nun auch noch zu beaufsichtigen galt. Da fühlten wir uns auf einmal einsam, und je mehr unsere Einsamkeit wuchs, desto mehr haßte man uns, Großmutter. So mußten wir umgehend Internierungslager einrichten, um unsere Hasser einzusperren, damit wir sie zweimal täglich, morgens und abends, nachzählen und uns sagen konnten: Das sind alle, mehr gibt es nicht... Da wir uns jedoch selbst nicht einreden konnten, daß das wirklich alle waren und es darüber hinaus keine mehr gab, zogen wir aus, weitere Hasser zu suchen, die sich auch fanden, nur konnten wir nicht glauben, daß es so wenige sein sollten, folterten sie also, damit sie uns weitere verrieten, und so weiter und so fort... Den ganzen Tag über hatten wir alle Hände voll zu tun mit Wachen, Zählen, Nachjagen, mit Durchsuchungen und schließlich Verhören, die wiederum Anlaß zu neuen Jagden und Suchaktionen lieferten, und wenn dann abends die Wachablösung kam, merkten wir, daß wir unsere Isolation keineswegs verringert, sondern nur noch vergrößert hatten und unter den Massen unserer Gefangenen gefangen saßen. Da forderten wir Hilfe an, und zu Frühjahrsanfang kamen endlich zwei Experten aus Athen, die Schmeling wegen der zahlreichen Gefangenen und Häftlinge rügten, die er angesammelt hatte, er habe zu wenige getötet und zu viele eingesperrt, und deshalb befahlen sie ihm als erstes, alle Juden aufzugreifen und sie dort hinzuschicken, wohin man sie eben schickte, und ich, der ich in meiner Naivität dachte, wenn der Jude, den ich gefunden hatte, annulliert war, müßte mit ihm wohl auch das jüdische Wesen annulliert sein, bekam nun zu meiner Bestürzung eine Liste wahrer Juden ausgehändigt, die die ganze Zeit in Heraklion und Umgebung gelebt hatten und zum Teil schon geflohen waren...«

»Nein, Großmutter, sein Name stand nicht auf der Liste, nicht weil man dort oben mit seiner Annullierung einverstanden gewesen wäre, sondern weil man gar nichts von seiner Existenz wußte. Sein Vater war ja kein Einheimischer, war vielmehr in Jerusalem geboren und am Ende des Ersten Weltkriegs von den Engländern aus Palästina nach Kreta verbannt worden und hatte sich die ganzen Jahre über von den anderen Juden entschieden ferngehalten, eine Distanz, die dafür sorgte, daß kein potentieller nichtjüdischer Denunziant von seiner Existenz wußte. Allerdings stand es in meinem Belieben, diese Distanz aufzuheben und die Familie Mani leichter Hand zu den Juden zurückzubringen, indem ich einfach ihre Namen auf die Liste setzte, aber nun war, das wußte ich, die Stunde *seiner* und *meiner* Prüfung angebrochen, Großmutter, denn ich mußte augenblicklich, ganz allein, entscheiden, ob seine Selbstannullierung echt, ja überhaupt möglich war, und zwar nicht nur für ihn, sondern für jeden Menschen auf der Welt, oder ob wir beide, er und ich, drei Jahre lang nur mit diesem Wort gespielt hatten. Also beschloß ich sofort und ohne Zögern... nun, was? Was wohl? Errätst du, was ich beschlossen hatte?«

»Haargenau. So war's, aber nicht aus dem Grund, den du meinst, das heißt nicht aus dümmlich-naiver Leichtfertigkeit, sondern im Gegenteil, nach eingehenden Erwägungen und vor allem in Treue *zu dir*, Großmutter, im Geist der Dinge, die wir an jenen Winterabenden 1939 besprochen hatten, als ich mich auf die Abiturprüfungen in Literatur und Geschichte vorbereitete und du schon wußtest, daß der Krieg gewiß kommen würde, und mich batst, zu Gott zu beten, an den du bereits nicht mehr glaubtest, daß die wüste Zerstörung, die Deutschland über die Welt bringen würde, auf eine Veränderung zum Guten und einen schönen Aufbau gerichtet sein würde, und deshalb bin ich also schleunigst zu dem jungen

Herrn Mani aufgebrochen, da ich wußte, daß viele der Juden auf meiner Liste sich bereits in alle Winde zu zerstreuen begonnen hatten, habe sogar noch einen Soldaten mitgenommen, um einen kühlen Kopf zu bewahren, und merkte gleich, daß meine Eile berechtigt gewesen war, denn hinter dem Haus stand schon wieder das Maultier angebunden, beladen mit Säcken, die gewiß Mehl, Zucker und Gewürze enthielten, woraus ich entnahm, daß er bereits Wind von mir und meiner Liste bekommen hatte und sich davonmachen wollte. Ich fand ihn blaß und verstört vor und sagte zu ihm: ›Herr Mani, ich bin gekommen, Ihnen mitzuteilen, daß keinerlei Grund zu Sorge und Flucht besteht, denn Sie haben sich doch schließlich annulliert, sind nur noch *Mensch, einfach Mensch*, sitzen in Knossos in den Ruinen einer Zivilisation, die beim besten Willen keinen Juden hätte kennen können, weil der sich damals noch gar nicht erfunden hatte. Und deshalb‹, habe ich ihm gesagt, ›ist jetzt die Stunde Ihrer Prüfung gekommen, ob Sie *mir* so vertrauen, wie ich *Ihnen* bisher vertraut habe…‹«

»Ah… jetzt sagst du endlich ›wohlgesprochen‹. Jetzt begreifst du, worum es mir ging…«

»Danke, Großmutter, danke.«

»Ja, ich bin ganz Ohr…«

»Nun, er hat mir aufmerksam zugehört, nur war sein Deutsch nach drei Jahren Besatzung so dürftig und blutleer wie zuvor, und wieder mußte er Blicke und getuschelte Worte mit seiner Frau wechseln, die immer noch, wie bei unserer ersten Begegnung an jenem Abend vor drei Jahren, etwa so jung wie ich wirkte, das kluge Gesicht offenbar angespannt lauschend, worauf er zustimmend nickte und vor meinen Augen das Maultier abladen ging. Und damit er nicht etwa doch noch auf dumme Gedanken kam, knallte ich das Tier mit einer Salve ab, grüßte und machte mich auf den Weg, die übrigen Juden, die sich nicht annullieren konnten oder wollten, aus ihren Löchern zu holen…«

»Es waren schon nicht mehr viele übriggeblieben… Wir waren sehr spät dran… Am Tag der Deportation hatten wir auf der gesamten Insel kaum 270 zusammengesammelt…«

»Nun... sofort... sofort, Großmutter, der Schluß kommt gleich, und du bist wie ein kleines Kind, immer kannst du es kaum erwarten...«

»Natürlich hegte ich Verdacht. Ich sag's ja immer wieder, vertrauensselig bin ich nie gewesen. Deshalb bin ich die nächste Nacht – es war die Nacht vom 20. auf den 21. Mai, genau drei Jahre nach meiner Fallschirmlandung – während einer Verschnaufpause in dem ganzen Tumult der Gefangenen- und Häftlingsregistration auf mein geliebtes, inzwischen schon altes und klappriges Motorrad gesprungen, bin zu ihm gerast, obwohl ich wußte, daß ich auf der Straße über die Dörfer mein Leben riskierte, denn ein besonderer Ostwind aus der russischen Tundra begann den Geruch vergossenen deutschen Bluts herüberzuwehen, der wie ein geheimes Kräutlein den Einwohnern den Rücken stärkte und ihren Blick unverfroren werden ließ. Aber ich ließ nicht locker, ich wollte wissen, ob er mir so vertraute wie ich ihm, also nicht geflohen war, und ob er *selber glaubte*, qua Entschluß und aus freien Stücken imstande gewesen zu sein, sein überflüssiges Wesen zu annullieren. Als ich auf sein Haus zukam, wurde mir tatsächlich das Herz vor Freude weit, denn ich sah einen Lichtschimmer hinter den geschlossenen Vorhängen. Doch als ich anklopfte, die Tür aufmachte und das Haus betrat, das ich im Lauf der Jahre bis in alle Einzelheiten kennengelernt hatte, und er mir augenblicklich entgegeneilte, sah ich an seinen ruhelos fahrigen Händen, daß etwas geschehen war, und da schoß es mir blitzartig durch den Kopf, daß man seine Frau und das Kind in die Berge geschmuggelt haben mußte, worauf ich wütend die Schmeißer an den Bauch hob, um ihn mit einer langen Salve umzubringen. Aber er stürzte – mit einem bitteren Schrei – in den schattenerfüllten Raum vor, drückte den Lauf meiner Schmeißer zur Seite und begann in seinem holprigen Deutsch zu stammeln und zu flehen, zu erklären und zu folgern, daß er nun gerade aus völligem Vertrauen auf das Einverständnis zwischen uns das Kind mit seiner Mutter fortgeschickt habe, denn er könne ja seinen Sohn noch nicht zu dem verpflichten, was er selbst auf sich genommen habe, das heißt, der Junge sei noch zu jung, um die Bedeutung der Annullierung zu begreifen, er könne sich noch nicht selbst entscheiden, und so bleibe er eben vorerst noch, was er sei, nämlich *ein kleiner Jude, der sich nicht annulliert hat...*«

»Wußte ich's doch...«

»Ich wußte, daß du das sagen würdest... Du bringst mich zur Verzweiflung...«

»Aber es ist doch gerade umgekehrt... Großmutter, wenn er selbst geblieben ist und nicht Reißaus genommen hat... zeigt das doch gerade die Aufrichtigkeit seines Tuns... Das wirst du doch nicht abstreiten können... *Beide* hatten wir die Prüfung bestanden, er *meine* und ich *seine*...«

»Da habe ich ihn wieder militärisch gegrüßt und bin nach Knossos zurückgefahren, das völlig im Dunkeln lag, habe – zum sterngesprenkelten Himmel aufschauend – mich an jene Nacht 1941, vor drei Jahren, erinnert, als ich aus dem Himmel eingeschwebt war, wie Daidalos aus Gustav Kochs Sage, und bin in das kleine Wachhäuschen neben seinem Laden, nicht weit von Sir Arthur Evans Büste, gegangen, um Schmeling anzurufen, der sehr bekümmert über die geringe Zahl der bisher aufgegriffenen Juden war und mich immer wieder bedrängte, ›kann doch nicht sein, ist das wirklich alles, es muß doch noch welche geben, Sie haben nicht gründlich genug gesucht‹, worauf ich ihm jetzt sagte, ›Juden sind keine mehr aufzufinden, aber wäre es richtig, einen Zivilisten festzunehmen, der ein jüdisches Kleinkind und eine jüdische Mutter in die Berge geschmuggelt hat?‹ Und er erwiderte, ›gewiß doch, gewiß, bringen Sie ihn auf der Stelle‹, worauf ich sofort zu Manis Haus zurückkehrte, unsicher, ob ich ihn dort noch antreffen oder ob er nun doch das Weite gesucht haben würde, aber er erwartete mich hinter den – wegen der angeordneten Verdunklung – zugezogenen Vorhängen, schon weniger dem mir gegebenen Versprechen getreu als der fixen Idee, die von ihm Besitz ergriffen hatte, und deshalb war er verblüfft, mich zurückkehren zu sehen und ihm verkünden zu hören, ich nähme ihn wegen dieses Vergehens und sonst gar nichts fest, worauf er sich protestierend zu widersetzen begann, so daß ich gegen die Wände schießen und ihn heftig bedrohen mußte, bis ich ihm schließlich die Hände fesselte, ihn mit Gewalt in den Beiwagen meines Motorrads verfrachtete und über die menschenleeren Straßen hierher zurücksauste, um ihn wieder mit seinen gefangenen Brüdern zu vereinen, auf die er schon verzichtet zu haben meinte... Aber jetzt schau nur, Großmutter, genau dorthin, nach Westen, und sieh, wie schnell und doch zart hier der Sonnenuntergang ist...«

»Genau. Und das ist die versprochene Überraschung... Du hast dir also umsonst Sorgen gemacht...«

»Zum Schluß ist auch er in der trockenen Weinkellerei gelandet, zusammen mit den übrigen Juden, die man aus allen Ecken und Enden der Insel herbeitransportiert hatte, und da ihre Zahl in den Augen der Beamten aus Athen immer noch so spärlich war, beschloß unser verstörter Schmeling, ihnen vierhundert griechische Gefangene zuzuschlagen, und als auch diese neue Zahl wenig Anklang fand, gab er noch dreihundert Italiener drauf – unsere ehemaligen Freunde, die sich in lästige Gefangene verwandelt hatten. Und nachdem am 6. Juni getuschelte Gerüchte über ein großes Landunternehmen des Feindes in Frankreich umgingen, beeilten wir uns, noch am selben Tag alle Deportierten auf ein kleines Schiff zu pferchen, das wir im Heraklioner Hafen beschlagnahmt hatten, ja wir verhängten sogar eine Ausgangssperre über die Stadt, um die Einwohner vom Kai fernzuhalten, aber als wir die Verschleppten hinuntertrieben, sahen wir, daß man uns von sämtlichen Dächern und Balkonen aus beobachtete, so daß der Befehl gegeben wurde, in die Luft zu schießen. Außerdem befürchteten wir, man könne das Deportationsschiff auf dem Weg nach Griechenland befreien, weswegen ich, der Identitäts- und Geburtsexperte, Schmeling und seinen Offizieren vorschlug, das Schiff umzutaufen, ihm eine neue Identität zu verleihen, ja, ihm sogar aus den Büchern, die du mir geschickt hattest, einen passenden Namen aussuchte – *Danais*, nach Danae, der Tochter des Königs Akrisios von Argos. Wie wäre der alte Lehrer Koch mit mir zufrieden, wenn er das wüßte. Der Name des Schiffes wurde tatsächlich geändert, das noch am selben Abend nach Piräus auslief, und ein britischer Bomber, der arglos darüber hinwegflog, versenkte es nicht weit von der Stelle, Großmutter, an der unsere Sonne jetzt dort versinkt...«

»Auch Mani war dabei. Warum nicht? Er ging selbstverständlich mit ihnen unter.«

»Einmal. Ganz kurz. Als er für's Abendbrot anstand. Ich versprach ihm Freilassung unter der Bedingung, daß er mir den Aufenthaltsort der Frau und des Kindes verriet, aber er schwieg beharrlich, und die Begegnung war zu flüchtig, um herauszufinden, ob er die Antwort verweigerte, weil er an meiner Logik, die uns beide im Kreis herumführte, bereits verzweifelt war, oder vielleicht gerade umgekehrt, weil er jetzt wußte, daß ich ihn nach dieser Logik zwar vielleicht freisetzen könnte, andererseits aber das Kind nebst seiner Mutter unverzüglich festnehmen und sie mit den übrigen Deportierten einsperren müßte. Jetzt...«

»Gewiß...«

»Gewiß. Warum nicht... Allen Ernstes...«

»Warum nicht? War doch völlig natürlich, oder?«

»Wenn du zum Beispiel, nur mal zum Beispiel, als Jüdin auf die Welt gekommen wärst...«

»Nein, reg dich nicht auf...«

»Entschuldige...«

»Gut... in Ordnung...«

»Ja, wir sollten uns an den Abstieg machen, Großmutter, die Dämmerung ist hier ja so kurz...«

»Seither nichts mehr, Großmutter... Es ist schon fast zwei Monate her, wir haben inzwischen ein neues provisorisches Lager eingerichtet, das sich wieder überraschend schnell füllt, obwohl die Insel jetzt völlig judenrein ist, abgesehen natürlich von der Frau mit ihrem Kind, die ich durchaus in den Bergen zu suchen bereit wäre, nur dürfen wir das Gebiet um Heraklion jetzt nicht mehr verlassen, und deshalb bleibt mir nichts anderes übrig, als Abend für Abend kurz vor Einbruch der Dunkelheit hier zu dieser alten türkischen Festung hinaufzusteigen, um nachzusehen, ob sie sich nicht etwa wieder zurückgestohlen haben... Ob nicht doch wieder Licht aus ihrem Hause schimmert...«

»Die Frau?«

»Warum fragst du?«

»Ich hab sie doch schon beschrieben...«

»Sagen wir, mittelgroß... sympathisches Gesicht... Was soll man noch sagen?«

»Warum fragst du denn?«

»Nein, niemand besonders... vielleicht...«

»Vielleicht... Aber warum fragst du?«

»Anfangs schien es mir, als gäbe es da etwas... im Ausdruck oder im Lächeln... Vielleicht ein altes Bild im Haus, aber langsam ist die Ähnlichkeit verblaßt...«

»Nicht von Mutter... nicht von ihr... vielleicht eine von dir, Großmutter, eine sehr alte Photographie...«

»Ich werde weiter hier lauern, womöglich kriege ich sie doch noch mit ihrem Kind zu fassen... Denn der Gedanke, daß wir uns bald aufmachen müssen, zurück in Moor und Nebel, während sie hier an der strahlenden Bucht unter den zauberhaften alten Olivenbäumen bleiben und unseren reinen blauen Mutterschoß weiter besudeln werden, bringt mich derart in Rage, Großmutter, daß ich mich nicht vom Fleck rühren, nicht aufgeben werde, bis sie mir wieder in die Hände fallen.«

»Warum?«

»Wann?«

»Wovon redest du eigentlich?«

»Mit dir? Wieso das denn?«

»Aber wieso denn? Wer hat dir das gesagt?«

»Ich kämpfe hier für Deutschland... das heißt, bis die Engländer kommen...«

»Was? Wieso denn bloß?«

»Morgen?«

»Wovon sprichst du?«

»Hierher kommt kein Verlegungsbefehl...«

»Ich versteh nicht... Welcher Befehl?«

»Wie ist das denn möglich? Wer hat dir den Befehl übergeben?«

»Aber wer hat ihn denn unterzeichnet? Wer ist überhaupt zur Unterschrift befugt?«

»Zeig her, ich glaub's nicht…«

»So weit also, Großmutter… so hoch bist du gegangen… Aber warum hast du mich denn nicht gefragt? Oh, womit habe ich an dir gesündigt, Großmutter… Warum willst du wieder mein Schicksal beeinflussen…?«

»Aber ich begreif nicht, an wen er gerichtet ist. Wem willst du ihn denn vorlegen?«

»Zeig mal her, ich kann es einfach nicht glauben… Der fällt auf die Knie, wenn er die Unterschrift sieht…«

»Zeig ihn mir… Das kann doch nicht wahr sein…«

»Nein, der Himmel ist noch hell genug…«

»Aber zeig ihn doch mal… Wovor hast du denn Angst?«

»*Er* persönlich hat ihn unterzeichnet? Unmöglich… du bist ja wahnsinnig, Großmutter… bis zu *ihm* bist du gegangen? Ich glaub's einfach nicht…«

»Was hat das mit dem Namen Sauchon zu tun…«

»Ich will niemanden zum Gespött machen…«

»Aber wie denn? Wie bloß, Großmutter? Du bringst mich zur Verzweiflung… Hast die Geschichte überhaupt nicht verstanden… Hast den Gedanken nicht begriffen… Im Gegenteil, ich red doch die ganze Zeit nur von *unserer* Freiheit… Wir können nicht ewig und für alle Zeiten hinter jedem einzelnen von ihnen herrennen… Man muß ihnen ermöglichen, sich selber zu annullieren… Meine ganze Sorge gilt doch allein dem armen Deutschland… Dem verzweifelten Führer… Ich denke an die Zukunft…«

»Sag das nicht… Das stimmt nicht…«

»Nein, jetzt versteh ich, du willst mich in einem selbstmörderischen Kampf um Deutschland fallen sehen… Genau wie du Egon im Ersten Weltkrieg in den Tod geschickt hast… Dann habe ich recht gehabt… Du hast dich immer noch nicht mit meiner Existenz abgefunden… Ich hatte geglaubt, du seist mich aus Liebe besuchen gekommen, dachte, du würdest vielleicht sogar hier auf der Insel bei mir bleiben, doch jetzt sehe ich, daß du mich nur hier rausholen wolltest... Das geht nicht, das mach ich nicht mit... Dazu bin ich nicht bereit... Nein, Großmutter, zeig das keinem Menschen, übergib niemandem diesen Befehl... Ich fleh dich an, gib den Befehl nicht aus der Hand...«

»Aber welche Ehre? Mein Gott, welche Ehre? Wessen denn bloß?«

»Nein, ich geb ihn dir nicht zurück... es sei denn, du versprichst mir... ihn zu vernichten... Das ist ein unannehmbarer, überflüssiger Wisch...«

»Dann werd ich ihn eben zerreißen... Nimm seine Unterschrift wieder an dich, und den Rest zerfetz ich und werf die Schnipsel in den Wind...«

»Das wage ich durchaus... ich geb ihn nicht zurück... auf keinen Fall... da, vor deinen Augen, reinen Herzens. Ich hab die Toten gesehen und will nicht dazugehören... Du kannst nicht für mich entscheiden... hast kein Recht dazu... keinerlei Recht... Du hast Gott nicht getötet, um seinen Platz einzunehmen, du bist nicht *Minos, der Enkel-Sohn des Zeus*...«

»Dann verzichte ich eben auf den Namen mitsamt der Ehre. Ich bin als Entschädigung geboren worden, die für nichts entschädigt hat, denn die ganze Schöpfung ist in deinen Augen ein Irrtum, die Welt ist ein einziger Fehler, in den Tiefen deiner Seele und deines Geistes gehörst du *zu denen*... Deine Verzweiflung entstammt dem gleichen Wesen...«

»Ich will keinen Anteil an dem Gut... Werde keine Krume von deinem Boden annehmen... Denn ich will nicht an diesem irrsinnigen Himmelfahrtsgefecht teilnehmen, das der Führer plant... Ich bleibe hier, ich setze keinen Fuß von dieser Insel, bis die Engländer zurückkommen. Nein, Großmutter, du bist nicht *Minos, der Enkel-Sohn des Zeus*... Du kannst kein Urteil über mich fällen... Hast kein Recht dazu...«

»Nein, hör zu... hör doch zu...«

»Ja, hör zu, du mußt einfach, das stammt aus dem Buch von Homer, das du mir selbst geschickt hast...«

»Nein, warte, da, hör zu... wie schön die Worte des Odys-

seus sind: ›Und ich wandte den Blick auf Minos, den Gött-
lichen, Zeus' Sohn!/Dieser saß, in der Hand den goldenen
Szepter, und teilte/Strafe den Toten und Lohn; sie rechteten
rings um den König,/sitzend und stehend, im weitgeöffneten
Hause des Aïs…‹«

Biographische Nachträge

EGON BRUNNER. Die Nachricht vom Absturz des Flugzeugs
seiner Großmutter über dem offenen Meer erreichte Feldwebel Egon Brunner erst einige Tage später, versetzte ihn jedoch
in tiefe Trauer über den Tod der alten Dame, der er auf seine
Weise sehr verbunden gewesen war, wobei erschwerend hin-
zukam, daß der Abschied für beide Seiten traumatisch verlaufen war. Trotzdem blieb Egon innerlich überzeugt, daß er
recht daran getan hatte, den »Befehl« zu zerreißen.

Obwohl sich die griechischen Partisanenüberfälle auf die
deutschen Streitkräfte in Kreta häuften, beharrte er auf seinem Vorhaben, herauszufinden, in welchem Dorf oder Klo-
ster sich die Frau und das Kind verbargen, kam damit jedoch
nicht zum Ziel. Im Oktober wurde er, infolge des britischen
Vormarsches, mit den übrigen deutschen Verbänden nach
Norditalien und von dort weiter über Österreich an die lodernde Ostfront verbracht. Im Januar 1945, mitten im kälte-
sten Winter, kam er auf einen verlassenen Gutshof in der
Nähe des polnischen Städtchens Oświęcim, wo er als Sanitäter einer Hilfseinheit für die Garnisontruppen der umliegenden Konzentrationslager diente. Im Februar 1945 geriet er in
russische Kriegsgefangenschaft, in der er bis Januar 1946 verblieb. Nach seiner Entlassung kehrte er auf das großelterliche
Gut zurück, auf dem er sich, dank der in Deutschland herr-
schenden Nachkriegswirren, als Alleineigentümer gebärdete.
Als jedoch der Familienanwalt, aus längerer Gefangenschaft
in Sibirien zurückgekehrt, das Gemeinschaftstestament der
Eheleute Sauchon eröffnete, stellte sich heraus, daß Egons

Name dort nur als einer der möglichen – jedoch nicht fest bestimmten – Erben aufgeführt war und auch nirgendwo etwas über seine leibliche Abstammung von dem Admiral stand. Mehrere Neffen von seiten des Vaters forderten ebenfalls Anteil an dem Erbgrund mit der Begründung, Egon habe nicht hinlänglich bewiesen, daß er die testamentarischen Bedingungen erfülle, und da er verhindern wollte, daß jemand die ganze Affäre seiner »Fahnenflucht« in den ersten Kampftagen um die Eroberung Kretas wieder aufrührte und des weiteren womöglich auch auf seine letzte Unterredung mit der Großmutter zu sprechen käme, stimmte er nach kurzer gerichtlicher Auseinandersetzung einem Vergleich zu, der die Ländereien im Nordosten des Guts in andere Hände übergehen ließ.

Inzwischen hatte er sich an der Universität Hamburg immatrikuliert. Zuerst versuchte er, Altertumsgeschichte mit Schwerpunkt auf dem antiken Griechenland zu studieren, doch da ihm das Altgriechische Probleme bereitete, entschied er sich schließlich, die Geschichte des 20. Jahrhunderts in den Mittelpunkt zu stellen. In den fünfziger Jahren wirkte er als Geschichtslehrer an dem Gymnasium in der Nähe des Gutes, und da er ledig blieb, fand er auch Zeit für politische Arbeit bei den Liberalen. Zu seiner Mutter und dem Halbbruder unterhielt er korrekte, aber ziemlich sporadische Beziehungen.

Anfang der sechziger Jahre, nach der Rückkehr der Freien Demokraten in die Regierung, erhielt er einen Ruf an das Goethe-Institut in Athen, und ein paar Monate später wagte er es – aus Furcht, erkannt zu werden, mit Bart und dunkler Sonnenbrille getarnt –, nach Kreta zu fahren. Aber niemand erkannte ihn, nicht einmal die Ladeninhaberin in Heraklion, bei der er seinerzeit drei Jahre lang seinen Tabak gekauft hatte. Er fand heraus, daß das Haus der Manis in Knossos jetzt von einer unbekannten griechischen Familie bewohnt wurde, wagte aber nicht, an die Tür zu klopfen und nach den früheren Bewohnern zu fragen. Zum Schluß mietete er ein Motorrad und fuhr damit die engen Bergstraßen des Inselinneren ab, klopfte an die Pforten kleiner Klöster und fragte, ob während des Krieges je eine jüdische Frau mit einem kleinen Kind dort Unterschlupf gefunden habe, erhielt jedoch nirgends weiterführende Auskünfte, sondern allerorten nur die Versicherung, es gäbe keine Juden mehr auf Kreta, sie alle seien mit der *Danais* untergegangen. Zu Egon Brunners Verwunderung schwang kaum je Trauer in diesen Worten mit.

Während seiner Zeit am Goethe-Institut in Athen reiste er noch mehrmals nach Kreta, und einmal, 1963, fuhr er sogar nach Israel, wo er eine interessante Woche als Gast eines mit der Anbahnung kultureller Beziehungen beauftragten deutschen Vertreters in Tel Aviv verbrachte. Als er dort einmal im Sekretariat seines Gastgebers kurz warten mußte, bat er, einem spontanen Einfall folgend, die israelische Sekretärin, die hebräischen Telefonbücher nach dem Namen Mani zu durchforsten. Auf die Frage, ob der gesuchte Name sich mit oder ohne *alef* schreibe, wußte er natürlich keine Antwort. Als er sah, daß die zusammengestellte Liste äußerst lang war, die Angegebenen sich über das ganze Land verteilten und sogar ein Araber darunter war, gab er die Suche auf.

Nach dem Obristenputsch in Griechenland kehrte er nach Deutschland zurück, übernahm jedoch 1973 das Goethe-Institut in Istanbul. Bei Heimaturlauben beteiligte er sich einige Male an einem Dialog mit jüdischen und israelischen Intellektuellen unter der Schirmherrschaft der Friedrich-Naumann-Stiftung, aber nach dem israelischen Einmarsch im Libanon 1982 befiel ihn eine gewisse Abneigung, derentwegen er von weiterer Mitwirkung absah. Seit seiner Pensionierung lebt er auf seinem kleinen Landgut in Schleswig-Holstein.

Andrea Sauchon. Der Vorfall auf dem Gipfel der Anhöhe, bei dem Egon im Dämmerlicht den »Befehl« zerrissen hatte, versetzte die alte Dame in derartigen inneren Aufruhr, daß es ihr für eine Weile buchstäblich die Sprache verschlug, doch auch als sie wieder zu sprechen imstande war, faßte sie, vor

Schmach und Kummer zitternd, den festen Entschluß, kein Wort mehr mit dem Enkel zu wechseln, bis sie ihre Gedanken geordnet hatte. Langsam und schweigend stiegen sie den Hügel hinab. Jetzt wurde ihr klar, daß sie bei der Erziehung ihres »Enkels« völlig gescheitert war, konnte sich jedoch nicht erklären, wo ihr Versagen gelegen haben mochte oder welcher prinzipielle Fehler ihres Moralverständnisses Egons Gesamtverhalten während seiner drei Dienstjahre in Kreta plausibel machen könnte (soweit dieses Verhalten überhaupt als in sich schlüssig zu begreifen war). Nach einer Stunde bequemen Abstiegs trafen sie in fortgeschrittener Dämmerung wieder auf dem Stützpunkt ein, wo Max Schmeling sie in ungeduldiger Besorgnis persönlich erwartete. Sofort kündete er auch das Festessen an, das er zu Ehren der Frau Admiralswitwe und zum Gedenken an das gute alte Deutschland geplant hatte, aber zu seinem Erstaunen lehnte die alte Dame seine Einladung ab, unter dem Vorwand, sie habe unerträgliche Kopfschmerzen und müsse sich auf ihrem Zimmer für die beschwerliche Rückreise nach Norden ausruhen. Schmeling wurde vor Bestürzung rot im Gesicht. Diese Mahlzeit, die er selbst zubereitet hatte, war ihm äußerst wichtig, weswegen er Frau Sauchon erneut bestürmte, doch sie hielt an ihrer hartnäckigen Weigerung fest.

Die ganze Nacht über konnte sie nicht einschlafen, erst weil ihr Enkel vor ihrer verschlossenen Tür unruhig auf und ab lief, dann wegen einer düsteren Vorahnung, die ihr sagte, sie werde die Heimat nie wiedersehen.

In entsprechend deprimierter Stimmung aß sie das Frühstück, das Egon ihr aufs Zimmer gebracht hatte. Auch er hatte nicht schlafen können und sprach nun in einer Weise auf sie ein, die keine Antwort verlangte. Obwohl sie inzwischen schon zur Erwiderung bereit war, fand sie keinen passenden Weg, ihren Schweigegrundsatz zu brechen. Sie blieb stumm, und so geleitete Egon sie um sieben Uhr morgens zu dem leichten Flugzeug, das sofort in Richtung Athen abhob. In der Nähe der Insel Poros wurden sie von zwei britischen Spitfires auf Patrouillenflug entdeckt, die das kleine deutsche

Flugzeug als leichte Beute betrachteten und sich sofort an seine Verfolgung machten. Nachdem der Pilot sie gewahr geworden war, rief er Andrea Sauchon, die im Gegensatz zu ihm keinen Fallschirm trug, zu: »Tut mir leid, gnädige Frau, aber Sie müssen sich auf das Schlimmste gefaßt machen.« Worauf sie ihm prompt antwortete: »Das tue ich nun schon seit bald fünfundsiebzig Jahren.« Gleich darauf blickte sie baß erstaunt in das junge Gesicht eines britischen Piloten, der in einiger Höhe über ihr schwebte, und für den Bruchteil einer Sekunde, ehe das Feuer auf sie eröffnet wurde, erinnerte es sie an Egons Züge.

DRITTES GESPRÄCH

Jerusalem, Palästina / Erez Israel,
Mittwoch, den 10. April 1918, 7 Uhr morgens

Die Gesprächspartner

LIEUTENANT IVOR STEPHEN HURWITZ. Geboren 1896 in
Manchester. Sein Vater, Joseph Hurwitz, stammte aus Rußland, war aber im Alter von vierzehn Jahren mit seiner Familie nach England übersiedelt und später dort in die Textil-
branche eingestiegen. Die Mutter, Dina Hurwitz, geborene
Elias, kam ebenfalls in Manchester zur Welt, als Tochter
einer jüdischen Familie, die Anfang des 19. Jahrhunderts aus
Algerien nach England eingewandert war. Ivor besuchte zunächst eine öffentliche Schule, doch aufgrund seiner hervorragenden Leistungen schickten ihn die Eltern alsbald auf ein
angesehenes Internat in der Grafschaft Derbyshire, in der
Nähe von Manchester. 1913 beendete er die Schule und trat
in das King's College in Cambridge ein, an dem er Rechtswissenschaft und englische Literatur belegte. Nachdem er ein
Jahr zwischen diesen beiden Fächern geschwankt hatte, entschied er sich, nach Beratung mit der Familie, für das Studium
der Jurisprudenz.

Bei Ausbruch des Ersten Weltkriegs im August 1914 wurde
er nicht gleich zu den Fahnen gerufen, doch im Verlauf des
zweiten Studienjahres durchlief er alle Stadien der Musterung, der im Oktober 1915, zu Beginn des dritten, die Einberufung folgte. Nach einer Grundausbildung in Südengland
wurde er mit seinem Regiment an die französische Front abkommandiert.

Dort versuchte Ivor – mittelgroß, dicklich und bebrillt –
vergeblich, einen Verwaltungsposten zu ergattern. Im April
1916 landete er mit seinem Regiment an der vordersten
Front, zwischen Dompierre und Maricourt, wo er neun Wochen an schweren Gefechten teilnahm und zweimal nur
knapp einem tödlichen Treffer entging. Ende Juni kam er auf
sein Ersuchen in ein provisorisches Ausbildungslager in der

Normandie, wo man eiligst Offiziere zur Auffüllung der dezimierten Reihen ausbildete. Unterdessen wurde sein Regiment, nach schwersten Verlusten, zur Erholung und Reorganisation von der Front zurückgezogen.

Anfang September 1916 kehrte Ivor zu seinem – nunmehr in Compiègne, nördlich von Paris – stationierten Regiment zurück. Da sich jedoch kein Befehlsposten für ihn fand, wurde er dem Stab als Verbindungsoffizier zu den französischen Truppen zugeteilt und hauptsächlich mit Fragen der Ordnung und Disziplin befaßt. Sogleich erkannte er, daß einschlägige Sprachkenntnisse ihm bei der Erfüllung seiner Aufgabe sehr dienlich sein würden, und machte sich folgerichtig mit der ihm eigenen Strebsamkeit daran, in Windeseile die französische Sprache zu erlernen, um sich in seinem Etappenposten möglichst unabkömmlich zu machen und nicht wieder an die Front geschickt zu werden, denn alleine der Gedanke daran verursachte ihm Angst und Schrecken. Trotz aller Bemühungen, sich in seinem Verwaltungsposten auszuzeichnen, sah es allerdings so aus, als würde Ivor seine Tätigkeit aufgeben und als Befehlshaber einer Einheit mit seinem nunmehr reorganisierten Regiment in die Schützengräben von Verdun ziehen müssen.

Am 24. November 1916 traf er jedoch zufällig einen seiner Cambridger Rechtslehrer, Major Harwell Shapiro, jetzt Ankläger beim Kriegsgericht der 37. Division. Die Militärgerichtsanklage erlebte wegen der sich mehrenden Disziplinverstöße nach zweijährigen ergebnislosen Kämpfen gerade eine Ausdehnung, und so konnte Ivor seinen früheren Professor überzeugen, daß er ihm dort sehr nützlich sein könne. Tatsächlich gelang es Major Shapiro, die Überstellung des jungen Offiziers zur Feldpolizei seiner Division zu erwirken, kurz bevor die gesamte Brigade im Dezember 1916 an die Front kam, wo die vor der Stadt Lille stationierte Kommandantur sich bereits in Schußweite der deutschen Artillerie befand.

Anfang Frühjahr 1917 setzten große Veränderungen im britischen Hauptbefehl ein, besonders im Hinblick auf den Zirkus im Nahen Osten. Nach General Murrays erfolglosem

Sturm auf Gaza Ende März wurde Sir Edmund Allenby, den man jetzt »der Bulle« nannte, an die Spitze der 52. Division im Nahen Osten berufen. Allenby nahm einen ganzen Stab von Offizieren mit, um die Divisionsleitung im Vorderen Orient für den nächsten Feldzug gegen die Türkei auszuwechseln.

Im Mai 1917 konnte Ivor Hurwitz zu seiner Freude Europa verlassen und fuhr mit Allenbys Heer zunächst nach Ägypten, das er als angenehmes, gastliches Land empfand. Von nun an diente er als Ankläger beim Militärgericht in Allenbys Kommandantur und folgte ihr von Ort zu Ort. Ende Oktober 1917 überschritt das Heer die Grenze nach Palästina / Erez Israel. Im Januar 1918, rund einen Monat nach der Eroberung Jerusalems, wurde Ivor vom Second zum First Lieutenant befördert.

Colonel Michael Woodhouse. Waliser. Geboren 1877. Sein Vater, Sir Ashley Woodhouse, war Tory-Abgeordneter im britischen Unterhaus und Stellvertretender Justizminister in der Regierung Gladstone. Michael absolvierte eine Militärschule in Sussex und trat 1896 in die Armee ein. Er diente im Fernen Osten – Indien, Malaysia und Ceylon – und erklomm die militärische Rangleiter Stufe um Stufe. 1912 kehrte er nach Großbritannien zurück, um das 3. Waliser Regiment in der Region seiner Kindheit zu befehligen. 1914, mittlerweile im Majorsrang, gelangte er mit den ersten britischen Expeditionskorps nach Frankreich, wo sein Regiment als eines der ersten Feindberührung mit den Deutschen aufnahm. Er kämpfte in den Fesselungsschlachten an der Marne im September 1914 und später an der Somme. Zum Lieutenant Colonel befördert, wirkte er als Einsatzoffizier des 6. Bataillons, geriet in Gefangenschaft, aus der er sofort wieder zu seiner Einheit flüchten konnte, wurde aber Ende Juni 1916 in den Schützengräben von Verdun schwer verwundet, wobei er den rechten Arm und einen Teil seiner Sehkraft verlor. Sechs Monate lag er in dem zum Lazarett umfunktionierten Schloß Chenonceaux an der Loire. Nach seiner Entlassung aus dem Krankenhaus Anfang 1917, nun mehr zum Colonel befördert und für seine Tapferkeit vor dem Feind hochdekoriert, weigerte er sich, in die Heimat zurückzukehren, und beharrte auf seiner militärischen Weiterverwendung. Anfangs erhielt er einen Stabsposten, doch wegen steigender Spannungen mit seinen Vorgesetzten, begleitet von melancholischen Schüben und Anfällen von Trunksucht, ersuchte er einen General in Allenbys Stab um Verlegung in ein außereuropäisches Land. Im September 1917 traf er in Allenbys Kommandantur in Kairo ein, wo er eine leitende Stelle bei der Militärpolizei bekleiden sollte. Bald darauf wurde er zum Vorsitzenden des Kriegsgerichts bestellt. Obwohl er keinerlei juristische Vorbildung besaß, fand er großen Gefallen an dieser neuen Aufgabe.

Sein Part in dem folgenden Gespräch fehlt.

»Colonel, Sir. Lieutenant Hurwitz, Ivor Stephen, von der Anklage beim Militärgericht, Stab der 52. Division. Danke Ihnen ergebens für Ihre Bereitschaft, mich zu empfangen, um über...«

»Hurwitz, Colonel, mit ›w‹ und ›tz‹.«

»Britisch, selbstverständlich, aus Manchester gebürtig, Sir.«

»1896, Sir.«

»Jawohl, Sir.«

»Mein Vater ist bedauerlicherweise noch nicht im Vereinigten Königreich geboren, Sir, hat dessen Gestade aber noch in kindlichem Alter erreicht. Meine Mutter indes...«

»Aus Rußland, Sir, aber noch als Kind. Höchst miserables Wetter heute.«

»Hat uns ebenfalls überrascht, Colonel, dachten nicht, auf einen derart stürmischen Winter in Jerusalem zu treffen, das in unserer britischen Phantasie, zumindest in meiner, immer als eine sonnengemarterte Stadt galt. Und nun will es in den Monaten seit unserem Einmarsch gar nicht mehr aufhören zu regnen. Die Stadtältesten schwören, es hätte in diesem

Jahrhundert noch keinen solchen Winter gegeben. Aber selbst Tage, die so trübselig wie dieser beginnen, Sir, verheißen stets ein paar schöne Aufheiterungen. Es ist nicht das ewige Nieseln von Glasgow oder Leeds...«

»Auch heute besteht noch Aussicht, Colonel...«

»Nein. Eine reguläre, verläßliche Wettervoraussage fehlt hier noch, Sir, und die Ballons des Königlichen Meteorologischen Dienstes in Kairo sind nicht in der Lage, Palästina in ihre Voraussage einzubeziehen. Doch das Barometer, das an der Vorderseite der Residenz des französischen Konsuls angebracht ist, gibt für einige Stunden einen zwar bescheidenen, aber recht zuverlässigen Anhaltspunkt. Vor meiner Meldung bei Ihnen, Sir, habe ich es aufmerksam studiert und kann Ihnen die erfreuliche Mitteilung machen, daß um die Mittagszeit Aussicht auf Aufklarung besteht...«

»Hurwitz, Sir.«

»Korrekt, Sir, ›w‹ und ›tz‹.«

»Oh...«

»Oh...«

»Oh, bedaure außerordentlich, das zu hören. Dabei gilt diese Unterkunft als die komfortabelste in ganz Jerusalem, Sir. General Allenby höchstpersönlich hat nach dem Einmarsch hier Quartier genommen, und – soweit mir bekannt – sind seinerseits keine besonderen Beschwerden laut geworden. Bin äußerst betrübt über Ihre Klagen, Sir.«

»Sehr richtig, Sir, mir ist bekannt, daß die Köche sich noch nicht auf britische Kost haben umstellen können. Die Schwierigkeiten, anständigen Bacon in Jerusalem aufzutreiben, sind bereits in aller Munde. Auch die Gattin unseres Gouverneurs, Lady Humphrey, hat sich diesbezüglich beim Brigadier beschwert. Andererseits heißt es, gerade in diesem Quartier bringe der Koch bereits einen recht annehmbaren britischen Porridge zuwege. Vielleicht sollten Sie ihn einmal kosten, Sir.«

»Ich verstehe, Colonel.«

»Die Stadt selber ist klein und armselig, Sir, und nach einigen Monaten hier würde ich ohne Zaudern hinzufügen: todlangweilig obendrein. Die Bevölkerung ist sehr heterogen, ein Gewirr kleiner, geschlossener Gemeinden – Armut und Unwissenheit einerseits, messianisches Sendungsbewußtsein andererseits. Und wie üblich besteht kaum Verbindung zwischen dem Weltruf dieser Stadt, den herrlichen Texten, die in ihr oder zu ihrem Lobe verfaßt worden sind, und der elenden Alltagswirklichkeit vor Ort, Sir.«

»Was sie zu bieten hat? Nicht viel, Colonel. Eine berühmte, wahrlich beeindruckende Moschee, der sogenannte Felsendom, von dem Sie zweifellos bereits gehört haben. Ein paar wichtige Kirchen, vor allen anderen die Grabeskirche, die – mit Verlaub, Sir – eher enttäuscht. Einige kleine Kirchen außerhalb der Stadtmauer sind weitaus reizvoller – architektonisch und atmosphärisch. Wenn Sie Lust auf eine Besichtigungstour haben, Sir, die Militäranlage wird Ihnen einen erstklassigen Führer zur Verfügung stellen.«

»Die Juden haben, wie üblich, nicht viel außer sich selbst zu bieten, Sir. Zu unserer Verwunderung hat sich herausgestellt, daß sie die Mehrheit der Stadtbevölkerung stellen, obwohl in den Kriegsjahren viele des Landes verwiesen worden oder von sich aus geflüchtet oder abgewandert sind. In architektonischer Hinsicht haben sie nichts als ein paar dürftige Synagogen und natürlich diese weiße Wand, ein Rest der Tempelmauer, vor die sie sich stellen.«

»Ja, stehen einfach so da, Sir, beten, wie festgenagelt...«

»Ein halber Tag dürfte für einen gemächlichen Rundgang durch sämtliche heiligen Stätten durchaus genügen, Sir. Alles drängt sich hier ja Wand an Wand, und die Entfernungen sind lächerlich – fast tragisch, möchte man sagen.«

»Außerhalb der Mauern, auf den Hügeln verstreut, liegen ein paar neue Wohnviertel, es gibt dort, wie ich in diesem trüben Winter entdeckt habe, einige hübsche Ecken, Sir, aber um ihren Charme zu empfinden, braucht es wohl einige Zeit, fürchte ich...«

»Die Umgebung ist äußerst karg, Sir. Falls Sie Griechenland kennen – sie erinnert ein wenig an den südlichen Peloponnes.«

»Nein, zu meinem Bedauern bin ich noch nie in Hellas gewesen, Sir, aber Griechenlandkenner haben dies behauptet, und ich zitiere nur. Die Olivenhaine und Weinberge zum Beispiel, die runden Hügelketten mit den ärmlichen Dörfern und die schwarzgekleideten Hirten. Nicht zu vergessen natürlich Bethlehem, das sich nur wenige Meilen entfernt malerisch über die Hänge erstreckt, ein netter, ansprechender Ort – mit der berühmten Geburtskirche und einem ganz reizenden anglikanischen Priester, der dessen Geschichte höchst unterhaltsam in biblischer Sprache zu erzählen weiß. Außerdem würde ich eine Fahrt nach Jericho und weiter zum Toten Meer hinunter empfehlen, an die Mündung des Jordan, wo die Australier stationiert sind. Wenn man dem Baedeker glauben darf, daß dies der niedrigste Punkt der Erde ist, sollten Sie sich den nicht entgehen lassen, da Sie nun schon einmal bis hierher gekommen sind, Sir, denn den höchsten Punkt werden wir wohl kaum so leicht erreichen, ha, ha.«

»Bitte um Entschuldigung, Sir, habe den Namen nicht richtig verstanden.«

»Schon notiert, Sir. Ist es eine neue Marke?«

»Wir haben einen irischen Offizier in der Abteilung, der sich bestens im Spirituosenhandel auskennt und schon vorzügliche Beziehungen zur armenischen Kirche geknüpft hat, die über einen wohlsortierten Keller verfügt. Ich werde ihn umgehend beauftragen, eine Flasche zu beschaffen.«

»Fünf Flaschen, Sir ...«

»Alles notiert. Käme auch eine andere Marke in Frage?«

»Dann werden wir uns die größte Mühe geben. Jedenfalls werden Sie im Laufe des Tages Bericht erhalten. Sonst noch etwas, Sir? Zigaretten, Tabak?«

»Sehr wohl, Sir. Der Prozeß wird also morgen vormittag eröffnet. Um Punkt acht Uhr erwartet Sie eine Limousine vor dem Hotelportal. Die Entfernung beträgt etwa fünf Fahrminuten. Ein kleiner Saal steht zur Verfügung – im Russischen Areal, außerhalb der Stadtmauern, unweit der russisch-orthodoxen Kirche. Ich meine, er dürfte unseren gewohnten Bequemlichkeitsmaßstäben weitgehend entsprechen, Sir.«

»Verzeihung, Sir, ich habe Sie nicht verstanden.«

»Oh, oh, obwohl ich es nicht eigens geprüft habe, glaube ich mit Sicherheit, daß keine akustischen Probleme auftreten werden, Sir. Wir sind ja nicht zahlreich, Colonel, nur ein begrenzter Kreis, und die Anklage beabsichtigt zudem, das Gericht zeitweise um den Ausschluß der Öffentlichkeit zu ersuchen, damit die Identität unserer Informanten hinter den feindlichen Linien, die im übrigen ausgezeichnete Arbeit geleistet haben, geheim bleibt. Wenn keine unvorhergesehenen Entwicklungen eintreten, Sir, dürfte der Prozeß wohl insgesamt nur wenige Tage in Anspruch nehmen…«

»Die Namen sind Ihnen gewiß bekannt, Colonel, sie stehen in der Akte, die der Sergeant Ihnen gestern übergeben hat, und bei dem Empfang, den der Gouverneur heute abend zu Ihren Ehren gibt, werden Sie vermutlich Ihre Beisitzer treffen. Zu Ihrer Rechten wird Lieutenant Colonel Keypore vom australischen Bataillon sitzen, der gestern eigens vom Jordan heraufgefahren ist, und zu Ihrer Linken Major Jahawala, ein Inder vom Geheimdienst. Was den Verteidiger anbetrifft – ja, Sir, der Angeklagte hat keinen, und er hat sich bisher auch nicht bewegen lassen, einen zu bestellen: gleich ob Jude, Araber, Brite oder was auch immer. Da ist er stur. Er hat angeblich in jungen Jahren ein oder zwei Jahre Rechtswissenschaft an der Beiruter Universität studiert und fühlt sich nun befähigt und berechtigt, seine Verteidigung selbst zu übernehmen. Jedenfalls habe ich First Lieutenant Brian Oswald gebeten, sich bereitzuhalten, um ihm notfalls beizuspringen. Das wäre wohl alles, Sir, abgesehen natürlich von den Zeugen.«

»Oh, selbstverständlich, Verzeihung. Die Anklage wird von First Lieutenant Harold Gray vertreten und von mir in Vertretung des Ersten Anklägers.«

»Ja, Sir.«

»Sehr richtig, Sir.«

»Ja, Sir. Major Clark ist Leiter unserer Abteilung.«

»Oh, Colonel, ich glaubte, Sie seien bereits von Major Clarks Abwesenheit informiert. Sein persönliches Schreiben an Sie liegt ja der Akte bei.«

»Ich verstehe. Also in aller Kürze: Major Clark hat sich vor drei Wochen nach England eingeschifft, um in Blenheim Park zu heiraten, Sir. Natürlich mit Genehmigung des Brigadiers.«

»Viel kann ich Ihnen nicht berichten, Sir. Ich weiß nur, daß es sich um eine Tochter Lord Bartons handelt und daß die Trauung tunlichst ohne unnötigen Aufschub stattfinden sollte, um gewissen Unannehmlichkeiten im Haus des Lords vorzubeugen. Weitere Erklärungen dürften sich wohl erübrigen, Sir.«

»Er hat sie in Paris kennengelernt, Sir. Sind Sie noch mit Major Clark zusammengetroffen, Sir? Ein wahrer Charmeur.«

»Weiter bin ich leider nicht unterrichtet, Sir. Aber ich kann gern eruieren, ob es sich um Lord Bartons ältere oder jüngere Tochter handelt.«

»Wie Sie wünschen, Sir. Deswegen also ist Major Clark verhindert, die Anklage zu leiten, und ich nehme seine Stelle ein.«

»Sehr richtig, Colonel, es gibt höherrangige Offiziere in der Abteilung, aber Major Clark hat es vorgezogen, mich mit dem Fall zu betrauen.«

»Ich habe in Cambridge Rechtswissenschaft studiert, Sir, von 1913 bis zu meiner Einberufung im Oktober 1915.«

»King's, Sir.«

»Wegen des Krieges konnte ich den Abschluß nicht machen, Sir.«

»Nein, Sir, zuerst in Frankreich.«

»Nein, Sir, beim 38. Infanterieregiment, 42. Division.«

»1916, Colonel, März bis August.«

»Nein, Sir, an der Front, in Ostfrankreich.«

»Nein, Sir, als einfacher Soldat.«

»Natürlich, Sir, in den Schützengräben, Sir, in offener Schlacht, Sir, auch beim Sturm, Colonel, wo hätte ich sein sollen, wenn nicht an der Front?«

»April bis Mai 1916.«

»An der Somme-Linie, Colonel, zwischen den Dörfern Dompierre und Maricourt.«

»An der Nordflanke.«

»Sehr richtig, Sir, die Nacht des 17. Mai ist mir in grauenhafter Erinnerung. Sie war die allerschlimmste.«

»Natürlich spreche ich nur aus meiner Sicht. Innerhalb zweier Stunden verloren wir dreihundert Mann, darunter zwei Kompanieführer.«

»Sehr richtig, Sir, und Sie haben ihn also gekannt! Einfach erstaunlich!«

»Ich habe Glück gehabt, Sir, nur kleine Granatsplitter.«

»Danke, Sir, nehme herzlich gern Platz, wie freundlich von Ihnen. Aber wenn Sie nichts dagegen haben, Colonel, würde ich mich lieber hierher, neben Sie setzen, da ich Ihnen ein paar Urkunden zeigen möchte.«

»Danke, Sir, wir brauchen keinen Tisch. Die Sache ist kurz, bemühen Sie sich nicht. Jetzt, da Ihnen die Akte in Grundzügen vertraut ist, möchte ich... möchte ich... eine Angelegenheit... das heißt, bevor der Prozeß beginnt... da ich mich dann vor Gericht zurückhalten muß, Sie verstehen...«

»Verzeihung.«

»Aha, Sir, ich hatte bereits befürchtet, Sie hätten womöglich nicht die Zeit gefunden, die ganze Akte durchzusehen.«

»Oh...«

»Oh...«

»Oh, Colonel, das war uns nicht bekannt, ich bin außer mir.«

»Oh, Sir, bedaure zutiefst. Bin untröstlich. Wir wußten natürlich von Ihrer Verwundung in der Schlacht von Verdun. Ihr Name, Sir, galt seit der Marneschlacht unserer ganzen Division als leuchtendes Beispiel.«

»Oh, Sir, es tut mir unendlich leid. Man hat uns nichts gesagt, nicht den kleinsten Hinweis. Andernfalls hätte ich Ihnen selbstverständlich persönlich die Akte vorgetragen.«

»Jetzt? Warum nicht? Wie Sie wünschen, Colonel, ich stehe Ihnen zeitlich voll zur Verfügung.«

»Auch das ist selbstredend möglich, Sir. Eine Art Resümee, wie die Franzosen sagen. Das ist fraglos angenehmer und schneller...«

»Danke, Sir, mit Vergnügen…«

»Ein kleines Gläschen… das genügt am frühen Morgen, Sir… danke…«

»Das ist also der Whisky… ausgezeichnet… Kein Wunder, daß Sie darauf bestehen, Colonel.«

»Ja, eben… das, Sir… hier… genau… darum geht es… Die Anklage wird die Todesstrafe beantragen, und zwar aufgrund des Militärstrafgesetzes in Kriegszeiten, und wir… Dazu wollte ich etwas sagen…«

»Pardon?«

»Gewiß, besser von Anfang an. Also von Anbeginn, aber wo ist der Anfang, Sir, wenn ich mir das einen Augenblick überlegen darf? Sagen wir, am 28. Februar, in einer kalten, nebligen Regennacht, ja mehr noch – einer Nacht, in der bereits einzelne Schneeflocken durch die Luft wirbelten, die sich gegen Morgen zu richtigem Schnee verdichteten, wie er diese Gegend, zum Schrecken der Einheimischen, höchstens einmal im Jahr heimsucht. In dieser Nacht wurde unser Angeklagter festgenommen. Der Ort: rund zehn Meilen nördlich von Jerusalem, Sir, etwas nördlich einer Kleinstadt namens Ramallah, was Gotteshügel bedeutet, in dem entlegenen Dorf El-Bireh, wohl das biblische Bethel, wenn ich mich recht entsinne, ein armseliger Flecken mit Olivenhainen und kleinen Gemüsegärten. Bis dorthin waren Allenbys Truppen im Zuge der Eroberung Jerusalems Mitte Dezember gekommen, haben aber dann aus unklaren Gründen haltgemacht, vielleicht einfach, um seinen von der Eroberung Jerusalems noch erschöpften Truppen eine kurze Ruhepause zu gönnen, aber da er das Eisen nicht schmiedete, solange es heiß war, erstarrte es schicksalhaft, und so verläuft nun dort die Frontlinie, hinter der die Türken sich im Schutz der Hügelkette verschanzen. Die Grenze geht mitten durchs Dorf, so daß einige Häuser am Hang im Niemandsland liegen. Ihren Bewohnern, armseligen Hirten, erlaubt man, sich frei zu bewegen, und ein findiger Offizier hat ihnen sogar ›Führungszeugnisse‹ ausgehändigt, die ihnen erlauben, zwischen den Hügeln und Truppen hin und her zu wechseln. Dort im Dorf ist ein fröhlicher irischer Haufen stationiert, mit einem kühnen Befehlshaber aus Ulster, der es bisher nur bis zum First Sergeant gebracht hat. Sie haben dort Gräben ausgehoben, Maschinengewehre und Gewehre postiert, atmen den Winternebel, der vom Meer in die Wüste zieht, und denken an ihr Ulster. Ab und zu schnalzen sie nach den Ziegen und rufen einen der Hirten am Hang herbei, um sein Führungszeugnis zu überprüfen, aber da sie weder arabisch sprechen noch Dolmetscher haben, können sie keine Kontakte zu den Einheimischen, die man wie schwarze Schemen durch die Gegend ziehen sieht, anknüpfen. Deshalb ist es erstaunlich, daß sie ihn in der Morgendämmerung wahrgenommen, ja sogar verhaftet haben, und noch bemerkenswerter ist es, daß sie ihn, seiner habhaft geworden, tatsächlich dabehielten. Aber jetzt, bei näherer Überlegung, scheint es mir, als habe er womöglich erwischt werden wollen, habe alles darangesetzt, um vor Gericht seinen Auftritt zu haben...«

»Einunddreißig Jahre, Sir, mager, schwarzhaarig, von mittlerem Wuchs. Obwohl er keine zehn Jahre älter ist als ich, könnte er dem Aussehen nach mein Urgroßvater sein, das Gesicht so voller Falten, als sei jeder einzelne seiner listigen Gedanken aus dem Schädel gedrungen und habe sein Gesicht durchfurcht. Einunddreißig Jahre, aber starrköpfig wie ein Fünfzigjähriger, ernst und erwachsen in seinem Gehabe und Benehmen. Als er in der Dämmerung jenes nebligen Morgens geschnappt wurde, war er in einen weiten Burnus gehüllt, hatte drei schwarze Ziegen bei sich – ein Symbol der Herde, die er nie besessen hat – und stieg geradewegs zum Standort jenes irischen Sergeanten McLaine hinauf und riß ihn aus dem Schlaf.«

»Sehr richtig, Sir. So fragten sie ihn an jenem nebligen frühen Morgen nach seinem Führungszeugnis, und da er keines vorzuweisen hatte, hießen sie ihn zur Seite treten und stehenbleiben, bis es hell genug wurde, um ihn sich genauer zu betrachten. Er versuchte, im Schutz der letzten Dunkelheit zu entkommen. Sie griffen ihn jedoch auf und sperrten ihn in ein kleines Zimmer, ihn und die Ziegen, die bei ihm waren. So

saß er einen ganzen Tag bei ihnen, während der Regen draußen in Schnee überging, weigerte sich zu essen, gebärdete sich
wütend und fluchte auf arabisch, offenbar wartete er darauf,
daß man seiner überdrüssig würde und ihn laufen ließe – eine
durchaus begründete Hoffnung, denn er verfolgte aus seiner
Ecke heraus ihre Gespräche und verstand jedes Wort, ohne
jedoch den Mund aufzumachen. Schließlich wollten sie ihn
wegschicken, da der Schneesturm sie daran hinderte, ihn der
Kommandantur in Ramallah zuzuführen, aber der irische
Sergeant blieb stur und befahl nachdrücklich, ihn festzuhalten, bis die Leute von der Militärpolizei ihn sich vornehmen
konnten.«

»Eben, Sir, das habe ich mich auch gefragt. Als wir vor
zwei Wochen mit jenem Sergeanten McLaine dessen Werde-
gang noch einmal durchgingen, um ihn zur Beförderung und
Dekoration zu empfehlen, kamen wir auch auf die Festnahme
zu sprechen, und ich habe erneut nachgeforscht, was denn
seinen Verdacht erregt hätte, worauf er schlicht antwortete:
›Die Ziegen mochten ihn nicht. Ich kenne mich mit Schafen
und Ziegen aus, und seine da mochten ihn nicht.‹ An den
Ziegen hat er erkannt: Das ist gar kein Hirte, sondern jemand
anderes. Haha. Das nenn ich Augenmaß. Am nächsten Tag
kam dann ein Trupp aus Jerusalem durch den Schnee ge-
stapft: zwei Militärpolizisten und ein Dolmetscher, nämlich
Roger Evans, Absolvent des Queen's College in Oxford, einer
jener Orientalisten, die unseren Universitäten nun mal entstammen – in den tiefsten Geheimnissen des Korans bewandert, aber sobald sie auf arabisch einen Kaffee bestellen sollen, sind sie mit ihrer Weisheit am Ende und brechen sich
schier die Zunge ab, weil ihre Professoren, die niemals östlich
der Themse gewesen sind, sie Arabisch gelehrt haben, als
gäbe es keine Araber auf der Welt, geradeso wie ihre Kollegen
Latein oder Sanskrit lehren. Dieser Mr. Evans schnaufte
schon vor Wut, daß man ihm den beschwerlichen Weg in Finsternis und Kälte zugemutet hatte, und alles nur wegen eines
verrückten Hirten, der – in seinen Burnus gehüllt – mit gesenktem Kopf auf der Erde hockte.«

»Sofort, Sir. Stellen Sie sich vor, da kauert er also in seiner Ecke, und dieser kleine Ire steht dumm herum und kaut an seinen Nägeln wie ein Idiot. Der Dolmetscher stammelt sein widersinniges Oxford-Arabisch, worauf der Hirte ihm wütende, kurze Antworten gibt, die die Militärpolizisten ebenso knapp notieren – eine verworrene Geschichte über geflohene Ziegen, vom Regen verwaschene Spuren, ein Dorf jenseits der Linien –, und alle sind wütend auf den sturen Ulsterer, der für nichts und wieder nichts die ganze Welt in Bewegung gesetzt hat, ja, der Dolmetscher will sich schon zum Gehen wenden, doch da lassen der gesenkte Kopf des Hirten und seine leise Stimme plötzlich einen Erinnerungsblitz in ihm aufleuchten. Tausendmal hat er uns allen mittlerweile diesen Augenblick geschildert, in dem ihm ein Licht aufging, denn auch für ihn mußte ich eine Empfehlung zur Beförderung oder Dekoration unterzeichnen. Sie sehen, Sir, diese Affäre ist schon der Laufbahn mehrerer Leute dienlich gewesen. Jedenfalls hat er eine weitere Lampe angefordert, dem Araber befohlen aufzustehen, hat ihm die Kefiya vom Kopf gezogen und ihm mit der Petroleumlampe geradewegs ins Gesicht geleuchtet. Und als er ihn dann anwies, den Burnus abzulegen, weigerte er sich mit Händen und Füßen, aber die Soldaten rissen ihm den Umhang von den Schultern, und darunter trug der Mann doch tatsächlich einen schwarzen Anzug mit einer kleinen gestreiften Fliege, und in der Jackentasche hatte er ein Buch stecken, aus dem alle möglichen Papiere flatterten. Da lachte der Dolmetscher laut auf und sprach ihn – diesmal in seinem feinen Oxford-Englisch – mit Namen an: ›Mr. Mani, Sie sind's?‹«

»Mani, Sir, so heißt er.«

»Josef Mani, klingt wie *money*, hat aber mit Geld absolut nichts zu tun – oder wie manisch, aber auch damit hat er nichts zu tun.«

»Der Name hat, soviel ich weiß, keine Bedeutung, einfach ein jüdischer Name, der im Orient geläufig ist. Denn dieser Hirte war weder Hirte noch Araber, sondern ein Jude, der nun plötzlich in fließendem Englisch antwortete, in waschechtem schottischem Tonfall, wie er am Loch Inverness gesprochen wird. Also alles eine Maskerade. Jetzt umarmte er seinen Übersetzerkollegen und zog ihn zur Tür, denn auch er war ein Dolmetscher im Dienste Seiner Majestät.«

»Ja, Sir, in schottischem Tonfall. Sie werden's morgen selber hören, sobald er die Fragen zur Person beantwortet. Dieses Englisch hat er als Kind in der Klosterschule St. Joseph's in Jerusalem gelernt, am Ende des letzten Jahrhunderts. Da hat ihm ein schottischer Mönch diesen Akzent so tief eingebleut, daß jetzt nichts mehr dagegen zu machen ist. Seine Eltern sind beide britische Staatsbürger, Sir, und folglich besitzt auch er die britische Staatsangehörigkeit, obwohl er nie im Leben in England gewesen ist. Aus diesem Grund muß die Anklage den Strang für ihn fordern, da hier ein Bürger sein Heimatland verraten hat, und eben darüber möchte ich auch mit Ihnen sprechen, Colonel, Ihren Rat einholen, ehe morgen der Prozeß beginnt.«

»Selbstverständlich, Sir, Verzeihung.«

»Gewiß, gewiß, mein Fehler, einen zeitlichen Sprung einzulegen, Sir. Ich fürchtete nur, Sie zu ermüden mit allerlei Details, die mich zugegebenermaßen außerordentlich faszinieren.«

»Höchst interessant, Sir, es ist mir ein Vergnügen. Er stand also im Raum, ohne seinen Burnus, in einem abgetragenen schwarzen Anzug, aus dessen Taschen Papiere hervorlugten, und erzählte eine Phantasiegeschichte über eine Geliebte jenseits der Linien, alles ein nervöses Gestammel, aber unser sturer Ulsterer, triumphierend angesichts des schlagenden Beweises für seinen Verdacht, konfiszierte die Papiere, entdeckte darunter Landkarten von Palästina und allerlei handgeschriebene arabische Aufrufe, die er zwar nicht lesen konnte, was aber auch nicht nötig war, um zu wissen, daß dies nicht gerade die Art von Geschenken war, die man üblicherweise seiner Geliebten machte. Er holte sich also einen Strick, um ›seinen‹ Gefangenen zu fesseln, und vertraute weder dem Dolmetscher noch den Polizisten, sondern hieß zwei Soldaten mitkommen und verließ den Stützpunkt, um höchstpersönlich mit dem ganzen Troß nach Ramallah hinunterzufahren, von wo man sie nach Jerusalem weitertransportierte. Ich erinnere mich noch an jenen Abend, an dem sie ihn brachten – ein kalter Winterabend, der leichte Schnee war bereits in den Gassen geschmolzen, und wir, ein paar Offiziere, saßen im Klub am Kamin, um uns zu wärmen und ein wenig zu plaudern, als der diensthabende Polizeioffizier eintrat und Mitteilung machte, man habe bei Ramallah einen Spion aufgegriffen, der jetzt gerade einem ersten Verhör unterzogen werde, worauf sich sofort großer Tumult erhob. Ich habe überhaupt festgestellt, Sir, daß Spionageaffären uns Briten übermäßig erregen, wohl gerade, weil man uns von Kindesbeinen an dazu erzieht, unseren Mitmenschen zu vertrauen...«

»Ja, so scheint es mir, Sir, denn es gibt doch wohl niemanden unter uns, der nicht seine Spionagehalluzination hätte, das heißt, der nicht davon träumte, eines Tages einen Spion zu entlarven. Und da stand nun dieser Offizier mitten im Raum, den Mantel noch vom Regen feucht, von uns allen umringt, und ließ behutsam seine Informationen träufeln, bis ich mich zu ihm vordrängelte – ich erinnere mich noch gut daran – und ihn fragte: ›Aber um wen handelt es sich denn? Doch gewiß um einen Araber.‹ Denn seinerzeit war ich völlig überzeugt, daß nur Araber imstande wären, gegen das Vereinigte Königreich zu spionieren. Aber der Offizier lächelte mich mit seinen blauen Augen an und sagte: ›Eben nicht, einer von unseren Leuten.‹ In der allgemeinen Bestürzung, die darauf um sich griff, blickte er mir gerade in die Augen und konnte sich nicht enthalten zu verbessern: ›*vermeintlich* von unseren Leuten, das heißt, von den Juden, die sich an uns gehängt haben‹. Dabei wußte er sehr wohl, wer ich bin, grinste mich auch – halb im Ernst, halb im Scherz – herausfordernd an. Und ich weiß noch, Sir, wenn ich es mal so sagen darf, daß in diesem Moment tiefe Angst meine Brust zerriß, nicht wegen der antisemitischen Bemerkung, dergleichen ich stets mit kaltblütiger Lässigkeit abschüttle, sondern wegen dieser Koinzidenz: ausgerechnet ein jüdischer Spion, und das noch hier in Jerusalem, wo Clark am nächsten Abend abreisen sollte – das schien nun die große Gelegenheit für mich, die Anklage in einem wichtigen Fall zu vertreten, doch gerade meiner jüdischen Abstammung wegen würde man mich, in hier unangebrachtem Feingefühl, womöglich davon abhalten…«

»Sehr richtig, Sir…«

»Sehr richtig, Sir…«

»Um mir Kummer zu ersparen…«

»Eben, Sir, denn womit sich eine Anwaltschaft wie unsere gemeinhin beschäftigt, wissen Sie ja: unerlaubte Entfernung von der Truppe, Raufereien unter Soldaten, Diebstähle, Trunkenheit, Befehlsverweigerung – Vergehen, auf die dreißig bis sechzig Tage Haft oder Geldbußen von einer Guinea stehen. Und hier nun eine Ermittlung, die womöglich in einen Abgrund führte, an dessen Ende der Tod wartete. In meiner Erregung verließ ich augenblicklich den Klub und begab mich zum Divisionsgefängnis am Jaffator, wo man ihn vermutlich festhielt. Noch wußte ich nicht einmal, wer er war und wie er hieß, ich wußte nur mit Sicherheit, daß ich mich aus der Sache nicht ausbooten lassen durfte, und während ich noch grübelnd in der kalten Nacht vor diesem sogenannten Davidsturm – gewissermaßen eine Art Londoner Tower im Kleinformat – stand, sah ich jenseits des menschenleeren Platzes neben mir, in eine Gasse gedrückt, einen dunkel gekleideten Juden mich beobachten und wußte auf einmal, daß er mit diesem eben gefaßten Spion in Verbindung stand und nun auszuspähen suchte, was mit ihm geschah. Das Gerücht hatte also bereits das andere Jerusalem erreicht, und da war auch schon der erste Abgesandte, um seinen Aufenthaltsort zu ermitteln. Dieser Abgesandte, den sie sich ausgesucht hatten, hätte nicht verstohlener, ewiger, metaphysischer aussehen können. Erst später wurde mir klar, daß Abgesandte und Entsender ein und dieselben waren…«

»Verzeihung, Sir, schon wieder übereile ich die Dinge, entschuldigen Sie.«

»Am 28. Februar, Sir. Am nächsten Tag herrschte angespannte Stille in unserem Büro. Alle wußten von der polizeilichen Ermittlung, die im Davidsturm lief, und von der Schreibstube des Brigadiers forderte man Major Clark an, der aber schon seit Tagen dem Dienst ferngeblieben war. Mit seinen Koffern und Geschenken beschäftigt, erwarb er orientalischen Schmuck, Seidentücher und kleine Teppiche für den ganzen britischen Adel, der ihn – ich möchte sagen – in zorniger Ungeduld in Blenheim Park erwartete. Und nun war uns dieser Spion vom Himmel herabgefallen, und der Major fürchtete, man könnte ihm befehlen, dazubleiben, um die Untersuchung persönlich zu leiten, während doch dort in England sein draller kleiner Stammhalter heranreifte, dessen Wachstum sich auch mit der gesamten britischen Armee nicht aufhalten ließ. So rannte er den ganzen Tag vom Schneider zum Juwelier und vom Verhörkeller zum Brigadier, er kam in die Staatsanwaltschaft gestürmt, um die Gesetzbücher einzusehen, ließ aber immer noch kein Sterbenswörtchen verlauten, sagte nicht etwa zu mir: ›Übernehmen Sie diesen Fall‹, obwohl er spürte, wie sehr ich darauf brannte, und ich sah schon, daß er den Flachmann immer dabei hatte und seine Augen diesen traurig schielenden Hundeblick bekamen...«

»Er scheint nicht auf eine spezielle Sorte festgelegt zu sein, Sir, was immer ihm vor die Kehle kommt, das trinkt er. Gegen Abend überbrachte der First Sergeant uns vier Anklageoffizieren die Weisung, in der Amtsstube zu bleiben, und dann erschien Major Clark – die tiefliegenden Augen vom Alkohol und den Unannehmlichkeiten des Tages gerötet, das leichte Schielen aber war verschwunden, und er trug bereits seine geschniegelte Paradeuniform mit polierten Rangabzeichen und glitzernden Orden, woran wir ablasen, daß er über den Brigadier obsiegt und die Erlaubnis erhalten hatte, in die Flitterwochen davonzusegeln. Wir alle wußten, daß er nie wieder in den Nahen Osten zurückkehren würde, denn sein zukünftiger Schwiegervater hatte ihm einen Posten im Generalstab besorgt, damit der endlich eingefangene Vogel nicht wieder aus dem Nest flatterte. Er setzte sich also mit uns vieren zusammen, das Militärstrafgesetzbuch und die Geheimakte achtlos vor sich hingeworfen, und sprach uns alle an, blickte aber nur mir ins Gesicht, denn er kannte mich sehr wohl und wußte, daß ich mich bereits seit vierundzwanzig Stunden darauf vorbereitete, diesen Fall zu übernehmen. Zunächst erzählte er von den Aufregungen des Tages und seinem Zweikampf mit dem Brigadier, bis er zum Schluß zu mir sagte: ›Sie, Itzig, nehmen sich diesen Juden da vor, und zwar mit einfacher, nicht mit doppelter Loyalität! Sie werden eine anständige Ermittlung durchführen, eine perfekte Anklageschrift aufsetzen und die Todesstrafe fordern, denn das ist der Wille des Gesetzes und der Wille des ganzen Divisionsstabs, weil dieses Mannes wegen Kanonen und Truppen in Transjordanien verlustig gegangen sind. Sie werden ihnen diesen Tod zügig und reibungslos liefern, denn wenn ein Jude den Tod eines anderen verlangt, wird ihm wohl kaum jemand die Bitte abschlagen, und die Sache hat auch noch ihren besonderen Reiz…‹«

»Ja, so hat er sich ausgedrückt, Sir, ›ihren besonderen Reiz‹.«

»Das ist ganz sein Stil, Colonel, aber ich habe mich noch nie über seine Worte aufgeregt, Sir. Schon ein volles Jahr diene ich unter Major Clark, erst in Frankreich, dann hier, und es gibt wirklich keinen netteren und anständigeren Mann als ihn, auch wenn seine Zunge scharf wie ein Rasiermesser ist, übrigens auch mit seinem Antisemitismus tut er sich keinen Zwang an, das heißt, Antisemitismus ist für ihn etwas ganz Natürliches, so wie seine Einstellung zu Frauen und Pferden – alles eherne Grundauffassungen, an denen die Tatsachen abprallen, ohne den leisesten Kratzer zu hinterlassen. Dabei würde er niemandem je etwas zuleide tun, er ist immer ritterlich und zuvorkommend. Wir tranken also ein Gläschen auf sein Wohl und gingen in Frieden auseinander, die Akte ruhte fest in meinen Händen – wie ein wunderbares Buch, das ich künftig sowohl lesen als auch schreiben würde –, und in Gedanken war ich bereits ganz und gar bei dem Häftling, den ich im stillen ›meinen Häftling‹ nannte. Ich wußte, daß er noch immer hartnäckig jedes Geständnis verweigerte. Kaum hatte Major Clark den Raum verlassen, da war auch ich schon draußen – eine einsame, klamme Nacht. Fast Mitternacht war's, der schmelzende Schnee rann gurgelnd unter mir hinweg, und ein Riesenmond sank auf die Stadtmauer hinab, als ziehe ihn jemand an einer Schnur hinunter. Es war vollkommen still, als ich die Altstadt vom Nablus zum Jaffator durchquerte, doch auf einmal ertönte ein Mekkern und Glöckchenklingeln um mich her und urplötzlich quoll eine Herde schwarzer Ziegen ohne Hirte aus einem Ausgang, in finsterem, erschrockenen Gedränge strömte sie, wie eine Geisterhorde auf der Suche nach dem Satan, die Gasse hinab, bis das Kopfsteinpflaster sie schließlich verschlungen zu haben schien. Die Kirchenglocken dröhnten, der Duft frisch gebackenen Brotes hing in der Luft, und ich bebte vor Verlangen nach dieser Ermittlung – kostete bereits zu jener Nachtstunde dieses besondere Gefühl, das mich seither beherrscht, ja nun schon drei Wochen lang, im Wachen und im Schlafen, und um dessentwillen ich jetzt auch hier bei Ihnen bin, Colonel, und Sie ermüde, ohne zum Kern der Sache zu kommen, verzeihen Sie, Sir, ich habe Ihre Geduld schon viel zu lange beansprucht...«

»Danke, Sir, danke. Ich stieg also die Treppen des Jerusalemer Towers hinauf, den die Juden Davidsturm und die Araber el-Kal'a nennen, weckte die Sergeanten und den diensthabenden Offizier, zeigte ihnen die Akte und die Befehle, zog die Vollmacht hervor, die mich sofort zur Leitung der Ermittlungen berechtigte, und gab Anweisung, daß niemand ohne mein Wissen zu ihm hinein dürfte, worauf sie mich zu den Haftzellen hinunterführten – vorbei an den Spuren vierhundertjähriger türkischer Herrschaft. Und dort unten im Keller, in einer Art runden, von einem schmalen Gang umgebenen Grube, saß unser Häftling, der Angeklagte, eingesperrt wie ein Panther oder eine gefährliche Schlange, obwohl er in seinem schwarzen Anzug eher einem Adler glich, wie er da auf dem Feldbett hockte und im Kerzenschein ein Buch las – das Gesicht ausgemergelt, hart und rissig. Er schien irgendwie unwillig zu lesen, hielt das Buch ein wenig von sich ab – es war eine Bibel mit beiden Testamenten, die der Wachoffizier, ein ältlicher Evangelist, ihm gegeben hatte, weil er sich um sein Seelenheil sorgte, so, als sähe er ihn schon am Galgen baumeln. Ganz vertieft in seine hartnäckige, ihm widerstrebende Lektüre, spürte er gar nicht, daß jemand über ihm stand und ihn beobachtete, und auf einmal – wie auf einer Theaterbühne – ließ er das Buch fallen, blies die Kerze aus, fiel aufs Bett, rollte sich wie ein Tier zusammen und schloß die Augen. Nun wollte ich ihn eigentlich in Ruhe lassen und erst am nächsten Tag, nach Durchsicht der Akte und sorgfältiger Planung meines Angriffs, zurückkehren, doch da überkam mich plötzlich ein irgendwie prophetischer Impetus, der mich erkennen ließ, daß ich ihn mir noch in dieser Nacht greifen mußte, wenn ich ein Geständnis aus ihm herauspressen wollte, denn je mehr Zeit verging, desto fester würde er sich in seinen Lügenkokon einspinnen. Ich bat also um eine freie Kammer und eine Kanne heißen Kaffee, setzte mich an die Akte, las sie von Anfang bis Ende, ordnete meine Gedanken und stieg um 2 Uhr nachts wieder zu ihm hinunter. Unten war es eisig kalt. Ich berührte ihn, zog ihm die Decke weg – er schlug die Augen auf, die so jung, groß und klar wirkten, daß er sie eindeutig nicht von demselben geerbt haben konnte, von dem die Züge seines Gesichts stammten. Schnell und sanft begann ich, in seine Träume hinein, auf ihn einzureden, warf ein feines Netz aus, um den Fisch der Wahrheit aus seinem trüben Pfuhl zu ziehen, während er – müde und verwirrt, in angeschlagener Verfassung und demselben lupenreinen Schottisch, mit dem er uns morgen bei Gericht Rede und Antwort stehen wird – alle Kräfte zusammennahm, um eben diesen Fisch nicht aus seinem Innern entschlüpfen zu lassen. So fing er also wieder von dieser erfundenen Geliebten in einem fiktiven Dorf zu faseln an, als seien die Dörfer dort hinter der Front in den Bergen Samarias nicht von ebenso ungebildeten wie fanatischen moslemischen Fellachen mit ihren verschleierten, barfüßigen Frauen bewohnt, sondern als flösse dort vielmehr die Loire, gesäumt von Maupassantschen Städtchen voll liebeheischender junger Demoiselles in bestickten Schürzenkleidern. Obwohl ich ihm längst ansah, daß er weniger ein Frauen- denn ein Maulheld war, redete er hartnäckig weiter von dieser Geliebten, die er so schnell vergaß, wie er sie erfand, so daß er etwa, hätte ich ihn nach ihrer Augenfarbe befragt, verwundert gewesen wäre, daß sie überhaupt eine Farbe besaßen und daß er die auch noch hätte beachten sollen. Ich verwahrte mich gegen diese Lüge mit allem Nachdruck, aber er insistierte hartnäckig auf der Existenz dieser Frau, die er schon über einen Monat insgeheim aufsuchte, ja, er schmückte diese sonderbare, dumme Lügengeschichte, die er selbst nicht glaubte, sogar noch weiter aus, als sei er gleichsam in ihren Bann geraten, sei nicht Herr, sondern Sklave seiner eigenen Lüge, bis er schließlich, zitternd vor Kälte, verstummte und seine Geliebte ins Reich seiner Phantasie zurückschickte und dort verwahrte. Nun brachte ich ihn in die Schreibstube hinauf, ließ ihn sich aufwärmen, machte ihm eine Tasse guten heißen Tee, stellte mich vor und fragte ihn: ›Warum vertrauen Sie mir denn nicht?‹ Da erzählte er mir von seinem kleinen Sohn, den er nun schon drei Tage nicht mehr gesehen habe und sehr vermisse. Also weckte ich drei Wachsoldaten, und um drei Uhr früh gingen wir zu seinem Haus in einem neuen Viertel, Kerem Awraham, außerhalb der Mauern und klopften an die Tür, worauf uns eine ältere Frau mit hübschem, sympathischem Gesicht, in einen sauberen Morgenrock gehüllt, unverzüglich öffnete, als habe sie uns erwartet. Als sie ihn in Handschellen sah, weinte sie ein bißchen, und er berührte sie leicht und zärtlich, murmelte etwas auf hebräisch, eilte die Treppe zum zweiten Stock hinauf und kam gleich darauf wieder herunter, auf den Armen einen etwa vierjährigen Jungen, einen hübschen, hellen Blondschopf, der aber etwas kränklich oder vielleicht sogar ein wenig zurückgeblieben wirkte. Sie werden ihn morgen bei Gericht sehen, Sir, ich habe Order gegeben, ihn zur Eröffnungssitzung zuzulassen, denn ich weiß ja – hätte unser Angeklagter einen Verteidiger, würde der sich zweifellos des Kindes bedienen, um Mitleid zu schinden...«

»Sofort, Sir.«

»Ja, Sir.«

»Nein, Sir.«

»Sehr richtig, Sir.«

»Aber sicher, Colonel. Während der Mann nämlich noch
seinen Sohn küßte, hatte ich bereits die Wachen angewiesen,
das Haus zu durchsuchen, alle Schubladen auszukippen und
jedes Fetzchen Papier einzusammeln. Wir saßen unterdessen
in der Küche und schwiegen, er und ich, das Kind in seinen
Armen, bis die Geräusche der Suchenden verstummten, die
alle Papiere in einen großen Korb gelegt hatten, den sie mir nun
brachten. ›Setzt euch ins Wohnzimmer‹, sagte ich zu ihnen.
Dort bekamen sie Tee und verstummten ebenfalls. Die Nacht
schimmerte schon violett, und in der Nachbarschaft gingen
einige Lichter an, denn man munkelte, daß Wachen gesehen
worden seien, aber niemand kam aus seinem Haus. Tiefe Ruhe
herrschte ringsum, die Ruhe vor dem Sonnenaufgang. Die
Frau brachte den Jungen wieder zu Bett und ging selbst schlafen, und während wir beide so zusammensaßen, sagte ich zu
ihm: ›Warum erzählen Sie nicht von Anfang an, ja falls Sie
möchten, von noch früher an? Wer sind Sie?‹ Zu diesem Zeitpunkt waren wir beide schon so völlig erschöpft, daß allein die
Wahrheit uns noch wachzuhalten vermochte, ihn, den Reden-
den, und mich, den Lauschenden, und so öffnete sich unversehens die Schleuse, aus der ich seine Geschichte, das Hauptge-
ständnis, schließlich herausfischte. Danach ging es nur noch
um Formulierungen und Kleinigkeiten.«

»Danke, Sir, herzlich gern.«

»Ja, in der Tat. Er ist in Jerusalem geboren, ebenso wie sein
Vater, und der Großvater ist als junger Bursche aus Griechenland hierhergekommen. Solche Juden findet man gar nicht
leicht, denn Juden kommen keineswegs so selbstverständlich
in Palästina zur Welt wie Engländer in England, Waliser in
Wales und Schotten in Schottland. Die meisten, die Sie hier
sehen, sind Neuankömmlinge; die hier Geborenen gehen
überwiegend weg. Nur wenige bleiben auf Dauer hier, und die
gelten in den Augen anderer mehr als in ihren eigenen, wobei
diese Bewunderung ihre Stimmung – wenngleich nur geringfü-
gig – zu heben vermag…«

»Da haben Sie recht, Sir, an sich ist Jerusalem den Juden ja, was London den Briten ist, aber im Londoner East End findet man mehr Juden als hier im ganzen Land. Ich vermute, London ist ein zu substantieller Ort, als daß man ihn mit sich herumtragen könnte, aber die Juden nehmen ihr Jerusalem überall mit hin, und je mehr sie damit herumwandern, desto leichter wird es.«

»In gewisser Hinsicht – ja, bis zu einem bestimmten Grad auch ich, Sir, warum sollte ich es leugnen? Aber zu Hause bin ich in Manchester, und meine Sehnsucht gilt London. Zwar ist ein Winkel meines Herzens für diese Stadt hier reserviert, aber nur ideell, nicht real. Obwohl ich mich nun schon ein paar Monate hier aufhalte, berühren sich Idee und Wirklichkeit wunderbarerweise kein bißchen.«

»Danke, Sir. Also wer ist er, wer waren seine Vorfahren, und wie verlief sein Leben? Von Saloniki, damals noch unter türkischer Herrschaft, zogen seine Großeltern Mitte des vergangenen Jahrhunderts aus, da sie hofften, wenn sie Jerusalem näher kämen, würde ihr flehentlicher Wunsch nach einem Kind erhört werden, was auch geschah, und so kam der Vater unseres Angeklagten, Mosche Chaim mit Namen, zur Welt – als einziger Sohn seiner Mutter Tamara und seines Vaters Josef Mani, der noch vor der Geburt des Kindes starb. Die Mutter zog ihren Sohn mit unendlicher Liebe und Zärtlichkeit auf, und er entwickelte sich zu einem so hübschen, gewinnenden Jungen, daß der damalige britische Konsul in Jerusalem, der in der Nachbarschaft wohnte, ihm den Vater zu ersetzen suchte. Er war ein ausgesprochener Bibelliebhaber, und vielleicht sah er in dem Kind so etwas wie eine kleine Wiedergeburt des biblischen Mosche, jedenfalls wollte er es gern zum Briten machen. Kurz und gut, er hat dem Jungen zu seinem dreizehnten Geburtstag die britische Staatsbürgerschaft verliehen, deren Beurkundung sich in unseren Händen befindet, hier in der Akte vor Ihnen, Colonel, übrigens ein recht bemerkenswertes Dokument, in einer kunstvoll verschnörkelten, heute ganz unbekannten Schrift geschrieben, die man längst nicht mehr sieht, und dazu die Photographie eines herzigen, vertrauensvoll dreinblickenden Knaben. Der Paß trägt eine Seriennummer, und wir haben bereits nach London gekabelt, um zu erfahren, wie sie einzuordnen ist, denn an sich erscheint es unüblich, daß britische Konsuln eigenmächtig minderjährige Kinder, bloß weil sie sie entzückend finden, zu britischen Staatsbürgern machen. Jedenfalls hat sich der Junge über seine Staatsangehörigkeit gefreut. Den Paß trug er, in buntes Papier eingeschlagen, stets bei sich, und mitten in dem von Unrat und Armut erfüllten Jerusalem deklamierte er seinen Altersgenossen die Gedichte Byrons und Shelleys und erzählte ihnen die *Canterbury Tales*, denn da seine Mutter darauf hielt, daß er Englisch lernte, besuchte er die Missionsschule. Nach seinem Schulabschluß wurde er nach Beirut geschickt, um an der Amerikanischen Universität Medizin zu studieren, war aber nach einem Jahr wieder da, weil er sich nach seiner Mutter und dem heimatlichen Jerusalem sehnte. Zwar konnte man ihn überreden, nach Beirut zurückzukehren, aber er kam dort mit dem Studium nur sehr langsam voran, nicht zuletzt, weil er alle paar Monate seine Mutter besuchte, einmal nahm er sie auch mit nach Beirut, jedenfalls spricht einiges dafür, daß er sein Studium lediglich aus Loyalität gegenüber dem Konsul, den er nicht enttäuschen wollte, fortsetzte. Als er, im Alter von siebenundzwanzig Jahren, endlich seine Approbation erhielt, schien es höchste Zeit, ihn in den Hafen der Ehe zu schleusen, denn er war auf dem besten Wege, ein eingefleischter Junggeselle zu werden. Der Konsul meinte, man müsse dem Briten eine Britin finden, um die britische Ader zu stärken, und nach einigem Suchen hatte er tatsächlich die Passende aufgetrieben – ebenfalls Halbwaise, ein wenig älter als der Bräutigam, Abkömmling eines Juden mit langer britischer Familientradition, der sich Ende des 18. Jahrhunderts ausgerechnet dem Napoleonischen Heer angeschlossen hatte und dabei in türkische Gefangenschaft geraten war, aus der die Franzosen ihn auszulösen vergaßen, so daß er im Vorderen Orient blieb und sich schließlich selber auslöste. 1880 heirateten die beiden. Nacheinander wurden ihnen zwei Mädchen und ein Junge geboren, die aber bald starben, weil die Blutgruppen der Eltern nicht miteinander harmonierten. 1896 kam dann unser Mani auf die Welt, und auch er schien es seinen Geschwistern gleichtun zu wollen, aber man ließ ihn nicht, kämpfte Tag und Nacht – und schließlich mit Erfolg – um sein Leben, und als zwei Jahre später seine Schwester geboren wurde, überlebte auch sie. Aufgrund der Erfahrung, die der Arzt in diesem Geburtenkrieg gesammelt hatte, beschloß er, eine kleine Entbindungsklinik einzurichten. Anfang der neunziger Jahre, als viele Juden aus der Altstadt wegzogen, kaufte er das Haus in Kerem Awraham und fand eine zähe schwedische Hebamme – ursprünglich eine fromme Schwester aus Malmö, die mit einer Pilgergruppe ins Heilige Land gereist war, dort aber nicht Gott gefunden, sondern ihren Glauben verloren und auf Geburtshilfe umgesattelt hatte. Er stellte ein paar Betten auf, ließ das damals modernste Gerät aus Frankreich kommen, brachte einen großen Spiegel im Kreißsaal an, in dem die Gebärenden den Geburtsablauf verfolgen konnten, und lud die Jerusalemerinnen ein, bei ihm niederzukommen. Anfangs drängte eher zweifelhafte Kundschaft herbei: Dirnen, junge Mädchen in Schwierigkeiten, gefallene Nonnen und Pilgerinnen von zweifelhafter Tugend – und die wackere, ausgefuchste Schwedin verhalf ihnen allen zu einer schmerzarmen Niederkunft, als sauge sie mit ihrem eigenen Leib einen Teil der Schmerzen auf. So erwarb sich die Klinik bald einen Ruf, wohlbeleumdete Frauen kamen dort nieder, und der Vater unseres Angeklagten wurde eine stadtbekannte Persönlichkeit in Jerusalem – enthusiastisch, charmant, bei den Frauen beliebt und auch sonst allseits wohlgelitten, als häufiger Gastgeber und Gast ebenso begehrt wie als Mitglied verschiedenster Delegationen. Als die ersten Zionistischen Kongresse zusammentraten, entwickelte er sich zu einem begeisterten Zionisten und großen Herzl-Verehrer und entsandte sich selber als Abgeordneten. Die treue Schwedin leistete unterdessen die Hauptarbeit, während er meist erst dazukam, wenn die Geburt unmittelbar bevorstand, um dann dem wimmernden Neugeborenen einen ermutigenden Klaps auf den Rükken zu versetzen, die Nabelschnur zu durchtrennen, mit der Wöchnerin zu scherzen, die Nachgeburt zu überwachen und bei der Namenswahl zu helfen. Seine Mutter, die er immer mehr verehrte, war stets an seiner Seite und unterwarf die Ehefrau einem Schattendasein, der kleine Mani und seine jüngere Schwester tollten zwischen den Betten umher. Im Spätsommer 1899 fuhr der Vater nach Europa und kehrte mit einem jungen jüdischen Geschwisterpaar zurück, das aus einer polnischen Kleinstadt bei Krakau stammte. Mani junior kann sich gut an die beiden erinnern, obwohl er nicht viel von ihrer Sprache verstand. Der Bruder war Arzt, die Schwester schön und attraktiv. Mani senior versuchte ersteren für seine Klinik, letztere aber für sich selbst zu interessieren, denn er hatte sich unversehens rettungslos so in sie verliebt, wie es einem älteren Mann bei einer weit Jüngeren passiert, die er gar nicht erst umwerben, nurmehr verschlingen kann. Da sie sich aber nicht verschlingen lassen wollte, klebte er förmlich an ihr, was bald in ganz Jerusalem anrüchig wurde, denn im Gegensatz zu seinem Sohn machte der Vater kein Geheimnis aus seinen Gefühlen. Seine Leidenschaft evozierte schließlich einen regelrechten kleinen Skandal. Als die jungen Leute in ihre Heimat zurückkehren wollten, flehte Mani senior sie an, Jerusalem nicht zu verlassen, folgte ihnen dann schweren Herzens nach Jaffa, ging sogar mit ihnen an Bord und begleitete sie bis Beirut, wo er verschwand. Erst Wochen später wurde bekannt, daß er einem schrecklichen Unfall auf dem Bahnhof zum Opfer gefallen war. Einundfünfzig Jahre zählte er damals. Als man den Leichnam endlich identifiziert und nach Jerusalem überführt hatte, war es bereits Herbst.«

»Ja, Sir, diese Informationen konnte ich aus unserem Angeklagten herausholen, sie aber auch anhand anderer Quellen weitgehend überprüfen. Ich muß mich für meine Langatmigkeit entschuldigen, aber da gibt es Gründe... glauben Sie mir, die gibt es...«

»Danke, Sir. Fast zwanzig Jahre sind seitdem vergangen, Sir. Aber gibt es denn eine zeitliche Grenze, wenn wir Spionage und Verrat an ihren Wurzeln packen wollen, um sie noch im Keim zu ersticken und so am Wuchern zu hindern? Die Familie konnte das über sie hereingebrochene Unglück kaum fassen, der Konsul, ihr Wohltäter, war längst tot, und die Entbindungsklinik hatte einen vernichtenden Schlag erlitten. Anfangs versuchte die Schwedin ihre Arbeit fortzuführen, erst offen, dann im Verborgenen, da nach dem Tod des Arztes die behördliche Zulassung entfiel, doch es waren bald Schulden zu begleichen, so daß man einen Teil des Inventars verkaufen und einige Zimmer als Pilgerunterkünfte herrichten mußte, schließlich kamen immer weniger Wöchnerinnen und die Klinik leerte sich. Als das Weihnachtsfest nahte, überschwemmten wahre Pilgermassen die Stadt, um das neue Jahrhundert in Jerusalem zu begrüßen, und die treue Schwedin fand zurück zu ihrem Glauben und schickte sich an, in ihre Heimat zurückzukehren. In diesem Dezember 1899 war unser Angeklagter zwölf Jahre alt. Er war schon zu Lebzeiten des Vaters ein unabhängiger Junge gewesen, und nun, nach dessen Tod, galt das erst recht. Stellen Sie ihn sich vor: mager, schwarzhaarig, bebrillt, mit dem dunklen Teint seiner Mutter und einer ziemlich schwermütigen Seelenverfassung, das heißt, er hatte Halluzinationen und redete viel mit sich selbst. Ja, Ende dieses Dezembers 1899, Sir, war endlich der Winter in Jerusalem eingezogen, Kirchenglocken läuteten, russische Pilgerzüge fluteten zuhauf durch die Straßen, und es herrschte allgemein große Erregung ob des ausgehenden und des kommenden Jahrhunderts. Eines Nachmittags, so erzählte er, ging er in das leere Klinikstockwerk hinunter und fand dort zu seiner Überraschung auf einem Bett eine junge Frau mit den Wehen kämpfen, eine jener abenteuerlustigen jüdischen Einwanderinnen, die – teils ideologisch bedingt, teils in dem Willen, ihrem Elternhaus zu entfliehen – allein aus Europa nach Palästina kommen, um sich in einem der neuen Dörfer niederzulassen. Diese hier war mit letzten Kräften nach Jerusalem gelangt, die Adresse der Entbindungsklinik in der Tasche, ohne zu wissen, daß sie als solche gar nicht mehr existierte, und dort hatte sie auf eigene Faust eines der Betten aufgesucht. Mutter, Schwester und Großmutter waren aus dem Haus gegangen, um sich die russischen Prozessionen anzusehen, so daß er der Gebärenden allein gegenüberstand. Bei seinem Anblick begann sie zu schreien und zu schluchzen, riß sich die Decke vom Leib, während er abwechselnd sie und ihr Abbild in dem großen Spiegel anstarrte. Sie flehte ihn in dem kalten Raum verzweifelt um Hilfe an, und er verharrte anfangs reglos, wie versteinert, versuchte dann, ihr beim Ausziehen zu helfen, was ihm trotz ihres Flehens nicht gelang, so daß er schnell ein Messer holte und ihre Kleider damit aufschlitzte – und nun sah er, wie ihr Schoß sich blutig auftat und unter ihrem Stöhnen langsam der Schädel des Kindes zum Vorschein kam, er lauschte ihren Schmerzensschreien, ihrem Leiden und stand doch in dem eisigen Zimmer hilflos dabei, worauf sie ihn beschwor, sie nicht allein zu lassen und das Messer nicht eher aus der Hand zu legen, bis er die Nabelschnur durchtrennt hatte. Unterdessen hatte er nicht einen Moment die Augen geschlossen, vielmehr abwechselnd sie und ihr Spiegelbild beobachtet, so daß die Geburt zu seinen beiden Seiten ablief, und da – so sagt er von sich –, während jener Minuten in diesem kalten Raum, das Messer in der Hand, habe sich mit Macht sein politisches Bewußtsein herausgebildet…«

»Ja, das politische, Sir, genau so hat er es gesagt und gemeint – mit grenzenloser Macht, alles andere zurückdrängend, die Welt regelnd und ordnend. In dieser kalten, trübsinnigen Stunde des *fin de siècle* verwandelte sich dieser schmale, bebrillte Zwölfjährige in einen politischen Menschen, einen *homo politicus*, wie er es nennt. Womöglich liegt hier der winzige, schwache Same für jenen seltsamen, abscheulichen Verrat, der genau achtzehn Jahre später folgte, und dessentwegen man Sie, Sir, aus Ägypten hierher beordert hat, wo Sie morgen mit Ihren Beisitzern auf dem Richterstuhl sitzen werden, während ich energisch vor Ihnen die Anklage vertrete – aber da, sehen Sie, Sir, der Himmel klart auf, wie ich es Ihnen vor zwei Stunden angekündigt hatte. Jerusalem ist eben nicht Glasgow, und selbst der schlimmste Sturzregen hat seine klaren Grenzen… Doch ich frage mich und Sie, Sir, ob ich Sie nicht über Gebühr ermüde, meine Mutter hat mir ins Gewissen geredet, mich nicht zu vergessen, womit sie meinte, nicht die anderen zu vergessen, die meiner flinken Zunge lauschen, die jetzt, dank Ihrem hervorragenden Whisky frisch geölt, erst recht in Schwung geraten ist.«

»Gewiß, Sir, ganz fraglos habe ich ein klares Ziel vor Augen.«

»Zum Schluß wird es zu einer Integration kommen, so Gott will.«

»Mit aller Kraft, Colonel, nach bestem Vermögen.«

»Danke, Sir, wie großzügig von Ihnen. Wo waren wir also stehengeblieben? Ach ja, bei Beginn dieses Jahrhunderts, das anbrach vor der Nase unseres Angeklagten sozusagen. Wie bitte?«

»Das Baby? Welches Baby denn?«

»Oh, dieses Baby... entschuldigen Sie, was war noch die Frage?«

»Ah, Sir.«

»Ja, Sir.«

»Ach ja. Eh, eh, selbstverständlich, Sir, eine Art Blackout, verzeihen Sie, Sir – jenes Baby. Also, also... Ich nehme an... Leider habe ich Manis Geschichte in diesem Punkt nicht weiterverfolgt, ich habe sie mehr als eine Metapher betrachtet... Ich meine, er hat die Nabelschnur mit seinem Messer durchtrennt und das Baby in die Freiheit entlassen, aber ob es am Leben geblieben ist? Hoffen wir das Beste.«

»Bestimmt, Sir. Also das zwanzigste Jahrhundert brach an, für jeden von uns an seinem Ort, auch für die Manis, die immer noch erschüttert und verstört wegen des erlittenen Unglücks waren. Die alte Großmutter, nunmehr an die achtzig, bewahrte sich weiterhin ihre Jugendlichkeit und genoß die Ehrerbietung des Enkels, die Mutter alterte schnell und wurde zunehmend plumper, und die mit ihren zehn Jahren noch kindliche Schwester wußte schon, daß man sie möglichst schnell verheiraten würde. Ihren armseligen Lebensunterhalt verdienten sie sich mit der Vermietung von Zimmern in der aufgegebenen Klinik. Und der Junge, unser Josef Mani, nahm sich schon erhebliche Freiheiten heraus, er steckte sich seine Ziele als politischer Mensch, als *homo politicus* in seiner Diktion, und wählte die entsprechenden Kreise und Mittel, um diese Ziele auch zu erreichen. Als erstes nahm er eine Umorientierung hinsichtlich seiner Bildung vor und stellte die Erlernung von Fremdsprachen an die vorderste Stelle, denn es schmerzte ihn immer noch, daß er nichts verstand, als sein Vater seinerzeit mit jenen jungen Leuten aus Polen plauderte, und so stürzte er sich auf das Sprachstudium mit derselben Entschlossenheit, mit der ein Heer sich daranmacht, einen Fluß zu durchqueren. Ohne erst die mütterliche und großmütterliche Erlaubnis einzuholen, verließ er heimlich die hebräische Schule *Doresch Zion*, in die ihn sein Vater gesteckt hatte, und durchstreifte Jerusalem, bis er auf die schottische Missionsschule auf dem Zionsberg stieß, eine christliche Zweigeinrichtung der *School of Bible*, die sich dem Studium der heiligen Schriften widmet. Doch nicht letztere lagen dem Jüngling am Herzen, sondern das Englische, das er schnell und gründlich im Invernesser Dialekt erwarb. Aber das war nur der Anfang. Nachmittags landete er unweigerlich in Silwan bei einem alten Freund seines Vaters, einem greisen arabischen Scheich, der arabisch mit ihm plauderte und ihn sicher durch alle Konjugationen führte. Abends besuchte er gelegentlich eine algerische Familie, um auf deren Kinder aufzupassen und sich dabei ins Französische einzuhören. Schon damals zeigte sich also seine Begabung, mit Leichtigkeit von einer Volksgruppe zur anderen überzuwechseln, und das noch vor seiner Bar Mizwa, dem jüdischen Initiationsritus, der in etwa der Konfirmation bei den Protestanten und dem *tuhuur* bei den Arabern entspricht. Dieses Fest wird gewöhnlich im Alter von dreizehn Jahren gefeiert und besteht hauptsächlich darin, daß man in der Synagoge verschiedene Bibelabschnitte nach bestimmten Melodien vorsingt, die verdammt schwer zu erlernen sind, das können Sie mir glauben, Colonel, denn das habe ich in der großen Synagoge von Manchester an den eigenen Stimmbändern gemerkt. Da der Zeitpunkt seiner Bar Mizwa näherrückte, begab er sich nach einiger Überlegung zu einer jener frommen kleinen Sekten, die hier in Jerusalem leben, obwohl sie eigentlich aus dem hintersten Ungarn oder sonstwoher stammen, diese schwarzgewandeten Gestalten mit ihren pelzbesetzten Hüten und den baumelnden Schläfenlocken, wie Sie sie vielleicht mal im Londoner Osten zu Gesicht bekommen haben, Colonel, falls Sie jemals dort gewesen sind.«

»Ja, genau dort... Dort sieht man sie in derselben Aufmachung, Sir. Zu denen ist er gegangen und hat gesagt, er sei ein Waisenjunge, denn so hat er sich überall bezeichnet, als hätte er auch keine Mutter mehr, und die haben ihn daraufhin die richtigen Melodien gelehrt und ihn bei sich Bar Mizwa werden lassen und für Gebäck und Getränke gesorgt, und so begannen seine eigenartigen Verbindungen zu ihnen, die bis heute andauern. Ich habe mir diese Leute gründlich vorgenommen, um Licht in diese Beziehung zu bringen, denn er gehört keinesfalls zu ihnen, könnte es auch beim besten Willen nicht, denn als Sepharde, Freidenker und Zionist steht er ihnen ohnehin gänzlich fern. Trotzdem knüpften sich gewisse freundschaftliche Bande, zunächst auf der Basis gegenseitigen Nutzens, zu dem sich bald verhaltene Zuneigung gesellte, denn selbst ein hermetisch abgeschlossenes, totales System braucht ein geheimes Schlupfloch, einen Mann für besondere Aufträge, der ungehindert kommen und gehen kann, und dieser sollte besser keiner von ihnen sein, weil das eine unkontrollierbare Bresche hätte schlagen können, sondern gerade so ein fremder, komischer Vogel, ein dubioser Waisenknabe, von dem man sich jederzeit wieder distanzieren konnte. Er war ihnen also zu Diensten, formulierte beispielsweise englische Briefe an reiche Juden in Amerika, verhandelte mit Arabern über Immobilien, verfertigte Nachrichtenkurzfassungen anhand der Tageszeitungen, deren Lektüre ihnen nach ihren Regeln verboten ist, und all das für Geld oder Geldeswert, wobei sie ihm keinerlei religiöse Verpflichtungen auferlegten, ja nicht einmal eine Kopfbedeckung verlangten. Schon als Jüngling ging er barhäuptig bei ihrem greisen Rabbi aus und ein und sprach ihn zwar respektvoll, aber auf gleichberechtigter Ebene an. Dabei betrachtete er sich keineswegs als Renegaten, ging sogar selber regelmäßig in die Synagoge, allerdings nie in ihre, sondern in die sephardische, unter seinesgleichen, wo die Melodien ihm vertraut waren und die Gottesdienste zügiger vonstatten gingen. Wenn er dort betete, stülpte er sich natürlich auch einen roten türkischen Fez auf. Aber er bestand energisch darauf, nicht als Frommer bezeichnet zu werden, denn nichts war ihm wichtiger als seine Freiheit.«

»An Gott selber wohl ja, Sir, was er allerdings nicht klar bekennt. Jedenfalls hat er die Antwort auf diese Frage verweigert, obwohl ich sie ihm mit besonderem Feingefühl gestellt habe. Sie sei zu intim, hat er behauptet.«

»Nein, Sir, ein Jude muß nicht an Gott glauben, sollte es aber möglichst, weil ihm nicht viel anderes zu glauben übrigbleibt.«

»Die Identität, sagen Sie, Sir? Darauf sollen wir uns einlassen? Sie ist doch wie ein tückisches Moor, in das die Juden sich anfangs voller Vertrauen begeben, mit dem Ergebnis, daß sie sich am Ende verirren und zu versinken drohen. Ich ermüde Sie ohnehin schon über Gebühr.«

»Mit Begeisterung, Sir.«

»Mit dem größten Vergnügen, Sir, ich habe da auch meine eigene Hypothese. Aber erstmal sollten wir vielleicht bei der Geschichte selbst bleiben. Über diese Sekte möchte ich noch etwas sagen, denn seit dem Tag seiner Verhaftung folgen sie ihm und jedem, der mit ihm zu tun hat, geräuschlos wie ein Vogelschwarm – wie Raben etwa, die einen umringen, alle gleich aussehend und doch jeder mit seiner klar bestimmten Rolle und Position. Schon in jener ersten Schneenacht, als ich zum Turmgefängnis eilte, sah ich den ersten dieser Vögel in eine Gasse gedrückt stehen und seiner Haltung war ganz unmißverständlich anzumerken, daß er den Kundschafter spielte. Man hatte dem Mann sogar den Schirm mitgegeben, der bei ihnen wie ein Gewehr bei der Wachablösung von Hand zu Hand geht. Und seit jener Nacht folgt mir immer einer von denen auf Schritt und Tritt, in Gassen und Läden, treppauf, treppab, doch wenn ich ihnen näherkomme, entwischen sie mir. Sie scheinen nur darauf aus, mir vom Gesicht abzulesen, ob der Häftling etwas ausgesagt hat, was sie kompromittieren könnte.«

»Jawohl, Sir, sie sind eingehend vernommen worden, mit Hilfe eines Dolmetschers, Sir.«

»Jiddisch, Sir. Anscheinend hatten sie keine Ahnung von seinen Aktivitäten, stehen seinen finsteren Vorhaben überhaupt völlig fern: England, Türkei – das alles ist ihnen Schall und Rauch, aber sie fürchten, es könnte etwas von seiner Schuld auf sie abfärben; andererseits bringen sie es auch nicht fertig, ihm ihre Solidarität zu entziehen, wahrscheinlich fühlen sie sich seit dem Vorsingen bei der Bar Mizwa mit ihm verbunden.

Aber zurück zu seiner Geschichte. Der dunkelhaarige, bebrillte, eher reizlose Jüngling wuchs unabhängig heran, ein *Luftmensch*, ein *homo politicus*, der zwischen den Identitäten in Jerusalem lavierte, seine politischen Anschauungen differenzierte und sich eifrig Sprachen aneignete – gewissermaßen als Schlüsselbund zu einem Haus mit vielen Türen. Er war noch immer Junggeselle, noch immer in der Seele getroffen von jenem Mutterschoß und den Schreien der gebärenden Frau. 1905, als er achtzehn Jahre zählte, verstarb seine Großmutter in gesegnetem Alter – eigentlich die einzige Person, die er wirklich geliebt hatte. Seine jüngere Schwester, die sich schon mit zehn Jahren als Braut gesehen hatte, wurde schließlich mit einem nordafrikanischen Juden aus wohlhabendem Hause verheiratet, der mit seinem Vater nach Jerusalem gekommen war, weil letzterer sich dort eine Grabstelle kaufen wollte, die er aufgrund seines plötzlichen Todes umgehend belegte. Danach nahm der Sohn seine junge Frau und deren Mutter nach Marseille mit und lud auch seinen Schwager, der bereits einen Posten als Gerichtsschreiber innehatte, dazu ein, ihnen zu folgen, aber dieser lehnte strikt ab, denn er hoffte noch auf günstige politische Entwicklungen im Norden, die in der Tat stattfanden, als die Jungtürken 1908 ihren erfolgreichen Aufstand veranstalteten, die Macht übernahmen und einen Vielvölkerstaat proklamierten, was ihm derart das

Herz erfrischte, daß er beschloß, Rechtswissenschaft zu studieren und das türkische Parlament anzupeilen. Also vermietete er seine zwei Zimmer in der früheren Klinik, die zum Pilgerhospiz geworden war, verstaute seine Habseligkeiten im Keller, übergab die alte Kleidung seines Vaters, bis auf einen großen, warmen Mantel, der Armenhilfe, ließ sich Visitenkarten als Journalist drucken, obwohl er noch für keine Zeitung korrespondierte, und fuhr im Spätsommer 1908 mit der Eisenbahn nach Jaffa. Zum ersten Mal in seinem Leben kam er aus Jerusalem heraus, aber er blickte nicht zu den vorbeiziehenden Bergen und Hügeln auf, sondern starrte nur gesenkten Kopfes auf den Koffer zwischen seinen Beinen und den Mantel seines Vaters neben sich, denn er wollte Jerusalem verlassen, ohne Palästina kennenzulernen, er weigerte sich, den Weg zu erforschen, auf dem sein Vater ihn und seine Familie verlassen hatte. Auf dem Bahnhof in Jaffa nahm er eine schwarze Droschke direkt zum Hafen und schiffte sich gen Norden nach Konstantinopel ein. Zwei Tage später, gegen Abend, ankerte das Schiff in Beirut, dieser bekanntlich schönen, aufstrebenden, amüsierfreudigen Stadt. Alle Passagiere hasteten an Land – außer ihm, wie er erzählt, denn er hatte beschlossen, nicht von der Stelle zu weichen, er blieb also auf dem leeren Schiff, schritt an Deck auf und ab, betrachtete die glitzernden Lichter der Stadt, in der sein Vater verlustig gegangen war, lauschte dem Lachen und Singen, das vom Strand heraufschallte. Gegen Mitternacht kehrten die ersten Passagiere in ihre Kabinen zurück, aber er verließ das Deck nicht, sah die Lichter langsam verlöschen, während Gelächter und Gesang erstarben und ein später Mond aufging. Da vernahm er eine Art Jammern, wie er sagte, Sir, als wimmere ein starkes Riesenbaby dort in der Stadt, meinte er, und mit fliegenden Händen packte er nun seinen Koffer und hastete an Land, passierte die Wachkontrolle, lief durch die engen Straßen, vorbei an Grüppchen von Nachtschwärmern auf dem Heimweg und an Passagieren, die ihren Schiffen zustrebten, und hörte immer noch dieses Wimmern, als er durch gewundene Gassen der Altstadt zustrebte, an den Bahnhof gelangte, dort hastig die Gleise überquerte und von einem steil aufwärts führenden Gäßchen verschlungen wurde, in dem er ein Hotel entdeckte, eine kleine Herberge für Reisende, die eine Übernachtungsmöglichkeit suchten, und darin hörte er Stimmen, ein Licht schwankte im Vorraum, und er fragte, ob ein Zimmer für ihn frei sei, was man bejahte, worauf er die Treppe hinaufging, den Koffer aufs Bett warf und auf den Balkon hinaustrat, um auf den vom Mondlicht überfluteten Bahnhof hinabzublicken, dessen Gleise nach Norden weiterführten und nach Süden zurückkehrten, und danach öffnete er die knarrende Schranktür und hängte den alten Mantel seines Vaters hinein, und so blieb er dort sechs Jahre hängen.«

»Ja, Sir, sechs Jahre blieb er in jener Stadt, bis zum Ausbruch dieses Weltkriegs, und zwar in derselben Herberge, im selben Zimmer, und es ist fraglich, ob er sich ohne den Krieg je daraus hätte befreien können – als hielte ihn dieser Ort an dem Bahnhof, an dem sein Vater umgekommen war, mit eisernem Griff fest. Und wieder habe ich mich gefragt, ob dieser Verrat, diese Spionagetätigkeit, die er Jahre später aufnahm, nicht dort in Beirut ihren Ursprung hatte, aber all meine Nachforschungen diesbezüglich, ob die Türken ihn nicht schon damals als eine Art Verbindungsmann eingeschleust haben, sind ergebnislos verlaufen.«

»Ja, Colonel, eine eingehende Untersuchung, rund um die Uhr, keinen Stein habe ich auf dem andern gelassen. Wenn die Türken damals dahinter gesteckt hätten, ich hätte sie letzten Endes entdeckt. Aber nein, Sir, weder Türken noch sonstwer, nicht einmal Deutsche. Die ganze Affäre scheint ausschließlich seinem stürmischen Geist und seiner verworrenen Seele entsprungen. Das scheint mir auch der Kern dieser Geschichte. Und wenn wir dachten, wir könnten aus diesem Fall etwas darüber lernen, wie man künftig Spione und Verräter erkennt, so haben wir uns getäuscht, denn jeder Mensch ist offenbar ein Fall für sich mit seiner ureigenen Geschichte, auch dieser Mani, der sechs Jahre in Beirut gesessen hat, angeblich zu Studienzwecken, und auch tatsächlich an der Amerikanischen Universität dort eingeschrieben war, wobei ihm sein britischer Paß zugute kam. Die Mieteinnahmen aus dem Haus in Jerusalem reichten ihm für Unterkunft mit Frühstück, den übrigen Unterhalt verdiente er sich mit Gelegenheitstätigkeiten als Fremdenführer, Dolmetscher und Hotelvermittler, denn in jenen Jahren war Beirut eine beliebte Durchgangsstation für Fremde. Die Stadt erlebte einen regen Aufschwung, diente Deutschen, Franzosen, Briten sowie auch Amerikanern, Russen und Österreichern als Tor zum gesamten Orient. Pilger, Archäologen, Missionare und Journalisten, die den Nahen Osten entdeckt hatten, machten auf der Durchreise Halt, ebenso wie natürlich Juden jeglicher Herkunft. Auch ein Büro der Zionistenorganisation wurde eröffnet, um die Angelegenheiten der aus Osteuropa und den russischen Steppen Einwanderungswilligen zu regeln – mittellose junge Leute, die weder eine Einreisegenehmigung für das Osmanische Reich im allgemeinen und Palästina im besonderen noch die finanziellen Mittel für die Schiffspassage dorthin besaßen und sich daher zu Fuß durchschlagen und heimlich hier einschmuggeln wollten. Die pickte er bei seinen allabendlichen Runden am Bahnhof aus der Menge auf, sobald sie aus den Waggons kletterten – blasse junge Russen und Russinnen, immer noch auf der Flucht vor den Nachwirkungen der fehlgeschlagenen Revolution von 1905. Zerzaust und verdreckt, mit Sandalen an den nackten Füßen und verschnürten Bündeln über den Schultern stießen sie gleich auf dem Bahnsteig auf diesen dunkelhaarigen, bebrillten palästinensischen Juden mit kleiner Krawatte, der sie auf Hebräisch anzusprechen suchte, falls nötig zu Französisch wechselte, sogar ein paar Brocken Russisch konnte er. Unterdessen dirigierte er sie zu billigen Unterkünften in der Oberstadt, von denen er eine bescheidene Kommission erhielt, empfahl ihnen einfache Garküchen, erzählte von Erez Israel und erklärte, wie sie zum Zionistenbüro kämen. Weiteren Kontakt unterhielt er jedoch nicht mit ihnen. Und von Frauen hielt er sich immer noch fern, als bedränge ihn nach wie vor die Erinnerung des Zwölfjährigen an jenem Wintertag in seinem leeren

Haus, als jener Schlund sich vor ihm aufgetan und er geglaubt hatte, nicht ein Akt des Gebens, sondern einer des unersättlichen Verschlingens nähme seinen Anfang. Außerdem war er ja auch noch Student.«

»Ja, Sir, ein pflichtbewußter Student, der jeden Morgen zur Amerikanischen Universität hinaufging und sich sechs Jahre lang als ein – wenn auch langsam vorankommender – Studiosus betrachtete, der wegen seines Cambridge-Englisch eine Sonderstellung einnahm. Seine Prüfungen und Abschlußklausuren zogen sich über Jahre hin, denn er verbrachte viel Zeit mit der Lektüre von Zeitungen und Zeitschriften in der Bibliothek. Schließlich hatte er sich ja schon mit zwölf Jahren seine Lehrer und Unterrichtsfächer selbständig gewählt, und das konnte er nun erst recht an dieser Hochschule, an der eine bunte Vielzahl unterschiedlich vorgebildeter Studenten aus aller Herren Länder eingeschrieben waren. Im Rahmen seines selbst zusammengestellten Studiengangs mit Schwerpunkt auf Politologie und Jura studierte er die Gesetze der türkischen Mejelle, amerikanisches Verfassungsrecht und die Philosophie des Korans, belegte aber auch Vorlesungen über englische Dichtung, sumerische Archäologie und byzantinische Ikonenmalerei, er plante überhaupt sein Studium gründlich und ohne Hast, und wenn er einem bestimmten Unterrichtsfach nicht völlig hatte folgen können, wartete er ein, zwei Jahre und belegte es erneut. Nachmittags vertiefte er seine praktische Ausbildung, das heißt, er besuchte Versammlungen von Drusen, Schiiten, kommunistischen Christen, Maroniten, Katholiken und allen möglichen Religionsführern, er war ein Wanderer zwischen den Identitäten, wenngleich diese damals bereits ein buntes Gemisch darstellten, wovon schon ein Gang durch die Hauptstraße Beiruts ein lebendiges Zeugnis ablegte. Natürlich vergaß er auch die sephardische Synagoge nicht, die er regelmäßig jeden Freitagabend besuchte, aber mit den übrigen Religionsgesetzen nahm er es weniger genau. So hielt er sich beispielsweise nicht an die Speisevorschriften, hütete sich jedoch, am Sabbat Feuer anzuzünden. Sein Ziel war und blieb die Politik, die er voller Respekt als eine geschlossene Staatswissenschaft mit tiefgehender eigener Logik und Kausalität ansah. Die Ereignisse, die Europa samt dem Balkan in Atem hielten, zogen ihn machtvoll mit in ihren Bann, und der nahende Krieg wühlte ihn auf. Seine Mutter und Schwester bestürmten ihn, zu ihnen nach Marseille zu kommen, aber er lehnte ab. Inzwischen verhärtete sich die türkische Haltung, überall tauchten die Deutschen auf, Fremde wurden ausgewiesen, und er fürchtete sich, das Osmanische Reich zu verlassen, aus Angst, daß man ihn womöglich nicht wieder hineinlassen würde. Der britische Paß brannte ihm wie eine glühende Kohle in der Tasche, und zu allem Übel fiel ihm im Winter 1913/14 noch ein Baby in den Schoß, ein mutterloses obendrein.«

»Ein wahrhaftiges Baby, Sir, dessen Mutter kurz nach der Geburt – in demselben Zimmer, in dem seit nunmehr bald sechs Jahren der graue Mantel seines Vaters hing – gestorben war. Das Kind mußte bei den Polizeibehörden registriert werden, wo schon deutsche Offiziere ihre Nase überall reinsteckten und sich in der stickigen, feindlichen Vorkriegsatmosphäre über diesen dünnen, bebrillten erez-israelischen Studenten wunderten, diesen Journalisten ohne Journal, der den Säugling jeden Morgen zu einer drusischen Amme, einer Beiruter Markthändlerin, brachte. Bis das Kind sich satt getrunken hatte, saß er dabei und las auch mal eine Zeitung, die dort auf dem Boden herumflatterte. Die Blätter waren zwar alt, aber immerhin neu genug, um ihnen zu entnehmen, daß Europa bereits in Flammen stand und die Türkei ebenfalls bald in den Krieg eintreten würde, und mit derselben Abruptheit, mit der er im Spätsommer 1908 in der Stadt eingetroffen war, verließ er sie nun im Spätsommer 1914, nahm einfach seines Vaters Mantel vom Bügel, wickelte das Baby hinein und machte sich gen Süden in seine Heimatstadt auf, die ihm, verglichen mit Beirut, in ihrem harten, trockenen Licht armselig und trübsinnig erschien. In Kerem Awraham angekommen, fand er das Haus vollbesetzt, denn jeder Mieter hatte inzwischen noch einen weiteren bei sich untergebracht, so daß für den Vermieter kein Eckchen mehr frei war. Darauf eilte er zu seinen Leuten von der Sekte, diesen Chassidim, pochte – das in den alten Mantel seines Vaters gehüllte Kind auf den Armen – dort an die Tür und sagte: ›Findet mir eine Frau.‹ Sie wunderten sich nicht weiter über sein plötzliches Auftauchen, denn es ist ihre Art, über nichts in der Welt zu staunen, um den Geist für die himmlischen Dinge freizuhalten, und so fragten sie ihn nur: ›Eine Frau, die sich um dein Kind kümmert, oder eine, die dir weitere schenkt?‹ Worauf er erwiderte: ›Laßt mich darüber nachdenken‹, und so stand er und dachte darüber nach, und als er nachgedacht hatte, sagte er: ›Eine Frau, die sich um das Kind *und* um mich kümmert.‹ Nun, Sir, obwohl sie in ihren eigenen Reihen durchaus ledige Frauen – junge Witwen und Geschiedene – haben, die auf Befehl jeden heiraten würden, brachten sie ihm keine von diesen. Auch wenn sie es niemals aussprechen würden, allzu nahe sollte er ihnen doch nicht kommen. Die Vermischung der jüdischen Gemeinden war nun auch ganz und gar nicht ihre Sache, und so fanden sie nach einigem Suchen schließlich eine hübsche, unfruchtbare Frau von etwa vierzig Jahren – dreizehn Jahre älter als er –, die Ende des letzten Jahrhunderts aus Mesopotamien eingewandert war. Sie hatte schon zwei Männer gehabt – von denen der eine gestorben, der andere von ihr geschieden war – und brachte etwas Besitz sowie einen kleinen Andenkenladen in der Altstadt zwischen dem jüdischen und dem armenischen Viertel in die Verbindung ein. Sie nahm sich sofort hingebungsvoll des Kindes an und ließ den Vater bei sich einziehen, wo er in den Kissen und Federbetten seiner beiden Vorgänger versank, seinen britischen Paß unter der Matratze verbarg und den ganzen Winter 1915 in einer Art Winterschlaf verdämmerte, während die großen Heere sich auf den Schlachtfeldern trafen und ihr Blut Europas Flüsse rot färbte. Seine frischgebackene Ehefrau kochte ihm babylonische Speisen, die sie ihm ans Bett brachte, als wäre er ein Schwerkranker, der der Genesung bedürfte, und auch der Kleine aß mit ihm, in Liebe geborgen und mit Leckerbissen gemästet. Doch selbst dort, tief in den Federn, betrachtete er sich weiter als *homo politicus*, schickte daher seine Frau immer wieder aus, ihm in ganz Jerusalem Zeitungen zu besorgen, und las zwischen Kissen und Betten alles Erdenkliche, auch Blätter, die mit erheblicher Verzögerung eingetroffen waren, las also über Tote, als seien sie noch am Leben, studierte die abgedruckten Landkarten, brütete über Stellungen, die längst erobert, und über Fronten, die bereits gefallen waren. Nach und nach erst kam er aus seiner Höhle heraus in dieses durch den Krieg jenseits des Meeres noch mehr verarmte Jerusalem und nahm, den türkischen Fez auf dem Kopf, sein Lavieren zwischen den Identitäten wieder auf. Morgens saß er mit den Arabern der Altstadt im Kaffeehaus, um kleinere Streitigkeiten zu schlichten oder ihnen gerichtliche Gesuche aufzusetzen, denn er bezeichnete sich als Rechtsgelehrten, obwohl er kein Abschlußzeugnis aus Beirut mitgebracht hatte, kehrte mittags nach Hause zurück, wo er ein tiefes Schläfchen hielt, und ging in derselben Kleidung – nur jetzt mit weißem Hut – in die Neustadt, um einen religiösen deutsch-jüdischen Professor in arabischer Grammatik zu unterrichten; anschließend sprach er in der sephardischen Synagoge das Nachmittagsgebet und eilte dann zu seinen Sektenleuten, um ihnen englische Briefe zu übersetzen. Nach dem Abendessen daheim mit Frau und Kind machte er sich – barhäuptig – auf den Weg in den Zionistenclub, wo er zusammen mit dem dösenden türkischen Geheimpolizisten in der letzten Reihe hockte und den Ansprachen und Diskussionen lauschte oder hin und wieder etwas im Namen der Alteingesessenen fragte. Spät nachts trat er den Heimweg an, brachte im Geist alle gehörten Redner zum Schweigen und sagte ihnen gründlich die Meinung, aber er war immer noch weit davon entfernt, antienglische Gedanken zu hegen, ja, er glaubte nicht einmal, daß England hier überhaupt einmarschieren wollte. Falls sich die Idee von Verrat damals tatsächlich schon in sein Herz eingeschlichen haben sollte, war sie nichts als ein heimlicher, unerkannter Same, dürr wie ein Kieselsteinchen, gleich einem auf trockenen Boden gefallenen Kern, eher eine leere Fruchthülse denn der Keim eines neuen Baumes. Und so zogen die Jahre ins Land, bis Anfang 1917 das Expeditionskorps Ägypten erreichte, die Wüste durchquerte und Großbritannien vor den Toren Palästinas stand, wo am 9. Januar bekanntlich Rafiach eingenommen wurde, Sir.«

»Lieutenant General Philip Chatwood mit seinen australischen und neuseeländischen Kavallerietruppen, Sir, ein kurzes, leichtes Gefecht. Anfang Februar war die Nachricht gerüchteweise bis Jerusalem durchgedrungen, wo sie erhebliche Aufregung auslöste. Ganz aufgewühlt sei er gewesen, hat mir dieser Mani erzählt, er habe gebebt vor Erregung. Wieso diese Erschütterung, habe ich mich gefragt, war das vielleicht der Ruck, der den trockenen, scheinbar toten Kern in die warme, dunkle Bodenritze beförderte, die ihn umschließen sollte?«

»Ja, das heißt, Sir... das heißt... Verzeihung... was ich sagen wollte, mal literarisch ausgedrückt: Keimte hier im Kern schon der Verrat, der später mit Macht ins Kraut schießen sollte? Wie ist der Schock eines Mannes zu erklären, der sich als Staatswissenschaftler, als *homo politicus* bezeichnet, den Krieg über in Jerusalem bleibt, den Blick gen Norden gerichtet und ohne auf das, was hinter sich vorgeht, zu achten? Was hatte er denn gehofft? War das nicht noch der Junge, der darauf wartete, sein Vater möge nach Hause kommen? Und da, als Großbritannien im Süden einmarschierte, erbebte er auf einmal, als habe der Vater insgeheim Palästina umrundet und kehre von Süden her zurück.«

»Im übertragenen Sinne, Sir, sein Vater nur als Metapher...«

»Verzeihung, Sir, eine Information noch...«

»Ganz wie Sie wünschen, Colonel... gewiß doch...«

»Ja, bestimmt, Sir, das strebe ich an, es wird zu einer Integration kommen, verzeihen Sie, Verzeihung.«

»Auf dem schnellsten Wege, zweifellos, Sir. Auch die Ereignisse folgten einander ja Schlag auf Schlag, denn die Armeen zielten auf den Zusammenprall, und obwohl wir im März eine beschämende Niederlage in Gaza erlebten, war doch allen klar, daß das nicht das Ende des gesamten Feldzugs bedeutete. Im Sommer dann sickerten die Nachrichten nur vage und tröpfchenweise nach Jerusalem, nicht etwa weil die Türken sie zurückzuhalten suchten, sondern weil sie selbst nicht wußten, wo der aus England eingetroffene ›Bulle‹, unser verehrter Sir Edmund, der Ende des Sommers Heer und Kavallerie ins Heilige Land vorgeschoben hatte, lospreschen würde. Nun nahte der Herbst, Sir, der sich jedoch nur durch einen leichten Steppenwind vom Sommer unterscheidet, und mit ihm die Zeit der jüdischen Feiertage, denn jetzt beginnt man das neue Jahr, steht mitten in der Nacht auf und stößt in ein merkwürdiges Widderhorn. Da spürte er den Südwind und machte sich eines Tages auf, zog den britischen Paß unter der Matratze hervor, nähte ihn in den alten Mantel ein und fuhr nach Bethlehem, wo alles beim Alten geblieben schien: die Türken regten sich träge, die Araber dösten vor sich hin, nur in den Augen der Juden sah er einen weichen Glanz, so daß er den Kopf ein wenig reckte, als suche er fremde Stimmen auszumachen. Am Laubhüttenfest schloß er sich einer Gruppe Juden an, die nach Hebron wollten, um dort zu beten, doch auf halber Strecke versperrte ihnen ein türkischer Heereszug – unterwegs nach Gaza – die Straße, worauf er von der Hauptroute abwich und sich von einem Karren mitnehmen ließ, der in die judäische Wüste hinabfuhr. Es war Nachmittag, die Sonne ging bereits unter, da zog eine gemischte türkische Schar von Infanterie und Kavallerie vorüber, ein fröhliches türkisches Lied singend, als hätte sie den Heimweg angetreten. Aber ein Offizier beorderte den Karren barsch zum Straßenrand und befahl den Insassen, sich nicht von der Stelle zu rühren, wobei Mani in diesem Moment noch nicht wußte, daß mit dem letzten türkischen Soldaten, der an ihm vorüberzog, auch die vierhundertjährige Türkenherrschaft, die einzige Obrigkeit, die er im Leben gekannt hatte, wie ein flüchtiger Wind von der Erde verschwunden war. So blieben sie in diesem Niemandsland südlich von Hebron, auf dem Weg nach Beer Scheva, wo unweit ein paar Nomadenzelte standen, in denen sie Aufnahme suchten und fanden. Es war der 31. Oktober, doch Mani wußte nicht, daß Sir Edmund an diesem Tag Beer Scheva eingenommen hatte. Bei Einbruch der Nacht entzündeten sie ein wärmendes Feuer und blieben dort.«

»Nun, ich würde sagen, nicht gerade freudig, Sir, eher in gespannter Erwartung. Er suchte den Kontakt, obwohl er dessen Folgen noch nicht abzuschätzen vermochte, wußte nur, daß er, wenn er blieb, nicht mehr würde zurückkehren können. Und der Kontakt ließ auch nicht lange auf sich warten. Am nächsten Morgen war er schon von Chatwoods Kavalleriesoldaten umringt – unter Captain William Daggett von der Quartiermeisterei des 67. Regiments, dessen Aussage dieser Akte hier beiliegt, Sir. Er wird morgen als erster Zeuge der Anklage in den Zeugenstand treten, ein wackerer, von Chatwood hochgeschätzter Offizier und ein stolzer, jähzorniger alter Schotte, der zunächst die Aussage verweigerte und erst zwei Tage eingesperrt werden mußte, ehe er die Geschichte endlich preisgab.«

»Genau, Sir, genau der, ein siebzigjähriger Offizier, der in Pferde vernarrt ist, als stamme er selbst von ihnen ab. In der gesamten Edinburgher Gegend ist er die graue Eminenz bei jedem Pferderennen, und sein ganzes Lebensziel besteht darin, bessere und schnellere Rennpferde zu züchten, die für ihn gewinnen. Deshalb ist sein Leben eine einzige Suche nach dem edelsten, vortrefflichsten Tier. Bei Kriegsausbruch hat er sich augenblicklich zum Dienst gemeldet, obwohl er in seinem Alter nun wahrhaftig nicht wehrpflichtig war, und wurde sofort zum Oberstallmeister des 67. Kavallerieregiments ernannt, mit dem er nach Frankreich kam, wo er sich in erster Linie in Gestüten umsah. Überhaupt scheint er den Krieg als eine Art gigantisches Pferderennen zu betrachten, bei dem bloß nicht ersichtlich ist, warum die Jockeys aufeinander schießen. Als die Pferde samt Reitern in Europa fielen und starben und Panzer an ihre Stelle traten, verfinsterte sich sein Gemüt, und er wandte den Blick gen Osten, ›mein Herz ist im Osten, doch ich bin am Ende des Westens‹, und schloß sich Allenbys Stab an, damit er übers Meer fahren und dort vielleicht das verlorene Stammroß, den herrlichen arabischen

Urhengst finden könnte, um ihn auf ein Schiff zu verfrachten und zu bewunderndem Erstaunen sämtlicher Freunde und Bekannte nach Edinburgh zu schicken. All sein Streben galt diesem Pferd, das er finden wollte, ja dieser ganze große Krieg, von dem ermordeten Herzog von Sarajevo bis zu den Millionen Gefallenen bei Verdun, hatte in seinen Augen nur den einzigen Zweck, ihn in die arabischen Wüsten zu bringen, um dieses besagte Pferd aufzutreiben. So zieht er von Ort zu Ort, um Pferde und Kamele für sein Regiment zu beschaffen, und hält dabei ständig die Augen offen. Kaum war die Eroberung Beer Schevas abgeschlossen – die brennenden Häuser rauchten noch, man barg die Verwundeten und Gefallenen –, hatte er schon seinen karierten Kilt angelegt und seine Getreuen und zwei Dolmetscher versammelt und galoppierte sodann über die kahlen Höhen der judäischen Wüste, auf der Suche nach dem heißersehnten Roß.«

»Danke, Sir, herzlich gern, noch ein kleines Gläschen. Beim König, es regnet schon wieder, und es tut mir so leid, daß ich Ihre Geduld derart strapaziere, aber unser Dekan in Cambridge hat uns immer gesagt, ›Gott steckt im Detail‹, was offenbar nicht nur für Gott als Ästhetiker, sondern auch für Gott als Juristen gilt, und hier ist wirklich jede Einzelheit wichtig, denn an diesem Punkt hat sich unser Angeklagter in das britische Militär eingeklinkt, und ohne Captain Daggetts Spleen wäre es ihm nie gelungen, so rasch bis in die innersten Bereiche des Hauptquartiers vorzudringen.«

»Sehr richtig, Sir, und ohne jegliche Überprüfung, denn Captain Daggetts Herz gehört den Pferden, weswegen er von einem Beduinenzelt zum nächsten galoppiert, jeweils befiehlt, ihm sämtliche Pferde vorzuführen und sie vor ihm aufzureihen, worauf er ihnen Gebiß und Fesseln prüft und seinen leisen, ihm eigenen schottischen Pfiff ausstößt, auf den jedes Pferd der Welt mit einem bestimmten Wedeln der Ohren reagiert, das er allein zu deuten weiß. Danach wartet er, bis das Tier seine Äpfel fallen läßt, um daran zu schnuppern und zu erfahren, was es im Bauch hat.«

»Jawohl, Sir, ich habe es mit eigenen Augen gesehen, eine

feine Kennerschaft, die unmerklich an Wahnsinn grenzt. Dann wird der Besitzer des jeweiligen Pferdes herbeigeholt, um seinen Stammbaum anzugeben, und nun treten die beiden von der Sonne Kairos versengten Dolmetscher auf den Plan – frisch weg aus dem Oxforder Queens College mobilisiert, wo sie bei Orientalistikprofessoren studierten, die niemals östlich der Themse gewesen und jetzt von einer derartigen Ehrfurcht vor dem Captain beseelt sind, daß das bißchen Arabisch, das sie vielleicht können, sie auch noch im Stich läßt. Der Captain stellt also den Beduinen eine Frage, worauf die Dolmetscher die Köpfe zusammenstecken, eifrig im Wörterbuch Begriffe nachschlagen, deren Bedeutung ihnen auch im Englischen oft nicht recht geläufig sein dürfte, und sich schließlich flüsternd auf eine Endfassung beraten, während die Beduinen immer noch geduldig abwarten und der alte Captain vor Wut rot anläuft, bis zum Schluß das erlösende Wort in der ihnen eigenen entstellenden Aussprache fällt, und die Gesichter der Beduinen sich vor Zorn erst dunkelrot, dann fast weiß färben, bevor sie auf den Boden spucken und kehrtmachen, einfach die Zelte abbrechen und mit all ihrem Besitz am fernen Horizont verschwinden, so daß nichts weiter zurückbleibt als ein Staubwirbel, während die beschämten Dolmetscher keinen Schimmer haben, wo der Fehler gelegen hat.«

»Möglich, Colonel, daß meine Phantasie hier etwas mit mir durchgeht, aber es scheint mir doch gerechtfertigt, um die Begeisterung zu erklären, die unseren Captain erfaßte, als an jenem Morgen des 1. November Mr. Mani – unrasiert und in seinem von einer schlaflosen Nacht zerknitterten schwarzen Anzug – auf ihn zukam und ihn musterte, wie er ein Pferd umkreiste, seinen schottischen Pfiff ausstieß und auf die Pferdeäpfel wartete, während die zitternden Dolmetscher mit den Zungen schnalzten und die Beduinen schon trübe dreinblickten, weil sie wußten, daß man ihnen die Pferde wegnehmen würde, er also einfach ruhig nähertrat, die Soldaten mitsamt ihren Uniformen, Waffen und Zaumzeugen dabei förmlich mit Blicken durchbohrte – denn bisher hatte er Briten nur in

Zivilkleidung gesehen – und auf einmal den Mund auftat, um dem Captain in reinstem, fließenden Schottisch der School of Bible eine Lektion über Pferde zu übersetzen. Kein Wunder, daß Mr. Mani noch am selben Nachmittag inmitten von Pferden und Reitern ehrenvoll an der Seite des Captains geführt wurde, der in ihm seinen wahrhaft gottgesandten Retter erblickte – festgezurrt auf dem konfiszierten Pferd, Roß und Reiter in seinen Augen eins geworden –, und gegen Abend in Beer Scheva eintraf, wo man ihn zur türkischen Gouverneursresidenz brachte, auf der bereits der Union Jack flatterte. Und wenn Sie mir eine persönliche Bemerkung erlauben, Sir – ich selber war damals mit dem Stab der Brigade in eben diesem Gebäude damit beschäftigt, türkische Urkunden in Kisten zu verpacken, die Toten zu identifizieren und die Verwundeten zuzudecken, damit sie im Licht der untergehenden Wüstensonne in Ruhe sterben konnten, und dort, inmitten der zurückscheuenden Pferde sah ich ihn zum erstenmal – inzwischen von seinem Pferd losgebunden, die Züge alt, bleich und erschöpft. So kam er, über Glassplitter und leere türkische Patronenhülsen, die im Abendschimmer glühten, die Stufen herauf, wirkte aber nicht wie ein Engländer, Jude, Araber, Türke oder sonstwer, obwohl er hier einheimischer war als alle anderen. Ob er damals schon an Verrat gedacht hat?«

»Es war am 1. November 1917, Sir, gegen Abend.«

»Ja, Colonel.«

»Nein, Colonel.«

»Gewiß, Sir.«

»Vorerst nicht, Sir. Von Stund an fungierte er als Hauptdolmetscher der Division, und da er auch türkisch sprach, wurde er bald unentbehrlich. Er behauptet, der Gedanke an Verrat sei damals noch nicht in ihm aufgekeimt, denn dem kalten Samen, der sich in die dunkle, trockene Erdritze gebohrt hatte, fehlte noch die belebende Feuchtigkeit.«

»Ja, Sir, so hat er sich bei einem der nächtlichen Verhöre erklärt. Deshalb hat er auch nicht den britischen Paß hervorgezogen, den er im Mantel eingenäht trug, sondern dachte nur bitter, da geben sich wieder einmal Fremde bei uns gegenseitig die Klinke in die Hand, zögerte aber noch und beobachtete die Vorgänge stumm, um die Hintergründe aufzudecken. Gaza fiel in unsere Hände, der Durchbruch war gelungen, und unser stoßender Bulle, Sir Edmund, forcierte den Vormarsch durch die Küstenebene, die Felder im Land der Philister gen Norden über Dünen und Sümpfe und eiligst auf Jerusalem zu, um die Stadt noch vor Weihnachten einzunehmen, sie Lloyd George und dem ganzen britischen Volk zu schenken, denn dort in London erwartete man sehnsüchtig irgendeinen Sieg – zum Trost für das endlose Sterben in Verdun, denn es war ja bereits der vierte Winter ohne Entscheidung. War das die Feuchtigkeit, der der Keim des Verrats bedurfte?«

»Nein, Sir, anfangs war er ein persönlicher Gefangener des alten Schotten, der ihn in seinem Feldwagen versteckt hielt und mit ihm zwischen Beer Scheva und Gaza umherstreifte, um das ersehnte Pferd aufzutreiben. Inzwischen hatten jedoch die Leute von Aufklärung und Geheimdienst Wind von seiner Existenz bekommen und nahmen ihn dem Schotten gewaltsam weg, damit er für sie übersetzte, wobei die Oxforder Kollegen sich an seine Fersen hefteten, um zu lernen und zu staunen, denn er war ein verblüffend flinker Dolmetscher – als brauchten die Worte beim Übersetzen gar nicht erst sein Gehirn zu durchlaufen, sondern wechselten noch in der Luft Zunge, Grammatik und Klang, so daß der Sprecher meinte, die unbekannte Sprache entschlüpfe wie durch ein Wunder seiner eigenen Kehle. Unterdessen flutete das Heer gleich einem mächtigen Strom die Küstenebene entlang, rieb nacheinander die türkischen Stützpunkte auf, die so porös waren wie das sandige Gestein, auch die kleinen Dörfer ergaben sich eines nach dem anderen, und die Militärgouverneure nahmen ihn in jedes einzelne mit, damit er den Einwohnern die Anordnungen der Mandatsmacht übersetzte. So schritt er zwischen uns dahin, ein magerer, bebrillter, schweigsamer Zivilist mit glühenden Augen, in den abgewetzten Mantel seines Vaters gehüllt, noch verstört über den jähen Wandel, der sich mit ihm vollzogen hatte, seiner Stadt und seinem Sohn entrissen, ohne jede Möglichkeit, seiner Familie mitzuteilen, wo er steckte. Dabei lernte er jedoch seine Heimat kennen, weiterhin auf dem Pferd festgebunden, da er noch immer leicht hinunterfiel, wurde in die kleinsten, entlegensten arabischen Dörfer eingeführt – oft nur ein paar Lehmhütten und Zelte –, und da stand er dann, Sir, ein kleiner Zivilist inmitten der Besatzungsoffiziere mit ihren unter den Arm geklemmten Reitgerten vor einer Schar unwissender dunkler Dörfler in Burnussen und Kefiyas, denen er die Bekanntmachungen der neuen Herrschaftsmacht über die Besatzung, Ausgangssperren und ähnliches mehr übersetzte. Ja, bevor der britische Gouverneur überhaupt den Mund aufgemacht hatte, war die Übersetzung schon vorgetragen, die also gar keine eigentliche Übersetzung mehr war, sondern eine eigene kleine Ansprache, die er sich selber zusammengebraut hatte, und keiner wußte natürlich, was er da sagte. So wirkte er gar nicht mehr wie ein Dolmetscher, eher wie ein finsterer Kommissar, der dem Boden entwachsen zu sein schien und nun in Begleitung seiner Offiziere die Dörfer aufsuchte, um den Gedanken des Krieges zu erläutern. Vor sich sah er die Gesichter der Araber, die ihm mit glühender Aufmerksamkeit lauschten und gewissermaßen rochen, daß es sich bei dem jungen Mann in dem alten Mantel um einen Juden handelte, der sich zu den Briten geschlagen hatte. Stellte der Dorfälteste eine Frage, beantwortete er sie sofort voller Enthusiasmus und aus eigenem Antrieb, doch wenn der Offizier fragte, was gesagt worden sei, erwiderte er nur ›unwichtig‹, und wenn der Brite beharrte, ›aber sagen sie denen das und das‹, antwortete er, ›ich habe schon alles gesagt‹, worauf er das Palaver mit den Einheimischen beendete und den begleitenden Offizieren ein Zeichen zum Aufbruch gab.«

»Genau so, Sir, in dieser überlegenen Art, so daß es manchmal direkt schien, als hätten die Militärs Angst vor ihm. Nachdem Allenby dann am 20. November die Truppen gen Osten Richtung Jerusalem gelenkt hatte, betrat Mani eines Nachts das Hauptquartier und entdeckte dort auf dem Tisch ein Telegramm aus London – mit dem Text dieser Erklärung von Lord Balfour, die er mit Verblüffung las.«

»Das will ich meinen, Sir. Ein kurzer persönlicher Brief von Lord Arthur Balfour. Ich habe ihn der Akte beigefügt, Sir, nur als Gedächtnisstütze.«

»Außer sich, Sir, nie hatte er eine solch erfreuliche Nachricht zu dieser Zeit erwartet. Drei Wochen war er nun schon fort von zu Hause und vor allem von seinem Sohn, an dem er so sehr hängt, und rollte hier in der britischen Kriegsmaschinerie mit, die donnernd durchs Heilige Land vorpreschte – und dann auf einmal diese wunderbare, noble Absichtserklärung, völlig unerwartet, übrigens auch für jeden sonst, das sei zu seiner Ehre gesagt. Er konnte nachts nicht mehr schlafen, die Rückkehr nach Jerusalem versetzte ihn in stürmische Erregung, und so trieb er sich des Nachts zwischen Pferden, Geschützen und Wachposten herum. Regen und kalte Winde hatten bereits eingesetzt, als die Truppen langsam die judäischen Berge hinaufkrochen. Da der alte Mantel seines Vaters inzwischen völlig verschlissen war, hatte man ihm – neben festen Stiefeln – auch einen Uniformmantel gegeben, und so drängte er nun, in einem Mittelding aus Zivil- und Militärkleidung, mit der Vorhut aufwärts, spähte von den vordersten Posten aus durchs Fernglas und fand, es grenze an ein Wunder, daß er die Stadt einen Monat zuvor verlassen und sich gen Süden durchgeschlagen hatte, nun aber von Westen her mit einer Division des größten Imperiums der Welt zu ihr zurückkehrte, sie ein zweites Mal zu erobern. Am 6. Dezember, Colonel, stieß er mit der Infanterie bis Nebi Samwil vor, wo ein schweres Gefecht folgte, und von dieser Anhöhe aus sah er Jerusalem, die Stadt seiner Väter, die ihm sehr klein, trotzig und feindlich erschien. Am 7. Dezember wurde Jerusalem bekanntlich erobert, und zwei Tage später zog Sir Edmund zu Fuß an der Spitze seiner Truppen ein – die Kirchenglocken läuteten mit Macht, und die Stadtvertreter empfingen ihn mit Brot und Salz. Unser Angeklagter marschierte in der Kolonne der Eroberer mit, ein einzelner inmitten der Dudelsäcke und Australiermützen und blickte mit brennenden Augen in die

Menge, doch am Jaffator scherte er rechts aus und begab sich nach Hause, als kehre er von einem gewöhnlichen Arbeitstag heim, versank dort in den Kissen und Decken, den Sohn mit im Bett, und verließ das Haus eine Woche lang nicht mehr. Er hat keine Freunde, denen er seine Abenteuer hätte berichten können, und auch seiner Frau erzählte er nicht viel, starrte nur auf die regenüberspülte Fensterscheibe und lauschte dem Geschützdonner Lieutenant General Chatwoods, der den türkischen Gegenangriff abwehrte und die Front bis Ramallah vorschob.«

»Jawohl, Sir, eine schwere Gegenattacke, aber ich bin sicher, der Brigadier brennt darauf, Sie zu den Schauplätzen der Gefechte zu führen und Ihnen sämtliche Truppenbewegungen genau zu erläutern, und da möchte ich ihm nicht vorgreifen, zumal ich in militärischer Strategie ein ziemlicher Laie bin, Sir. Lassen Sie mich also zu unserem Angeklagten samt seiner Geschichte zurückkehren. Gegen Weihnachten also klarte der Himmel auf, und Mani ging aus dem Haus auf die Straßen, wo ein neuer Wind wehte und reges Treiben herrschte. Schon hatte man Gebäude für Kommandantur und Militärregierung konfisziert und eingezäunt, Polizisten, Beamte, Staatsmänner und Funktionäre liefen geschäftig durch die Gegend, die Juden jubelten, die Araber schienen vom Donner gerührt. Da begann es abermals heftiger zu regnen und Nebel zog auf, als hätte unsere Armee ihn eigens aus London mitgebracht, und er dachte zum zweiten Mal: ›Da geben sich wieder Fremde die Klinke in die Hand.‹«

»Sehr richtig, Sir, das habe ich ihn x-mal gefragt. Was erwartete dieser *homo politicus* denn eigentlich? Dachte er, wir würden die Stadt erobern, um die Schlüssel dann den Einheimischen zu übergeben und uns mit einer höflichen Verbeugung zurückzuziehen?«

»Trefflich gesprochen, Colonel, denn das war der entscheidende, vielleicht schicksalhafte Moment, in dem sich der Same des Verrats im Dunkeln an der feuchten Erde labte, aufbrach, in tausend winzig feine Fasern zerfiel — schwache, hilflose Spinnweben, die im Erdreich verloren schienen. Doch der weise außenstehende Beobachter konnte sehr wohl sehen, daß der Same sich in Wurzel und Stengel gespalten hatte, die einander nun mit unaufhaltsamer Kraft vorwärtsdrängten. So begab er sich aufs Hauptquartier, wo er freudig begrüßt wurde, denn im Eifer der Eroberung hatte man den treuen Dolmetscher ganz vergessen, suchte den Divisionssekretär, Major Stanford, auf und zeigte ihm seinen britischen Paß, Sir, worauf der Major ihn auf der Stelle einberief und ihm Uniform, Kappe, ja sogar eine alte Pistole sowie Kochgeschirr und Erkennungsmarke aushändigen ließ. Man erhob ihn in den Corporalsrang, sprach ihm einen Wochensold von einer Viertel Guinea zu – unser Major Clark unterzeichnete auch noch im Namen des Feldgerichtskorps –, und hinfort war er Dolmetscher im Dienste Seiner Majestät.«

»Jawohl, Sir, alle betreffenden Unterlagen sind ordnungsgemäß unterzeichnet und dieser Akte beigelegt, was für ihn wahrlich in mehrfacher Hinsicht schwer ins Gewicht fällt.«

»In der Tat, Sir, mit einer gewissen Leichtfertigkeit, ohne jede Sicherheits- und Loyalitätsüberprüfung, denn während des Herbstfeldzugs auf Jerusalem hatte man ihn ja schon kennengelernt – weswegen es nicht Wunder nimmt, Colonel, daß viele darauf brennen, ihn mitsamt den eigenhändig unterzeichneten Dokumenten zu liquidieren. Von nun an ging er tatsächlich unbehelligt im Hauptquartier ein und aus, hatte sogar einen eigenen Tisch in einem der Räume dort und übersetzte die Befehle, die der Militärgouverneur erließ. Nachts kehrte er nach Hause zurück, lag in seinem großen Bett mit der stillen Frau und seinem Sohn, schloß die Augen und halluzinierte von den Tagen, an denen er, von Offizieren umgeben, in den arabischen Dörfern Philistias Reden gehalten hatte – und auf einmal empfand er Mitleid mit den Arabern, Sir…«

»Ja, mit den Arabern, aber nur als Vorwand, nicht eigentlich, denn die Wurzel saugt alles auf, was sie im Erdendunkel findet, um den Stamm sprießen zu lassen.«

»Dazu komme ich jetzt, Sir, ich komme zum eigentlichen Punkt. Wie also ist die Enttäuschung zu erklären? Tagsüber läuft er nun, allseits geachtet, in seiner britischen Uniform herum, aber gegen Abend zieht er seinen schwarzen Anzug an, nimmt seinen Sohn an die Hand, durchquert die Altstadt vorbei an der Klagemauer und den großen Moscheen, verläßt sie durch das Misttor im Osten, steigt den Ölberg empor, auf dem sein Vater und sein Großvater begraben liegen, und gelangt zum Augusta-Viktoria-Krankenhaus und zum Tura-Malka-Kloster – alles Namen, die man auf dem Stadtplan nachschauen kann. Dort oben setzt er sich in ein kleines arabisches Kaffeehaus, lauscht den Dingen, die dort über die Kupfertabletts hinweg besprochen werden, und geht dann weiter zu Versammlungen seines eigenen Volkes, hört sich die Ansprachen an und beobachtet die Abordnungen jüdischer Würdenträger, die eiligst aus Übersee angereist sind, um sich vor Ort ein Bild von der Lage zu machen und später daheim Bericht zu erstatten. Am nördlichen Horizont dröhnt gelegentlich Kanonendonner, sporadischer träger Schußwechsel zwischen den beiden Armeen, aber die kriechende Wurzel des Verrats weiß noch immer nichts von ihren Früchten. Bis er eines Tages eines der Stabszimmer betritt, um ein Stück Konzeptpapier wegzuwerfen – das Zimmer ist leer, er hört fernes Gelächter von Offizieren, die draußen einen Tennisball herumkicken –, und da entdeckt er im Papierkorb eine aufgerollte Planskizze, die er erstmal einsteckt. Abends zu Hause erkennt er, daß er den Angriffsplan des 22. Regiments in Transjordanien mitgenommen hat, schiebt ihn zusammengefaltet in den Beutel, in dem er seinen Gebetsmantel aufbewahrt, und geht am Samstag wie gewohnt in die sephardische Synagoge in der Rabbi-Jizchak-von-Prag-Gasse. Nach Schluß des Gottesdienstes bringt er seinen Sohn heim, geht jedoch selbst nicht mit hinauf, sondern eilt auf schnellstem Weg in die südliche Richtung, zur Altstadt, kauft sich einen Burnus, den er gleich überzieht, verläßt die Altstadt wieder durchs Nablustor und tritt einen dreistündigen Fußmarsch an – hier, die Strecke ist auf der Karte eingezeichnet, und falls Sie den Pfad des Verrats mit eigenen Augen besichtigen möchten, Sir, haben Sie in mir einen kundigen Begleiter. Er gelangt in eine kleine Stadt namens Ramallah, die er schlafwandlerisch durchmißt, kommt aufs freie Feld hinaus, sieht die britischen Wachen in ihren Zelten sowie die flachen Schützengräben, die, anders als in Verdun, nur dazu geschaffen sind, beim Teetrinken gemütlich die Beine baumeln lassen zu können, wandert einen Hügel runter und den nächsten wieder rauf, wobei ihn der Regen einholt, und nun dauert es nicht mehr lange, bis er den Rauch des türkischen Lagerfeuers und Teeduft wittert – und schon sieht er sie auch mit ihren schäbigen Uniformen und verblaßten Tressen, wie immer, wie eh und je, denn er kennt sie ja aus den Gassen vor seiner Haustür, seit er das Licht der Welt erblickt hat, und da kauern sie, die Besiegten, wärmen sich leise lachend am Feuer, kauen, hungrig wie gewohnt, an ihren Schnurrbartspitzen. Bei ihnen angekommen, verlangt er nach dem Feldwebel, dem er den Plan übergibt und sagt, er möge den Offizier holen, worauf der Offizier kommt, aber nur verständnislos daraufblickt, weswegen Mani nun fordert, den Deutschen zu rufen, denn ein Deutscher ist immer dabei, und sie gehen ihn suchen, während Mani wartend dasteht, gebannt vom Anblick des Feuers, und die Soldaten ihn mit offenen Mündern anstarren, in der Ferne Häuser eines arabischen Dorfes, dessen Namen er nicht weiß – der Karte nach muß es El-Bireh gewesen sein. Er schluckt und wartet, während der Regen auf ihn niederprasselt, ohne daß er es überhaupt spürt, der Burnus könnte genauso gut jemand anderen umhüllen. Schließlich treffen drei Reiter ein, der Deutsche steigt, glühend vor Eile, ab, ein gewisser Werner von Karajan – bei uns bereits als schlauer Fuchs berüchtigt –, und der erkennt auf der Stelle, daß die Pläne echt und von unermeßlicher Bedeutung sind, und will sich schon auf das gefundene Fressen stürzen, nur braucht der Dolmetscher hier einen Dolmetscher in Gestalt eines dunklen, bebrillten Türken – sein Pendant jenseits der Linien. Goldmünzen blitzen auf, die der Angeklagte jedoch zurückweist; er hat nie Geld von ihnen angenommen. Vielmehr verlangt er, man möge sämtliche Bewohner der beiden Dörfer vor ihm versammeln, da er ihnen etwas zu sagen habe. Was, fragen sie, aber er gibt ihnen keine Antwort, ja würdigt sie nicht einmal eines Blickes, sondern wiederholt nur, er habe ihnen etwas zu sagen. Daraufhin treiben sie die Menge mit brutaler Peitschengewalt rasch zusammen, schleppen Frauen, Kinder und Greise herbei, holen Hirten und Bauern vom Felde – armselige Dörfler, noch Zaumzeug, Hacke oder Schaufel in der Hand, mit Schafen und Eseln im Schlepptau, hier und da auch eine Art Intelligenzperson unter ihnen, ein Lehrer mit schmutzigem rotem Fez. Die Dämmerung naht bereits, aber der Regen hat aufgehört und der Himmel ist ein wenig aufgeklart, die glutroten Strahlen der kalten Wintersonne brechen sich in den dunggesättigten Pfützen des Platzes. Er bittet um einen Tisch, doch ein solcher ist im ganzen Dorf nicht vorhanden, und so bringt man ihm ein Bett, über das ein Brett gelegt wird, und er streift den Burnus ab, offenbart sich ihnen in Anzug und Krawatte – zusammengeschrumpft wie eine schwarze Feuerzunge –, besteigt das Brett auf dem Bett. Stille breitet sich aus, Sir, er beginnt leicht vor und zurück zu wippen, als setze er sein Morgengebet fort, und hebt in seinem Arabisch zu sprechen an: ›Wer seid ihr? Erwachet, bevor es zu spät ist und die Welt sich gewandelt hat. Schafft euch schnell eine Identität!‹ Dabei zieht er die Balfour-Erklärung aus der Tasche, übersetzt sie ins Arabische, liest sie kommentarlos vor und fährt fort: ›Dies ist euer und unser Land, euch die eine Hälfte, uns die andere‹, worauf er – gen Jerusalem deutend, das sich vor ihnen auf den Hügeln im Nebel verliert – hinzufügt: ›Dort sitzen die Engländer, hier die Türken, aber sie werden alle abziehen und uns allein hierlassen. Wachet auf, schlafet nicht.‹«

»Ja, Sir…«

»Genau so, Sir, ›wachet auf, schlafet nicht‹, das war der Hauptpunkt seiner Rede, die nur wenige Minuten dauerte. Danach streckte er den türkischen Offizieren in der Runde, die mit ihren glänzenden Stiefeln tief im Morast standen, die Arme entgegen, und sie hoben ihn von der luftigen Höhe des Bettes herunter und trugen ihn auf den Schultern, damit er nicht im Schlamm versank, während die zahlreichen Zuhörer ringsum immer noch stumm verharrten. Die Leute hatten nichts verstanden, verhielten sich aber ruhig, sie begriffen nicht, was man nun schon wieder von ihnen wollte, denn sie hatten keinen Staatsbegriff, kannten gerade eben die Grenzen ihres Dorfes. In der einbrechenden Dunkelheit streifte er – von dem Deutschen emsig umschwänzelt – seinen Burnus über, und als man ihn ins Niemandsland zurückgeleitete, versprach er, am folgenden Samstag mit neuen Dokumenten wiederzukommen.«

»Ja, Sir, mehr hat er als Gegenleistung nicht erhalten, was die andere Seite zweifelsfrei bestätigt, aber jeden Samstag ist er zu ihnen zurückgekehrt, den ganzen Januar und Februar über, insgesamt achtmal. Man gab ihm sogar eine kleine Ziegenherde mit, um ihn als Hirten zu tarnen, doch schon auf dem ersten Abhang verlor er die meisten, bis ihm zum Schluß nur noch zwei oder drei blieben. Außerdem änderte man jedesmal ein wenig die Route seines Verrats, und der Deutsche stellte eigens einen Sondertrupp auf, der ihn dort, wo er herauskam, in Empfang nahm. Als erstes streckte er ihnen dann verächtlich die mitgebrachten Dokumente entgegen mit den Worten ›ihr seid ihrer nicht würdig‹. Danach führte man ihn ehrerbietig in das jeweils vorgesehene Dorf, wo sein Publikum schon von Tagesanbruch an auf den Beinen war und ihn seit Stunden stehend erwartete. Die gesamte arabische Bevölkerung zwischen Ramallah und Nablus betrachtete ihn mittlerweile bereits als eine Art Strafe, mit der die türkischen Herrscher sich für ihre Niederlage rächen wollten, wobei die sonderbare, schmähliche Art der Strafe als ein Zeichen der Auflösung und Schwäche gewertet wurde. Inzwischen standen schon Tisch, Stuhl und eine große Tafel, ja sogar ein Glas Wasser bereit, wenn er, von türkischen Offizieren umringt, den Leuten zunächst die Balfour-Erklärung verlas. Dann breitete er eine mehrfarbige, eigens für sie gezeichnete Karte Palästinas vor ihnen aus, das Meer in kräftigem Blau, und sie starrten darauf, baß erstaunt, die ganze Heimat erstmals in Form eines so kleinen Bogen Papiers zu sehen. Er zeigte ihnen das blaue Meer, den Jordan und Jerusalem und sagte: ›Wachet auf‹, worauf sie einander anblickten, um zu sehen, wer zu schlafen gewagt hatte, und er fortfuhr: ›Schafft euch eine

Identität, bevor es zu spät ist. Auf der ganzen Welt nehmen die Völker jetzt Identitäten an, und ihr müßt euch dazuhalten, sonst gibt es eine Katastrophe, auch wir Juden sind auf unserem Weg.‹ Damit zog er eine Schere aus der Tasche und sagte: ›Eine Hälfte für euch, die andere für uns‹, und dann schnitt er die Karte der Länge nach durch und überreichte ihnen den bergigen Teil mit dem Jordan und behielt die Küste für sich. Es schmerzte sie ein bißchen, als er die Karte zerschnitt, einige drängten sich zu ihm vor, wollten ihn sogar berühren, aber die türkischen Soldaten, die ihn krummbeinig, triefäugig und hungrig umstellten, erhoben ihre Bajonette gegen sie und brachten die Gewehre in Anschlag, denn der Deutsche hatte strengstens befohlen, daß dem Juden kein Haar gekrümmt werden dürfe. Nicht daß sie ihm etwas tun wollten, im Gegenteil, je wütender er die Dörfler beschimpfte und reizte, desto mehr Mitleid empfanden sie mit ihm, und wie Kinder sagten sie nun: ›Wir wollen auch das Meer haben‹, worauf er zunächst ärgerlich und konsterniert reagierte, dann aber seinem Sack eine neue Karte entnahm und sie quer durchschnitt.«

»Acht Samstage lang, Sir.«

»In vielen Dörfern, Sir, auch bis Nablus und Jenin ist er gelangt, wo man ihn sogar in die Häuser der Würdenträger führte. Er war zu starrköpfig und stolz, um wenigstens ihren Kaffee zu probieren; kaum jemand verstand, was er sagte, und einige kicherten nur mitleidig. Aber es gab immer einen oder zwei unter den Zuhörern, denen erbleichend das Lachen verging, Männer von einiger Bildung, die in Beirut, Haifa oder Jerusalem studiert hatten, Anzug, Krawatte und weiße Schuhe trugen und durchs Dorf wandelten, als seien sie Vergil oder Plato. Diese Angehörigen der Intelligenz hörten ihm mit Bestürzung zu, wenn er von den Juden sprach, die da kommen würden, wußten noch nicht, worum es ging. ›Wie Heuschrecken‹, sagte er, ›eben saßen sie noch in der Wüste, und plötzlich fallen sie ein.‹ Und nicht ein einziges Mal, Colonel, haben unsere Wachtposten irgendwas mitgekriegt. Er hat die Linien am hellichten Mittag vollkommen unbehindert überschritten und ist im Dunkeln zurückgekehrt, ruhig und schnell ausschreitend, sechs Meilen weit, bis er bei Nacht müde, naß und dreckig wieder Jerusalem erreichte, von Norden her durchs Nablustor hineinschlüpfte und in den menschenleeren, regenüberspülten Gassen verschwand – begleitet von dem über Jericho aufgehenden Mond kehrte er heim, erklomm die steinernen Eingangsstufen seines Hauses, wo seine stämmige Frau ihm schon die Tür aufmachte, bevor er noch die Klinke in der Hand hatte. Sie wußte nichts über sein Wohin und Woher, half ihm aber sogleich aus den Kleidern, wusch ihn, trocknete ihn ab, gab ihm zu essen und schlug die Decke für ihn zurück, und erst jetzt, in den Federn versinkend, begann er zu zittern, und der Mond sank mit ihm ins Bett...«

»Entschuldigen Sie, Sir. Entschuldigung.«

»Ja, Verzeihung, Sir, verzeihen Sie, ich hab mich wieder ein wenig hinreißen lassen, ich weiß.«

»Hurwitz, Sir, Entschuldigung.«

»Ivor Stephen, Sir, Stephen Hurwitz, Verzeihung, ich habe mich hinreißen lassen.«

»Ja, Colonel.«

»Ja, Sir.«

»Ja, Sir, ein bißchen müde schon. Seit drei Wochen bin ich ja nun Tag und Nacht in diesen Fall vertieft, das Verlangen, die Wahrheit herauszufinden, erdrückt mich schier, jede erdenkliche Einzelheit ist nachgeprüft, an die hundertmal bin ich in seinem Haus aus- und eingegangen, habe auch die Pfade seines Verrats persönlich zu Fuß in beiden Richtungen abgeschritten, und wo immer Fakten fehlten, habe ich sie kraft meines Verstandes und Vorstellungsvermögens ersetzt, denn ich möchte diesem Verrat einfach bis auf den Grund gehen.«

»Nein, Colonel, auf gar keinen Fall, tausendmal nein. Wäre er Araber, Inder oder Nepalese, hätte ich keinen Deut anders gehandelt. An jeden Ort des Imperiums reichen meine Wißbegier und mein Erkenntnisdrang. Doch ich fürchte, der Prozeß wird wie ein flinker Bach vorbeirauschen, denn

Mr. Mani bekennt sich prinzipiell schuldig, leugnet die Sache nicht, und die Anklage – täuschen Sie sich nicht in mir, Sir – wird messerscharf sein. Lieutenant Colonel Keypore und Major Jahawala haben ihr Urteil im Stillen schon gesprochen, und wenn Sie, Colonel, Art und Umfang der von ihm über die Linien geschmuggelten Dokumente sehen, wird auch Sie die Wut packen.«

»Ja, gewiß, Sir, hier ist sie, die Liste. Er selbst hat genau Buch geführt und sich jede Urkunde quittieren lassen. Außerdem haben wir Bestätigung von der anderen Seite erhalten. Es gibt dort nämlich einen Colonel – das ist ein kleines Geheimnis –, einen Briten, als Deutscher getarnt, der dem Vereinigten Königreich schon seit Ende des letzten Jahrhunderts kleinere Dienste erweist.«

»Hier, Sir, aber ich bin nicht sicher, ob die Reihenfolge der Übergabe stimmt: Plan des 22. Regiments zur Überquerung des Jordans und der Kampfführung auf dem anderen Ufer, 3. Januar 1918. Verwundeten- und Krankenliste der Brigade für die Woche vom 30. Dezember 1917 bis 6. Januar 1918. Lagebericht über die Disziplin im 3. Bataillon in der dritten Januarwoche, unterzeichnet von Captain Smog...«

»Zahlreiche Beschwerden, Sir. Offiziersurlaubsliste der Division vom 13. Januar 1918. Entwurf eines Kampfplans für die Eroberung von Damaskus, unterzeichnet von Major Sluce, 26. Januar 1918. Gästeliste für den Galaabend des Militärgouverneurs von Jerusalem am 30. Januar 1918. Zwei autographierte Lichtbilder General Allenbys, ohne Datum. Proviantliste für die Australier, 5. Bataillon. Geschützaufstellung bei Jericho am 1. Februar 1918. Entwürfe persönlicher Briefe von Lieutenant Colonel Keypore an seine Gattin.«

»Das ist leider noch nicht alles, Colonel.«

»Erläuterung des Abschußmechanismus der Haubitze vom Typ F, ohne Datum und Unterschrift. Eine Beschaffungsliste für Artilleriegeschosse. Photographie einer unbekannten jungen Frau in der Via Dolorosa, vermutlich eine Prostituierte. Stadtplan von Jericho mit eingezeichneten Geschützstellungen vom 3. Februar 1918. Das, Colonel, waren die Anfang des Monats in der unglücklichen Schlacht in Transjordanien außer Gefecht gesetzten Kanonen. Der Deutsche hat die abgefeuerten Geschosse gezählt, und als er wußte, daß der Vorrat verbraucht war, hat er zum Sturm aufgerufen. Hundertfünfzig Mann haben wir dort verloren. Aber dem Australier hat es um die Kanonen mehr leid getan als um die Soldaten, denn neue Geschütze wird er so schnell nicht kriegen.«

»Genau, Sir, all das befand sich im Papierkorb oder auf dem Weg dahin.«

»Es gab selbstverständlich großen Aufruhr, Colonel, Offiziere sind festgenommen worden, die Anklage gegen sie läuft, man hat neue Richtlinien ausgegeben und einen Sonderoffizier aus Kairo abkommandiert, der bereits eine gute Woche hier sitzt. Wenn Sie morgen mit dem General das Hauptquartier inspizieren, werden Sie die Papierkörbe gähnend leer vorfinden, denn ein eigens dazu beauftragter Sergeant und zwei Soldaten sind Tag und Nacht damit beschäftigt, den Abfall zu verbrennen. Noch ehe ein Stück Papier überhaupt im Korb landen kann, ist es schon verbrannt. Eine ewige Rauchsäule kräuselt sich schon neben der russischen Kirche. Hier vom Fenster aus kann man sie sogar sehen, zumal es erneut aufgeklart hat, und da steht doch tatsächlich wieder einer dieser schwarzen Raben, die – fragen Sie mich bloß nicht, wie – rausgekriegt haben, daß Sie, der vorsitzende Richter, eingetroffen sind und daß ich bei Ihnen bin.«

»Ja, Sir.«

»Ja, Sir.«

»Dort drüben, falls Sie ihn erkennen können, Colonel.«

»Ein schwarzer Fleck, haargenau. Und diese schwarzen Flecken begleiten mich seit gut drei Wochen, Colonel, denn sie erkennen, daß die Gefahr stetig näherrückt, die Schlinge sich zusammenzieht. Zwei Abgesandte sind schon bei mir gewesen, ein alter Rechtsanwalt und ein Gerichtssekretär, der Englisch kauderwelschte. Sie wollten das Militärgesetzbuch einsehen, das ich ihnen bereitwillig aushändigte. Ich wies ihnen auch einen Platz im Zimmer an, und da hockten sie nun den ganzen Tag, lasen, vertieften sich richtiggehend in den

Text und führten scharfsinnige Streitgespräche, als debattierten sie über wichtige Talmudabschnitte. Ich ließ ihnen Tee bringen, aber sie rührten nichts an. Gegen Ende des Tages gaben sie mir, bleich und erschöpft, das Buch zurück, das sie mit Fingerspitzen anfaßten, als sei der Galgen bereits darin enthalten, blickten einander mit traurigem Kopfwiegen an und fragten mich dann, ob ich die Londoner Familie Hurwitz kennen würde, und als ich das verneinte, suchten sie die ganze Welt nach irgendwelchen Hurwitzes ab, mit denen ich eine entfernte Verwandtschaft einzugestehen bereit sein könnte, so daß sie mir Grüße ausrichten könnten. Endlich ließen sie seufzend davon ab und flüsterten: ›Dieser Mani ist doch total verrückt. Gereicht es denn Großbritannien zur Ehre, sich mit einem Verrückten abzugeben? Sein Vater hat schließlich Hand an sich gelegt, vielleicht kann man hier Erbarmen walten lassen?‹ Worauf ich, Colonel, ihnen fest in die Augen blickte und klar erwiderte: ›Sie wissen doch sehr wohl, daß er nicht verrückt ist.‹«

»Nein, Sir, bei ihm liegt nicht einmal jene Sorte Verrücktheit vor, die sich als Normalität tarnt, aber im warmen Zimmer auf einmal an ihrem säuerlichen Geruch erkennbar wird. Nein, er läßt sich auf gar keinen Fall als verrückt bezeichnen. Ihm fehlt schon die leiseste verborgene Schlagseite, die einen Menschen später aus der Bahn wirft. Er ist geistig völlig klar, Colonel. Auch wenn seine Seele verworren sein mag, hat er doch weder Verstand noch Willenskraft verloren. Er ist Herr über seine Worte und Taten, sagt, was er sagen möchte, und verweigert die Aussage, wo es ihm paßt. Ich weiß, daß er eine lange politische Rede plant, nicht an uns, sondern an Öffentlichkeit und Presse gerichtet, denn er gehört zu dem Typ Menschen, die ihren Hörerkreis dauernd vergrößern und in atemloses Schweigen versetzen wollen. Er möchte also, daß ich zu Anfang alles sage, was mir zu sagen zusteht, um sich dann selber zu erheben und eine Rede zu halten, die ganz Jerusalem erschüttern wird, weil wir ja alle wissen, daß er anschließend den Galgen besteigen muß. Das spüre ich, das weiß ich. Deshalb haben ihn seine Füße geradewegs zu dem

Stützpunkt dieses Mannes aus Ulster getragen, obwohl er ihn mit Leichtigkeit hätte umgehen können, denn es genügte ihm nicht, vor den Arabern zu sprechen, die ihm auf türkischen Befehl lauschten, nein, ganz Jerusalem sollte ihn hören.«

»Das ist es ja, Sir, ich weiß fast nichts, aber ich spüre, daß er ein vergiftetes Messer wetzt. So sehr ich ihm auch die Zunge zu lockern versuchte – erfahren habe ich fast nichts. Sämtliche Entwürfe seiner Rede hat er auf Hebräisch geschrieben, und als ich die Bögen an mich nehmen wollte, hat er sie aufgegessen. Jetzt hat er die ganze Ansprache im Kopf.«

»Sie werden ihn morgen in seinem Winkel sitzen sehen, Colonel, und wenn er zu lauschen scheint, glauben Sie's nicht, denn er denkt nur an seine geplante Rede über dieses Land als eine Art ewiges Schlachtfeld, dem Unheil entspringen wird, und an die Menschenmassen, die noch nicht hier sind, aber wie Heuschrecken aus der Wüste einfallen werden. Dabei – wenn Sie sich hier umsehen, Colonel, erblicken Sie nichts als eine große Öde und wenige Menschen. Deshalb sagte ich ihm auch: ›Lassen Sie das sein, nehmen Sie sich einen Anwalt, der von Ihrer Kindheit, von Ihrem toten Vater erzählt. Am Ende wird man Sie noch aufhängen, und wenn Sie mit Ihrem politischen Geschwafel nicht aufhören, knüpft man Ihnen die Schlinge bloß enger um den Hals.‹ Aber er lächelte nur seelenruhig, ein politisches Wesen voll politischer Gelassenheit, überzeugt, daß die Motive all seiner Taten politisch sind, aber ich weiß, Sir – und dieses Wissen wühlt mich auf –, daß hier eine andere Geschichte dahintersteckt, daß er sich an jemandem rächen will und daß diese ganze Politik nichts als ein Wahn ist, der ihn befallen hat.«

»Ein sehr vernünftiger Gedanke, Sir, tatsächlich bin ich selbst auch darauf gekommen. Deshalb gab ich Anweisung, ihm eines Nachts ein Stück Strang dazulassen und vorher insgeheim einen Haken in der Decke anzubringen, wobei ich den Wächtern sagte, sie sollten ihn danach nicht weiter beachten – in der Hoffnung... nun, Sir, aber in der Nacht hat er den Haken herausgeschraubt und den Strang aufgewickelt, um mir das Ganze dann hübsch zusammengepackt wortlos auszuhändigen. Das heißt, er ist unter keinen Umständen bereit, auf seine Rede zu verzichten, feilt sie vielmehr unverwandt weiter aus. Und obwohl ich persönlich nicht weiß, was er darin zu sagen beabsichtigt, wäre ich heilfroh, wenn sie uns erspart bliebe, denn sicherlich ist sie gegen uns gerichtet und wird nur Aufruhr entfachen.«

»Nein, Sir, seine Rede wird ja am Urteil nichts ändern, sein Tod ist bereits beschlossene Sache, Sir, es sei denn, die Raben schwirren zum Buckingham-Palast und erwirken eine Begnadigung Seiner Majestät. Denn die Anklage ist klar und eindeutig, fix und fertig vorbereitet. Täuschen Sie sich nicht in mir, Colonel, auch wenn ich Ihnen hier meine Skrupel darlege – morgen früh werde ich wie eine feste Mauer auf dem Podium stehen, und Ihre beiden Kollegen sind von ihrer ablehnenden Haltung bereits überzeugt. Lieutenant Colonel Keypore ist auf Rache aus, möchte ihn unbedingt hängen sehen wegen der Kanonen, die er in Transjordanien verloren hat, darauf wird er nicht verzichten wollen... wohl kaum... Aber Sir... jetzt spreche ich... auch als Bürger... Ja, als Staatsbürger Großbritanniens... Womöglich... wenn der Prozeß erst einmal angefangen hat, dann rollt er doch ab, das heißt in einem Tempo, auf das wir... alle keinen Einfluß haben... Und da dachte ich, man müßte erwägen... Es gäbe hier ja...«

»Wie bitte?«

»Ja, Sir, auf Veranlassung der interessierten Parteien ist bereits alles überprüft worden... Im Turm hat man einen türkischen Galgen gefunden, dazu Stricke und Haken in ausreichender Menge, uns allesamt aufzuknüpfen. Hätten die Türken bei der Geschützmunition ebenso eifrig für Nachschub gesorgt wie bei den Stricken, wäre es uns vielleicht schwerer gefallen, sie zu besiegen. Und es gibt auch einen Araber, der als Henkersgehilfe gedient hat und versichert, alles ordentlich vorzubereiten... Deswegen sage ich doch... weil... und ich weiß, daß ich pausenlos geredet habe... denn wir haben ja gesehen... haben gesehen...«

»Wie bitte, Sir?«

»Das Kind? Welches Kind?«

»Oh, das Kind, äh, das Kind... Aber ich hatte ja schon erzählt... Sir... wie mir scheint... das heißt... in welcher Hinsicht?«

»Oh...«

»Oh...«

»Ja, ja... Auf der Stelle, Sir, selbstverständlich, dieses Kind...«

»Efraim heißt der Junge. Er behauptet, das Kind stamme von ihm, und es besteht kein Grund, ihm nicht zu glauben, obwohl in den Gesichtszügen nur eine entfernte Ähnlichkeit festzustellen ist, denn der Kleine ist eher ein heller Typ, mit blauen Augen. Die Mutter ist ja gestorben, dem Gerücht zufolge eine schwindsüchtige junge Jüdin aus Rußland oder so, die er am Beiruter Bahnhof zwischen all den Bündeln und Koffern, die dort aus dem Zug geladen wurden, aufgegabelt hat, während er auf jüdische Jugendliche aus Europa wartete. Ich weiß nicht, ob sie eine echte Revolutionärin gewesen ist. Manche junge Leute proben ja den Aufstand nur gegen das eigene Elternhaus, bilden sich aber ein, eine Revolution gegen das Regime angezettelt zu haben, und nehmen Reißaus vor der Polizei. Jedenfalls hat sie sich an ihn gehängt, und obwohl er ansonsten mit den Marotten dieser Nomaden wohlvertraut war und sie gemeinhin abzuschütteln verstand, ist er von ihr nicht wieder losgekommen, vielleicht besaß sie doch ein ähnlich starkes politisches Bewußtsein wie er. Irgend etwas an ihr muß das Herz dieses trübsinnigen eingefleischten Junggesellen angerührt haben. Womöglich wollte sie nur ein Kind von ihm, weil sie zauderte, nach Palästina weiterzuziehen oder nicht glaubte, daß ihr der Grenzübertritt gelingen würde, aber doch auch etwas von diesem Land bei sich haben wollte. Schwer zu sagen, und er hat nicht viel den Mund aufgemacht, Sir. Jedenfalls waren sie arm, hausten dort ein, zwei Jahre gemeinsam in diesem Hotel am Bahnhof, das ich bereits erwähnt habe, in Westbeirut war das, im Moslemviertel, das nach seinen Worten recht armselig sein muß, nahe der alten sephardischen Synagoge, in die er Freitag abends ging. Mit Gottes Hilfe werden wir ja bald dort sein und alles mit eigenen Augen sehen. Als die Niederkunft unmittelbar bevorstand, suchten sie lieber kein Krankenhaus auf, aus Furcht, dort ihre Identität preisgeben zu müssen. Die Türken hatten damals nämlich bereits begonnen, fremde Staatsbürger auszuweisen. Außerdem glaubte er, ihr selber Geburtshilfe leisten zu können, da er Ende des letzten Jahrhunderts bei sich zu Hause eine Geburt verfolgt und eigenhändig mit dem Messer die Nabelschnur durchtrennt hatte. Vorsichtshalber riefen sie noch eine moslemische Hebamme zur Hilfe, aber die Mutter, sowieso schon von schwacher Konstitution, verlor viel Blut und starb einen Tag nach der Entbindung, so daß er, wie gesagt, allein mit einem Säugling dasaß. Das Kind wirkte etwas retardiert und schien zum Stottern zu neigen, war aber umgänglich und wurde von Tag zu Tag hübscher, hatte die faszinierende Schönheit seiner Mutter geerbt, die Mani nur von der Krankheit gezeichnet gekannt hatte, so daß er erst jetzt, an dem aufblühenden Sohn, ihre wahre Schönheit entdeckte, die auf diesem Wege zu ihm zurückkehrte. Sie werden ihn ja morgen vor sich sitzen sehen, Colonel, ein vierjähriger Junge in der ersten Reihe. Ich habe ihm erlaubt, bei der Eröffnungssitzung anwesend zu sein, damit er sich an dem Saal und an den Offizieren in voller Uniform freuen kann und im Gedächtnis behält, daß man seinem Vater einen fairen Prozeß gemacht und ihn nicht einfach so umgebracht hat...«

»Ja, Sir, das wär's in Kürze. Jetzt ist der Himmel auch gänzlich klar – die Trockenheit der Wüste wird den Jerusalemer Nachmittag in liebliches Gold färben, und ich bin untröstlich, Sie so beansprucht zu haben...«

»Kurz gesagt, Sir, die mir erteilten Weisungen sind ja klipp und klar und stehen im Einklang mit dem Militärstrafgesetz, Paragraph 10, Absatz 3. Wenn im Kriegszustand in besetztem Gebiet ein britischer Staatsbürger Spionage mit Todesfolge betrieben hat, muß die Anklage die Todesstrafe fordern, und das Gericht ist aufgerufen, diese auch auszusprechen, ohne Anrecht auf Berufung... aber...«

»Ich verstehe... ja, Sir...«

»Ja, Sir.«

»Genau, was ich sage, Sir…«

»Richtig.«

»Zugegeben, Sir… das würde bedeuten…«

»Ich bin überrascht, Sir…«

»Colonel…«

»Gewiß, Sir… eine andere Frage…«

»Das ist genau mein Empfinden… Sir… das wäre der einzige Weg…«

»Ausgezeichnet, Sir… man muß sich das nur genau überlegen…«

»Danke…«

»Ich bin Ihnen sehr zu Dank verpflichtet…«

»Bin tief bewegt, Sir, danke Ihnen vielmals für die geduldige Langmut, mit der Sie mich angehört haben. Denn als im Hauptquartier bekannt wurde, daß Sie aus Ägypten heraufkommen, um dem Prozeß vorzusitzen, hegte ich große Befürchtungen, und als ich vor zwei Stunden das Zimmer betrat, Sir, zitterte ich geradezu, da ich wußte, mit wem ich es zu tun hatte. Ihr Name, Sir, ist ja seit Tagen unter den Offizieren in aller Munde – der Held der Marneschlacht! Doch als ich Sie hier im dämmrigen Raum sitzen sah – mit dunkler Sonnenbrille, den leeren Ärmel auf der Lehne, und diese Narben –, war ich erschüttert und innerlich den Tränen nahe. Ich hatte mir die Verwundung nicht derart schlimm vorgestellt und sagte mir nun: Da haben sie dem Panther und der Cobra morgen auf dem Richterstuhl noch den verwundeten Löwen zugesellt. Wer weiß, welchen Rachedurst er im Herzen trägt, und hier geht es um einen echten Fall von Spionage in Kriegszeiten mit Todesfolge, begangen von einem starrköpfigen Juden, der einen Verteidiger ablehnt und bereit ist, sich aufhängen zu lassen, nur um eine harte politische Rede zu schwingen, die Streit zwischen den Völkern und Gemeinden sät, und wenn der Prozeß erst einmal angelaufen ist, läßt er sich nicht mehr aufhalten – bis zum bitteren Ende, das ich als Ankläger unerbittlich zu betreiben verpflichtet bin. Aber muß die britische Geschichte im Heiligen Land denn so beginnen – mit einem in Jerusalem gehenkten Juden? Andererseits fragte ich mich, ob ich mich würde verständlich machen können und ob man mich, so ich offen genug sprach, um verstanden zu werden, nicht gleich der doppelten Loyalität verdächtigen würde, denn ich bin weder willens noch imstande, meine jüdische Abstammung zu verheimlichen wie so einige jüdische Offiziere unserer Division, und zwar nicht nur wegen meines Namens, meines Aussehens, der Brille, des tiefsitzenden ausladenden Gesäßes und meines literarisch hochgestochenen, nervenaufreibenden Redeflusses, den selbst der vornehm nuschelnde Cambridge-Akzent nicht genießbarer macht. All das wirkt abstoßend und ruft augenblicklich Vorurteile auf den Plan, denn ich mußte doch annehmen, daß auch Sie etwas zum Antisemitismus disponiert sind, Sir, und sei's nur in soziologischer Hinsicht, im Geiste Ihres Standes und Gesellschaftskreises. Deshalb war ich von vornherein auf eine Niederlage, vielleicht sogar auf strengen Tadel gefaßt, erinnerte mich aber auch an den ständigen Rat meiner Mutter, die mir immer sagte: ›Gib niemals auf, mein Sohn, hab keine Angst, solange du dir der Reinheit deiner Absichten gewiß bist.‹ Und so trage ich Ihnen nun meine Sache vor, Sir, nicht nur als befehlsgehorsamer Soldat, sondern auch als Staatsbürger des britischen Imperiums, das seinem baldigen vollständigen Sieg, dem Ende des Krieges und einer glänzenden Zeit für uns und alle ihm unterstehenden Völker entgegensieht...«

»Sir.«

»Sir.«

»Sir.«

»Sir.«

»Bin außer mir vor Freude, Ihr Vertrauen gewonnen zu haben.«

»Sie meinen wirklich, Sir...«

»Gewiß, Sir, wäre er nicht britischer Staatsbürger, wäre die Anklage auch nicht verpflichtet, die Todesstrafe zu beantragen, er wäre dann eben ein Einheimischer des Besatzungsgebiets.«

»Eine höchst dubiose Staatsbürgerschaft, Sir, eine widerrechtliche Einbürgerung, trotz der öffentlichen Urkunde.«

»Wenn wir es eingehend nachprüfen, Sir, und peinlich genau vorgehen wollen...«

»Sein Großvater, Sir, ist aus Saloniki eingewandert, das seinerzeit türkisch war und heute griechisch ist.«

»Gewiß, Sir, wenn wir wollen, ist es Griechenland, aber können wir sie zwingen, ihn aufzunehmen, falls wir ihn ausweisen?«

»Die Inseln, sagen Sie also, Colonel?«

»Gewiß, Sir, jedes Schiff, das von Jaffa in westlicher Richtung ausläuft, passiert sie – Rhodos, Kreta, was immer er sich aussucht...«

Biographische Nachträge

LIEUTENANT IVOR STEPHEN HURWITZ diente bis Kriegsende in Allenbys Truppen, mit denen er über Beirut, Aleppo und Damaskus bis nach Mosul gelangte, wo er im Stab noch die letzte Attacke vor Unterzeichnung des Waffenstillstandsabkommens mit der Türkei im Oktober 1918 miterlebte. Nach der Kapitulation des Deutschen Reiches am 11. Dezember nahm er seinen Abschied, um sein Studium der Rechtswissenschaft in Cambridge fortzusetzen, das er 1920 mit Auszeichnung abschloß. Nachdem er 1921 seine Anwaltszulassung erhalten hatte, bewarb er sich zunächst erfolgreich bei der Staatsanwaltschaft Manchester, blieb aber nicht lange im Staatsdienst, sondern trat bald in die Praxis eines bekannten jüdischen Rechtsanwalts ein, dessen Tochter er in der Folge heiratete. Unterdessen stellte er auch seine Dissertation über »Rechtliche Fragen der Spionage in Kriegszeiten« fertig. Diese Arbeit fand große Anerkennung und eröffnete ihm die Möglichkeit einer akademischen Laufbahn an der juristischen Fakultät der Universität Manchester, die er ohne zu zögern einschlug. Als die Universität London ihm 1930 eine außerordentliche Professorenstelle anbot, folgte er dem Ruf und übersiedelte mit Frau und zwei kleinen Kindern nach

London, wo er sich zionistischen Kreisen anschloß und als ehrenamtlicher Rechtsberater der Zionistischen Organisation fungierte. Seine wissenschaftliche Karriere kam – nicht zuletzt wegen seiner fesselnden Vorlesungen – auch weiterhin wie erhofft voran. Anläßlich seines sechzigsten Geburtstags unternahm er 1956 eine Israelreise, der noch mehrere folgen sollten. Dabei traf er mit führenden israelischen Politikern, darunter auch Ben Gurion, zusammen. Einer seiner Enkel wanderte sogar nach Israel aus, wo er dem Kibbuz Revivim beitrat. Im Oktober 1973 erlag er mit siebenundsiebzig Jahren in London den Folgen eines Schlaganfalls.

Colonel Michael Woodhouse blieb auch nach Ende des Krieges bei den Streitkräften, in deren Rahmen er als Vorsitzender des Kriegsgerichts in Malaysia, Burma, Indien, Ceylon und anderen Teilen des Imperiums diente. Da seine Sehkraft ständig nachließ, bis zur völligen Erblindung, stellte das Militär ihm einen Assistenten armenischer Abstammung, der ihn als Beisitzer von Posten zu Posten begleitete. Mitte der dreißiger Jahre wurde er von König George V. geadelt. Sir Michael Woodhouse, wie er sich jetzt nennen durfte, genoß als Richter wachsende Berühmtheit, zu der seine Blindheit ein übriges tat. Er leitete zahlreiche Verfahren gegen britische Kolonialoffiziere, bei denen er sich durch Originalität und tiefen Sachverstand auszeichnete. Bei Ausbruch des Zweiten Weltkriegs diente er in Kenia, forderte aber nachdrücklich seine Rückberufung nach Großbritannien, um an der Verteidigung der Heimat teilzunehmen. Im Alter von vierundsechzig Jahren kam er im Juni 1941 bei einem Luftangriff auf London um und wurde mit allen militärischen Ehren in seinem Heimatdorf beigesetzt.

Viertes Gespräch

Gut Jelleny-Szad bei Krakau im polnischen Westgalizien,
Nacht von Freitag auf Samstag, 20./21. Oktober 1899

Die Gesprächspartner

Dr. Efraim Schapiro, neunundzwanzig Jahre, ledig. Geboren 1870 auf dem Landgut Jelleny-Szad bei Krakau, das seinen Eltern, Scholem Schapiro und Sara, geb. Pomeranz gehörte. Bis zum Alter von zehn Jahren wurde er von Privatlehrern in jüdischen Fächern und ein wenig Rechnen unterrichtet, danach besuchte er die kleine jüdische Schule eines nahegelegenen Städtchens. Trotz seiner eindeutigen Begabung für humanistische Fächer schrieb er sich auf Rat und Drängen der Eltern an der medizinischen Fakultät der berühmten Krakauer Universität Jagellonica ein. Sieben Jahre dauerte das Studium, das er lustlos und mit mittelmäßigem Erfolg absolvierte. Alle Ferien, auch die kürzesten, verbrachte er auf dem elterlichen Gut.

1895 erhielt Efraim seine Approbation als Arzt. Das Angebot, sich an einem Krakauer Krankenhaus fortzubilden, schlug er aus, um zu Hause eine Praxis zu eröffnen, denn er zog es vor, wieder im Elternhaus zu wohnen.

Der große, schlanke Junggeselle, auf dessen Zügen ständig ein leicht ironisches Lächeln lag, obwohl er des öfteren in Melancholie versank, unterhielt keine engeren Beziehungen zur örtlichen jüdischen Gemeinde und ging nur an den Hohen Feiertagen in die Synagoge. Im elterlichen Gutshaus erhielt er einen eigenen Flügel, in dem er eine bescheidene Praxis, hauptsächlich für Kinder, aufmachte. Zum Leidwesen seiner Eltern führte er nachts zuweilen lange Gespräche mit dem polnischen Personal, bei denen auch seine jüngere Schwester Linka gern dabei war.

1898 fuhr sein Vater, Scholem Schapiro, zum zweiten Zionistenkongreß nach Basel, von dem er – erfüllt von Eindrücken und Erlebnissen – als treuer Anhänger der neuen Bewegung zurückkehrte. Von Zeit zu Zeit half er bei der Organisation zionistischer Zusammenkünfte in der Umgebung, zu denen er, da seine Frau Sara wegen ihres schlechten Gesundheitszustands nicht reisefähig war, stets seine Tochter Linka mitnahm. Im August 1899 wollte der Vater, der bereits als offizieller Kongreßabgeordneter seines Bezirks galt, am dritten Zionistenkongreß teilnehmen, mußte jedoch wegen der Krankheit seiner Frau im letzten Moment von der Reise Abstand nehmen. Er beschloß, Efraim und Linka an seiner Statt fahren zu lassen, um auch sie intensiv mit den neuen Gedanken vertraut zu machen. Nach Ende des Kongresses verzichteten die beiden auf den geplanten zweiwöchigen Erholungsurlaub in einer jüdischen Pension in Lugano und fuhren statt dessen nach Erez Israel weiter. Nach insgesamt zweimonatiger Abwesenheit kehrten sie nach Jelleny-Szad zurück.

SCHOLEM SCHAPIRO, geboren 1848 im litauischen Wilna als Sohn einer sehr armen Familie, besuchte nach Abschluß des Cheders zunächst eine Jeschiwa, mußte jedoch trotz seiner hervorragenden Leistungen wegen der schweren Wirtschaftslage seiner Eltern das Talmudstudium bald abbrechen. Er verdingte sich als Privatlehrer für Rechnen und heilige Schriften in wohlhabenden jüdischen Häusern der Provinz Pinsk, wanderte von dort weiter westwärts nach Galizien und kam 1867 nach Jelleny-Szad, wo ihn der Gutsherr und Betreiber einer Großmühle, Meir Pomeranz, als Privatlehrer für seine um drei Jahre ältere Tochter Sara engagierte. 1869, nachdem Scholem einundzwanzig Jahre alt geworden war, heirateten die beiden, und 1870 kam der älteste Sohn, Efraim, zur Welt. Sara blieb nach der Niederkunft lange bettlägerig und erholte sich nur sehr langsam. Unterdessen starb ihr Vater, Meir Pomeranz, worauf Scholem Schapiro die Geschäfte seines seligen Schwiegervaters fortführte. Er zeigte von Anfang an erhebliche kaufmännische Initiative und Begabung und vermochte den Familienbesitz in nicht allzulanger Zeit zu vermehren. Er kaufte weitere Mühlen dazu, pachtete auch einige Wälder in der Umgebung und war allgemein als ehrlicher, vertrauenswürdiger Geschäftsmann bekannt. Sein Sohn Efraim entwikkelte sich zur vollen Zufriedenheit der Eltern, bei denen sich allerdings wegen des chronischen Leidens der Mutter lange kein weiteres Kind einstellen wollte. Doch die beiden gaben die Zuversicht nicht auf, und tatsächlich wurde ihnen 1879, neun Jahre nach Efraim, eine Tochter, Linka, geboren. Das Haus füllte sich mit Freude, obwohl Saras schwache Gesundheit unter Schwangerschaft und Entbindung noch weiter gelitten hatte.

Bereits 1897 zeigte Scholem Schapiro großes Interesse an der neugegründeten zionistischen Bewegung. 1898 fuhr er zum Zionistenkongreß nach Basel und war begeistert von den neuen Gedanken, die dort erörtert wurden. Ja, es war ihm sogar vergönnt, kurz mit dem zionistischen Führer, Dr. Herzl, zusammenzutreffen und ein paar Worte auf deutsch mit ihm zu wechseln. 1899 beabsichtigte er, auch den dritten Zionistenkongreß zu besuchen, mußte den Plan wegen einer weiteren Verschlechterung im Gesundheitszustand seiner Frau aber in letzter Minute aufgeben und entsandte statt dessen seinen Sohn, um ihn ebenfalls aus erster Hand mit der Bewegung bekanntzumachen. Außerdem hoffte der Vater insgeheim, Efraim möge dort ein jüdisches Mädchen kennenlernen und feste Bande anknüpfen, denn das andauernde Junggesellendasein des Filius und seine spärlichen Kontakte zur örtlichen jüdischen Gemeinschaft beunruhigten ihn und Sara erheblich. Die zwanzigjährige Linka, eine begeisterte Zionistin, bestürmte die Eltern, ebenfalls mitreisen zu dürfen. Trotz erheblicher Bedenken gaben Scholem und Sara ihren Bitten, denen sich auch Efraim angeschlossen hatte, schließlich nach.

Scholem Schapiros Part in dem folgenden Gespräch fehlt.

»Hier, hierher, Tate…«

»Hier, hinter die Kommode, auf das kleine Sofa…«

»Nein… ohne besondere Absichten… eine Papirossa rauchen…«

»Im Verborgenen? Wieso?«

»Ah... möglich... haha, ein bißchen versteckt...«

»Nein, ich bin nicht müde. Im Dunkeln ist es so gemütlich. Der Wald, Fröschequaken – geliebte Heimat. Dabei ist es inzwischen ja gänzlich Winter geworden... Schau einer her... kein Blatt habt ihr am Baum gelassen...«

»Gegessen habe ich genug.«

»Nein, Tate, ich bin gesättigt, völlig satt, und hier hab ich ja auch den Samowar und die Kuchen, die Steffka gebracht hat. Sie bebt immer noch, weint und bekreuzigt sich unablässig, sobald sie meiner ansichtig wird. Wieder hat sie sich niedergebeugt, um mir die Hand zu küssen. Warum seid ihr bloß alle so in Erregung geraten, ihr Lieben?«

»Ach, tatsächlich?«

»Das ist der Grund? War mir entgangen...«

»In der Tat... Ehrlich gesagt, auch ihnen ein wenig...«

»Ich wußte ja gar nicht, Tate, wieso dieser stürmische Empfang. Mrazhik fiel auf die Knie, zog die Kappe, trug Linka auf Händen vom Bahnsteig in die Kutsche, hüllte uns fürstlich in Decken ein...«

»Die Glocken?«

»Wahrhaftig, ich höre... Was für ein unverständiger Narr bin ich doch, teurer Tate... Dachte, sie hätten sich so nach uns gesehnt... hätten uns derart gern...«

»Nein, selbstverständlich, aber solch ein Aufheben?«

»Lichter im Dorf? Tatsächlich...«

»So sehr... so sehr also...«

»Auch ihnen ist es ja Heiliges Land... das ist nicht zu leugnen... Du weißt gar nicht, wie recht du sprichst... Auch sie haben ihr Jerusalem, haben Anteil an all dem... haha... Aber diese Glocken... Den Mantelsaum möchten sie einem küssen...«

»Nein, mein Tate, ich verspüre keinerlei Müdigkeit, sofort verflogen in unserer feuchten moorigen Luft... Mir ist wohlig hier am Feuer. Die Züge sind unbeheizt, die Menschen sollen sich gegenseitig wärmen, aber man muß viel Wärme abgeben, um ein wenig zurückzubekommen... Um so wunderbarer ist jetzt dieses einfache Feuer... Den ganzen Weg über erfreute mich eine bestimmte Vision – ich gelange nach Hause, an den Kamin… Ich bin glücklich… Schau mich an…«

»Ja, glücklich. Als der Zug aus Kraków abgefahren war und ich wußte, daß die Reise ihrem Ende entgegenging – die Sonne flimmerte zwischen den Baumkronen hindurch, weites Land bis zum Horizont, an dem die Bahngleise zusammenliefen – und ich unser Holzschild auf das schwarze Wasser der Weichsel deuten sah, lebte meine Seele auf, als sei ich aus einem dunklen Tunnel ins Freie hinausgetreten, wie nach langer Seelenwanderung durch unterirdische Gänge…«

»Tunnelwanderung… Ich weiß noch, in unserer Kinderzeit, als der Sejde gestorben war, hattest du so eine Geschichte über die Toten… Es käme eine Stunde, am Ende aller Tage, in der alle auferständen, die Gojim erhöben sich hier aus ihren Gräbern, während unsere Toten, das heißt wir, durch unterirdische Tunnel nach Erez Israel wanderten, um dort wiederaufzuerstehen – genau wie ich jetzt in den letzten Tagen, bloß umgekehrt, von dort hierher: eine Tunnelwanderung voller Furcht und Schrecken, als bewegten wir uns nicht auf der Erde, sondern tief in ihrer Kruste, mit ächzenden Waggons und heulender Lokomotive in Ruß und Qualm und Funkenhagel durch die Nacht, von Tunnel zu Tunnel, mit blinkenden Laternen, vorbei an entlegenen Bahnstationen durch brüllende Finsternis – und auf einmal Stille und unsere Getreidemühlen riesenhaft in nebliger Weite, wahrhaftige Auferstehung… Glücklich bin ich, Tate, und dabei wären wir doch fast verloren gegangen…«

»Verloren gegangen…«

»Wahrhaftig…«

»Nein, du bist ermüdet, Tate, wirkst abgespannt. Such jetzt lieber dein Lager auf, nur hol mir vorher bitte noch eine Papirossa. Dann werde ich im Kindereckchen neben dem alten Sofa den Sonnenaufgang abwarten. Ich kenne mich, bin zu erregt, um zu schlafen… Hier werde ich auf dich warten, jederzeit bereit, das Gericht über mich ergehen zu lassen…«

»Das heißt, Rechenschaft abzulegen…«

»Rechenschaft. Bist du sehr wütend?«

»Zu Recht... Ganz zu Recht...«

»Selbstverständlich... völlig berechtigt... bis du erst verstehst, wenn überhaupt... ich versteh's ja selbst nicht...«

»Wie du möchtest... Bist du sicher? Du kannst mich jederzeit unterbrechen. Mamme hat mir schon von den schmerzlichen Sorgen der letzten Wochen erzählt... nachdem unser ›orientalisches Stillschweigen‹ eingesetzt hatte... Ja, unsere Mamme – wie schlecht sie aussieht. Ich habe mir auf die Lippen gebissen, um kein unbedachtes Wort zu sagen, damit sie nicht etwa das bohrende Entsetzen des Arztes in mir wahrnehme. Wie steht es, Tate?«

»Wann?«

»Bereits Blut, oj, Herr der Welt...«

»Morgens?«

»Gut... gut... nicht jetzt... Aber morgen früh werde ich diesen ganzen Haufen Fläschchen und Pillendöschen einer gründlichen Prüfung unterziehen. Laß mich bei der Behandlung ein Wort mitreden und ein ernstes Gespräch mit Cheschin führen. Man kann mich ja nicht ganz heraushalten, du darfst mich nicht nur als bloßen Beobachter ansehen...«

»Aus einer Ecke... gut, aber mit gutem Überblick... wie du möchtest... nicht jetzt... Ich muß noch einmal...«

»So ist es nun mal... vorbestimmt... Und was geht da oben vor sich? Das Wasser schwappt immer noch... Sie wäscht ja schon nicht mehr bloß den Leib, sondern die Seele gleich mit, haha...«

»Nu, soll sie, lassen wir sie gewähren... Nicht meine Sache. Schon sieben Tage lang träumt sie von diesem Bad, als klebe der Dreck aller Generationen an ihr... Möge das Wasser ihren Schmerz lindern. Hydrotherapie – steht direkt als Heilverfahren in medizinischen Fachbüchern... Nur muß man aufpassen, daß sie nicht drin einschläft. Drei Tage hat sie kein Auge zugetan, kochte vor Wut in ihrem kleinen Abteil... Stundenlang stand sie wie festgenagelt am Fenster, das Gesicht an die Scheibe gedrückt, ganz Bulgarien hat sie im Stehen passiert...«

»Ich hab's Mamme schon geschworen...«

»Kerngesund...«

»Abgemagert? Und wenn schon. Macht nichts. Sie wird bald wieder Fleisch auf die Knochen kriegen...«

»Wußte ich, daß ihr erschrecken würdet... Aber auch die wachsen wieder nach, was habt ihr denn gedacht?«

»Nicht in Jerusalem, sondern in Istanbul, vor zehn Tagen... Mitten in der Nacht ist sie weinend aufgewacht und hat sie auf dem Kissen wimmeln sehen. Und im Hotel gab es keine Seife, das Wasser war ausgegangen – eine billige, drekkige Absteige eben... Da hat sie gleich ein Messer gesucht. Ich hab sie angefleht: ›Laß doch, die halbe Menschheit hat Läuse, ohne deswegen das geringste an Menschlichkeit einzubüßen, was hast du's denn so eilig? Tate und Mamme werden auch deine Läuse liebevoll willkommen heißen...‹ Aber du kennst sie ja: unter ihrem Lächeln dieselbe furchtbare Sturheit, und vielleicht hat sie sich auch einen Makel zufügen wollen... Ich habe mich erboten, sie eigenhändig zu entlausen, doch sie hat mich gar nicht in ihre Nähe gelassen, ist vielmehr gleich zu dem Torwächter runtergeeilt und hat sich seinen türkischen Krummdolch ausgeliehen, um vor dem trüben Spiegel sofort zielstrebig loszusäbeln...«

»Auch mir war entsetzlich traurig zumute, Tate, ihr herrliches rotes Haar lag rings auf dem Boden, und die türkischen Läuse – es mag vielleicht auch eine palästinensische darunter gewesen sein – rannten gekränkt durch die Gegend. Einen Moment hätte ich das Haar am liebsten zusammengerafft und aufgehoben, aber nun hatte ich Angst vor ihr... Später dann, kurzgeschoren im Eisenbahnwaggon, erregte sie doppelte Aufmerksamkeit. Die Leute sind eigens vorbeigegangen, um sie anzustarren. Irgendwie schöner war sie, weiß der Teufel, die Wangenknochen wirkten höher... die Augen...«

»Nein.«

»Ich habe natürlich geschwiegen. Was hätte ich sonst machen sollen? Nichts als geschwiegen habe ich die letzten Tage. Sie ist ein anderer, fremder Mensch geworden – ungestüm, bitter, unansprechbar, trübsinnig... Ich habe meinen

Entschluß gefaßt: Genug damit, ich laß die Finger von ihr, bringe sie euch wohlbehalten zurück und mach mich davon, geh bei der Bobbe wohnen...«

»Mach mich davon... Teurer Tate, ich werd's dir erklären...«

»Ja, aber nur dort, im Hotel in Istanbul, als wir auf die Eisenbahn warteten, die uns nach Europa zurückbringen sollte...«

»Wir hatten keine andere Wahl, glaub mir, Tate, es ging nicht anders. Moment, so hör doch, Tate, das Geld wurde immer knapper...«

»Ich wußte nicht, wie wir da wieder rauskommen sollten... Glaub mir...«

»Ja, habe ich versprochen und auch eingehalten, überall, auch in Venedig... allerorten...«

»Auch in Erez Israel natürlich, gerade dort, streng getrennt. Anfangs habe ich auf einem anderen Stockwerk geschlafen, umringt von kreißenden Frauen... später in einer meilenweit entfernten Pension...«

»Warte...«

»Eine Art Klinik...«

»Auch auf dem Schiff, gewiß doch, überall separate Kabinen, und wo es keine gab, haben wir gleich einen großen Paravent aufstellen lassen...«

»Einen Paravent... nur auf diesem letzten Teil der Reise... Aber in Istanbul sind wir spät in der Nacht angekommen, da war nur noch ein kleines Kämmerlein in diesem Bahnhofshotel frei, und ich wollte das nicht verlassen, um ja nicht den Zug zu verpassen, der morgens nach Europa abging, denn wir waren der Türken schon überdrüssig... Und dann auch das Geld...«

»Ich sag ja, Tate – nun hör sich mal einer an, wessen du mich verdächtigst, verflixt noch mal... In der Türkei sind wir mit genau hundert Bischlik eingereist!«

»An die dreißig Taler... Und die Goldmünzen wollte ich nicht angreifen... bis ich was wußte. Hier trage ich sie umgegürtet, wie du sie mir übergeben hast...«

»Ich weiß, alles läßt sich belegen, wir werden über jeden Heller abrechnen...«

»Gewiß, Tate, gewiß, es geht nicht ums Geld, sondern ums Prinzip, ich weiß, ich weiß, aber es gab Mißgeschicke – ein schweres Unglück auf dem Beiruter Bahnhof, das uns zwang, noch eine weitere Nacht dort zu bleiben, so daß unser Schiff mit dem großen Gepäck ohne uns nach Istanbul auslief, und als wir schließlich nachkamen, war das meiste geplündert, sogar die Geschenke, die wir in Jerusalem eingekauft hatten, waren weg.«

»Später... langsam, langsam...«

»Ein Mann ist umgekommen, ein Bekannter...«

»Aber ich sag doch, Tate, Gott im Himmel: Ich fürchtete, das Geld würde zur Neige gehen, und wir...«

»Nein, ich schreie nicht, verzeih, aber was forderst du eigentlich?«

»Beweinen? Ja, um was weinst du denn? Um Linkas Haare? Die wachsen doch wieder...«

»Es gibt andere Dinge, die unwiederbringlich verloren sind...«

»Zum Beispiel... beispielsweise... egal...«

»Nein, ich will dich nicht erschrecken.«

»Zum Beispiel, sagen wir, die Unschuld, Tate, vielleicht auch die Freude.«

»Die Freude, ja.«

»In keiner besonderen Hinsicht. Freude, Unschuld... Ich möchte dich nicht beunruhigen, aber wir hätten Linka dort beinah verloren, sie wollte ja dableiben... Mit letzter Kraft habe ich sie dem Strudel entrissen...«

»Palästina, lieber Tate, dein Erez Jisroel natürlich...«

»Stimmt, ungeordnet... entschuldige... nicht jetzt, du hast doch keine Geduld mehr zuzuhören... Hältst dich ja kaum noch auf den Beinen... Geh schlafen, Tate, morgen... Nur bring mir eine Papirossa, meine sind wie Stroh...«

»Papirossy aus dem Heiligen Land. Auch dort wird nicht wenig gepafft...«

»Im Gegenteil... Bitte, nimm die ganze Schachtel... Tut

mir leid, daß ich nicht noch mehr mitgebracht habe. Ich hätte mir ja denken können, daß dir Papirossy *von dort* besonders munden würden...«

»Das da? Nun, weiß der Teufel, eine Art Kamel vermutlich...«

»Womöglich ein jüdisches Kamel...«

»In Wirklichkeit sind sie grauer, sandfarben... geduldige Geschöpfe... vielleicht, weil sie so einen kleinen Kopf haben...«

»Danke.«

»Die Jischmaeliten natürlich...«

»Manche wandern umher, andere nicht...«

»Die meisten? Sitzen in Dörfern und Städten...«

»Tatsächlich.«

»Wohin sie wandern? Sie wandern eben nicht...«

»Hab nicht nachgezählt, aber *da* sind sie...«

»Nein, lieber Tate, ich bin nicht aufgebracht, aber die Eisenbahnräder rattern mir immer noch im Schädel. Fünf Tage lang von einem Schienenstrang zum anderen – ganz Europa ist schon von Gleisen überzogen. Ein junger deutscher Ingenieur, der in Saloniki zustieg und zwei Tage mit uns im Abteil saß, meinte, in zehn, zwanzig Jahren würde man dich am einen Ende Europas in einen Wagen setzen und bis ans andere Ende transportieren, ohne daß du auch nur einmal den Fuß auf einen Perron setzen müßtest...«

»So hat er gesagt, und durchs Fenster betrachtet, Tate, wirkt Europa von fiebriger Unruhe und tiefer Schwermut erfaßt. Die Waggons sind überfüllt, in den Dörfern brennen lodernde Feuer, Bauern lassen den Pflug im Stich und werden zu Wanderpilgern, entzünden Feuer auf offenem Feld. ›Fin de siècle‹ rufen alle, die letzten Tage des ausgehenden Jahrhunderts, und sie freuen sich darüber, fürchten sich aber auch sehr. Allerlei Wirrköpfe und Weissager gibt es, Karnevalisten allerorten, allen voran russische Muschiken – sie singen, fallen auf die Knie, zünden Kerzen an –, und die Griechen und Türken hauen alle übers Ohr. Und bis in die entlegensten Winkel findet man auch die unsrigen, Tate, mit ängstlich flatternden Augen, nach Westen – manche auch nach Süden – unterwegs, praktische Pilger, die nicht ihren Gott suchen, denn den haben sie bereits auf dem Buckel sitzen, wo er sie mitsamt den Bündeln und Kindern niederdrückt. Ja, verdreckte jüdische Kinder laufen einem allenthalben zwischen den Beinen herum...«

»Das Land selbst haben wir vor zwei Wochen verlassen, sind noch vor dem Laubhüttenfest in Beirut eingetroffen...«

»Mit diesem Mann...«

»Demselben Arzt, der uns nach Jerusalem gelockt hat... Linka hat doch vor unserer Einschiffung noch in einem Brief an euch über ihn geschrieben...«

»Dr. Mani...«

»Jude, gewiß, was hast du denn gedacht? Ist vielleicht noch Branntwein da?«

»Ich zittere auf einmal...«

»Egal... solange ich nur dieses Feuer ein bißchen anfachen darf... Ich habe mich ja so danach gesehnt... In den kalten Nächten habe ich halluziniert, wie ich nach Hause komme – schnurstracks zum Kamin...«

»Es ist Schabbes... richtig... ich bin durcheinander geraten... Dann rufen wir eben Mrazhik...«

»Möchtest du's hören? Hast du die Kraft?«

»Ich schon... wenn wir nur das Feuer noch etwas anfachen könnten... Wo steckt denn dieser Mrazhik? Ist der etwa auch schon fromm geworden? Dort im Obergeschoß herrscht merkwürdige Stille – ob sie wirklich eingeschlafen ist? Oder erzählt sie der Mamme flüsternd ihre Geschichte? Vielleicht möchtest du lieber hinaufgehen, Tate, um sie direkt aus ihrem Munde zu hören... Ich dränge nicht... wäre nicht gekränkt...«

»Na, dann...«

»Na, dann gibt's eben zwei Geschichten, eine oben und eine unten... Und wo bleibt die Wahrheit? Freischwebend auf der Treppe.«

»Von Anfang an? Aber wo ist der Anfang?«

»Sei nicht böse, nein, bitte... Du mußt nicht zürnen, ich

weiche nicht aus. Übrigens habe ich deinen Herzl getroffen, konnte ihm aber keine Grüße von dir ausrichten... So flüchtig und verwirrend war die Begegnung...«

»Von Anfang an? Aber den Anfang kennst du doch schon – Linka hat drei Briefe geschrieben.«

»Gut... in Ordnung... Aber ich fürchte deinen Schmerz...«

»Nach Erez Israel? Haha, was heißt da, warum? Bei einem Zionisten wie dir? Schließlich hast du uns zu einem Zionistenkongreß geschickt. Hast du das vergessen?«

»Also, von dort ging's einfach weiter mit uns, haha, in direkter, natürlicher Linie...«

»Was? Wo der Zusammenhang liegt? Ich dachte, Palästina hätte auch was mit der Sache zu tun, oder irre ich mich da?«

»Verzeih. Dann also von Anfang an. Ja, die Reise nach Basel war wunderbar. Alles. Die warme Luft, der klare Himmel. Schon in Katowice spürten wir, daß sich Delegierte aus ganz Galizien und Polen im Zug versammelten – eine rein zionistische Eisenbahn, abgesehen von dem unsichtbaren Lokomotivführer. Gegen Abend traf ein Anschlußzug aus Moskau ein, worauf sich unser Waggon mit einer großen Gruppe junger Leute füllte, die mich tief beeindruckt hat. Das sind andere Juden, Tate: lebensstrotzend, ernsthaft, einfach gekleidet, identitätsbewußt und doch freidenkend, anders als wir, energisch, ›Kinder der Pogrome und Unruhen‹, aber von strahlender Hoffnung getragen, mit Proviantbeuteln in der Hand, um die Ausgaben für Restauration zu sparen. Ich sah, daß auch Linka sich zu ihnen hingezogen fühlte, aber an sich hielt, doch nicht so sehr, daß sie sie nicht bemerkt und angesprochen hätten, zuerst natürlich auf jiddisch, aber bald fand sich auch jemand, der Französisch konnte, und jemand anders, der englisch plauderte, und schon machten Madame Sewistowskas Sprachlektionen sich bezahlt. Von da an, Tate, haben diese Sprachen uns überall den Weg geebnet, in der Schweiz wie in Palästina – oh, dort in Palästina allerdings hat dieses Englisch eine verheerende, geradezu grausame Auswirkung gehabt...«

»Gleich, eins nach dem anderen, von nun an nur in der richtigen Reihenfolge, denn auch der Schmerz wird der Reihe nach kommen, dieser Schmerz, dem du nicht entrinnen kannst, der mehr und mehr anschwellen wird, je weiter diese Geschichte sich vor dir entfaltet, Tate ...«

»Richtig. Immer noch in demselben Waggon, der sich in einen durch und durch jüdischen verwandelt hatte – die Gojim waren vor uns geflüchtet –, in einer verheißungsvollen Nacht, die uns alle Zionismus atmen ließ. Ja sogar ich, der, wie du weißt, einige tiefe Zweifel hegt, war bereit, die Ohren aufzusperren. Ein junges ukrainisches Pärchen – ein großer, bärtiger Bursche im gestickten Bauernhemd und seine junge Gefährtin – hatte keinen Platz mehr in der Runde um Linka gefunden, und so stürzten die beiden sich auf mich. Ich habe überhaupt festgestellt, daß Paare sich überschwenglich zu mir hingezogen fühlen, mich geradezu vergöttern. Dieses Paar nun war durch den Zionismus verbunden, und so begannen sie mir gleich ihre ›Position‹ und ihr ›Programm‹ auseinanderzusetzen, wobei sie sich gegenseitig das Wort aus dem Munde nahmen. Obwohl sie, wie sich alsbald herausstellte, gar nicht eigentlich Delegierte, sondern nur ›Beobachter‹ waren, hatten sie weitreichende Absichten, waren dynamische revolutionäre Beobachter, wahre Geheimbündler, die von deinem Dr. Herzl sprachen, als sei er ein tyrannischer Zar, nicht irgendein phantasierender Schriftsteller.«

»Ein phantasierender Schriftsteller.«

»Phantasien sind nichts Schlechtes.«

»Hab ich nicht gesagt.«

»Gewiß, Tate.«

»Alles im Rahmen des Möglichen ... Also, als wir bei Sonnenaufgang die herrlichen Türme Prags erblickten, perlte Linkas Lachen schon und schallte fröhlich weiter durch Aschkenas' Wälder und schließlich zwischen Münchens rötlichen Häusern, wo uns die Eisenbahn gegen Abend alle ausspie, damit wir uns die Beine vertreten konnten, bis die Lokomotive mit Kohlen aufgefüllt war und man die Abteile von unserem Dunst befreit hatte. So spazierten wir in lustiger

Runde durch die Straßen und Gassen dieser wunderschönen Stadt, wobei Linka inmitten der jungen Russen schon mehr schwebte als ging, während ich hinter ihr hertrottete mit meinem Paar, das mich völlig mit Beschlag belegt hatte, und bei mir dachte, daß ihre Schönheit größer war, als wir es uns hier, in unserem abgelegenen Jelleny-Szad, je haben träumen lassen. Das Schweigen der Getreidemühlen, teurer Tate, hat uns irregeführt.«

»Ich sage, diese aparte rotblonde Weiblichkeit, die nur ich zutiefst zu verstehen geglaubt hatte, lag hier mit einem Schlag vor aller Augen offen und fand enormen Anklang, während ich, der Welt größter Narr, mir die ganze Zeit Sorgen gemacht hatte, ob sie auch verstanden werden würde.«

»Unwichtig.«

»Unwichtig.«

»Stimmt, ich sage an den wichtigen Stellen ›unwichtig‹, ach...«

»Laß mir meine Schlängelwege...«

»Ich hab noch Kraft, aber laß mich meine gewundenen Wege gehen, du kennst mich doch, was macht's schon aus, zum Schluß gelange auch ich zu irgendeiner *summa summarum*...«

»Ich habe keinen Vertrauensbruch begangen, aber wenn ich vom Wege abgekommen sein sollte, bist du nicht begierig, den Grund zu erfahren? Es muß doch eine Ursache gegeben haben, denn es lief ja alles genau nach Plan. Der Zug fuhr um Mitternacht nach deinem Basel ab, am Mittag verließen wir den Bahnhof schnurstracks in Richtung auf deine Pension, atmeten deine Schweizer Luft, alles, wie du es letztes Jahr beschrieben hast, und alles stand ordnungsgemäß bereit — zwei saubere, anheimelnde Zimmer...«

»Eben, in der dritten Etage...«

»Ja, Frau Koralnik hatte dich in Erinnerung, ebenso wie Herr Frisch...«

»Auch der ›Opa‹ natürlich... Der auch. Und alle bedauerten sehr, daß du nicht dabei warst, und als ich ihnen von Mamme erzählte, haben sie sie alle bedauert und Linka bewundert, die ihnen einen schönen Knicks machte. Vor uns waren schon jüdische Delegierte aus England und Belgien eingetroffen, in der Küche hatte man sich um einigermaßen koschere Verhältnisse bemüht, hatte die Regale für Fleischiges und Milchiges säuberlich getrennt. Doch als ich nun den Tumult der Juden um mich herum hörte, wurde mir plötzlich so schwer ums Herz, daß ich mein Zimmer aufsuchte, mich aufs Bett warf und mich im stillen fragte, warum ich gekommen war. Dabei bin ich auf der Stelle eingeschlafen und hätte alle Tage des Kongresses so schlafen können, wenn Linka mich nicht gegen Abend glühend vor Begeisterung geweckt hätte. Sie war auf dem Kongreßbüro gewesen und hatte dort zwei hübsche, elegante Delegiertenkarten ergattert... *Dr. Efraim Schapiro und Linka Schapiro, Delegierte des 3. Kongresses.* Weiß der Teufel, wie sie ihnen den Kopf verdreht hat...«

»Offensichtlich.«

»Man war auf dein Kommen vorbereitet, und als du dann nicht kamst, hat man das Delegiertenamt deinem einzigen Sohn zuerkannt und es zugunsten deiner kleinen Tochter gleich noch verdoppelt – so wächst und gedeiht die neue jüdische Demokratie...«

»Sie war, glaube ich, die jüngste Delegierte auf dem Kongreß.«

»Das hat sie mit ihrem Charme erreicht, denn seit unserer Abfahrt aus Jelleny-Szad wird unsere Linka von Stunde zu Stunde erwachsener, zieht jeden, der ihr nahekommt, in ihren Bann. Hier in ihrer Jungfrauenmuschel, in diesem Kinderzimmer mit den hellblauen Vorhängen vor den Fenstern, die auf unsere grünen Weiden hinausgehen, ist im geheimen eine Frau, eine wahrhaftige Frau, herangewachsen, Tate, und ehe ich mich's versah, hatte sich das Blatt gewendet: Ich war nicht mehr der große Bruder, der seine kleine Schwester hinter sich herzieht, sondern der traurige Mann mit beginnender Glatze, der still einer lebenssprühenden jungen Frau nachtrottet. Und alle täuschten sich anfangs in uns. ›Ihre Gattin ist dort drüben‹, sagten sie zu mir... Oder fragten: ›Wo ist denn die bezaubernde Frau Gemahlin? Sie hatte doch versprochen zu kommen?‹ Worauf ich leicht verlegen stotterte: ›Sie ist nicht meine Frau, Herrschaften, nur meine Schwester, das kleine Schwesterlein‹ – was mir einen bitter-süßen Stich ins Herz versetzte.«

»Unwichtig, törichtes Geschwätz.«

»Ja, haha, schon wieder ›unwichtig‹. Du hörst mir so wach und aufmerksam zu, während ich halb im Traum spreche, Tate, du mußt mich nicht beim Wort nehmen, denn es hat sich ja wahrlich alles verkehrt: Tate und Mamme schicken ihren eingefleischten Junggesellen zu einem jüdischen Kongreß, damit er endlich eine gute Partie macht, und als er dann dort ankommt, findet er sich gewissermaßen schon mit einer jungen Frau vermählt, auf die er aufpassen muß, damit sie ihn nicht etwa betrügt, haha...«

»Das war doch die wahre Absicht hinter deiner zionistischen Begeisterung, teurer Tate, der Kongreß diente dir doch ganz offensichtlich nur als Vorwand...«

»Nun, die innere, verborgene Absicht...«

»Nu, lassen wir's bei einer Nebenabsicht bewenden, darauf können wir uns einigen. Du bist sehr kampflustig, während ich nur eine Geschichte erzählen möchte – die gibt's hier nämlich durchaus, Tate, ich habe dir aus deinem Palästina eine kleine Geschichte mitgebracht, die nun wie ein Wickelbaby hier auf dem uralten Sofa neben mir liegt, und wenn sie nicht erzählt wird, schreit und weint sie ohne Unterlaß. Also, der Tag ging zur Neige, der feierliche Eröffnungsabend des Kongresses begann, und wir beide als wirkliche Delegierte waren verpflichtet, unseres Amtes zu walten, obwohl wir noch nicht recht wußten, in wessen Namen, welches eigentlich unser Bezirk war und von wo bis wo er reichte. Waren wir Delegierte der Felder oder des Waldes? Der Getreidemühlen oder des Bahnhofs? Oder vielleicht der Eisenbahn? Denn im Dorf selber hatten uns doch weder die Mendels noch die Haffners oder die Auerbachs bevollmächtigt. Aber so sollte es nun mal sein, wir waren Delegierte, so stand es geschrieben, und so würden wir handeln. Es war ein wunderbarer klarer Abend und die fernen Sterne funkelten tröstlich.«

»Tröstlich, weil es vielleicht etwas Ewigeres gab als der Juden Treiben und Nöte.«

»Mach dir nichts draus. Unwichtig. Hauptsache, wir gingen die Straße entlang, gemeinsam mit anderen Delegierten, die aus allen Ecken und Enden der Stadt Richtung Casino-Saal strömten – selber noch ziemliche Hasardeure, wenn auch anständige und erfahrene Vertreter ihrer Zunft. Die schwarzen Fracks und Fliegen sahen hübsch aus zwischen den bunten Dirndln der stämmigen Schweizerinnen… und die ärmellosen Abendroben der jüdischen Damen, inmitten von Einkaufskörben, Kutschen und Bierkneipen …dabei warfen uns die Einheimischen aus den Tiefen ihrer Alltagsnormalität nur gleichgültige Blicke zu, und auch wenn wir in buddhistischen Gewändern oder in Eskimopelzen angekommen wären, hätten sie sich nicht aufgeregt. Juden waren es? Na, auch recht, heute hier, morgen dort… Und unsere Linka…«

»Theaterstraße… richtig…«

»Wie du's uns im letzten Jahr erzählt hast… Und Linka…«

»Stimmt, Tate, stimmt völlig, auch die Kneipe mit dem goldenen Hahn…haargenau… Aber hör zu…Unsere Linka…«

»Ich bin in deinen Fußstapfen gegangen, Tate, die ganze Zeit, ich dachte an dich… und es tat mir leid für dich… Aber warte, also unsere Linka…«

»Es hat mir leid getan, daß du nicht selbst hast kommen können…«

»Auch das Café mit den Sahnetorten…«

»Da hast du auch geschwelgt? Haha…«

»Gewiß, die Synagoge in der Eulerstraße steht am alten Platz… Und unsere Linka…«

»Nein, wir hatten keine Zeit hineinzugehen, gleich erzähl ich dir, warte, denn dort auf der Straße spazierte auch unsere Linka, höchst festlich, mit einem schicksalsschweren Augenaufschlag, den sie sich noch bei Katowice in der Eisenbahn zugelegt hatte, die Delegiertenrolle des ›Bezirks‹ so fest umklammert, als sei es die Magna Charta… ihre Arme waren völlig nackt – sie trug das schwarze Kleid, das sie sich heimlich hier genäht hat, ohne daß ich eine Ahnung davon hatte. Warst du in das Geheimnis dieser närrischen, skandalösen, Hals, Schultern und Arme bedenkenlos entblößenden Robe eingeweiht? Dabei waren ihre Arme kindlich drall, noch immer von der Muttermilch gepolstert, und die alten Sommersprossen der Kindheit, Tate, die intime Körperteile übersäen, boten sich nun vor aller Augen dar...«

»Nein, nicht die Sommersprossen als solche, nur als Metapher – lästige Grübeleien bei dieser festlichen Promenade, die den gewagten Auftakt für das Nachfolgende gab: für jene weibliche Verheißung nämlich, die üppig von ihr ausströmte... Damit du verstehst, was sich später ereignet hat...«

»Hörst du?«

»Hörst du?«

»Hörst du mir auch zu? Es herrschte großes Gedränge dort am Eingang, mit viel Applaus und lauten Jubelrufen. Sogar unsere Russen, die ›Beobachter‹, ›Revolutionäre‹, ›Geheimbündler‹ hatten die Hemden gewechselt und klatschten nun in die Hände, weil sie glaubten, Herzls Bart entdeckt zu haben, und zwei Jünglinge aus der Eisenbahn lauerten uns schon auf, um sich auf Linka zu stürzen, sie mitzuziehen – und während ich sie noch zurückzuzerren suche, erspähe ich doch wahrhaftig die glänzende Glatze Professor Steiners vom pathologischen Institut der Universität...«

»Ja, ja, Migolinsky war auch mit von der Partie, ganz in Schwarz, mit festlich-ernster Miene... und ich hatte gedacht, er hätte schon die Religion gewechselt...«

»Man hat so was gemunkelt...«

»Vielleicht ist er wieder zurückgewechselt, haha...«

»Wer hätte ihn denn entsenden sollen? Er repräsentierte sich selbst, wie alle anderen auch. Doch wenn ein Glatzkopf wie er auf einem jüdischen Kongreß auftauchte und mich begeistert in die Arme schloß, bestand doch Hoffnung, die sogar mich ansteckte, denn, ehrlich gesagt, verspürte ich die ganze Zeit einen nagenden Zweifel, ob wir schon bereit für dieses Abenteuer wären, ob es nicht voreilig war, sich so vor aller Welt zu exponieren und dadurch unsere Schwächen offen zur Schau zu stellen. Schließlich könnten wir doch vorerst noch weiter die Milch der Völker um uns herum trinken, um uns innerlich zu stärken, ehe wir uns allen Ernstes um Flagge und Hymne scharen …«

»Ich meine, es hätte einen Beschluß gegeben …«

»Ja … mir scheint … blau-weiß mit ein paar Sternen …«

»Nein, frag nicht, ich kann mich nicht erinnern. Seitdem sind viele, ganz andere Tage vergangen, und ich habe nichts mehr im Gedächtnis als diese dem Eingang zudrängende Menge, in der Linka in ihrem lächerlichen Kleid von der enthusiastischen ›Beobachterschar‹ mitgerissen wurde und ich mich an die Fersen meines glatzköpfigen Professors heftete, der zu einer Seitenloge geführt wurde. Mich hingegen plazierte man hinter einen Pfeiler.«

»Nein, frag mich jetzt nicht nach dem Kongreß, Tate …«

»Eine Rede? Gewiß … was denn sonst? Eine Art Bericht …«

»Nein, weiß ich nicht mehr …«

»Ja, über seine Zusammenkunft mit dem deutschen Kaiser in Erez Israel …«

»Mir scheint, es ist nichts dabei herausgekommen. Vage Sätze. Ausweichende Formulierungen. Vielleicht habe ich nicht recht verstanden …«

»Vom Land selbst hat er kaum etwas erzählt.«

»Trotzdem … Ein, zwei Worte über Jerusalem. Etwas Lyrisches, von wegen Nacht und Mondschein. Doch nachdem ich die Stadt selber besucht habe, weiß ich, wie wenig er verstanden hat. Er wandelt in der Idee, nicht in der Wirklichkeit, redet vom Mond statt von den Straßen, von Mauern statt von Häusern, von Deutschen und Türken statt von Juden, von Zukunft statt von Gegenwart. Er liebt die Formel, Tate, nicht die Lösung.«

»Nur drei Nächte in Jerusalem, von denen er sich, dem Vernehmen nach, zwei auf einem Billiardtisch in einem Etablissement namens ›Hotel-Kamenitz‹ herumgequält hat …«

»Anscheinend hat man kein Bett für ihn gefunden und ihm

deshalb einen Billiardtisch als Lager hergerichtet – wahrhaft symbolisch…«

»Traurig? Gar nicht mal, auch nicht pessimistisch, eher fieberhaft, würde ich sagen. Ich habe ihn aus der Nähe beobachtet – gedankenverloren, da ich sein Wienerisch kaum verstand –, und auf einmal, teurer Tate, überrollte mich eine Woge des Mitleids für ihn. Er wird nicht mehr lange leben, Tate…«

»Wenn du willst – ärztliche Eingebung…«

»Und wenn's Intuition ist – warum darüber spotten?«

»Sein Schweißausbruch, die Blässe im Gesicht, das verhaltene Zittern in den Armen, die schwarzen Ringe unter den Augen. Wenn ein solcher Patient bei mir erschiene, bekäme ich es gleich mit der Angst zu tun, würde ihn zur Blutuntersuchung schicken, seine Lungen abhören… Der lebt nicht mehr lange, wird schnell sterben, und bei seinem Tod, wer weiß, wird vielleicht alles in alle Winde zerstreut…«

»Nenn es ›Mediziner-Phantasie‹… spotte ruhig…«

»Ein völlig privater Gedanke, allein von mir. Ich warf einen Blick auf Steiner, um zu sehen, ob ihm ähnliches durch den Sinn ging, aber er schien überhaupt keine medizinischen Gedanken zu wälzen, lauschte vielmehr, vor Begeisterung hingerissen, den Worten selber und klatschte geradezu brutal in die Hände…«

»Warte, Tate.«

»Warte…«

»Es war nur so ein Gedanke… Sei nicht böse, vielleicht irre ich mich.«

»Dann habe ich mich eben geirrt…«

»Ich hoffe sehr, daß es keine Ein-Mann-Bewegung ist.«

»Aber warte doch…«

»Du? Haha…«

»Du wirst uns alle überleben, sei unbesorgt…«

»Palästina hat mir nicht den Geist verwirrt. Wenn mir damals im Kongreßsaal jemand gesagt hätte, daß ich zwölf Tage später selber in Jerusalem sein würde, hätte ich ihn für verrückt gehalten.«

»Warte... warte... reg dich nicht auf... es war nur ein Gedanke... warte, wart mal...«

»Du tust, als hätte ich ihn schon umgebracht! Im Gegenteil, die Sitzung ging lange weiter... Reden, Grußadressen, erste Einwände... Und ich saß dort zwischen dem Pfeiler und meinem Professor eingeklemmt... Spät abends endlich löste sich die Versammlung auf, und ich eilte Linka zu suchen, die ich zu Beginn des Abends verloren hatte, doch mein Pathologe ließ nicht von mir ab, überhäufte mich vielmehr mit einem weiteren Vortrag voll origineller, wenn auch grausamer Einfälle, während wir uns langsam auf die von Menschen und Kutschen wimmelnde Straße hinausschoben, wobei mir der Kopf schwirrte, denn ich war es ja nicht gewohnt, so eng von Judenmassen umdrängt zu sein, noch dazu in Abendkleidung. Dabei hielt ich unverwandt nach Linka Ausschau, bis ich sie in dem Tumult erspäht hatte: in einem Meer von Russen, den Kindern der Pogrome und Unruhen, das groteske Kleid völlig zerknittert, die Schleifen gelöst, in den glühenden Armen einen Stapel Papier, und dann ruhte noch – auch das habe ich gesehen, Tate – eine kräftige Männerhand ganz zwanglos auf ihrer Schulter. Doch ehe ich die junge Funktionärin aus den Wogen fischen konnte, stand da doch, wie aus dem Boden gestampft, ein kleiner, wütender Alter mit Zylinder neben mir und rief auf jiddisch: ›Ein Doktor? Man braucht einen Doktor! Wer ist hier ein Doktor?‹ Unwillkürlich wandte ich mich um, worauf er mich sofort fest an der Hand packte und mich wieder in den Saal zurückzerrte, dessen Lichterglanz und fiebriges Menschengetümmel ich gerade eben verlassen hatte. Doch jetzt war er bereits schummrig und leer; nur ein paar Schweizer Bedienstete fegten mit großen Besen die Papierabfälle zusammen, löschten entschlossen die Flammen der Kerzen, öffneten die Fenster, um den Mief der Reden zu beseitigen. Der kleine Alte schlängelte sich unterdessen behende zwischen den Stuhlreihen hindurch und zog mich mit auf die Bühne, wo er jedoch abrupt innehielt und mich dreist fragte: ›Woher seid Ihr, *Bocher*?‹ Als ich es ihm sagte, wußte er natürlich nicht, wo das lag, so daß ich hinzufügte, ›bei Kraków‹, und gleich leuchtete sein Gesicht auf. ›Und was für ein Doktor seid Ihr?‹ fragte er weiter, mich immer noch auf der Bühne zurückhaltend. ›Was ist Euer Spezialgebiet?‹ ›Kinderarzt‹, antwortete ich ihm lächelnd, worauf er sofort enttäuscht die Stirn in Falten legte. ›Kinder?‹ Doch dann überlegte er sich's und murmelte: ›Nicht wichtig, kommt.‹ Ich fragte, was denn passiert sei, worauf er geheimnistuerisch flüsterte: ›Kommt rasch, es ist jemand zusammengebrochen.‹ Damit geleitete er mich durch eine Tür hinter die Bühne in einen großen, dämmrigen Billiardsaal, von dort weiter eine prächtige Treppe hinauf und durch lange Korridore, bis er mich in einen von Zigarettenrauch erfüllten Raum führte, in dem zwei Männer neben dem Sessel eines dritten standen. Und wer hat da wohl gesessen, Tate? – Herzl.«

»Herzl höchstpersönlich, klein und sehr blaß, ohne Jackett und Fliege, das reinweiße Hemd ein Stück offen, er selbst jedoch völlig gelassen, ein Glas Wasser in der Hand, mit seinen Gefährten Französisch parlierend, während mein alter Begleiter ihn sehr familiär auf deutsch ansprach: ›Hier habe ich einen jungen Arzt aus Krakau gefunden, und nun lassen Sie sich in Gottes Namen von ihm untersuchen, Doktor‹, worauf Herzl eine ungeduldig wegwerfende Gebärde machte, die anderen sich aber sofort mit dem Alten verbündeten und solange auf Herzl einredeten, bis der plötzlich nachgab und seinen Bart in einer rührenden Geste auf die Brust sinken ließ. Gleich schob der dynamische Alte mich so heftig auf den Sessel zu, daß ich beinah gestolpert wäre, als fürchtete er, wenn ich nicht schnell machte, könnte Herzl es sich anders überlegen, und da auf einmal – hörst du, Tate, hör dir das an – war mir doch der Gedanke an seinen baldigen Tod völlig entflogen, ja im Gegenteil, hier neben mir verwandelte sich die halbe Mumie, die vor einer Weile auf der Bühne gestanden hatte, in eine höchst reale, lebendige Gestalt, sogar die schwarzen Ringe unter den Augen erschienen mir jetzt wie ein gelungener Schminktrick. Aber, worauf ich ihn untersuchen sollte, wußte ich nicht. Ich nahm an, er hatte einen

Schwindelanfall, vielleicht auch eine leichte Ohnmacht erlitten – die Augen waren ein wenig hervorgequollen und die Pupillen flatterten etwas. Ich spähte umher, ob er sich etwa übergeben hatte, denn ich bin gewohnt, daß Kinder das im Fall von Schwindel tun, aber es gab keinerlei Anzeichen, auch keinen entsprechenden Geruch. Verlegen, da ich nicht wußte, was man von mir erwartete, beugte ich mich über sein Gesicht, bis ins Mark von Besorgnis erschüttert, und da hob er den Kopf und blickte mich fast heiter an, sprach deutsch, während ich auf jiddisch erwiderte, dem ich eine deutsche Färbung zu geben suchte. ›Was ist geschehen?‹ fragte ich mit zitternder Stimme, ›was ist passiert?‹ Er wandte sich lachend an seine Gefährten, machte einen Scherz über den Arzt, der selber der Ohnmacht nahe sei, und streckte – sei es zum Abschied, sei es in einer Gebärde der Überraschung – die Hand aus, die ich sogleich ergriff, um notgedrungen nach seinem Puls zu fühlen.«

»Manchmal läßt sich eine Unregelmäßigkeit im Herzrhythmus daran feststellen...«

»Das war's eben. Ich konnte den Puls partout nicht finden. Vielleicht habe ich seine Hand zu schlaff gehalten, oder aber der Puls selbst war zu schwach. Doch inzwischen war schon die Tür aufgegangen, und zwei Männer führten einen weiteren Arzt herein, einen gutaussehenden, rundlichen Mann von dunklem Typ im weißen Jackett, der sich mit erregten Gebärden vor uns allen leicht verbeugte, ehe er, vor Ergriffenheit errötend, mit liebenswürdiger Freizügigkeit auf Herzl zutrat und sich in englischer Sprache als Dr. Mani vorstellte, worauf er etwas über Jerusalem sagte, wo er offenbar mit Herzl zusammengetroffen war, doch dieser musterte ihn nur gutgelaunt, ohne ihn zu erkennen, während ich immer noch sein Handgelenk festhielt, verzweifelt mit rasendem Herzklopfen versuchte, seinen goldenen Manschettenknopf aufzunesteln, und vergebens nach seinem völlig entschwundenen Puls tastete, wobei ich nun weitere Menschen eintreten sah, andere Ärzte, die man eilends herbeigebracht hatte, denn auf Herzls Ohnmacht hin waren einige seiner Getreuen in alle Richtungen auseinandergestoben, und nun kehrten sie einer nach dem anderen zurück, je einen oder zwei Ärzte im Schlepptau, als sei dies ein Ärzte-, kein Zionistenkongreß, haha. Aber alle hielten natürlich sofort inne, als sie mich bereits an Herzls Sessel stehen, starr seine Hand festhalten und den geheimnisvollen Pulsschlag suchen sahen, den ich – selbst wenn ich ihn gefunden hätte – in dem wachsenden Tumult gewiß nicht hätte zählen können, zumal Herzl sich auch noch bewegte, sichtlich erfreut ob all der herbeieilenden Ärzte. Er hatte wieder Farbe bekommen, und Heiterkeit ging im Zimmer um, denn alle sahen, daß der große Mann munter und lebendig war, als sei das alles nur ein Schelmenstreich gewesen, um die Ärzte zusammenzutrommeln. Doch ich versteifte mich immer noch grundlos, als sei seine Hand an meiner festgeklebt, und je mehr Ärzte hereinströmten, desto gelähmter verharrte ich. Dabei warteten alle ungeduldig, aber immer noch mit kollegialer Höflichkeit, der unverfrorene junge Arzt möge seine lächerliche Untersuchung beenden, denn sie merkten ja, daß ich nichts fühlte und nichts zählte, aber ich ließ nicht locker. Erst als ich die schimmernde Glatze meines Pathologieprofessors ebenfalls in den Raum gleiten sah, erschrak ich wirklich, so daß ich endlich die Hand losließ, worauf Herzl sich mit wunderbarer Liebenswürdigkeit erhob und sie mir erneut zum Abschied entgegenstreckte, die meine drückte und mir sehr herzlich dankte, hahaha…«

»Hahaha…«

»Ist das nicht amüsant, Tate? Hahaha…«

»Es kann vorkommen, daß die Arterie absinkt…«

»Sie hat einen Namen, warum sollte sie keinen haben? Man hat alles in unserem Körper irgendwie benannt…«

»Wozu willst du das wissen?«

»Speichenschlagader oder so ähnlich…«

»Lächerlich… sicher… so war's…«

»Ausgerechnet ich, der schwache Pulse gewohnt ist… Bei Kindern ist er ja manchmal ganz weg…«

»Nein, nimm dir's nicht zu Herzen… Es wird mich dort sowieso niemand in Erinnerung behalten haben…«

»Teufelswerk? Du mußt nicht übertreiben... Warum ärgerst du dich denn? Die ärztliche Zulassung wird man mir deswegen nicht entziehen... haha...«

»Nein, auch die anderen haben ihn nicht untersucht, sind nur nähergetreten, um sich vorzustellen. Es waren große Professoren darunter, die sehr wortgewaltig Deutsch sprachen. Bald hatte sich eine ganze Runde gebildet. Ich hingegen verzog mich in eine Ecke und dachte nicht an Herzl, sondern an Linka, die sich gewiß wegen meines Verschwindens Sorgen machte, womöglich ins Hotel zurückgekehrt war und dort verloren durch die dunklen Korridore irrte. Neben mir in dieser Ecke stand der Jerusalemer Arzt, der ebenfalls vor dem lauten deutschen Wortschwall zurückgewichen war – etwas niedergeschlagen und beschämt, daß Herzl ihn nicht erkannt hatte –, und als man uns allen bedeutete, den Raum zu verlassen und dem lebendigen Toten ein wenig Ruhe zu gönnen, sah ich den Jerusalemer eine Hintertür aufmachen und hinausschlüpfen, und schon folgte ich ihm auf dem Fuße, als habe seine Schmach meine nachgezogen. Ich geriet in einen schmalen, dunklen Korridor, dem ich gleich ansah, daß es nicht der war, durch den man mich hergeführt hatte, aber da ich nicht umdrehen wollte, tastete ich mich vorwärts hinter dem Schatten her, der bald merkte, daß ihm jemand folgte, stehenblieb, eine kleine Kerze aus der Tasche zog, sie anzündete, in die Höhe hielt und nun höflich auf mich wartete. Und von diesem Abwarten, Tate, verläuft, wenn du so willst, eine gerade, furchtbare Linie zu seinem Tod vor zehn Tagen auf dem Beiruter Bahnhof, obwohl ich tief in meinem Inneren sehr wohl weiß, daß wir beide, Linka und ich, nichts als ein Vorwand waren...«

»Ein Vorwand.«

»Ein Vorwand... Ein Vorwand für eine völlig andere Abrechnung. Ich war ein Vorwand für Linka und Linka ein Vorwand für jemand anderen, vielleicht für eine andere Frau...«

»Das frage ich mich auch...«

»Ich kann nicht aufhören, darüber nachzudenken, so quält mich der Kummer...«

»Nein...«

»Nein...«

»Bist du nicht müde?«

»Ich? Ich werde immer wacher. Nimm dich vor mir in acht, teurer Tate, die Geschichte und ich sind miteinander verschmolzen... Das Feuer hat sie mir in die Seele geschweißt... Seit meinen Kindertagen behext mich dieses Feuer, und wer weiß – wenn ich mit dieser Geschichte fertig bin, werde ich vielleicht selbst ins Feuer gehen und dort verschwinden, ein Häuflein Asche, oj, oj...«

»Ich verstehe es nicht, aber seit wir den Bosporus Richtung Europa überquert haben, hält mich eine Kälte gepackt, daß mir die Knochen klappern...«

»Stimmt, aber für einen Erez-Israeli wie mich ist dieser Herbst schon wie Winter...«

»Bitte, schenk mir noch mal nach...«

»Nein, keinen Tee... Branntwein...«

»Mehr...«

»So. Danke. Nun, so hat es wahrhaftig angefangen, Tate. Mit einer Begegnung in einem dunklen Korridor an der Dienstbotentreppe, wo ein Mann aus Jerusalem, einen brennenden Kerzenstummel in der Hand, auf mich wartete. Es wundert mich jetzt noch, daß er eine Kerze griffbereit in der Tasche hatte, als sei er es gewöhnt, in finstere Gänge zu geraten. Ja, nicht nur für sich hatte er eine parat, sondern er zog auch für mich eine hervor, die ich dankbar anzündete. Noch heute frage ich mich: Wenn Herzl nun keinen Schwächeanfall erlitten hätte – wären wir uns auch dann begegnet? Oder wenn er ihn zwar erlitten hätte, ich dem Mann aber nicht gefolgt wäre? Doch, ich wäre ihm gefolgt, ich war so von ihm angezogen, ich hätte ihn in jedem Fall gefunden, vielleicht, weil er mir vom ersten Augenblick an wie die völlige Antithese zu seiner ganzen Umgebung dort erschien, dieser rundliche Mann aus Jerusalem... dynamisch... mit üppigem Haar... gutaussehend... ein orientalischer Frauenarzt...«

»Antithese...«

»Eine Antithese zu uns allen, zu dir zum Beispiel, zu den anderen Delegierten, zu den deutsch-jüdischen Ärzten...«

»Ich weiß es nicht...«

»Frauenarzt, Gynäkologe oder eigentlich mehr Geburtshelfer. Weißt du noch, lieber Tate, daß auch ich am Ende meines Studiums geschwankt habe, ob und worauf ich mich spezialisieren sollte: Frauen oder Kinder? Du warst mehr für Frauen, während Linka meinte, ich würde mich besser zum Kinderarzt eignen.«

»Gewiß... alles steht noch offen... ist noch möglich... Aber er war ganz und gar Frauenarzt, Geburtshelfer, hatte eine Entbindungsklinik in Jerusalem eingerichtet, war sogar geradezu eine öffentliche Figur...«

»An die fünfzig... Eigentlich nicht viel jünger als du, aber dabei – entschuldige – noch sehr frisch, sogar ein wenig kindlich, aber auch listig, ja, auf eine ganz eigene Weise listig...«

»Eine richtige Klinik, warte, laß mich erzählen...«

»Warum nur Jüdinnen? Auch für Araberinnen, Pilgerinnen, jede, die wollte, aber warte doch...«

»Eine gute Frage... Anfangs haben wir beide deutsch geradebrecht, merkten aber bald, daß das keinen Sinn hatte. Daraufhin hat er Englisch vorgeschlagen, das er, wie ich bereits entdeckt hatte, geziert wie ein Pfau sprach, als habe man ihm ein weiches Ei in den Mund hineingeschoben. Englisch galt ihm als die Sprache der Zukunft, doch ich hob hilflos die Hände und versuchte es mit Jiddisch, wobei ich schnell merkte, daß es ihm nicht ganz fremd war und er versuchte, mit hebräischen Worten, die er entsprechend quetschte, zusammenstutzte und in der Betonung veränderte, eine Brücke zu schlagen, worauf ich mir nun insgeheim sagte: Hebräisch wäre hier immerhin auch eine Möglichkeit, zumindest in dieser Hintertreppensituation, wenn zwei Juden im Dunkeln tappen, und so begann das Hebräische, von dem du mir so mühsam etwas einzutrichtern versucht hast, langsam in Stille und Finsternis zu sprudeln, und ich dachte, du könntest jetzt doch noch ein wenig mit mir zufrieden sein...«

»Tatsächlich, Tate, wahrhaftiges Hebräisch, und obwohl

es bei mir ziemlich eingerostet und komisch klang und ich bei den Verben nur die Wurzel, so wie man sie im Grammatikbuch findet, verwendete, und wohl auch oft maskulin und feminin verwechselt haben muß, hatte es doch etwas besonders Angenehmes an sich, die Reste dieser alten Sprache in dem engen Korridor auszugraben, ja, wir scherzten sogar ein wenig, denn wir verirrten uns anfangs gründlich, stiegen aus irgendeinem Grund blindlings ein schmales Treppchen bis tief in einen Weinkeller hinab, und wenn mein Hebräisch auch mit jeder Stufe sicherer wurde und er mir ermutigend in seinen rauchigen Kehllauten antwortete, begriffen wir doch beide rasch, daß dies nicht der richtige Weg war, gingen also mit unseren brennenden Kerzen wieder hinauf zu der Tür, aus der wir gekommen waren, fanden sie jedoch zu unserer Bestürzung verschlossen vor. Dahinter war es still – vielleicht hatte man Herzl schlafengelegt, oder seine Gefährten waren womöglich zu einer weiteren Debatte mit ihm gezogen, und nun ergriff mich wirkliche Panik, denn ich machte mir ja die ganze Zeit Sorgen um Linka, die dort in ihrem Nackedeikleid auf der nächtlichen Straße geblieben war und mich sicherlich suchte. Doch auf einmal hörten wir schwere Schritte und sahen eine stämmige Schweizer Bedienstete heraufkommen, die nach einem harten Arbeitstag zu ihrer Kammer hinaufging, uns aber erst mal durch das Labyrinth geleitete und auf eine schmale, menschenleere Straße hinter dem Casino entließ, die einen glauben machte, all die Juden, die sich erst kurze Zeit zuvor hier getummelt hatten, seien nie dagewesen …«

»Habe ich doch schon gesagt, Tate, ein bißchen jünger als du, aber dynamisch und frisch, so eine Antithese …«

»In welcher Hinsicht? In jeder Hinsicht …«

»Zum Beispiel? Zum Beispiel: wärst du, Tate – so, wie du gehst und stehst, ein respektabler Gutsbesitzer, Ehemann und Vater eines nicht mehr jungen, aber begabten Arztes und einer durchaus ansehnlichen Tochter – fähig, dich urplötzlich, glühend, wahnsinnig, mit Haut und Haaren zu verlieben?«

»Ja, mit Liebesqualen …«

»Du…«

»In ein junges Mädchen, wie, na, wie…«

»Aha…«

»Mit verheerender Liebe, die dich dazu brächte, uns alle und das Gut zu verlassen und deiner Geliebten nachzufolgen?«

»Nein.«

»Na, dann…«

»Was?«

»Aha…«

»Du? Du?!«

»Du scherzt…«

»Ja, wenn dem so ist – warum verliebst du dich dann nicht ein bißchen, teurer Tate, verlieb dich doch, haha…«

»Stimmt, was weiß ich schon von dir?«

»Ich meine…«

»Möglich…«

»Was weiß der Mensch überhaupt über seines Nächsten Herz…«

»Wenig…«

»Vater zweier Kinder… beide noch klein… Vorher war er ein hartgesottenerer Junggeselle als ich…«

»Eine Frau… gewiß…«

»Die Frau? Wart's ab…«

»Warte… warte…«

»Hab ich doch gesagt? Mani…«

»Mosche…«

»Ein geläufiger Name im Orient…«

»Wie Manie sozusagen… warte… wart ab…«

»Ja, ausführlich, und wie, aber bitte laß mich langsam mit meiner Geschichte fortfahren, das ist Balsam für meine schmerzende Seele… Laß mich… Plötzlich packt mich wieder die Trauer über seinen Tod…«

»Nein, ich schreie nicht… Verzeihung… Jedenfalls gingen wir nun gemeinsam auf der stillen, leeren Straße um das Casino herum, wobei er mir schon von seinem Jerusalem erzählte, von der Klinik, die er geraume Zeit zuvor dort eröffnet hatte und derentwegen er nach Europa gekommen war, um Spenden für ihre Erweiterung und Ausstattung zu sammeln. Ich hörte ihm jedoch nur noch mit einem Ohr zu, denn ich war jetzt sicher, daß Linka natürlich nicht mehr dort war, wo ich sie verlassen hatte, und auch in den benachbarten Straßen war alles still, nur hier und da eine schummrige Kneipe, in der ich beim Hineinlugen bloß Schweizer mit schnapsroten Gesichtern sitzen und traurige Lieder grölen fand. Es zerriß mir schier das Herz, daß ich sie so allein gelassen hatte, und ich konnte auch nicht begreifen, wo all die Juden geblieben waren. Und dieser Mani lief mir unbeirrt nach. Von dem Augenblick an, in dem er gehört hatte, daß ich Kinderarzt bin, erzählte er mir hell entzückt von der schwedischen Hebamme, die bei ihm arbeitete und eine Expertin für schmerzarme Geburten sei, und von seiner eigenen neuen Idee, das Blut an Gelbsucht erkrankter Neugeborener aufzustocken, denn ihm selbst seien drei Kinder an dieser Krankheit gestorben, worauf ich immer nur nickte, ihn wie im Traum hörte und mir unterdessen in panischer Angst Dinge ausmalte, an die man gar nicht denken darf.«

»Daß man sie womöglich verschleppt hatte... oder zu etwas Bösem verleitet...«

»Ich weiß nicht, unwichtig, ich war einfach zutiefst erschrocken, weil wir beide ja noch nie allein so weit von zu Hause weggewesen waren und ich schon sah, daß keine Hoffnung mehr bestand, sie in diesen leeren Straßen zu finden, und so bat ich diesen Mani, mir zu verzeihen, aber ich hätte es eilig, in die Pension zu kommen, und erzählte ihm von meiner verschwundenen Schwester. Erst da unterbrach er seinen Redefluß und erbot sich, mich mit der ihm zur Verfügung stehenden Kutsche zur Pension zu fahren – wie er ein Weilchen vorher die kleine Kerze zur Hand gehabt hatte, hatte er nun eine Kutsche parat. Er führte mich in eine Seitengasse, und dort, Tate, wartete tatsächlich eine richtige Kutsche mit elegantem schwarzen Verdeck und einem vollbärtigen Schweizer Kutscher in roter Livree, der zusammengekauert auf dem Kutschbock döste. Wie sich herausstellte, gehörte die Kutsche einem jüdischen Bankier aus Zürich, der zwar keine Geldmittel für Manis Klinik hatte herausrücken wollen, dafür aber bereit gewesen war, ihm einen seiner Wagen zur Verfügung zu stellen, um ihm die Sammelaktion bei anderen reichen Juden zu erleichtern. Noch immer sehe ich diese Kutsche dort spät nachts an der Straßenecke stehen, Tate, nicht weit vom Kongreßhaus entfernt. Ein edler Rappe stand so stolz auf seinen langen Beinen da, als sei er geradewegs von den Alpengipfeln herabgestiegen, das Mondlicht noch in seinen großen Pupillen glitzernd – und da, von diesem Augenblick an, in dem ich eilig jene Kutsche bestieg, zieht sich visionsartig eine absolut gerade Linie zu diesem Tod... diesem entsetzlichen Unglück... Obwohl wir in Wirklichkeit, das weiß ich, nichts als ein Vorwand waren...«

»Weil der Keim des Gedankens schon in seinem Innern angelegt gewesen sein muß, und sei es nur als trockenes Samenkorn, das in der Erde ruht, ohne zu wissen, das es ein Same ist...«

»Nein, Tate, nein, immer der Reihe nach...«

»Darauf bestehe ich, damit du mich jetzt nicht mitten in der Nacht allein vorm Kamin sitzen läßt, nachdem du das Ende vorweggehört hast, denn nur die Geschichte selbst kann deine Müdigkeit überwinden und dich in der wunderbaren Kutsche durch die angenehm kühle Basler Nacht der Pension zuführen – das Pferd trabte flink über die kopfsteingepflasterten Straßen, deren Anwohner längst ihren wohlverdienten Schlaf genossen, und ich wunderte mich immer noch, wohin all die Juden, und vor allem die jüngeren unter ihnen, verschwunden waren, die doch unmöglich bereits sämtlich in die Federn gekrochen sein konnten, und bald waren wir auch schon vor der Pension angelangt, die völlig im Dunkeln lag, was mich zu Tode erschreckte, denn auch ihr Zimmer war dunkel, was ja bedeutete, daß sie nicht zurückgekommen war, und nun bekam ich es mit der Angst zu tun, die Kutsche könnte entschwinden und mich allein mit meiner Sorge vor dieser schlafenden Pension zurücklassen, und so bat ich diesen Jerusalemer, der mir inzwischen schon von A bis Z erzählt hatte, daß er in Jerusalem geboren sei und seine Mutter ebenfalls, er möchte nicht davonfahren, sondern hier mit mir warten. Ohne lange zu zögern, willigte er ein – vielleicht verlangte die frappante Schmach, die Herzl ihm zugefügt hatte, nach einer Entschädigung durch menschliche Nähe –, und augenblicklich stürzte ich zur Rezeption, rüttelte den ›Opa‹ wach, der dort auf einer Pritsche im Speisesaal schlief – über ihm an der Wand hingen blanke Kupferpfannen, die wie rötliche Sonnen im Nachtlicht funkelten –, nahm ihm die Schlüssel ab und rannte in fliegender Hast zu ihr ins Zimmer, das noch genauso aussah, wie sie es zu Beginn des Abends verlassen hatte, genau wie zu Hause, die Kleider achtlos hingeworfen, die Unterwäsche auf dem Bett, halb zu Boden hängend, und die Angst durchbohrte mich nun wie mit Messern – den ganzen Abend hatte ich mich ja schon mit dem Gedanken herumgequält, daß dies doch der erste ihrer Tage war und es deshalb nicht gut für sie war, so viel herumzulaufen...«

»Nein, der erste Tag ihrer Unreinheit...«

»Wußte ich, weiß ich immer, egal...«

»Ich weiß es, seit sie ein ganz junges Mädchen war... vom ersten Mal an...«

»Frag mich nicht. Ich weiß es, spüre es, weiß nicht, wieso ich es weiß, und weiß es trotzdem...«

»Nein, laß das auf sich beruhen, sie ist ja nicht der Kern der Geschichte, sondern...«

»Nein, nicht sie, sondern er, dieser ausgesandte Arzt, dieser Dr. Mani, der da neben mir im Speisesaal bei der kleinen Petroleumlampe, die der ›Opa‹ für uns angezündet hatte, saß und sich auf seinen Untergang vorbereitete, an seinem ›Vorwand‹ festklebte – denn nichts als Vorwand waren wir ihm ja –, aber warum wir? Warum wir? Er spürte meine große Sorge um Linka, der er sich sogleich anschloß, in Linka verliebt, bevor er sie noch gesehen hatte – ja er brauchte sie wohl gar nicht zu sehen. Da entdeckte ich diese orientalische Sanftheit, seine ergebene Duldsamkeit, ein vages, uraltes Gefühl schmählicher Zurücksetzung, aber auch die Fähigkeit, schnell Kontakt zu Menschen aufzunehmen und sich in sie einzufühlen. Unterdessen redete er wieder von seiner Klinik und der dafür bestimmten Spendenaktion, sichtlich bemüht, mich irgendwie als eine Art Finanz- oder Fachpartner zu gewinnen, denn seit er von dem Gutshof gehört hatte, war er Feuer und Flamme ob dieser Zufallsbekanntschaft, die ihm nicht nur einen zionistischen Kinderarzt beschert hatte, sondern dazu noch einen aus reichem Hause, der einmal einen großen Gutsbesitz erben würde...«

»Unterwegs in der Kutsche, als ich den leichten Gang des Pferdes bewunderte und es mit unseren schweren Gäulen verglich, die Mrazhik kaum in Trab kriegt...«

»Und dann eben weiter vom Gutshof, von den Getreidemühlen, vom Wald – alles hörte er sich mit offenem Munde an, als wolle er es mit Haut und Haaren verschlingen.«

»Nein, auch Arztgeschichten. Über Entbindungen im Dorf, wie die Jüdinnen schreien und die Polinnen weinen...«

»Ja, sie weinen, so sind sie nun mal...«

»Weil du nie danach gefragt hast...«

»In Tränen aufgelöst. So ist es bei ihnen, ein Riesengeheul.«

»Die Jüdinnen? Aus vollem Hals – damit das Neugeborene sein Leben lang daran denkt, seine Mutter für all das Weh und Leid zu entschädigen. Aber die Polinnen weinen, weiß der Teufel, warum, vielleicht vor lauter Scham, noch einen Polacken in die Welt gesetzt zu haben, haha...«

»Eitles Geschwätz, aber was sollte ich machen? Ich war so in Sorge, daß ich mich fest an diesen Mani klammerte, damit er mich ein wenig ablenkte, und er strahlte, sich an seinem Vorwand festschweißend, einen herzlichen Charme aus, während der Himmel draußen sich schon violett färbte.«

»Ja, schon wieder ›Vorwand‹, nimm's einfach so, wie du's hörst, teurer Tate, du hast keine Wahl. Auf dieses Wort versteife ich mich, sonst werde ich mein Leben lang keinen Schlaf mehr finden.«

»Nein, nicht jetzt, denn endlich hörte ich ihr Lachen auf der stillen Straße. Ihr Lachen hatte einen ganz eigenen Klang – stell dir ein Raubtier vor, das man gekitzelt hat. Anstelle der russischen Studenten, diesen enthusiastischen Kindern der Pogrome und Unruhen, begleiteten sie jetzt drei nicht mehr junge polnische Herren, von denen zwei aus Lemberg stammten und einer aus Warschau, letzterer ein antisemitisch angehauchter, zionistenfreundlicher Goj, den eine neue nationalistische Zeitung entsandt hatte, um festzustellen, ob tatsächlich Aussicht bestand, daß die Juden ihr Bündel schnüren und sich davonmachen würden...«

»*Naród i Ojctyzna.*«

»Diese Leier werden wir alle noch öfter zu hören kriegen. Und dieser impertinente Spaßvogel, schon leicht angesäuselt, machte nun eine tiefe Verbeugung vor mir, behandelte uns alle, und vor allem Linka, mit verschlagener Nonchalance und hatte ihr überdies seinen weißen Schal über die nackten Schultern gelegt – nicht etwa aus Gründen des Anstands, sondern um die Flecke zu verdecken, die sie in irgendeiner Kneipe abbekommen hatte. Sie hingegen – rotwangig, das Kleid zerknittert, das Haar zerzaust, verlegen ob dieser schwerfälligen männlichen Galanterie, die sie aber zweifellos, das kannst du mir glauben, Tate, auch genoß – warf den Stapel Resolutionen, Pamphlete, Reporte und Manifeste auf den Tisch – ein ganzes Füllhorn an Dokumenten, das man den Kongreßdelegierten aufgehalst hatte – und stürzte sich in wilder Erregung auf mich, weil ich einfach verschwunden sei, so daß sie diese charmanten *Pans* mit der Suche nach mir habe belästigen müssen. Ich stand beschämt mit geballten Fäusten da, hätte sie verprügeln können, Tate... Schon von dem Augenblick an, da ich ihr Lachen in der nächtlichen Stille gehört hatte, hätte ich sie schlagen mögen, ich, dem schon allein der Gedanke...«

»Ich habe noch niemals die Hand gegen sie erhoben, das weißt du... Und nun überwältigte mich dieser Wunsch, einfach auf sie einzudreschen, ich, der ihr noch nie was zuleide getan hatte, nicht mal, als sie noch ein kleiner Wildfang war, auch nicht, als ihr sie damals meiner Obhut überlassen habt und zu Sejdes Beerdigung für zwei Wochen nach Wilna gefahren seid. So fingen wir an, uns in Gegenwart aller zu strei-

ten, mitten in der stillen Pension, und schon kam auch der
›Opa‹, der die Fahne des Warschauer Zionistenfreundes ge-
rochen haben mußte, auf leisen Sohlen angeschlichen und
drängte sich zwischen uns...«

»Alles, ich weiß nicht, alles. An erster Stelle dieser fremde
weiße Schal, der ihr über den Schultern lag, und dieses skandalöse Kleid, das ich am nächsten Morgen vernichtet habe.
Auf einen Schlag war sie eine große Dame geworden, du hättest sehen müssen, wie sie den *Pans* die Hand zum Kusse
reichte, und dieser Verehrer da drückte die Lippen in unver-
hohlenem Begehren auf ihre tintenverschmierte kindliche
Hand, während sie lachte und stürmte – das einst fein zusam-
mengeklappte Taschenmesser war mit einem Mal aufgesprungen...«

»Nein, nein. Laß, genug. Ich wollte keinen Aufruhr, zumal
jetzt auch Mani aus seiner dunklen Ecke trat, verlegen unter
den blanken Kupferpfannen hervorkam, worauf ich ihn –
meine Zufallsbekanntschaft, meine ›Antithese‹ – allen vorstellte. ›Aus Jerusalem, meine Herrschaften‹, verkündete ich
wütend, ›direkt aus Jerusalem ist der Herr gekommen‹. Und
dieses geheimnisumwobene Jerusalem wehte plötzlich wie
ein frischer Wind durch den Raum. Die *Pans* grinsten. ›Jerusalem? Ist denn das die Möglichkeit?‹ Doch Linka blickte
meine Antithese warmherzig an und streckte sogleich die
Hand aus, die Dr. Mani – hier bemerkte ich zum erstenmal
seine besondere, liebenswürdige Art gegenüber Frauen – mit
schüchterner Vornehmheit küßte. ›Er spricht englisch‹, sagte
ich, ›red englisch mit ihm!‹ Und sie begann tatsächlich ohne
Zögern in einem sanften, melodiösen Englisch, so samtig
weich wie ein süßer Haferbrei, zu ihm zu sprechen, worauf er
ihr, in dankbarem Staunen, in seinem Pfauenidiom, der Sprache der Zukunft, wie er meinte, antwortete. Die polnischen
Herren lauschten verlegen grinsend diesem Englisch, und nur
der ›Opa‹ wunderte sich, daß dies nun die vierte Sprache war,
die die Juden innerhalb weniger Minuten untereinander ver-
wendeten, und da, teurer Tate – oder so ist es mir wenigstens
erinnerlich – überwältigte mich plötzlich das Verlangen, mit

diesem Mann nach Erez Israel weiterzufahren. In eben diesem Moment beschloß ich, sie, unsere Linka, mit dem ›Echten‹ zu konfrontieren, sie mitten in die dunkle Grube des Zionismus zu werfen. Jerusalem, sei's drum, Jerusalem.«

»Jerusalem? Sei's drum, Jerusalem...«

»Ja, und zwar auf der Stelle. Nur weg von hier, und sei es nur, um diese *Pans* und ihresgleichen von ihr abzuschütteln. Und dann dachte ich an dich, Tate, und wurde wütend...«

»Weil du nichts davon begreifen und nein sagen würdest...«

»Einfach ausgedrückt, daß du uns die Reise dorthin verbieten würdest...«

»Wir waren von dir abhängig... so dachte ich...«

»Das heißt, wenn wir versucht hätten, die Erlaubnis einzuholen, hättest du sofort ein Verbot ausgesprochen...«

»Wieso wärst du nicht dagegen gewesen, wo du selbst jetzt, im nachhinein...«

»Es ist eine Tatsache, du bist zornig... du...«

»Wie?«

»Du warst nicht verärgert?«

»Ich verstehe nicht...«

»Meine Einbildung?«

»Was?«

»Nein, wo...?«

»Du hast dich gefreut? Wieso das? Worüber denn?«

»Stolz? Eigenartig... Stolz? Wirklich?«

»Wirklich? Und als wir vor der Einschiffung in Venedig auf der Post das Telegramm an dich aufgaben, habe ich wie ein Verbrecher gezittert...«

»Dann hat Linka recht gehabt, und ich habe mich geirrt... Linka hat es besser gewußt...«

»›Tate? Nur nach außen, tief im Herzen ist er auf unserer Seite.‹ Aber wieso denn?«

»Trotzdem...«

»Nur deswegen...«

»Hab ich nicht gedacht... hätte ich nie für möglich gehalten... war also völlig umnachtet... Guter Tate, verzeih. Und ich hatte deine Wut schon förmlich in meine Seele eingegossen, bin die ganze Zeit mit deinem vorwurfsvollen, bohrenden Blick im Rücken herumgelaufen und dachte mir: Was habe ich ihnen bloß angetan, dem Tate und der Mamme – statt in Frau Liepmans Pension nach Lugano zu reisen und eine himmlische Partie zu machen, fahren wir in ein Wüstenland zum Stelldichein mit Kamelen und Eseln...«

»Der Kongreß? Der Kongreß, Tate, war nun der dritte, und vermutlich wird es auch einen vierten geben...«

»Das heißt... Hat denn nicht in *Der Jid* gestanden, was da vor sich gegangen und gesagt worden ist? Kurz, ich gestehe, ich war auf dem Kongreß nicht mit dem Herzen dabei, Tate.«

»Viel Gerede. Ansprachen und Debatten. Sogar unser Dr. Mani hat eine kleine Rede vor der ›Medizinischen Kommission‹ gehalten, hat um Unterstützung gebeten und natürlich die anwesenden Ärzte eingeladen, ihn zu besuchen. Frag besser Linka, die weiß noch, worüber sich die Gemüter erhitzten und wie man sich schließlich einigte, denn sie hat keine einzige Sitzung ausgelassen. Ihr hättet sie sehen sollen, wie sie in ihrem bestickten Bauernkleid – dieses skandalöse Abendkleidchen hatte ich ja mittlerweile vernichtet – nachdenklich dasaß, sich gelegentlich Notizen machte, eine treue, pflichtbewußte Delegierte des ›Bezirks‹, der sie zwar nicht entsandt hatte, aber waren denn die anderen bevollmächtigt? Hatte man Moskau nach seinen Delegierten gefragt oder Warschau nach seinen Vertretern? Kurzum, ich war kaum auf dem Kongreß, weil ich insgeheim unsere Reise nach Palästina vorbereitete. In völliger Verschwiegenheit, Tate, ohne Linka ein Sterbenswörtchen zu sagen, auch nicht dem Jerusalemer Arzt, von dem ich beiläufig den Namen seines Schiffes erfahren hatte, das am 1. September von Venedig nach Jaffa auslaufen sollte. Aber er muß wohl etwas geahnt haben, hängte sich nämlich an uns, saß viel mit Linka zusammen und unterhielt sich mit ihr in der Sprache der Zukunft. Doch ich dachte nicht an die beiden, sondern nur an dich...«

»An dich, deine Wut und Bestürzung. Nein, Tate, du kannst mich des Gedankens an deinen Zorn noch nicht berauben...«

»Gefreut hast du dich sogar? Wie ist das bloß möglich. Nein, ich glaub es einfach nicht, haha, du gestrenger Tate. Ein bißchen war diese leichtfertige Reise ja auch gegen dich gerichtet...«

»Gegen diesen gutbürgerlichen Zionismus, und wenn du jetzt verkündest, liebster Tate, daß du überhaupt nicht zornig auf mich gewesen seist, ist das fast eine kleine Enttäuschung.«

»Stimmt, eine merkwürdige Enttäuschung, aber immerhin. Wie, glaubst du, fährt man plötzlich von Basel nach Palästina? An wen wendet man sich? Ich ging zum Bahnhof, um Rat einzuholen und einen möglichen Weg ausfindig zu machen, aber zuerst schien es keinen Weg zu geben, denn die Schweizer trieben mich schier zur Verzweiflung mit ihrer Weigerung, mein gebrochenes Deutsch zu verstehen, und als sie endlich verstanden hatten, wunderten sie sich über meine Frage, denn Palästina kam für sie nur in der Bibel vor; schließlich begriffen sie jedoch, daß ich Jude war und schickten mich zu einer jüdischen Angestellten, einer sanften jungen Frau aus Wilna, nicht viel älter als unsere Linka, aus frommer chassidischer Familie, die zwei Jahre zuvor von zu Hause weggelaufen war, um den ersten Kongreß zu besuchen, und aufgrund ihrer neugewonnenen Freiheit beschlossen hatte, nicht wieder nach Wilna zurückzukehren. So war sie mittellos in Basel geblieben, um auf die nächsten Kongresse zu warten, und hatte eine temporäre Anstellung im Bahnhof gefunden, denn die Bahnverwaltung hatte bereits festgestellt, daß es sich empfahl, ein eigenes ›jüdisches Bureau‹ einzurichten, um den Kongreßteilnehmern bei der Reiseplanung behilflich zu sein, die insbesondere nach Beendigung des Kongresses gerne Pensionen, Hotels und Sanatorien in diesem grünen Teil Europas aufsuchten, um sich von ihrer nationalen Sendung zu erholen und sie zu verdauen...«

»Nein, stimmt, es sind gute, vertrauenswürdige, idealistische Menschen darunter, aber – warum leugnen – Tate, eben auch Weltenbummler – wie ich zum Beispiel –, die sich einfach auf Kosten des jüdischen Loses amüsieren wollen, das sie in etwa an ein Bridge-Spiel erinnert...«

»Unsere ganze Reise sollte doch eigentlich zunächst nur dem Vergnügen dienen, bis sich das Blatt wendete...«

»Moment, Moment, willst du denn nicht von dieser Wilnaer Bahnangestellten hören?«

»Besonders hübsch war sie nun gerade nicht, Tate, eher blaß, ein wenig kränklich – schwindsüchtig nannte ich sie im stillen –, aber eine scharfsinnige, souveräne junge Person und eine Expertin von wahrhaft talmudistischer Gelehrsamkeit, was die Landkarte Europas anbetraf, die sie gewissermaßen im Geist ausgebreitet vor sich sah und beliebig in alle Richtungen falten und drehen konnte. Sie kannte die Bahnlinien, wußte die Namen sämtlicher Stationen, war bewandert in Fahrplänen und Zugverbindungen, vermochte dir die Ausstattung der Abteile in jeder Wagenklasse ebenso zu beschreiben wie die Anordnung der Sitze, sie empfahl dir, welche Waggons am besten waren, und selbstverständlich hatte sie die Fahrpreise im Kopf. Kurzum, ein unvergleichliches Mädchen. Auch ich gefiel ihr, und als sie hörte, daß ich nach Erez Israel wollte, machte sie sich die Sache derart zu eigen, als wollte sie mit mir kommen. Obwohl sie im Hinblick auf Manis griechisches Schiff ab Venedig Bedenken hatte, da es ihr zu klein schien, telegraphierte sie umgehend dem Schiffsagenten, um uns gute Kabinen zu sichern, und begann sich um die Unterkünfte unterwegs zu kümmern. Kurz gesagt, große Begeisterung, die meinen Mut stärkte. So pendelte ich also zwischen Kongreßsaal und Bahnhof hin und her und schmiedete im geheimen meinen Plan, der mir immer noch wie ein reines Phantasiegebilde vorkam. Am dritten und letzten Tag des Kongresses ging ich nachmittags zu meiner kleinen Schwindsüchtigen und erhielt eine hübsche Mappe mit dem kompletten Reiseplan, alles auf Jiddisch, samt Reisedokumenten und Bahnfahrkarten, jedes Detail fein ausgeklügelt mit Nachtfahrten, um die Tage für Besichtigungen frei zu haben, bis in die letzten Kleinigkeiten war vorgesorgt – wo wir übernachten und essen sollten, was wir unterwegs sehen würden, wieviel uns was im einzelnen kostete, und natürlich auch, wie wir aus Erez Israel wieder zurückkommen und wohin wir uns wenden sollten. Nichts fehlte in ihrem Plan außer Wellenhöhe und Windrichtung... was sich zum Schluß allerdings leider als das Wichtigste erweisen sollte, Tate, haha...«

»Warte... wart's ab... Gegen Abend, in ihrem kleinen Bureauraum auf dem belebten Bahnhof, zahlte ich ihr den Reisepreis und ergriff ihre Hand – plötzlich glitzerten Tränen in ihren Augen, als fiele ihr der Abschied von mir schwer – und sie küßte mich, warmherzig...«

»Viertausend Schweizer Franken.«

»Rechne es in Goldstücke um...«

»Ungefähr...«

»Ungefähr...«

»Vielleicht ein bißchen mehr... War das teuer? Auch die Pension in Lugano hätte einiges gekostet...«

»Natürlich, alles erster Klasse, wie es sich für junge Menschen aus wohlhabendem Hause ziemt...«

»Ich hatte immer noch kein Wort zu Linka gesagt, die die ganze Zeit getreulich im Kongreßsaal hockte und keine Silbe von den Reden versäumte, die wie Wasserfälle vom Podium sprudelten. Mal saß Dr. Mani zu ihrer Rechten, und mal saß ich, schweigend vor mich hinlächelnd, zu ihrer Linken. Obwohl sie mich offensichtlich in Verdacht hatte, etwas im Schilde zu führen, konnte sie nicht einmal im entferntesten erraten, was es war; nur ihr verwunderter Blick wurde immer bohrender. Wir hatten uns seit der Nacht mit den *Pans* noch nicht wieder völlig versöhnt, wechselten nur knappe, kühle Sätze, aber abends in der Pension – es war eine laue Nacht – zeigte sie mir wortlos ihr Ballkleid, das diesmal durchaus vernünftig war...«

»Ja, es hat einen Ball gegeben, Tate. Bei deinem Kongreß nicht?«

»Also diesmal hat man einen kleinen Ball veranstaltet, wohl um die pessimistische Stimmung ein wenig zu heben, die der deutsche Kaiser mit seiner kalten Schulter ausgelöst hatte.

Das heißt, die ›gewählten Abgeordneten‹ schlossen sich in einem kleinen Saal ein und wählten sich selber wieder, während das ›Proletariat‹ sich in Frack und Abendkleid warf, Juwelen anlegte und sich aufs Tanzparkett begab. Als wir abends am Casino ankamen, hörte man schon die fröhlichen Wiener Walzer, während ich in der Reihe der auf der Hauptstraße wartenden Kutschen zu meiner Verwunderung Dr. Manis Wagen mit dem schwarzen Verdeck fix und fertig zur Abreise gepackt stehen sah. Der bärtige Kutscher stand im Mantel, die Peitsche in der Hand, daneben, und das Pferd fraß sein Abendbrot aus einem umgehängten Hafersack. Auf meine Frage, was das zu bedeuten hätte, erklärte der Kutscher mir kurz und bündig, wegen der Hitze habe man beschlossen, schon früher nach Arth-Goldau aufzubrechen, da das Pferd in der nächtlichen Kühle besser laufe. Nun fürchtete ich bereits, dieser Mani könnte verschwinden, bevor er noch von den zu erwartenden Gästen erfuhr, eilte also in den Ballsaal und fand ihn dort, im schwarzen Frack, mit einer schwergewichtigen, juwelenbehangenen alten englischen Jüdin tanzen, wobei er sich ernsthaft mit ihr unterhielt, vermutlich um sie für seine Klinik zu interessieren und noch im letzten Augenblick eine Spende von ihr zu ergattern. Unsere Linka war trotz ihres unauffälligen Kleides von jungen Männern umlagert, und ich verzog mich in eine Ecke und rauchte eine Zigarette nach der anderen. Den Reiseplan fest an mich gedrückt, ließ mich mein großes Geheimnis trotz der drückenden Hitze ein wenig schaudern.«

»Tanzen? Nein, du weißt, ich bin kein großer Tänzer, und die Frauen, abgesehen von Linka, wirkten auch nicht besonders leichtfüßig. Aber, Tate, wenn meine kleine Schwindsüchtige vom Bahnhof zufällig dort aufgetaucht wäre, hätte ich sie vielleicht zu einem Walzer aufgefordert.«

»Ja, so ist es. Sie gefiel mir irgendwie, aber sie hat nicht mehr lange vor sich... Glaub mir... dieser trockene Husten...«

»Schon wieder, was soll ich tun? Du hältst mich für einen Mörder, obwohl ich nur Zeuge bin...«

»Vielleicht hat sie mir deshalb gefallen… Haha, ein scharf-
sinniger Gedanke… haha…«

»Nein, laß, Tate, nicht jetzt. Du lebst noch lange, mach dir
da keine Sorgen, sehr lange. Ich glaube, du begreifst immer
noch nicht, daß nicht ich der Held dieser Geschichte bin, sondern daß es jener Mani ist, der zu guter Letzt enttäuscht von
seiner Tänzerin, die sich nicht mal eines klitzekleinen Brillan-
ten entledigt hatte, abließ, ihr mit einer tiefen Verbeugung
Lebewohl sagte, dann betrübt neben mir Platz nahm und der
fröhlich umherwirbelnden Linka mit den Augen folgte. Und
jetzt frage ich mich: Wenn er wirklich entschlossen war, sich
das Leben zu nehmen, wenn dieser Gedanke schon als lebendiger Keim in ihm steckte – warum hat er's denn nicht dort in
dem bläulichen Ballsaal vor all den Delegierten getan? Das
hätte doch einen unvergleichlich gewaltigeren Eindruck hinterlassen als in der Abenddämmerung auf diesem armseligen
Beiruter Bahnhof…«

»Weiß der Teufel, Tate…«

»Die Geister… nein, nein…«

»Ich sah ja, daß er sich an mich klammerte, daß ihm der
Abschied schwerfiel. Und ich, Tate, kriegte plötzlich das Zittern, trug mich – erregt über die Reise, die mir wie glühende
Kohlen auf dem Herzen brannte – auf einmal mit Reuegedan-
ken: ob ich's mir nicht anders überlegen, alles rückgängig
machen, den Reiseplan bereits als die Reise selbst betrachten
sollte…«

»Hatte Furcht… ich weiß nicht… Furcht vor Erez Israel…«

»Nein, nein, dein Zorn hat mich nur angefeuert, die Reise
zu unternehmen…«

»Vor Erez Israel selber, das ich klein und gelb auf der großen Wandkarte in ihrem Bureau gesehen hatte – wie eine
gelbliche Viper mit dem schwarzen Aufdruck ›Palästina‹…«

»Die Form der Buchstaben vielleicht… So ist es mir durch
den Kopf gegangen, teurer Tate. Aber da saß dieser dunkelhäutige Jerusalemer Gynäkologe neben mir, ließ – traurig
über den bevorstehenden Abschied von uns allen – den Blick

durch den Saal schweifen und wartete darauf, Linka, die er besonders mochte, Lebewohl zu sagen. Und auf einmal empfand ich Mitleid mit ihm, er verschmolz auf wundersame Weise mit dem Mädchen aus Wilna dort in ihrem Bureaustübchen, die meine Reise ausgetüftelt hatte, und ich brach mit einemmal mein Schweigen und fragte ihn leise, ob seine Einladung nach Jerusalem noch bestehe, denn ich hätte eventuell vor, ihn in nächster Zukunft zu besuchen. Er errötete zunächst vor jäher Verblüffung, so daß ich mich schon fragte, ob er all seine großzügigen Einladungen womöglich nur in der sicheren Überzeugung ausgesprochen hatte, es werde sie sowieso niemand annehmen. Doch langsam brachte er, erregt stammelnd, hervor: ›Sie möchten nach Jerusalem kommen?‹ ›Ja‹, erwiderte ich sanft, wobei ich das ›Reisebündel‹ in meiner Brusttasche befingerte, das sich plötzlich weich anfühlte und lieblich raschelte. ›Ja‹, wiederholte ich und fügte, immer noch im Singular, da ich nicht wußte, was Linka sagen würde, hinzu, ›ich werde mich am 1. September in Venedig einschiffen.‹ Dabei zog ich einen Zettel aus der Tasche und las den Namen, ›*Kriti Zorakis*‹, davon ab. Als er den Namen des Schiffes deutlich aus meinem Munde vernahm, richtete er sich kerzengerade auf und packte mich fest am Handgelenk, als wolle er mir auf der Stelle am Puls ablesen, ob ich im Ernst oder Scherz redete. Für eine Weile hatte es ihm die Sprache verschlagen. Als er sie schließlich wiederfand, sagte er: ›Sie sind in Jerusalem mein Gast.‹ ›Mit Vergnügen‹, entgegnete ich mit einem Kopfnicken und immer noch sprachen wir in der Einzahl, als wäre Linka gar nicht dabei. Nun erhob er sich und begann aufgeregt, mich zu umkreisen: ›Und die Dame, wird sie sich Ihnen anschließen?‹ fragte er. Es erschien mir eigenartig, daß er Linka als Dame bezeichnete, und merkwürdig, daß er sich so erregt nach ihr erkundigte, denn obwohl er in sie verliebt gewesen war, bevor er sie gesehen hatte, wußte ich nicht, ob er es auch danach noch war, denn sie war doch nur...«

»Bravo, ja, Tate, ja, ein Vorwand. Lächle nicht. Wir waren nichts als ein Vorwand für dieses Verlangen, das längst in ihm vibrierte, vielleicht schon immer. Ja, Tate, dabei bleibe ich...«

»Warte, sag nichts, warte... In Gottes Namen, wart's ab...«

»Linka weigert sich seit Beirut, mit mir zu sprechen, mehr als ein Ja oder Nein war nicht aus ihr herauszuholen, und auch das nur, wenn es um Organisatorisches ging...«

»Ich habe sie nicht gezwungen, habe im Gegenteil zu Mani gesagt: ›Die Dame? Rufen wir sie doch einfach und fragen sie selbst.‹ Damit stand ich auf, wartete, bis die Musik und der Walzer zu Ende waren, und entführte die im ganzen Gesicht Glühende den ausgestreckten Armen zahlreicher potentieller Tanzpartner – derer waren viele, Tate – und geleitete sie zu Dr. Mani, der ihr die Hand küßte – ihm war bewußt, daß sie inzwischen weniger auch nicht erwartete –, worauf sie ihm mit strahlenden Augen ihr herrlich verschwenderisches Lächeln schenkte. ›Linka‹, sagte ich zu ihr, ›Linka, Dr. Mani hat uns nach Jerusalem eingeladen, und ich bin geneigt, die Einladung anzunehmen. Was meinst du – sollen wir uns morgen früh aufmachen und in sein Palästina reisen?‹ Hätte sie in diesem Augenblick gesagt: ›Du bist ja verrückt, Bruderherz, dich reitet wohl der Teufel‹, ich wäre sofort in eine Ecke gegangen, hätte ohne Skrupel hinsichtlich der Kosten alle unsere Reiseunterlagen vernichtet und wäre, deinem Willen gemäß, Tate, an den Luganer See in Frau Liepmans Pension gefahren, um all die jüdischen Jungfrauen aus ganz Europa, die sich dort zwecks Eheanbahnung versammeln, einer Musterung zu unterziehen und mich wieder einmal zu fragen, warum sie mir derartige Übelkeit verursachen. Doch das Lächeln in Linkas Augen blitzte heller und heller, tief aus dem Dunkel ihrer heftig flatternden Seele, und bis zum Tag meines Todes, Tate, werde ich nicht vergessen, wie sie mir um den Hals fiel, mich mit kindlichem Vertrauen küßte, drückte und liebkoste, als habe ich ihren innersten Herzenswunsch intuitiv erraten, und als habe sie die zwei Tage, in denen ich heimlich zum Bahnhof gelaufen war, meine Schritte verfolgt und geahnt, was ich vorhatte, ohne auf den Gedanken zu kom-

men, daß man sich um Wege und Mittel kümmern mußte –
als könnten wir im Handumdrehen aus diesem bläulichen
Ballsaal geradewegs ins Herz Jerusalems entschweben. Und
ein Anflug von Schwäche berührte mein Herz...«

»Übelkeit?«

»Brechreiz?«

»Übelkeit? Ach, hahaha, leichte Übelkeit... Brechreiz...
haha, eine Art Abscheu, das heißt, eine Schwäche des Ichs,
was erschrickst du denn? Die typische Schwäche des Jids,
aber zum Schluß werde ich sie überwinden und mir eine Jid-
dene nehmen, um mit ihr in den Kissen zu versinken...«

»Nein...«

»Nein...«

»Sollen wir aufhören, Tate? Was hat es für einen Sinn,
wenn wir jetzt weitermachen? Soll Linka dir die Fortsetzung
erzählen, während ich mir hier eine Decke vor den Kamin
breite und mich niederlege? Ich muß mir wohl von einem dieser verfluchten Pilger eine schleichende Krankheit zugezogen
haben, wenn mich derart fröstelt, während ich ins Feuer
blicke, uh, wenn es nur aufgemalt wäre, könnte es nicht kälter sein. Schläft auch Steffka schon? Laß mich das Feuer schüren – Gott ist inzwischen ebenfalls eingenickt...«

»Für die große Mizwe, die ich getan habe, habe ich eine
Sünde gut...«

»Wenn du drauf bestehst. Es wurde Mitternacht. Aus dem
kleinen Saal traten unsere gewählten Führer – Herzl und
Nordau an der Spitze –, Applaus und Jubelrufe, kurze hoff-
nungsvolle Ansprachen, man hob die Gläser zum Toast, und
alles redete auf einmal vom nächsten Jahrhundert, vom nächsten Kongreß, ›fin de siècle‹, rief jemand, und ein mächtiges
Beben lief durch den Saal, ›fin de siècle‹, fielen andere ein, und
schon spürte man den Haß auf unser Jahrhundert, dessen
man herzlich überdrüssig war, und die erwartungsvolle Hin-
wendung zum neuen, dem 20. Jahrhundert. Wir drei standen
aufgeregt abseits, schon nicht mehr zu den anderen gehörend,
doch Mani zögerte noch immer aufzubrechen, und vielleicht
wäre er noch lange geblieben, wenn jetzt nicht sein Schweizer

Kutscher den Saal betreten hätte – förmlich getragen von seinem schwarzen Bart, im Reisemantel, die Peitsche noch immer in der Hand, bahnte er sich ungehalten und mit düsterer Miene seinen Weg zwischen den jubelnden Juden hindurch, und es hätte keine vollkommenere und grandiosere Antithese zu all den Versammelten geben können, als unser dreisamer Auszug im Gefolge dieses energischen Kutschers, der Mani beinahe mit schwingender Peitsche abführte und ihn fast gewaltsam in die Kutsche stieß. So wünschte er uns Lebewohl – ein wenig traurig und einsam –, wobei er ein ums andere Mal ungläubig fragte: ›Werden Sie auch wirklich kommen?‹ Linka versprach es ihm, umarmte ihn, wie ein Kind den Vater umarmt, redete Englisch, das ihnen schon zur vertrauten Sprache geworden war, und gab ihm auf einmal sogar einen Kuß. Und ich, dem dieser spontane Kuß höchst liebreizend erschien, hätte mir denken können, daß er weitere nach sich ziehen würde, habe aber gar nichts gedacht, starrte nur auf die Koffer und Bündel, die hinten an der Kutsche vertaut waren, und auf den ernsten Rappen und den einsamen Reisenden unter dem schwarzen Verdeck, der zu dieser Nachtstunde nicht wie einer aussah, der unser aller gemeinsamem Ziel zustrebte, sondern wie jemand, der an den Ausgangspunkt zurückgeworfen wird. Und in jener Nacht...«

»Nein. Und in jener Nacht...«

»Ja. Und in jener Nacht hat Linka den ersten Brief an euch geschrieben, den ich jedoch am Morgen konfiszierte, weil ich immer noch besorgt um euch war und alles abzublasen erwog. Doch jetzt versteifte sie sich wie gewöhnlich, fühlte sich an das Versprechen gebunden, das sie dem nach Osten reisenden Arzt gegeben hatte, und da ich langsam fürchtete, sie könnte sich allein auf Reisen machen, gab ich nach. Am Vormittag suchten wir verschiedene Läden auf, um uns passende Reisekleidung anstelle der eigentlich auf Linkas Liste stehenden Spitzensachen zu kaufen. Wir erstanden Staubmäntel wie den, den der Kutscher getragen hatte, Tropenhelme als Sonnenschutz und dünne Seidentücher gegen den Staub – hier, dieser Fetzen um meinen Hals ist der letzte Rest davon. Am

Nachmittag bestiegen wir den Zug nach Arth-Goldau, und am nächsten Morgen hat Linka dort am See einen zweiten Brief an euch verfaßt, den ich ebenfalls beschlagnahmte, denn ich hatte hinsichtlich der Reise immer noch meine Bedenken. Doch gegen Abend fuhren wir per Bahn gen Südosten, nach Lugano, weiter, wo wir Samstag früh eintrafen und lange Aufenthalt hatten. Wir mieteten eine Droschke, um eine Stadtrundfahrt zu machen und kamen sogar an Frau Liepmans Pension vorbei. Zuerst traten wir inkognito in Staubmantel und Tropenhelm ein, weideten uns am Anblick der schabbesgemäß in Schale geworfenen jungen Herren, die gerade den Morgengottesdienst beendet hatten und sich nun in der Vorhalle zum Kiddusch versammelten, um dann – entsprechend ermuntert – auf Brautschau zu gehen. Schließlich stellten wir uns doch noch der Dame des Hauses vor, die in ihrem Ärger über die zurückgezogene Zimmerreservierung versicherte, sie werde uns keinen einzigen Franken deiner Anzahlung zurückerstatten, ja sie wollte uns nicht einmal deinen Brief aushändigen, der dort auf uns wartete. Aber Linka hat ihn ihr hold lächelnd abgeschmeichelt, und so setzten wir uns dann beide und lasen deinen lieben Brief vorwärts und rückwärts, um das Gesagte und auch das Ungesagte zu interpretieren, wobei wir Gott dankten, daß er uns die Strafe einer solchen Pension erspart hatte. Danach fuhren wir weiter durch die wunderhübsche Stadt, und am Abend bestiegen wir den Schlafwagen nach Mailand, in dessen Abteil ich den ersten Brief an euch schrieb, den ich allerdings wiederum aus Sorge um euch vorerst ebenfalls in der Tasche verwahrte. Am Sonntagmorgen in Mailand angekommen, fanden wir eine düstere Stadt vor, auf die ein starker Sommerschauer niederprasselte. Menschen umwimmelten uns, Kirchenglocken läuteten, und die Trattorien waren geschlossen. Um Unterschlupf vor dem Regen zu finden, setzten wir uns zu der Menge der Gläubigen, die an der Messe im großen Dom teilnahmen, wir standen gelegentlich auf oder knieten nieder, je nachdem, aber das heilige Brot aßen wir nicht. Viel haben wir von dieser geschäftigen grauen Stadt nicht gesehen, um ja nicht den Zug nach Venedig zu verpassen. Dort im Abteil unterhielten wir uns mit einem sehr hilfreichen Deutschen. Überhaupt hatte ich schon festgestellt, daß die Deutschen sich im Zug gern mit uns anfreundeten, wir leicht ihre Zuneigung gewannen, schon gleich zu Anfang als vermeintliches Ehepaar und eher noch mehr, sobald man erfuhr, daß wir Geschwister sind. Dieser Deutsche nun, ein gebildeter Mann, ein Schriftsteller, der jedes Jahr nach Venedig fährt und die Stadt mit all ihren Schätzen kennt, erteilte uns nützliche Ratschläge, warnte uns aber auch vor einer Spätsommerseuche, die von den Behörden verharmlost werde, und beschwor uns, weder frisches Wasser noch rohes Obst zu uns zu nehmen, ja er jagte uns einen derartigen Schrecken ein, daß ich erwog, die Notbremse zu ziehen und auf der Stelle den Rückzug anzutreten, notfalls sogar zu Frau Liepmans Pension zurückzukehren – vielleicht würde sie ein Einsehen mit uns haben.«

»Ja, plötzlich packte mich das Grauen, ich wollte umkehren, alles ungeschehen machen oder für ungültig erklären: alles nur Phantasie, ein flüchtiger Traum. Aber als wir, vor Müdigkeit taumelnd, aus dem Bahnhof an den Canale Grande hinaustraten, die marmornen Paläste über dem brakkigen Wasser schweben, den Glanz der Kultur an stinkenden, grün-fauligen Kanälen schwanken sahen, begriffen wir auf einmal, wie stark der Mensch ist und wie herrlich sein Geist, ja wurden von Liebe für die Menschheit – mitsamt all ihren Leiden und Seuchen – ergriffen und schritten wachend in einen Traum, denn Venedig ist der Traum der Wachenden…«

»Ja, ja…«

»Ja, ja… wir haben daran gedacht… mit einem Schlag ist es uns beiden eingefallen…«

»Ja, ja… ihr auch… gewiß…«

»Sejde hat euch hingeschickt? Wie ungewöhnlich und kühn, nicht wahr?…«

»Ja… im Rückblick wandelten wir ja gewissermaßen auf euren Spuren… ohne es recht zu wissen… durch der Seele List…«

»Vor dreißig Jahren… warte, 1869… Wir haben uns ausgemalt, wie ihr dort wohl ausgesehen haben mögt – du, Tate, noch mit Schläfenlocken, ein schwarzgewandeter Jude in einer schwarzen Gondel, haha…«

»Auch Mamme noch jung… ein zartes Ding… wie Linka…«

»Volle dreißig Jahre, habe ich mir gedacht – vielleicht wurde ich dort überhaupt gezeugt, he, Tate? Das Wasser hat so einen plazentaähnlichen Geruch an sich… War's dort?«

»Wir haben doch jeden Tag einen Brief geschrieben…«

»Hinter San Marco, Hotel del Roma…«

»Zwei Zimmer natürlich, jedes Zimmer ein Saal… dieser Glanz…«

»Tausend Lire pro Tag…«

»Rechne es um…«

»Fürstlich… Und bei Linka staunten alle, daß sie Jüdin ist, sei ja nicht möglich…«

»Sehr heiß…«

»Keinerlei Anzeichen, das Hirngespinst eines Schriftstellers… Eines Morgens sind wir auf einem Kanal an ihm vorbeigefahren und haben ihm lachend zugeworfen: ›Na, wo steckt Ihre Seuche?‹«

»Natürlich haben wir uns in acht genommen. Wir haben nicht Wasser, sondern Wein getrunken, und wenn wir Durst hatten, haben wir Tee bestellt und gewartet, bis er abgekühlt war, saßen unterdessen im Café, sahen das Meer seine langen, herrlich beringten Finger nach der Stadt ausstrecken und dachten bei uns – wenn die Flut nur ein wenig stiege, sie würde uns erfassen und verschlingen. Am letzten Abend sind wir an den Hafen gegangen, um nachzusehen, ob Manis Schiff wirklich existierte, und tatsächlich sahen wir es einlaufen, klein und leicht, mit einem Hilfssegel, wobei ich angesichts seiner Leichtigkeit plötzlich erschauerte. Aber Linka jubilierte, wie berauscht, und versteifte sich darauf, ein Fischrestaurant am Wasser aufzusuchen und dieses Gewürm da zu essen.«

»Gewürm… Muscheln, Schnecken… alle möglichen Meerheuschrecken, in Butter gebraten…«

»Ich weiß nicht, was in uns gefahren war... die Aufregung... pure Hemmungslosigkeit... diese rötlichen Schnekkenhäuser auszusaugen...«

»Wir befürchteten wohl, in den Meerestiefen zu versinken, ohne je dieses wimmelnde Getier der Gojim gekostet zu haben...«

»Wie Götzenanbeter... Linka wurde von einer derartigen Gier gepackt...«

»Gekocht... gebraten... gegrillt... Du hättest...«

»Nicht weiter wichtig. Wir haben gegessen, und am nächsten Morgen sind wir früh zum Hafen gefahren, um uns unsere Kabinen zu sichern, haben unsere Kleidung in den kleinen Schrank gehängt und sind wieder an Land gegangen, und erst jetzt, als ich wußte, daß du uns nicht mehr aufhalten konntest, habe ich das erste Telegramm aufgegeben und Linka erlaubt, die Briefe einzuwerfen. Zurück an Bord, warteten wir an Deck auf Dr. Mani, aber er kam nicht. Araber, Ägypter, Türken, Griechen, ein englisches Paar und eine Gruppe russischer Mönche stiegen die Gangway herauf, aber von dem Arzt fehlte jede Spur, als sei alles nur ein Trugbild gewesen. Entsetzen braute sich in meinem Innern zusammen: Was tue ich denn, ich Meschuggener? Wohin führe ich sie? Schon wollte ich die Flucht ergreifen, aber Linka gab die Hoffnung nicht auf, selbst dann nicht, als die Dämmerung anbrach und das Schiff bereits zu dröhnen begann und ein großes Segel gesetzt wurde. Doch da sahen wir die Kutsche, die Basel mitten in der Nacht verlassen hatte, hoch beladen auf den Kai rollen, der Kutscher hemdsärmelig, ohne Mütze und Mantel, mit zerzaustem Bart, offenbar stürmisch und verwirrt die Peitsche schwingend, die er dann auf die Pflastersteine niedersausen ließ. Unser Dr. Mani hingegen – stattlich in weißem Anzug, barhäuptig, den Hut an einer Schnur im Nacken – machte einen frischen, kraftvollen Eindruck, als er nun den Schauermännern befahl, alles abzuladen. Wir riefen ihm vom Deck aus zu, worauf er, sobald er uns erspäht hatte, enthusiastisch den Hut schwenkte, während die Schauermänner und ein paar Matrosen sich eilig über die Kutsche hermachten – denn die Zeit drängte –, alles abluden und im Schiffsbauch verschwinden ließen. Der Kutscher indessen gestikulierte aufgebracht mit Mani, der ihm mit einem schwarzen Notizbüchlein vor der Nase herumfuchtelte. Wir konnten uns keinen Vers auf die furchtbare Erregung des Kutschers machen, der die ganze Zeit das unruhig tänzelnde Pferd am Zaum festhielt, bis wir die griechischen Seeleute wieder herabkommen, ihn zur Seite stoßen, das Pferd aus dem Geschirr befreien, ihm einen grauen Sack über den Kopf stülpen und es unter Triumphgeschrei und den ermunternden Zurufen der Umstehenden langsam an Bord zerren sahen. Schon war auch Mani ihm gefolgt, die Gangway wurde eingezogen, und das in Reisefieber bebende Schiff legte vom Kai ab – zurück blieb die verwaiste Kutsche des Zürcher Bankiers mit ihrer aufs Pflaster herabhängenden Deichsel und der große Kutscher, der in staunender Verzweiflung an Stelle des Pferdes stand, bis er und die Kutsche neben ihm zu einem einzigen Punkt verschmolzen.«

»Ja, lieber Tate, das Pferd hat er mitgenommen, und wenn man die Kutsche hätte verladen können, hätte er sie ebenfalls konfisziert, am liebsten – so die Sklaverei erlaubt wäre – gleich mitsamt dem Kutscher, ja er hätte noch die Pflastersteine unter den Rädern herausreißen mögen in seiner verzweifelten Wut auf die reichen Juden, die ihn mit leeren Händen hatten gehen lassen. Er war unendlich hungrig geworden. Hätte ich mir schon damals die Mühe gemacht, diesem verzweifelten, hintersinnigen Hunger auf den Grund zu kommen, statt nur zuzugucken, wie er und Linka auf englisch schäkerten und die Ereignisse der letzten Tage besprachen, wäre mir aufgegangen, daß solcher Hunger sich nicht mit einem Pferd, und sei es noch so edel, befriedigen läßt.«

»Das Pferd? Sofort, gleich erzähle ich dir davon... Du bist wie ein Kind, teurer Tate...«

»Gleich... Anfangs sann ich noch ängstlich und besorgt, aber auch ein wenig triumphierend dem Telegramm nach, das nun Buchstabe für Buchstabe an Telegraphendrähten entlang durch die Luft zu euch unterwegs war, unaufhaltsam durch das Ziegeldach des alten Postamts hinabgleiten und auf graustichigem Papier Woyzeck übergeben werden würde, der sich sofort aufs Rad schwingen und es dir geradewegs ins Kontor bringen müßte... mitten zwischen die Mehlgeschäfte... So halluzinierte ich in dem Dunst, den wir durchsegelten, während Venedig strahlend und wunderbar im violetten Nebel dahinschmolz. Ich versenkte mich in das Schaukeln der schwarzen Wellen unter mir, hielt mich an der Reling fest, atmete die ungewohnte Salzluft. Anfangs war es angenehm, als habe man mich klein und fein in eine weiche Wiege gebettet, aber nach und nach begriff ich, daß dies keineswegs aufhören, sondern noch zunehmen würde. Als das schlingernde Auf und Ab dann tatsächlich stärker wurde, kam der erste Brechreiz. Ich erschauerte am ganzen Leib, kalter Schweiß trat mir auf die Fußsohlen und ich begann, mich zu übergeben, gab dem Wasser mit großer Erleichterung alles zurück, was wir gegessen hatten – das Seegewürm am Vorabend, das Hotelfrühstück, das Fleisch aus dem Nachtzug nach Venedig und so weiter, Welle auf Welle bis in die Seele, so schien es mir, die ich mir ebenfalls hätte ausreißen mögen, um sie dem großen Meer zu übergeben. Schließlich sackte ich zusammen, fiel auf die Planken und verlor das Bewußtsein.«

»Ja, eine Seekrankheit von ungeahnter Heftigkeit. Dabei kann der Mensch doch ein volles Leben leben, ohne je zu wissen, daß das Meer nicht nur ein Zusammenfluß mehrerer Flüsse ist. So lag ich dann die meiste Zeit der Seereise – von starken Schlafpulvern, die mir Dr. Mani verabreichte, benebelt – kraftlos auf der Pritsche meiner kleinen Kabine, wo Linka und Mani mich mit englischem Tee, trockenem Zwieback und leicht zu erbrechendem Labberbrei fütterten. Zwischendurch versuchten sie mich mit lustigen Geschichten über den Rappen aufzuheitern, der unten im dunklen Schiffsbauch gefangen saß, dort genauso wie ich unter Seekrankheit litt und mit Toben und Ausschlagen gegen sein hartes Los protestierte: Schließlich war er nie Zionist gewesen, und wenn er es denn schon werden mußte, hätte er es wohl lieber mit dem politischen als mit dem praktischen Zionismus ge-

halten und in Ruhe abgewartet, bis Dr. Herzl seinen Frei-
brief erwirkte, um dann erster Klasse unter dem Geleit-
schutz der deutschen Flotte zu reisen, haha...«

»Hahaha...«

»Wir sind Landbewohner, solide Bürger Mitteleuropas –
da ist es unmenschlich, uns auf den Wellen zu schaukeln.«

»Ununterbrochen, sieben Tage lang. Bis wir die Insel
Kreta erreichten, nach der das Schiff benannt war. Auf dieser Insel legt es bei jeder Hin- und Rückreise von und nach
Europa an, denn dort soll, der Legende nach, dieses Europa
geboren worden sein...«

»Nur eine Nacht. Diese Nacht verbringen die Seeleute zu
Hause bei ihren Frauen, und ich verlangte ebenfalls, an
Land gebracht zu werden, wo ich mich zwischen den Felsen
in den Sand legte, mit einer Wolldecke zugedeckt, eng an
den festen Erdboden geschmiegt meine verlorene Fassung
wiederzufinden suchte und unterdessen beobachtete, wie
Mani und unsere Linka das schwarze Pferd mit dem grauen
Sack über dem Kopf ebenfalls an Land führten, weil der Kapitän sein Rumoren dort im Schiffsbauch nicht mehr hatte
ertragen können und daher angeordnet hatte, es von Bord
zu bringen.«

»Ja, auch Linka. Meine Krankheit und die Sache mit dem
Pferd hatten unterwegs eine innige Verbundenheit zwischen
den beiden entstehen lassen, aber jetzt weiß ich: erst in dieser hellen Sternennacht auf dieser öden, sonderbaren Insel
hat es wirklich begonnen...«

»Diese Freundschaft, Liebe, Verbindung, Leidenschaft,
diese Abhängigkeit, dieses Mitgefühl... Was willst du
mehr? In dem Moment, in dem er darauf beharrte, das Pferd
mit an Bord zu nehmen, begriff ich, daß dies kein einfacher
Mensch war, sondern ein Mani, in dem verschiedene Manis
herumjagten...«

»Sie haben das Pferd noch in derselben Nacht verkauft,
sind mit irgendeinem jüdischen Vermittler tief ins Inselin-
nere gewandert, um in einem der Dörfer einen Käufer aufzutreiben.«

»Ja, sag mal, wo gibt's denn keine Juden, Tate? Das mußt du mir mal sagen!«

»Er hatte Linka gebeten, ihm bei dem Handel behilflich zu sein, erkannte wohl instinktiv die gewiefte Kaufmannstochter, die einen guten Preis aushandeln würde.«

»Hab ich doch schon gesagt, oder? Frau und zwei Kinder.«

»Natürlich haben wir sie gesehen, ein verblaßtes Heimchen am Herd, etwas älter als er, entkräftet durch drei Entbindungen, bei denen das Kind jeweils gleich nach der Geburt starb.«

»In jener Nacht.«

»Ich lag, in meine Decke gewickelt, im Sand, guckte in die Sterne, immer noch in dem Empfinden, diese große Insel schwankte auf dem Wasser, und als ich die beiden dann gegen Morgen zurückkehren sah, erkannte ich, daß etwas zwischen ihnen geschehen war. Auf einmal schienen sie voreinander zurückzuschrecken, sich ängstlich voreinander in acht zu nehmen, und es war auch eigenartig, wie Linka – um mein Wohlergehen besorgt – auf mich zustürzte.«

»Den Rappen hatten sie verkauft, und ich beneidete ihn plötzlich darum, daß er dort im Gebirge zurückbleiben durfte.«

»Erstaunlich, daß du dich für eine so banale Einzelheit interessierst...«

»Frag nicht mich, frag Linka, sie hat den Handel getätigt.«

»Noch drei Tage bis nach Alexandria und weiter nach Jaffa, wo wir am ersten Tag von Rosch Haschana eintrafen.«

»Es gab schon nichts mehr zum Übergeben... Die Übelkeit ging in Schläfrigkeit über, eine ständige Benommenheit, hauptsächlich aufgrund der Beruhigungspulver, mit denen Mani sonst seine Kreißenden besänftigte. Am Morgen unserer Einfahrt nach Jaffa brachte man mich zur Aufmunterung an Deck, damit die Türken mich nicht etwa verdächtigten, irgendeine Seuche ins Heilige Land einzuschleppen.«

»Nein, es ist kein eigentlicher Hafen. Die Schiffe ankern in einiger Entfernung von der Küste. Dann kommen Stauer und werfen einen in die Boote.«

»Jischmaeliten natürlich.«

»Einheimische.«

»Beharrst du schon wieder darauf? Wohin sollten sie denn wandern? Und warum?«

»Kurzum, sie sind keine Nomaden.«

»Die meisten in Häusern, einige in Zelten.«

»Hab ich nicht gezählt.«

»Sei nicht so schnell bei der Hand damit, sie einfach abzutun…«

»Die Türken? Liebenswert träge – und korrupt… Sie haben nicht viel gefragt. Manis englischer Paß wirkte Wunder.«

»Strahlendes Licht…«

»Weil es durch nichts abgehalten wird, keinen Hain, keinen Wald…«

»Vereinzelte Bäume…«

»Weiche weiße Dünen, goldener Sand – hübsch anzusehen, aber mühsam zu begehen, die Beine werden einem matt.«

»Ein sonniges Land. Sonne wird uns allen dort nicht fehlen, das habe ich gleich gemerkt.«

»Vom Hafen direkt zur Bahn.«

»Sicher, eine echte, fährt von Jaffa nach Jerusalem, allerdings etwas schmaler und langsamer als unsere Eisenbahnen, irgendwie kindlich. Doch weil wir ja an einem Feiertag angekommen waren und in Erez Israel auch die Personenzüge gesetzestreu sind, mußten wir…«

»Gefällt dir? Hab ich gewußt…«

»Sie schlucken ihre Beschwerden hinunter. Das ist der Preis für das Vorrecht, im Heiligen Land zu wohnen.«

»Wunderbar. Aber da wir nicht in Jaffas Dünen bleiben wollten, und Mani seinen Angehörigen zudem versprochen hatte, zu den Feiertagen zurück zu sein, beeilten wir uns, einen Güterzug zu erreichen, der – ja, rate, Tate, was hatte der wohl geladen?«

»Na, was meinst du?«

»Rat weiter…«

»Wasserfässer.«

»Einfaches Trinkwasser. Jerusalem hatte einen trockenen, durstreichen Sommer hinter sich, und da man die Donau erst noch bis dorthin weiterleiten muß, brauchte man zunächst mal Wassernachschub...«

»Eine einzige Rohrleitung über die Hügel.«

»Es ist keine Wüste, dort noch nicht... nur recht karg... Felsen und Geröll...«

»Ein paar Olivenbäume, Sträucher, Dornbüsche und Disteln, brenzliger Strohgeruch und gelegentlich ein intensiver Duft von Minze...«

»Keine Berge, Tate... graue Hügel wie... wie... ich weiß nicht... Hügel eben...«

»Ich war froh, vom Meer wegzukommen, obwohl es eigenartig schien, so in Erez Israel einzureisen – in einem geschlossenen Güterwagen zwischen großen stummen Wasserfässern. Trotzdem freute ich mich ungemein, diese teuflische Wellenbewegung unter mir los zu sein.«

»Linka war in tiefes Schweigen verfallen. Sonnengerötet, in einem leichten, bodenlangen ägyptischen Hemd, das sie in Port Said erworben hatte, lag sie in einer Ecke ausgestreckt und dachte angstvoll an das bevorstehende Zusammentreffen mit der Familie ihres sonderbaren neuen Liebhabers.«

»Immer wieder kommst du auf die Landschaft und die Natur zu sprechen, man könnte meinen, das sei alles wichtiger als Menschen...«

»Habe ich ja gesagt, ein versiegelter Waggon mit nur einer kleinen Luke. Viel habe ich nicht gesehen... In der Nähe von Jaffa fuhren wir, glaube ich, an einer Agrarschule vorbei... wie hieß sie noch...«

»Stimmt, und an einem arabischen Städtchen, dessen Namen ich vergessen habe...«

»Möglich...«

»Nein, nicht groß. Dort ist alles nicht groß...«

»Schon wieder Zelte? Warum denn Zelte? Verschläge, Lehmhütten. Steinhäuschen, die wie Felsblöcke in der Gegend stehen...«

»Vielleicht auch ein paar Zelte. Viel haben wir nicht gesehen, denn die Dämmerung ist dort kurz. Die Sonne brennt, und auf einmal ist sie verschwunden. Die Bahn arbeitete sich noch mühsam nach Jerusalem hinauf, als der letzte Schein des Zwielichts im Waggon schon dahinschwand.«

»Um sieben Uhr abends, nach fünf Stunden Fahrt und zwei Stunden Aufenthalt.«

»Dunkle Grube?!«

»Wieso dunkle Grube?«

»Hab ich gesagt?«

»Ach, hab ich das gesagt? Warum? Vielleicht... nun...«

»Das Wort muß sich mir einfach so auf die Zunge geschlichen haben. Nein, keine dunkle Grube, erlaube mal, überhaupt keine Grube, vielleicht ein Hügel – ein Grabhügel... ha...«

»Wir haben nicht viel gesehen, sind ja erst am Abend angekommen. Und Jerusalem? Eine arme, karge kleine Stadt, die jedoch auf wundersame Weise nicht abgelegen wirkt. Sie hat nichts Provinzielles an sich, wird's auch nie haben...«

»Etwa Aura? Möglich, aber welcher Art? Vielleicht ist es der Name Jerusalem. Er allein bürgt für sie, für ihr Wesen – ihr Name ist größer als sämtliche Gebäude, Moscheen, Mauern und Kirchen.«

»Wie du auf jede Einzelheit brennst, Tate, kannst gar nicht genug davon bekommen. Ich halte mich mühsam zurück, um meine Geschichte der Reihe nach zu erzählen und nicht gleich ihr blutiges Ende herauszuschreien, und du möchtest einen Pilgerbericht hören. Als wir zur Nachtzeit ankamen, sahen wir weder Mauern noch Türme, weder Minarette noch Menschen. Wir waren bei einem kleinen Bahnhof mitten auf freiem Feld angekommen, kleiner als der von Chorzow, dürftiger als der von Wieliczka. Nur ein paar Jischmaeliten warteten dort mit Karren, um die Wasserfässer abzuholen, und während Mani jemanden suchen ging, der auch uns aufladen würde, spazierten Linka und ich ein wenig das Gleis entlang, um uns die Beine zu vertreten – zwei einsame Reisende aus dem weit entfernten Galizien wanderten vor sich hin und kamen an das Ende der Eisenbahnlinie, an einen kleinen, dünnen Holzprellbock, hinter dem nichts mehr kam, nur trockenes Dorngestrüpp. Hier war die Endstation, keine Weiche, kein Nebengleis, eine einzelne schmale, äußerst endliche Linie.«

»So Gott will, Tate.«

»Auch nach Transjordanien, warum nicht? Nach Norden und nach Süden mit Gottes Hilfe...«

»Nur dürfen die Juden nicht versäumen, *Ihm* ein bißchen zu helfen... Linka, die unterwegs wie gelähmt gewesen war, fing nun plötzlich an zu betteln, wir sollten uns von diesem Mani trennen, nicht mit ihm nach Hause gehen, sollten uns auf eigene Faust eine Unterkunft suchen – sie sah sich ganz offensichtlich außerstande, seiner Frau und Familie entgegenzutreten. Aber ich lehnte ab. Ringsum lag nichts als freies Feld, Jerusalem war uns vorerst nur eine Metapher, es war bald Nacht, und wenn wir auch den ersten Neujahrsfeiertag verpaßt hatten, gab es ja noch den zweiten – mich hatte man immerhin schon in jenem dunklen Gang hinter Herzls Zimmer eingeladen. ›Nein, kommt nicht in Frage‹, verkündete ich, und ehe sie noch etwas erwidern konnte, waren schon Träger zur Stelle, die uns und unser Gepäck auf zwei flache Karren mit baumelnden Kerosinlampen verluden. So begannen wir unsere abendliche Fahrt über freie Felder, machten einen weiten Bogen, um nicht etwa Synagogenbesucher zu verärgern, erklommen einen hohen Hügel, auf dem ein deutsches nach einem gewissen Schneller benanntes Waisenhaus steht, und rollten auf holprigem Weg weiter über freies Feld auf ein abgelegenes, großes, zweistöckiges Steinhaus zu.«

»Gewiß, Tate, alles außerhalb der Mauern. Es gibt dort ein paar kleine, nette Wohnviertel, darunter – nicht weit von Manis Haus entfernt – eine Ansiedlung von Juden aus Buchara: hübsche Steinhäuser, ja sogar ein Hauch von Grün. Hätte ich nicht gewußt, daß wir die Schweiz verlassen hatten, ich hätte meinen können, wir wären jetzt dort angekommen...«

»Nicht nur Juden, Tate, auch Araber ziehen aus der Altstadt heraus – dort ist nicht genug Platz für alle...«

»Ja, es stand dort mitten im Feld, in willkommener Ein-

samkeit zu dieser heiligen Stunde zwischen den beiden Feiertagen, und so konnten die Träger rasch alles Gepäck in dem
gepflasterten Innenhof abladen, ohne daß jemand die Ver-
letzung des feiertäglichen Ruhegebots bemerkt hätte – abgesehen von einem arabischen Dörfler, der dort an einem
Wasserloch kauerte und seine Zigarette in der hohlen Hand
verbarg. Doch unser vor Aufregung strahlender Mani ging
nicht ins Obergeschoß zu seiner wartenden Familie hinauf, sondern mußte erst einmal seine Klinik wiedersehen.
›Kommt‹, flüsterte er uns zu, und so folgten wir ihm in einen
großen Raum, in dem durch weiße Wandschirme voneinander
abgeteilte Betten standen, die meisten leer, aber einige von
hochschwangeren Frauen belegt, die uns neugierig musterten.
Während wir ihnen noch grüßend zunickten und eine exakte
Reihe blitzsauberer weißer Nachttöpfe bestaunten, trat aus
dem hinteren Teil des Raumes eine große, weißgekleidete
blonde Matrone hervor. Kaum hatte sie ihren von langer
Reise zurückgekehrten Chef entdeckt, stieß sie einen Freu-
denschrei aus und verbeugte sich auch vor uns, konnte uns
aber nicht die Hand reichen, denn ihre Hände waren blutverschmiert. Obwohl ich das Ladino, das er mit ihr sprach, nicht
verstand, begriff ich, daß er mich als eine Art Facharzt vorstellte, der aus weiter Ferne angereist war, um sich Methode
und Ausstattung dieser Klinik anzusehen. Dabei nannte er
wiederholt unseren Herkunftsort, als handele es sich dabei
gewissermaßen um ein berühmtes Zentrum medizinischen
Fortschritts, konnte ihn aber immer noch nicht richtig aussprechen, und Linka hatte es aufgegeben, ihn zu verbessern.«

»Jedesmal machte er einen anderen Fehler; wenn er nicht
Jelleny-Czad sagte, dann sagte er Jelleny-Szak. Jedenfalls
nahm es nicht wunder, daß diese blonde Matrone, die vor
Jahren auf einer Pilgerfahrt nach Jerusalem gekommen war
und dort ihren Glauben verloren hatte, uns unterdessen bereits in den Kreißsaal gelotst hatte. Im ersten Augenblick
staunte ich, daß es in diesem relativ kleinen Haus einen derar-
tig geräumigen Saal geben sollte, aber ich merkte schnell, daß
der Schein trügte. Zahlreiche Spiegel bedeckten nämlich die

Wände, sorgfältig aufeinander ausgerichtet, und weitere, beweglich, umgaben das Bett der Gebärenden, wodurch das nur von Kerzen erhellte Zimmer sich in einen Festsaal verwandelte. Und während ich mich noch verwundert fragte, wie wir bloß diesem mysteriösen Mann in die Hände gefallen waren, der uns aus der Ferne angelockt hatte, brachte uns die Hebamme auch schon eine Wasserschüssel, damit wir uns Gesicht und Hände waschen konnten, sie band uns Schürzen um, und als wir uns nun umsahen, erblickten wir vielfach reflektierte Spiegelbilder, die sich zu gespenstischen Gestalten brachen...«

»Linka war mit eingeladen. Sie strahlte vor Verwunderung, überglücklich, daß ich nicht auf ihren Rat eine andere Herberge gesucht hatte, und gleichzeitig beobachtete sie besorgt die Kreißende vor sich unter dem Laken – eine dunkelhäutige Frau, die etwas von einer geschmeidigen Wildkatze hatte. Ihr Bauch war weich, die nackten langen Beine ragten unter dem Laken hervor...«

»Sie war so auffallend ruhig, Tate, und ich staunte über diese tiefe Gelassenheit: Wie war das möglich? Man roch kein Betäubungsmittel, und ihre Züge wirkten nicht schläfrig. Sie lag einfach friedlich da, verfolgte mit ihren kohlschwarzen Augen die Eintretenden, erschrak jedoch nicht, ganz offensichtlich bestand ein besonderes Vertrauensverhältnis zwischen ihr und der hünenhaften Hebamme, die alles souverän dirigierte. Mani lächelte nur leicht durch sein Bärtchen und nickte der Schwedin stumm zu. Ja, man hätte meinen können, wenn er nicht aus Europa zurückgekommen wäre, um das Zeichen zu geben, wäre die Geburt in diesem Stadium steckengeblieben. Hörst du, Tate?«

»Ja, denn noch heute sehe ich alle Einzelheiten dieser stummen Geburt vor mir, die sich an unserem ersten Abend in Jerusalem ereignete, das wir noch gar nicht gesehen hatten. Vorerst spürten wir die Stadt nur durchs offene Fenster, das dieses wunderbar zarte Lüftchen mit seiner präzisen Mischung aus kühler Trockenheit, feinem Kräuterduft und einem Quäntchen Süße eindringen ließ – ein wohlausgewogener Windhauch, der, wenn du so willst, die wahre Größe dieser Stadt ausmacht. Linka klammerte sich an meine Hand, drückte mir fast die Fingernägel ins Fleisch. Sie zitterte geradezu. Zum ersten Mal in ihrem Leben sah sie eine Frau gebären und die zahlreichen Spiegel ringsum gewährten mehr als nur einen flüchtigen Eindruck dessen, was auch ihr eines Tages bevorstehen mochte. Die bewundernswerte Schwedin, die das Einsetzen der nächsten Wehe noch vor der – durch uns abgelenkten – Gebärenden gespürt hatte, beugte sich nun übers Bett, drückte die langen braunen Beine auseinander, schob sich zwischen sie und senkte den Kopf auf den Leib der Gebärenden zu, als wolle sie das austretende Blut auflecken. Das tat sie aber nicht, vielmehr fing sie mit kurzen Atemstößen zu hecheln an, wie ein Hund nach einem langen Lauf, worauf die Gebärende ein wenig den Kopf hob, um in den Spiegel vor sich zu blicken und augenblicklich mitzuhecheln begann, bis die Hebamme wieder aufhörte. Jetzt breitete sich ein glückliches Lächeln auf ihrem Gesicht aus, das sich rasch zu einer peinvollen Grimasse verzog, wobei ihre geballten Fäuste zu den Schultern hochschnellten, als wollte sie einen über sie herfallenden Geist zurückstoßen, und schon folgte ihr die Gebärende, indem sie sich in leichtem Bogen krümmte, das Gesicht verzog und ihr Inneres gleichsam hervorstieß, worauf der Schoß sich etwas weiter öffnete und ein dünnes Blutrinnsal auf das weiße Laken lief. Man wußte nicht, wer größere Schmerzen empfand, die Hebamme oder die Kreißende, denn ehe die Gebärende noch stöhnte, hatte die Hebamme schon damit begonnen. Sie hechelte erneut wie ein großer durstiger gelblicher Hund, und die Gebärende schloß sich ihr ohne Zögern wie eine treue schwarze Hündin an. Und all das, Tate, von allen Seiten vervielfacht, sogar die Tränen, die in Linkas Augen glitzerten, denn sie war völlig überwältigt von dem Mysterium der Geburt. Nur ihr beide habt gefehlt, um zu sehen, welche Schönheit aus ihrem Gesicht sprach, als sie in dieser weißen Schürze im flackernden Kerzenlicht dastand. Sie war noch nie so schön, wird nie schöner sein. Sie hielt mich fest und lehnte an Mani, der uns je einen Arm um die Schultern legte und auf hebräisch flüsterte: ›Da, seht ihr, sie hat keine Schmerzen, keine Schmerzen.‹ Wir nickten beide. In diesem Moment hätten wir geschworen, daß diese große schwedische Brunhild die Schmerzen in sich aufgesogen hatte.«

»Bis dahin gar nichts, nur alle Spiegel ringsum überwacht, in denen nicht eine, sondern viele sonderbar verschiedene Geburten abliefen, doch bei allen sah man jetzt dasselbe gelockte rabenschwarze Haarbüschel eines Menschenjungen, den Schopf eines dunklen, schrumpeligen Frühchens, das es vorgezogen hatte, in unserem greisen Jahrhundert – und sei es nur an dessen äußerstem Ende – zur Welt zu kommen, statt das nächste, das unbekannte zwanzigste, abzuwarten. So glitschte es eilig aus dem Schoß der Mutter, der einem im Gähnen erstarrten Schlund glich, von uns allen im stillen ermuntert. Mani ging in eine Ecke, zog mittels einer Zange ein krummes, wassertriefendes Messer aus einer siedenden Pfanne, schnappte sich das Neugeborene mit der einen Hand, richtete es auf, klopfte ihm auf den Rücken, um es gleich zum Schreien zu bringen, durchtrennte mit verblüffender Geschwindkeit die Nabelschnur, stillte die Blutung, nahm ein großes Handtuch, wickelte den Kleinen hinein und legte ihn mit großzügiger Geste unserer verblüfften Linka in den Arm, als sei sie die Mutter und er selbst der Vater – und ich, geliebter Tate, erschauerte innerlich, als habe er sie mit diesem Akt für sich gefangen genommen.«

»Nein, ein Jischmaelite, Tate, ein winziger Muslim, eine quittegelbe Frühgeburt, eine von denen, die es nicht lange machen, aber dieser Knabe hielt wundersamer Weise durch, er lebte am Jom Kippur immer noch und musterte mich freundlich durch seine pechschwarzen Äuglein.«

»Nein, warum? Auch Jüdinnen, haha, warst du schon besorgt? Am nächsten Tag hat eine jüdische Frau Zwillinge geboren, einen Jungen und ein Mädchen, aber sie schrie so markerschütternd, daß nicht mal die Schwedin sie beruhigen konnte.«

»Nein, warum? Du machst dir unnötig Sorgen. Auch die Juden kriegen ihre Kinder in Erez Israel…«

»Eine offene Klinik, das ist sein Stil, Tate, übernational, ökumenisch, identitätsübergreifend. Sonst könnte sie sich nicht halten...«

»Haha... ein menschliches Laboratorium...«

»Wenn du so willst... Und unsere Linka...«

»Na, na, jetzt gehst du ein bißchen zu weit... Aber unsere Linka – stell dir bloß unsere Linka vor, wie sie in so einer Art weißem Vorbeterkittel dasteht, in heiliger Ehrfurcht den winzigen Säugling hält, der schon zu wimmern aufgehört hat, und ihn hingebungsvoll wiegt – da war er gerade erst geboren, und schon wollte sie ihn wieder zum Schlafen bringen. Mani nahm sich unterdessen der Nachgeburt an und suchte darin herum, als meinte er, es könnte sich womöglich noch ein weiteres Frühchen darin verbergen. Und die Wöchnerin lag immer noch still da, als sehe sie keinen Grund, viele Worte zu machen. Ich selbst fühlte mich ein wenig schwindlig von der Reise, war aber immer noch glücklich, festen Boden unter den Füßen zu haben – keine tosenden Wellen, ratternden Schienen oder rumpelnden Karrenräder mehr. Die Reise war zu Ende, und wir befanden uns in Jerusalem, das man durch das inzwischen dunkle Fenster zwar nicht sehen, aber spüren konnte. Dr. Mani zog mich schließlich zur Untersuchung der Nachgeburt hinzu und versuchte mir etwas zu erklären, für das aber weder sein noch mein Hebräisch ausreichte. So nickte ich nur vage und beobachtete diesen rundlichen, dynamischen Mann, der wirklich ein Zauberkünstler sein mußte, wenn es ihm gelungen war, uns hierherzulocken. Die Linie, die sich von Jelleny-Szad bis nach Jerusalem zog, war faszinierend, geheimnisvoll, vielleicht unmöglich, aber auf eigenartige Weise noch irgendwie voller Süße...«

»Voll reifer Süße.«

»Nun, so habe ich es empfunden...«

»Süße...«

»Entschuldige...«

»Seine Kinder? Seltsam, daß du nach ihnen fragst, denn auf einmal standen sie tatsächlich neben uns, hatten sich leise in den unbewachten Kreißsaal geschlichen. In der Synagoge hatte man gemunkelt, ihr Vater sei zurückgekehrt, und daraufhin waren sie gleich nach Hause gerannt. Im ersten Moment schien es, als fülle sich der Raum mit Kindern, aber es waren nur zwei, Bruder und Schwester, von den trügerischen Spiegeln multipliziert. Das Mädchen war um die zehn, ein plumpes, ungraziöses Kind mit zwei kurzen, traurig herabhängenden Zöpfen und trägen Kuhaugen, der Bruder ein wenig älter, jedes Stück ein kleiner Mani, wenngleich ganz anders als sein Vater: schmal, schwermütig, im schwarzen Anzug, einen kleinen Fez auf dem Kopf; die Gesichtszüge wirkten alt. Er musterte uns Fremde eindringlich, voller Sehnsucht nach seinem Vater, der geübt den Dammschnitt vernähte und dabei mit Linka scherzte, die das Baby inzwischen in Schlaf gewiegt hatte. Die Hebamme machte eine Geste, um die Kinder zu verscheuchen, aber nur das Mädchen ließ sich vertreiben, während der Junge gleich wieder wie eine dünne Schlange hereinglitt, nun schon mit schmerzlich vorwurfsvollem Blick, und bald kam auch die Mutter der Kinder hinzu, bei deren Anblick leicht zu erraten war, woher die beiden ihr finsteres Aussehen hatten, und warum der Arzt gern lange verreiste und Gäste nach Hause brachte. Sie war eine unterwürfige, augenkranke Frau, die nur Ladino sprach – und sofort spürte ich die Gefahr: Dies war keine starke Familie, die Manis Verliebtheit aufheben würde, nein, im Gegenteil, sie würde sie noch weiter anfachen, und selbst wenn der mißtrauische Junge auf der Hut sein mochte, war er doch noch zu jung, um ein Hindernis zu bilden, und ich – ich war machtlos. Noch von der Reise schlapp und benommen –, labte ich mich jetzt an der Jerusalemer Luft, die ich wie guten Wein schlürfte, und mochte gar nicht daran denken, wieder über die Wellen zurückzuschaukeln... Ja, teurer Tate, wir liefen Gefahr, in dieser Stadt zu versinken, riskierten, daß sie, statt uns ein für allemal aus der ganzen Idee hinauszukatapultieren, uns vielmehr mit Haut und Haaren verschlang, so daß euch, Tate und Mamme, schließlich nichts anderes übriggeblieben wäre, als uns zu folgen, die Wälder zu verpachten, die Mühlen und das Haus zu verkaufen und die Dienstboten zu entlassen...«

»Das ist dein Begehren?«

»Großartiger Tate. Wirklich alles verkaufen? Du bist ein Idealist, ein wahrer Zionist, eine unschuldige Seele...«

»Bist du nun mal, Tate, ein gewiefter Kaufmann mit verträumter Seele – küssen möcht ich dich...«

»Laß mich, laß mich, Tate, du glühst ja geradezu, und seit unserer Rückkehr hab ich dir noch keinen richtigen Kuß gegeben...«

»Keinen stürmischen, entschuldige, Moment...«

»Nein, die Brille geht dabei nicht kaputt... hier... Moment, guter Tate.«

»Ich wollte dir nicht wehtun, aber du hast dich plötzlich gewehrt...«

»Entschuldige, Verzeihung, es ist nichts passiert...«

»Nicht aus Verrücktheit, sondern aus Liebe...«

»Verzeih...«

»Stimmt, ich habe mich verändert... Wie spät ist es?«

»Nein, warte, laß mich nicht allein. Die Entbindung war ja vorüber, die blutbefleckten Handtüchter wurden eingesammelt, die Schwedin wog den Säugling, legte ihn zu seiner Mutter und ließ den Vater herein, damit er sich das neue Menschlein anschauen konnte, das er in die Welt gesetzt hatte. Der Jischmaelite machte nicht viele Worte, guckte nur, strich seiner Frau über die Wange und ging hinaus, um seinen Esel loszubinden und durch die Nacht in sein Dorf zu reiten – geradewegs zu seiner zweiten oder vierten Frau, um ein weiteres Kind zu zeugen.«

»Vier Frauen, heißt es.«

»Bis zu vier Frauen...«

»Höchstens.«

»Weiß der Teufel, verdonnern ihn zu einer Geldstrafe oder konfiszieren die fünfte, was weiß ich? Mußt du ausgerechnet mich fragen, der keine einzige hat?«

»Nein, die Wohnung lag oben, aber im Gegensatz zu der sauberen, gut ausgestatteten Klinik wirkte sie grau und beengt und roch nach Armut. Das Speisezimmer in der Mitte war von kleinen, mit Bettzeug und anderem Kram vollgestopften Schlafzimmern umgeben. Es gab wenig Licht und viel Schatten, das Essen war wegen der dazwischengekommenen Entbindung schon kalt geworden, und an den ausgelegten Gedecken sah ich, daß man nicht einmal mit Mani selber gerechnet hatte, geschweige denn mit seinen Gästen. Nun bereute ich doch, entgegen Linkas Rat keine eigene Unterkunft für uns gesucht zu haben, und gestand ihr flüsternd: ›Mein Fehler, hab mich geirrt, vielleicht sollten wir uns jetzt davonmachen.‹ Doch sie – das Gesicht noch immer gerötet von tiefer Erregung über die Geburt – hieß mich sofort schweigen: ›Man darf ihn nicht beschämen, er ist ein empfindsamer Mensch.‹ Also blieben wir und setzten uns zögernd, aber auch heißhungrig zu Tisch, um an einer Mahlzeit teilzunehmen, die nicht für uns gedacht gewesen war. Am anderen Ende der Tafel thronte eine eindrucksvolle Persönlichkeit – Manis Mutter, eine gutaussehende, fast erblindete Frau, ganz in Schwarz, wie die griechischen Frauen, die ich auf Kreta gesehen hatte, die schon trauern, bevor sie einen Toten zu beklagen haben. Mani umarmte sie innig, küßte ihr die Hand und stellte mich und Linka auf Ladino, mit arabischen Worten durchsetzt, vor, wobei ich wieder heraushörte, daß er mich auf die Stufe großer Ärzte erhob, die aus berühmten Expertenkreisen kommen, und wiederum kam ihm unser Ortsname falsch über die Lippen, während ich im Dunkel der Wohnung, in der die Kerzen flackernde Schemen an die Wände warfen, erneut die mir hier in Jerusalem zugesprochene Größe akzeptierte und gesenkten Hauptes die welke kleine Hand der alten Dame drückte, deren Ausstrahlung ihre Blindheit vergessen machte, und ihren überschwenglichen Begrüßungsworten lauschte; bis Linka eifersüchtig ebenfalls herantrat, ihre weiche Hand ergriff, sie in einer liebreizenden Geste küßte und sich vorstellte, wobei die alte Mutter augenblicklich die Leidenschaft der ihr stürmisch geneigten Seele spürte, sich unvermittelt von ihrem Platz erhob und Linka die Hand zum Segen aufs Haupt legte, ja wohl lange nicht wieder von ihr abgelassen hätte, wenn sich nun nicht der kleine Mani dazwischengedrängt hätte, der inzwischen

Fez und Jackett abgelegt hatte und wieder Kind geworden war...«

»Nur die Mutter. Seinen Vater hat Dr. Mani nie gekannt, ja er besaß nicht mal eine Photographie von ihm. Noch vor seiner Geburt war sein Vater bei einem Handgemenge in einer Gasse der Altstadt umgekommen. Der Großvater, seines Vaters Vater, der eigens aus Saloniki angereist war, um zur Zeit der Geburt bei dem jungen Paar zu sein, hat die junge Witwe anfangs versorgt, doch anstatt sie und den kleinen Enkel dann mitzunehmen, hat er sie lieber an Ort und Stelle zurückgelassen, ist allein in seine Heimatstadt zurückgekehrt und seitdem nie mehr wiedergekommen. Mani hat weder ihn noch andere Verwandte gekannt, ist nur bei seiner Mutter aufgewachsen – ein verwöhnter, innig geliebter einziger Sohn. Diese ganze Geschichte hatte ich schon auf der Seereise gehört, als die beiden abends bei mir auf der Pritsche saßen, um meine gebeutelte Seele zu beruhigen, und sich gegenseitig Geschichten aus ihrer Kindheit erzählten.«

»Mir unbekannte Begebenheiten, vielleicht hat Mamme sie ihr mal erzählt, oder die Bobbe... Oder sie hat sie frei erfunden...«

»Zum Beispiel? Zum Beispiel... nein, Tate, nicht jetzt. Verstehst du denn immer noch nicht, Tate, daß sich die Geschichte nicht um uns dreht, sondern um diesen liebenswürdigen, listig-naiven sephardischen Frauenarzt, der schon lange von leidenschaftlichem Selbstmordverlangen beseelt war, dieses aber verbarg, um seine Mitmenschen nicht abzuschrecken... den Akt selbst hinauszögerte, um das Vergnügen, auf den rechten Vorwand zu warten, auszukosten?«

»Warte... Erst dieses Abendessen, zu dem wir uns aufdrängen mußten: es war keineswegs üppig, bestand vielmehr nur aus allerlei Tellerchen mit Äpfeln, gekochten Gemüsen, Granatäpfeln und gebratenen Hirnstücken – jedes kaum mehr als ein Symbol für irgendwas, einen Wunsch, einen Schild gegen Ängste, eine Warnung an potentielle Feinde, ein Verlangen oder eine Phantasie. Jedenfalls wurde man nicht satt, bloß der Appetit wurde angeregt. So saßen wir überwiegend stumm dabei, lauschten dem fremden, melodischen sephardischen Singsang der Segenssprüche, sagten jeweils an ihrem Ende Amen und verschlangen das betreffende Symbol. Währenddessen wurden fünf Sprachen am Tisch gesprochen, die sich zu dieser dunklen, trägen Stunde miteinander vermengten.«

»Jiddisch zwischen Linka und mir, Ladino unter den anderen, ab und zu Englisch zwischen Mani und Linka und Französisch mit Manis Frau, und all das von Hebräisch eingehüllt.«

»Manis Frau versteht wenig Französisch, und Linka wollte sie ins Gespräch ziehen, um herauszufinden, wie weit sie unterlegen war.«

»Sie schien von den Phantasien ihres Mannes zermürbt, und obwohl sie einige Jahre älter war als er, spürte sie gar nicht die aus der Ferne eingetroffene Bedrohung – weder an diesem Abend noch an den folgenden Tagen. Sie schien kaum je auf uns zu hören, lauschte wohl irgendeinem inneren Summen und hielt Linka und mich offenbar noch für Kinder, die zwar etwas älter als ihre sein mochten, womöglich sogar bereits die Schule beendet hatten, aber eben immer noch Kinder waren, vielleicht Waisen, die man ihrem Mann in Basel zur Obhut übergeben hatte. Als es Zeit wurde, das Nachtlager für uns herzurichten, dachte sie deshalb auch, sie könne uns gemeinsam in den Kinderbetten unterbringen, die in einem Alkoven neben ihrem Schlafzimmer standen. Doch nachdem Mani ihr etwas ins Ohr geflüstert hatte und Linka und ich ein paar Worte gestammelt hatten, fand sich gleich eine bessere Lösung: das Mädchen kam zur Großmutter ins Bett, Linka in den Alkoven der Kinder und der kleine Mani zusammen mit mir hinunter in die Frauenklinik, wo man die Hebamme anwies, uns mit Wandschirmen zu umgeben und auch zwischen uns einen aufzustellen.«

»Gewiß, ein großer Fehler, Tate. Wir hätten in eine Herberge gehen sollen, denn ich hatte schon genug von dem intimen Eindringen in dieses düstere, beengte, unschön möblierte Heim, aber nun war es Linka, die bleiben wollte, der

Gedanke, jeden Augenblick hinuntergehen zu dürfen, um bei neuen Geburten zuzusehen, versetzte sie in Hochstimmung, und so begab sie sich stehenden Fußes ins Kinderzimmer, legte bedenkenlos die Kleider ab und kletterte in das Bett des Jungen oder des Mädchens. Nachdem auch die übrigen Hausbewohner ihre Gemächer aufgesucht hatten und ich allein am Eßtisch verblieben war, wo ich mir heimlich die übrige Challe aufschnitt, hörte ich Mani die Treppe heraufkommen, gewiß begeistert ob des Gedankens, daß seine Geliebte sich in ein kleines Mädchen verwandelt hatte und Wand an Wand mit ihm wohnte, und so kam ich ihm lieber zuvor und trat ein, fand sie dort strahlend mit weit geöffneten Augen liegen – auf einem Bord über dem Kopfende eine große bunte türkische Puppe, eine Art Bauchtänzerin mit seidenen Pluderhosen und einem roten Turban auf dem Kopf – und sagte zu ihr: ›Entschuldige, Linka, ich habe einen Fehler begangen. Morgen suchen wir uns eine Herberge und flüchten von hier.‹ Aber sie setzte sich abrupt auf, schon ein wenig verbrannt von der palästinischen Sonne, und murmelte: ›Nein, das ist doch nicht nötig, hier ist Platz genug, und wir wollen ihn nicht kränken, er schätzt uns so sehr, das weiß ich, ich bitte dich, vereitle ihm nicht seine Gastfreundschaft.‹ Ich schwieg, spürte plötzlich den Sturm in ihrer Seele, vielleicht die neue Hoffnung jetzt, da sie seine Frau und Kinder kennengelernt hatte. Ich setzte mich zu ihr aufs Bett, wollte etwas Feierliches über die beendete Reise sagen, fand aber vor Verlegenheit keine passenden Worte. ›Am Ende sind wir also in Jerusalem angelangt‹, sagte ich, worauf sie sofort erwiderte: ›Ja, das sind wir, und ich bin ja so glücklich.‹ Es war eine schlichte, zu Herzen gehende Erklärung, gerade weil sie dort in diesem armseligen Alkoven, inmitten von verstreuten, fremden Kindersachen, abgegeben wurde, klar und ohne Zögern: ›Ich bin ja so glücklich.‹ Ich lächelte sie besänftigt an, obwohl ich innerlich wußte, daß dieses Glück nicht von Jerusalem ausging, von dem sie ja noch gar nichts gesehen hatte, sondern einer anderen Quelle entstammte. Ja, ich amüsierte mich im stillen über diese aus der Luft gegriffene Illusion, während sie – in dieses Kinderbett gezwängt, die bunte Puppe über sich – mich ernsthaft fragte: ›Und du, lieber Bruder, bist du glücklich?‹ Ich mußte lachen. ›Glücklich?‹ Als könnte ich überhaupt glücklich sein, als sei ich jemals wirklich glücklich gewesen. ›Glücklich? Worüber? Über den zu früh geborenen Säugling? Darüber, daß wir hier angelangt sind? Wir sehen uns jetzt neun Tage lang das Land an, und die Hauptsache ist, wir kommen wieder heil zurück, denn ich muß dich Tate und Mamme so wiederbringen, wie ich dich mitgenommen habe. Daraufhin trübte sich jäh ihre Miene, und sie murmelte ungehalten: ›Gewiß, gewiß, mal sehen, das wird sich finden.‹ Dabei spürte ich, daß sie auf die Tür horchte, hinter der jemand stand und lauschte – der Gastgeber, der Arzt, der bereits Krawatte und Jackett abgelegt hatte und dort im offenen Hemd, beleibt wie er war, mit geröteten Augen wartete, um mich zu meinem Bett hinunterzugeleiten, das die unermüdlich fleißige schwedische Hebamme inzwischen gemacht hatte. Frisch gewaschen und umgezogen empfing sie mich barfüßig und wies mir freundlich meinen Platz an, abgeschirmt, aber nicht weit entfernt von den Frauen, als gehörte ich aufgrund eines geheimen Codes zu ihnen, und dort neben mir, hinter dem Wandschirm, wartete der kleine Mani, der noch keine Ruhe gefunden hatte, sondern in einem schwarzen Nachthemd – wie sie die jischmaelitischen Knaben auf der Straße tragen – aufrecht im Bett stand, und als er seinen Vater kommen sah, konnte er sich nicht mehr zurückhalten, sprang gleich auf ihn zu und zog ihn von mir weg hinter seinen Wandschirm, wo er ihn umarmte und sich an ihn schmiegte und in diesem Ladino, das sich wie kümmerliches Latein anhört, vorwurfsvoll auf ihn einschwatzte. Schließlich hatte er schon monatelang sehnsüchtig auf seinen Vater gewartet, und als er dann endlich kam, war er nicht etwa allein, sondern wurde von zwei wildfremden Gästen mit Beschlag belegt. Ich spürte, daß der Arzt seinem Sohn ungeduldig zuhörte, ihm nur schroffe Antworten gab, denn es zog ihn wieder hinauf, zu der Kammer, in dem das neue Mädchen lag. Da brach der Junge unvermittelt in bitterliches Weinen aus, ein trockenes, abgehacktes, untröstliches Schluchzen, das die Stille der Klinik erschütterte. Ich stand auf und trat zu ihm hin, worauf er sofort zu weinen aufhörte und wütend den Kopf senkte, doch ich wandte mich geradewegs an Mani mit dem Tadel, er habe ja die Hauptsache zu erzählen vergessen, das heißt, von dem schwarzen Pferd. ›Dein Vater hat dir nämlich ein Pferd mitbringen wollen‹, sagte ich zu dem Jungen, der anfangs nichts hören, mich nur weghaben wollte, den Kopf zur Wand drehte und mein aschkenasisches Hebräisch kaum verstand. Aber nach und nach zog die Geschichte ihn in ihren Bann. Er lugte mich über seine Schulter hinweg an, während ich ihm gestenreich beschrieb, wie man dem Pferd den grauen Sack über den Kopf gestülpt und es vorsichtig Schritt für Schritt in den Bauch des Schiffes verfrachtet hatte, wo es so wild gewesen war, daß man es in Kreta hatte von Bord führen, in die Berge reiten und ihm seine Freiheit wiedergeben müssen. Und der Junge lauschte, die Tränen versiegten. Wenn er ein Wort nicht verstand, fragte er beim Vater nach, doch auf einmal schwoll seine Trauer wieder an – es tat ihm leid um das Pferd, das nach Jerusalem hätte gelangen können, aber unterwegs auf einer Insel zurückgelassen wurde. ›Wo liegt diese Insel?‹ wollte er von seinem Vater wissen. ›Können wir nicht dorthin zurückfahren und das Pferd holen?‹ bettelte er. Mani übersetzte mir seine Worte, worauf ich ihm versprach, daß wir auf dem Rückweg das Pferd auf der Insel suchen und zu ihm schicken würden. Daraufhin beruhigte er sich langsam und schlief ein – ein alt wirkendes Jerusalemer Kind.«

»Josef heißt er. Seit Beirut vergeht kein Tag, an dem meine Gedanken nicht zu ihm zurückwandern. Sogar hier, in dieser dunklen Ecke, tief in der Nacht, ein paar tausend Meilen von Jerusalem entfernt, durchzuckt mich sein Schmerz, wie der Pfeil eines starken Bogens. Ob er schon vom Tod seines Vaters erfahren hat? Und was mag er dann wissen? Ich kann ihn dort zwischen den Wandschirmen umhertrotten sehen, vorbei an den Spiegeln der Klinik, die nun vermutlich bald aufgelöst werden wird. Er wird Linka, aber auch mich beschuldigen und hassen. Kann er denn da zwischen uns beiden unterscheiden? Wird er jemals begreifen können, daß wir nur ein Werkzeug in seines Vaters Hand waren, ein fadenscheiniger Vorwand für ein tiefes Verlangen, dem ich mein Leben lang verständnislos werde nachspüren müssen... daß auch wir dessen Opfer waren, sowohl Linka als ich?«

»Zurückkehren?«

»Wann? Wie?«

»Wieder?«

»Nein, nein, ich bin nun dort gewesen... das genügt mir... Sollen die hinfahren, die noch nicht da waren...«

»Aber was? In welcher Sprache? Was soll man denn schreiben... was schildern? Noch mehr Leid verursachen?«

»Nein, Tate, nein, das ist eine schlechte Idee...«

»Geld? Geld?! Was für Geld denn?«

»Wofür? Das wäre doch ein verstecktes Schuldbekenntnis... Wozu?«

»Aber welche Schuld? Wovon redest du denn, Tate? Wovon? Du bist ja meschugge! Wieso schuld?«

»Nein, warte, warte, geh nicht weg, Tate, Tate, warte, wart doch, ich fleh dich an, laß mich jetzt nicht allein, wie ich's in jener ersten Nacht in Jerusalem war, wo ich mich stundenlang von einer Seite auf die andere wälzte. Dieses Jerusalem, in dem ich mich befand, ohne es gesehen zu haben: hier war ja nur eine einzelne, wunderbare Klinik im Sternenschein. Und auf einmal merkte ich, daß auch ich – warum nicht – ein bißchen glücklich war, obwohl ich das unserer Linka gegenüber nicht zugeben wollte, glücklich, daß die Erde nicht unter mir schwankte und ich nicht dauernd auf mein aufgewühltes Inneres zu horchen brauchte, vielmehr mein Ohr auf die Welt selbst richten konnte, auf die Laute ringsum, auf die leisen Schritte und Stimmen über mir und auf das sanfte, barfüßige Tappen der Hebamme, die offenbar niemals schlief, sondern unermüdlich zwischen den schlummernden Schwangeren umherging, um herauszufinden, welche als nächste gebären würde. Und ich lag da mitten zwischen ihnen, als sei ich der Bereitschaftsarzt, stand auf und erbat mir von der Hebamme ein Stethoskop, um das Herz des neugeborenen Säuglings abzuhorchen. Ins Bett zurückgekehrt, beobachtete ich die verblassenden Sterne, die langsam aufreißende Dunkelheit, und schon erhoben sich unerwartete Laute, zuerst ein süßer Glokkenklang, als sei das Kirchlein der heiligen Jadwiga von Oświęcim uns auf den Füßen gefolgt, und gleich darauf die klaren Stimmen der Muezzine …«

»Das sind die moslemischen Kantoren, die die Gläubigen zum Gebet rufen, und obwohl ich kein Moslem bin, sprang auch ich auf, denn ich begriff, daß die Morgenröte angebrochen war, selbst wenn ich sie nicht sah, nur hörte. Ich wusch mir das Gesicht, war sehr hungrig und beschloß, Jerusalem selbst zu entdecken, die Stadt auf eigene Faust kennenzulernen, um nicht ein Gefangener in der Hand dieses Mani zu sein, dessen Absichten mir nun, da ich in seinem Hause wohnte, noch düsterer vorkamen. Als ich hinaustrat, war es bereits heller Tag. Ich ging in Richtung der herüberklingenden Laute, überquerte zunächst ein paar Felder, hier und da an einem kleinen Haus vorbei, schon bald aber stieß ich auf die grauen Mauern, passierte ein Tor und ließ mich vom Gewirr der Gassen aufsaugen. Von jenem Morgen an bis zu unserem letzten Tag eroberte ich mir zu Fuß diese Stadt, meine Füße von den Pflastersteinen förmlich davongetragen. Es ist eine Stadt, die ich von Anfang an vollkommen verstand, so daß ich euch allen – sämtlichen Juden hier, seien sie Zionisten oder nicht – von nun an etwas voraus habe: Ich war dort.«

»Ja, das war ich. Ich habe diesen steinernen Schoß, dem wir alle entstammen, erkundet.«

»Nein, nicht die Bewohner. Juden sind doch überall gleich, an Stelle unserer Polen gibt es dort Jischmaeliten, den Platz der Österreicher nehmen die Türken ein, statt Pferden benutzt man Esel, und die Schweine sind flinken schwarzen Ziegen gewichen, die mir mit ihrem Bärtchen manchmal vorkamen, als seien sie die Juden des Altertums, die sich nach der Zerstörung des Tempels ein wenig kleiner gemacht und verkleidet hätten, um die Stadt nicht verlassen zu müssen.«

»Leichtfüßig und hellwach wanderte ich von Ort zu Ort, ich lernte die Stadt kennen, erforschte ihr Wesen – und wun derte mich über die kurzen Entfernungen. Von unserem Bollwerk, dem Tempelmauerrest, bis zu dem großen Moscheenkomplex mit den beiden Kuppeln sind es nur wenige Schritte, ein paar Minuten später steht man schon vor der Grabeskirche, und von dort geht es weiter zu den Armeniern mit ihren Kirchen und zu den Griechisch-Orthodoxen und den Protestanten, einige Synagogen nicht zu vergessen, alles dicht zusammengedrängt, als hätte man einen großen Devotionalienladen betreten, der auf seinen Regalen solch reiche Auswahl bereithält, daß der Gläubige sich nur nach Herzenslust zu bedienen braucht...«

»Ganz einfach, man biegt in eine kleine Gasse ein, nur ein paar Ellen breit, und da ist sie auch schon, die Wand, die Mauer, wie du's nennen willst, ein bißchen grau, mit vereinzelten Gräsern in den Ritzen – hat bemerkenswerte Ähnlichkeit mit der Photographie, die du im Büro an der Wand hängen hast, Tate, vielleicht standen jetzt sogar noch dieselben Juden dort wie bei dir auf dem Bild. Es hat mir sehr zugesagt, teurer Tate.«

»Durch ihre schlichte Form, ihre erdverbundene Originalität, ohne falsche Versprechungen oder Illusionen – eine Endstation der Historie, wie der Prellbock auf dem Bahnhof, eine Wand ohne Öffnung, ohne jeden Hinweis auf verborgene Räume. Was noch, Tate? Was mehr? Vielleicht ein eindeutiges, endgültiges Wehr, dazu da, die Juden in ihrer ruhelosen Versessenheit auf die eigene Vergangenheit zu stoppen. Halt! Bis hierher und nicht weiter, ihr Juden.«

»Nur im ersten Moment stand ich zugegebenermaßen etwas betroffen, ja perplex da, grinste betreten vor mich hin, doch langsam raffte ich mich auf, trat an die großen, kühlen Quader heran und küßte sie – haha, hättst du das für möglich gehalten? Ein träger Atheist wie ich küßt auf einmal inbrünstig nicht nur einen Stein, sondern deren zwei! Als die Juden und Jüdinnen, die um mich her beteten, sahen, daß ich barhäuptig die Mauer berührte, wollten sie etwas sagen, taten es aber nicht, und so verharrte ich noch einige Zeit in Gedanken. Dann machte ich kehrt und hielt einen arabischen

Jungen mit einem Tablett voll kleiner, goldener Brötchen an, für einen Taler erwarb ich die ganze Ladung, die ich Stück für Stück sämtlich vertilgte. Sie mundeten wunderbar, ihr Geschmack ist mir unvergeßlich. Und seither ist die Erinnerung an diese Wand, an die Klagemauer, so innig mit dem aromatischen Duft dieser frischen Brötchen verquickt, als hätte ich die Steine selbst gekaut und als wären sie aus Teig gewesen...«

»Nur eine enge Gasse, ein dunkler, kühler Durchgang, sehr anheimelnd: zur einen Seite dieses archaische, heilige Relikt mit seinen großen Quadern, zur anderen Wohnhäuser, flatternde Wäsche, Babygeschrei – eine unmögliche und dennoch reale Szenerie. Ich wäre nicht so schnell von dort weggegangen, hätten nicht die Widderhörner ringsum zu dröhnen angehoben, und da dachte ich an euch, dort in den grünen Auen: Sicher wartet ihr auf ein klareres Zeichen, und so ließ ich mir den Weg zur Sarwiyya, dem Haus des türkischen Gouverneurs im Zentrum des christlichen Viertels zeigen, von wo aus ich unser zweites Telegramm an euch absandte, das nun gerade, wie Mamme klagte, eure Sorgen noch vergrößert hat. Warum denn nur?«

»Aber was, um Himmels willen, hat denn dringestanden?«

»Wieso rätselhaft? Man hatte doch eigens einen türkischen Telegraphisten geholt, der des Deutschen mächtig war. Ich habe den Text noch wortwörtlich im Kopf: ›Wir sind wohlauf. Treten nach Versöhnungstag Heimweg an.‹«

»›Wir sind glücklich?‹«

»Dabei hatte ich doch ausdrücklich ›wohlauf‹ geschrieben. Wieso hat er ›glücklich‹ daraus gemacht? Muß sein eigenmächtiger Entschluß gewesen sein. Aber selbst wenn – warum hat euch das so erschreckt?«

»Wieso alles? Wie ist das denn möglich?«

»Zeig her, das ist das eingetroffene Telegramm?«

»Die letzten Worte sind weggefallen. Dabei habe ich doch dafür bezahlt. Entweder hat dieser Telegraphist sie geklaut, oder sie sind auf dem langen Weg irgendwo vom Draht geflattert, oder vielleicht sind die Polen zu faul gewesen, sie abzuschreiben.«

»Woher weißt du das?«

»Wußte ich nicht...«

»Ein Gegentelegramm an den Absendeort – und was hat man dort gesagt?«

»Man hat es bestätigt? Wie kann das denn bloß sein? Dieser Ganove, ich hatte doch für jedes einzelne Wort bezahlt...«

»Zwei Piaster.«

»Natürlich, ich hätte euch doch nicht so im ungewissen gelassen...«

»Oh, was für eine Schurkerei. Er hat es eigenmächtig gekürzt. Jetzt erinnere ich mich, daß er mich mit irgendwelchen Lobgesängen auf Jerusalem abgelenkt hat. Er konnte sich gar nicht darüber beruhigen, daß unser Besuch nur so kurz währen sollte.«

»Aber...«

»Ihr Lieben, dann ist es kein Wunder, daß ihr besorgt wart... Wirklich ein sonderbares Telegramm: ›Wir sind glücklich‹. Man hätte ja meinen können... Oj, ihr Ärmsten... Aber trotzdem...«

»Gerade das Wort ›glücklich‹?«

»Richtig, teurer Tate, so hätte es sein können, du bist wirklich sehr scharfsinnig: Befangen in unserem Glück? Bravo!«

»Ja, er hatte etwas Einnehmendes an sich, dieser Frauenarzt, die Fähigkeit, einen durch seine Präsenz zu manipulieren, die auf verwirrende Weise sanft war und dabei völlig unberechenbar: mal tauchte er unverhofft auf, mal verschwand er unvermittelt... Ich hatte bereits gemerkt, wie seine Familienangehörigen unter sein Joch zwang. Selbst der Junge, der gegen ihn aufmucken wollte, wurde rigoros gebremst. Auch diese schwedische Hebamme war ihm ja sklavisch unterworfen, und ich spüre noch, wie unsere Linka zitterte, als er ihr schwungvoll den verschmierten Säugling in die Arme legte und damit ihr, der Fremden von weither, urplötzlich eine intime Partnerschaft aufdrängte. Konnte ich damals ahnen, daß diese überschwengliche Ausstrahlung, seine sanfte, einfallsreiche Spitzbübischkeit nicht echt und natürlich waren, sondern – ähnlich den Reflexionen in den zahlreichen geneigten Spiegeln seiner Klinik – nur ein Zerrbild der Zerstörung und Vernichtung, die in seinem Innern bereits Platz gegriffen hatten?«

»Ja, es bestand die Gefahr, daß Linka sich von ihm dazu verführen ließ, bei ihm als Schwester zu dienen, als eine Art Schwesterkonkubine...«

»Das ist überhaupt nicht irrsinnig...«

»Es ist kein abwegiger Gedanke! Zu diesem Zeitpunkt schien bereits alles möglich. Ich selbst begann ja an jenem Morgen schon ein bestimmtes Wohlgefühl zu spüren, wie ein süßes Nirwana, ein primitives Sichtreibenlassen im transparenten Morgenlicht, während ich zwischen den farbenprächtigen Ständen mit Obst, Teppichen und Kupfergeräten umherschlenderte, begleitet von den wild aufgellenden und wieder erstickenden Schofarklängen, immer noch froh über die feste Erde unter meinen Füßen und von jener Glückseligkeit erfüllt, die den Telegraphenbeamten in der Sarwiyya derart beeindruckt hat, daß er sich bemüßigt fühlte, nach eigenem Gutdünken den Wortlaut zu ändern und das Datum der Abfahrt aus Jerusalem zu unterschlagen, worauf ihr hier, tausende Meilen weit von Jerusalem entfernt, das harmlose graue Telegramm in Händen hieltet und hellhörig genug wart, die Bedrohung gerade den wie zufällig weggefallenen Worten zu entnehmen. Grenzt das nicht an Wunder?«

»Bedrohung, ja, teurer Tate, drohendes Glück ist ebenfalls eine Bedrohung. Und so wußte ich – falls ich in Jerusalem bleiben wollte als Pilger und nichts weiter, und sei es auch ein weltlicher Pilger, mußte ich mich als erstes von Mani und seinen Frauen lossagen und mir eine eigene Unterkunft suchen, am besten ein Pilgerheim, und es war ein leichtes herauszufinden, daß es solche Herbergen an allen Ecken und Enden verstreut gab, kleine Hospize, die Zuflucht mit Bett und Frühstück boten, und da ich gerade auf ein englisches Hospiz aus war, deren Betreiber, Mani zufolge, die Sprache der Zukunft sprachen, verwies man mich auf die Christ Church am

Jaffator, die ein Gästehaus und ein Bibelseminar unterhält, geführt von einem gutaussehenden, pausbäckigen schottischen Priester, der mir ansah, daß ich weder Engländer noch Pilger oder auch nur etwas entfernt Ähnliches war, sondern einfach ein galizischer Jude, der ein Bett für die Nacht suchte. Gütig dreinblickend führte er mich in einen Innenhof hinter der Kapelle und zeigte mir einen recht dunklen Raum mit Aussicht auf ein grünes Wadi. Es stand nur ein Bett darin, und ich fragte weder nach einem zweiten noch nach einem Wandschirm, denn ich wußte, wenn ich noch etwas von einer Schwester, die ich ebenfalls mitzubringen gedächte, erwähnt hätte, hätte er mich auf der Stelle rausgeworfen.«

»So dachte ich, und ich freute mich derart über Bett und Unterkunft, daß ich sofort meinen Hut aufs Bett legte, um es deutlich sichtbar mit Beschlag zu belegen. Dann machte ich mich auf den Rückweg zu den Manis, ging auf staubigen Wegen zwischen kleinen jüdischen Vierteln hindurch, pflückte mir hier und da würzig duftende Blätter von Sträuchern am Wegesrand und sprang über die Steine, die mir im Weg lagen...«

»Hier und da ein Gebäude, eine Straße, der Anfang eines neuen Viertels, eine Schule, ein Krankenhaus, ein Heim oder ein Sanatorium. Denn Jerusalem außerhalb der Mauern ist bislang noch eine Ansammlung einzelner Ideen, geprägt von den Launen einzelner Menschen, die sich einen Hügel ausgesucht haben, auf dem sie ihren Einfällen freien Lauf lassen. Noch fügen sich diese Einfälle nicht zusammen, ja sind nicht einmal durch feste Wege, sondern nur durch die Trampelpfade eifriger Wanderer verbunden. So erreichte ich durstig und ausgedörrt – nach gelegentlichen Irrwegen, da ich mich hier an keinerlei Lauten orientieren konnte, vielmehr nur von der tiefen Stille eines Feiertagsvormittags umgeben war – schließlich das Haus, das ich frühmorgens verlassen hatte, aber es war leer. Die Schwedin meinte, ich solle mich beeilen und zur Synagoge im Bucharenviertel gehen, denn gleich sei der Gottesdienst zu Ende, und tatsächlich war ich noch kaum da, als die Besucher auch schon herausströmten, unter ihnen Dr. Mani, der wie eine Eminenz, den großen Beutel mit seinem Gebetsmantel unter dem Arm, einherschritt und behutsam seine blinde kleine Mutter durch die Menge führte, wobei Linka ihm half. Das kleine Mädchen hielt sich dicht neben ihnen, während Manis Sohn, wie üblich schwarz gekleidet, sie aus ein paar Schritten Entfernung im Auge behielt – einsam, für sich allein wie ein einzelnes Wort am Ende einer dichtbeschriebenen Seite, das darauf wartet, überzuspringen und die nächste Seite zu eröffnen.«

»Ja, auch unsere Linka, stell dir bloß vor, sie, die man schon an einem Werktag erst am späten Vormittag aus den Federn kriegt, von Schabbes oder Jontef ganz zu schweigen, war im Morgengrauen aufgestanden und mit dem Arzt zum Beten gegangen, hatte all die langen Stunden in der Frauenabteilung zwischen seiner alten Mutter und anderen alten Frauen ausgeharrt – sogar eine schwarze Mantilla hatte man ihr aufs Haar gelegt – und ebenso verblüfft wie erfreut den sephardischen Gebetsmelodien gelauscht, die nicht dieses weinerliche Tremolo haben wie bei uns, sondern einen fröhlichen Rhythmus – vielleicht Anklänge an Militärmärsche, die die türkische Armee bei Gefechten auf dem Balkan gespielt hat.«

»Sie hat geduldig gesessen, das Gebetbuch auf den Knien, und nun, in der festlich gestimmten Menge im Hof der Synagoge, wurde sie belohnt, denn Mani hielt seine Freunde und Nachbarn an, lüftete den Hut, machte sie mit allen bekannt und stellte sie mit bemerkenswerter Grandezza wie eine große Dame vor – er pries sie bewundernd wie ein kostbares Juwel. Und sie machte dieses sonderbare Schauspiel mit, mit holdem Kopfnicken reichte sie jedem majestätisch die Hand und, du kannst mir glauben, sie übte auf alle eine große Anziehungskraft aus. Obwohl Mani gut doppelt so alt war wie sie, behandelte er sie mit tiefer Ehrerbietung, die mich jetzt, da ich die beiden in der Mittagshitze vor mir stehen sehe, ob meiner Blindheit erschauern läßt.«

»Denn zweifellos war er schon damals entschlossen, sich

ihretwegen das Leben zu nehmen, und so wurde sie ihm teuer und wertvoll, nicht um ihrer selbst willen, sondern wegen des Unheils, das er ihretwegen anrichten wollte, wobei die ihr gezollte Hochachtung seinen verzweifelten Selbstvernichtungstrieb nur noch anfachte. Und sein Ruin, das Unheil, das er über sich bringen sollte, strahlte auf sie aus, umhüllte sie, kroch in sie hinein, als stände auch ihr, Gott behüte, Unheil bevor, als wäre – Tate, Tate – dieses ihr, unberufen, womöglich bestimmte Unheil größer, schrecklicher und bedeutender als das, welches ihn selbst ereilen würde, ja auch ereilt hat, so daß sie dadurch eine zusätzliche Bedeutung erhielt, keine persönliche mehr zwar, sondern eine vielmehr über ihr schwebende, als stände sie nicht länger für sich allein, wäre nicht nur unsere Linka, die etwas üppige, glutäugige, stets zum Lachen aufgelegte Zwanzigjährige aus diesem Gut namens Jelleny-Szad, sondern die Delegierte oder Abgesandte unzähliger anderer Frauen. Schwangere und Nichtschwangere, Mütter und nach Mutterschaft Strebende, alle unendlich viel reifer und schöner als Linka – eine lange, lange Reihe von Frauen, die gleichsam hinter ihr aufgereiht standen und die dieser rundliche, gutherzige Frauenarzt mit aller Kraft in sich aufzunehmen, mittels seiner tragischen, grotesken Spiegel in seinen Sälen zu erlösen, sie durch dieses junge rothaarige Mädchen, das zufällig auf den dritten Zionistenkongreß geraten war, aufzusaugen...«

»Ich? Ich? Du hast einen scharfen Blick, Tate. Ich begann bereits zu halluzinieren in der Gluthitze dieses azurblauen Spätsommerhimmels, glühender als im Hochsommer. Die Schuhe staubbedeckt, den Kopf zum Bersten angefüllt mit den morgendlichen Altstadteindrücken, wünschte ich mir nichts als perfekten Frieden, den Dr. Mani mir jedoch noch nicht zu gewähren bereit war. Vielmehr stürzte er mit einer demonstrativen Gebärde herbei und rief den sich zerstreuenden Synagogenbesuchern zu: ›Darf ich vorstellen – Dr. Schapiro, ein bedeutender Kinderarzt aus dem Habsburgerreich, der nach dem Kongreß hierher gereist ist, um die Methoden meiner Klinik kennenzulernen.‹ Ich verbeugte mich, küßte die Hand seiner zarten Mutter, der, wie ich bereits festgestellt hatte, unsere polnischen Küsse durchaus zusagten, strich der Kleinen übers Haar, lüftete ebenfalls meinen Hut und begab mich auf Manis großes Haus zu, aus dem lautes Stöhnen zu hören war. Zwei Chassidim, die neben der Zisterne im Hof gewartet hatten, grüßten den Arzt und komplimentierten ihn eiligst hinein. Unterdessen sah ich – ebenfalls auf dem Hof – das kleine frühgeborene Baby vom Vortag in einem Körbchen splitternackt in der Sonne liegen, was nach Manis Auffassung bestens geeignet war, die Hepatitiszellen in seinem Blut zu vernichten. Ohne erst nach einem Stethoskop Ausschau zu halten, beugte ich mich nieder und legte mein Ohr an sein Herz, um seinen Atem zu hören, der tatsächlich regelmäßig und recht kräftig zu hören war.«

»Nein, Tate, dieser Geburt habe ich nicht beigewohnt, auch keiner weiteren mehr. Ich war nicht nach Jerusalem gekommen, um Geburtshilfe zu leisten, sondern um etwas zu sehen und zu lernen. Ich legte mich ins Bett, hielt ein angenehmes Mittagsschläfchen, und abends nach der Hawdala habe ich Linka von Christ-Church erzählt, lud sie jedoch nicht ein mitzukommen, sondern sagte nur: ›Du hast recht gehabt. Bleib du hier, um ihn nicht zu kränken, nimm dir frei von mir und koste die Geburten aus, damit du zu gegebener Zeit auch so niederkommst – glücklich und ohne Schmerzen.‹ Anfangs schien sie erschrocken über meinen endgültigen Auszug, aber ich wußte, daß allein dieser Abstand mir schließlich die Kraft geben würde, seine Herrschaft zu durchbrechen…«

»Wir waren von ihm gefangen, Tate, ohne uns dessen bewußt zu sein…«

»Nein, an jenem Abend haben mir alle bei meinem Auszug geholfen – Mani, die Kinder, Linka natürlich und sogar die Schwedin, die ›in Ruhe ein wenig frische Luft schnappen‹ wollte. Jeder trug ein kleines Bündel meiner Sachen, und so spazierten wir zum Jaffator, wo ich sie alle auf mein Zimmer führte. Wir öffneten das Fenster, blickten auf die russische Kirche mit ihren Zwiebeltürmen hinaus und betraten dann die Bibelschule, um mit den Mönchen, die über das Englisch meiner Begleiter hocherfreut waren, Tee zu trinken. Später führte ich Linka zur Klagemauer, vor der sie schweigend in einigem Abstand stehenblieb. ›Wieso gibst du ihr keinen einzigen Kuß, wo ich ihr heute morgen zwei gegeben habe?‹ wollte ich verwundert wissen, aber sie blieb hartnäckig und küßte sie nicht. Danach trennten wir uns. Ich habe ihr ihre Freiheit gelassen.«

»Nein, natürlich haben wir uns danach wieder getroffen, aber zum ersten Mal hatte ich ihr ihre Freiheit gegeben, und das wußte sie auch.«

»Ich meine, ihr habt euch immer beklagt, ich würde ihr nachlaufen, mich einmischen, meine Nase in ihre Angelegenheiten stecken, wolle sie dauernd erziehen. Also, ich habe ihr ihre Freiheit gegeben.«

»Schlicht und einfach.«

»Die ganzen zehn Nächte in jenem Kinderzimmer neben der Elternschlafkammer, in dem die türkische Puppe mit dem Turban über ihrem Kopf tanzte.«

»Wer?«

»Ah, die Kleine. Sie schlief im großen Bett der Großmutter.«

»Der Junge hinter dem Wandschirm, unten.«

»Weiß ich nicht.«

»Vielleicht...«

»Manchmal.«

»Nachts?«

»Vielleicht... woher soll ich das wissen... ich war ja ein paar Meilen entfernt.«

»Natürlich mußte das Zimmer bezahlt werden. Schließlich war ich weder Brite noch Pilger und auch nicht der Erlöser...«

»Ein halbes Pfund Sterling pro Tag.«

»Ein ganzer Taler.«

»Stimmt, billig war es nicht, aber man hat mich fürstlich bewirtet, mit allerlei guten Dingen verwöhnt, und ihr Branntwein, Tate, ist ein Hochgenuß, samtweich, wahrlich im heiligen Geist destilliert.«

»Die Stadt, Tate, die Stadt.«

»Nein, nicht die Einwohner. Die Stadt selbst wird immer unendlich viel bedeutender sein als ihre Bewohner. Ich bin so tief ich konnte in sie eingetaucht, habe sie Schicht um Schicht erkundet, bin in ihr und in ihrer Umgebung umhergestreift, denn mir war von Anbeginn klar, daß ich nie mehr dorthin zurückkehren würde.«

»Nein, ich bin um Himmels willen nicht gegen, sondern ohne sie, Tate. Stell dir vor, es gäbe kein Jerusalem? Ich habe mich, aber mit aller Nüchternheit, von ihr befreit, erlöst von dem Traum, mit dem ihr euch weiterhin herumschlagt – zwischen Wirklichkeit und Phantasie hin und her taumelnd, schuldig und beschuldigend, abgestoßen und angezogen zugleich, wütend und verstrickt. Ich habe mich in Ehren freigemacht, wohl wissend, was ich hinter mir gelassen habe ...«

»Bin umhergeschlendert ...«

»Durch Gassen, Basare, Innenhöfe, innerhalb und außerhalb der Mauern.«

»Ich war nicht immer allein. Als er merkte, wie sehr die Stadt mich interessierte, schlossen er und Linka sich mir zuweilen an, und da er darauf brannte, uns vorzustellen und seine Rückkehr anzuzeigen, erwirkte er eine Einladung zum Five-o-clock-tea beim britischen Konsul, der sein Patron zu sein schien. Linka begeisterte übrigens alle mit ihrem fließenden Englisch. Eines Morgens verblüfften wir den türkischen Pascha mit einem Überraschungsbesuch, bei dem man uns gallenbitteren Kaffee vorsetzte. Beim armenischen Patriarchen tranken wir einen Abend kühlen Wein. Und eines Tages mietete Mani eigens eine Kutsche, ließ seine Mutter, die beiden Kinder sowie Linka und mich einsteigen und fuhr mit uns in ein jischmaelitisches Dorf an einem Hang außerhalb Jerusalems, wo wir irgendeinen Scheich besuchten, einen greisen Würdenträger und uralten Freund der Familie, der offenbar schon Manis Vater und Großvater gekannt hatte und dem Mani an hohen Feiertagen seine Aufwartung zu machen pflegte. Man führte uns in einen großen Raum, in dem der alte Mann auf einem Kissen hockte. Hinter ihm an der Wand hing ein herrlicher Teppich, in dessen Mitte ein Dolch stak. Und um ihn herum kauerten seine Angehörigen, die meisten mit kranken triefenden Augen. Trotz seines hohen Ranges zeigte er sich außerordentlich erfreut über unsern Besuch, wobei seine besondere Hochachtung und Faszination offenbar Manis Mutter galt, der er immer wieder höflich zunickte und eigenhändig ausgewählte Früchte aus der Schale auf den Teller legte – eine Feige, einen Apfel oder ein paar Trauben – und sie derart eindringlich aufforderte, zu essen, daß es fast den Anschein hatte, als wolle er sie mit seinen zittrigen Händen füttern. Als wir beide ihm vorgestellt wurden, freute er sich wiederum sichtlich, denn er glaubte, Mani habe sich eine zweite Frau genommen, er redete Linka also gleich mit Madame Mani an und legte auch ihr ein paar Trauben auf den Teller. Seine Angehörigen wandten sich interessiert an mich, wollten wissen, ob ich mich hier niederlassen wolle oder nur auf Besuch gekommen sei. Mani, der zwischen uns dolmetschte, versuchte wohl zu erklären, dies sei ein Sondierungsbesuch vor der endgültigen Niederlassung, doch ich winkte sofort ab und sagte ein Wort, das ich in den Gassen der Altstadt gelernt hatte – *halas*, genug damit –, und das fand solchen Anklang, daß alle lachten und es mir nachsagten – *halas, halas*. Mani hingegen wurde sehr niedergeschlagen, und in der Kutsche auf dem Heimweg spürte ich zum erstenmal seine Angst vor unserer bevorstehenden Abreise, als er mir unvermittelt zuflüsterte: ›Vielleicht wartet ihr doch noch bis nach den Feiertagen und seht euch wenigstens an, wie der Herbst ins Land einzieht.‹«

»Der Herbst.«

»Er wollte sich wohl einfach an irgend etwas klammern, aber ich war fest entschlossen, keinen Tag länger zu bleiben, obwohl mir die Stadt immer mehr ans Herz wuchs, ich mich richtig in sie versenkte. Da er meine große Neugier erkannte, gab er mir von Zeit zu Zeit den kleinen Mani als Begleiter und Fremdenführer zur Seite, womöglich auch mit dem Hintergedanken, den Jungen aus dem Haus zu haben. An den letzten Vormittagen stand ich spät auf, ging in die stille Kapelle hinunter und sah dort den Jungen hinter Kanzel oder Altar hervorkommen. Gelegentlich ertappte ich ihn auch bei einer stehenden Ansprache an sich selbst, das altkluge Gesicht vor Zorn glühend.«

»Hebräisch, obwohl er sich immer wieder über meine Aussprache und Betonung mockierte, ja mein aschkenasisches Hebräisch praktisch als Fremdsprache betrachtete, die zu verstehen er sich so lange weigerte, bis ich meine Aussprache korrigierte. Trotzdem war er ein angenehmer Begleiter, schritt flink und leichtfüßig aus und führte mich auf immer neue Wege. In den letzten Tagen verließen wir die Altstadt des öfteren, gingen zum Beispiel auf den Ölberg, auf dem es keine Ölbäume, sondern Gräber gibt. Lange standen wir dort inmitten schwarzer Ziegenherden und blickten auf die Stadt, stiegen schließlich zu der russisch-orthodoxen Maria-Magdalena-Kirche hinunter, die er Zwiebelkirche nannte, und von dort geleitete er mich über den Berg des bösen Rates zum Russischen Areal zurück. Auch fiel auf, daß er Verbindung zu den türkischen Soldaten suchte, sich zu ihnen und ihren Stützpunkten hingezogen fühlte, ihnen freundlich zuwinkte oder auch zwei, drei türkische Grußworte zuwarf, die er irgendwo aufgeschnappt hatte. Ich indessen blickte fortwährend in den freien Raum um mich her und sagte mir: ›Hiermit befreie ich mich für immer von dieser Stadt, ohne Weh oder Illusion.‹ Zurück in der Altstadt, schlenderten wir wieder durch die Gassen und Höfe des Basars, und, du wirst es nicht glauben, mir schien, daß ich in Jerusalem kein Unbekannter mehr war. Jüdische und arabische Händler, die mir einige Tage zuvor nur nachgeblickt hatten, hielten mich nun hier und da an und begrüßten mich, und da wußte ich, daß unsere Reise wahrlich an ihrem Ende angelangt war.«

»Linka fühlte sich noch immer wie von Zauberhand an die Klinik gebunden und assistierte ihrem Arzt und der Hebamme. Wenn ich nachts auf meinem Lager im Christ-Church-Hospiz lag, kam es mir manchmal vor, als sei ich in Kraków und sie in Jelleny-Szad – so fern schien sie mir.«

»Nein, Jom Kippur habe ich nicht allein verbracht. Ich

hatte mich überreden lassen, die Schlußmahlzeit bei ihnen einzunehmen. Und dort am Tisch, nach dem Hauptgang, wandte er sich mir direkt zu und bat mich, wir möchten unsere Abreise aufschieben. Zuerst versuchte ich auszuweichen, doch schließlich sagte ich: ›Meine Patienten warten auf mich‹, obwohl mir in jenem Moment kein einziger Patient einfallen wollte, abgesehen von dem kleinen Antony, mit dem ich nach der Untersuchung immer Dame spiele.«

»O ja, Szimek – wie konnte ich ihn bloß vergessen? Wie geht's ihm?«

»Oh, wirklich? Oh, Szimek…«

»Ja…«

»Morgen…«

»Mein Gott, Szimek… Aber wo war ich stehengeblieben? Ah, bei der Schlußmahlzeit, bei der er mich bedrängte, während ich von meinen Patienten redete und Linka schwieg. Da ließ er auf einmal die Katze aus dem Sack. Er schlug nämlich vor, ich solle allein zurückfahren. Linka könne doch bis zum Spätherbst oder sogar bis zum Vorfrühling dableiben. Danach werde er sie persönlich nach Europa zurückbringen, sei es bis Venedig oder womöglich sogar bis vor unsere Haustür in Jelleny-Szad. Plötzlich war es so still am Tisch, du hättest eine Nadel fallen hören: Linka wurde puterrot, die fast blinden Augen seiner Mutter, die nur ahnte, worum es ging, suchten nach uns, der Junge preßte die Lippen zusammen. Ich überlegte einen Augenblick, wägte sorgfältig meine Worte und sagte dann: ›Linka ist kein Kind mehr, sie kann frei über ihr Leben verfügen, aber ich bin dennoch verpflichtet, sie zunächst ihren Eltern zurückzubringen. Von dort kann sie selbstverständlich wiederkommen, sich erneut auf die Reise machen.‹ Ich sah, daß sie protestieren wollte, sich aber rechtzeitig bremste. Manis Mutter drehte den Kopf von einer Seite zur andern, um die Schemen der um den Tisch Sitzenden zu erhaschen, und seine Frau begann die Teller abzuräumen, wobei sie den Blick von ihrem beschämend liebestollen Ehemann zu Linka wandern ließ, baß erstaunt, wie dieses große Kind, das ihr Mann wenige Tage zuvor aus Europa mitge-

bracht hatte, sich quasi über Nacht in eine junge Frau verwandelt hatte – doch da schallte aus dem Erdgeschoß ein sonderbar schriller Schrei herauf, gefolgt von einem Entsetzens-
ruf der Hebamme. Mani sprang sofort auf, gefolgt von Linka
und mir, denn wir begriffen, daß das kein Wehenstöhnen,
sondern ein Verzweiflungsschrei war. Mani hielt uns jedoch
energisch zurück: wir sollten die Mahlzeit beenden und danach in die Synagoge gehen, er werde unten allein nach dem
Rechten sehen. So aßen wir schweigend den Nachtisch, bis
Linka plötzlich – auf polnisch, nicht auf jiddisch – heraus-
platzte: ›Was heißt hier, du seist verpflichtet, mich zurückzubringen?!‹ ›Ja, das ist meine Pflicht‹, erwiderte ich ihr ruhig,
›nicht gegenüber dem Tate, aber gegenüber der Mamme, die
ja sehr krank ist. Und jetzt werden wir gehen und für sie beten.‹ Damit erhob ich mich, dankte Manis Frau für die Mahlzeit und bat Mani Junior, uns mit in die Synagoge zu nehmen.«

»Warum habe ich was getan?«

»Ich wollte sie nicht erschrecken, sondern aufrütteln…«

»Sonst wäre sie nicht zurückgekommen, Tate… wirklich
nicht…«

»Ich will überhaupt niemanden erschrecken. Aber schließlich… ach, ist nicht weiter wichtig…«

»Nein…«

»Unwichtig…«

»Ich habe gesagt, nicht weiter wichtig. Wir gingen also in
die Synagoge der Manis. Überall brannten Kerzen, und die
Synagoge wirkte fast wie eine Moschee mit all den Teppichen
auf dem Boden und Diwanen mit Kissen rings an den Wänden. Der Junge führte mich an den Platz seines Vaters, und es
fand sich auch ein Gebetsmantel für mich, den man mir umlegte, denn bei den Sepharden muß man nicht erst eine Frau
nehmen, um den Gebetsmantel zu tragen. Ich versenkte mich
in ihre fröhlich schwungvolle Liturgie, lauschte den schlichten Melodien der Beichtgebete, ganz ohne dieses weinerliche
Tremolo, wie ich dir schon sagte, doch mitten in der Stille des
Achtzehngebets sah ich plötzlich Mani neben mir stehen, in

seinen Gebetsmantel gehüllt, verkrustete Blutreste unter den Nägeln. ›Das Kind ist gestorben, ohne daß ich den Grund wüßte«, wisperte er mir deprimiert zu. Ich wollte etwas sagen, aber er fiel mir ins Wort: ›Von der Nabelschnur ist es nicht erwürgt worden.‹ Danach sagte er nichts mehr, stand nur gelegentlich auf, um mit dem Kantor ein Gebet oder eine Hymne zu singen. So saßen wir dort bis spät in die Nacht.«

»Ja, ich auch.«

»Ich konnte mich nicht losreißen. Als wir dann alle zusammen langsam über die Felder zurückkehrten – nur der Junge blieb wie üblich in einiger Entfernung hinter uns zurück, wie ein einsames schwarzes Wort am unteren Blattrand, das auf die nächste Seite wartet –, sahen wir zwei Männer in Arbeitskleidung vor der Klinik warten, jüdische Arbeiter von einem landwirtschaftlichen Gut bei Jerusalem. Drinnen im großen Zimmer, das nur von spärlichem Mondlicht erleuchtet war, fanden wir die Wöchnerin zur Wand gedreht daliegen, während ihr Mann sich über sie beugte und nach ihrem Gesicht tastete. Mani ging ohne innezuhalten an ihnen vorbei, übergab der Hebamme die Tasche mit seinem Gebetsmantel, nahm mich bei der Hand und zog mich in den Kreißsaal, um mir das tote Kind zu zeigen. Es lag auf einem kleinen Tisch in ein gefaltetes Handtuch gewickelt, ein bläuliches kleines Mädchen, makellos und vollkommen, die Augen wie im Schlaf geschlossen. Er nahm es hoch, schüttelte es, klopfte ihm wieder auf den Rücken, als warte er immer noch auf einen wimmernden Stoßschrei. Dann legte es behutsam auf die Entbindungsliege zurück, als hoffe er, die Frau habe noch ein anderes Kind, das sie gleich gesund gebären werde. Er fragte mich, ob ich noch etwas von Pathologie behalten hätte. Ich nickte. ›Warum sezieren wir das Baby dann nicht, um die Todesursache festzustellen?‹ fragte er. Zunächst versuchte ich, ihn davon abzuhalten, aber er fieberte vor Wißbegier und hatte schon ein Skalpell in der Hand, als das Rascheln eines Vorhangs ihn innehalten ließ. Im Mondlicht erwischten wir den Jungen, der sich dort versteckt hatte, und ehe wir ihn noch aus dem Zimmer scheuchen konnten, stand der Vater des toten Babys in der Tür und forderte sein Kind, denn seine Gefährten seien gekommen, um die Wöchnerin und ihn wieder aufs Gut zurückzuholen. Mani wollte ihn zunächst davon abbringen, besann sich dann aber eines Besseren, wickelte das Baby ein und überreichte es teilnahmslos dem Vater, als händige er ihm einen großen schlummernden Vogel aus. Ich kletterte mit auf den Wagen der Landarbeiter, die mich ein Stück mitnahmen, und teilte schweigend ihre Trauer. Am Löwentor ließen sie mich absteigen, und ich betrat nicht weit von der großen Moschee die Altstadt. Ringsum war es still, die Gassen waren menschenleer. Ich mußte die ganze Altstadt bis zum Davidsturm durchqueren und versuchte mich aufzuheitern, indem ich versuchte, eine dieser marschähnlichen Melodien aus dem sephardischen Gottesdienst zu summen, aber keine wollte mir so recht einfallen. Nur der Anblick des auf der Entbindungsliege ruhenden Babys verfolgte mich unaufhörlich, und eine neue Sorge bemächtigte sich meiner. Hörst du, Tate?«

»Sorge um Linka…«

»Diese Sorge weckte mich am nächsten Morgen schon in aller Frühe, erlaubte mir nicht, mich am Versöhnungstag im Christ-Church-Hospiz versteckt zu halten, sondern trieb mich, hungrig und durstig in einem Fasten befangen, das sich mir gegen meinen Willen aufgedrängt hatte, zu ihrem Haus zurück. Schon als ich eintrat, merkte ich, daß alles völlig still war. Kein Mensch zu Hause. Sogar die Hebamme war in die Synagoge gegangen. Im Obergeschoß war es kalt, das Herdfeuer in der Küche erloschen. Ich eilte ebenfalls zur Synagoge –, und was sah ich? Eine Kutsche fuhr vor, und Mani stieg mit seiner Arzttasche aus. Er sah schlecht aus, wirkte, als kehrte er von einem erfolglosen Kampf mit einem Patienten zurück. Gemeinsam betraten wir nun die Synagoge. Die Gemeinde war bereits mitten im Gebet begriffen, die Militärmärsche vom Vorabend hatten traurigen, herzergreifenden Weisen Platz gemacht. Als wir zu unseren Diwanen hinüberschritten, um uns dem Gebet anzuschließen, entdeckte ich hinter dem weißen Vorhang der Frauenabteilung Linka, die uns ebenfalls hereinkommen sah. Reglos saß sie mit ihrer schwarzen Mantilla neben den weiblichen Familienangehörigen – Manis Mutter, seiner Ehefrau und seiner Tochter. Ja, auch die Schwedin hatte hinten in einem Eckchen Platz genommen, an einem großen Fenster, durch das jenes Jerusalemer Licht fiel, das ich seit meiner Ankunft in der Stadt immer wieder mit Staunen wahrgenommen hatte. Doch erst am letzten Tag, dort während des Jom-Kippur-Gottesdienstes, als ich es stundenlang betrachten konnte, habe ich wohl angefangen, es zu begreifen.«

»Es ist ein Licht, Tate, in dem zweierlei Lichter miteinander ringen, ein freifließendes gelbes aus der Wüste und ein blaues meergeborenes, das langsam die Hänge erklimmt, dabei das Licht der Ölbäume und der Felsen einsammelt, bis sich dann beide in Jerusalem gegenseitig nähren und zugleich zu übertrumpfen trachten, gegen Abend aber verschmelzen sie zu einem hellen Weinton, der sich Zweig um Zweig über die Bäume ergießt und sich dann in leuchtendes Kupferrot verwandelt, das – sobald es nur das Fenstersims erreichte – die Betenden begeistert hochschnellen ließ, um mit mächtigen Stimmen das Schlußgebet anzustimmen, das die draußen erstarrte Welt mit einem großen Flehen überschwemmte. Wieder begann Mani, mit dem Vorbeter wetteifernd, die Hymnen mitzusingen, seine Aufschreie zu übertönen, während der kleine Mani und die übrigen Kinder lauthals mitschrien, ja immer mehr in Fahrt gerieten, bis schließlich das Schofarhorn ertönte, das mich in helle Freude versetzte, da ich wußte, daß ich damit den Heimweg angetreten hatte. Hörst du?«

»Nachdem auch das Abendgebet beendet war, brachte man große Wassermelonen in die Synagoge, die aufgeschnitten und an die Anwesenden verteilt wurden, um den Durst zu stillen. Im Hof trafen wir dann mit den Frauen zusammen, wünschten einander alles Gute und schlenderten gemächlich nach Hause, wo wir ein leichtes Abendbrot einnahmen, das uns sofort sättigte. Schon pochte man auch ans Tor, führte Gebärende herein, die gewartet hatten, bis der heilige Tag vorüber war, und die Schwedin eilte, sie aufzunehmen. Linka legte ihre weißen Kleider ab, zog sich um und ging hinunter, um sich in irgendeiner Form nützlich zu machen. Ich besprach mit Mani die Reisevorbereitungen für den nächsten Morgen, wobei er das eine oder andere sagte und schließlich lachend hinzufügte: ›Aber ihr fahrt ja gar nicht. Ich werde türkische Soldaten losschicken, euch festzunehmen. Ihr gefallt mir einfach.‹ Ich war erleichtert über seine scherzhafte Art und gewann den Eindruck, er habe sich mit unserer Abreise abgefunden. Hörst du zu?«

»Am Morgen wartete die Kutsche am Jaffator. Linka saß bereits im Wagen. Ich sah, daß ihr Gepäck sehr viel kleiner geworden war. Die meisten Kleider hatte sie der Schwedin überlassen, damit sie sie an arme Leute verteilte. Sie war bleich im Gesicht, und die Augen funkelten gerötet wie nach langem Weinen. Mani hingegen wirkte ruhig und zufrieden. Gelassen dreinblickend saß er neben dem Kutscher, einen großen Wintermantel auf den Knien. Etwas mehr Weitblick, und ich hätte schon damals die Bedeutung dieses Mantels erraten, anstatt nur verblüfft darauf zu starren.«

»Seit Beirut bin ich immer aufs neue sämtliche Vorzeichen, die tatsächlichen wie die vermeintlichen, durchgegangen, bis mir bald alles und jedes bedeutungsvoll erschien – die Art, wie er, noch in Jerusalem, die Räder des Zuges begutachtete, der Ton, in dem er den Heizer nach der Fahrtgeschwindigkeit befragte, der Sitzplatz, den er sich bei uns wählte…«

»Ja, teurer Tate, das war die erste Überraschung, daß er – statt sich am Bahnhof von uns zu verabschieden – mit in den Zug stieg und verkündete, er wolle uns bis ans Schiff begleiten. In meiner Naivität nahm ich an, er werde noch am selben Abend eine Nachtdroschke von Jaffa zurücknehmen und habe den Mantel als Sitzpolster mitgeschleppt. Ja, ich freute mich sogar, daß er mit uns fuhr, denn auch mir fiel plötzlich der Abschied von ihm und von Jerusalem schwer, das nach der ersten Wegbiegung mit einem Mal verschwunden war. Hörst du mir zu, Tate?«

»Nein, du läßt den Kopf ein wenig hängen, und da dachte ich, der Schlaf übermanne dich. Ich weiß, ich ermüde dich, aber dies ist ja nun auch das Ende, das ich eigentlich schon am Anfang erzählt habe. Hörst du?«

»Der Bahnhof in Jaffa wimmelte von hastenden, schreienden Menschen, und wir fuhren geradewegs weiter zum Hafen. Erneut tadelte uns Mani, daß wir so schnell wieder abreisten. ›Was habt ihr denn schon gesehen?‹ fragte er. ›Gar nichts. Und ist Jerusalem etwa Erez Israel?‹ In der Ferne erspähten wir bereits das Schiff, und diesmal hatte die kleine Schwindsüchtige vom Basler Bahnhof zweifellos bestens für mich gesorgt, denn es war ein großer, schwerer österreichischer Dampfer. Wir bestiegen alle drei ein großes Boot, das Jischmaeliten singend hinausruderten, um uns dann mit lautem Geschrei aufs Schiff zu befördern, wo man uns mit allen Ehren empfing und uns zwei höchst komfortable Kabinen zeigte. Bei einem späten Mittagessen im Speisesaal wurden wir von Stewards galant bedient, auch Wein wurde reichlich kredenzt. Linka war bleich, schweigsam, in sich gekehrt. Mani und ich hingegen scherzten miteinander. ›Was willst du denn bloß auf den Wellen ohne mich anfangen?‹ fragte er. ›Wer wird dich mit Beruhigungsmitteln versorgen?‹ Der Mantel hing neben uns über dem Stuhl, groß und haarig wie ein treues Tier. Später gingen wir zum Rauchen an Deck, in der Ferne die weißen Häuser von Jaffa mit dem hohen Minarett, unter uns das sanfte Schaukeln der Wellen. Weitere Boote kamen von der Küste an, und die Jischmaeliten sangen und hievten mit viel Geschrei ihre verängstigten Passagiere an Bord. Mani musterte die Ankömmlinge mit einem spöttisch-ironischen Blick, den ich nie zuvor an ihm bemerkt hatte – als platze die Hülle seiner Identität langsam auf und ein weiterer Mani schäle sich heraus. Lange saßen wir so da, ließen die Nachmittagsstunden gemächlich verstreichen, bis alle Passagiere eingeschifft waren. Wir genossen die feuchtkühle Brise, unterhielten uns über die vergangenen Tage, über die Klinik, die große Schwedin, den kleinen Mani, und ich zog ein paar Münzen aus der Tasche und bat ihn, in unserem Namen kleine Geschenke für die Kinder zu kaufen, vor allem für den Jungen. Ich erzählte von meinen Streifzügen mit ihm, berichtete, wie sehr er an seinem Vater hänge und sich nach ihm sehne, und fügte noch hinzu, es sei doch schön, daß er sich nun mehr Zeit für seinen Sohn nehmen könne. Mani lauschte etwas beklommen meinen Reden und sagte dann: ›Er weiß wenigstens, nach wem er sich einmal sehnen wird, während ich mich nach einem Vater sehne, den ich nie hatte, von dem ich gar nicht weiß, ob er je existiert hat. Ja, immer, wenn ich aus Josefs Gesicht die Züge meines Vaters herauszulesen versuche, sehe ich nicht den jungen Mann, der vor meiner Geburt bei einem Handgemenge nahe unserem früheren Haus in der Altstadt umgekommen ist, sondern das greise, verschmitzte Gesicht meines Großvaters, der in seinen schwarzen Rabbinergewändern vor mir steht.‹ Linka hörte die ganze Zeit nur halb zu, als wisse sie, daß all diese Reden nichts als Maskerade waren. Ihre Augen starrten auf das weite Meer, das die Sonne jetzt mit einem glühenden Untergang strafte, das Gesicht war blaß, und sie nippte kein einziges Mal an dem Glas vor sich. Wartete nur stumm auf den nahenden Abschied. Hörst du? Hörst du zu?«

»Aber, wie du weißt, gab es keinen Abschied. Als die Glocke läutete, um die Besucher zum Einstieg ins letzte Rückboot aufzurufen, wurden seine Bewegungen sichtlich träge. Er legte den Kopf schief, als habe er nicht recht gehört, hob den Mantel hoch, breitete ihn sorgfältig über den Stuhl neben sich und sagte zu uns: ›Ein schönes Schiff habt ihr ausgesucht, aber die Wellen sind dieselben. Ich werde noch bis Haifa mitfahren, um zu sehen, wie Efraim mit ihnen zurechtkommt. Der Mantel hier wird mich nachts an Deck warmhalten, aber seid unbesorgt, ich kehre nicht mit euch nach Europa zurück.‹ Ich sah Linkas Augen sich vor Schrecken weiten, während Mani einen Matrosen herbeirief, ihm etwas zuflüsterte und ihm dabei die eben erhaltenen Münzen in die Hand drückte. Dann blickte er hinunter und schaute zu, wie das letzte Boot sich vom Schiffsrumpf löste und zur Küste abdrehte, die ein wenig zu schwanken begann. Die Häuser von Jaffa vibrierten wie bei einem leichten Erdbeben, und die grünen Zitrushaine auf den Hügeln wichen zurück. Ja, Tate, dieses Schiff fuhr so sanft und sacht, daß es schien, als verharrten wir auf der Stelle und jemand ziehe mit unsichtbarer Hand Erez Israel nach Süden von uns fort und die Küste entschwinde, nun völlig dunkel, langsam unseren Blicken, während wir noch ihre wundersame Bewegung beobachteten. Mani musterte mich traurig lächelnd und fragte unvermittelt: ›Na, möchtest du dich nicht übergeben?‹ Worauf er, ohne eine Antwort abzuwarten, wie zu sich selbst murmelte: ›Aber warum eigentlich? Die Furcht ist ja von dir abgefallen.‹ Hörst du, Tate? Hörst du mir zu?«

»Du bist so teilnahmslos, Tate, ich kann dein Gesicht nicht sehen. Nein, schlaf mir nicht ein, du darfst mich jetzt nicht allein lassen. Warte... warte doch... So hockten wir also, warm in Decken verpackt, schweigend an Deck und betrachteten die langsam vorbeiziehende schwarze Küste. Der Mond ging auf, die Sterne leuchteten. Linka versank neben uns in tiefen Schlaf und rutschte schließlich vom Stuhl, so daß wir sie in ihre Kabine hinuntertragen mußten. Er half mir dabei, und auf einmal, als ich seine Hand an meiner spürte, wußte ich, daß wir wortlos um sie rangen...«

»Um Linka...«

»Linka... Hörst du überhaupt zu?«

»Gib doch ein Zeichen, schweig nicht so grausam. Es wird – es wurde – noch lange nicht Tag. Nur der Haifaer Leuchtturm ließ sein Licht auf einem kahlen Felsvorsprung kreisen, daneben die dunkle Silhouette des Karmeliterklosters. Das Schiff ankerte in einiger Entfernung von der Stadt, deren kleine helle Häuser die Küste säumten. Wir standen beide an Deck, Mani beschwor mich, Linka in ihrer Kabine nicht zu wecken, und ich sagte mir: Jetzt werden wir uns endlich trennen. Wir warteten auf das Boot, das ein paar deutsche Templer brachte. Der Kapitän hieß jeden einzeln willkommen, begrüßte sie in seiner österreichischen Mundart. Mani stand neben ihm, in den großen Mantel gehüllt – seine Silhouette wurde immer größer und mächtiger, als habe sich ein weiterer Mani unter den Mantel geschmuggelt und umarme ihn nun. Schließlich waren die letzten Passagiere an Bord, und die jischmaelitischen Bootsleute warteten, daß Mani hinabklettern möge, damit sie die letzte Leine werfen konnten, aber er sagte auf einmal zu mir: ›Hör mal, ich habe Sehnsucht nach Beirut. Ich bin zwar fünfundzwanzig Jahre nicht mehr dort gewesen, aber ihr findet trotzdem keinen besseren Fremdenführer.‹ Jetzt war ich ehrlich bestürzt, Tate, denn ich wußte, daß er nicht mehr von uns ablassen würde. Langsam, aber sicher würde er uns nach Europa, Kraków, Hasula, Jelleny-Szad folgen, bis in dieses Eckchen hier, bis auf dieses Sofa am Kamin, bis in unsere Betten. Hörst du zu? So gib doch ein Zeichen!«

»In Beirut, es war gegen Mittag, wurden alle Passagiere aufgerufen, an Land zu gehen und sich bis zum Abend die Stadt anzusehen, ehe das Schiff nach Istanbul weiterfuhr. Mani, den Mantel über dem Arm, Bartstoppeln auf den Wangen, das Haar scheinbar grauer geworden, wirkte zum ersten Mal etwas verwirrt. Seine Bewegungen waren von ungewohnter Langsamkeit, als beginne er sich auf eine andere, unendliche Zeit einzustellen. Man mußte ihn förmlich vom Schiff an Land zerren, wo wir am Kai in einem Pulk von Passagieren standen, die zum Teil mit anderen Schiffen eingetroffen waren und sämtlich nach einer Droschke Ausschau hielten. Wir waren längst an der Reihe, aber Mani ließ viele leichte Wagen, mit bunten Troddeln und zarten Glöckchen geschmückt, an uns vorüberfahren, bis eine Kutsche mit einem Rappen aufrückte. Erst jetzt gab er ein Zeichen, sagte lächelnd ›da ist ja unser verlorenes Pferd‹ und ließ uns beide auf dem mit einem Perserteppich in leuchtenden Farben ausgekleideten Rücksitz Platz nehmen, während er selbst sich neben den Kutscher schwang. Sein breiter Rücken ragte wie eine gegen sich selbst gerichtete Drohung vor uns auf. Zum ersten Mal, seit wir auf dem Katowicer Bahnhof den Nachtzug nach Prag bestiegen hatten, spürte ich, daß Linka sich schutzsuchend an mich schmiegte, als sei sie wieder zum Kind geworden, Tate, als sei das aufgeklappte Taschenmesser wieder geschlossen. Hörst du zu, Tate?«

»Nun begannen wir unsere Stadtrundfahrt, bei der Mani

weniger daran gelegen war, uns etwas zu zeigen, als Erinnerungen aufzufrischen und seine eigene Sehnsucht zu befriedigen. Für ihn war es ein nostalgisches Wiedersehen mit Orten, die er vor einem Viertel Jahrhundert gekannt hatte. Schnell vertiefte er sich in ein angeregtes Gespräch mit dem Kutscher, der ab und zu anhielt, um uns mit ausladender Geste etwas zu zeigen oder mit Mani abzusteigen und in einem kleinen Gäßchen, einem Gebäude oder Hofeingang zu verschwinden, während wir etwas verloren in der Kutsche sitzenblieben, die irgendwo auf einem Marktplatz oder Hofareal stand, inmitten einer wimmelnden Menge von Menschen verschiedenster Herkunft. Wir konnten nicht ahnen, daß dieser Mani bereits den Text geschrieben, die Inszenierung ausgefeilt, den Schauspieler gewählt und für Publikum gesorgt hatte und nun nur noch den geeigneten Platz suchte, um das Theater zu eröffnen und mit dem Schauspiel zu beginnen. Du hörst gar nicht zu! Warum?«

»Als die Kutschenräder schließlich über Eisenbahnschienen rumpelten, ließ er sofort anhalten und stieg verwundert ab, denn zu seiner Zeit hatte Beirut weder Gleise noch Bahnverbindungen besessen. Augenblicklich forderte er den Kutscher auf, ihn zum Bahnhof zu fahren, als werde sich dort der Streit zwischen ihm und uns entscheiden. Es war bereits später Nachmittag, die Dämmerung legte ihr erstes feines Netz über das starke, süße mediterrane Licht. Der Bahnhof lag gar nicht weit vom Meer entfernt, auf dem wir unseren österreichischen Dampfer, der gerade eine unbekannte Flagge setzte, majestätisch liegen sahen. Wir betraten das Bahnhofsgebäude, das uns so klein wie das Jerusalemer, nur dreckiger erschien. Weißgewandete Jischmaeliten liefen auf dem Bahnsteig umher und drängten eiligst in einen nur wenige Wagen langen Zug, der noch gar keine Lokomotive hatte. Trotz dem Gedränge herrschte jedoch keinerlei Aufregung, im Gegenteil, eher eine gewisse Gemessenheit, die durch den langsamen Schritt zweier türkischer Soldaten noch verstärkt wurde, die, mit Krummdolchen bewaffnet, an den Waggons entlangpatrouillierten, gemächlich an ihren vollen Schnauzbärten kauten und die Fahrgäste abfällig musterten. Gleich beim Betreten des Bahnhofsgebäudes hatte ich wahrgenommen, daß wir erhebliches Aufsehen erregten. Ein Bahnbeamter war augenblicklich auf uns zugeeilt, um sich nach unseren Wünschen zu erkundigen, und Mani hatte die Hand zum Gruß erhoben. Schon hörte ich Leute neben mir wispern: ›*Yahud*.‹ Worauf Mani sich ihnen zuwandte und sofort bestätigte, daß wir tatsächlich *Yahud*, Juden, waren. Ganz offensichtlich faszinierte ihn dieser Bahnhof, und als er hörte, daß der Zug nach Damaskus fuhr, ließ er den Blick über die sanften Sandsteinhügel schweifen, als erwarte ihn dort jemand Wichtiges und Geliebtes, und schon schritt er im Gefolge der türkischen Soldaten den Bahnsteig entlang. Erst jetzt begreife ich, daß in dem uns immer stärker umwehenden gelben Wind sein Verlangen wuchs, nun endlich das Theater, mit dem er so lange herumgezogen war, aufzubauen und das aus Erez Israel mitgebrachte Publikum um die türkischen Soldaten, die jischmaelitischen Pilger und auch den Bahnbeamten zu erweitern, der ihm jetzt folgte, bemüht, die wahre Absicht dieser europäischen Besucher zu enträtseln – ob sie wohl wirklich abfahren wollten? Mani offenbarte jedoch seine Absicht noch nicht, kam vielmehr gelassener Miene zu uns zurück und sagte: ›Nun gibt es also auch hier eine Eisenbahn. In ein paar Jahren, wer weiß, könnt ihr dann mit dem Nachtzug direkt von Jerusalem in euer Oświęcim fahren, ohne euch auf dem Meer herumzuquälen.‹ Danach trat er unvermittelt auf Linka zu, umarmte sie fest, ergriff ihre Hand und küßte sie von beiden Seiten, so daß es einen Augenblick schien, als sei die Begierde jenes polnischen Herrn, der ihr in der ersten Nacht in Basel nachgelaufen war, in ihn gefahren. Dann wandte er sich mit sonderbar fremdem Blick an mich: ›Läßt du sie nicht bei mir?‹ fragte er. Ich lachte erschauernd: ›Sie ist nicht mein.‹ ›Das sagst du‹, klagte er bitter, ›und doch nimmst du sie mit dir. So laßt uns hier Abschied nehmen. Der Kutscher wird euch zu eurem Schiff bringen, und ich werde nach Damaskus fahren, dort war ich noch nie, die Stadt soll sehr schön sein.‹ Und dann bat er, der mit uns noch nie über Geld gesprochen hatte, uns plötzlich darum. Es war nicht klar, wieviel er haben wollte, und ob es als Anleihe oder Zuwendung gedacht war, so daß ich ins Stammeln geriet... Hörst du?«

»Ich fing an zu stottern, versprach, ihm nach unserer Heimkehr eine Spende für seine Klinik zu übersenden, versprach, mit dir zu reden, Tate, aber er versteifte sich plötzlich, behauptete mit trostlosem Blick, er brauche *jetzt* Geld, für die Fahrt nach Damaskus, wir hätten doch so viel, und Linka, die lediglich raten konnte, worum es ging, da er seit diesem Morgen nur hebräisch gesprochen hatte, preßte gewaltsam meinen Arm, worauf ich nun türkische Bischliks, Taler und das restliche italienische Geld aus meiner Tasche kramte, und er alles zusammenraffte und damit zum Büro ging, um sich eine Fahrkarte zu kaufen. Niedergeschlagen kehrte er zu uns zurück und sagte auf hebräisch: ›Dann werden wir uns also nie wiedersehen, aber ihr seid schuld. Fühlt ihr euch denn nicht schuldig?‹ Während ich noch den Kopf schüttelte, fuhr mir blitzartig durch den Kopf, daß ich einen grauenhaften Irrtum begangen hatte: Da ging der Vorhang hoch, und vor mir stand nicht mehr der Jerusalemer Arzt, sondern ein Schauspieler, der gezwungen war, einen Text zu rezitieren, den er nicht abändern durfte, der ihm schon vor undenklichen Zeiten aufgegeben worden war. Obwohl er sowohl Regisseur als Direktor des Theaters war, konnte er nicht umhin, die Bühne zu besteigen, mit der Vorstellung zu beginnen und sie zum Ende zu bringen. Sein Ausdruck hatte sich jetzt verändert, wie vom Donner gerührt starrte er uns flammenden Auges mit verächtlicher Distanz an, dann kehrte er uns den Rücken, legte den Mantel über die Schultern und begann abermals den Bahnsteig entlangzugehen, vorbei an den Waggons mit all den jischmaelitischen Passagieren, deren Zigarettenrauch sich wie ein erstes Zeichen der Lokomotive kräuselte, die man bereits in der Ferne pfeifen hörte. Linka, von Grauen gepackt, schrie auf jiddisch: ›Halt ihn auf, wir nehmen ihn mit!‹ ›Aber wie denn?‹ fragte ich. ›Er fährt nach Damaskus. Und wir müssen jetzt zurück.‹ Aber sie ließ nicht locker, zerrte mich weiter, als wollte sie, daß wir stehenden Fußes den Zug nach Damaskus bestiegen. Mani eilte jedoch bereits auf das Ende des letzten Wagens zu, ließ dort mit einem Ruck seinen Mantel auf den Perron fallen, wobei mich blitzartig die Erkenntnis durchzuckte, daß er ihn aus lauter Rücksicht nicht mit seinem Blut beflecken wollte, und sprang dann weich federnd aufs Gleis hinab. Der eine türkische Soldat fing an zu rufen und zu schreien, doch Mani wandte nur das Gesicht – in dem rotglühenden Licht, das vom Meer heraufflutete, wirkten seine Züge hart und besiegt – und schritt weiter über den Schienenstrang, drohend den Zeigefinger gegen die schwarze Lokomotive, die jetzt um die Ecke bog, erhebend, als tadele er ein zu spät nach Hause gekommenes Kind, und augenblicklich, wie mit einem Schwertschlag, schnitt ihn die Lok entzwei. Aber du hörst mir ja gar nicht zu, Tate?«

»Was?«

»Ja, mit aller Kraft hielt ich Linka zurück, die schon losrannte – zusammen mit den Jischmaeliten, die sofort aus dem Zug stürzten, denn die Nachricht war blitzschnell bis ins letzte Abteil vorgedrungen, man kennt die Gier des einfachen Volkes, Tote und Verwundete ausgiebig zu begaffen, ja nur zu gut. Die beiden türkischen Soldaten versuchten die Jischmaeliten zurückzudrängen, prügelten auf sie ein, schlugen Linka, nur mich ließen sie vorbei, und ich rannte schreiend und flehend mit seinem Mantel auf ihn zu, die zwei Teile zu bedecken, bevor Linka ihn erreichte... Teurer Tate, Tate, ach, es wird schon hell... Und ich rede so ohne Ende... Tate?«

»Du bist eingenickt, liebster Tate... Dein Kopf hängt herab... Tate, Tate, antworte doch... Du machst mir angst. Was ist denn?«

»Was ist los? Was habe ich denn gesagt? Warum weinst du?«

»Ich begreif nicht. Liebster Tate, du weinst auf einmal. Warum?«

»Aber um wen?«

»Um ihn? Den? Wie ist das möglich. Du... was... oh, Tate...«

»Schuld? Wieso? Ich habe dir doch gesagt: wir waren ein Vorwand...«

»Wie hätte sie bei ihm bleiben sollen? Wovon redest du denn?«

»Ich hätte allein zurückkehren sollen?«

»Euch hinzurufen? Woher? Wohin? Du weißt ja nicht, was du redest...«

»Wessen Herr?«

»Aber es war sein eigenes Selbst. Der Dämon in ihm... Du bringst mich um den Verstand... Bei ihm bleiben? Fabelhaft, haha...«

»Was heißt Zynismus?«

»Nihilismus? Nein, ich hab genug gesagt... Bloß, worum weinst du denn? Um wen? Siehst du nicht, daß die Mamme hier sehr krank ist? Du bist blind... Sie wird sterben... Wein um die, um die du jetzt weinen mußt...«

Biographische Nachträge

EFRAIM SCHAPIROS versprochener Auszug aus dem elterlichen Gut verzögerte sich um einige Monate wegen der raschen Verschlechterung des Gesundheitszustands der Mutter und ihres Ablebens einen Monat nach der Rückkehr ihrer Kinder aus Erez Israel. Erst im Spätherbst 1900 übersiedelte er nach Krakau, wo er in einem Krankenhaus Anstellung fand.

Linka, die die Einsamkeit auf dem großen Gut bald nicht mehr ertragen konnte, zog ebenfalls nach Krakau und begann, als ehrenamtliche Hilfsschwester im selben Hospital zu arbeiten. Bald darauf verliebte sie sich in einen nichtjüdischen polnischen Arzt, den sie nach einer heftigen Auseinandersetzung mit Vater und Bruder, die diese Verbindung ablehnten, auch heiratete. In der Folge trat sie zum Katholizismus über und zog mit ihrem Mann nach Warschau, wo sie ihm einen Sohn und eine Tochter gebar.

Der dramatische Abbruch der Beziehungen zu Vater und Bruder war sehr schmerzvoll, doch bald hatten sich die Angehörigen wieder versöhnt. Da Efraim Schapiro selbst weiterhin ledig blieb, entwickelte sich mit der Zeit sogar eine besonders enge Bindung an die beiden Kinder, die er regelmäßig sah, sowohl bei seinen Familienbesuchen in Warschau als auch während der gemeinsamen Sommerferien auf dem väterlichen Gut, zu denen Linka mit den Kindern meist ohne ihren Mann anreiste.

Nach dem Tod des Vaters, Scholem Schapiro, 1918 verkaufte Linka ihre Hälfte des Gutes an ortsansässige Bauern, während Efraim sich auf seinem Anteil niederließ. Der verbleibende Besitz, der nun von einem Verwalter bewirtschaftet wurde, erbrachte zwar nicht mehr so reiche Gewinne wie zu Lebzeiten des Vaters, verschaffte ihm aber immer noch ein ansehnliches Einkommen, das es ihm erlaubte, seine ärztliche Tätigkeit auf gelegentliche Krankenbesuche in der nahen Kleinstadt zu beschränken. So versank er praktisch in ein gemächliches Frühpensionärsdasein, zu dessen schönsten Stunden stets die Besuche seiner geliebten Schwester mit ihren Kindern zählten, die sich trotz ihrer offiziellen Zugehörigkeit zur katholischen Kirche sehr für die jüdische Identität der Mutter und des Onkels interessierten.

Bei Ausbruch des Zweiten Weltkriegs und der blitzartigen Besetzung Polens durch die Deutschen fuhr Efraim Schapiro, nunmehr 69 Jahre alt, zu seiner Schwester nach Warschau. Als er jedoch schon bald merkte, daß er bei ihr keineswegs auf sicheren Unterschlupf hoffen konnte, ja, daß die Gefahr, die über ihr, ihren Kindern und Enkeln schwebte, um nichts geringer als die ihm selber drohende war, kehrte er schleunigst auf sein Gut zurück, wo er sich mit Hilfe einiger treuer Bediensteter ein perfektes Versteck anlegte und darin »verschwand«. Von 1939 bis 1944 harrte er in diesem Unterschlupf aus – in Sichtweite des nahegelegenen Konzentrationslagers, dessen ständig perfektionierte Betriebsmethoden der alte Arzt zum Teil erraten konnte. Entsprechend wuchsen seine Sorge und sein ungeduldiger Wunsch, das Versteck endlich zu verlassen.

Als er 1944, nach der endgültigen Auflösung des Warschauer Ghettos, erfuhr, daß seine Nichte in das nahe Lager verschleppt worden war, hielt ihn nichts mehr zurück. Ohne triftigen Grund verließ er sein Versteck und stellte sich den Deutschen, wodurch er auch seine treuen Bediensteten ins Unglück stürzte. Er selbst sollte das Lager jedoch nicht mehr betreten: Er brach am Tor zusammen und wurde – im Alter von 74 Jahren – auf der Stelle erschossen.

SCHOLEM SCHAPIRO machte nach dem Tod seiner Frau eine schwere Zeit durch. Obwohl er mit ihrem schwachen Gesundheitszustand zu leben gelernt hatte, hatte er nicht damit gerechnet, daß der Tod so nahe und schnell sein könnte. Nachdem auch noch sein Sohn und seine Tochter weggezogen waren, veranlaßte ihn seine Einsamkeit auf dem großen Besitz begreiflicherweise dazu, sich um so intensiver der zionistischen Aufgabe zu widmen. Den vierten Kongreß in London besuchte er zwar nicht, da er ins Trauerjahr fiel, dafür aber den fünften, der erneut in Basel stattfand. Und 1909 gelang es ihm sogar, gemeinsam mit einigen anderen Mitgliedern des Krakauer Zionistenverbands, eine Gruppenreise nach Erez Israel zu organisieren, die höchst erfolgreich verlief und das zionistische Bewußtsein der Teilnehmer stärkte. In Jerusalem sonderte sich Scholem Schapiro einen Tag von der Gruppe ab, um nach den Manis zu forschen, er hatte jedoch nur mäßigen Erfolg. Zwar machte er die besagte Klinik in Kerem Awraham ausfindig, die inzwischen als preiswerte Touristenherberge diente, erkannte auch den ehemaligen Kreißsaal an ein paar trüben Spiegeln an den Wänden, aber von den Manis wohnte keiner mehr dort. Der Sohn Josef, so erzählte man ihm, sei zwei Jahre zuvor zum Studium in die Türkei gegangen, unterwegs offenbar in Beirut hängengeblieben und dort verschwunden. Seine Schwester habe einen nordafrikanischen Juden geheiratet, der sie und ihre Mutter mit nach Marseille genommen habe. Die Nachbarn, die ihm all das berichteten, erinnerten sich noch sehr gut an den Besuch der beiden jungen Aschkenasen aus Galizien im Jahre

1899 und sprachen von dem Unheil, das die beiden über den geliebten Arzt gebracht hatten.

Der Kummer darüber, daß sich die Spuren der Manis verloren hatten und er ihnen somit keinerlei finanzielle Entschädigung leisten konnte, vermochte diese gelungene Reise jedoch nicht nachhaltig zu trüben. Trotz seines fortgeschrittenen Alters knüpfte er in ihrem Verlauf romantische Beziehungen zu einer jungen Mitreisenden aus Krakau an, die ihm auch nach seiner Rückkehr nach Jelleny-Szad zugetan blieb.

Ebenso wie sein Sohn Efraim hing er sehr an seinen »gojischen« Enkelkindern. Zwar kam er sie in Warschau nicht oft besuchen, weil seine Tochter keinen koscheren Haushalt führte, aber er wartete jedesmal sehnsüchtig auf ihr Eintreffen im Sommer und genoß es, ihnen während der Ferien auf dem Land etwas jüdisches Wissen und ein paar Brocken Hebräisch beizubringen. Er starb 1918 nach kurzer Krankheit im Alter von 70 Jahren, hatte jedoch lange genug gelebt, um die Freude über die Balfour-Erklärung auszukosten.

Fünftes Gespräch

Eine Herberge in Athen,
Ecke Dioskouron-Lapolignoto-Straße,
Sonntag mittag, den 9. Dezember 1848

Die Gesprächspartner

AWRAHAM MANI, neunundvierzig Jahre alt, geboren 1799 in Saloniki, damals zur Türkei gehörend, Name des Vaters: Josef Mani.

Awrahams Großvater, Elijahu Mani, war Futterlieferant für die Pferde der türkischen Armee gewesen. Als solcher reiste er der Truppe mit fünf großen Wagen nach, die seine zahlreiche Familie – er hatte zwei Frauen – sowie zwei junge Rabbiner beherbergten, welche seine Söhne in der Tora unterwiesen. Als die ersten Nachrichten vom Ausbruch der Französischen Revolution eintrafen, spürte er als findiger Kaufmann, daß Europa nun eine Periode heftiger Erschütterungen durchmachen würde, die seinen Geschäften als Futterlieferant für Kavallerietruppen entsprechenden Aufschwung verhießen. Daher machte er sich gen Westen auf und überquerte 1793 – man berichtete eben von der Hinrichtung Louis' XVI. – den Bosporus. In Saloniki, wo er eine blühende jüdische Gemeinde vorfand, ließ er sich nieder. Tatsächlich ging seine Wette auf – die politische und militärische Instabilität jener Zeit kam seinem Unternehmen sehr zugute. Er konnte seine Kinder mit Abkömmlingen der reichsten und angesehensten Familien verheiraten, was der Entwicklung seiner Geschäfte durchaus förderlich war.

Seinen ersten Enkel, *Awraham*, der gewissermaßen wie ein Zünglein an der Waage des 18. Jahrhunderts zur Welt gekommen war, liebte er innig, jedoch sollte ihm dafür nicht mehr allzuviel Zeit bleiben: bald nach Unterzeichnung des Tilsiter Friedens 1807 wurde er zu seinen Vorfahren heimgeholt.

Sein Sohn Josef, der ihm 1776 in dem persischen Städtchen Ushniyya in der Nähe des großen Shahi-Sees – damals ebenfalls zum Osmanischen Reich gehörend – geboren worden war, übernahm seine Geschäfte und führte sie trotz der vielen

Wechselfälle, die das Osmanische Reich im ersten Jahrzehnt des 19. Jahrhunderts erlebte, schwungvoll weiter. Besonders erfolgreich zeigte er sich während der Napoleonischen Kriege in Osteuropa. Seinen Kindern ließ er eine gute Erziehung angedeihen, und Awraham, seinen Erstgeborenen, schickte er sogar nach Konstantinopel in das Lehrhaus des Chacham Schabtai-Chananja Haddaja, der zu den originellsten und profundesten rabbinischen Koryphäen im ganzen Osmanischen Reich zählte.

Awraham Mani empfand große Zuneigung für seinen Lehrmeister, der trotz seiner über fünfzig Jahre noch immer weder Frau noch Kinder hatte. Und auch der Chacham selber beschloß, in seinem Fall besondere Gunst walten zu lassen und ihm zur Erlangung der Rabbinerwürde zu verhelfen, obwohl er kein übermäßig fleißiger Student war.

Begründet durch die weitgehende Befriedung Europas im Gefolge des Wiener Kongresses sowie auch durch die Freiheitsbestrebungen des griechischen Volkes, das sich gegen die türkische Herrschaft aufzulehnen begann und damit die Handelswege unsicher machte, erlebte Josef Mani 1815 jedoch einen jähen Geschäftseinbruch, in dessen Folge Awraham 1819 nach Saloniki zurückgerufen werden mußte, um seinem Vater zu helfen, der unterdessen seinen Besitz verloren hatte und sich mit einem kleinen Gewürzladen am Hafen über Wasser zu halten suchte. Es dauerte nicht lange, und der gebrochene alte Mann starb, so daß sein Besitz auf Awraham überging.

Die erzwungene Trennung von seinem Lehrmeister schmerzte Awraham sehr. Wann immer er einen Weg fand, sich ein, zwei Wochen vom Geschäft freizumachen, überquerte er den Bosporus, um den Rabbiner zu besuchen, ungeachtet der – wegen des Griechenlandaufstands – Gefährlichkeit dieser Reise.

Die Ordination zum Rabbiner erlangte er auf diese Weise zwar nicht mehr, aber Chacham Haddaja händigte ihm eine Empfehlung aus, die ihn berechtigte, ehrenamtlich in seiner freien Zeit als Oberkantor in einer jener kleinen Hafensynagogen zu fungieren, die hauptsächlich von jüdischen Matrosen und Schauerleuten frequentiert wurden.

Trotz mütterlicher Vorhaltungen schob er seine Verehelichung bis 1825 auf und heiratete dann die Tochter eines kleinen Händlers aus der Alfassi-Familie, die ihm einen Sohn und eine Tochter – Josef, 1826, und Tamar, 1829 – schenkte. 1832 starb sie an einer unbekannten Krankheit, die offensichtlich von einem Seemann eingeschleppt worden war, den die Manis bei sich aufgenommen hatten.

Ein gewisser Geschäftsaufschwung ermöglichte es Awraham, regelmäßig nach Konstantinopel zu seinem Rabbiner zu reisen, den er allerdings nicht immer dort antraf. Chacham Haddaja, der als junger Mann weit gereist war, wurde im Alter noch einmal von Wanderlust gepackt und war oft auf Reisen. Wie schon zu seiner Jugend zog es ihn meist nach Süden und Osten, und einmal verbrachte er sogar ein paar Monate in Jerusalem. Dort lernte er eine Frau kennen, die einige Monate später nach Saloniki kam und – zu jedermanns Überraschung – schließlich die Gefährtin seines Alters wurde.

Awraham, der Witwer mit zwei Kindern geblieben war, beschloß, seinen Sohn Josef, nach dessen Bar Mizwa 1839, in das Lehrhaus seines Rabbiners in Konstantinopel zu geben, wie es sein Vater einst mit ihm getan hatte, zum einen, um durch den Jungen möglichst das ihm selbst Versagte zu erreichen, zum anderen, um die Bande zu Chacham Haddaja zu stärken, den er mit den Jahren nur noch mehr verehrte. Bevor er sich mit Josef auf die Reise begab, eignete er sich sogar ein paar Brocken Französisch an, die Muttersprache der Rabbinergattin, in der Hoffnung, den Kontakt zu ihr auf diese Weise leichter herzustellen.

Der junge Josef, der begabter als sein Vater war und vor Lebendigkeit und Einfallsreichtum sprühte, gefiel Chacham Haddajas Frau, Flora, geborene Molcho, außerordentlich. Sie hatte selbst keine Kinder und adoptierte ihn auf ihre alten Tage gewissermaßen an Sohnes Statt als jugendlichen Begleiter, zumal ihr Mann oft außer Hause weilte, da er zwischen jüdischen Gemeinden herumreiste, um in kniffligen Rechtsfragen zu entscheiden, an deren Lösung die Streitparteien gescheitert waren.

Obwohl Josef nicht eigentlich bei dem Chacham selbst, sondern im nahen Lehrhaus lernte und die geringere Überwachung seiner Studien dort gern dazu ausnutzte, allein durch die Straßen und Gassen Konstantinopels zu streifen, befürworteten alle sein Verweilen im Haus des Rabbiners – sein Vater wegen der Verbindung, die er dadurch zu seinem Lehrmeister behielt, die Frau des Rabbiners, weil der Junge ihre Einsamkeit linderte, und der Chacham, weil der Knabe ihm wertvoll erschien, wenn er auch noch nicht recht wußte, worin seine besonderen Werte lagen.

Anfang 1844 erfuhr Doña Flora, daß die Tochter ihrer jüngeren Schwester, Tamara Valero, die sie, seit diese ein kleines Mädchen gewesen war, nicht mehr gesehen hatte, in Begleitung ihrer Stiefmutter Veducha von Jerusalem nach Beirut reisen werde, um an der Hochzeitsfeier ihres Stiefonkels, Veduchas Bruder Meir Chalfon, teilzunehmen. Doña Flora erwirkte die Erlaubnis ihres Mannes, nach Beirut zu fahren, um ihre Nichte wiederzutreffen, und da der Chacham selber verhindert war, sie zu begleiten, beschloß man den inzwischen zum jungen Mann herangewachsenen Josef zu der Familienfeier mitzuschicken. Mit Awraham Manis eigens aus Saloniki eingeholter Zustimmung wurde die Reise angetreten, die insgesamt länger als geplant dauern und noch zusätzlich Früchte tragen sollte. Tamara Valero und Josef Mani versprachen einander die Verlobung, natürlich unter der Bedingung, daß die beiden Väter sowie der greise Rabbiner ihren Segen dazu gaben.

Nach Jerusalem zurückgekehrt, erhielt das junge Mädchen tatsächlich die väterliche Einwilligung, doch obgleich sie vereinbarungsgemäß nach Konstantinopel hätte kommen sollen, um dort von ihrem berühmten Onkel, dem ehrwürdigen Chacham Haddaja, getraut zu werden, traf sie nicht ein. Schließlich konnte Josef sich nicht länger zurückhalten. Im Winter 1846 fuhr er allein nach Jerusalem, um seine ausersehene Braut persönlich abzuholen. Statt dessen jedoch – soviel erfuhren die Familien in Konstantinopel und Saloniki schließlich – blieb er in Jerusalem, wo die Hochzeit in recht bescheidenem Rahmen stattgefunden und Josef Mani eine vorläufige Anstellung beim britischen Konsulat gefunden hatte, das dort 1839 eröffnet worden war.

Sowohl Awraham Mani als auch Flora Haddaja waren tief enttäuscht, denn beide hatten eine große Hochzeit im Haus des Rabbiners in Konstantinopel geplant und hätten das junge Paar auch gern in der Nähe gehabt. Offensichtlich fühlte sich der junge Mani jedoch in Jerusalem so wohl, daß er es vorzog, dort zu bleiben. Da die Postverbindung zwischen Jerusalem und Konstantinopel recht unzuverlässig war und einige Zeit lang überhaupt keine Nachricht von den Jungvermählten eintraf, so daß man vor allem nicht wissen konnte, ob die junge Frau schwanger war, beschloß Awraham Mani, selber nach Jerusalem zu fahren, um die jungen Leute zur Übersiedlung nach Saloniki oder wenigstens Konstantinopel zu bewegen.

Er übergab den Gewürzladen seinem Schwiegersohn, nahm selbst nur ein paar Proben seiner teuersten und liebsten Gewürze mit, in der Hoffnung, Jerusalemer Händler dafür interessieren zu können, und machte sich auf den Seeweg nach Erez Israel, wo er im Spätsommer 1847 ankam. Nach einigen Monaten hätte Awraham Mani zurück in Saloniki sein sollen, doch er verbrachte über ein Jahr in Jerusalem, und die Verbindung zu ihm riß fast völlig ab. Mysteriösen Gerüchten zufolge, die Konstantinopel im Dezember 1847 erreichten, war sein Sohn, Josef Mani, bei einem Handgemenge in der Altstadt Jerusalems umgekommen. Als dann im Februar 1848 ein Rabbiner aus Jerusalem in Konstantinopel eintraf, der als Abgesandter jüdische Diasporagemeinden bereiste, um Geld zu sammeln, bestätigte er die Kunde von Josef Manis gewaltsamem Tod und erzählte weiter, der Vater, Awraham Mani, sei bei der Frau seines Sohns, Tamara, geblieben, um die Geburt seines Enkelkinds abzuwarten.

Für geraume Zeit waren der greise Chacham Haddaja und

seine Frau Flora gleichermaßen bestürzt darüber, keine Verbindung mit »Jerusalem« aufnehmen zu können, um so mehr, als man das Datum der erwarteten Geburt nicht kannte. Die von Zeit zu Zeit eintreffenden Grüße und bruchstückhaften Nachrichten von Awraham Mani waren mehr als wirr und unklar. Aber dann, am ersten Chanukkaabend des selben Jahres, tauchte Awraham Mani plötzlich in der Herberge in Athen auf, in der Chacham Haddaja schon seit mehreren Wochen auf dem Sterbebett lag.

FLORA HADDAJA, achtundvierzig Jahre alt. Geboren 1800 in Jerusalem als Tochter des Ja'akow Molcho, der Ende des 18. Jahrhunderts mit seiner ganzen Familie aus Ägypten dorthin übergesiedelt war. Ihre jüngere und einzige Schwester vermählte sich 1819 mit Rafael Valero und brachte einen Sohn zur Welt. Flora Molcho hingegen blieb ledig, weil einerseits Mangel an passenden Heiratskandidaten in Jerusalem herrschte und sie andererseits sehr an ihrer Schwester und dem kleinen Neffen hing und daher nicht bereit war, zu den väterlichen Verwandten nach Ägypten oder zur mütterlichen Familie nach Saloniki zu reisen, damit man dort einen Bräutigam für sie fände. Als Chacham Schabtai Haddaja 1827 Jerusalem besuchte und bei den Valeros zu Gast weilte, lernte er dort die immer noch jungfräuliche Flora kennen, deren Weigerung, die Stadt zu verlassen, um zu heiraten und eine Familie zu gründen, ihn außerordentlich beeindruckte. Ja, ihr Entschluß war um so unumstößlicher geworden angesichts der Tatsache, daß ihre Schwester, die nach der Geburt des Sohnes zwei schmerzliche Fehlgeburten durchgemacht hatte, wieder hochschwanger war.

Bald jedoch war alles anders: Nach der Abreise des Chacham brach eine verheerende Choleraepidemie in Jerusalem aus, die auch den geliebten Neffen hinwegraffte. Die Schwester, die inzwischen noch eine Tochter zur Welt gebracht hatte, versank in Schwermut, der sie 1829 erlag. Flora Molcho fürchtete nun, Rafael Valero könnte sich verpflichtet sehen, sie anstelle seiner verstorbenen Frau zu heiraten, was sie veranlaßte, Jerusalem eiligst zu verlassen und zur mütterlichen Familie nach Saloniki zu ziehen. Ihre Ankunft dort weckte Chacham Haddajas Interesse. 1833 versuchte er eine Ehe zwischen ihr und seinem einige Zeit zuvor verwitweten Schützling Awraham Mani anzubahnen. Letzterer nahm den Gedanken begeistert auf, doch die bereits dreiunddreißigjährige Flora lehnte ab. Chacham Haddaja unterbreitete ihr weitere Heiratsvorschläge, denn das Ledigsein dieser Frau beunruhigte ihn, aber sie ging auf keinen ein, bis er ihr in seiner Verzweiflung schließlich selbst einen Antrag machte. Obwohl sie fast vierzig Jahre jünger war als er, wies sie ihn nicht zurück. Ein gutes Jahr später heirateten sie tatsächlich, und Anfang 1835 übersiedelte Flora nach Konstantinopel.

Kinder wurden ihnen keine geboren, und der Rabbiner war weiter viel auf Reisen, die ihn oft wochenlang von zu Hause fernhielten. Trotzdem schien das Paar harmonisch miteinander zu leben. Awraham Mani, dem Floras Entscheidung, ihm einen Korb zu geben, dafür aber seinen Lehrmeister zu ehelichen, wohl wehgetan haben mochte, erholte sich bald von seinem Schmerz und suchte den Kontakt zu dem Chacham mehr denn je. 1839 brachte er ihm seinen dreizehnjährigen Sohn Josef, um ihn in die kleine Talmudschule zu geben, die der Rabbiner im Hof seines Hauses eingerichtet hatte. Die Frau des Rabbiners hieß den Knaben freudig willkommen, und da er sich als liebenswürdig, aufgeweckt und vielseitig interessiert erwies, erkor sie ihn sich als eine Art jugendlichen Begleiter. Wann immer der Chacham auf Reisen ging, bat er seine Frau, den Knaben ins Haus zu nehmen, da er erhebliche Selbständigkeit und Abenteuerlust entwickelte, die Abwesenheit seines Lehrmeisters gern freimütig zu Streifzügen durch die Stadt ausnutzte und daher der Aufsicht bedurfte. Und tatsächlich kümmerte sich Flora Haddaja hingebungsvoll um diesen Jungen, der ihr bald sehr ans Herz gewachsen war. Er half ihr bei den Arbeiten im Haushalt, und manchmal, wenn ihr greiser Mann auf Reisen war, ließ sie ihn sogar in dessen Bett neben sich schlafen.

1844 erfuhr Doña Flora, daß ihre Nichte Tamara, die sie

viele Jahre nicht mehr gesehen hatte, mit ihrer Stiefmutter Veducha zu einer Familienfeier nach Beirut reisen würde. Sogleich kam ihr der glänzende Gedanke, die günstige Gelegenheit zu dem Versuch zu nützen, Tamara und Josef miteinander zu verheiraten und auf diese Weise die eigene Bindung an ihn zu festigen. Sie erhielt sowohl von ihrem Gemahl die Erlaubnis, Josef zu ihrer Begleitung nach Beirut mitzunehmen, als auch von Josefs Vater, Awraham Mani, der hocherfreut ob der Aussicht war, auf diese Weise womöglich mit dem verehrten Chacham Haddaja indirekt verschwägert zu werden. In Beirut wurden dann eifrig die Fäden gesponnen. Josef schien Feuer und Flamme angesichts der vorgeschlagenen Verbindung, während das junge Mädchen unklare Bedenken zu hegen schien. Auf Doña Floras beharrliches Drängen und die von Awraham Mani aus der Ferne geleistete Schützenhilfe hin kam 1845 jedoch ein hastig aufgezeichnetes Verlobungsversprechen zustande. Tamara fuhr nach Jerusalem zurück, angeblich um Vorbereitungen für die Hochzeit zu treffen, die in Konstantinopel stattfinden sollte. Den etwas nebulösen Briefen, die in großen Abständen von ihr und ihrer Familie eintrafen, war jedoch zu entnehmen, daß der künftige Bräutigam wohl doch erst nach Jerusalem kommen sollte, um die Eltern und die Geburtsstadt seiner Braut kennenzulernen. Tatsächlich fuhr Josef 1846 dorthin, worauf Floras Verbindung zu ihm für einige Zeit abriß, bis die Nachricht kam, daß die jungen Leute in Jerusalem geheiratet hatten, wo Josef Mani nun am britischen Konsulat arbeitete.

Flora Haddaja und Awraham Mani, über die entgangene Hochzeit in Konstantinopel und die langdauernde Trennung von den jungen Manis doppelt traurig, beschlossen 1847, gemeinsam nach Jerusalem zu reisen, um ihre Angehörigen dort zu besuchen und sie womöglich zur Rückkehr nach Konstantinopel zu bewegen, aber Chacham Haddaja verweigerte seine Einwilligung, so daß Awraham allein fahren mußte. Statt jedoch den Sohn und die Schwiegertochter zurückzubringen, verschwand er unerklärlicherweise selbst für längere Zeit, bis man erfuhr, daß seinem Sohn ein Unglück zugestoßen war und er nun die Geburt seines Enkelkindes abwartete.

1848 faßte der nunmehr über achtzigjährige Chacham Haddaja den Entschluß, sich zu Awraham Mani nach Jerusalem aufzumachen. Unterwegs erlitt er jedoch einen Schlaganfall, der ihm das Sprechvermögen raubte. Von nun an war er auf die ständige Fürsorge seiner knapp vierzig Jahre jüngeren Frau angewiesen, welche zwischen ihm und der Welt draußen zu vermitteln suchte, von der er noch immer hoch verehrt, jedoch kaum mehr verstanden wurde.

Flora Haddajas Part in dem folgenden Gespräch fehlt.

Chacham Schabtai-Chananja Haddaja. Sein genaues Geburtsdatum kannte er selbst nicht, und sein schneller Gang sowie sein jugendlich-dynamisches Äußeres täuschten viele über sein wahres Alter. Er selbst hielt die Frage für müßig, machte mal diese, mal jene Angabe, die sich, da er keine Familie besaß, nicht einwandfrei nachprüfen ließ. Seine Geburt war aber wohl spätestens 1766 anzusetzen und hatte – soviel stand fest – auf einem vom östlichen Mittelmeer kommenden Schiff stattgefunden. Manche behaupteten sogar scherzhaft, er sei direkt aus dem Meer geboren, denn seine Eltern waren noch an Bord des Schiffes, das von Syrien nach Marseille unterwegs war, einer Pestepidemie zum Opfer gefallen. Als das Schiff schließlich in Marseille anlegte, wurde der Säugling an Land gebracht und dann von einem Heim ins andere weitergereicht, bis man ihn, da er beschnitten war, einer jüdischen Familie zur Adoption übergab. Diese Adoptiveltern, ein schon älteres kinderloses Ehepaar namens Haddaja, gaben ihm seinen Namen, wobei manche wissen wollten, er heiße deshalb Schabtai, weil das Paar, Gerüchten zufolge, immer noch zu den Anhängern des hundert Jahre zuvor aufgetretenen falschen Messias Schabtai Zwi zählte. Jedenfalls blieb der Kleine nicht lange im Schoße dieser Familie, sondern kam in ein jüdisches Waisenhaus, in dem er Unterricht und auch seinen zweiten Namen – Chananja – erhielt. Da man seine hervorragenden geistigen Fähigkeiten bald erkannte, entwikkelte man einen besonderen Lehrplan für ihn, damit sein intellektuelles Potential ausgeschöpft würde.

Tatsächlich fand er Aufnahme in die Talmudhochschule des Rabbiners Josef Cardo, der einer zu Beginn des Jahrhunderts zum Judentum zurückgekehrten Marranenfamilie entstammte. Schabtai-Chananja erwies sich als derart gelehriger Schüler, daß er nach dem Tod seines Lehrmeisters in dessen Nachfolge als Oberhaupt der Jeschiwa berufen wurde, wobei seine häufige Abwesenheit infolge seines Drangs, zwischen jüdischen Gemeinden herumzureisen, allerdings einige Probleme verursachte. Jedenfalls erwarb er sich hohes Ansehen unter den französischen Rabbinern und wurde 1806, im Alter von vermutlich vierzig Jahren, sogar zu Napoleons berühmter jüdischer Notabelnversammlung in den Pariser Tuilerien geladen, die die bürgerliche und nationale Stellung der Juden Frankreichs nach der Revolution klären sollte. Die Teilnahme an diesen sowie den 1807 folgenden Beratungen über die mögliche Gründung des Großen Sanhedrins war für ihn eine zutiefst beunruhigende Erfahrung. Ganz im Gegensatz zu den meisten seiner Rabbinerkollegen, die sich – im Vollgenuß der ihnen zuteil werdenden Ehre – eine Verbesserung der jüdischen Lage versprachen, fühlte er sich von einem sonderbaren Pessimismus befallen. Schon 1808 beschloß er, seine Jeschiwa zu verlassen, von seinen Schülern Abschied zu nehmen und sich auf den Weg in den östlichen Mittelmeerraum zu machen. Über Sardinien und Süditalien gelangte er schließlich nach Venedig, wo er sich für längere Zeit niederließ, bevor er dann weiter nach Griechenland fuhr, zwischen den ägäischen Inseln einhersegelte, bis Kreta hinunter und wieder nach Athen hinauf, um von dort die ägäische Küste entlang bis nach Konstantinopel zu ziehen. An all diesen Orten fungierte er als Prediger und rabbinischer Schlichter in kniffligen Streitfragen. Obwohl er sich also weiter mit der Tora beschäftigte, lag ihm das theoretische Studium als gemeinhin höchstangesehene Stufe geistiger Betätigung offenbar weniger als dessen praktische Anwendung in Predigt und Rabbinatsgericht.

Nicht das Unwichtigste ist ein anderes Charakteristikum im Leben des Chacham Haddaja – sein hartnäckig anhaltendes Junggesellentum, das um so unerklärlicher war, als er sich gern um Ehevermittlung und die Mitgift mittelloser Bräute kümmerte, wobei er lange Wege nicht scheute, um eine Trauung vorzunehmen. Und doch weigerte er sich, selbst eine Frau zu nehmen, was er mit der Behauptung, wegen der Folgen einer Kinderkrankheit zeugungsunfähig zu sein, rechtfertigte.

1812 gelangte er nach Saloniki, weilte dort als Gast bei Josef Mani, dem Vater Awraham Manis, und beeindruckte die ganze Familie nachhaltig, vor allem mit seinen kritischen Bemerkungen über Napoleon, der damals mitten in seinem Rußlandfeldzug stand. Nach einigen Monaten Aufenthalt in Saloniki zog er weiter nach Konstantinopel, wo er sich heimisch gefühlt haben muß, denn er ließ von seinen Wanderungen ab und eröffnete in Haydarpaşa am asiatischen Ufer ein eigenes kleines Lehrhaus, in das bald auch der junge Awraham aus Saloniki einzog. Obwohl er kein besonders begabter Schüler war, schätzte Chacham Haddaja seine seelischen Qualitäten, vor allem seine große Treue.

Die Anhänglichkeit des Jungen an den alten Rabbiner wurde so groß, daß Chacham Haddaja ihn im stillen gelegentlich »dieser kleine *Pisgado*« nannte. Nichtsdestotrotz fiel dem Rabbiner der Abschied von dem treuen Jüngling schwer, als dieser 1819 wegen des väterlichen Geschäftszusammenbruchs nach Saloniki zurückgerufen wurde. Er war selbst überrascht, wie sehr der Junge ihm ans Herz gewachsen war. Bald wurde Chacham Haddaja erneut vom Wandertrieb gepackt. Er reiste wieder im ganzen Osmanischen Reich umher, fuhr vor allem ins Zweistromland und nach Persien, aber auch nach Jerusalem, wo er in Rafael Valeros Haus weilte und dessen Frau sowie die Schwägerin, Flora, kennenlernte, die ihn zum einen sehr beeindruckte, zum anderen ob ihres Ledigseins verwunderte.

Nachdem er Anfang der dreißiger Jahre nach Konstantinopel zurückgekehrt war, lebte auch die Verbindung zu seinem ehemaligen Schüler Awraham Mani wieder auf, der ab und zu aus Saloniki über den Bosporus ins Haus seines Lehrmeisters kam. Chacham Haddaja erinnerte sich nun seiner Ehevermittlungskünste und beschloß, den 1832 verwitweten Awraham Mani mit Flora Molcho zusammenzubringen, die er seinerzeit in Jerusalem kennengelernt hatte und die unterdessen, nach dem Tod ihrer Schwester, nach Saloniki übersiedelt war. Als Flora Molcho die Verbindung ablehnte, lud der Rabbiner sie eigens nach Konstantinopel ein, um sie vielleicht doch noch zu überreden, aber sie beharrte auf ihrer Weigerung. Daraufhin machte er ihr andere Vorschläge, die sie ebenfalls sämtlich zurückwies, bis er ihr in einem überraschenden Schritt, der nicht eines Anflugs von Verzweiflung entbehrte, selbst die Ehe antrug und sie zu seiner Verblüffung einwilligte. Um seinem geliebten Awraham Kummer zu ersparen, verlobte er sich im geheimen mit ihr, und, um keine bösen Zungen über diese Ehe mit einer um fast vierzig Jahre jüngeren Frau auf den Plan zu rufen, vollzog er die Trauung selbst, in einem entlegenen mesopotamischen Städtchen, in dem sich nur mit Mühe zehn jüdische Männer für die Zeremonie fanden.

Trotz des erheblichen Altersunterschieds wurde die Ehe gut. Der Rabbiner war nach wie vor viel unterwegs und seine Frau an Einsamkeit gewöhnt. Als Awraham Mani ihm dann seinen Sohn Josef schickte, sah er darin ein versöhnliches Zeichen und nahm den Knaben auf, obwohl er selbst wegen seiner häufigen Abwesenheit nur noch selten in seiner – entsprechend kleiner gewordenen – Toraschule unterrichtete. Josef steckte voller Phantasien, die ihn gelegentlich sogar den Bezug zur Realität verlieren ließen, zugleich aber vermochte er, die Herzen der Menschen im Flug zu gewinnen, an erster Stelle das Floras, die zwar freiwillig auf eigene Kinder verzichtet hatte, dadurch aber doch zunehmend vereinsamte. So wurde Josef gewissermaßen der späte geliebte Sohn ihres schon fortgeschrittenen Alters.

An dem in Beirut arrangierten Verlöbnis zwischen Floras Nichte Tamara Valero und Josef Mani war Chacham Haddaja nicht aktiv beteiligt gewesen. Zunächst schien er sogar

Vorbehalte dagegen gehabt zu haben. Nachdem sich das Paar dann in Jerusalem niedergelassen hatte, Awraham ihnen nachgereist und gewissermaßen verschwunden war, und danach auch noch der rabbinische Abgesandte Gawriel Ben-Jehoschua in Konstantinopel vom Tode Josef Manis berichtete, wurde Chacham Haddaja jedenfalls so von Kummer überwältigt, daß seine Gesundheit in Mitleidenschaft geriet. Er beschloß, selbst nach Jerusalem zu reisen, um sich vor Ort ein Bild von den Ereignissen zu machen, und da die Landwege dorthin unsicher waren, entschied er sich für ein überwiegend von jüdischen Seeleuten bemanntes Schiff ab Saloniki. Im Spätfrühling 1848 überquerte er zu diesem Zweck den Bosporus und setzte damit nach über dreißig Jahren erstmals wieder den Fuß auf europäischen Boden.

In Saloniki wurde er mit großen Ehren empfangen. Die Rabbiner Gaon, Arditi und Lubrani geleiteten ihn zum Hafen, ja bis an Bord des Schiffes. Doch seine innere Erregung muß wohl ungeheuer gewesen sein, denn der schlanke, rüstige alte Mann erlitt schon nach einem Tag Seereise einen Schlaganfall, bei dem ein Blutgerinsel in der linken Hirnhälfte ihn rechtsseitig lähmte. Auch das Sprachzentrum war betroffen. Er verstand zwar weiterhin jedes Wort, vermochte aber nicht mehr zu antworten, und wenn er etwas zu Papier bringen wollte, kritzelte er die Buchstaben verkehrt herum und nahezu unleserlich. Da sein Zustand eine Weiterreise unmöglich machte, ließ der Kapitän Kurs zurück auf Piräus nehmen, von wo aus man den Gelähmten in eine jüdische Herberge nach Athen brachte. Dort lag er, lächelte häufig vor sich hin, wiegte den Kopf und brachte nur wenige Silben wie etwa »tututu« heraus.

Die Nachricht von der Erkrankung des verehrten Rabbiners verbreitete sich wie ein Lauffeuer. Juden von nah und fern liefen zusammen, um seiner Frau bei der Pflege des weisen Mannes beizustehen. Bald entstand unter Flora Haddaja-Molchos kluger Leitung ein regelrechtes Hilfssystem, und der griechische Statthalter von Athen ließ sogar eine Wache vor dem Herbergstor postieren. Chacham Haddaja, in einem eigens aus Saloniki herbeigeschafften speziellen Rollkarren unter einer seidenen Decke liegend, fand offenbar Gefallen an seiner neuen Lage, die ihn endlich von der Pflicht zu sprechen entband und ihm erlaubte, nichts weiter zu tun, als den ihn umgebenden Juden zu lauschen, ihnen zuzulächeln und gelegentlich bejahend zu nicken oder verneinend den Kopf zu schütteln. Trotzdem achtete seine Frau darauf, ihn nicht übermäßig anzustrengen, denn sie spürte eine langsame Verschlechterung seines Zustands.

Als daher eines Wintertages der »verschwundene« Awraham Mani aus Jerusalem besorgt und erregt überraschend in der Herberge auftauchte, ließ sie ihn nur »für ein Weilchen und zu einem einzigen Gespräch« zu dem Kranken ein.

»Selbstverständlich nur für ein Weilchen, Doña Flora, für ein einziges kurzes Gespräch. Denn das muß ich einfach, in Gottes Namen. Nein, weist mich nicht ab, ich bin ja nicht nur ein Verwandter, sondern auch einer seiner ältesten Schüler.«

»Nein, ich werde nicht mehr weinen.«

»Bestimmt! Ich werde weder mich noch ihn aufregen.«

»Ganz behutsam, ja...«

»Mit Zittern und Zagen. Wir flehen doch alle um Gnade. ›Selbst wenn dem Menschen ein scharfes Schwert am Halse säße, dürfte er nicht...‹ Aber sieht mich denn der Chacham? Besitzt er noch Erkennungsvermögen? Die Juden draußen sagen: ›Chacham Schabtai hat sein Selbst schon verlassen und schwingt sich nun von Traum zu Traum empor.‹«

»Gepriesen sei der Ewige.«

»Gepriesen sei der Ewige, Madame.«

»Nein, Doña Flora, keine Tränen mehr. Ich schwöre bei meines Sohnes Ruhe, sie hinunterzuschlucken. Als hätte ich überhaupt noch welche! Seit heute morgen habe ich Psalmen mit all den anderen gesprochen – weinend, betend und wieder weinend.«

»Nein, ich verspreche, nicht in seiner Gegenwart zu weinen. *Halas*, wie die Jischmaeliten sagen...«

»Ohne Aufenthalt direkt vom Schiff. Noch bevor das erste Segel eingeholt war, saß ich schon in der Kutsche von Piräus nach Athen.«

»Nein, Madame, unterwegs bereits, auf hoher See, erreichte mich die bittere Nachricht. Aus einem kleinen Hafen auf Kreta, der Satansinsel, enterte uns ein Piratenschiff, und nachdem sie ihren Raub beendet hatten, erkannte mich einer von ihnen, der meinen Laden im Hafen von Saloniki aufzusuchen pflegte, und erklärte: ›Deinem Chacham ist eine Saite gerissen.‹«

»Pssst… pssst… gewiß… Aber wie soll ich ihn ansprechen?«

»In aller Schlichtheit? Aha… Ehrwürdiger… Señor… mein Lehrer und Meister… Chacham Haddaja…«

»Im Flüsterton?«

»Aber wie soll er mich hören, wenn er doch so ganz in sich selbst versunken scheint? Seine Seele nach innen gekehrt…«

»Mein Lehrer und Meister, mein Herr und Meister… ›Schaffend der Lippen Frucht: Friede, Friede dem Fernen wie dem Nahen! – spricht der Ewige, und ich heil es.‹«

»Lobet den Ewigen.«

»Bedeutet das Erkennen? Gelobt sei der Ewige…«

»Wenn er *mich* nicht erkennt – wen dann, Madame? Ah…«

»Wahrlich, ein wunderbares Lächeln.«

»Ungekannt.«

»In der Tat, Doña Flora. Ein solch holdes Lächeln hat niemals auf seinen Zügen geruht, und ich, Doña Flora, wandle ja schon länger, viel länger als Ihr – zweimal achtzehn Jahre – mit ihm… Vor Urzeiten… brachte man mich zu ihm… Ein Knabe bin ich gewesen…«

»Voll Kummer und Sorge all seine Tage…«

»Gewiß… genau wie Ihr sagt, Doña Flora… Nun, Señor, kann der Ehrwürdige sich an mich erinnern? Es steht geschrieben: ›Sein Sohn Schimon sagte: Alle meine Tage bin ich unter Weisen groß geworden und habe nichts Besseres für den Körper gefunden als Schweigen.‹«

»Ah...«

»Der Ehrwürdige ist des endlosen Predigers überdrüssig, hat nach dem Wandern von Gemeinde zu Gemeinde nun Ruhe verdient. Nur, segnet auch mich, Vater...«

»Ach... Verzeihung... Verzeihung... Doña Flora... Meine Gefühle haben mich übermannt...«

»Ich wußte nicht... bin nicht gewarnt worden... Ich wollte nur diese Hand küssen, um wie gewohnt ihren Segen zu empfangen...«

»Ich wußte nicht... war nicht vorgewarnt... Oh, Madame...«

»Oh... habe ich ihm weh getan? Ausgelöscht sei mein Name...«

»Ich wußte nicht... Doña Flora, vergebt mir, man hat mich nicht gewarnt...«

»Tatsächlich, die Hand wirkt ein wenig trocken und gefühllos...«

»Der Länge nach? Oh, Herr der Welt... Auf der ganzen Seite?«

»Wie wunderbar und schrecklich sind die Wege des Ewigen, und ich in meiner Einfalt dachte, es sei eine Querschnittslähmung der unteren Gliedmaßen... Aber wie ist das nur geschehen?«

»Er wird bald gerettet werden, Madame, glaubt mir, bald. Mag der Chacham getrost schweigen, ein wenig lächeln. Wir werden ihn erwecken, denn wir geben nicht auf, wir wollen nicht auf ihn verzichten. Ehrwürdiger: Wir verzichten nicht!«

»Nein, Gott behüte, ganz leise. Ich habe schon eine Idee, Doña Flora, wie man sein Sprachvermögen wieder wecken könnte. Noch auf dem Meer bin ich darauf gekommen...«

»Auf den Gedanken, ein Bildnis des französischen Kaisers, jenes Napoelon I., zu beschaffen und vor ihm aufzustellen, um seine Seele anzustacheln, denn vor vierzig Jahren ist Chacham Schabtai doch mit den übrigen Weisen Israels bei ihm gewesen, und seither hat er immer wieder von ihm gesprochen. Ich sehe mich noch zu Hause in Saloniki zu seinen Füßen sitzen und eine ganze Nacht seinen Ausführungen über den Charakter dieses Königs lauschen, der immer tiefer im Schnee der russischen Steppen versank...«

»Nein, natürlich, Gott behüte... Nicht jetzt...«

»Langsam, langsam... Wir werden uns Zeit nehmen... Aber habe ich ihm auch nicht weh getan, Doña Flora? Er blickt mich, scheint es, ganz verwundert an...«

»So furchtbar ist Gottes Hand. Plötzlich spaltet er den Menschen, reißt in seinem Innern einen Abgrund auf zwischen Rechts und Links. Aber, Gott behüte, Ihr dürft, Señor, Ehrwürdiger, Euch jetzt nicht etwa geringer oder zweigeteilt fühlen, Gott schütze uns. Wißt, daß Ihr für uns, Eure Euch in Liebe und Verehrung zugetanen Schüler, immer Einer bleiben werdet – der leblose und der lebende Teil zusammengefügt und alle beide unserer doppelten und dreifachen Liebe würdig. Mit Eurer Erlaubnis, Doña Flora, und mit äußerster Ehrfurcht und Zuneigung ergreife ich diese starke Hand... das heißt... darf ich?«

»Und wenn ich sie ein wenig drücke? Ist's erlaubt?«

»Auch küssen? Erlaubt?«

»Segnet auch mich, mein Vater und Lehrer... segnet Euren alten Schüler... segnet einen elenden, schmerzensreichen Mann...«

»Nein, Doña Flora... Gott behüte... Ich werde nicht weinen... Genug der Tränen... nach und nach...«

»Nein, Madame... laßt mich... Gott behüte... Ich fange mich schon wieder...«

»Langsam, langsam...«

»Aber wieso soll ich verschwunden gewesen sein? War ich denn verschwunden?«

»Aber wieso, Doña Flora? Sicher wissen Sie doch, daß ich auf eine bevorstehende Geburt wartete.«

»Und sie hat stattgefunden. Als gutes Zeichen für uns alle.«

»In der auf den Versöhnungstag folgenden Nacht hielten wir das Kind schon in Händen.«

»Ein Knabe, *Rabbotai*, ein Knabe in Jerusalem, und Ihr, Madame, seid nun wie eine Großmutter. Die ärmste in der

Blüte ihrer Jahre Hinweggeraffte, Eure Schwester seligen Angedenkens, durfte es nicht mehr erleben, und nun übernehmt Ihr's an ihrer Statt.«

»Auch ich, eben... das heißt... ein wenig... auch ich, mit Gottes Hilfe...«

»Mutter und Kind sind wohlauf. Ich überbringe Euch Segenswünsche von allen. Friedens- und Segenswünsche aus Jerusalem, von Rafael Valero, von den Gassen Jerusalems, von den Rabbinern der Stadt, von den Häusern, von der Straße der Armenier und von der Churva-Synagoge Rabbi Jehuda Hachassids, von den Zisternen und Marktplätzen, von Eurem Zimmer, Doña Flora, von Eurem bogenförmigen Alkovenfenster, ja auch von Eurem Bette, dem jungfräulichen Bett Eurer Jugend, in dem ich so viele Nächte schlief, in Eure Decke gehüllt und über Eure und meine Kindheit sinnend...«

»In eben Eurem Bette und mit besonderem Vergnügen. Euer Schwager Rafael hatte das Bett Eurer Eltern, mögen Sie in Frieden ruhen, unseren jungen Leuten gegeben, und dort lagen die Ärmsten nun, während er mich in Eurem kleinen Zimmer nebenan unterbrachte, auf dem Lager zwischen den beiden wundersamen Spiegeln, die Ihr an die Wände gehängt hattet und die mir schier die Sinne verwirrten. Kein Wunder, Doña Flora, daß Ihr Euch keinen Bräutigam in Jerusalem suchtet, denn in einem solchen Zimmer meint man ja die ganze Zeit, es sei noch jemand da... Haha...«

»Mosche Chaim habe ich ihn genannt, zum Zeichen eines Neubeginns.«

»Nein, nicht nach seinem Vater. Ich hatte genug von dem Namen, der mich wie ein Fluch von allen Seiten bedrängt, war die Namen toter Erzväter leid, die an Unterlegenheit und Niedergang erinnern, wollte das Buch Genesis hinter mir lassen und zum Buch Exodus fortschreiten und wählte so schlicht und einfach den Namen Mosche – möge sein Verdienst uns beschützen –, denn es war hier doch ein Wunder geschehen... Vor dem Tode war noch ein gewisses ›stinkendes Tröpfchen‹ gefallen... Schaut, Doña Flora, wieder dieses wundersame Lächeln. Findet der Name Mosche sein Gefallen?«

»Er nickt. Er versteht! Gelobt sei Sein Name. Ich verspreche Euch, Doña Flora, die Rettung des Chacham Haddaja ist nahe, und nur eines Lidschlags wird es bedürfen und er wird erwachen und uns wieder predigen... Alles nur eine kleine Atempause...«

»Mit Maßen... gewiß... ohne Zwang.«

»Unter großen Schmerzen, Doña Flora, aber mit unterdrücktem Stöhnen...«

»Ihr Vater Rafael war aus Angst vor der Geburt in die Churva-Synagoge geflohen, um Psalmen zu beten, während ich zehn Stunden lang in Übergewand und Schuhen wie ein Wachsoldat des Sultans auf meinem Posten stand und mit heißem Wasser und Handtüchern assistierte.«

»Nein, in Eurem Bett, das erst meins und nun Tamaras geworden war. Ihr könnt Euch also daran erfreuen, daß es in Eurem alten Bette zur Welt gekommen ist.«

»Im letzten Moment weigerte sich Tamara, von jäher Angst gepackt, im großelterlichen Bett, ihrem Brautlager, niederzukommen. Sie erflehte Hilfe von oben, und wir legten sie in das alte Bett der geliebten Tante, aus dem ihr das Verdienst des ›verehrten Onkels‹ zufließen mochte, und tatsächlich hat uns nur dieses sein Verdienst – hört Ihr, Ehrwürdiger? – bei dieser schweren Geburt beigestanden.«

»Zehn Stunden lang, Wehe auf Wehe...«

»Zwei Hebammen. Die eine Sornagas Frau, die andere eine gewisse Miss Stewart, eine anglikanische Ordensschwester, so lang und steif wie ein Brett, aber äußerst tüchtig in ihrem Beruf. Der britische Konsul von Jerusalem, der immer noch um unseren Josef trauert, hatte sie zu uns geschickt.«

»In der Nacht, Doña Flora, noch bevor der erste Hahn krähte, erklang der lang erhoffte Schrei, und wenn ich es einmal deutlich aussprechen darf, ohne ein Mißverständnis befürchten zu müssen, wir beide, sie und ich, sehnten uns so nach Euch, Madame, daß sich unsere Seelen in dieser großen Einsamkeit nach Euch verzehrten...«

»Nein, ich werde nicht weinen...«

»Nein, kein Weinen mehr... Señor... mein Lehrer... Er lauscht uns... Sein Schweigen schnürt mir die Kehle zu...«

»Eure Nichte sprach nämlich in ihren Schmerzen unablässig von Euch, sehnte sich nach Euch, ja gebar für Euch, Madame. Und als ich in jenen Stunden zwischen den Wehen, im Nebenraum, durch die offene Tür in dem kleinen Spiegel ihr Gesicht sich auflösen sah, konnte ich nicht umhin, mir Euch jung in Jerusalem vorzustellen – im Jahre 5588 oder 5589 etwa, im selben Bett – ebenfalls gebärend. Zu sehr, Doña Flora, umgaben uns die Schatten der Toten... Wir mußten uns mit Gedanken an die Lebenden stärken...«

»Richtig.«

»Wieder sagt Ihr, ich sei ›verschwunden‹? Aber wie soll ich denn verschwunden sein?«

»Jerusalem, nur Jerusalem. Ich wanderte zwischen den schroffen Mauern mit ihren vier Toren umher und dachte mir: Hier ist Madame vor vierzig Jahren als kleines Kind umhergesprungen, zwischen Steinen und Kirchen, vom Jaffa- zum Löwentor, über die Abfallhügel und das freie Feld zwischen den Moscheen, unter rotglühender Sonne und Seuchengefahr.«

»In der Tat, Doña Flora, ich trug Eure Sehnsucht nach Jerusalem bei mir – ebenso wie die Erinnerungen meines ehrwürdigen Lehrers und Meisters, der unsere heilige Stadt im Jahre 5587 auf seinen Wanderzügen beehrt hat. Es gibt noch Älteste dort, die sich des Schutzes seiner Gegenwart erinnern. Wer weiß, womöglich klammert dieser erbarmungswürdige Ort sich nach wie vor an sein Herz, wenn nicht an seinen Geist. Ach...«

»Er hört zu?«

»Gelobt sei der Ewige.«

»Aber wieso habe ich geschwiegen? Soll wieder einmal ich der Schweigende gewesen sein, Doña Flora? Ich habe im vergangenen Winter doch um ein Lebenszeichen von Euch gebeten. Der junge Mann war tot und begraben, und unser

Leben war dunkel wie ein Grab selbst, denn vorläufig, Madame, wußte nur der Same, daß er aufgegangen war. Und da ich wußte, daß die Nachricht über Beirut nach Konstantinopel unterwegs war, an den verstaubten schwarzen Kaftan jenes Abgesandten der Armen gebunden, Rabbiner Gawriel Ben-Jehoschua, hoffte ich auf ein Wort, ein Zeichen von Euch... spielte in tiefster Seele sogar mit dem Gedanken, Ihr kämet beide umgehend nach Jerusalem, um uns alle mit einer tröstenden Weisheit zu stärken, denn ich wußte, daß Ihr meinem Jungen sehr geneigt wart, ihn unter Euren Schutz gestellt hattet... Ihr habt ihn verwöhnt, habt ihm eine große Zukunft prophezeit. Euren Händen habe ich ihn als Knabe anvertraut, und Ihr habt ihn neben Euch gelegt, Madame, in das Bett des großen alten Chacham...«

»Nein, keine Tränen...«

»Um Himmels willen... Gott beschütze uns... Ich werde ihn nicht aufregen... werde so ruhig sprechen, wie ich kann...«

»Kein einziges Aufschluchzen... Gott bewahre...«

»Wenn ich einen Kloß in der Kehle spüre... werde ich ihn sofort hinunterschlucken...«

»Sofort...«

»Aus freien Stücken... gewiß, Doña Flora... ich leugne es nicht...«

»Ich tue nicht harmlos... Von mir ging der Gedanke aus, den Knaben zu Euch zu bringen... Gleichsam als Geschenk habe ich ihn Euch dargebracht, um Euch nicht zu verlieren, eine Gabe zu Eurer überraschenden und wundersamen Hochzeit... glänzend wie der Glanz des Himmels...«

»Ich fürchtete, Ihr würdet mich erneut abweisen, Madame, denn es hatte ja schon eine, eine erste, Zurückweisung gegeben. Und deswegen beeilte ich mich, Euch den Knaben zur Gänze darzubringen... wie es mein armer Vater einst mit mir tat...«

»Natürlich schon ein Jüngling... ein Bräutigam bereits, mit Gottes Hilfe... Diese ganze Beiruter Eheanbahnung mit Eurer Verwandten, jener Halbwaisen aus Jerusalem, war ja

Frucht Eurer Bemühungen, Madame, Eures Willens... Eurer Phantasie...«

»In der Tat auch mit meinem Segen... gewiß... ja, mehr als das... meiner Liebe... Hauptsache, Euch nicht zu verlieren... das heißt, Ehrwürdiger, denn er allein... mein Herr und Meister... Die Treue zu ihm gilt mir mehr als Frauenliebe...«

»Er versteht, er hört und versteht...«

»Nein, das ist nicht wieder Weinen. Nein, Madame, jetzt irrt Ihr. Kein Tröpfchen einer Träne ist mehr in mir...«

»Wieder heißt es, ich sei verschwunden gewesen? Aber selbst wenn, dann doch nur für kurze Zeit. Und nicht als erster, sondern als letzter. Zuerst ist Eure kleine Verlobte, Eure Nichte aus Jerusalem, verschwunden, dann ist ihr mein Einziger, Josef, nach Jerusalem nachgefahren, sie zu suchen, und nun waren beide fort. Und da habe ich mich selbst auf die Suche nach ihnen gemacht, aber nicht, um zu verschwinden, sondern um sie zurückzubringen – bis es nichts mehr zurückzubringen gab...«

»Das Kind, Doña Flora? Was kommt Euch in den Sinn? Gott behüte, wozu?«

»Den Säugling und seine Mutter aus Jerusalem herausholen?«

»Aber warum denn? Nachdem wir endlich einen kleinen Mosche in Jerusalem eingeschleust haben – sollen wir ihn wieder herausholen? Und wohin? Wer sollte auf ihn aufpassen?«

»Aber wie denn? Jetzt erstaunt Ihr mich mit Eurem jähen Verlangen nach dem Kind, Madame, wo Ihr doch selbst schon in großer Sorge lebt.«

»Wie das? Ihr habt doch bereits eine Art Kind, diesen heiligen, ehrwürdigen alten Säugling, der beaufsichtigt und gefüttert, gewaschen und gewickelt und aufmerksam beobachtet sein muß. Warum Euch also mit einem weiteren Wickelkind belasten? Ihr glaubt doch nicht, die beiden könnten zusammen spielen, hihi...«

»Ehrwürdiger, hihi...«

»Da schaut nur, Doña Flora, meine Liebste, er lacht lautlos… hihi… Er hört zu… Er versteht alles… Ein Lidschlag und er wird… hi…«

»Señor, mein Lehrer und Meister… teurer Chacham Schabtai…«

»Nein, ich schreie nicht, aber schaut nur, liebe Doña, der Chacham nickt mit dem Kopf… er ist bester Laune… Ich weiß es, spüre es, ich habe es schon immer verstanden, ihn aufzuheitern… Wie damals in den guten Tagen, als ich den Bosporus überquerte und, in seinem Haus angekommen, ein großes Messer ergriff, mir einen Seidenschal umlegte und ihm einen Janitscharentanz, ausgelöscht sei ihr Name, vorführte.«

»Nein, nicht eine Träne… sie sind schon sämtlich hintergeschluckt…«

»Ich habe mich in der Gewalt.«

»Ihr habt recht, liebste Doña, ich bin tatsächlich höchst angespannt, meine Seele ist völlig verstört… Bitte, zürnt mir nicht… Ihr habt mich nur erschreckt, wie Ihr über dieses vaterlose Kind gesprochen habt, nach dem es Euch verlangt, als habe es keine treue junge Mutter zur Seite, und nicht nur die Mutter, sondern auch ein Haus, Euer altes Elternhaus, und Euren Schwager, den liebenswerten Rafael mit seinen eigenen kleinen Kindern, ja auch Jerusalem – warum Jerusalem, ihre Geburtsstadt, geringschätzen, die jetzt den Staub von Jahrhunderten abschüttelt, da die Christen sie wiederentdeckt und den Juden neue Hoffnung gegeben haben. Warum ihn also jetzt wegholen? Und wohin? So ohne Vater? Denn es gibt keinen Ersatz für den Vater…«

»Nein, nein, Madame. Auch ich werde bald nicht mehr sein… Zwar steht geschrieben, ›wider deinen Willen lebst du‹, aber doch, trotzdem, kann es sein, daß du nach deinem Willen stirbst… Ihr werdet noch über mich hören, Madame. ›Rabbi Lewitas, der Mann von Jawne, sagte: des Menschen Hoffen verfällt dem Gewürm.‹ Ach… Señor… seid Ihr mein Richter… möget Ihr Recht sprechen. Würdet Ihr wünschen, daß ich Mutter und Kind aus Jerusalem heraushole?«

»Was?«

»Ach...«

»Ein Zeichen?«

»Und was bedeutet es?«

»Aha... Seht Ihr, Doña Flora? Danke, Señor... Hab ich's nicht gesagt... hab ich's nicht gewußt... hab ich nicht recht behalten... Wer kennt wie ich die Seele des Chacham? Ich habe nicht viel *von* ihm gelernt, denn leider ist mein Kopf dumpf – Kürbiskopf pflegte er mich zu schelten –, aber dafür umso mehr *über* ihn... Ich kenne ihn besser als Ihr, Madame, was, Gott behüte, nicht überheblich gemeint sein soll... schon seit uralten Zeiten... Nein, zürnt mir nicht, Doña Flora... Wenn Ihr so wütend das Gesicht verzieht und Euch auf die Lippen beißt, muß ich an unsere ferne Tamara denken, unsere mutterlose, verwitwete Braut. Ich bitte Euch, Doña Flora, bitte, seid barmherzig und zürnt mir nicht, sonst kommen mir wieder die Tränen... Seit ich meinen einzigen Sohn verloren habe, weine ich leicht... überkommt mich schnell die Trauer... Ein Wort... ein Hauch genügt, mich zu erschüttern.«

»Aber...«

»Solange ich nur hier auf diesem kleinen Schemel sitzen kann... zu seinen Füßen... Lieber den Spatz in der Hand als die Taube auf dem Dach.«

»Sie hat sich völlig erholt, Doña Flora, geht kerzengerade...«

»Sie nährt es, selbstverständlich, allerdings nicht ganz ohne Hilfe. Nach einigen Tagen war ihre linke Brust trocken, so daß sie nun weniger Milch hatte. Und da hat der Konsul eiligst eine armenische Amme gesandt, um allabendlich das Fehlende zu ergänzen, denn er hatte sagen hören, die Milch der Armenierinnen sei am nährreichsten...«

»Wahrlich wie ein guter Engel Gottes, dieser Konsul, der seine Gunst nicht von uns wandte. Was hätten wir ohne ihn tun sollen? Seit jenem schwarzen Tag vergißt er uns nicht, er bleibt untröstlich über den Verlust unseres Josef, auf den er große Hoffnungen gesetzt hatte. *Little Moses* nennt er das

Neugeborene und hat ihm sogar einen Schutzbrief ausgestellt, als sei er schon fast ein britischer Staatsbürger. Falls er später jemals Jerusalem verlassen und sich in England niederlassen möchte, kann er dort unbehelligt einreisen.«

»Mosche der Kleine...«

»In der Jochanan-Ben-Sakkai-Synagoge. Tamara hatte *little Moses* in eine hübsche blaue Samtbluse gekleidet und ihm eine rote *Taquaiqua* aufgesetzt, und der Rabbiner Vidal Sornaga kam und segnete und beschnitt ihn, worauf die Kantoren dem Kleinen sangen und wir ihn dem Konsul in die Arme legten, damit er ihn über seinen Schmerz hinwegtröste, während Valero und seine Frau Veducha alle mit Süßigkeiten in Fülle bewarfen. Hier habe ich für Euch einige in mein Taschentuch gewickelt, ein paar geröstete Kichererbsen, die ich schon seit Wochen bei mir trage, auf daß ihr sie essen und segnen und somit auch Anteil an der heiligen Mizwa haben möget... Bitte sehr, Madame... Auch der Konsul und seine Gattin haben gegessen und gesegnet...«

»Hier auch für Euch, mein Lehrer und Meister... ein winziges Erbschen... für den Segensspruch...«

»Nein, es wird ihm nicht im Hals steckenbleiben... ein ganz feines Erbschen...«

»Ah... er ißt es... Der Ehrwürdige versteht... Er erinnert sich daran, wie er mir von Hochzeiten ›Segen‹ mitbrachte, mich nachts aufweckte und mich die Segenssprüche lehrte... Jetzt werde ich den Spruch für ihn sagen... ›Gelobt seist du, Ewiger, unser Gott, König der Welt, der du die Arten der Speisen erschaffen.‹«

»Amen.«

»Nicht einmal Amen vermag er zu sagen... Oh, Herr der Welt, welch ein Schlag...«

»Nein, ich werde nicht mehr weinen. Ich habe Euch mein Wort gegeben...«

»Gewiß, Madame, bewahre Gott, daß mein Weinen seines nach sich ziehen sollte, aber was kann ich tun, Doña Flora, wenn ich doch weiß, daß ich zwar völlig trockenen Auges vor ihm stehen mag, er jedoch, selbst in seinem jetzigen Zustand, meine innerste Seele zu lesen vermag. Chacham Haddaja kennt sehr wohl meinen Kummer, schon immer, immer war ich ihm wie ein offenes Buch... ›wie Ton in des Töpfers Hand...‹ Ach, Ehrwürdiger...«

»Schritt für Schritt... Denn noch habe ich den Abschied von Eurem Jerusalem nicht verwunden, Madame, eine außerordentlich schwierige Stadt, schwer zu schlucken und schwer auszuspeien. Und schwer fiel mir auch der Abschied von der jungen Frau, der verwitweten Braut, Eurem zarten Schützling. Am schwersten aber, Doña Flora, war es, sich von dem kleinen Mosche zu trennen, der so süß ist, daß er jedes Herz bricht. Hättet Ihr ihn nur sehen können, Madame, hätte der Ehrwürdige, mein Lehrer und Meister, diesen kleinen Mosche, sehen können, wie er in seinen Pidjon-Kleidern, jener blauen Bluse und der roten Taquaiqua – seelenruhig strampelnd, ohne zu weinen oder einen Laut von sich zu geben, am Daumen lutschend, stundenlang, was sage ich: tagelang, in seinem Körbchen hoch zu Roß verbrachte.«

»Ein erstklassiges Konsulatspferd, Madame, das seine Mutter und ihn von Jerusalem nach Jaffa trug.«

»Ich hätte meine Zunge im Zaum halten sollen...«

»Es wäre besser ungesagt geblieben...«

»Ja, zu Pferde... aber ohne irgendwelchen Schaden zu nehmen, Madame. Er traf vollkommen wohlbehalten in Jaffa ein...«

»Wieso Winter? Der Herbst war noch nicht einmal eingezogen... Doña Flora, Ihr habt Euer Geburtsland wohl ein wenig vergessen... Der Spätsommer ist härter als der Sommer...«

»Selbst wenn es einen Hauch von Kühle in den Bergen gab, hat er ihm nichts anhaben können... Er war ganz und gar in meinen Umhang eingewickelt, jenen Fuchspelz, den ich aus Saloniki mitgenommen hatte, schön weich in sein Körbchen gebettet, bequem und sicher...«

»Ganz recht, ein winziges Ding, aber vortrefflich... Wir haben uns beide geirrt, sie und ich. Da uns der Abschied schwerfiel, haben wir uns hinreißen lassen, ihn mehr und mehr hinauszuzögern... bis Hartnäckigkeit zu Torheit wurde...«

»Nein, da war keine Arglist, es geschah in aller Unschuld... Sie sah mich am Jaffator unendlich traurig in dem Kamel- und Eselszug nach Jaffa stehen und sagte zu mir: ›Warte, es ist nicht gut, daß du Jerusalem derart niedergeschlagen verläßt, du wirst dich dann scheuen wiederzukommen.‹ Damit ging sie zum Haus des Konsuls und lieh sich von ihm ein Pferd, um mich bis Lifta zu begleiten. Als sie den Korb für das Kind aufgebunden und es warm darin verpackt hatte, war die Karawane schon ein Stück unterwegs. Ihr nacheilend ritten wir bald schon das Wadi von Lifta hinab, wo der Weg, der anfangs öd und schroff gewesen war, auf einmal lieblich und einladend wurde, denn nun ging es durch Weingärten und Olivenhaine, zwischen Feigen- und Aprikosenbäumen hinab, und als wir die steinerne Brücke bei Colonia erreichten, lag ein süßer Wohlgeruch in der Luft. Jerusalem mitsamt seiner Trübsal war schon verschwunden und vergessen, und vielleicht hätten wir dort Abschied nehmen sollen, aber plötzlich wollte sie unbedingt noch bis zum Kastell mit mir reiten – vielleicht könnte sie von dort das Meer erblicken, dachte sie, denn sie erinnerte sich, daß man sie als Kind einmal an einen Ort mitgenommen hatte, von dem man das Meer sah. So begannen wir auf schmalem Pfad die steile Anhöhe zu erklimmen, sahen in einigem Abstand vor uns meine Karawane sich emporschlängeln, genossen die klare Fernsicht, und als die Stimme des Muezzin von der Moschee auf Nebi Samwil erklang, schien es uns, als riefe er uns, und wir schrien lauthals zurück. Doch wir hatten nicht damit gerechnet, daß der Anstieg so lang und die Dunkelheit so nahe sein könnte. Als wir den Gipfel der Anhöhe erreicht hatten, war die Dämmerung der Dunkelheit gewichen, und selbst wenn ein Stückchen Meer am Horizont zu sehen gewesen sein sollte, konnten wir es uns nur denken. Meine Karawane verschwand langsam den Abhang nach Karyat el-Anab hinunter, und nur noch das Knirschen auffliegender Steinchen unter den Hufen war zu hören. Was sollte ich tun, Doña Flora? Mich dort von ihnen trennen? Und nach Jerusalem wollte ich ja nicht mit ihr zurückkehren, denn ich wußte – wenn ich das jetzt täte, bliebe mir nichts anderes übrig, als mich in einen Aschkenasen zu verwandeln, aber Aschkenase wollte ich nicht werden.«

»Weil mein Vermögen bis zur letzten Münze aufgebraucht und auch die aus Saloniki mitgeführten Gewürze ausgegangen waren. Und wenn ich so – arm und mittellos – nach Jerusalem zurückgekehrt wäre, hätte ich mich der aschkenasischen Gemeinschaft anschließen müssen, um etwas von ihren *Chalukka*-Geldern abzubekommen. Aber ich wollte doch nun, Ehrwürdiger, mein Lehrer und Meister, kein Aschkenase werden. Oder hätte der Ehrwürdige das gewünscht?«

»Er hätte es nicht gewollt, Madame, selbst wenn er schweigt. Ich seh's ihm an – er hat den Aschkenasen gegenüber immer noch seine Vorbehalte.«

»Ohne Anstrengung, Doña Flora, in lockerem Trab. Denn wir hatten jetzt die Höhe des Kastells erreicht, ich auf dem Maultier, sie zu Pferd, um uns her nichts als kahle Berge – sogar Nebi Samwil war von Dunkelheit eingehüllt, ganz zu schweigen von Jerusalem, das die Berge völlig verschluckt hatten. Ich wußte, daß ich die Heilige Stadt für immer verlassen hatte und nur bei Ankunft des Messias und der Auferstehung der Toten – möge die Zeit nahe sein – zurückkehren würde. Unterdessen mußten wir eine Herberge für die Nacht und eine Amme für unseren Moschiko finden, ritten also gemäßigten Schritts nach Karyat el-Anab hinunter, stießen bei Ein-Dilba auf einen Hirten, den wir nach einer Amme fragten, und schon schickte er einen mächtigen Schrei in die Stille der Nacht zu einem anderen Hirten in Abu-Ghosch, der ihm augenblicklich aus der Ferne antwortete. Wir ritten in die angegebene Richtung hinauf und fanden alsbald eine Amme und eine Karawane in einem großen Steingebäude unterhalb von Kafr Saris.«

»Nein, Madame, wieso Regen? Die Erde war noch immer trocken, die Luft angenehm. Und die Nacht so klar, als sei dieses ganze weite Land auf einmal zum Greifen nahe.«

»Ein Traum, Madame, ein Traum?«

»Eine kräftige, blonde Dorfamme, die *little Moses* sein Abendbrot aufstockte, worauf er, vor Nagern und Ungeziefer geschützt, zwischen uns schlummerte. Am Morgen dann, als ich glaubte, sie werde jetzt von mir Abschied nehmen und mit einer Karawane, die von Beit-Mahsir nach Jerusalem hinaufzog, zurückreiten, schwor sie auf einmal, sie werde nicht umkehren, ehe sie nicht von weiter oben das Meer gesehen habe, das mich davontragen sollte. So erklommen wir die Anhöhe und sahen von fern das Meer, und ich dachte, nun wäre sie beruhigt, und sagte ihr Lebewohl, aber ihr war anzusehen, daß der Anblick des Meeres sie nicht etwa beruhigt, sondern ihre Sorge vielmehr vergrößert hatte, und während ich noch den gefährlichen Pfad, der sich in steilen Serpentinen das Wadi Ali hinabwindet, meiner Karawane nachreite, Madame – was höre ich da wie ein fernes Echo aus der Stille des Abgrunds aufsteigen?«

»Das Poltern der Steine unter den edlen Hufen des konsularischen Pferds...«

»Wahrlich, Doña Flora.«

»Allein.«

»Mit dem Säugling, gewiß, mit *little Moses*, wohlverpackt in seinem Körbchen, in meinen Fuchspelzumhang gewickelt und von Serpentine zu Serpentine schaukelnd.«

»Sie ist mir unverfroren nachgeritten.«

»Ich verbarg mich hinter einer Felsplatte am Hang, zwischen hohem Buschwerk, in dieser großen Wildnis, und beobachtete sie von fern. Sie wartete ab, bis die Karawane verschwunden war, und kam dann langsam und vorsichtig aus ihrem Versteck um die Biegung des Wadis hervor, klein, aber aufrecht auf ihrem schwarzen Pferde sitzend, und auf ihrem Haupt brach sich ein Sonnenstrahl und ließ ihr Haar kupferrot aufglühen.«

»Sehr beherzt, Madame, und von wem hat sie das wohl geerbt? Muß man erst raten?«

»Auch ich habe mich gefragt, Madame, wie weit sie mir zu folgen bereit sein würde. Doch gegen Abend, nach langen Stunden einsamen Reitens auf engem Pfad, ohne einander zu sehen, ritten wir endlich aus dem grünen Halbdämmer in ein offenes Tal, die Scharon-Ebene, in der wir alle – Kamele, Esel und Maultiere zusammen – ein gutes Stück Weg durch Feigen- und Olivenhaine trabten, bis wir die hohe Kaktushecke von Emmaus erreichten, wo wir Halt machten, um Wasser baten und das Licht der untergehenden Sonne genossen. Als ich mich nun gen Jerusalem wandte, um das Nachmittagsgebet zu sprechen, sah ich auf einmal aus dem dunklen Wadi, vom Ende des Bab el-Wads, das Konsulatspferd zum Vorschein kommen, noch immer von der Hartnäckigkeit zur Torheit geritten.«

»So ging es weiter bis nach Jaffa, bis ans Schiff.«

»Wir haben auch in Emmaus eine Amme gefunden und danach in Ramle und in Asur.«

»Nein, Doña Flora, nicht Mangel an Milch war es, das sie von Amme zu Amme trieb, denn zufällig wußte ich, daß seit dem Torafreudenfest auch die linke Brust wieder reichlich Milch gab. Die Erklärung, die ich mir selbst gab, war, daß sie das Kind all die nährenden Säfte zwischen Jerusalem und Jaffa kosten lassen wollte, damit es sich vielleicht ein wenig an seinen armen Vater erinnere.«

»Wieso an seinen Vater? Ja, habt Ihr ihn denn schon vergessen, Madame? Ist mein einziger Sohn bereits in Vergessenheit geraten?«

»Nein, ich weine nicht, ganz und gar nicht. Aber sagt mir, Ehrwürdiger, Chacham Schabtai, sagt mir, mein Lehrer und Meister – habt Ihr den dargebrachten Sohn, meinen Josef vergessen?«

»Gelobt sei Sein Name. Hat er nicht ein deutliches Zeichen gegeben, Doña Flora? Er hat ihn nicht vergessen. Gelobt sei Sein Name. ›Rabbi Jannai sagt: Nicht die Ruhe der Bösen, nicht die Qualen der Gerechten sind in unserer Hand…‹«

»Wieso Euch täuschen, Madame? Hättet Ihr, Doña Flora, nicht darauf bestanden, Eure Jerusalemer Waise aus dem Heiligen Land zu holen, um sie überstürzt zu verheiraten, könnten wir drei uns seiner womöglich noch lebendig erfreuen, und statt uns zusammenzudrängen in dieser schäbigen Herberge, deren griechische Eigentümer gegen die Osmanen rebellieren, säßen wir alle mit ihm auf dem breiten Diwan bei Euch in Konstantinopel neben dem großen Ofen, von wo man auf den Bosporus blickt, bewunderten die Rosenbüsche des Gülhane-Parks um Abdul Majids Palast und sännen – aber wirklich nur das – über das Leben in der künftigen Welt.«

»Was ich meine? Was meint Ihr?«

»Mit einem Wort, mit einem Wort und bei allem Respekt: Ihr habt ein wenig übereilt gehandelt.«

»Nein, Doña Flora, nein, *Robissa*, wie könnte ich es wagen, Euch zu zürnen? Und was für ein Nutzen würde mir daraus erwachsen? Könnt Ihr mir das sagen? Wenn es etwas nützt, werde ich auf der Stelle zürnen. Doch ich sollte meine Wut lieber gegen mich selbst richten. Ausgelöscht sei mein Name, Madame, denn ich habe meinen Sohn, mein eigen Fleisch und Blut, nicht verstanden. Verflucht bin ich, weil ich nicht geahnt habe, wohin er uns alle führen wollte. Einfältig bin ich gewesen, ein Kalebassenkopf, unsagbar einfältig…«

»Denn ich wußte nicht, daß sich hinter jedem Gedanken ein weiterer verbirgt.«

»Ein Gedanke, dem großen Privilegium entsprungen, mit dem Ihr ihn verwöhntet. Wußte der Ehrwürdige, daß Doña Flora – wenn er unterwegs war – meinen Sohn neben sich in des Ehrwürdigen Bett schlafen ließ?«

»Ein Junge… gewiß… das heißt, schon ein Jüngling… aber empfindsam und verständig… Ihm wurde gewährt, was mir nie zuteil geworden ist: in des Ehrwürdigen Bett zu liegen…«

»Warum nicht, Madame? Jedermann sehnt sich danach, bei den Größeren und Stärkeren zu liegen und sich an ihrer Kraft zu laben. Auch mich hat man ja als Jüngling zu Chacham Schabtai geschickt… vor Urzeiten… mein seliger Vater… Und nach Napoleons Niederlage donnerten nachts die Kanonen am Bosporus aus Furcht vor den Russen… Da packte mich solche Angst, daß ich aus meinem Kämmerchen am Ende des Korridors an des Ehrwürdigen Bett rannte, um die Bangigkeit zu verscheuchen. Doch vor lauter Ehrfurcht wagte ich nicht, zu ihm hineinzuklettern... Erinnert sich Hochwürden meiner, wie ich, ein kleiner Junge, in meinem Blouson vor ihm stand und ihm Tia Lojas Lied vorsang: *Alle küssen die Mesusa,/ ich küsse dein Gesicht,/ Isteriika, Augapfel mein...*? Er lächelt ein bißchen, Madame, er erinnert sich an die Melodie, er lächelt, dem Herrn sei Dank, durch ein Wort wäre er wiedererschaffen, im Handumdrehen würde ihm Rettung... Hier, ich bin zurück, Ehrwürdiger, Euer *Pustema*, euer *Pisgado* ist wieder da, und so gibt es Gesang...«

»Gehen? Wohin?«

»Nein, Madame, verjagt mich nicht...«

»Nein, schickt mich nicht fort, Madame, Ihr würdet's auch nicht vermögen...«

»Auf keinen Fall...«

»Ich habe ein angestammtes Recht... gehöre zur Familie... schon so lange gehöre ich...«

»Ich werde nicht mehr singen...«

»Es wird keinen Gesang geben...«

»In aller Kürze, *bachtasar*, wie unsere Jischmaeliten in Jerusalem sagen...«

»Das ist es, Doña Flora, jeder Gedanke hat eine Tasche, in der ein weiterer Gedanke steckt. Und aus einer solchen Tasche entnahm unser Junge die Gedanken, die der Chacham verworfen hatte, die aus seinen Träumen gefallen und zwischen Kissen und Wand oder unterm Bett liegengeblieben waren – denn wie sonst hätte er auf einen so schrecklichen Gedanken vertrauen können, der ihn in den Tod führte?«

»Die ganze Geschichte ist Euch doch schon von diesem grimmigen Abgesandten, Rabbiner Gawriel Ben-Jehoschua, überbracht worden...«

»Noch einmal?«

»Er ist geschlachtet worden, Madame, wie ein zartes Lamm, wie eine schwarze Ziege im Dunkel der Nacht...«

»Jetzt zittert Ihr, Madame... Jetzt sind es Eure Tränen...«

»Warum denn nur?«

»Warum wollt Ihr den Schmerz mehren?«

»Wenn Ihr also darauf besteht, *Robissa*: Er ist bei Nacht

ohne die kleinste Funzel, was gegen das Gesetz ist, in Jerusalem, ohne ein Licht oder Zeichen, ausgegangen, und noch dazu in schwarzem Gewand…«

»Er ist in eine Gasse des Suk-el-Lammamin eingebogen, um zur Via Dolorosa zu gelangen – es war die Nacht der Wallfahrer, die Nacht der Geburt ihres Messias, ausgelöscht sei sein Name! Dort hat ihn die Wache angehalten. Und anstatt sich nun festnehmen zu lassen und auf den Prozeß zu warten, ist er geflüchtet, doch nicht in Richtung der Stambuli- oder der Ben-Sakkai-Synagoge, wo er sich im Thoraschrein hätte verstecken können, sondern weiter die Gasse hinauf und durchs Vidal-Haus zur Moschee auf den Harama-Scharif – vielleicht, damit man nicht die Juden, sondern die Moslems verdächtigen sollte –, aber dort, auf den Stufen zum Felsendom, hat man ihm die Kehle durchgeschnitten, Madame, hat ihn wie ein schwarzes Schaf geschächtet.«

»Unsere jischmaelitischen Vettern, die Meister des verborgenen Messers.«

»Dem eben galt mein Staunen, meine Trauer, mein Stöhnen, meine Frage und meine Bitte all die Tage, die ich bei ihm war, von der Stunde an, zu der er mich in Jaffa aus dem Sand riß, den ich, sobald ich an Land geworfen war, innig küßte, von dem Augenblick, in dem er mich kraftvoll hochriß und sofort nach Euch befragte, Madame, wo Ihr denn seied, entgeistert, mich allein zu sehen…«

»Weil er geglaubt hatte, ich hätte Euch an Bord des Schiffes mitgebracht, oder Ihr mich…«

»Er hatte nichts von dem Verbot gehört, das der ehrenwerte Chacham Schabtai im letzten Moment gegen Eure Reise ausgesprochen hatte, Doña Flora, und nun stand er am Strand, blickte traurig und bekümmert auf das Schiff, dessen Segel eingeholt wurden, und hoffte wohl, die Matrosen würden Euch vielleicht doch noch aus dem Schiffsbauch hervorholen… hihi…«

»Was hätte ich schon erklären können, Doña Flora, der Ehrwürdige hat keine Erklärung geliefert… Hat der Ehrwürdige einen Grund angegeben?«

»Er schaut mich an, der Ärmste... Er denkt nach... Gott, o heile ihn doch...«

»Eine Art Mutter?«

»Vielleicht, Madame, vielleicht, weil er nicht genug von seiner eigenen Mutter gehabt hat, die es allzu eilig hatte, sich in die bessere Welt aufzumachen. Aber wart Ihr ihm wirklich nur eine Mutter oder doch auch so eine Art Schwester?«

»Das heißt, eine Art ältere Schwester, der man Geheimnisse anvertraut und seine sonderbarsten Träume verrät. Denn da stand unser Josef nun in seine große, schmerzliche Enttäuschung versunken, aber auch bereits selbstsicher in die Ferne blickend, den hohen schwarzen Fez der Konsularbeamten auf dem Kopf, und als er sich dann nachsichtig und geduldig an die Dorfbewohner ringsum wandte, als seien sie seine Freunde, merkte ich, daß er das Jischmaelitische bereits fließend beherrschte. Da ich begriff, daß mein Eintreffen ohne Euch ihm keine große Freude bereitete, wollte ich mich in meiner Bitterkeit schon wieder trostsuchend in den lieblichen, weichen Sand Jaffas werfen, aber er packte mich mit Gewalt, und schon an seinem Griff und seinem Ton spürte ich die Veränderung, die mit ihm vorgegangen war.«

»Diese Bestimmtheit... Er zog mich gewaltsam aus dem Sand hoch und sagte barsch: ›Genug damit, Vater, der Weg ist weit, und die Pferde warten...‹«

»Ja, meine Liebe, ja wirklich, Doña Flora, keine Esel, Maultiere oder Kamele, sondern Pferde hatte er in Jerusalem für uns genommen, für jeden ein eigenes Pferd, und wie herrlich war die Euch bestimmte Stute, *Robissa*... Ich sehe sie noch vor mir – sehr feingliedrig... mit einer bunten Satteldecke...«

»Eigens für Euch... Er ließ niemand anderen aufsitzen, und so trottete sie drei Tage lang reiterlos von Jaffa nach Jerusalem neben uns her, nur mit meinem Gewürzsack beladen. Und jedesmal, wenn wir den Blick auf jene Stute richteten, dachten wir an Euch, Madame, und an das vom Ehrwürdigen ausgesprochene Verbot... Und je mehr wir zu verstehen trachteten, desto tiefer seufzten wir...«

»Ein wenig traurig, aber ohne Groll, denn ich war noch ganz benommen, schwankte noch von den Wellen, als wir das Gedränge des Suks in Jaffa mit seinem Schwall von Farben und Gerüchen verließen, uns durch Treppengassen hinaufschlängelten und in die Obsthaine und Felder hinausritten, Madame, zwischen großen Blumen und stacheligen Dornen – und auf einmal waren wir noch zu zweit, Vater und Sohn, um uns her das weite Land und eine unmenschlich niederprallende Sonne, vor der selbst der Himmel in die Knie geht.«

»Bis zu der großen Karawanserei von Kafr Asur hat er mich am ersten Tage getrieben, um noch die frühmorgendliche Karawane zu erreichen, denn er hatte es eilig, nach Jerusalem zu seinem Konsul zurückzukommen. Erinnert sich der Ehrwürdige an den Weg?«

»Richtig, Madame, sehr richtig, wie konnte ich so durcheinandergeraten? Der Chacham ist ja von Damaskus aus gekommen und hat das Gelobte Land über den Jordan betreten... wie es sich geziemt... durch die Vorder-, nicht die Hintertür. Dann ist es meinem Lehrer und Meister nicht vergönnt gewesen, Jaffa kennenzulernen? Wie schade, eine so quirlige Stadt...«

»In der Tat... Ich klammere mich an diese Erinnerungen, wie man sich ans Leben klammert, denn jedes Bild, das ich in mir aufsteigen lasse, birgt Trost in sich. So hat es angefangen... Ein Vater reitet seinem Sohn im Heiligen Lande nach; ein wenig bestürzt und verwirrt noch blickt er um sich und sieht das öde Land – aber es ist nicht überall öd.«

»Richtig, Madame, gut gesagt – so ist es. Plötzlich ein liebliches Ährenfeld, ein Zitrushain, Dattelpalmen, Obstbäume an einem Wasserlauf, eine Bauernhütte, um einen Brunnen tollende Kinder, dann wieder Öde und die Überreste uralter Zerstörung. Bei Sonnenuntergang erreichten wir die große Karawanserei, aber die Karawane nach Jerusalem war bereits weitergezogen, um die Nacht in Ramle zu verbringen. Man streute uns frisches Stroh in eine Ecke der Tenne, wo die Wände schwarz geworden waren, und bot uns hier Lager an. Ich trat ins Freie und schaute in die weite, stockdunkle Ebene, in der nicht ein einziges Lichtlein leuchtete. Rauch kräuselte sich aus einem Ofen, in dem man das abendliche Brot für uns buk. Josef kam heraus, um die Pferde zu versorgen. Ich beobachtete ihn von meinem Platz vor dem Gebäude aus – aufrecht und stattlich schritt er zur Kaktushecke hinüber, hängte den Pferden die Futtersäcke um den Hals, streichelte ihnen die Köpfe, redete mit ihnen, barg das Gesicht in der Mähne ›Eurer‹ Stute, tröstete sie vielleicht flüsternd wegen des Ausbleibens ihrer Herrin. Ein Jischmaelit, der dort stand, sagte etwas zu ihm, und Josef hörte ihm mit freundlicher Aufmerksamkeit zu, und wieder sah ich, daß dieser weiche, verwöhnte Junge, der Euch einst auf dem Basar von Kapali Çarşi die Kleider und Essenzen nachtrug, zum Manne geworden war. Unter dem Schnurrbart, den er sich hatte wachsen lassen, barg sich schon manches Geheimnis – ja, er ähnelte meinem Vater in jungen Jahren, vor seinem Geschäftsbankrott. Und da auf einmal wurde mir bitter zumute, *Rabbotai*, sehnte ich mich nach dem Meer, das ich erst wenige Stunden zuvor hinter mir gelassen, dem Meer, das mich sanft und spielerisch auf seinen Wellen geschaukelt hatte, mußte dabei an meine seligen Eltern denken und verspürte jäh das Verlangen, hier im Heiligen Land das Kaddischgebet für ihre Seelen zu sprechen. So ging ich zu ihm hinüber und fragte ihn, ob sich im nahen Dorf wohl ein paar Juden fänden, die sich mir zum Minjan beigesellen würden, damit ich das Kaddisch sagen könne. Zuerst war er so verblüfft, als hätte ich ihn gebeten, mir ein paar Sterne vom Himmel zu holen: ›Juden? Hier?‹ Worauf ich baß erstaunt zurückfragte: ›Gibt es denn einen Ort, an dem keine Juden wohnen?‹ Er legte den Kopf schief, starrte mich einen Moment an und setzte dann ein feines Lächeln auf. Ob ihm in diesem Augenblick der furchtbare Gedanke gekommen ist, Ehrwürdiger? Oder ob er schon vorher in ihm war? Jedenfalls hatte er sich gleich wieder gefaßt und sagte mit sanfter Stimme: ›Gleich, Vater, gleich.‹ Danach schlüpfte er durch eine Lücke in der hohen Kaktushecke, machte seine Runde zwischen den Lehmhütten, holte eine schemenhafte Gestalt nach der anderen daraus hervor und brachte sie zu mir. Ich sah mich von dunkelgesichtigen, barfüßigen Jischmaeliten umringt, einige mit verbeulten Fezen auf dem Kopf, manche in pechschwarze Burnusse gekleidet, alle sehr leise und matt, als habe man sie aus dem ersten Schlaf gerissen, Madame. ›Hier, Vater‹, sagte Josef, ›die sind für deinen Minjan.‹ Tief erschrocken fragte ich: ›Wer sind sie denn, mein Sohn?‹ Worauf er mir in der Abendstille zuflüsterte – als habe sein Hirn Risse bekommen, Chacham Haddaja, mein Lehrer und Meister, Doña Flora, meine Liebste: ›*Das sind Juden, Vater, sie wissen es nur noch nicht*‹...«

»Ja, Madame, so hat er gesagt. ›Dies sind Juden, die bald begreifen werden, daß sie Juden sind‹, wiederholte er, ›Juden, die sich daran erinnern werden, daß auch sie einst Juden waren.‹ Und ehe ich noch etwas stottern konnte, hatte er sie schon freundlich zurechtgewiesen, hieß sie, sich, das Gesicht gen Osten, aufzustellen, wo sich der schwarze Himmel mit Sternen füllte, und begann das Abendgebet in einer neuen, mir unbekannten Melodie zu singen, fiel dabei ab und zu auf die Knie und verneigte sich, damit die Jischmaeliten seine Absicht verstanden und sich ebenfalls verneigten – und ich, Ehrwürdiger, mein Lehrer und Meister, ich, Señor, verehrter Chacham Haddaja, ließ mich hinreißen... vermochte in meiner Sündigkeit das Verlangen, Kaddisch zu sagen, nicht aufzugeben und sprach nun in diesem den gelobten Namen entweihenden Minjan das gesamte Kaddischgebet zum Gedenken an meinen Vater und an meine Mutter... und auch zum Gedenken an meine arme Frau... Die Decke, Madame... die Decke rutscht weg...«

»So, laßt mich, Doña Flora, ich... ich... Er zittert, etwas stört ihn... vielleicht...«

»Ich...«

»Was bedeutet das, Madame, ›tututu‹? Was will er sagen?«

»Aber was, in Gottes Namen, möchte er denn sagen?«

»Die Decke ist ja naß, Doña Flora, sehr naß. Vielleicht machen wir Feuer und trocknen sie auf dem Ofen, während ich den Ehrwürdigen unterdessen wechsle...«

»Nein, warum?«

»Wozu ein Diener? Warum ein Grieche? Ich stehe ganz und gar zu Diensten, Madame, von ganzem Herzen... Diese Mizwa gebührt mir doch... Er war wie ein Vater zu mir, Doña Flora... Ich fleh Euch an...«

»Nein, er hört zu, verfolgt mich mit den Augen... Chacham Schabtai versteht die Bedeutungen... erinnert sich an die Grundidee... In jedem Gedanken gibt es eine Tasche, und in der Tasche noch einen Gedanken... ›Daß es keinen Menschen gibt, der nicht seine Stunde hat, und kein Ding, das nicht seinen Platz hat...‹ Aber was heißt dieses ›tututu‹? Was soll es bedeuten? Er ist derart erregt...«

»Also gut, in aller Kürze, Doña Flora: So hat mein Besuch angefangen, auf diesem Weg von Jaffa nach Jerusalem, immer hinter der Pilgerkarawane her, die uns einen ganzen Tag voraus war. Drei Tage lang folgten wir ihrem Schatten und Geruch, trampelten dieselben Gräser nieder, stießen auf die Reste ihrer Lagerfeuer, traten auf den Dung ihrer Tiere. So ritten wir beide dahin, ›Eure‹ Stute, Madame, ein Maul mehr, das gefüttert werden wollte, zwischen uns trabend, und manchmal, in der Dämmerung, meinten wir sogar, Eure Silhouette auf ihrem Rücken zu sehen. Der Sohn bemühte sich, dem Vater den Weg zu erklären. Zeigte ihm die Ährenschneider von Emmaus und die Drescher von Dir Ayub, ließ ihn absteigen, damit er an aromatischem Basilikum und grünen Geranien roch oder Stengel und Blätter kaue, um herauszufinden, ob daraus wohl eines Tages Gewürze gewonnen werden könnten. Und am zweiten Abend, an der Steinmauer von Kafr Saris, verschwand er bei Anbruch der Dämmerung ohne Ankündigung für einige Zeit zwischen Felsbrocken und Olivenbäumen, um schließlich abermals mit einigen schlaftrunkenen Gestalten zurückzukehren, wiederum *Juden, die noch nicht wissen, daß sie Juden sind.* Inzwischen hatte er auch schon jedem einen Viertel Bischlik gegeben, um ihre Standfestigkeit zu unterstützen – und all das, *Rabbotai*, allein meinetwegen, damit der reisende Vater sein Verlangen vollends befriedige und wieder sein großes Kaddisch singe, nicht nur für die Seelen seiner Eltern, sondern auch für sämtliche männliche und weibliche Vorfahren aller Generationen, auf daß auch der erste Urvater wisse, daß Awraham Mani in Erez Israel eingetroffen war und bald in Jerusalem einziehen werde.«

»Ah... gegen Mittag überholten wir die russischen Pilger, die nun, da sie Jerusalem nahe fühlten, ihre Pelzhüte abgenommen hatten und vor lauter Frömmigkeit auf Knien rutschten – in kriechenden Kolonnen die schmalen Pfade bergauf und bergab, vom großen Eichbaum zum kleinen Eichbaum und weiter zum Kreuzkloster, das in seinem schönen Tal in einem roten Blütenmeer zu ertrinken schien. Und dann plötzlich Jerusalem: mit Mauern, Türmen und Kuppeln, ein strenger, heller Vers an den Horizont geschrieben. Bald darauf fand ich mich auch schon allein durch seine Gassen schreiten, hinter dem Stabträger des Konsulats.«

»Weil Josef es sich nicht hatte nehmen lassen, als erstes die Pferde zum Konsulat zurückzubringen und dem Konsul von der Reise zu erzählen. Unterdessen schickte er mich samt meinem Gepäck mit dem Kaũwas zum Suk, wo der Mann vor mir mit dem Stab aufs Pflaster schlug und mir den Weg wies, mich nämlich eine Gasse und ein paar Stufen hinaufführte, vor eine Tür, die schon geöffnet war – und während ich noch zögernd auf der Schwelle verharrte und im Spiegel gegenüber einem zerzausten, sonnenverbrannten, hohläugigen Wanderer ins Gesicht schaute, trat aus dem Nebenraum niemand anders, Chacham Schabtai, als Doña Flora, nur dreißig Jahre jünger, als sei sie über mein Schiff hinweg durch die Lüfte geflogen und mir zuvorgekommen. Eine verblüffende Ähnlichkeit, *Rabbotai*: Das also war das Geheimnis von Beirut, von dem ich nichts wußte, und das Josef offenbar den Kopf verdreht hatte. Eine holde Gestalt, die erneut hatte auf die Welt kommen wollen, da sie sich mit einer Lebensspanne zu begnügen nicht gewillt gewesen war. Ich war so müde vom Weg und von der Sonne, so erregt von Jerusalem mit seinen gewundenen Gassen – dieser Stadt bodenloser Hohlräume, soviel hatte ich schon erkannt, meine Liebe –, daß ich umnachtet fragte: ›Madame Flora, seid

Ihr's? Ist das denn möglich? Hat der Chacham das Verbot aufgehoben?‹ Hihihi...«

»So verwirrt...«

»Nein, Moment... bitte...«

»Aber Moment... Madame... Ihr habt keine Ahnung von dieser wunderbaren Ähnlichkeit, derentwegen es Euch vielleicht nach Beirut zog, damit Ihr dort auf Euer Ebenbild träfet und es meinem seligen Sohn, dem Ärmsten, geben könntet, ich meine, ganz im stillen... eh?«

»Gar nichts haben wir gewußt. Was sollten wir gewußt haben?«

»Das Verlöbnis war mehr als überstürzt... Auch der Chacham wurde vor vollendete Tatsachen gestellt...«

»Ja, ungeheure Ähnlichkeit...«

»Ja, sogar jetzt – hört Ihr, mein Lehrer und Meister? –, wenn ich Eure *Robissa* anschaue, sehe ich im Geist schon Tamara in dreißig Jahren vor mir. Demselben Körnchen entsprungen... Anmut und Schönheit...«

»Zuerst erschrak sie, errötete tief, kam aber bald heran, um mir die Hand zu küssen und meinen Segen zu empfangen, nahm auch mein Gepäck und legte es sanft und respektvoll auf Euer Jungmädchenbett unter dem großen Bogenfenster, Madame, in dem ich hinfort bei Hitze und Kälte schlief. Sie deckte den Tisch für mich, wärmte Wasser, damit ich mir Hände und Füße waschen konnte, und wich dann bis Sonnenuntergang nicht mehr von meiner Seite, um mich zu bedienen. Dabei schien sie gar nicht verwundert, daß Josef sich erst noch beim Konsul aufhielt und trotz einwöchiger Abwesenheit nicht gleich nach Hause eilte, – sie war es wohl gewöhnt, daß der Konsul Vorrang vor ihr hatte. Dann rief sie ihren Vater Valero, damit er mich, sauber gewaschen und wohlgesättigt, empfing und zum Abendgebet in die Synagoge mitnahm. Nach Hause zurückgekehrt, unterhielten wir uns ein wenig über Jerusalem und seine Seuchen, bis uns trübe nächtliche Finsternis einhüllte und wir Kerzen anzündeten. Erst da kam Josef nach Hause – eine brennende Laterne in der Hand, die Spuren unserer Reise von Jaffa nach Jerusalem, die für ihn erst jetzt zu Ende war, noch sichtbar –, grüßte mit höflichem Kopfnicken seine Frau und die bei ihr Sitzenden, verwechselte sein Kleiderbündel mit einem Stapel Konsulatspapiere und fing in einem Zustand nervöser Geistesabwesenheit an, Englisch mit uns zu sprechen, bis er plötzlich gewahr wurde, was er tat. Ich erkannte, daß er von einer Vorstellung befangen war, die er wichtiger als seine eigene Ehe schätzte, einer *idée fixe*, wie die Franzosen sagen, die ihn teurer als der Same dünkte.«

»Seinen, Madame.«

»Gewiß…«

»Dazu komme ich gleich…«

»So kurz es geht.«

»Und was wird der Ehrwürdige speisen?«

»Warum sollte dieser Brei uns stören?«

»Selbstverständlich…«

»Vielleicht, Ehrwürdiger, war Doña Flora die erste, die sein Gemüt entflammt und ihm solchen Ungestüm eingepflanzt hat. Die Geschichten von Jerusalem, Madame, die Ihr dem Jüngling in jenen Nächten erzählet, als er an Eurer Seite im Bette des Chacham lag, mögen dem Jungen seine größenwahnsinnigen Ideen eingegeben haben. Die Vorstellung, man könne, wenn man nur wolle, die Welt wie ein Ei hin und her rollen, ohne es zu zerbrechen oder die Schale auch nur anzuknacksen – wenngleich es nur die vom Chacham verworfenen kleinen Gedanken waren, auf denen es etwas zu rollen gab. Denn schon im Verlauf weniger Tage wurde mir klar, daß er nicht nur zu meinem Vergnügen diese müden Fellachen zusammengetrommelt und mit je einem Viertel Bischlik entlohnt hatte, damit sie sich zu meinem Kaddisch-Minjan einfanden. Seit er ausgezogen war, um Tamara zur Hochzeit nach Konstantinopel zu holen, und sie sich geweigert hatte, das Land zu verlassen, war er zu einem festen Schluß gekommen: wenn es ihm nun einmal bestimmt war, in Jerusalem zu bleiben, dann mußten alle um ihn her Juden sein, selbst wenn sie nichts mehr davon wußten, es wohl einfach vergessen hatten. Daher wandte er sich ihnen zu. Ihre Vergeßlichkeit schmerzte ihn, und er fürchtete den Schock des Erinnerns und Erwachens, der bald über sie hereinbrechen würde. Gemeinsam mit dem englischen Konsul wollte er sie schonend auf diesen Augenblick vorbereiten, um sie nicht zu sehr zu erschüttern.«

»Ja, teure Madame. Hört Ihr zu, mein Lehrer und Meister? Das war der Gedanke, der das Herz meines Sohnes erfüllte, das war die *idée fixe*, die man ihm wie einen Eisenstab gewaltsam ins Hirn gerammt hatte, wozu der Konsul ein übriges tat.«

»Man kann nicht wissen, wer hier wen führte und wer über wen obsiegte, denn als Engländer betrachtet der Konsul uns Juden nicht als Menschen von Fleisch und Blut, sondern als literarische Helden, die dem Alten Testament entstiegen sind und dereinst beim Jüngsten Gericht in das Neue Testament eingehen werden, so daß man nur aufpassen muß, daß sie zwischenzeitlich nicht versehentlich in ein anderes Buch geraten. Aufgrund dessen erkannte ich sofort, daß ich hier auf der Hut bleiben mußte, um die Ehe meines einzigen Sohnes zu stützen.«

»Gewiß. Schon am nächsten Morgen überbrachte der Stabträger die schriftliche Einladung zum Nachmittagstee beim Konsul und seiner Gattin. Ich kaufte mir in der Nähe des Tors der Barmherzigkeit einen neuen Fez, Tamara reinigte und bügelte mein Gewand, und so gingen wir drei zur angegebenen Stunde, zimtfarbenes Licht durchflutete die Stadt, durch Jerusalem, auf daß ich meine Aufwartung machte.«

»Das Konsulat befindet sich in der Nähe der Grabeskirche. Man durchschreitet die Via Dolorosa und biegt dann schräg ab.«

»Nein, durch die Gasse der Maghrebiner, quer über Behars Hof und dann Navons Treppe hinauf – hinter Genios Weinhandlung auf Chalfons Seite.«

»Nein, der andere Chalfon, der kleine, der Rabbiner Arditis Tochter geheiratet hat.«

»Die Aschkenasen sind ein Stück weiter unten.«

»Madame, man hat dort gebaut, alles zugebaut… kein bißchen freier Grund mehr da.«

»Auch dort hinter der Churva-Synagoge hat man gebaut. Die Aschkenasen breiten sich nach allen Seiten aus.«

»Zur Zeit noch nicht, aber auch dort wird man bauen, so Gott will. Was kann man machen, Madame, Ihr habt die Heilige Stadt verlassen und viel erreicht, aber auch die Stadt schläft nicht.«

»Ich mache es kurz, gewiß, aber die Geschichte muß doch vollständig aus mir heraus, Doña Flora, mit allen Freuden und Tränen, allen Aromen und Gerüchen, und im Augenblick war ich ja noch in Jerusalem – als geschätzter Gast, den man als *durchreisenden* – nicht als *bleibenden* – betrachtete. Der Konsul und seine Gattin hießen uns sehr liebenswürdig willkommen, und der Konsul sprach sogar ein paar Worte Hebräisch mit mir… Madame?«

»Ja, Madame, ähnlich dem Hebräisch der Propheten. Und Josef lief im Haus umher, als gehöre er zur Familie, wobei ich wieder einmal sah, welche Gabe mein Junge hat, sich beliebt zu machen und bei Bedarf überall einen Vater oder eine Mutter zu finden. Unterdessen kamen weitere Gäste an: ein alter Scheich, den man eigens aus Kafr Silwan heraufgeholt hatte, damit er mir Gesellschaft leistete, und sein sympathischer Sohn, ebenfalls Konsulatssekretär; ein paar neu in der Stadt eingetroffene französische Pilger; einige englische Ladys, die Tee tranken, Wasserpfeife rauchten und immer wieder über ihre eigenen Worte zu staunen schienen; ein deutscher Spion in dunklem Anzug, der einen getauften österreichischen Juden im Schlepptau hatte; und noch den einen oder anderen mehr. Doch ich, Madame, ich, mein Lehrer und Meister, ich, *Rabbotai*, vergaß nicht die Mission, die ich mir auferlegt hatte. Während ich nämlich den anderen lauschte und beredte Antwort gab, wie es sich für einen guten Gast ziemt – es heißt ja: ›Wer ist geehrt? Der die Menschen ehrt‹ –, behielt ich immer Tamara im Auge, Madame, die dort klein und strahlend zwischen den Engländerinnen eingeklemmt saß, wie ein zartes Lämmchen, das zwischen klapprige Stuten geraten ist, ihren Tee trank, trockenes englisches Gebäck knabberte und in jenem Licht, das wie klarer Wein war, geistesabwesend der Atmosphäre um sich her nachsinnend, vor sich hinlächelte. Ich erkannte sofort, daß diese Geistesabwesenheit nicht auf Fülle, sondern auf Leere beruhte, es war, als sei sie noch nicht über ihre Verlobung hinaus, noch nicht eigentlich in den Ehestand getreten, und so dankte ich Gott, daß er mich nach Jerusalem geschickt hatte...«

»Ich meine die Leere der Gebärmutter...«

»Nein, auch keine Fehlgeburt... nichts...«

»Einfach nichts. Kurz gesagt, Madame, warum viele Worte machen – von diesem Nichts aus begann ich meine Mission, das heißt, mein Bemühen, diese Ehe zu unterstützen, damit sie eine Frucht hervorbringe und sich nicht in einer *idée fixe* erschöpfe, die im Fiasko enden mochte. Als wir bei Nacht alle den Heimweg antraten, jeder, wie es in Jerusalem üblich ist, seine Laterne schwenkend, und auf gewundenen Pfaden von Gasse zu Gasse dem Stabträger des Konsulats folgend, der mit seinem Stab aufs Pflaster klopfte, um die Bewohner der Unterwelt vor uns zu warnen, da wußte ich schon, daß ich ein *bleibender Gast* sein, mich nämlich gut im Haus der jungen Leute und in dem überlassenen Bett im Alkoven einnisten wollte, um von dort aus insgeheim mein Ziel zu verfolgen. Solcherart war mein Verschwinden, meine *desaparición*, die Euch derart erschreckt hat, *Rabbotai*. Kann der Ehrwürdige mich hören? Wie freundlich er nickt.«

»Nein, ich möchte ihn nicht ermüden, aber wenn ich ihm nicht die ganze Geschichte bis zum Ende erzähle – wie soll er dann sein stummes Urteil abgeben? In jener Nacht nämlich, Ehrwürdiger, hatte ich zunächst Gewissensbisse, weil ich unweit der beiden jungen Leute lag und heimlich horchte. Die Tür stand einen Spalt offen, der Mond beschien einen Zipfel ihrer Bettdecke, ein Lichtstrahl wanderte von dort zwischen den Spiegeln hin und her, und ich lauschte auf die Atemzüge der beiden, auf ihr Reden und Traumgemurmel, ihr Lachen und Stöhnen. Ich versuchte, die Spreu vom Weizen zu trennen und die Zeichen richtig zu deuten, das heißt, herauszufinden,

wo der Fehler oder das Hindernis lag, ob vielleicht ein Entschlüpfen oder Fallen, eine Schwäche oder Abweichung vorla-
gen, die wohl berücksichtigt werden mußten, wenn der Same
dazu gebracht werden sollte, sich kraft seines Sehnens mit
Konstantinopel, mit dem mir allerwichtigsten, das heißt, mit
meinem Herrn, Lehrer und Meister zu verbinden. Deshalb
erhob ich mich am nächsten Morgen in aller Frühe beim ersten
Schrei eines Hahns, den ich durch unsere Gasse stolzieren sah,
als ich mich, voller Unternehmungsgeist und Jerusalemlust, im
Morgendämmern zur Westmauer aufmachte, um dort die
Zerstörung unseres Tempels zu beweinen, den Morgensegen
zu sprechen, den Tau von ihren Steinen zu küssen und Gott um
Gelingen anzurufen. Danach ging ich den Harat Bab-a-Silsileh
zu dem stillen Suk hinauf, kaufte bei einem Araber Sesamkrin-
gel, *Chaminados* und syrischen Majoran, kehrte damit zu meinem jungen Paar zurück, das noch schlief, kochte ihnen eine
große Kanne starken türkischen Kaffee, stellte alles auf ein
Tischchen an ihr Bett und weckte sie mit den Worten: ›Ich bin
nicht nur euer Vater, sondern auch eure zwei Mütter, die euch
in der Blüte ihrer Jahre weggestorben sind, und so ist es mir
auferlegt, euch ein bißchen zu verwöhnen, aber dafür – schafft
mir einen Enkel; wenn nicht, so sterbe ich. Beide erröteten,
lachten ein wenig und tauschten ängstlich verstohlene Blicke,
worauf jeder sich ein Stück vom anderen wegdrehte und die
Decke fester an sich zog. Nun begann der Muezzin seinen
lauten Morgenruf von der großen Moschee, und Josef lauschte
aufmerksam dem langgezogenen, auf- und abschwellenden
Sprechgesang, der mich schon ganz schwindlig machte, setzte
sich dann auf und sagte auf einmal: ›In eben diesen Gesang,
Vater, müssen wir einstimmen und uns in ihm aufschwingen,
bis die vergessene Wahrheit herauskommt, denn was soll sonst
aus uns werden?‹ Damit warf er die Decke zurück, nahm die
idée fixe, die die ganze Nacht bei ihm gewesen war, schüttelte
sie aus, steckte sie in seinen Fez und ging sich das Gesicht
waschen, um richtig wach zu werden.«
 »Im Scherz, Doña Flora … phantastische Reden … eine Metapher nur …«

»Nicht mehr... Nur um zu erklären, warum ich nun vom vorübergehenden zum bleibenden Gast wurde und mir ein Plätzchen in diesem Jerusalem einzurichten begann, dessen sanfte Frühlingslüfte alsbald von glühender Sommerhitze vertrieben wurden, *Chamsin*, Ehrwürdiger, nennen die Leute diese Hitze dort, während ich sie scherzhaft *wie'n Kamin* schimpfte. Nach ein, zwei Tagen besaß ich bereits einen Stock, um damit aufs Pflaster zu pochen, und eine Petroleumlampe, um im Dunkeln erkennbar zu sein, und nach einer Woche hatte meine Stimme schon das Gefallen der Betenden in der Stambuli-Synagoge gefunden, so daß sie mich montags und donnerstags die Tora lesen ließen. Auch machte ich bereits Einkäufe auf dem Suk, half Tamara Gemüse putzen und Fische ausnehmen, und nach Ablauf einer oder zwei weiterer Wochen hatte ich schon von einem Jischmaeliten einen halben Stand auf dem Suk el-Qattanin gepachtet, auf dem ich nachmittags meine von zu Hause mitgebrachten Gewürze sowie kleine Mengen an Rosinen, Mandeln, Sonnenblumen- und Kürbiskernen auslegte und die Ware mit bescheidenem Gewinn verkaufte. Ja, ich wurde schon fast ein Jerusalemer – hastete von einer Gasse in die andere, ohne Grund, es sei denn deshalb, weil Gott irgendwo sprechen könnte und ich fürchtete, mir könnte eines seiner Worte entgehen.«

»Und die ganze Zeit schlief ich in Eurem Bett, Madame, in dem Alkoven mit dem Bogenfenster, in dem ich meinerseits noch einen weiteren Spiegel aufhängte, damit er sich mit Eurem alten gegenüber unterhalten und mir Bericht vom Geschehen im Haus erstatten konnte, um meinen geheimen Plan gelingen zu lassen. Und obwohl mein großer Bart in sämtlichen Spiegeln auftauchte, schienen die jungen Leute mich zu mögen. Ich hatte nicht das Gefühl, ihnen zur Last zu fallen, ja brachte wohl sogar Leben in dieses Haus, in dem sanfte Verträumtheit, Unordnung und auch Geldknappheit herrschten, denn unser Josef erhielt mehr Ehre als Mammon zum Lohn, da der Konsul selbst ein Träumer war, sich eher als Regierungs- denn als Konsulatsoberhaupt gerierte und schon selber langsam verarmte, weil er seine Mittel in alle Winde zerstreute –

etwa auch Pilger, die keine Briten waren, unter seinen Schutz stellte und seine Schirmherrschaft auf die Juden ausdehnte, die er für den Schlüssel zur Zukunft hielt. Jede anreisende Dame fand in seinem Hause großzügige Aufnahme, wobei Josef beauftragt wurde, sie von Bethlehems Kirchen zu Hebrons Moscheen, zum Absalom-Grab hinab und über die Schiloach-Quelle hinauf zum Ölberg zu führen, damit sie sah, wie er zunächst jedem seinen Platz einräumte, um dann gegen Abend alles wieder zu einer Spezialmischung zu vermengen, meisterhaft all die betreffenden Religionen, Sprachen, Völker und Rassen miteinander zu verquirlen und das Ganze erbarmungslos im Wüstenfeuer zu einem Jerusalemer Soufflé zu verbacken, das sein Lieblingsgericht war.«

»Ein Fremdenführer, wenn Ihr so wollt, Madame, ein Dolmetsch für Weggespräche, ein Kurier leichter Dokumente und ein Privatsekretär für streng vertrauliche Korrespondenz. Zuweilen auch ein Kaffeekoch, der sein Gebräu in kleinen Täßchen ausschenkte, und wenn es sich ergab, eröffnete er ein literarisches Streitgespräch an den Abenden des ›Jerusalemer Literaturvereins‹. Kurz gesagt, ein Mann für alle Gelegenheiten, besonders nach Einbruch der Dunkelheit. Denn er kam oft erst mitten in der Nacht nach Hause, so daß ich schon daran gewöhnt war, jäh aus dem Schlaf hochzufahren und an sein Bett zu treten, nur um zu sehen, daß er wieder einmal im Hause fehlte, worauf mich so grauenvolle, herzbeklemmende Sorge packte, als werde er in diesem Augenblick vernichtet. Da ich mich jedoch fürchtete, auf die stille Gasse hinauszutreten, kletterte ich aufs Dach hinauf und spähte im Mondesdunkel ringsum über Mauern und Türme, in die Eingeweide der Gassen, atemlos wartend, bis auf einmal aus dem Moslem- oder dem Christenviertel die kleine Flamme aufflackerte, an deren besonderem Schwanken ich erkannte, daß es seine Laterne war. Dann hangelte ich mich augenblicklich wieder vom Dach hinunter und rannte, das Tor zu öffnen, Madame, um ihn einzulassen, als sei er der teure Gast aus der Ferne, den ich nach Kräften zu verwöhnen hatte, noch mehr sogar als Ihr, Madame, ihn als Knaben zu verwöhnen pflegtet. So nahm ich ihm eigenhändig den verschwitzten Fez vom Kopf, half ihm aus den Schuhen, löste ihm den Gürtel, um ihn aus dem inneren Geschirr seiner *idée fixe* zu befreien, brachte Wasser für die Gesichts- und Fußwäsche und wärmte ihm Essen auf, damit er etwas in den Magen bekam, denn oft hatte er den ganzen Tag nichts als Kaffee zu sich genommen. Und dann – zufrieden, abgespannt und wieder mit etwas Farbe im Gesicht – begann er mir bereitwillig von den Erlebnissen des Tages zu erzählen, wen er getroffen und wen er umhergeführt hatte, wo er ein- und ausgegangen war, was der Konsul gemeint und die Konsulsgattin gesagt hatte, was man ihnen aus England geschrieben hatte und wie das Protestschreiben lautete, das eben an den türkischen Gouverneur abgegangen war. Ich lauschte aufmerksam all diesen Dingen, stellte Fragen und erhielt Antworten, bis ich schließlich, um seine *idée fixe*, die nun abgespannt vor uns lag, im Scherz ein wenig anzukratzen, weiterfragte: ›Und jetzt sag mir, mein Sohn, was ist mit diesen Juden, die noch nicht wissen, daß sie Juden sind?‹ Im ersten Moment ärgerte er sich über diese Rede, da er den spöttischen Ton heraushörte, doch alsbald bemerkte er versöhnlich mit einem strahlenden Lächeln um die kleinen Augen: ›Langsam, langsam, Vater. Sie haben's nur vergessen, sie werden sich zum Schluß von selbst daran erinnern.‹ ›Wenn sie aber nun auf ihrer Vergeßlichkeit beharren‹, bohrte ich weiter, ›wenn sie sich nicht von allein erinnern wollen?‹ Hier wurden seine Augen langsam schmäler, ließen jedoch immer noch ein Lächeln durchblitzen, das nun aber einen grausamen Anflug bekam. ›Wenn sie verstockt bleiben?‹ fragte er, über meine Beharrlichkeit verwundert. ›Dann werden wir sie peinvoll züchtigen, bis sie einsichtig werden.‹«

»Ja, ›züchtigen‹, er hat ausdrücklich von Züchtigung gesprochen, wenn auch ohne weitere Erklärung, als seien die einschlägigen Züchtigungen allenthalben klar bekannt und festgeschrieben, so daß man sie vor der Anwendung nicht erst einzeln aufzuzählen brauchte. Ehrwürdiger, mein Lehrer und Meister, hört Ihr mir zu?«

»Ach… So spielten wir noch ein bißchen mit jener *idée fixe*, Ehrwürdiger, bis Josef sanft einnickte und ich ihn aufrichtete, um ihn – die Laterne noch immer an seiner Hand baumelnd – an das Bett zu führen, in dem seine Frau stumm die gleichen klaren, hübschen Augen aufschlug, die Ihr, Madame, jetzt zu mir hebt…«

»Nicht gewaltsam, Doña Flora, Gott behüte, mit großer Behutsamkeit.«

»Bis dahin…«

»Mit stillschweigender Unterstützung, Madame… mit freundlicher Ermunterung…«

»Bis dahin und nicht weiter…«

»Ich wollte Klarheit erlangen…«

»Suchte nach Anzeichen, Madame.«

»Im Spiegel sah ich nur Schemen…«

»Aber es klopft an der Tür, Madame… Wer kann das sein?«

»Die Zeit ist also gekommen… mit Gottes Hilfe…«

»Nein, wieso Störung? Im Gegenteil…«

»Gott bewahre, ich weiche keinen Fingerbreit. Bin ganz erpicht darauf, liebste Doña Flora, zu sehen, wie der Chacham gefüttert wird…«

»Nur hier von der Seite aus…«

»Das also ist die Nahrung des Chacham Schabtai, Madame, ein Gericht so rein wie Schnee.«

»Ich verstehe…«

»Ein weicher Brei… verstehe…«

»Ich verstehe… Der Ärmste. Der Ehrwürdige hat weiche Kost immer verabscheut…«

»Notgedrungen. Gewiß, eine vernünftige, richtige Entscheidung, Madame. Es bleibt keine andere Wahl. Nur solcher Brei wird ihm mühelos hinunterrutschen, seinen Bauch sättigen und gleichzeitig das Hirn beruhigen. Und wer war der Diener?«

»Ein hübscher Bursche. Aber sollte nicht lieber einer aus unserem Bunde diese heilige Aufgabe versehen?«

»Jedenfalls ein hübscher Bursche.«

»Gott behüte, ohne jede Aufregung, Madame, nur appetit-
anregendes Geplauder. Hier wäre wohl Hilfe angebracht.
Vielleicht setze ich mich selbst dorthin, um Chacham Schabtai zu füttern, und Ihr geht Euch ausruhen? Es wäre mir eine
große Ehre und ein Vergnügen...«
»Dann vielleicht später...«
»Das Lätzchen? Wo?«
»Sofort... Man sieht, daß er hungrig ist..«
»Herr der Welt, Barmherziger, das ist ja wahrlich ein Wik-
kelkind... ein richtiger Säugling...«
»Ehrwürdiger...? Was?«
»Kurz gesagt, ganz kurz, nur in aller Kürze, Doña Flora,
aber mit Zittern und Zagen, weil trotz des wolkenlosen Sommers... wir steckten ja bereits mitten in einem wolkenlosen,
glühenden Sommer, Madame, hatten schon eine leichte
Seuche in Jerusalem, deren Namen man noch nicht genau
kannte... Und jetzt weiß ich, Doña Flora, daß schon damals
dieses Gefühl bevorstehenden Unheils in mir aufkeimte, geboren aus den nächtlichen Streifzügen, den Träumen und
Halluzinationen dieses hebräisch sprechenden englischen
Konsuls – denn man wußte ja immer noch nicht, wer eigentlich wen führte, wer wessen Abgesandter war. Doch zuweilen, wenn mir die Geduld fehlte, noch länger auf dem Dach
auszuharren, stieg ich hinunter, nahm die Laterne und wartete an der Straßenecke vor Calderons vergittertem Fenster
auf meinen Sohn Josef, schaute im Mondlicht sehnlich nach
der schwankenden Flamme aus. Mal trieb sie von Süden inmitten einer Herde schwarzer Ziegen heran, die verspätet von
der Weide aus dem fernen Kreuztal zurückkehrten, mal kam
sie von Westen mit einem Trupp nächtlicher Pilger, die die
Mitternachtsmesse am Heiligen Grab beendet hatten, wobei
mein Sohn sich ihnen unerkannt als eine Art Anhängsel, als
nächtlicher Fremdenführer, angeschlossen hatte, um in einen
Ort einzudringen, der uns strengstens verboten ist...«
»Gewiß, Madame, eine höchst kühne Provokation. Die di-
versen christlichen Sekten mißtrauen und belauern sich ja
schon untereinander, balgen sich um jedes Schloß und jeden

Schlüssel und können weiß Gott keinen Juden gebrauchen, der in das Grab ihres Gottes lugt und sie an etwas erinnern will, das sie nie und nimmer vergessen zu haben meinen, sich tatsächlich aber nie und nimmer ins Gedächtnis zurückzurufen wünschen. Doch damit nicht genug, begab er sich gelegentlich von dort weiter zum Tor der Maghrebiner, am Fuß der Treppen zur Moschee, um den beiden muslimischen Wachtposten dort freundlich eine gute Nacht zu wünschen, ehe er heimkehrte und sich an den Ort begab, den er mehr als alles andere fürchtete, nämlich in sein Bett.«

»In metaphorischem Sinne gesprochen natürlich, Doña Flora, übertrieben ausgedrückt... Aber Chacham Schabtai ißt ja fein und hört mir zu. Mein Lehrer und Meister, diese Geschichte wird Euch wenigstens von der breiigen Beschaffenheit des Essens ablenken... Hihi...«

»Nein, nein, Madame, nicht das Bett selbst, sondern die Idee davon...«

»Das heißt...«

»Nein, nein... Gott behüte, voll Zuneigung, Freundlichkeit und Respekt...«

»Ich meine... ganz einfach, was darinnen ist, der Schlaf... Der Schlummer an sich beunruhigte ihn... Madame...«

»Er könnte beim Erwachen womöglich feststellen, daß die Welt sich inzwischen verändert hätte... daß, während er noch schlief, etwas ohne sein Wissen und Zutun geschehen wäre... daß seine *idée fixe*, als deren einziger getreuer Konsul er sich betrachtete, wie eine Seifenblase, ehe er etwas dagegen zu tun vermöchte, zerplatzt sein könnte...«

»So empfand er, Madame: ›Der Tag ist kurz und der Arbeit viel.‹ Und wer weiß, mein Lehrer und Meister, womöglich spürte er auch schon unbewußt seinen nahen Tod in diesem Jerusalem, das er unaufhörlich herausforderte.«

»Tamara hat geschwiegen, Doña Flora...«

»Das heißt, sie lauschte, beobachtete und wartete...«

»Sie hatte ein offenes Ohr für seine Ideen, vorausgesetzt, sie gelangten...«

»Nachts schlief sie... In dem von mir aufgehängten Spiegel, der – auf dem Weg über Euren alten – den Spiegel vor ihrem Doppelbett reflektierte, behielt ich sie im Auge und sah sie ruhig daliegen. – Aber... Doña Flora, Lippen und Kinn, der ganze Mund trieft ihm...«

»Da...«

»Vielleicht bräuchte man eine frische Serviette...«

»Wie Ihr wünscht, Madame, ich stehe Euch jedenfalls gern zu Diensten... Vielleicht hat der hübsche Grieche den Brei doch zu dünn gekocht...«

»Gott bewahre, Madame, ich mische mich nirgends ein... Es war nur ein flüchtiger Gedanke, schon verflogen.«

»Gewiß, Madame, alles in Kürze. Also, ich lernte Eure Nichte als tüchtige Hausfrau kennen. Sie kochte und buk schmackhafte und gelungene Speisen, nur fiel es ihr noch schwer, die Menge zu vergrößern, so daß ich zuweilen gezwungen war...«

»*Machschi, Kussa* und Kalebasse oder *Schakschuka*, je nach dem Wochentag...«

»Freitags das *Chamin* für den Schabbat mit all den *Chaminados*...«

»Mal war Fleisch dran, mal roch es nur danach...«

»Gewiß, sie wusch und putzte selber, und das Haus, Doña Flora, blitzte vor Sauberkeit, als sei es selbst ein großer Spiegel. Außerdem half sie ihrem Vater Valero und seiner jungen Frau und holte jeden Mittag ihren Halbbruder und ihre Halbschwester ab, um mit den beiden Kleinen zum Mamilah-Teich zu gehen, damit sie dort in dem kühlen Wasser plantschen und mit Atias' Kindern zwischen den jischmaelitischen Grabsteinen spielen konnten...«

»Atias, der Francos jüngste Tochter geheiratet hat...«

»Der Name ist mir entfallen, *Robissa*, wird mir aber gleich wieder kommen. Unterdessen möchte ich jedoch das Bild skizzieren, mein Lehrer und Meister – hört Ihr mir noch zu? Mein Ziel in Jerusalem war ja, diese Ehe zu stützen, die mir ein wenig schwach erschien, als sei sie bisher noch nicht aus der hastigen Beiruter Verlobung geschlüpft. Deshalb führte ich die junge Frau ein bißchen aus, damit sie nicht völlig im

Haus vereinsamte, nahm sie gelegentlich an meinen Gewürz- und Nußstand auf den Suk-el-Quattanin mit und ließ sie neben mir sitzen, in der Hoffnung, die Passanten möchten – auf ihre sympathischen Züge aufmerksam geworden – mitten im Schritt innehalten, um sie eines genaueren, tieferen Blickes zu würdigen, eventuell auch ein kurzes Gespräch anzuknüpfen, in dessen Verlauf sie sich für das eine oder andere Gewürz interessieren mochten, bis die Luft um sie her leicht zu knistern begänne und womöglich ein Funke von dort auf ihren jungen Ehemann, der emsig Konsulatsgäste nach Bethlehem oder Hebron begleitete, überspränge... Es würde ihm nicht schaden, dachte ich, mal etwas von dem zu spüren, was die bewundernden Blicke der anderen sagten.«

»Nein, Gott bewahre, alles ehrbar, völlig in Ehren. Sobald die Sonne rotschimmernd auf die Gläser voll Rosmarin, Zimt und syrischem Majoran fiel und die Rosinen gülden färbte, packte ich meine Waren ein, klappte den Stand zusammen und brachte sie in die Frauenabteilung der Rabbi-Jochanan-Ben-Sakkai-Synagoge, damit sie den Mischnajot lauschen konnte, die wir dort lasen, bis es Zeit für das Nachmittagsgebet wurde und sich die Männer vom Markt einfanden, die sie nun unter den alten Frauen und den Witwen der Harat-el-Jahud-Gasse sitzen sahen. Manchmal kam auch Josef, seine *idée fixe* in der Tasche, erregt hereingestürzt, trat neben mich, und während er dann inbrünstig betete, musterten seine unruhigen Augen uns gewöhnliche *Juden, die nicht vergessen können, daß sie Juden sind* und sich daher auch an nichts zu erinnern brauchen, sondern einfach nur dastehen und nach traditionellem Ritus flehentlich ihre Gebete sprechen. Manchmal wandte er dabei den Blick zur Frauenabteilung, blinzelte, als suche er einen weiten Horizont nach seiner kleinen Frau ab. Obwohl bereits ein Jahr seit dem Beiruter Verlöbnis vergangen war, hing ihnen dieses immer noch an wie eine dünne goldene Honigschicht, die es sanft und geduldig abzulecken galt. Und ich, Chacham Schabtai, habe tatsächlich langsam zu lecken begonnen, und zwar mit Erfolg, Madame.«

»Selbstverständlich nur im übertragenen Sinne, Madame... da seid ganz unbesorgt... *à la fantastique*, wie die Franzosen sagen. Es ging nur darum, die beiden einander näherzubringen, um die in Beirut begonnene Mizwa zu vollenden, ehrwürdiger Chacham. Und so wanderten wir beide, die mutterlose Braut und ich, Madame, durch den Jerusalemer Sommer mit seinem gleitenden, hellglühenden Licht, von dem – das erinnere ich – noch ein Funke in Euren staunenden Augen glomm, Doña Flora, als ich Eurer erstmals in Saloniki ansichtig wurde. Ja, als *Stützer der Ehe* ließ ich nicht locker, nahm die verwaiste Braut langsam überall hin mit, in den Konsulatsgarten beispielsweise, wo wir uns im Schatten eines Baumes an den Zisternenrand setzten und den Maurern zuguckten, die die Fundamente für eine neue Kirche legten, die einmal Christ Church heißen und Englands Ehre mehren sollte. Und wieder sah ich, wie die Luft um sie her Feuer fing, so daß die Maurer die Werkzeuge sinken ließen, um sich wieder und wieder nach ihr umzudrehen, denn nichts vermag mehr den Kopf zu verdrehen denn Schönheit. Passanten in der Gasse verlangsamten plötzlich den Schritt, machten sogar beunruhigt kehrt, als wüßten sie nach ihrem Anblick nicht recht, ob sie etwas verloren oder gefunden hatten. Alles um uns her geriet in sanfte Bewegung, bis die Gattin des Konsuls selbst herauskam, uns auf einen Tee mit Milch und eine Wasserpfeife hineinbat und gleich auch einen Bediensteten ausschickte, um Josef zu unserem Empfang aus einem der Innenräume herauszuholen. Im ersten Moment erschrak er, uns im Konsulat vorzufinden, doch sobald er sah, daß alle uns freudig zulächelten, neigte er liebevoll den Kopf, fügte sich in unseren Besuch und nahm uns unter seine Fittiche. Auf diese Weise gelang es mir manchmal, ihn gegen Mittag dort herauszuholen, damit er nach Hause ging, sein Brot aß, sich auf seinem Lager mit seiner Frau ausruhte, die ihm kraft der Blicke anderer lieb geworden war. Ich blieb nicht da, um in den Spiegeln zuzuschauen, sondern ging aus, ließ die beiden allein, wobei ich allerdings die Haustür hinter mir abschloß, denn auch bei mir war inzwischen eine *idée fixe* aufgekommen, kleiner und bescheidener zwar als die seine, aber nicht weniger stark, und die nun setzte ich den beiden mit der ganzen Kraft meiner Seele entgegen, *Rabbotai* – meine Begierde nach Samen. So passierte ich in der Mittagshitze das Löwentor, denn diese ruhige, trocken glühende Mittagshitze, in der kein Lüftchen weht, eignet sich am besten zum Schnuppern, und schlenderte ins Dorf Silwan zum Hof des Scheichs hinab, wo man mir bündelweise Gräser und Dornzweige, Wurzeln und Blüten vorlegte, die Jischmaeliten auf Geheiß des Scheichs in Samaria und Jehuda und von den Gestaden des Toten Meeres bis zur Mittelmeerküste eigens für mich gesammelt hatten, damit ich an ihnen riechen konnte, um herauszufinden, ob sich unter ihnen womöglich ein Gräschen, Dorn oder Zweig verbarg, aus dem sich ein Gewürz gewinnen ließe…«

»Wahrhaftig, Madame, ich habe geschnuppert und geschnuppert und damit den gesamten Duft unseres gelobten Landes Gräschen für Gräschen eingesogen…«

»Ein Gewürz, das in Duft und Geschmack alle aus Saloniki mitgebrachten Gewürze übertreffen sollte, die jetzt im Spätsommer – dieser ist schlimmer als der Sommer selbst – langsam zu Ende gingen…«

»Jawohl, Madame, sie gingen zur Neige. Obwohl ich die Preise anhob, ließen sich die Käufer nicht abschrecken – ob Ysop oder Basilikum, Kurkuma oder Rosmarin, Majoran oder Thymian, Muskat oder Oregano. Denn die Muslime hatten ihren großen Fastenmonat begonnen, in dem sie die nächtlichen Mahlzeiten mit vielen Kräutern und Gewürzen zubereiten, um den Geschmack während der langen Stunden des Fastens in Erinnerung zu behalten, bis der Kanonendonner bei Sonnenuntergang verkündet, daß sie wieder etwas zu sich nehmen dürfen. Und eben dieser Kanonendonner, ehrwürdiger Chacham Schabtai-Chananja, ließ auch meinen Sohn Josef erschauern, den ich in der Abenddämmerung allein in seinem Bett sitzend vorfand, aufrecht wie eine lakenumwickelte, in Lichtstreifen getauchte Messerschneide, denn über dem Jaffator verglimmte bereits die Sonne. Er hatte die ihm aufgezwungene Mittagsruhe längst beendet, hatte seine

Frau durchs Küchenfenster in Sornagas Hinterhof hinabgelassen und sie zum Hause ihres Vaters geschickt, um die Kleinen nach Mamilah zu führen, und wartete nun darauf, daß ich von meinem Erkundungsgang nach Silwan zurückkehren und ihm die Tür aufschließen möge...«

»Ja, so hat er gewartet, Madame, ergeben in sein Laken gehüllt, seinen Gedanken nachhängend. Ich zog ein paar duftende Kräuter und Gräser unter meinem Gewand hervor und streute sie über sein Lager, damit sie ein wenig den Samengeruch aufsaugten, der über dem Bett schwebte, das noch in der Wehmut von Kampf und Sorge befangen war, angefüllt mit transparenten Winzlingen, traurig dreinschauenden spinnwebfeinen Gespensterlein – den armen Brüdern und Schwestern des künftigen *little Moses*... Geisterkinder, wie Blütenstaub in dem Zimmer verströmt, das unter dem erneut über unseren Tempelberg hallenden Kanonendonner erbebte... Chacham?«

»Madame?«

»Gott behüte, verehrte *Robissa*...«

»Gott behüte, Doña Flora, bei aller Ehrerbietung...«

»Gott behüte... mit allem gebotenen Respekt, aber auch in aller Aufrichtigkeit, Madame...«

»Wieso bin ich ekelhaft? Doch nicht für ihn...?«

»Nein, unser Josef war nicht wütend, protestierte nicht einmal, denn er verstand die Berechtigung meiner stummen kleinen *idée fixe* sehr gut, hatte sie zu meiner Ehre sogar seiner *idée fixe* einverleibt, und nun pulsierten sie beide in seiner Seele, die danach strebte, hinauszugehen und mit den Massen der Gläubigen in die Moschee zu drängen, um die *vergeßlichen* Juden zu beobachten, die sich mit Gottes Hilfe in *sich erinnernde* Juden verwandeln und – statt dem fernen Mekka zuzustreben – sich auf sich selbst besinnen würden, glücklich und zufrieden mit dem Ort, an dem sie waren, und mit dem Himmel, den sie sahen...«

»In der Tat, Madame...«

»Wie das möglich sei, fragt Ihr, Madame? Nun, es war möglich...«

»Mehrere Male... Sowohl in der Moschee als auch im Felsendom...«

»In der Tat, meine Liebe, eine furchtbare Provokation...«

»Auch für sie... nicht nur für die Christen...«

»Eine doppelte Provokation – aber eben darin lag ihre ganze Rechtfertigung, daß sie doppelt und daher auf Frieden ausgerichtet war, denn er meinte, wenn alle ihre wahre verborgene Natur entdeckten, würden sie sich untereinander aussöhnen.«

»Wegen des Mitleids, das er bereits für sie empfand, stieg keine Angst in ihm auf, Doña Flora. Er hatte sich ja längst den Kopf zerbrochen, wegen all der Strafen, mit denen er sie künftig für ihre Hartnäckigkeit züchtigen wollte, hatte all den Schmerz und Kummer durchdacht, den er über sie und ihre Nachkommen bringen würde, und war nun so von Mitleid überströmt, daß er gar nicht auf die Idee kam, sie könnten ihn – ehe sein Mitleid überhaupt zum Zuge käme – ergreifen und massakrieren...«

»Aber wie soll man einen Gedanken aufhalten, Madame?«

»Der Konsul? Da lag ja gerade die Wurzel des Übels, in jenem zügellosen englischen Konsularsenthusiasmus, der ihn sicher annehmen ließ, die britische Flotte segle da drüben zwischen El-Bireh und Ramallah über die Hügel, allzeit bereit, jede seiner Bewegungen zu schützen...«

»Wie denn, Doña Flora? Die Zeit drängte ja bereits...«

»Weil ich schon an seiner verfluchten *idée fixe* verzweifelt war, die jede andere *idée fixe* verschlang, als sei sie nichts als ein Gericht – wie das, das Ihr, Madame, jetzt in den Hals des Ehrwürdigen gleiten laßt. Mehr denn je fühlte ich mich in meiner Auffassung bestärkt, daß diese Ehe unterstützt werden mußte, damit sie ein Kind hervorbrachte, das allein – selbst von der Wiege aus! – gegen die unnatürlichen Gedanken seines Vaters würde ankämpfen können, einfach kraft seines Weinens oder Lachens oder kraft des Rätsels seiner Zukunft. Und so, Doña Flora, so, Ehrwürdiger, begann jener Wettlauf zwischen dem Tod meines Sohnes und der Geburt seines Sohnes. Wir schrieben den Monat Elul, in dem die Bußgebete die nächtliche Stille durchbrechen und auf einmal – vielleicht erinnert Ihr Euch, Madame – die Luft eine wunderbare Brise gebiert, die ihre Düfte und Aromen von überall her nimmt, um sie bunt zu vermischen: Sie nimmt ein Quäntchen Wärme von dem faulen Wasser des Hiskija-Teichs, fügt eine Prise Trockenheit von den versengten Disteln auf den Feldern zwischen den Häusern der Armenier hinzu, sammelt Bitterkeit aus den geborstenen Gräbern auf dem Ölberg und schwingt sich nun wie wirbelnder Weihrauch von Gasse zu Gasse. Und ich lernte erst jetzt, mein Lehrer und Meister, daß das wahre Gewürz, das Gewürz der Zukunft, weder Wurzeln noch Blättern, weder Pollen noch Körnchen entstammen würde, sondern eben diesem körper- und formlosen Duft, dem ich eiligst meine Gläser öffnete, auf daß er sich mit meinen Gewürzen paare und deren Kraft für die Hohen Feiertage erhöhe...«

»Nein, Doña Flora, nein, hochverehrter Chacham, ich habe ihn die Gottesdienste nicht versäumen lassen. Der Konsul und seine Gattin waren zu diplomatischen Besuchen nach Jaffa hinuntergefahren, und die Luft zitterte bereits von diesem seltsamen Schauder, der zur Zeit von Jom-Kippur in Jerusalem zu spüren war, als sei der Barmherzige, der höchste Richter selbst heimlich von Seinen Reisen in Seine Stadt zurückgekehrt und verborgen in eine kleine Wohnung eingekehrt, um sich mit uns an dem heiligen Fasten zu laben – die fertige Liste über das Schicksal der Menschen: ›Wer durch Wasser und wer durch Feuer, wer zu seiner Zeit und wer vor seiner Zeit‹ schon unterschrieben in der Tasche, wenn er auch fürchtete, sie hervorzuholen und zu verlesen. Josef schien von friedlicher Heiterkeit beseelt, sogar seine *idée fixe* war schwach geworden. Tamara hatte unterdessen ihr schmackhaftes Festmahl zubereitet. Ihre Augen, die im Sommer vom Staub entzündet gewesen waren, blickten nun klar und offen, in der Tat, Chacham Schabtai, sie waren den Augen von Madame so unerhört ähnlich, daß mir angesichts dieser wachsenden Ähnlichkeit zwischen Konstantinopel und Jerusalem ein Schauer über den Rücken lief. Ich weckte ihn vor

Sonnenaufgang und nahm ihn mit in die Synagoge, wo wir uns in die Nähe des Vorbeters Jizchak Navon stellten, um schnell genug die Brosamen auffangen zu können, die er den Betern hier und da zuwarf – einen Vers von ›Allmächtiger König, der du sitzest auf dem Throne des Erbarmens‹, ein Wort aus ›O, antworte du uns‹ oder sogar einen ganzen Abschnitt von ›Herr der Vergebung‹ –, auf daß unser Schreien und Flehen erschalle, um die Frömmigkeit unserer Seelen kundzutun, und der Herr der Welt es hören und gnädig mit uns sein möge…«

»Was redet Ihr da, Doña Flora? Das hab ich nicht gewußt!«

»Der alte Trabulos? Wer würde sich nicht an ihn erinnern, der uns doch jeden Freitag in der Großen Synagoge mit seinem ›Auf mein Freund, der Braut entgegen‹ das Herz zutiefst angerührt hat?«

»Wirklich?«

»Oh… mein Sohn…«

»Ja, diesen alten, grau gewordenen Gebetsmantel habe ich natürlich noch in Erinnerung… schon in meiner Kindheit war er schwärzlich… Auch mich hat er fasziniert, aber ich habe nie gewagt, ihn anzufassen…«

»Wirklich? Oh, der Ärmste… mein armer Sohn…«

»Oh, mein armer Sohn… Ihr beschreibt ihn so liebevoll…«

»Nein, ich werde nicht weinen…«

»Oh, Madame, oh, Ehrwürdiger, welch ein süßer Schmerz, an meinen Jungen zu denken, wie er so – in diesen alten Gebetsmantel gehüllt – vorm Feuer in Eurem Salon in Konstantinopel steht, betet und es dem großen Trabulos gleichzutun versucht…«

»Natürlich das Gebet ›Heute war die Welt vollendet‹… an Rosch Haschana… ›Heute stellt er vor das Gericht alle Geschöpfe der Welten, gleich Kindern oder gleich Knechten…‹«

»Nein, ich werde jetzt nicht singen… Oh, der Ärmste… mein armer Sohn… Obwohl ich ja wußte, daß alles nur vom Himmel gelenkt wird, kannte auch ich den Spruch: ›Wenn ich nicht für mich bin, wer ist dann für mich?‹ Und so ließ ich nicht von ihm ab ... Denn wem hätte ich, wonach mich verlangte, übertragen können? Euer so sympathischer Schwager Rafael Valero hatte ja mit seinen eigenen kleinen Kindern zu tun, und seine Veducha war schon wieder schwanger, sie brauchten also gewiß kein weiteres Kind, und sei es auch nur ein Enkel ... Und so, nach dem Motto ›wenn ich nicht für mich bin, wer ist dann für mich, und wenn nicht jetzt, wann denn‹, begann ich ihm auf seinen Wegen zu Juden und anderen über Höfe und Gassen nachzustellen, ließ ihn nicht aus den Augen, so daß ich mich bald teuflisch gut in diesem Jerusalem auskannte, der Stadt Eurer holden Jugend, Doña Flora.«

»Weil ich an allen Ecken und Enden ein und aus ging, wie eine weise Schlange ...«

»Das heißt – und das hat mir Josef beigebracht –, alles in dieser Stadt ist miteinander verbunden, es gibt keine Trennwand, die sich nicht überwinden ließe, so daß man von Haus zu Haus gelangen kann, ohne je auf die Gasse zu treten ...«

»Ein Beispiel?«

»Geht man beispielsweise Arditis Treppe hinauf, gelangt man von dort auf Behars und Genios Dach und weiter durch deren Küche mühelos in den Hof des griechischen Patriarchen, wo man geradeaus durch die Kapelle nicht etwa auf die Gasse gehen, sondern nur eine Pforte öffnen muß, um sich auf der anderen Seite schon in Schaltiels Salon zu befinden. Ist Schaltiel zu Hause, trinkt man eine Tasse Kaffee bei ihm und bittet ihn dann, den Weg fortsetzen zu dürfen. Ist er nicht da oder schläft er womöglich, ist das kein Grund kehrtzumachen. Man durchschreitet einfach den kleinen Flur, ohne unterwegs ins Schlafzimmer zu lugen, bis man an dessen Ende auf fünf uralte Stufen stößt – Überreste eines Hauses, das schon die verfluchten Kreuzfahrer zerstört haben –, die wiederum direkt in den Keller von Señor Francos Gemüseladen führen, wo man nur ein paar Wassermelonen und Säcke beiseitezuräumen und sich ein bißchen zu ducken braucht, um hinter dem Thoraschrein der kleinen Synagoge der Familie Rivlin zu landen. Falls sie gerade beten, betet man eben mit ihnen, selbst wenn sie Aschkenasen sind, lesen sie aber Mischnajot, tut man so, als wolle man ihre Toilette aufsuchen, die sie mit dem Wächter des moslemischen Wakf teilen. Selbst wenn der eingenickt sein sollte, wird er für einen halben Mejidi stets anstandslos bereit sein, jedermann durch den großen Saal der Korangelehrten auf die Gasse hinauszugeleiten, wo man dann verblüfft vor dem Haus Eurer Eltern, mögen sie in Frieden ruhen, steht, dem Haus Eurer Jugendzeit, Madame...«

»Von der Rückseite? Warum denn von der Rückseite?«

»Aber es ist doch schon alles zugebaut, Madame, ein Haus am anderen... Das leere Feld ist bebaut...«

»Nicht ein einziges Mal, Doña Flora... Ich war selbst erstaunt, daß ich mich nie verirrt habe... Denn in Konstantinopel – erinnert sich der Ehrwürdige? Der Ehrwürdige erinnert sich? Ständig hab ich mich da verirrt, nicht nur als kleiner Junge, sondern auch als junger Mann, sogar ohne die geringste Anstrengung... hihi... Hattet Ihr, *Robissa*, mich zum Beispiel ausgeschickt, dem Chacham Schabtai Tabak, Kaffee, Sesamgebäck oder Käse zu holen, irrte ich alsbald von Basar zu Basar, an den Ständen mit Teppichen, Stoffen und duftenden, farbenprächtigen Kleidern vorbei, und im Nu hatte ich das Goldene Horn umrundet, war unvermittelt von Asien nach Europa geschlüpft, wo ich dann so rettungslos verloren war, daß ich nicht mehr zurückfand. Wenn schließlich der Abend anbrach – erinnert sich der Ehrwürdige? – und Chacham Schabtai entdeckte, daß kein Tabak, kein Kaffee, kein Sesamgebäck, kein Käse und auch kein Mani da war, mußte er seine Studien unterbrechen, auf die Straße hinuntergehen und dort einen Reiter oder Soldaten der Sultanswache ausfindig machen, der für einen Bischlik bereit war, sich nach Galata hinüberzubegeben, um mich – blaß vor Schreck – wieder nach Asien heimzubringen... hihi... Er erinnert sich... Lebendiger Gott, er lächelt... Selbst nach so vielen Jahren ist mir dieses Kuschta, dieses komische Istanbul, euer verwinkeltes Konstantinopel ein Rätsel mit sieben Siegeln... Bis heute will es mir nicht in den Kopf... Mit Jerusalem hingegen, Madame, ist es ganz anders, es hätte nicht schneller gehen können, es ging sogar zu schnell. Nacht für Nacht, so schien es mir, schloß es sich enger...«

»Ja, nachts, Doña Flora, gerade in den Nächten, die nun, da die Feiertage endgültig zu Ende waren und die Sonne früher unterging, immer länger wurden, während die *idée fixe*, die ich gegen Ende des Sommers langsam dahinwelken zu sehen gemeint hatte, jetzt mit Beginn des Winters mächtig den Kopf erhob und alsbald außer Kontrolle geriet – wie eine schlummernde Krankheit, von der man glaubt, sie gehe zurück, während sie in Wirklichkeit nicht aus Schwäche eingeschlafen ist, sondern nur, um neue Kräfte zu sammeln. Und nun begann ich, um mich selber zu fürchten...«

»Daß seine *idée fixe* auch mich anstecken könnte, Doña Flora, so daß ich die Welt mit seinen Augen sähe, denn seine Stärke lag gerade im Schweigen, in der Art, wie er mit friedlich geschlossenen Augen meinen Vorhaltungen und Warnungen lauschte, um sie zum Schluß mit einem einzigen feinen Lächeln wegzuwischen, ehe er den komischen großen Mantel, den er sich in Hebron auf dem Suk gekauft hatte, überzog und sich auf seine nächtlichen Streifzüge begab. So sehr ich mich auch bemühte, ihn daran zu hindern, es wollte mir nicht gelingen. Selbst wenn ich ihm seine Laterne versteckte, hatte er doch die Taschen immer noch voller kleiner Kerzen, die er einsteckte, um jederzeit eine anzünden und sich und seine ehrlichen Absichten den türkischen Nachtwächtern offenbaren zu können. Bei Anbruch der Nacht überkam ihn der Wandertrieb. Während Tamara und ich uns zu Bette legten, schlüpfte er trotz der Gefahr ohne Laterne aus dem Haus, und auf denselben verschlungenen Wegen, auf denen er gewöhnlich in jüdischen Häusern ein und aus ging, ohne die Gassen zu betreten, wandelte er nun auch bei den *anderen*, die in seinen Augen gar nichts anderes waren als *Juden, die noch nicht wußten, daß sie Juden waren*. Erstaunlich kühn trat er bei ihnen ein – getrieben von dem Verlangen, ein Zeichen oder Zeugnis bei ihnen zu finden, das ihre Selbsttäuschung aufdecken könnte.«

»Zum Beispiel, Madame, ein Stückchen Pergament, einen Fetzen Stoff, eine Tonscherbe, einen Stein oder einen alten religiösen Gegenstand. Und wenn er diese Hoffnung aufgegeben hatte, horchte er, ob sie nicht im Traum irgendein Wort murmelten, das er aufschnappen und an sich nehmen könnte, wie man den Griff einer im Feuer des Vergessens liegenden Kohlenschaufel ergreift, um die glühende Erinnerung herauszuziehen und abzukühlen, bis sie – gleich weichem weißem Gold – ihre ursprüngliche Form zurückerlangt. Und so, Chacham Schabtai, so, Doña Flora, betrat er die Häuser *seiner vergeßlichen Juden*, in die sie sich zurückgezogen hatten, solange die Türen noch offen waren zu Beginn der Nacht, wechselte über Gänge und Treppen von einer Wohnung in die andere, deren Bewohner er sanft und schläfrig mit den Vorbereitungen für die Nacht beschäftigt vorfand, vielleicht noch bei einer letzten Tasse Tee sitzend, während aus allen Ecken der Ruf der Kuckucksuhren erschallte, die die Deutschen auch ihnen verkauft hatten. Sobald er drinnen war, neigte er den Kopf ein wenig und begann – stets äußerst höflich und freundlich – in sanftem Ton mit den Leuten zu reden, richtete ihnen Grüße von anderen aus, erkundigte sich nach diesem und jenem und hörte aufmerksam zu. Sie wußten eigentlich nicht recht, wer er war oder was er wollte, ließen sich aber von seiner Freundlichkeit betören und merkten bei ihrer herzlichen Gastfreundschaft kaum, daß er schon in ihre Schlafzimmer vorgedrungen war, sich hier bückte, um etwas zu betrachten, dort eine Bettdecke zurückschlug, einen Säugling berührte oder sich über eines der zahlreichen Kinder beugte, die, eingehüllt in ihre Nachthemdchen, in tiefem Schlummer versunken waren, wie es nur die Kleinen können, die im Schlaf nicht nur ruhen, sondern auch wachsen, die Augen noch immer mit dem dünnen Gelbschleier überzogen, der vom Trachom des vergangenen Sommers übriggeblieben war. Und dann wurde mein armer Sohn in Gedanken an die Qualen, die er ihnen wegen ihrer Hartnäckigkeit künftig würde zufügen müssen, wankelmütig, Tränen würgten ihn in der Kehle, und er strich über die Wände ringsum, als suche er das dunkle Loch, durch das ihre Erinnerung eindringen könnte. Und so, Madame, so, verehrter Chacham, zog der Herbst bei uns ein, dem der Winter auf dem Fuße folgte. Kalter Regen peitschte gegen die Mauern, und unablässig krochen russische Pilger in dicken Pelzmänteln auf Knien in die Heilige Stadt, wirkten wegen ihrer rötlichen Bärte wie riesige Seidenwürmer mit hoch erhobenen Köpfen. Schon überschwemmten sie den Vorplatz der Grabeskirche und die umliegenden Gassen in Erwartung der Weihnachtsmesse zur Feier der Geburt ihres Messias, und während sie so in Schlamm und Regen standen, wuchs ihr Haß auf die Juden über alle Maßen – nicht nur, weil die ihren Heiland getötet hatten, sondern auch, weil das in solch einem fremden, entlegenen Land geschehen war und nicht in ihrem heimatlichen Rußland...«

»Sie beklagten schon ihren bevorstehenden Abschied von dem reichgeschmückten Grab, das ihnen von Minute zu Minute mehr ans Herz wuchs, so daß sie zutiefst bedauerten, es nicht einfach dort herausreißen und in ihre Heimat überführen zu können. Deshalb nimmt es nicht wunder, Madame, daß sie in ihrem frommen Eifer einen neuen Toten, einen Ersatztoten suchten, möglichst wieder einen jungen Juden... Und es wurde ihnen tatsächlich gegeben...«

»*Er* wurde ihnen gegeben...«

»Er gab sich selber hin... ging von Hand zu Hand...«

»Metaphorisch gesprochen... *à la fantastique*... der Ehrwürdige versteht...«

»Ich habe es doch schon erzählt... Ich kann nicht mehr...«

»Noch einmal? Aber habe ich Euch denn nicht schon schaudern gemacht, habe ich Euch denn nicht schon zum Weinen gebracht?«

»Noch einmal? Ich kann nicht...«

»Ich habe gar nichts gesehen... Man hat es mir nur erzählt...«

»Alles, was ich weiß, habe ich Euch schon erzählt...«

»Sie haben ihm die Kehle durchgeschnitten...«

»Madame, jetzt zittert Ihr wieder, und Chacham Haddaja hat längst zu essen aufgehört...«

»Er wurde von Hand zu Hand weitergereicht…«

»Tatsächlich, er hat sich unter die Pilgermassen gemischt, und das in der Nacht des heiligen Feuers…«

»Ich vermute, seine *idée fixe* hat einfach all seine Furcht verschluckt.«

»Kein Wunder, Madame. Selbst die Muslime trauen sich kaum dorthin…«

»Womöglich… wollte er auch sie konvertieren… Wer weiß?«

»Ich will damit sagen, daß ich nicht weiß, was mein Sohn wirklich gedacht hat oder was er denken zu müssen glaubte… Da er nun einmal davon überzeugt war, daß in Jerusalem zwischen allen Menschen eine Verbindung bestehen muß, weckte selbst der wildeste und sonderbarste Pilger bei ihm diese unersättliche Neugier, die stets die Menschen miteinander zu verknüpfen und das zu bekämpfen suchte, was ihm als Abkapselung oder Absonderung erschien.«

»Zuallererst vielleicht die mutterlose Braut, die Ihr für ihn ausgesucht hattet, Madame… Und womöglich fiel auch ich für ihn in diese Kategorie der Sonderlinge…«

»Nein, Gott behüte, er liebte sie, Madame, er hat sie geliebt und hoch verehrt und sich ihr gegenüber stets einer höflichen, behutsamen Ausdrucksweise befleißigt, als sei die Verlobungszeit noch nicht vorüber und er dürfe sie nicht zu sehr bedrängen. Deshalb machte er sich ja auch Abend für Abend auf und ließ sie allein zurück, und da er wußte, daß ich bei ihr blieb, entledigte er sich bald jeglicher Zügel…«

»Ihm auch nachts nachlaufen, Madame?«

»Anfangs hab ich's versucht, aber die Nächte wurden immer kälter, den Pilgern war es zu ihrer Freude gelungen, den Schnee und Hagel ihres Heimatlandes mitzubringen, und seine *idée fixe* vermochte meine furchtbare Angst nicht mehr zu bannen. Deshalb bat ich einen seiner Kollegen vom Konsulat, den Sohn des Scheichs aus Silwan, auf ihn achtzugeben, um ihn vor sich selbst zu schützen, während ich am Kohlenofen blieb, um jenem Tröpfchen, von dem ich, als wir die erste Chanukkakerze entzündeten, bereits wußte, daß es nun endlich dort ruhte, wo es hingehörte, Tia Lojas *Conacero* vorzusingen, Madame… Hört, wie ich es gesungen habe, Doña Flora —«

»Weil ich kein Zeichen ihrer Menstruation bemerkte…«

»Ich hab's immer gemerkt, aber fragt mich nicht, wie… Dermaßen glücklich war ich, daß ich folgendermaßen gesungen habe —«

»Meine Stimme ist angenehm, hört zu, Madame… Nur ein kleiner *Conacero*…«

»Nein, er hört zu, er kennt das Lied…«

»Nein, ich hör nicht auf…«

»Er hat diesen *Conacero* von Tia Loja gern. Ich fleh Euch an… Ich möcht's ihm vorsingen!«

»Nein, er schaut mich an, er freut sich, ich sing nur ein wenig… Bald werde ich verschwinden, Madame… denn ›des Menschen Hoffen verfällt dem Gewürm…‹«

»Nicht ich bedarf der Ruhe, sondern Ihr bedürft ihrer, Doña Flora, Euer Gesicht ist blaß und durchscheinend, und die schweren, furchtbaren Stunden stehen Euch erst noch bevor…«

»Ich werde hier wachen… Ich werd auf ihn aufpassen… auf meine Verantwortung…«

»Ich werde ihm nicht zur Last fallen, nur als Schlaflied…«

»Mit melodischer Stimme… bis er einschläft… der Ehrwürdige erinnert sich? Geht, Madame, Adieu, Madame, ich singe nur… Geht, Madame… Adieu, Madame…«

Alle gehn zur Kehilla,
Ich geh zu dir nach Haus,
Isteriika, Augapfel mein.
Alle küssen die Mesusa,
Ich küsse dein Gesicht,
Augapfel mein.

Dein' Mutter ist zum Friedhof gangen,
Um meinen Tod zu beten,
Daß du zur Braut mich nimmer nimmst.

Dein' Schwestern sind zum Friedhof gangen,
Um meinen Tod zu beten,
Daß ich ihr Schwägerin nimmer werd.

Endlich ist sie also fort, die Frau. Und wir, mein Lehrer und
Meister, sind allein wie in Jugendtagen. Sie ist wunderbar,
diese Doña Flora. »Wer eine tüchtige Frau gefunden hat, höher als Perlen ist ihr Preis. Auf sie vertraut des Gatten Herz,
und es fehlt ihm nicht an Gütern.« Aber wird sie die Kraft
haben? Bei uns im Hafen von Saloniki hieß es: »Was nützt
das Gold, wenn der Gatte alt ist.« Und wenn er nun auch
noch krank ist? Anfangs meinte ich, Chacham Schabtai, den
Ehrwürdigen, wegen seiner späten Heirat zu beneiden, doch
heute weiß ich: mein Neid rührte daher, daß der Ehrwürdige
mir genommen und ihr geschenkt worden war. Wird sie ihrer
Aufgabe gewachsen sein? Gottes Hand hat mich, Euren
treuen alten Schüler, zu Euch zurückgeführt. Jetzt, da wir
beide allein sind, wäre ich dem Ehrwürdigen dankbar, wenn
er mir in seiner Güte ein Wort zuflüstern würde. Ich bin ganz
stumme Erwartung. Was bloß kann Euer stetes Schweigen
bedeuten?

Ist es denn wirklich Schweigen? Wurde meinem Gebieter
Stummheit verordnet? Oder ist, Gott behüte, in der Tat unwi-
derbringlich eine Saite gerissen? Ist es denn möglich, daß es
weder Ton noch Stimme mehr gibt? Selbst Euer »tututu« von
vorhin zu hören, würde mich glücklich machen. »Kryptische
Andeutungen sind Brosamen der Weisheit«, sagte Rabbi Elasar Chisma. Sogar aus abgerissenen Silben werde ich Worte
zusammenfügen, denn ich bin ja wohlbewandert in des Ehrwürdigen Tonlagen... seit uralten Zeiten... Ihr braucht Euch
vor mir nicht zu scheuen... Ist es nun wirklich Schweigen oder
nur eine Atempause? Kann es denn sein, daß Ihr in diesem
Schweigen von uns scheidet? Wer hätte das gedacht, Herr der
Welt, wer hätte das vermutet. Auch ich habe ja gewußt, daß
der Ehrwürdige eines Tages unserer müde werden würde, aber
ich hatte kein Schweigen, sondern ein Verschwinden voraus-

gesehen, eine Art *disparition*, wie die Franzosen sagen, wie wir sie längst gewöhnt waren. Eines Tages würde der Rabbiner und oberste Richter zu kleinen Gemeinden aufbrechen, um dort zu predigen und Gericht zu halten, und während wir noch dächten, er sei hier oder da, wäre er eben nicht mehr hier oder da, sondern auf und verschwunden, wäre eines Tages einfach nicht mehr. Und so habe ich mir den Aufbruch vorgestellt: der Tabak auf dem Tisch, die kleine Wasserpfeife daneben, Feder und Tintenfaß an Ort und Stelle, das Buch aufgeschlagen, und sein Gewand weht noch im Spiegel an der Tür, aber der Ehrwürdige ist weg. Ich mache mich also auf, ihn zu suchen, an den Ort, nach dem der Ehrwürdige, wie ich weiß, sich stets gesehnt hat, nach jenem Mesopotamien, Señor, ins Land der Babylonier, an den Ort, wo Euer wahrer Urvater begraben liegt. Ich sah mich schon hinter Euch herwandern, Chacham Haddaja, sah mich zur Zeit des Nachmittagsgebets eine uralte, vor lauter Altertümlichkeit rosig gefärbte Synagoge betreten, in der ein einsamer Jude auf einem Diwan saß und die »Verwarnungen« des Wochenfests las, und als ich ihn nun nach Euch, Señor, fragte, wies er, ohne von der Thora aufzublicken, auf das offene Fenster und bedeutete mir: weiter, weiter, er war hier, aber er ist schon wieder fort, über die violetten Weiten in der Fülle des gelben Lichts aus dem dürren Eden – er war da und ist weg... war hier und ist gegangen... gen Osten in das große Innere hinein, in das Land der uralten Ruinen, ins Dämmerlicht riesiger, zerbrochener Götzenstatuen ohne Kopf und Gesäß, weiter und weiter gen Osten... So hatte ich es mir vorgestellt... Und nun Schweigen. Einfach so – Schweigen? Ohne ein einziges Wort zum Trost, nicht den kleinsten Spruch aus unserer heiligen Lehre? So, in diesem engen dunklen Raum, hier in Europa, das der Ehrwürdige nie mehr zu betreten geschworen hatte, in einer Herberge griechischer Aufständischer gegen die Osmanen, an ein Bett auf Rädern gefesselt? Und was sehe ich durchs Fenster? Einen weißen Tempel zu Ehren ihrer toten Heiligen, ausgelöscht sei ihr Name. Der Ehrwürdige bricht mir das Herz mit seinen kleinen Augen voller Kummer und Schmerz.

Dabei bedarf ich, mein Lehrer und Meister, der ich soeben erst aus Erez Israel zurückgekehrt bin, so sehr eines klaren Wortes, eines Urteils, o ehrwürdiger Chacham Schabtai, ich brauche eine halachische Entscheidung. Ich bitte Euch, Gericht zu halten…

Oder vielleicht ist das Euer Weg, mein Gebieter, den Tod zu überlisten. Als mein Vater heimgegangen war und ich – eilends nach Saloniki zurückgerufen – mich zuvor bei Euch in Konstantinopel ausweinte, weil ich mich nicht von Euch trennen, nicht nach Hause zurückkehren wollte, habt Ihr gesagt: »Du mußt zu deiner Mutter zurückgehen und das Kaddisch für deinen Vater sprechen.« Da habe ich gefragt: »Und wer wird das Kaddisch für Euch sprechen, mein Gebieter, mein Lehrer und Meister?« Worauf ich mich auf der Stelle selbst erbot. Der Ehrwürdige hat nicht geantwortet, hat nur still bei sich gelächelt und mir den Kopf getätschelt. Und ich habe schon jenem Schweigen entnommen, daß der Ehrwürdige nicht an seinen Tod glaubt, sondern an einen anderen Weg. Ist dies der »andere Weg«? Und dennoch…

Ich brauche dringend ein Urteil. Und obwohl es heißt »pflege nicht allein zu richten, denn nur einer vermag allein zu richten«, weiß ich, daß Ihr nie einer, sondern immer zwei gewesen seid – was sich nun in furchtbarer Klarheit offenbart –, eine leblose und eine lebende Seite, eine hörende und eine taube. Nun ist die Wahrheit heraus. »Ben Ha-Ha sagte: Der Mühe entspricht der Lohn.« Doch ich, mein Lehrer und Meister, wage es abzuändern: Dem Lohn entspricht die Mühe. Und ich bereue weder den Lohn, noch die Mühe, sondern frage nur, ob ich Anteil an der künftigen Welt haben werde…

Ich flüstere, weil Doña Flora vielleicht im anderen Zimmer die Ohren spitzt und ich ihr Kummer ersparen möchte, denn trotz ihres großen Scharfsinns ist doch kaum anzunehmen, daß sie das hat verstehen können, was Ihr, mein Gebieter, wie ich am Funkeln Eurer Augen merkte, bereits stillschweigend erkanntet. Ja, es war dort kein Same, hätte auch keiner sein können, und so wußte der Same auch noch nicht, daß er Same war, konnte nur hoffen, der Same zu werden, der zu sein er sich sehnte, das heißt, ein Same der Sehnsucht, ein Same der Sehnsucht nach Same, ein Same, der über die Türklinke gleitet, ein Same, der über die dürre Erde kriecht, ein Same von Grab und Leichentüchern, »Same der Übeltäter, verkommener Söhne«.

Mit Eurer Erlaubnis verriegele ich die Tür – falls Madame doch eintreten möchte. Man darf ja einen Gerichtshof nicht bei der Arbeit stören. Das habt Ihr mich gelehrt, wenn bei Euch zu Hause in Konstantinopel Juden rechtssuchend vorsprachen und Ihr mir dann die Tür verbatet. So ist es gut für uns. Wir werden das Feuer noch etwas anfachen, denn der Ehrwürdige ist ja völlig naß, und die Decke ist wieder feucht. Was hat man Euch denn so gewickelt und eingeschnürt? Mit Eurer Erlaubnis werden wir's ein bißchen lösen. Ist dies die starke, die gesunde Hand, oder ist es jene? Falls ich Euch wehtue, möge der Ehrwürdige seine starke Hand heben...

In Wirklichkeit ist der Fall gar nicht so kompliziert. Der Angeklagte hat sich bereits selbst gerichtet und mit der strengsten Strafe belegt, nur weiß er nicht, ob die Strafe das Verbrechen sühnt oder es lediglich verdoppelt. Anders ausgedrückt: werde ich Anteil an der künftigen Welt haben, und sei es nur einen winzigen? Ein kleines Löchlein, durch das ich den Ehrwürdigen mit Ehren bedacht sehen und jedem, der es hören will, sagen darf: Auch ich habe ihn gekannt?

Ist es so besser? Ich werde Euch ein wenig den Rücken reiben, um den trägen Kreislauf in Schwung zu bringen. Erinnert Ihr Euch, mein Gebieter, wie Ihr mir als Knabe beibrachtet, Euch hier und da zu kratzen? So wird's Euch besser. Zu fest hat Euch die ehrbare Doña gewickelt. Die Ärmste hat in ihrer Sorge übertrieben. Man muß es noch weiter lockern. Es hat Zeiten gegeben – warum es leugnen, mein Gebieter –, da betrachtete ich Madame als eine Art Pfand, das der Ehrwürdige für mich verwahrte, denn sie hatte sich ja gegen die Ehe aufgelehnt und besaß keinen Vater, der seinen Willen durchgesetzt hätte. So dachte ich, der Ehrwürdige wolle sie etwas schulen, schickte sogar noch den Knaben hinzu, um die Schulung zu vertiefen, aber nach und nach begriff ich, daß das Pfand nicht für mich bestimmt war. Als Ihr ihr untersagtet, mich auf der Reise nach Jerusalem zu begleiten, meinte ich immer noch im stillen, Ihr fürchtetet Euch vor voreiligen Schlüssen ihrer- oder meinerseits. Doch als ich die furchtbare Trauer meines Sohnes wahrnahm, der mich im Hafen von Jaffa allein dem Bauch des Schiffes entsteigen sah, mit mir nach Jerusalem ritt und mir unterwegs Juden, die nicht wußten, daß sie Juden sein würden, auflas, verdoppelte sich meine Einsicht, und sie verdoppelte sich abermals, als ich das kleine Haus betrat und zum ersten Mal der mutterlosen Nichte Doña Floras ansichtig wurde, dieser Jerusalemer Jungfrau, die man zum Verlöbnis nach Beirut gebracht hatte. Hat der Ehrwürdige von dieser beängstigenden, hinreißenden Ähnlichkeit gewußt? Sie ist doch das wahre Abbild von Doña Flora, um dreißig Jahre jünger und frischer – leuchtend wie die Sonne.

Vielleicht sollten wir Euch auch die Füße reiben, mein Gebieter, den starken wie den schwachen. Was hat Eure teure *Robissa* nur bewogen, Euch so endlos zu umwickeln? Wohl nicht zufrieden, Euch mit dem Löffel zu füttern, mußte sie Euch auch noch wickeln und wickeln, als sei der Ehrwürdige wieder zum Säugling geworden? Meint sie womöglich, den Ehrwürdigen geboren zu haben? Hihi. Schüren wir also, mit Eurer Erlaubnis, ein wenig das Feuer im Ofen, lösen die Binden und erzählen endlich die ein und einzige Geschichte – die des süßen Untergangs, denn obwohl Ihr, Ehrwürdiger, ja annahmt, daß es dort keinen Samen gegeben hatte, konntet Ihr nicht wissen, daß es auch keinen hatte geben können, das heißt, daß mangels einer Frage auch keine Antwort erfolgt war. Und in jenem geheimnisvollen Lichtschein des Schnees, der Jerusalems Mauern und Gassen wie ein grauer Greisenbart schmückte, kam die Zeit der Erkenntnis, daß es eine Wahrheit vor der Wahrheit gab...

Hier? Oder ist es besser dort? Kehren wir nun von dem Begräbnis auf dem Ölberg zurück und lassen die beiden Trauernden, die Witwe und den verwaisten Vater, unbeschuht und mit zerrissenen Kleidern nebeneinander auf niedrigen Kissen vor dem Kohlenofen Platz nehmen. Die Rabbiner Franco und Ben Atar mühten sich nun, uns behutsam in die Trauer einzuführen, auf daß sie uns umhülle und wärme und die blutige Wunde polstere. Man gab uns Kringel und Rosinen zu essen, drückte uns je ein rundes hartgekochtes Ei in die Hand und ging behutsam Wort für Wort die Trauergebote mit uns durch. Der Konsul und seine Gattin mit ihrer Gefolgschaft umringten uns mitfühlend, beobachteten aufmerksam unsere Trauerbräuche und bedauerten wehen Herzens, nicht ebenfalls ihre Kleider zerreißen, die Schuhe ablegen, auf dem Boden sitzen und ein hartes Ei essen zu dürfen, denn sie trauerten sehr um unseren Jüngling, beklagten seinen Tod schmerzlich, ja vielleicht bereuten sie auch, ihn über seine Kräfte hinaus mit Träumen erfüllt zu haben. Unter den zahlreich in der kleinen Wohnung Versammelten entdeckte ich an der Tür, zwischen dem alten Caraso und dem türkischen Polizisten, zu meiner Beängstigung, mein Lehrer und Meister, sogar den jungen Scheich von Silwan, der vom Friedhof mitgekommen war, um weiterhin bitter um seinen Freund zu trauern und sich in den Kreis der Beileidsbesucher zu reihen. Auch er stellte sich womöglich im stillen, mein Gebieter, die unausgesprochene Frage, die alle dort derart peinigte, daß sie die schwarzgekleidete junge Frau, die zitternd am Kohlenofen hockte, förmlich mit Blicken versengten. In den Stunden, die seit dem Tod vergangen waren, schien sie ein wenig gealtert und Eurer Doña Flora daher noch ähnlicher geworden zu sein... ach...

Vorausgesetzt, daß dies überhaupt möglich war, daß die bestehende Ähnlichkeit noch nicht vollkommen war und sich noch vertiefen ließ... Ich sagte dem Ehrwürdigen ja bereits:

Es war naiv von uns beiden, nicht näheren Einblick in jenes Beiruter Verlobungstreffen zu nehmen. Sonst hätten wir diese ungeheure Ähnlichkeit doch entdecken und uns entsprechend in acht nehmen können. Nun jedenfalls war das Abendgebet beendet, ich sprach noch einmal bitter schreiend das Kaddischgebet, und die Beileidsbesucher schluchzten noch einmal mit mir. Dann sah ich, wie Rafael Valero sich zum Gehen erhob, seine Frau Veducha breitete ein Küchentuch über das Tablett mit den mitgebrachten Speisen – *Machschi, Kussa* und *Burekas* – und stand ebenfalls auf, um mit ihm heimzukehren, während sie Tamara in ihrem Hause zurückließen, denn so ist es Brauch in Jerusalem, daß der Trauernde das Haus, in dem er das ganze Ei gegessen hat, nicht verläßt. Langsam wurde es Nacht, einer nach dem anderen machte sich auf, sogar *der Mörder* verabschiedete sich freundlich. Nur den alten Caraso ließ man uns als Aufpasser da. Er sank zwischen uns nieder, kauerte zitternd vor dem kleinen Kohlenofen und sperrte den Mund auf, um die Hitze zu verschlingen. Ich spürte, wie diese mutterlose Waise mich unablässig beobachtete, als wolle sie erzählen, was meine Seele schon nicht mehr zu fragen wagte. Nach und nach schritt die Nacht voran, draußen wirbelten rötliche Schneeflocken im Licht des aufgehenden Mondes, und drinnen war der alte Caraso, mit seinem Körper diebisch die restliche Hitze aufsaugend, am Ofen eingeschlafen. Und da, mein Lehrer und Meister, habe ich ihn aufgeweckt und ihn respektvoll zu seiner Frau nach Hause geschickt. Obwohl ich wußte, daß ich damit gegen das Verbot des trauten Zweiseins verstieß, wurde ich nicht irre. Wäre ich nämlich schon jetzt angesichts einer leichten Übertretung irregeworden, wäre ich wohl kaum imstande gewesen, eine weitaus größere zu begehen.

Eigentlich, Schabtai-Chananja, gefällt mir Euer Schweigen, ich finde es von tiefem Sinn erfüllt. Könnte ich doch auch so verstummen, einfach erklären: Ich habe alles ausgesprochen, was ich zu sagen hatte, *Rabbotai*, von nun an seht, wie ihr weiterkommt... Aber da die Menschen nie viel auf mich gehört haben, würde mein Schweigen kaum jemandem auffallen. Doch Euer geneigtes Ohr, mein Lehrer und Meister, wendet bitte nicht von mir ab. Ich brauche nichts weiter als eine leichte Kopfbewegung – ja oder nein –, gemäß der Entscheidung, die Ihr fällen werdet, denn ich suche nur das Urteil, nicht die Begründung.

Nun, mein Gebieter, der Ofen war früh ausgegangen, die Kohlen, die die Leute vom Konsulat mitgebracht hatten, waren zu feucht, um ein Feuer damit zu entzünden, und die Kälte nahm ständig zu. Ich sah sie an den Schrank gehen, ein Kleidungsstück nach dem anderen herausnehmen und sich darin einwickeln, bis sie wie ein großer Ball aussah, aber sie zitterte noch immer. Fast hätte sie sich dann offensichtlich auch noch den von Messerstichen durchlöcherten Mantel ihres Mannes umgelegt, hätte ich ihr nicht schnell meinen Fuchspelz gegeben, in den sie sich auch ohne Zögern hüllte. Aber es wurde kälter und kälter, und so streifte auch ich ein Kleidungsstück nach dem anderen über, schlüpfte schließlich selbst in den jetzt blutbefleckten Mantel, den Josef in Hebron gekauft hatte, und sah nun ebenfalls aus wie ein Ball. So wanderten wir von Zimmer zu Zimmer und von Bett zu Bett, zwei dunkle Bälle, die sich im Mondschein in den Spiegeln spiegelten, so daß man nicht wußte, wer wer war oder nicht war. Jerusalem hatte seine Tore geschlossen, keiner konnte hinaus oder herein, und draußen war es so still, als wären wir die beiden letzten Menschen auf der Welt, allein im einzigen Urhaus. Jeder saß auf seinem Bett in seinem Zimmer, den anderen in den Spiegeln beobachtend, und das Wachs der Kerze in meiner Hand schmolz dahin, doch bevor sie noch ganz verlosch, konnte ich mich nicht enthalten zu sagen: »Meine Tochter, ich möchte mich an einem Kinde trösten, das dir geboren werden wird. Deshalb werde ich hier bis zur Geburt ausharren, um sicher zu sein, daß ich nicht der letzte Mani auf der Welt bin.« Worauf sie jedoch – in meinen Fuchspelz gehüllt, ein haariger Ball auf dem großen Bett – mit heller, klarer Stimme erwiderte: »Du bist der letzte. Warte nicht, denn da ist nichts und war nichts und wird nichts sein, ja hätte gar nichts sein können, da ich immer noch so bin, wie ich war. Du selbst hast es doch von dem Augenblick an, da du Jerusalem betratst, empfunden und gewußt. Wir sind niemals Mann und Frau gewesen, denn wir konnten Angst und Schmerz nicht überwinden. Auch mein Vater weiß es nicht, aber ich bin nach wie vor Jungfrau.« In diesem Moment blieb mir schier das Herz stehen, Chacham Schabtai. Ja, ich erschrak so sehr über ihre Worte, daß ich schnell den Kerzenstummel ausblies, damit sogar ihr Schatten verschwinden möge…

Aber, mein Lehrer und Meister, nur der Schatten verschwand, während sie dort sitzen blieb und der Schatten der Schmach, den mein toter Sohn da hinterlassen hatte, auf uns beide fiel und uns aneinanderheftete. Wenn dem so ist, begann mein Herz im stillen zu weinen, bin ich gescheitert. Es ist mir nicht gelungen, diese Ehe zu stützen, und das geschlachtete Lamm, das unter Staub und Schnee auf dem Ölberg liegt, ist zu früh gestorben, ohne die Schmach und Schande noch auslöschen zu können, die der Mann – wer es auch sei –, der diese Witwe heiratet, offenbaren wird. Nun erfüllten mich große Trauer und furchtbarer Zorn, Chacham Haddaja – Trauer über meinen Sohn, der dort nackt unter Staub und Schnee ruhte, und furchtbarer Zorn auf Eure Doña Flora, die geliebte Madame, die dieses Unheil über uns gebracht hatte. Und da erinnerte ich mich der Worte Ben Bag-Bags, die besagen: »Drehe und wende sie, denn in ihr ist alles enthalten, und durch sie wirst du erkennen.«

Jetzt sperrt Ihr verblüfft den Mund auf. Es ist mir also endlich gelungen, Euch in Erstaunen zu versetzen, ich, Euer *Pisgado*, ich, Euer treuer, ungewandter, glanzloser *Pustema*. Aber könntet Ihr, mein Lehrer, vielleicht Euer »tututu« von vorhin blasen, damit ich Eure Absicht ergründen kann? Ich sehe Euch, ich war noch ein Junge, in Saloniki im Hause meines Vaters, er ruhe in Frieden, am Kamin sitzen – ein alter Seefahrer von den Inseln, der sich über Napoleon beschwerte. Im

Flur tuschelte man über Euch: »Er ist ein großer Geist, aber auch ein wunderbarer Junggeselle, einzig und einzigartig.« Als ich später in Eurem Hause in Konstantinopel wohnte, sah ich, wie gewinnend Euer Junggesellentum war, Eure Schüchternheit und Arglosigkeit, und ich gewann Euch von Herzen lieb. Dann starb mein Vater, und wir mußten uns trennen. Ihr nahmt Eure Reisen in den Orient wieder auf, kamt bis ins Gelobte Land unserer Väter, wo Ihr in Jerusalem Doña Flora begegnetet, die Euch – ebenso wie allen anderen – gefiel. Da gedachtet Ihr in Eurer Großmut meiner, denn ich war gerade verwitwet, und als Doña Flora nach Saloniki reiste, dachtet Ihr wieder an mich. Wirklich und wahrhaftig an mich? Oder diente ich Euch nur als Vorwand? Warum sonst habt Ihr, nachdem Madame mich abgewiesen hatte, sie heimlich in einer entlegenen Stadt geheiratet – zum staunenden Erschrecken all Eurer Schüler? Ihr, der Arglose, Reine, Schüchterne? Zu welchem Zweck und Ziel? Darüber habe ich mir in Saloniki qualvoll den Kopf zerbrochen, habe voll Kummer und Eifersucht über diese Ehe nachgegrübelt, bis ich es nicht mehr ertrug und Euch diesen meinen Knaben zum Geschenk sandte, auf daß er mir vielleicht das Geheimnis dieser überraschenden, wunderbaren Ehe im himmlischen Strahlenglanz enträtsle. Tatsächlich schienen die Aussichten dafür günstig, denn Doña Flora, diese wundersame und furchtbare Frau, wollte, daß er verstehen möge. Erst holte sie ihn, den Jungen oder Jüngling, zu sich in Euer Bett, mein Lehrer und Meister, dann verlobte sie ihn in Beirut mit ihrer Nichte, ihrem Ebenbild, jener jungfräulichen Jerusalemer Halbwaise und späteren Witwe, deren Silhouette, mein Lehrer und Meister, mir im Licht des durch die Wolken stoßenden Mondes langsam wieder aus dem Spiegel entgegenkam... Erinnert der Ehrwürdige sich?

Hier nun erklärt sich die *idée fixe*... Ich spreche im Flüsterton für den Fall, daß Madame schon ungeduldig an der Türe horcht, denn von dem Augenblick an, in dem ich diese Herberge betrat, hegt sie tiefen Verdacht gegen mich. Dies also ist die Erklärung der *idée fixe* – denn wozu sonst das beharrliche Unterfangen, sich insgeheim zu diesen unbedarften Jischmaeliten zu begeben, sie aus dem ersten Schlaf zu reißen, um sie als vergeßliche Juden, als Juden, die sich eines Tages noch erinnern werden, daß sie Juden sind, zu entlarven – wenn ihn hier, in dieser Einöde zwischen Jaffa und Jerusalem, nicht einfach Einsamkeit befallen hätte, mein Lehrer und Meister, verstärkt noch von den Mauern und Toren rings um diese trotzige Steinwüstenstadt, in der ihn diese Halbwaise, seine Beiruter Verlobte, das Ebenbild seiner verehrten Madame erwartete? Eben deshalb wollte er die Jischmaeliten zwingen, sich als alte Bundesgenossen mit ihm zusammenzutun. Aber rührte diese übermächtige Einsamkeit – so habe ich mich immer wieder gefragt, mein Gebieter – einzig und allein daher, daß er bei Euch in Konstantinopel so sehr verwöhnt worden war? Schließlich wußten wir ja alle, wie begierig Eure Madame ihn verhätschelte. Kaum hatte er morgens lange genug in Eurem Lehrhaus gesessen, um ein kurzes talmudisches Streitgespräch einzuleiten und eine gewagte Antwort von sich zu geben, war er auch schon wieder auf und davon, schlenderte rings ums Goldene Horn von Basar zu Basar – vorbei an bunten Teppichen, blankpolierten Kupfertellern und duftig flatternden Seidenkleidern hoch über glühenden Holzkohlengrills voll zartem Lammfleisch –, von allen geliebt und umworben. Vielleicht hat diese Verwöhnung das Grauen der Einsamkeit in ihm erzeugt? Oder wurde er etwa so verwöhnt, weil es schon damals einen tiefen Zweifel an seiner Zeugungsfähigkeit gab – weswegen er so mild, so freundlich, ja so leichthändig diese verschlafenen Jischmaeliten anzugliedern suchte, auf daß sie ihm helfen möchten, das zu zeugen, was ihm verwehrt war? Hört Ihr mir zu, Schabtai-Chananja? Ihr müßt mir Gehör schenken, denn bald werde ich weg sein. »Des Menschen Hoffen verfällt dem Gewürm«, hat Rabbi Lewitas, der Mann von Jawne gesagt…

Und doch, warum sollte er schon jetzt an seiner Zeugungsfähigkeit zweifeln, als er mit der langsamen Karawane die wilde

Einöde von Jaffa nach Jerusalem hinaufritt und von dem kleinen Eichbaum aus die Mauern und Türme der Stadt vor sich sah – wie ein Satz, in Lettern einer vergessenen Sprache geschrieben? Warum freute er sich nicht auf seine Verlobte, die arglos mit ihren Verwandten zu einer Familienhochzeit nach Beirut gereist und dort in der Liebe ihrer Tante gefangen worden war, wenn nicht aus zaudernder Furcht vor dem Schmerz, den er dem Ebenbild seiner wahren Geliebten zufügen könnte, der – halb Mutter, halb ältere Schwester für ihn – und deren Duft er sich bereits verbunden hatte, als er sich, trotz tausendfältiger Verbote, ruhelos in Eurem riesigen Bett wälzte, Chacham Haddaja?

Und da, mein Lehrer und Meister – ich saß noch immer dort, eingewickelt wie ein Ball, in dem kalten Zimmer auf dem Bett und blickte in den kleinen Spiegel vor mir, um erneut Verbindung zu ihrer Silhouette aufzunehmen, die sich im nächtlichen Licht zart und fein in ihrem eigenen haarigen Ball abzeichnete –, da erst merkte ich, daß die Trauer und das Mitleid mit meinem toten Sohn, der nackt unter Schnee und Staub auf dem Ölberg ruhte, mir die Sinne verwirrte, so daß ich nun selber zu sterben wünschte. Denn wir hatten ihn, wissentlich oder unwissentlich, in einen Widerspruch gelockt, der ihn schließlich zwang, jene fixe Idee zu gebären, die ihn in seiner Einsamkeit tröstete. Schon hielt mich diese seine Einsamkeit selber in tödlicher Umschlingung, und ich wollte sie sühnen, wußte aber, daß ich dieser Sühne nicht würdig wäre, ohne vorher selbst gestorben zu sein wie er, nackt unter Schnee und Staub ruhend, hingeschlachtet. Und so, Chacham Haddaja, legte ich Stück für Stück meine Kleidung ab, bis ich splitternackt in dem frostigen Zimmer des verschlossenen uralten Hauses vor einem Spiegel, der einen anderen Spiegel reflektierte, stand und in Gedanken zu der Nacht zurückkehrte, in der ich ihn aus mir herauskatapultiert hatte, um ihn nun wieder in mich aufzunehmen. Er wälzte sich dort zwischen alten Gräbern auf dem Ölberg, wurde steif und zerfiel, sein Blut verging, sein Fleisch verging, und er wurde in mich zurückgesogen: schneeflockengleich wirbelnder Same, den ich verschlang, so daß wir wieder eins wurden, er mit mir und ich mit ihm, und da – kraft seines Beiruter Verlöbnisses und kraft seiner Jerusalemer Eheschließung – stand er auf, betrat das andere Zimmer, entballte den Ball, begattete seine Braut, um seinen Enkel zu zeugen, und starb erneut.

Und starb erneut, Chacham Schabtai, hört Ihr?

Und so kam ich auf Umwegen, in einem die beiden Enden Kleinasiens umspannenden Bogen, auch selbst in Euer Bett, mein Gebieter, in das ich noch nie zu klettern gewagt hatte, nicht einmal als einsamer Junge, als ich in meinem Blouson den langen Korridor entlang zu Euch rannte, grauenerfüllt ob des Kanonendonners über dem Bosporus. Doch hier jetzt in Jerusalem stieg ich in Euer Bett, schlief mit Eurer um dreißig Jahre jüngeren Doña Flora in ihrer Geburtsstadt, dem Haus ihrer Jugend, dem Bett ihrer Eltern, witterte von fern den strengen Geruch Eures Tabaks, schenkte und erhielt Liebe, um die große Mizwa zu versüßen, die mit einer schweren Verfehlung einherging. Als dann bei Sonnenaufgang der alte Caraso an die Tür pochte und mich zur Mittleren Synagoge abholte, um dort das Morgengebet und das Kaddisch zu sprechen, konnte er nicht ahnen, daß der verwaiste Vater, den er abends verlassen hatte, sich am Morgen in einen sündigen Großvater verwandelt hatte.

Wenn wir nun auch diesen Knoten öffnen, mein Lehrer und Meister, und den Gurt lösen, können wir doch vielleicht das Knurren des wehen Bauches durch leichte Massage lindern, damit der Reisbrei, den der hübsche Grieche gekocht hat, dort hingeht, wo er erwartet wird. Ich höre schon leichte Schritte hinter der Tür. Womöglich fürchten die vor der Herberge versammelten Juden, ich könnte von dem Ehrwürdigen letzte Worte erbeuten, und sind so neidisch auf meine alte Verbindung, daß sie hier auch bald Zutritt fordern werden. Dabei bin ich doch nicht gekommen, mich mit dem Ehrwürdigen zu vergnügen, sondern um einen Gerichtsentscheid zu erbitten. Als ich nun aus der Synagoge zurückkehrte, glaubte ich sicher, Tamara sei mir bereits in das Haus ihres Vaters Valero entflohen, und wunderte mich daher, sie – in ihren Trauerschal gehüllt – daheim anzutreffen, bemüht, mit feuchten Kohlen ein Feuer in Gang zu bringen und mir ein Frühstück zu richten. Sie wirkte aufrechter, leichtfüßiger als zuvor, die infektiöse Augentrübung des Sommers schien wie weggeblasen, die Betten waren wie anständige Betten gemacht, der Fußboden glänzte vor Sauberkeit, und die Spiegel waren dem Brauch entsprechend mit Laken verhängt. Ich frühstückte, zog die Schuhe aus und setzte mich in meine Trauerecke, um in der Mischna zu lesen. Sie kam in ihren Winterhausschuhen hinterher, setzte sich unweit von mir nieder und blickte mir gerade in die Augen – weder als Sünderin noch als Opfer, sondern wie eine beherzte Richterin, die prüfen wollte, ob ich der Liebe fähig sei.

»Liebe«, habe ich gesagt, mein Lehrer und Meister, und obwohl Ihr die Augen geschlossen haltet und Euer Atem lautlos geht, Chacham Schabtai-Chananja, spüre ich Euer Fleisch unter meinen massierenden Händen angespannt lauschen. Ich bitte Euch, seid gnädig und laßt jetzt nicht von mir ab, denn ich weiß noch nicht, wie das Urteil für die Liebe lautet, die in jenem Winter erblühte: Wird sie sich mildernd oder erschwerend auswirken? Ich hatte Tamara ja nicht darum gebeten, und wenn sie noch am selben Morgen in ihr Vaterhaus geflohen wäre, hätte ich kein Wort gesagt. Aber sie blieb in ihrem Hause, und die Jerusalemer waren so erschrocken über den vielen Schnee, den die russischen Pilger über sie gebracht hatten, daß sie uns beinah vergaßen. Nur der alte Caraso kam jeden Morgen, um mich mal zur Mittleren, mal zur Jochanan-Ben-Sakkai-Synagoge mitzunehmen, und spätnachmittags erschienen Valero und seine Frau Veducha gemeinsam mit den Alkalais und den Abayos und weiteren Jerusalemer Bekannten, beladen mit Tabletts und vollen Töpfen, um einen Minjan zum Gebet zusammenzubringen und über die Wunder des Schnees zu plaudern. Abends schauten dann der Konsul und seine Gemahlin herein, brachten ein paarmal auch den Mörder mit und sprachen bis tief in die Nacht über meinen toten Sohn und seine Leiden, bis alle seufzend ihre Laternen anzündeten und sich auf den Heimweg begaben, worauf ich auch den alten Caraso nach Hause schickte und in der Nacht meine Liebe vertiefte. Am Ende der Trauerwoche, einem glasklaren Tag, zogen wir zum Friedhof hinauf, um von ihm Abschied zu nehmen, umringt von zahlreichen Verwandten und Bekannten, Rabbinern, Konsulatsangehörigen und seinen jischmaelitischen Freunden, und ich sah, daß sich am Kopfende seines Grabhügels ein kleines Fetzchen weißschimmernden Eises gehalten hatte, als sei der Same des Toten trotzig aus der Erde hervorgebrochen. Da verlor ich die Fassung und vertrieb sie, die Liebe, aus meinem Innern, ja brach ohnmächtig zwischen den Grabsteinen zusammen, um kundzutun, daß auch ich diesen Tod ersehnte. Was sagt der Ehrwürdige dazu?

Doch selbst wenn Ihr, mein Lehrer und Meister, weiterhin Euer Schweigen wahrt und mich mit immer kleiner werdenden Augen betrachtet, sollt Ihr wissen, Chacham Schabtai, daß ich damals nicht sterben konnte, denn erst einmal lag ich krank darnieder und hatte hohes Fieber – während die mutterlose, verwitwete Braut mich mit Fassung, Sachverstand und ungeheurer Geduld wunderbar pflegte und hartnäckig darauf bestand, mich nicht in das Krankenhaus der kleinen italienischen Nonnen einzuliefern, sondern mich zu Hause zu behalten und dafür die Hilfe des Konsuls anzunehmen, der sie Tag für Tag besuchte, die besten Sachen vom Markt mitbrachte und auch mein Zimmer betrat, um sich mit seinen wenigen Worten Hebräisch – sämtlich sehr erhaben und prophetisch – nach meinem Befinden zu erkundigen, wobei sein britischer Akzent mich derart verstörte, daß mein Fieber stieg. Tamara verstand es jedoch, ihn weitgehend von mir fernzuhalten, und am Ende des ersten Trauermonats, Chacham Haddaja, kam ich stark geschwächt wieder auf die

Beine, ging am Stock zum Friedhof hinauf, um den bereits aufgestellten Grabstein zu enthüllen, und als dann das »Erbarmungsvoller Gott« gesungen wurde – gegenüber die gelblichen Mauern der wehmütigen Stadt, während ein feuchter Jerusalemer Winterwind einem bis in die Knochen drang – spürte ich mit Gewißheit, mein Lehrer und Meister, daß es mir gelungen war, künftige Schmach zu verhindern. In anderen Worten, wenn wir den ersten Trauermonat zu zweit begonnen hatten, so beschlossen wir ihn zu dritt.

Das heißt, die Manis waren nicht aus der Welt geschafft.

Und so begannen die Monate der Schwangerschaft, mein Lehrer und Meister. Nur langsam verflossen die Tage in Jerusalem, das mit den von der Küste wie von der Wüste anstürmenden Winterwinden rang. Die Einwohner sehnten sich schon nach dem Sommer, obwohl sie noch nicht wußten, welchen Namen man der Seuche geben würde, die er diesmal im Schlepptau führte. Unterdessen bemitleideten alle meinen Josef, da es ihm nicht mehr vergönnt war, seinen Sohn zu sehen, priesen aber seine Umsicht, dafür gesorgt zu haben, daß es einen gab. So wunderte sich auch niemand, uns ständig zusammen anzutreffen, denn man wußte ja, daß uns ein gemeinsames Ziel verband, nämlich die bevorstehende Geburt, die vor aller Augen in diesem süßen, kleinen, allseits gelobten Bauch Gestalt annahm. An erster Stelle interessierte sich der Konsul für diesen kleinen Bauch, dem er bereits einen bescheidenen Konsulatszuschuß von einem Goldnapoleon, zahlbar zum ersten jeden Monats, bewilligt hatte. Ohne diesen Beitrag wären wir wohl auch schwerlich ausgekommen, obwohl ich mich weiter bemühte, meinen Handel mit den noch verbliebenen aus Saloniki mitgebrachten Gewürzen fortzusetzen, die stark genug waren, sich ihr besonderes Aroma zu bewahren, obwohl ich sie immer wieder mit einheimischen mischen mußte. Ich verkaufte sie vor dem Nachmittagsgebet, entweder auf dem Suk-el-Lammamim oder auf dem Suk-el-Mattarin. Tamara saß unterdessen neben mir,

und da sie ganz in Schwarz gekleidet war, glänzten ihre großen Augen so strahlend hell, daß es den Vorbeihastenden
schien, als hätten ihnen plötzlich zwei Laternen entgegenge-
leuchtet, worauf sie auf der Stelle kehrtmachten, um herauszufinden, woher und warum. Obwohl ich, mein Lehrer und
Meister, ihr wirklich gut zuredete, doch zu Hause zu bleiben
und ihrer zarten Leibesfrucht das Gedränge und Geschrei
der Gasse zu ersparen, bestand sie darauf, stets bei mir zu
sein. Feingliedrig und hochaufgerichtet trug sie in der Nach-
mittagsbrise ihren Bauch vor sich her, ohne jegliches Anzeichen von Krankheit oder Erschöpfung, sogar die Augenent-
zündung ließ in diesem Jahr auf sich warten, als halte die
Leibesfrucht in ihrem Innern alle Unpäßlichkeit von ihr fern.
Deshalb nannte ich ihn im Scherz »Dr. Mani« und bedauerte, daß er nicht auch hin und wieder in meinem Bauch saß
und jedes Unwohlsein vertrieb. Als der Frühling kam und
selbst die alten Olivenbäume an der Straße nach Bethlehem
Knospen trieben, konnte ich mich, mein Lehrer und Meister,
nicht des plötzlichen Gedankens erwehren, daß diese kleine
Waise und frühverwitwete Braut, die ihrer gepriesenen
Tante aufs Haar glich und mir überall hin folgte, sich in ihrer Unbedarftheit und Dreistigkeit tatsächlich ein bißchen in
mich verliebt hatte und dadurch, vielleicht unwissentlich,
für jene Liebe sühnte, die mir im Jahre 5595 in Saloniki versagt geblieben war.

Hört zu, mein Lehrer und Meister, hört zu und schlaft nicht.
Ich werde Euch mit diesem Öl hier Eure müden Knochen ein
wenig massieren. Ohne den geringsten Zweifel an den hervorragenden Absichten Doña Floras und ihrer Helfer – jü-
disch oder nicht – zu hegen, scheinen mir die Herbergsleute
doch zu fürchten, Ihr könntet ihnen unter den Händen zerfal-
len, mein Gebieter. Deshalb wohl haben sie Euch Lage um
Lage so eng wie eine Mumie gewickelt, daß Euch, Gott behüte, fast die Luft wegbleiben könnte. Nehmen wir also, mein
Lehrer und Meister, unverzagt auch diese letzte Binde ab,
denn nur ein treuer alter Schüler wie ich, der seit Urzeiten

diesen starken Körper kennt, wird sich nicht scheuen, um der Heilung willen Schmerzen in Kauf zu nehmen. So, genau... und so... und hier noch... Und jetzt, Chacham Haddaja, liegt still da und hört Euch an, wie der vorübergehende Gast, der zum bleibenden geworden war, nun zum vorübergehenden Geliebten in den Gassen Jerusalems wurde, das ständig wächst, Chacham Haddaja, nicht nur durch uns, aber, mit Gottes Hilfe, immer zu unserem Wohl, und ich muß sagen, mal versetzte mich die Liebe dieser mutterlosen jungen Witwe in Erstaunen, mal in Angst, denn welchen Zweck konnte sie haben? »Ich bin ja auf dem Weg in den Tod, mein Kind«, verkündete ich ihr jeden Abend, wenn wir beide beim Abendbrot saßen, vor uns auf dem Tisch Rettich, Tomaten und in Olivenöl getränktes Fladenbrot, während draußen vorm Fenster die Sonne unterging und der traurige Ruf des Muezzins erschallte. »Ich werde zu Chacham Haddaja nach Konstantinopel fahren, und er wird mir die Genehmigung erteilen, mich wie Schaul, Sohn des Kisch, selbst zu strangulieren.« Sie lauschte dann schweigend, die großen, hellen, sich mit Tränen füllenden Augen weit aufgerissen und die kleinen Hände zitternd auf den Bauch gelegt, als wolle sie zuerst den kleinen Mani beruhigen, damit er nicht ob der Worte seines Großvaters erschrak, der eine Generation übersprungen hatte, um ihn zu säen und nun die Ernte nicht abzuwarten drohte. Dann stand sie auf, ging das Geschirr unten mit dem Wasser aus der Zisterne spülen und ließ mich, kaum zurückgekehrt, nicht mehr aus den Augen, als drehte ich bereits den Strang, mich aufzuknüpfen. Während sie die Betten bezog, die Kerzen zurechtrückte und mit rotem Garn die Bluse und die *Taquaiqua* für den kleinen Mani bestickte, hob sie gelegentlich den Blick zu dem Spiegel vor ihrem Bett, um in den Spiegel vor meinem Bett zu spähen und zu sehen, was ich wohl anstellen mochte. Auf diese Weise, mein Lehrer und Meister, war ich zwischen den Spiegeln derart von Sorge und Liebe umgeben, daß mich meine Kraft verließ. Dann blies ich die Kerze aus, stieg aufs Dach hinauf, um dem letzten Wind dieses Tages, der über die letzten schwankenden Laternen in den Gassen hinweg zum Toten Meer hinabfegte, Adieu zu sagen, und wenn ich wieder hinunterkam, fand ich sie noch wach im Bette sitzen, wo sie dann nicht mehr an sich halten konnte, sondern endlich in jenes große, bittere Schluchzen ausbrach, das zu beruhigen ich mich beeilen mußte, indem ich ihr schwor, sie nicht vor der Geburt im Stich zu lassen. Und obwohl sie, mein Lehrer und Meister, felsenfest überzeugt war, daß die letzte Wahrheit uns vereinte, wußte sie doch nicht, daß sich dahinter noch eine weitere Wahrheit verbarg...

Da pochen sie schon aufgebracht an unsere Tür, Chacham Schabtai, wollen mich hier verjagen. Aber ich gehe nicht, ehe ein klares, eindeutiges Urteil gesprochen ist, selbst wenn es heißt: »Der Sohn Rabbi Jischmaels sagte:« – habt Ihr mich nicht so gelehrt, Chacham Haddaja? – »Wer sich vom Richteramt fernhält, bleibt frei von Haß.« Und von Rabbi Elasar Hakapar heißt es: »Er pflegte zu sagen: Die geboren sind, werden sterben, die gestorben sind, werden leben, die leben, werden gerichtet, daß sie wissen, kundtun und erfahren.« Fachen wir also das Feuer noch einmal an, damit der Raum ein bißchen wärmer wird, ziehen wir den Vorhang zurück, um den tiefhängenden Himmel über dem Tempel ihrer Götzen, ausgelöscht sei ihr Name, zu betrachten und erzählen wir endlich die letzte, die eine, einzige und einzigartige Geschichte – die von dem süßen Untergang, der sich von Generation zu Generation wiederholt.

Und das schnell, schnell, denn das Pochen an der Tür wird lauter und lauter, mein Lehrer und Meister, bald fallen Doña Flora und ihre Mannen hier ein. Es ist Zeit, Chacham Haddaja, *bachtasar, vite-vite*, mit dieser Geschichte, die ich mir bis zum Schluß aufgespart habe, herauszurücken, der Geschichte eines *Mörders*, wie ich schon sagte, mein Lehrer und Meister, es gibt hier auch so etwas wie einen *Mörder* oder, wenn Ihr wollt, einen Schächter, der prüft und tötet, zu dem man sich seit jenem ersten Abend wieder und wieder hingezogen fühlte, in den belebten Gassen Jerusalems, an den Zisternen, den Suks oder von den Stadttoren ausspähend – ein blitzartig vorbeihuschendes Funkeln in den Augen, ein wortloses Nikken, eine leichte Verbeugung, ein gesenkter Blick, jähes Erschaudern. Wie sehnte sich das Herz, ihm allerorten zu begegnen – auf den weißlichen Kalkhängen von Silwan oder zwischen den Olivenbäumen am Weg nach Efrata, und manchmal war das Verlangen so groß, daß die Füße sich gegen Abend lautlos zum englischen Konsulat schlichen, um dort im Rahmen der literarischen Gesellschaft eine englische Lady irgendeinen fernen englischen Liebesroman preisen zu hören, den keiner gelesen hatte oder je lesen würde, nur um wortlos in die Pupillen dessen zu starren, der schemenhaft in der Tür stand und die Erinnerung an die Gestalt meines armen Sohnes trug – den geliebten Hingeschiedenen, den in ewiger Ruhe Verwesenden, Josef, meinen einzigen, der in jener verfluchten Schnee- und Blutnacht... Wer hätte sich versagen können, Chacham Chananja-Schabtai, ihm durch die Gassen nachzulaufen – in dem Versuch, dieses Vorpreschen aufzuhalten, das eigentlich ein Rückzug, diese Provokation, die in Wirklichkeit eine Flucht vor dem Schmerz und der Strafe war, die er gleich einem wütenden, geduldigen Schlachtmesser über seinem Bett wirbeln zu sehen meinte. Eben deshalb gesellte sich Schächter zu Schächter im Fackelschein der russischen Pilger, die ihre Frömmigkeit auf den Fliesen des heiligen Grabes herausschrien, ja trafen sich zweie – der besorgte, erschrockene Vater und der jischmaelitische Freund, der edle, schnauzbärtige Scheichsohn –, der *idée fixe* Einhalt zu gebieten, die vor lauter begeisterter Standhaftigkeit im Begriff war, sich gegen sich selber zu richten, so daß er, statt *Juden, die vergessen hatten, daß sie Juden waren*, zu entdecken, zunächst selbst so einer werden würde, gewissermaßen als Prototyp, als Vorbild und Anreiz für die Verstockten. Als er sich nämlich in die Menge der Wallfahrer, die dort erregt durch Schlamm und Schnee stapfte, hineindrängte, stets ängstlich darauf bedacht, nicht von einem dieser fanatisierten Christen erkannt und bei den türkischen Soldaten, die den Platz umstanden, denunziert zu werden, war er die ganze Zeit, so meine ich, schon bestrebt, uns alle zu vergessen, Chacham Schabtai – Saloniki, Konstantinopel, Euch und mich –, als sei er nur aus diesen Fliesen heraus geboren, sei den Zisternen entstiegen und geradewegs auf dem Suk gelandet, ein *neuer Jischmaelite*, der entdeckt, daß er eigentlich ein *vergeßlicher Jude* ist, der sich vielleicht bald wieder erinnern mag, aber woran?

Ja, nicht umsonst hält der Ehrwürdige bereits den Atem an und schließt die Augen, in Geist und Seele besorgt dem Ende der Geschichte entgegenbangend, und nicht weniger besorgt, wenngleich sanft und heimlich, überlegten auch wir beide, der Mörder und ich, wie wir meinen Sohn aus der feiernden Menge herausholen und ihn langsam wieder nach Hause in sein Bett bringen könnten. Doch als wir an ihn herantraten und ihm die Laterne abnahmen, damit er nicht anders konnte, als uns nachzugehen, packte ihn der Schreck, so daß er zu fliehen begann, und da er flüchtete, setzten ihm nun auch die Feiernden gemeinsam mit uns nach. Er rannte die lange, leere Tarik-Bab-el-Silsileh-Gasse entlang, mit flatterndem Mantelsaum, so daß ich ihn mir von diesem Augenblick an als einen großen schwarzen Vogel vorstellte, einen sonderbaren Kauz, den es zu fesseln galt, bevor er sich über unsere Köpfe aufschwang. Er rannte und rannte über die weiße Schneedecke, die ganz Jerusalem aussehen ließ, als sei es ein einziges riesiges Haus, aber statt seinen Lauf heimwärts ins Jüdische Viertel zu lenken und auf verschlungenen Pfaden entweder in die Mittlere oder in die Jochanan-Ben-Sakkai-Synagoge zu schlüpfen, rannte er geradeaus weiter, ohne rechts oder links zu blicken, bis zum Kettentor, an dem er ein wenig rüttelte, bis er begriff, daß es verschlossen war, worauf er ohne großes Zögern, als werde der Schnee ihn schützen, in demselben fliegenden, sicheren, sorglosen Lauf nach links zum Bab-El-Matra und auf den verlassenen Platz des Felsendoms stürmte, dessen goldene Kuppel der Schnee mit einem frischen weißen Altershauch versehen hatte. Und während man noch das Echo seiner Schritte hörte, war er auch schon zwei verschlafenen muslimischen Wächtern in die Arme gelaufen, die ihn womöglich, genau wie ich, für einen schwarzen Vogel hielten, der aus der Höhe herabgesegelt war und bald wieder davonfliegen würde – denn warum sonst beeilten sie sich so, ihn mit langen Stoffstreifen zu fesseln und ihn zwischen den Säulen auf die Treppe zu legen, wo seine flatternde Gestalt ihren Abdruck im weichen Schnee hinterließ?

Mein Lehrer und Meister. Chacham Schabtai. Ehrwürdiger Chacham Haddaja. Mein Lehrer und Meister. Schabtai-Chananja. Chananja-Schabtai. Mein Lehrer und Meister... Wahrhaftig?

Schon lief alles zusammen und umringte ihn, denn das Gerücht hatte sich von Tor zu Tor über den riesigen, leeren Platz verbreitet. Zwischen der silbernen und der goldenen Kuppel und hinter den Säulen kamen weitere schlaftrunkene Wächter hervor, wobei man nicht wissen konnte, ob sie sich am Anfang oder Ende des Schlafes befunden hatten, beugten sich dicht gedrängt über ihn, um in seinen Augen die Martern zu lesen, die er ihnen in seinen Halluzinationen vorausgesagt hatte und die er sie nun zu allererst ihm aufzuerlegen bat, damit er ihnen beweisen konnte, wie er selber erwachen und sich seines wahren Wesens erinnern würde. Und obwohl die Wächter erkannten, daß die Seele, deren Mantel da auf den schneebedeckten Stufen vor ihnen ausgebreitet lag, krank war, trauten sie, wie Ungebildete es tun, nicht den Leiden dieser Seele, sondern verdächtigten sie, sich an sich selbst und ihren Halluzinationen zu weiden, und so wollten sie sich mit ihr amüsieren... Deshalb begannen sie, sie zu reizen und im Schnee herumzukugeln, wobei das verstohlen von Hand zu Hand gehende Messer mal hier, mal da aufblitzte. Und ich, mein Lehrer und Meister, noch außerhalb des Tores, beobachtete alles nur von fern, hörte das entfernte Glockenläuten einer verirrten Herde – und wartete still und elendig, daß die Nacht sich in Schrecken aufreiben, die ersehnte Morgenröte schwach im Osten aufsteigen möchte, damit ich vielleicht zu ihm gehen, zu dem äußersten Pol seines Grauens und seiner Trauer, sei es als sein Schächter, sei es als der Aufseher seines Schächters, und seine Fesseln straffen könnte, denn ich war ja sicher, daß er seinen Samen bereits gesät hatte...

Jetzt, mein Lehrer und Meister, seid Ihr vollkommen still geworden. Seid Ihr tatsächlich schon gegangen?

Wartet, auch ich möchte mich Euch anschließen, Chacham Schabtai-Chananja... warum antwortet Ihr mir nicht?... In Gottes Namen, gebt mir Antwort...

Eine Kopfbewegung...

Ich habe ja bereits gelernt, wortlose Antworten auszulegen...

Also...

Mich selbst vernichten?

Ja?... Nein?...

Biographische Nachträge

AWRAHAM MANI erhielt keine Antwort auf seine Frage, konnte auch keine noch so zufällige Kopfbewegung des Rabbiners als ein Ja oder Nein werten, denn zu diesem Zeitpunkt des Gesprächs mußte selbst er, so erregt und vom eigenen Redestrom mitgerissen er auch war, die klare Tatsache zur Kenntnis nehmen, daß Chacham Schabtai Haddaja, um dessen halachische Entscheidung er ersucht hatte, nicht mehr unter den Lebenden weilte. Wann genau er seinen Geist aufgegeben hatte, wußte Awraham Mani nicht zu sagen, und obwohl er im Lauf der folgenden Jahre sich das Gespräch wieder und wieder ins Gedächtnis rief, es bis ins einzelne zu rekapitulieren suchte, ja es sogar selbst neu inszenierte, wobei er sowohl seinen als auch den Part des Rabbiners übernahm, wollte es ihm nicht gelingen, den genauen Todeszeitpunkt festzustellen. Jedenfalls erinnerte er sich deutlich an seine verzweifelten, sonderbaren und hartnäckigen Versuche, den Rabbiner wieder zum Leben zu erwecken, begleitet von wütenden Faustschlägen an die verschlossene Tür, die schließlich nachgab. Als ein einheimischer Arzt herbeigerufen und der Tod des alten Rabbiners offiziell festgestellt worden war, überrollte eine Woge großer Erregung die Juden Athens. Obwohl der Tod in vieler Hinsicht vorauszusehen gewesen war, brachte er keinerlei Erleichterung für diejenigen – an der Spitze Doña Flora –, die den alten Mann vierzig Tage umsorgt und sich, warum auch immer, Hoffnung auf eine langwierige Pflege gemacht hatten. Natürlich wies man mit anklagendem Finger auf Awraham Mani, er war das Ziel harter Worte und feindseliger Blicke, denn man meinte, sein impertinentes Ausharren am Bett des Greises, seine Erregung und sein Weinen hätte dessen Tod beschleunigt. Doch Awraham Mani schien von diesen Anklagen nicht betroffen, so versunken war er in seine ureigene Trauer, besonders angesichts des tiefen Dilemmas, das ihn weiterhin peinigte – ob er nämlich Hand an sich legen solle, und ob er im Falle solcher Selbstvernichtung nicht seinen Anteil an der künftigen Welt verlöre.

Jedenfalls wurde Awraham Mani zu einer Hauptperson bei allen Begräbnis- und Trauerzeremonien. Obwohl er kein Blutsverwandter des Verstorbenen war, brachte er dem Ritus gemäß einen Riß in seiner Kleidung an, sprach am Grab mit lauter, feierlicher Stimme das Kaddischgebet, setzte sich während der Trauerwoche auf ein Kissen zu Madame Floras Füßen, als sei er ein zur Einhaltung der Trauergebote verpflichtetes Familienmitglied, und genoß das Kommen und Gehen der zahlreichen Besucher, darunter auch griechische Würdenträger und Geistliche sowie türkische Notabeln, die eigens aus Saloniki und Konstantinopel angereist waren; und da er der einzige war, der den Verschiedenen bereits seit dem Rußlandfeldzug Napoleons gekannt hatte, dominierte er gern das Gespräch mit Geschichten und Anekdoten über den Rabbiner und seine Taten.

Als Doña Flora nach Ablauf des ersten Trauermonats ihre Sachen zu packen begann, erwog Awraham Mani, ihr die Ehe anzubieten, »um den ursprünglichen Wunsch des alten Mannes zu erfüllen«, wie er es ihr gegenüber zu formulieren gedachte, und um sich für die frühere kränkende Zurückweisung zu entschädigen. Letzten Endes wagte er jedoch nicht einmal die leiseste Andeutung, denn Doña Flora behandelte ihn mit strenger Zurückhaltung und eisiger Kälte. Da sie fürchtete, Awraham Mani könne ihr nach Konstantinopel folgen, änderte sie ihre Pläne und machte sich von Athen geradewegs nach Erez Israel auf, um dort bei ihrer Nichte und dem Kleinen zu weilen, den zu sehen sie sich nach Awraham Manis Erzählungen sehnte.

Awraham Mani reiste ihr nicht nach, da er fürchtete, das Geheimnis seiner Vaterschaft könne offenbar werden und ihn in Jerusalem in eine unerträgliche Lage bringen. So kehrte er lustlos in seine Heimatstadt Saloniki zurück, um Tochter, Schwiegersohn und die beiden Enkelsöhne wiederzusehen, brütete aber noch immer über der Möglichkeit, Hand an sich zu legen, und prüfte verschiedene Ausführungsmethoden. Unterdessen verhielt er sich in allem wie ein Trauernder und suchte viele Synagogen auf, um die Todesnachricht zu verbreiten. Dabei war es ihm ein besonderes Bedürfnis, am Schabbat, wenn die Thorarollen aus der Heiligen Lade ausgehoben wurden, oder nach dem Abschluß der Prophetenlesung das Podium zu besteigen, die Gemeinde mit hartem Pochen auf sein Gebetbuch zum Aufstehen zu bewegen und den jeweiligen Vorbeter zu nötigen, zu Chacham Haddajas Ehren das ganze Aschkawa-Gebet für hochgestellte Persönlichkeiten zu singen, das mit folgenden Sätzen beginnt: »Die Weisheit aber, wo ist sie zu finden, und wo ist der Ort der Erkenntnis? Wohl dem Menschen, der Weisheit gefunden, dem Menschen, der Einsicht gewonnen hat. Wie groß ist dein Gut, das du geborgen hast, denen, die dich fürchten, bereitet hast denen, die sich bei dir bergen, angesichts der Menschenkinder.«

Doch auch diese dramatischen Zeremonien besänftigten sein Gemüt nicht und ließen ihm keine Ruhe vor der ihn peinigenden Frage: Mußte er wegen seiner Sünde Hand an sich legen oder würde er sich dadurch nur noch mehr vergehen? Deshalb machte er sich schließlich auf den Spuren seines Lehrers auf die Wanderschaft, bemüht, sein, wie er es nannte, »*unverwirklichtes Verschwinden zu verwirklichen*«. 1853 reiste er nach Damaskus und schickte seinem fünfjährigen Enkelsohn einen kurzen Brief mit einem selbstverfaßten *Conacero*, das verschiedene Andeutungen enthielt. Doch auch in Damaskus fand er keine Ruhe, weshalb er noch im selben Jahr nach dem Ausbruch des Krimkriegs Richtung Mesopotamien weiterzog und in dem Gebiet, in dem sein Vater Josef und sein Großvater geboren waren, Fuß faßte. Die letzten Nachrichten über ihn, die die Tochter und den Schwiegersohn in Saloniki erreichten, stammten aus einer kleinen Stadt namens Dahaman bei Midshakar, die im Altertum einmal eine Hafenstadt gewesen war, nun aber durch angelandeten Schlick weitab vom Meer lag. Awraham Mani wirkte dort als Oberkantor mit Rabbinatsfunktionen. Wahrscheinlich ist er – trotz allem auf natürliche Weise – 1860, in Herzls Geburtsjahr, oder 1861, dem ersten Jahr des amerikanischen Bürgerkriegs, im Alter von einundsechzig beziehungsweise zweiundsechzig Jahren gestorben.

FLORA MOLCHO-HADDAJA war tief erschüttert über den Tod ihres Ehemanns, Chacham Haddaja. Trotz des Hirnschlags mit seinen Lähmungsfolgen und dem Verlust der Sprache und trotz der abgebrochenen Reise und aller Unannehmlichkeiten der provisorischen Unterkunft in Athen, fand Doña Flora, die nie Kinder gehabt hatte, besonderen Gefallen an der Pflege ihres ehrwürdigen, schweigenden Gatten, der – wie Awraham Mani treffend gesagt hatte – zu »einem greisen Säugling« geworden war. Als sie mit Hilfe des griechischen Bediensteten die verschlossene Tür aufbrach und Awraham Mani um den Leichnam des Rabbiners herumhüpfen sah, verlor sie die Beherrschung, brach in unkontrolliertes Weinen und Schreien aus und stürzte sich wütend auf Mani. Doch bald hatte sie sich wieder gefaßt und wahrte während der sieben Trauertage und des ersten Trauermonats ihre vornehme Haltung, ja, behandelte auch Mani selbst mit Zurückhaltung, um – Gott behüte – nicht das Andenken des Toten zu verletzen. Sofort nach der Gedenkfeier auf dem Friedhof beschloß sie jedoch, die Verbindung zu ihm abzubrechen und nicht nach Konstantinopel zurückzukehren, sondern nach Erez Israel zu fahren, um ihre Nichte Tamara und vor allem das Kind zu sehen.

Nach achtzehnjähriger Abwesenheit kehrte sie im Frühling 1848 in ihre Geburtsstadt Jerusalem zurück, wo sie von all ihren Bekannten liebevoll und in Ehren willkommen geheißen wurde. Sie zog in ihr ehemaliges Elternhaus ein, erhielt ihr altes Bett in ihrem Jungmädchenzimmer und hieß bei dem kleinen Mosche »die zweite Großmutter«. Der britische Konsul und seine Gattin, die kurz zuvor mit Glanz und Gloria die neue Christ Church eingeweiht hatten, erkannten sofort die Vorzüge der ehrwürdigen Doña, »Josefs Tante«, schlossen sie besonders ins Herz und luden sie sogar zu einem Abend der Jerusalemer literarischen Gesellschaft über den neuerschienenen Roman *David Copperfield* ein, obwohl ihre Englischkenntnisse gleich null waren.

Tamara verriet ihr natürlich nicht die wahre Identität des Kindsvaters, und Doña Flora war überglücklich, wieder in Erez Israel und ihrer Geburtsstadt zu sein. Sie beriet sich sogar mit einigen ihrer Bekannten, wie man die Gebeine ihres verstorbenen Gatten, Chacham Haddaja, aus Athen überführen und feierlich auf dem Ölberg beisetzen könnte. Doch 1853, während des Krimkriegs, traf aus Damaskus unerwartet ein Brief in Awraham Manis Handschrift ein. Ihm lag ein eigens für seinen Enkel verfaßtes Lied bei, das einige sonderbare Anspielungen auf die Möglichkeit seiner Rückkehr nach Jerusalem enthielt. Tamara wurde augenblicklich von großer Angst und Erregung erfaßt und konnte sich nach langem Grübeln und vielen schlaflosen Nächten nicht mehr enthalten, der geliebten Tante das Geheimnis zu offenbaren. Doña

Flora hörte es mit Entsetzen. Obwohl sie sich anfangs mit der neuen Wahrheit abzufinden schien, entwickelte sie langsam eine eigenartige Abneigung gegen ihre gesamte Umgebung, einschließlich Jerusalem und ganz Erez Israel. Im Herbst 1855, nach dem Erdbeben in der Stadt und den Unruhen zwischen Griechen und Armeniern in der Grabeskirche, nahm Doña Flora gerade noch an der Einweihung der neuen Gewerbeschule für Juden teil, die der britische Konsul außerhalb der Stadtmauer im Bereich des späteren Viertels Kerem Awraham gebaut hatte, bevor sie nach Ägypten, genauer gesagt nach Alexandria reiste, wo Vettern seitens ihres Vaters Ja'akow Molcho lebten. Von dort kehrte sie nicht mehr zurück. In Melancholie versunken, starb sie 1863 im Alter von dreiundsechzig Jahren in Ägypten.

CHACHAM SCHABTAI-CHANANJA HADDAJA. Es ist schwer zu sagen, zu welchem Zeitpunkt des Gesprächs er seine Seele aushauchte, und ob Awraham Mani tatsächlich lange auf einen »Toten« eingeredet hatte. Aber war sein Tod nicht zu erwarten gewesen? Ein einheimischer griechischer Arzt, der noch im Herbst 1848, nachdem man den Rabbiner vom Schiff geholt hatte, zu einem ersten Konsilium in die Herberge gerufen worden war, hatte zwar Doña Flora erklärt, er kenne in dem Athener Altstadtviertel Plaka, nahe der Akropolis, ein paar gelähmte Leute, die trotz ihres Schlaganfalls ein hohes Alter erreicht hatten, aber das war wohl von vornherein eine übertrieben optimistische Prognose. Dennoch läßt sich nicht von der Hand weisen, daß Awraham Manis Eintreten den Rabbiner in tiefe Erregung versetzt haben könnte, die dann womöglich den Tod beschleunigte. Lebte er noch bei der letzten Frage seines alten Schülers, des »lieben *Pisgado*«? Versuchte er, in seinem dämmrigen Verstand eine halachische Lösung für die Frage der Selbsttötung in diesem Fall zu finden? Und noch einmal: War sein Tod unvermeidlich, oder hätte er sich hinauszögern lassen? Auf all das gibt es keine klare Antwort. Zweifelsfrei ist, daß Chacham Haddaja sehr erschrak, als Doña Flora das Zimmer verließ und Awraham Mani auf einmal die Tür hinter ihr abschloß und zu einem großen Monolog anhob, in dessen Verlauf er ihn entkleidete und ihm seine Binden abnahm. Deshalb nimmt es nicht wunder, daß die Juden, die, nachdem die verschlossene Tür schließlich aufgebrochen worden war, Awraham Mani – angeblich zur Wiederbelebung – vor einem nackten Leichnam singen und tanzen sahen, von heftigem Zorn gegen ihn ergriffen wurden, auch wenn sie seine guten Absichten nicht im geringsten anzweifelten.

Die Manis

Elijahu Mani (1740–1807)
Josef Mani (1776–1820)
Awraham Mani (1799–1861)
Josef Mani (1826–1847)
Mosche Mani (1848–1899)
Josef Mani (1887–1941)
Efraim Mani (1914–1944)
Gawriel Mani (* 1938)
Efraim Mani (* 1958)
Roni Mani (* 1983)

Glossar

Abba	–	hebr., Vater
Achtzehngebet	–	»Schmone esre«, Hauptbittgebet der jüd. Liturgie
Aschkawa	–	hebr., Niederlegung. Bezeichnung für das Ritual und das Gebet bei einer Beerdigung, nachdem man den Leichnam ins Grab gelegt hat
Aschkenase (Aschkenasim)	–	Bezeichnung für die europäischen i. G. zu den spanischen bzw. orientalischen Juden
Bar Mizwa	–	hebr., »Sohn der Pflicht« (der guten Tat), Feier für jüdische Jungen im Alter von 13 Jahren, Aufnahme in die Jüdische Gemeinde
bekizur / bachtasar	–	hebr., arab., in aller Kürze
Beschneidung	–	am achten Tag nach der Geburt werden jüdische Knaben zum Zeichen des Bundes mit Gott beschnitten.
Bobbe	–	jidd., Großmutter
Brith Mila	–	Beschneidung, s. o.
Bocher	–	jidd., Junge
Burekas	–	würzige Blätterteigtaschen
Chacham	–	hebr., Gelehrter, Weiser
Challe	–	jidd., Schabbat-Brot
Chamin	–	sephardischer Ausdruck für Tschulent (jiddisch), Gericht aus Kartoffeln, Bohnen, Zwiebeln, Wurst, Fleisch etc., das einen ganzen Tag lang gekocht wird

Chaminados	– seph., stundenlang in Zwiebelwasser gekochte Eier
Chamsin	– hebr., heißer Wüstenwind
Chanukka	– achttägiges Lichterfest zur Erinnerung an das Tempelwunder z. Z. des Makkabäer-Aufstands 66–70 n. Z.
Chassid (Chassidim)	– Anhänger der ostjüdischen, Chassidismus genannten, mystisch-religiösen Glaubensbewegung
Cheder	– Elementarschule, i. d. das Lesen des Talmud im Vordergrund steht
Conacero	– seph., Lied
Erez Israel	– national-religiöse Bezeichnung f. d. Land Kanaan, Bezeichnung der Zionisten f. Palästina
Erez Jisroel	– jidd., s. o.
Goj, (Gojim)	– jidd., Nicht-Jude
Hadassa	– Krankenhaus in Jerusalem
Hagar	– die ägyptische Magd Sarahs und Abrahams, die auf Sarahs Wunsch hin Abraham ein Kind gebärt, und später fortgeschickt wird
Halacha	– Lehre der religiösen jüdischen Gesetze
Halas	– arab., Ausruf
Hawdala	– Zeremonie am Schabbatausgang u. a. Festtagen. Es werden Wein, eine Kerze und eine Büchse mit Gewürzen benützt
Hummus	– Kichererbsenmus
Ima	– hebr., Mutter
Jad Waschem	– Holocaustgedenkstätte in Jerusalem
Jahud	– arab., Jude

Jeschiwa	– Fortführung der Elementarschule (Cheder) und der Talmud-Thora-Schule
Jid, Jiddene	– jidd., Jude, Jüdin
Jischmaeliten	– bibl., Muslime
Jom Kippur	– höchster jüdischer Feiertag, »Versöhnungstag«
Jontef	– jidd., Feiertag (hebr. Jom tow, guter Tag)
Kaddisch	– eig. Lobpreisungsgebet, Totengebet
Kalebassenkopf	– gelindes Schimpfwort: Kürbiskopf
Kehila	– hebr., Gemeinde
Kiddusch	– Segen am Schabbateingang und an anderen Feiertagen, es werden Kerzen angezündet und Wein getrunken
Kuschta	– Bezeichnung der Juden für Konstantinopel
Kussa	– Zucchini
Laubhüttenfest	– (hebr. Sukkoth), Erntedankfest. Zur Erinnerung an die Wanderung in der Wüste nach dem Auszug aus Ägypten werden provisorische Hütten in Gärten o. Höfen errichtet und geschmückt, das Fest dauert sieben Tage.
Luftmensch	– Bezeichnung für den nichtseßhaften Juden
Machanot Haolim	– hebr., Sozialistische Jugendbewegung der Neueinwanderer
Machschi	– seph., Fleisch
Mantilla	– schwarzes Spitzentuch, das die Sephardinnen tragen
Marranen	– (spanisch für »Schweine«), Bezeichnung für die im Zuge der Spanischen

	Inquisition 1492 zwangsgetauften Juden, denen ihre ursprüngliche Zugehörigkeit zum Judentum jedoch von den Christen nie verziehen wurde
Mejidi	– alte türkische Silbermünze
Minjan	– um einen jüdischen Gottesdienst abzuhalten, ist die Anwesenheit zehn jüdischer Männer (Minjan) vorgeschrieben
Mischna (Mischnajot)	– Teil des Talmud, Sammlung von Gesetzen und Lehrsätzen auf der Grundlage der Thora
Mizwe/Mizwa	– jidd., hebr. eine gute Tat
Nahal	– hebr., Name für die kämpfende Pionierjugend, d.h. für die Einheiten der Armee, die Landwirtschaft und Wehrdienst miteinander verbinden
Naród i Ojctyzna	– poln., Volk und Heimat
Oświęcim	– poln., Auschwitz
Pan	– poln., Herr
Pisgado	– seph., Schimpfwort f. jem., der Ärger od. Unglück bringt
Pustema	– seph., Schimpfwort, in etwa Dussel
Rabbotai	– hebr., mein Lehrer, Meister
Robissa	– seph./ladino, Dame, Herrin
Rosch Haschana	– hebr., das jüdische Neujahrsfest
Sanhedrin	– die oberste Instanz der Rabbiner (z. Z. der Mischna), die in allen religiösen Fragen entschied
Savta	– hebr., Großmutter
Schabbat/ Schabbes	– hebr., jidd. Sabbat

Schabtai Zwi	– falscher Messias (1626–1676), der später zum Islam konvertierte
Schakschuka	– eine Art Sugo aus Zwiebeln, Knoblauch, Tomaten, Paprika und Eiern, die in Olivenöl gebraten werden
Schalom	– hebr., Friede
Schächter	– jüd. Schlachter, der nach den rituellen Vorschriften schlachtet
Schiwa sitzen	– beim Tode naher Angehöriger sitzen fromme Juden zum Zeichen der Trauer barfüßig eine Woche auf niedrigen Schemeln. Auch der Riß, den sich nahe Verwandte in der Nähe des Herzens in ihre Kleider machen, gehört zur Trauerzeremonie
Sejde	– jidd., Großvater
Sepharden (Sephardi/ Sephardim)	– Bezeichnung für die spanischen, portugiesischen, nordafrikanischen (orientalischen) Juden und deren Nachkommen. Gegensatz zu den Aschkenasim
Steine auf Gräber	– zur Erinnerung an die vierzig Jahre währende Wanderung der Juden in der Wüste, wo es keine Erde gab, legt man auf die Gräber der Toten einige kleine Steine
Suk	– arab., Markt
Talmudschule	– auch Talmud-Thora-Schule, die zwischen Cheder und Jeschiwa (höhere Talmud-Schule) zu besuchende religiöse Schule
Taquaiqua	– ladino, Kappe für den Kopf
Tata, Tate	– poln., jidd., Vater
Tia	– seph., Tante
Tichon Chadasch	– hebr., sehr linkes Gymnasium in Tel Aviv

Thora	– Pentateuch, die Fünf Bücher Moses
Vorbeter	– Kantor in der Synagoge
Wadi	– Tal, Schlucht
Wakf	– Moslemische Finanzverwaltung
Widderhorn	– ein Widderhorn, das an Rosch Haschana und an Jom Kippur in der Synagoge geblasen wird (hebr. Schofar)

Abraham B. Jehoschua

Die fünf Jahreszeiten des Molcho

Roman. Aus dem Hebräischen von Ruth Achlama.
466 Seiten. Serie Piper 1556

»Jehoschua hat mit diesem ebenso heiteren wie tragischen Roman die Reihe
seiner epischen Werke ›Der Liebhaber‹ und ›Späte Scheidung‹
erfolgreich fortgesetzt und mit der Geschichte vom Pechvogel Molcho eine
liebenswert komplizierte, auf jeden Fall populäre Figur geschaffen.«
Die Welt

Der Liebhaber

Roman. Aus dem Hebräischen von Jakob Hessing.
443 Seiten. Serie Piper 1769

»Jehoschua, der heute schon als ›hebräischer Klassiker‹
gilt, hat einen Roman von Rang verfaßt, der sich mit
großen Werken der Weltliteratur messen kann.«
Stuttgarter Zeitung

Angesichts der Wälder

Erzählungen. Aus dem Hebräischen von Jakob Hessing.
283 Seiten. Serie Piper 1664

In den fünf Erzählungen dieses Bandes, die vom Alltag im Lande Israel berichten,
erweist sich Jehoschua als Meister der Short story, »der die
Präzision und die Ironie W. Somerset Maughams oder Maupassants besitzt«.
Frankfurter Allgemeine Zeitung

PIPER

»Jehuda Amichai ist ein Meister der poetischen Verschränkung.«

Die Zeit

Jehuda Amichai
Nicht von jetzt, nicht von hier

Roman. Aus dem Hebräischen von Ruth Achlama.
405 Seiten. Leinen

Jehoschua erzählt einen Sommer lang, die Geschichte
des jungen Jerusalemer Archäologen Joel. In einem Traum begegnet Joel
seiner Jugendfreundin Ruth, die im KZ ermordet worden war, und ihm
wird klar, daß der Zeitpunkt gekommen ist, seine Vergangenheit
Schicht für Schicht zu ergründen.

»Jehuda Amichais Roman ist ein interessantes Buch, vielschichtig,
heftig, seine erzähltechnische Zerrissenheit spiegelt die innere
Gespaltenheit eines deutsch-israelischen Lebens. Und es ist auch witzig.
Ein Buch über das Erinnern und das Vergessen.«

Süddeutsche Zeitung

Die Nacht der schrecklichen Tänze

Erzählungen. Aus dem Hebräischen von Alisa Stadler.
215 Seiten. Leinen

»Diese erzählten Kostbarkeiten – um Kibbuzim, Soldatinnen, Liebende,
um Krieg, Freundschaften, um Eukalyptusbäume und das Alltagsleben
in Pinten – verfügen auf ganz erstaunliche Weise über beinah die gleiche
poetische Kraft wie seine Gedichte.«

Welt am Sonntag

Wie schön sind deine Zelte, Jakob

Gedichte. Aus dem Hebräischen von Alisa Stadler.
Ausgewählt von Simon Werle. Mit einem Nachwort von
Christoph Meckel. 168 Seiten. Serie Piper 1558

PIPER